# O SANTO DAS SOMBRAS

GARETH
HANRAHAN

# O SANTO DAS SOMBRAS

TRADUÇÃO
FÁBIO FERNANDES

O LEGADO
DO FERRO
NEGRO #2

TRAMA

Título original: *The Shadow Saint*

Copyright © 2020 Gareth Hanrahan
Publicado originalmente na Grã-Bretanha em 2020 pela Orbit, um selo do Little, Brown Book Group.

Direitos de edição da obra em língua portuguesa no Brasil adquiridos pela Trama, selo da EDITORA NOVA FRONTEIRA PARTICIPAÇÕES S.A. Todos os direitos reservados. Nenhuma parte desta obra pode ser apropriada e estocada em sistema de banco de dados ou processo similar, em qualquer forma ou meio, seja eletrônico, de fotocópia, gravação etc., sem a permissão do detentor do copirraite.

EDITORA NOVA FRONTEIRA PARTICIPAÇÕES S.A.
Rua Candelária, 60 — 7.º andar — Centro — 20091-020
Rio de Janeiro — RJ — Brasil
Tel.: (21) 3882-8200

Dados Internacionais de Catalogação na Publicação (CIP)
(Câmara Brasileira do Livro, SP, Brasil)

H248s   Hanrahan, Gareth

O santo das sombras / Gareth Hanrahan; traduzido por Fábio Fernandes. – Rio de Janeiro: Trama, 2022.
632 p. ; (O Legado do Ferro Negro; 2)

Título original: *The Shadow Saint*
ISBN 978-65-89132-39-4

1. Literatura fantástica. I. Fernandes, Fábio. II. Título

CDD: 890
CDU: 821.111(417)

André Queiroz – CRB-4/2242

www.editoratrama.com.br
  / editoratrama

*Para Edel*
*Por uma vida com árvores*

# PRÓLOGO

O espião sobe uma escada de fogo para chegar ao céu. O pé da escada está em um campo de batalha, onde os honoráveis mortos jazem misturados aos corpos de seus inimigos. Lá embaixo, minúsculos pontos pretos percorrem o campo. Sacerdotes coletores de ossos selecionam os cadáveres, combinando cabeças e membros soltos a torsos antes de enviá-los para os ritos funerários. Os corpos dos inimigos serão divididos entre o panteão dos vitoriosos — atualmente, todos os deuses comem carniça. Os velhos tabus não se sustentam mais, não quando qualquer fragmento de substância das almas é necessário para o esforço de guerra.

Segundo a tradição do Reino Sagrado de Ishmere, as almas dos honoráveis mortos precisam se esforçar para subir a escada e alcançar o céu. Cada degrau queima algum pecado, alguma fraqueza, até que eles estejam puros o suficiente para entrar no santuário da deusa. Esta regra também não vale mais: a escada rodopia ao longo de todo o campo de batalha, sugando avidamente cada alma oferecida à deusa.

Preguiçosamente, o espião toca um degrau. O fogo é frio como pedra e não o queima.

Ali, suspenso no céu, o espião pode inspecionar todo o campo de batalha. Mais *para lá* é onde as forças de Ishmere pousaram, trazendo junto o mar, uma frota de poderosos navios de guerra desembarcando mais de quinze quilômetros terra adentro. E logo abaixo é onde as hostes de Mattaur se posicionaram, nas encostas de uma colina sagrada.

A colina oferecia uma vantagem tripla. Era uma fortaleza espiritual dos deuses de Mattaur, onde as sacerdotisas sem olhos se reuniam para venerar sua divindade infernal. Era um terreno elevado, a salvo das milagrosas enchentes provocadas pelo panteão de Ishmere. E o mais importante: dali o espião pode ver os destroços de uma posição de artilharia. Canhões alquímicos, comprados a um preço alto das fundições de Guerdon. Durante a batalha, aquelas armas quase... bem, dizer que viraram a maré é a metáfora errada para se usar em uma batalha em que um dos lados conquistou o mar há muito tempo, mas as armas alquímicas infligiram baixas terríveis aos exércitos de Ishmere. Santos morrendo em agonia, ossos transmutados em chumbo, pulmões queimados por gás venenoso. Incêndios inapagáveis de flogisto ainda queimam no campo de batalha.

Os canhões poderiam ter vencido a batalha, não fosse a intervenção divina. Daquela posição privilegiada, o espião vê também três grandes rasgões paralelos na encosta, sulcos com quase um quilômetro de comprimento e quinze metros de profundidade, devastando o coração de Mattaur. Foi ali que a deusa com cabeça de leão desceu e rasgou seus inimigos com suas garras.

O espião chega ao topo da escada e adentra o céu.

Ali, deuses e mortais se misturam. A marinha montou um posto de comando e armou tendas no meio do Pátio dos Heróis. Oficiais jovens e elegantemente uniformizados correm para lá e para cá, ignorando os lendários campeões no meio deles. Dois semideuses de armadura — um com cabeça de serpente, outro com a de um pássaro — bloqueiam o caminho do espião. São Sammeth e Urid Cruel, os guardiões que vigiam os portões do céu. Da lâmina de Sammeth goteja um veneno tão potente que uma só gota pode matar cem homens; a lança de Urid pode perfurar uma dúzia de elefantes de um só golpe.

Um jovem oficial com prancheta na mão avista o espião e manda que os dois semideuses se afastem. Confusos, eles voltam para uma tenda próxima e se jogam de qualquer jeito em um assento.

— Tenho uma reunião marcada com o general Tala — diz o espião.

— O general Tala morreu — responde o jovem oficial. — Sua reunião será com a capitã Isigi, do serviço de inteligência.

Há um quê de raiva na voz do jovem, uma nota de inveja. O espião faz uma anotação mental e arquiva.

— Siga-me — diz o oficial. — Fique perto.

Ele conduz o espião pelo Pátio dos Heróis. Eles pintaram linhas no chão, trilhas de cores diferentes que levam a várias direções. O oficial mantém os olhos fixos na tinta para não se distrair com as glórias ao seu redor. Eles seguem uma linha preta que cruza as pedras brilhantes da costa do céu.

Olhando para trás, o espião vê Sammeth polindo sua lança, muito embora a lâmina já seja mais brilhante que o sol. Urid Cruel permanece em sua tenda, amuado, tentando enfiar o bico em um frasco de bebida encontrado por perto.

O espião é levado para outra tenda, maior. A escuridão dentro é bem-vinda, mais confortável aos olhos do que o brilho externo. Ali, sentada atrás de uma mesa sobre cavaletes, está outra jovem oficial. À frente dela, uma pasta de arquivos e uma tigela de madeira com uma pilha alta de corações humanos, empilhados como maçãs vermelhas.

— A reunião das onze horas do general Tala, senhora — anuncia o oficial do sexo masculino.

— Obrigada, tenente — responde Isigi. Seu rosto pode ter sido belo um dia, mas agora está coberto por cicatrizes recentes que ziguezagueiam pela pele. — Eu vou cuidar dessas instruções no lugar do general. — Ela começa a desabotoar a camisa. — Pode ir, tenente.

O espião nota a forma como a mão do tenente aperta o tecido da tenda. Com certeza havia algo entre esses dois oficiais. Muito jovens para terem chegado a esses postos também — a Guerra dos Deuses transformou crianças em soldados. A aba se fecha. A barraca está quase completamente às escuras, mas o espião ainda consegue ver a capitã Isigi dobrar a camisa e colocá-la com o resto do uniforme em cima de uma banqueta. Então, tremendo levemente de expectativa, ela pega um coração da tigela e morde.

E então eles não estão mais sozinhos na tenda.

Há um momento atemporal, quando o espião não está consciente de nada além da *presença* avassaladora da deusa. Ele a acompanha em todos os campos de batalha, desde o matadouro lá embaixo até todas as outras guerras do mundo, e desde o presente até a primeira vez que alguém pegou uma pedra e a usou para arrebentar os miolos de um inimigo. Ele percorre o mundo inteiro com ela, onde quer que as frotas de Ishmere naveguem. Ele percorre os céus com ela, enquanto a deusa reúne os honoráveis mortos para seu estandarte e consome o poder deles a fim de operar mais milagres, conquistar mais vitórias. Conquistas infindáveis, cada vitória aumentando seu poder e sua fome.

Mas é uma fome cega, poder não direcionado. A deusa não conhece nada além de destruição sem fim, eterno conflito. É preciso um elemento humano para dar propósito e estrutura a essa ira sagrada. Na tenda, a capitã Isigi é como um cristalzinho, uma estrutura à qual a deusa pode aderir.

Um pelo dourado de repente recobre a pele marrom de Isigi, um pelo que refulge com seu próprio brilho divino. Uma placa peitoral cheia de joias aparece sobre seu tórax; uma saia de tiras de couro se manifesta em torno de sua cintura, um crânio enfiado em cada tira. O próprio crânio da capitã se racha e se remodela. Presas enormes brotam de suas mandíbulas enquanto sua cabeça se torna a de um leão.

A deusa Pesh, Rainha-Leão, deusa da guerra do panteão ishmérico — ou melhor, seu avatar, feito com base na capitã Isigi —, ronrona satisfeita e se acomoda em seu assento. O espião nota sem alarme que a cadeira de madeira simples agora é um trono de caveiras, que a mesa de cavalete se tornou um altar encharcado de sangue. Os corações começam a bater novamente, esguichando jatos rubros sobre o chão.

A pasta de arquivos, entretanto, ainda é uma pasta de arquivos. Isigi — ou a entidade sobreposta à sua frente é mais Pesh do que Isigi agora? — a recolhe, estende uma garra e corta o selo de metal que a fecha. O espião estremece com a elegância do movimento, sabendo que aquelas mesmas garras recentemente rasgaram um buraco de quase um quilômetro na encosta abaixo. Isigi retira os papéis e os analisa em silêncio. A tenda reverbera com seu hálito divino, que cheira a carne e sândalo.

Tudo se resume a esse momento.

Para evitar pensar no que está prestes a acontecer, o espião se pergunta quantas vezes Isigi já canalizou a deusa. Não muitas, ele imagina: as cicatrizes são muito recentes. Os deuses são duros com seus santos de guerra. Um dia, não sobrará o suficiente de Isigi para voltar à forma mortal. Ele quase sente pena do jovem oficial que o conduziu até ali. O rapaz perdeu a amante para o abraço de uma deusa, e dessa união não há um caminho de volta fácil.

— X84? — pergunta a santa.

É seu código numérico recém-atribuído nos arquivos do serviço de inteligência. É o primeiro nome que realmente lhe pertence, e o espião percebe, inesperadamente, que gosta de fato dele. Faz que sim com a cabeça.

— Sanhada Baradhin — lê Isigi. *Esse* é o nome pelo qual o serviço de inteligência de Ishmere o conhece. — De Severast. Profissão: comerciante. — Ela o encara com olhos amarelos brilhantes. — "Comerciante" — repete com sarcasmo.

— Eu comprava e vendia — replica X84. — O que eu comprava nem sempre era legal e o que eu vendia nem sempre era meu.

— Um criminoso — rosna ela.

O espião percebe que certo equilíbrio se desfez, que a entidade gestáltica com quem está falando agora é um pouco mais Rainha-Leão do que Isigi.

— Que tal o seguinte? — argumenta o espião para a deusa. — Eu conto todos que feri em Severast e você conta todos os que matou lá, e veremos como ficam os pratos da balança.

— A guerra é sagrada — responde a deusa automaticamente. E ali, naquele céu para guerreiros, isso é verdade.

Ele dá de ombros.

— Você sabia quem eu era antes de me chamar.

— Não há nenhuma família sobrevivente listada aqui — diz a deusa, tocando uma linha no arquivo. — Você tem amigos nos acampamentos? Amantes?

Toda Severast é um campo de prisioneiros agora, e os sobreviventes da conquista ishmérica ficam presos ali até que se convertam ou sejam sacrificados ao panteão vitorioso. Mattaur foi o último vizinho de Severast a resistir.

— Não.

— Por que, então, você deseja servir ao Reino Sagrado de Ishmere? — pergunta a deusa.

— Vocês estão ganhando — responde o espião. — E vão pagar.

Imperceptivelmente, o equilíbrio retorna ao que era antes, e é Isigi quem vira uma página na pasta.

— Você importou armas dos alquimistas de Guerdon.

— Sim.

— Ainda tem contatos lá?

— Sinceramente não sei. Eu tinha. Posso fazer mais. Eu conheço a cidade.

— A cidade mudou — avisa a capitã. — E pode mudar novamente, muito rápido. Não a considere um refúgio seguro da guerra.

— Eu estava em Severast quando seus exércitos a conquistaram, capitã. Sei o que "seguro" significa hoje em dia.

Isigi o ignora e folheia o resto da pasta em silêncio. Os únicos ruídos na tenda são o farfalhar do papel, a respiração intensa e ruidosa da deusa e o tilintar suave dos crânios em sua saia quando ela se move no trono. X84 brinca ociosamente com um dos corações que batem na tigela.

— Largue isso — rosna a deusa.

— Desculpe.

Ela revisa a última página, e então — mais rápido do que os olhos podem acompanhar — agarra a mão dele e lhe dá um talho com sua garra. Sangue jorra do ferimento. Ela inclina sua cabeça de leão em direção à palma da mão do espião para lamber o sangue, mas ele recolhe a mão e a embala na dobra do outro braço.

— Que porra é essa?

Pesh rosna.

— Não temos motivos para confiar em você, Baradhin. Então eu vou provar seu sangue e conhecer você. Se nos servir bem, será recompensado. Se nos trair, irei pessoalmente caçá-lo e castigá-lo. Dê-me seu sangue.

O espião assente e estende um dedo trêmulo e ensanguentado. Ela dá uma lambida superficial e em seguida assina a última página da pasta, sela com uma palavra divina de comando e a fecha. Ao fazer isso, recita:

— Você providenciará a passagem para Guerdon. Você acompanhará outro de nossos agentes na viagem e garantirá que ele chegue em segurança.

— Quem é esse agente?

— O santo do meu irmão. Escolhida da Aranha do Destino.

Ele finge irritação. Demonstra uma indignação profissional.

— Tocada por Deus? Vai ser muito mais difícil infiltrar seu espião na cidade se ele tiver oito patas ou algo assim.

— A criança é... — A deusa faz uma pausa nessa hora, quase imperceptível? Como se tivesse provado algo amargo? — humana ainda. Depois disso, talvez tenhamos mais tarefas para você.

— Espere! — diz o espião. — E o meu pagamento?

— Moedas de ouro, uma para cada...

— Ouro, não. O preço do ouro despencou desde que o seu Bendito Bol começou a transformar seus inimigos em grandes estátuas de ouro. Não, quero ser pago em prata de Guerdon.

O espião não dá a mínima para o dinheiro, mas isso distrai a deusa do gosto do sangue.

— Você será pago em ouro — diz ela. — A menos que prove ser especialmente útil para nós.

— Do que você precisa?

A deusa recua, e sua resposta final é estranhamente duplicada.

— Você será procurado quando chegar — diz Isigi, e, no mesmo instante, com a mesma boca:

— Guerra — diz a deusa. — A guerra é sagrada.

Então Pesh se vai, e só resta Isigi. A capitã cambaleia enquanto seu corpo encolhe de volta às proporções mortais, enquanto seu rosto se estilhaça e retoma a forma humana. Ela tateia cegamente para pegar uma toalha manchada de sangue que mantém atrás da mesa e a pressiona nas feridas abertas do rosto.

— Saia daqui, Baradhin — ordena ela, sem encará-lo. — O tenente o acompanhará na descida.

A aba da tenda se abre e o tenente entra furtivamente. Ele prende a respiração ao ver as feridas no rosto de Isigi, o suor e o sangue em sua pele nua. Corre para se aproximar.

— Não se preocupe — murmura o espião. — Eu sei onde fica a saída.

Antes que qualquer oficial ishmérico possa discutir, ele sai e se apressa ao longo da linha de tinta preta, cabeça baixa, dispensado do acampamento dos vencedores. A linha o leva de volta aos limites do céu, e ele desce a escada de fogo retornando ao mundo mortal.

No meio do caminho, ele tira de dentro da camisa o coração que afanou da tigela e o atira no oceano lá embaixo. Limpa a mão ensanguentada e depois usa uma tira de sua camisa como atadura improvisada.

A deusa o feriu, mas não sentiu o gosto de seu sangue.

Ela não o conhece.

# CAPÍTULO UM

Se Sanhada Baradhin teve um filho, então os ossos do menino provavelmente jaziam em algum lugar nas ruínas de Severast. Talvez ele tenha virado uma assustadora estátua de ouro pela maldição opulenta que o Bendito Bol transformara em arma, ou sido transpassado por um raio de luar. Mesmo que tenha sobrevivido à invasão, ele provavelmente foi morto na fúria orgiástica de sacrifícios, quando gangues de sacerdotes de guerra ceifaram as ruas da cidade, assassinando distritos inteiros de acordo com os ritos fúnebres de seus respectivos deuses. O espião viu sacerdotes empurrando tanques ornamentados de água salgada, sangue e água escorrendo das bacias transbordando enquanto afogavam fiéis para o Kraken. Sepulturas coletivas marcadas com moedas para o Bendito Bol. Rituais canibais da Rainha-Leão. Até mesmo o lento embalsamamento da Aranha do Destino podia ser acelerado; a mumificação demora muito, mas conservantes alquímicos importados de Guerdon podem fazer em minutos o que costumava levar longos anos, nas Tumbas de Papel.

Se Sanhada Baradhin teve um filho, o menino está morto.

Mas embora o espião não seja Sanhada Baradhin, e o menino na cabine com ele não seja seu filho, durante aquela viagem das terras sulistas a Guerdon, ele é Baradhin e o menino é Emlin. Onze ou doze anos, talvez, mas às vezes algo bem mais velho espia por seus olhos.

O menino não tinha nome quando foi apresentado ao espião. Seu nome havia sido tomado nas Tumbas de Papel.

Sanhada o chamou de Emlin. Significa "peregrino" na língua de Severast.

Assumir o papel de refugiados da Guerra dos Deuses foi fácil para ambos. Parecer vazio por dentro. Falar baixo, como se falar muito alto pudesse atrair a atenção de alguma divindade louca. Estremecer com mudanças de clima, quando a luz irrompe por entre as nuvens, quando certos ruídos forem muito altos, muito carregados de significado. Recuar diante dos presságios. O homem cujo nome não é Sanhada Baradhin e o menino que não tinha nome chegaram a bordo do navio a vapor uma semana atrás, de cabeça baixa, arrastando os pés pela prancha de embarque com uma multidão de outros sobreviventes. Os contatos de Sanhada e o ouro divino renderam à dupla uma cabine particular.

Assumir os papéis de pai e filho é mais difícil. Sanhada não tem posição oficial no serviço de inteligência de Ishmere; também não é um sacerdote da Aranha do Destino. Aliás, o espião também nunca foi pai.

— Eu fui escolhido pela Aranha do Destino — disse Emlin na primeira noite no mar, quando estavam sozinhos na cabine. — Seu destino foi tecido para você. X84. O fio da sua vida está em minhas mãos, e você deve me obedecer. — Sua voz adolescente desafinou enquanto ele recitava as palavras que lhe ensinaram nos templos. O menino é pequeno para a idade. Cabelo e olhos escuros, a palidez dos anos passados nas sombrias Tumbas de Papel. Ele estava em pé, empertigado, com o orgulho de quem sabia que tinha sido escolhido por um deus.

Sanhada abaixou a cabeça solenemente e disse:

— Minha vida em suas mãos, pequeno mestre... mas fora desta cabine, eu sou Sanhada Baradhin, e você é meu filho. E vou lhe dar uma surra se você falar fora de hora.

O menino franziu a testa, o rosto ruborizado de raiva, mas antes que ele pudesse falar o espião acrescentou:

— Viva o seu disfarce, pequeno mestre. Agrada à Aranha do Destino manter em segredo o que está nas sombras. Ninguém de fora desta cabine deve saber a verdade, exceto você e eu.

E depois disso o espião viu um orgulho secreto no rosto do menino sempre que ele fingia ser filho de Sanhada.

Emlin, o espião ficou sabendo, cresceu em um mosteiro em Ishmere, embora não seja ishmeriano de nascimento. Sua família foi morta na Guerra dos Deuses; como muitos outros órfãos de guerra, foi acolhido pela igreja. De manhã, ele conta ao espião coisas que não teria como saber; a Aranha do Destino anda sussurrando em seu ouvido enquanto ele dorme, carregando relatórios de inteligência vindos de longe. Sem dúvida existe outro menino, ou uma velha cega, ou um jovem guerreiro, ou alguma outra alma azarada o suficiente para ser congruente com a divindade, agachada em uma cela de oração nas Tumbas de Papel, repassando informações através do éter.

Esses relatórios são sobre o progresso da guerra, sobre avanços e derrotas. A armada de Ishmere virou para o norte.

Em direção à terra de Haith, a grande rival de Ishmere, talvez seu último verdadeiro perigo. Em direção a Lyrix, a ilha-dragão.

Guerdon também fica ao norte. Embora Emlin nunca fale disso diretamente, o espião deduz que os deuses de Ishmere têm medo de desafiar Guerdon abertamente. Eles temem as armas que Guerdon deu à luz nas fundições dos alquimistas, e também que tais ferramentas matadoras de deuses possam ser empunhadas por outros inimigos.

Na privacidade de sua cabine apertada, o espião e o menino refazem sem parar seus planos de chegar à cidade sem serem detectados, e o que farão quando isso acontecer. Nenhum dos dois tem conhecimento dos planos que o serviço de inteligência reserva para eles quando chegarem à cidade, além de fazer contato com os agentes de Ishmere que já estão lá. Emlin acredita que seu papel será transmitir informações de volta para a frota. Por ora, o espião é simplesmente um mensageiro, encarregado apenas de fazer Emlin passar pelas inspeções religiosas de Guerdon. Santos estrangeiros são proibidos na cidade.

Às vezes, eles escutam as conversas que ecoam do convés acima. O espião pagou a mais para garantir que ele e Emlin tivessem uma cabine privada, e pagou ainda mais para garantir que não lhes fizessem perguntas. A dupla permanece quase sempre ignorada e esquecida.

Durante o café da manhã, no quarto dia após a partida de Mattaur, Emlin lhe pergunta sobre Severast.

— Você já visitou o templo da Aranha do Destino lá? — pergunta ele, com a boca cheia de fruta. Sempre acorda faminto.

O espião sabe que Sanhada Baradhin visitou aquele templo muitas vezes. O homem era um contrabandista, e a Aranha é a divindade padroeira dos ladrões e mentirosos, assim como dos espiões. Baradhin visitava o vistoso templo da Deusa de Muitas Mãos, a deusa severastiana do comércio, e depois passeava pela praça e pelo labirinto de becos na medina, passando por dançarinas, engolidores de fogo, oráculos de fumaça, vendedores ambulantes ofertando todo tipo de delícias. O templo da Aranha em Severast era subterrâneo, oculto das vistas, ligado à superfície por dezenas de escadarias estreitas e sinuosas. Apenas uma delas era aberta por vez; para chegar ao templo, Sanhada Baradhin precisava saber qual lojinha da medina era uma fachada para a Aranha do Destino naquele dia específico. Ele subornava mendigos para aprender o segredo das ruas.

— Uma ou duas vezes — admite o espião.

— Devia ser um lugar glorioso — comenta Emlin. — Antes de se tornar um covil de ladrões.

— Ladrões sempre foram sagrados para a Aranha em Severast.

— Não em Ishmere — declara Emlin enfaticamente, recitando o que lhe foi ensinado.

*Não*, pensa o espião. *Não em Ishmere*. A Aranha do Destino era venerada em ambas as terras, mas de maneiras diferentes. Em Severast, ela era uma divindade do submundo, adorada pelos transviados e pelos pobres, pelos desesperados e pelos sem-teto. Em Ishmere, na louca e cruel Ishmere, a Aranha do Destino fazia parte de seu panteão militante, vestindo seu arnês para o esforço de guerra. Lá, a Aranha é uma deusa de segredos, de profecias e estratagemas. Deusa dos finais, Devoradora do Destino, envenenadora da esperança.

— O templo era lindo — admite o espião. — Era todo recoberto por sombras, cada altar e santuário revelando-se apenas pelo toque. Eu...

— Não vejo sombras — interrompe Emlin. — Toda escuridão é luz para mim. — Seus olhos brilham e o espião percebe que nunca viu o menino tropeçar na cabine escura. Os fanáticos da Aranha do Destino lhe roubaram as belas gradações de sombra, a suavidade do escuro, a capacidade de duvidar.

Naquela noite, enquanto o menino dorme, o espião fica acordado e se lembra dos fogos de Severast. Lembra-se de como a medina em chamas caiu e desabou nas cavernas do templo abaixo, os videntes pálidos uivando quando atingidos pela luz do sol. Lembra como toda a deliciosa ambiguidade do templo foi desnudada pela certeza da destruição. Naquela noite, enquanto o menino dorme, o espião o observa na escuridão e sonha com vingança.


Sanhada Baradhin é um nome muito longo para a apressada língua guerdonesa, então a tripulação o chama de San. O nome do navio é *Golfinho*, e o espião consegue pensar em poucos nomes menos adequados. *Hipopótamo Metálico Furioso* ou *Escabrosa Banheira Flutuante* seriam mais apropriados. Impulsionada por seus motores alquímicos barulhentos e fedorentos, ele chafurda com grande entusiasmo através das ondas, abrindo caminho oceano afora.

X84 não é o único passageiro no *Golfinho*; mais de vinte pessoas se amontoam no convés e há mais nos porões abaixo. A maioria vem de Severast; outras de Mattaur ou dos Califados, ou de terras mais distantes. Alguns murmuram orações para deuses derrotados. Outros estão calados, olhos inexpressivos, encarando o horizonte vazio em busca de significado.

O *Golfinho* é nitidamente um cargueiro, não um navio de passageiros; quando deixou as docas de Guerdon, seu porão estava cheio de armas alquímicas. O navio é de casco duplo com aço reforçado, runas de proteção semiobstruídas por ferrugem e cracas, para garantir que sua carga mortífera chegasse a salvo. O espião se pergunta se isso é totalmente necessário. Do jeito que a Guerra dos Deuses está indo, o mundo inteiro será consumido mais cedo ou mais tarde, cada alma viva devorada nas fomes das divindades. Se for esse o caso, então de que importa onde as bombas caem? A única diferença entre um campo de batalha em Mattaur e algum mercado em Guerdon é uma questão de tempo.

Tempo e dinheiro. O comandante do navio obtém um amplo lucro vendendo bombas que explodem no campo de batalha e ficaria muitíssimo irritado se uma delas explodisse em um mercado em Guerdon. De súbito ocorre ao espião que o mestre é singularmente adaptado ao próprio navio: ambos são feios, ambos encaram o mundo como algo a ser esmagado e ambos estão envoltos em cascos de ferro para manter trancada alguma substância tóxica. O nome do mestre é Dredger; ele usa um traje de proteção o tempo todo, uma coisa cheia de válvulas, filtros e tubos, de modo que nem um só centímetro de pele fique exposto. Suas mãos são manoplas de dedos pesados e grossos; seu rosto é uma máscara de lentes, portinholas e foles que chiam. A história que circula entre a tripulação é que Dredger foi exposto a tantas armas alquímicas ao longo dos anos que sua carne é completamente permeada por toxinas, e ele explodiria em uma nuvem de gás venenoso se algum dia removesse seu traje de contenção.

Tendo observado Dredger durante os últimos dias da viagem para Guerdon, o espião tem outra teoria: a de que não há nada errado com ele, que a armadura é um truque de propaganda. Certamente ela ajudou Dredger a proteger seu nicho de salvagem alquímica, reutilizando as inimagináveis armas fabricadas pelas guildas de Guerdon. Quem ia querer entrar em um negócio quando o custo está escrito na carne atormentada do líder de mercado?

Sanhada Baradhin fez muitos negócios com Dredger ao longo dos anos, mas os dois nunca se encontraram. Eles se comunicavam por carta e por mensageiro, e os agentes do espião interceptaram e leram toda aquela correspondência ao longo dos anos. Ele sente como se conhecesse Dredger tão bem quanto Sanhada Baradhin, e sente que também tem direito à amizade do homem. Aos olhos de Dredger — mascarados e escondidos por lentes —, o espião é Sanhada Baradhin, e essa suposição é real o suficiente.

Dredger se apoia na grade ao lado do espião. Alguma válvula em suas costas sibila e cospe vapor quando sua pose relaxa um pouco.

— San — diz ele —, já pensou no que vai fazer quando chegar a Guerdon? Eu provavelmente poderia encontrar algo para você, se quiser.

— Que tipo de trabalho?

— Nada nos pátios. Para essa merda, eu consegui Homens de Pedra. Não, estou pensando, quem sabe... vendas? Você deve ter contatos sobreviventes lá no sul, e se não morreram, estão comprando, certo?

O espião considera a oferta, sopesando-a, testando seu equilíbrio como um esgrimista testa uma espada. Por um lado, é um movimento plausível para Sanhada Baradhin e lhe forneceria uma base de operações. Por outro, ele quer sentir o clima da cidade, e se amarrar à primeira oferta em seu caminho é a ação errada. Correr direto para seu objetivo significa disparar na direção de um campo minado. Ele precisa se aproximar pelas beiradas.

— Eu tenho que cuidar de alguns, ah, negócios fenomenais primeiro, meu amigo. E eu consegui trazer um pouco de dinheiro de Severast, então vou ficar bem por algumas semanas. Mas obrigado, e eu bem que posso aceitar, se a oferta ainda estiver de pé daqui a um tempo.

— Não parece que a guerra vá terminar tão cedo.

— Vou ter problemas para entrar na cidade com dinheiro?

— Isso depende de você chamar a atenção dos inspetores alfandegários ou não. Você não é um homem de fé, é?

— Não tanto.

Dredger aponta para outro refugiado, uma mulher de meia-idade que trouxe consigo da cidade saqueada uma série de pequenos ídolos de barro. Apoiando-se contra o movimento agitado do barco, ela ora para eles. Dançarino e Kraken, Bendito Bol e Aranha do Destino.

— Eles estão de olho nos santos estrangeiros. Em Guerdon, ninguém se importa muito com os deuses para os quais você reza, contanto que eles não respondam — diz Dredger. — Principalmente os de Ishmere.

— Os deuses de Ishmere eram os de Severast — responde o espião. — Havia templos em Severast para a Rainha-Leão também, e eles cumpriam os ritos com a mesma fidelidade lá.

Uma lente no capacete de Dredger estala e gira, focando novamente no espião.

— Então o que aconteceu? Por que os deuses se voltaram contra Severast?

— Não tenho certeza se foi isso o que aconteceu. Havia santos da Rainha-Leão em ambos os lados, durante um tempo. Quem diz que os deuses são loucos está certo, eu acho, e os loucos às vezes discutem com eles mesmos.

Uma nuvem à distância chama a atenção do espião. Ela se move contra o vento.

— E não se pode culpar os deuses por tudo. Se uma carruagem em fuga atropela uma criança na rua, você culpa o cocheiro ou os cavalos?

— Eu culpo os pais — murmura Dredger.

— Falando nisso — diz o espião —, o menino é… um pouco tocado por deus. A guarda da sua cidade… pode ser subornada?

Um som gorgolejante ecoa do capacete de Dredger, como se ele estivesse sugando contemplativamente a extremidade de algum tubo.

— As coisas são complicadas hoje em dia. Complicadas. — Ele balança a cabeça. — E, na minha posição, San, eu não posso me dar ao luxo de irritar a guarda levando você escondido para a cidade.

Ele é interrompido por um membro da tripulação.

— Mestre, há outro navio se dirigindo para oeste. É um navio de guerra haithiano. — O marinheiro entrega a Dredger um telescópio, e ele inspeciona o navio distante.

— Siga em frente. Não temos nenhuma disputa com eles. E nada que valha a pena confiscar na viagem de volta, certo?

— Está vendo alguma coisa naquela nuvem? — pergunta o espião. Dredger gira o telescópio e espia a mancha escura no horizonte.

— Absolutamente nada. Por quê?

— Só um pressentimento.

O som de vozes em oração fica mais alto. Vários dos outros refugiados no convés se reúnem ao redor da mulher dos ícones de barro. Um dos ícones está se movendo agora, argila se transmutando em carne escamosa. Os tentáculos do Kraken se libertam de sua prisão de terra e se debatem sobre o convés. Um milagre colateral.

— Dredger!

— Já vi! Vire! Vire!

É tarde demais. A nuvem agora está acelerando em direção ao navio de guerra haithiano, e eles estão presos entre os dois beligerantes. Os motores do *Golfinho* rugem e expelem fumaça quando acionados na potência máxima, mas as hélices não conseguem encontrar apoio na água subitamente vítrea. Um milagre tomou conta das ondas, roubando-as e reivindicando-as para um deus hostil. A superfície se torna anormalmente calma e límpida por uma milha em todas as direções, uma trilha de gelo saindo da nuvem de tempestade até o navio de guerra haithiano. Olhando através da água claríssima, o espião consegue ver todo o leito do mar dois quilômetros abaixo.

Lá, tentáculos colossais se contorcem, iguais aos do pequeno ícone de barro, só que dez mil vezes maior.

— VIRE! — ruge Dredger.

Enfurecido, ele agarra os ícones da mulher e os arremessa ao mar. Eles pousam na superfície e não afundam.

Emlin surge no convés.

— Volte para baixo! — grita o espião. — Fique lá embaixo!

O menino recua, fechando a porta pela metade. Encarando com fascinação o mar transformado.

O navio de guerra haithiano está ciente do perigo. É um navio mais velho, uma fragata à vela reformada da melhor maneira possível para os perigos da Guerra dos Deuses. Armadura com runas entalhadas, à prova de milagres menores. Cartuchos de flogisto carregados em seu canhão. Sem dúvida, os principais membros da tripulação são Vigilantes, as almas presas a seus corpos para que possam continuar lutando mesmo depois de mortos e desmembrados. O navio se vira para emparelhar suas armas com a ameaça.

A tempestade atinge o *Golfinho* e passa por ele. O mar vítreo forma ondas afiadas que varrem o convés, cortando em tiras vermelhas qualquer um que seja apanhado em seu caminho. A velha estava na amurada, tentando pegar seus ídolos perdidos. Ela cai para trás, gemendo, suas mãos arruinadas e ensanguentadas. O vento ri nos ouvidos dele, e ele vislumbra uma forma adejando pelo céu acima.

É claro. Em algum lugar lá em cima há um santo de Ishmere, um *locus* de atenção divina. Kraken e Mãe Nuvem são vastos como o mar e o céu; os deuses escolhem mortais como canais para suas energias no reino mortal. Dredger cambaleia pelo convés, gritando com o timoneiro. A tempestade passou por eles, então, se conseguirem sair claudicantes dessa área afetada do oceano, talvez possam escapar ilesos. Os motores do *Golfinho* gritam enquanto o navio se debate na água que não é mais água. Um milagre do Kraken. Ainda assim, estão conseguindo certo progresso...

... Então o navio haithiano está bem em cima deles, a uma distância menor que o disparo de uma lança. A tempestade se revolve, empurrando o *Golfinho* para ainda mais perto do navio de guerra. Os canhões retumbam e o espião se joga no convés enquanto os tiros ressoam sobre sua cabeça. Para crédito dos artilheiros haithianos, nem um único tiro acerta o *Golfinho*. Os cartuchos de flogisto explodem nas nuvens de tempestade acima, deixando rastros flamejantes enquanto a substância alquímica queima névoa, água do mar e ar em igual medida.

O Kraken sobe, mas não há espaço para ele emergir entre o *Golfinho* e o navio de guerra haithiano. Fechando a lacuna entre os dois navios, os marinheiros haithianos restringiram seu inimigo gigantesco, fechando uma linha de ataque. Estão usando o navio de Dredger como cobertura.

Tentáculos gigantescos emergem do oceano liso como vidro de um lado do navio haithiano, e os canhões do outro lado respondem em uníssono.

O santo Kraken grita. Um tentáculo em chamas varre o convés haithiano, derrubando marinheiros, canhões e tudo o mais que consegue levar para o oceano. Ele deixa para trás um rastro viscoso de flogisto ardente. Marinheiros haithianos correm para despejar baldes de espuma anti-incêndio nas chamas esverdeadas, combatendo alquimia com alquimia. Então a tempestade engolfa os dois navios mais uma vez, mergulhando ambos em uma escuridão estrondosa partida por raios, e o espião não consegue mais ver a nave haithiana. Há um tremeluzir ocasional de fogo, mas ele não sabe dizer se é o navio pegando fogo ou o clarão da boca do canhão.

O espião sussurra ao vento:

— Eu sou um espião de Ishmere. Estou do seu lado, idiota. Recue!

Não há resposta. Ele não achou que haveria. Sua consciência, ele conclui, está limpa.

Outro tentáculo explode do oceano e desliza cegamente na direção do navio de guerra haithiano. Em vez disso, ele encontra o *Golfinho* e tateia a lateral da embarcação, abrindo um buraco de um metro de largura logo acima da linha da água. Uma rajada do canhão espirra um líquido em chamas no ar. Os pulmões do espião começam a queimar e ele tosse com a fumaça acre.

Ele tropeça pelo convés na direção em que Dredger foi. Escala os corpos dos outros refugiados: não sabe dizer se estão mortos, agarrados ao casco para evitar serem jogados ao mar ou apenas prostrados com terror divino. Uma escada curta leva a um convés superior. Ele ouve Dredger gritando ordens, mas não tem tempo para se explicar. Vê um rifle em uma prateleira e o agarra. Coloca uma rodada na câmara, uma pequena ampola de poder explosivo alquímico e chumbo.

Em algum lugar lá em cima está o santo. O espião aponta sua arma para os céus, procurando o coração da tempestade.

Ali.

Seu tiro é certeiro. Uma figura humana, mantida suspensa pelas nuvens como se estivesse em um trapézio elemental, de repente se faz visível, subitamente retorcida em agonia. A figura tomba, agarrando o próprio flanco. O espião recarrega, dispara novamente, erra, recarrega.

As névoas se espessam ao redor da figura, retardando sua queda, embalando-a. A nuvem se avermelha como as ataduras de um gigante à medida que o sangue a invade e a nuvem penetra no corpo do santo. Um milagre de transmutação: o homem se tornará cada vez mais nuvem, assim como a capitã Isigi está se tornando cada vez mais Rainha-Leão. Aquele ferimento seria letal para um mortal, mas um santo é mais que mortal. É preciso mais do que isso para matar o avatar terreno de um deus.

É preciso, por exemplo, um pelotão inteiro de atiradores haithianos. Tiros de rifle impiedosamente precisos agora têm como alvo o santo exposto, um tiro depois do outro atingindo o alvo. Os artilheiros haithianos são Vigilantes. O medo para eles é apenas uma lembrança. Mãos de mortos-vivos não tremem, e as órbitas de olhos mortos-vivos não piscam.

E então o santo cai. A tempestade acaba, desfazendo-se com uma velocidade impossível à medida que a ordem natural se reafirma. O mar também volta a si enquanto o santo Kraken afunda, liberando as águas das garras de seu milagre. O *Golfinho* avança com uma guinada, passando de uma calmaria sobrenatural para a aceleração total em um momento. Ainda que quisessem, seria difícil voltar até o navio de guerra haithiano danificado, até o ferido, porém ainda perigoso, Kraken.

Afinal, o *Golfinho* navega sob a bandeira de Guerdon, e Guerdon é neutra nesta guerra.

Emlin aplaude. O espião volta a respirar. Ele devolve a arma para Dredger.

O homem blindado pega a arma, tira metodicamente a última rodada da câmara, verifica o cano, avalia as probabilidades. Então diz:

— Vou fazer seu filho chegar a salvo, San. E aí estaremos quites.

# CAPÍTULO DOIS

— **P**ense nisso como construir uma ponte — diz a dra. Ramegos. — Como abrir uma porta.

Eladora Duttin assente, morde o lábio para não gaguejar e entoa o feitiço que Ramegos lhe ensinou. *Não é como abrir uma porta, é mais como derrubar uma bigorna na própria cabeça*, ela pensa.

Eladora não está preparada para esta lição de feitiçaria, mas o mesmo vale para todo esse aprendizado improvisado. Ela não consegue se lembrar de quando conheceu Ramegos: foi em algum momento nebuloso, doloroso e caótico depois da Crise. Os dias após aquele horror se perderam na névoa: Eladora se lembra vagamente de sair trôpega da tumba da família Thay no Morro do Cemitério, corpo e alma feridos pelas feitiçarias blasfemas de seu avô morto. Depois disso, semanas em um leito de hospital, o gosto metálico dos analgésicos e uma sucessão de figuras cinzentas semiesquecidas que a interrogaram repetidas vezes. Homens da guarda da cidade, da igreja, da guilda dos alquimistas, do comitê de emergência, todos tentando juntar as peças dos eventos que haviam recriado Guerdon. Pegar a cidade quebrada e cambaleante e lhe dar um relato de sua própria história que fizesse sentido.

Uma dessas figuras nunca saiu do lado de Eladora e, ao longo das semanas, se transformou em uma mulher de olhos brilhantes, com energia demais para ser tão velha quanto aparentava sua pele escura enrugada. Os intermináveis interrogatórios e questionamentos foram lentamente se tornando conversas e confissões unilaterais, e ao longo do caminho Ramegos declarou que ia ensinar feitiçaria a Eladora.

Eladora estende a mão, percebe a força fluindo ao longo do braço. Sente a dor e supõe que isso significa que está canalizando *alguma coisa*. Aperta o punho, lentamente, imaginando o feitiço paralisando um alvo, contendo-o em grilhões invisíveis de feitiçaria... mas então ela perde o controle, a magia escorregando por entre seus dedos. Por um momento, parece que sua mão foi colocada sobre uma fogueira, os grilhões invisíveis de repente transformados em metal fundido, escaldando sua pele. Um feitiço errado pode descarregar de forma imprevisível: se ela engolir o poder que atraiu, pode aterrá-lo em seu corpo, correndo o risco de provocar danos internos. Se liberá-lo, pode incendiar alguma coisa, e aquela salinha dos fundos do escritório parlamentar do Lib Ind está lotada com papéis e livros.

Ela mantém a mão no fogo, presa na indecisão, até que Ramegos se inclina para a frente e dissipa o feitiço errante como se fosse uma teia de aranha agarrada à pele. O modo casual como a mulher mais velha usa o poder é impressionante.

— Foi uma boa tentativa, mas desleixada — diz Ramegos. — Você tem sido negligente com sua prática.

— T-tem sido difícil arranjar tempo. O sr. Kelkin...

— Kelkin vai nos fazer trabalhar até a morte se permitirmos. — Ramegos joga um pano úmido para Eladora, que o enrola em sua mão. — Nem tudo tem de seguir o cronograma dele.

*Não é o cronograma dele*, Eladora quer protestar. *Estou trabalhando para consertar Guerdon, e você está... fazendo sei lá o que um Taumaturgo Especial faz.* Mas ela não quer ter essa discussão novamente. Ramegos pode saber, intelectualmente, o que aconteceu com a cidade, mas ela não é de Guerdon. Ela não sente a mesma urgência feroz de salvá-la que Eladora sente.

Ela escolhe outra abordagem.

— Ao passo que você pretende me matar ao seu bel-prazer.

— Feitiçaria é um exercício mental muito saudável, com apenas uma pequena chance de autoimolação. Se tudo que você quer da vida é riqueza, poder e sanidade, vá ser uma alquimista — diz Ramegos.

No último século, a revolução alquímica de Guerdon transformou a cidade, e o comércio de armas alquímicas trouxe grande riqueza do além-mar, enquanto a Guerra dos Deuses consome metade do mundo.

*Eu não quero ser alquimista. Nem conselheira política. Nem...*

— Vamos de novo. Mas tente não se explodir desta vez.

Eladora grunhe e tenta limpar a mente, ou pelo menos deixar de lado algumas de suas preocupações mais urgentes. Ela levanta a mão outra vez, imagina as formas tortuosas e impossíveis...

E alguém bate à porta. A voz irritante de Perik grita:

— O presidente está a caminho! Ele convocou...

Ele é interrompido abruptamente. Eladora abre a porta para revelar Perik parado ali, congelado pelo feitiço no ato de bater. Ramegos dá um risinho abafado e dissipa a paralisia com um gesto. Perik permanece parado, confuso, pego na ação de bater.

— ... o comitê — finaliza ele.

Perik olha feio para Eladora e teria olhado feio para Ramegos, se tivesse coragem. A feiticeira o ignora, pega seu pesado grimório e sai apressada, flutuando em meio ao tumulto do escritório.

— Lembre-se de praticar seu khebeshiano — ela instrui Eladora ao sair. — Você não vai longe como feiticeira se não souber khebeshiano.

Claro que Ramegos acha isso — ela é da distante cidade de Khebesh —, e dominar a língua obscura e difícil está bem lá no final da lista de prioridades de Eladora.

Perik espera até que Ramegos se afaste antes de falar.

— O presidente Kelkin enviou uma mensagem de etérgrafo há uma hora — diz Perik em um tom venenoso. — Ele quer o seu relatório. Eu não quis interromper seu tempo com a Taumaturga Especial.

Eladora solta um palavrão baixinho. Ela se encolhe para passar por Perik e corre até sua mesa no escritório. Uma dúzia de outros assistentes do comitê de emergência olha para ela e volta ao trabalho, cada um deles escrevinhando freneticamente como se fosse o último minuto de um exame final. A tagarelice distante de um etérgrafo em outro aposento; o burburinho de vozes no corredor, como uma onda se avolumando. Kelkin está quase chegando.

Ela enfia uma pilha de papéis em sua bolsa gasta, rezando para deus nenhum que eles estejam na ordem certa. Em sua mente, vê Kelkin — seu chefe, chefe de todos, presidente do comitê de emergência e governante de Guerdon — atravessando a Praça da Ventura a passos pesados, bufando como uma pequena máquina a vapor, arrastando atrás de si uma enorme multidão de suplicantes e escriturários, mendigos e guarda-costas, lunáticos e jornalistas, e sabem os céus o que mais. Quando Kelkin aparece em público, hoje em dia, é sempre a um sopro de distância de um tumulto. Normalmente, Eladora fica nervosa que algo aconteça enquanto Effro Kelkin estiver perambulando pela cidade que governa temporariamente. Hoje, ela quase deseja que algo aconteça.

Qualquer coisa para atrasá-lo.

Ela não está pronta.

Por um momento, Eladora deseja que estivesse praticando algo mais doloroso que uma fórmula de paralisia. Em vez disso, só consegue pensar em pedir um favor a Perik.

— Será que você pode, eh... atrasá-lo? Eu só preciso de cinco minutinhos.

Na verdade, ela precisa de cinco meses.

Talvez cinco anos.

O relatório gigantesco em sua mesa é uma investigação sobre as origens, a demografia, a estrutura e o status da Cidade Refeita. Dez meses atrás, no auge do que alguns chamam de Crise e outros de Milagre das Sarjetas, uma Cidade Refeita surgiu dentro de Guerdon. Um labirinto de ruas e túneis, palácios e blocos de torres, todos feitos de pedra branco-perolada, eclodiu do cadáver de um criminoso chamado Mastro e engolfou o quadrante sudeste de Guerdon, infligindo incontáveis danos ao Bairro dos Alquimistas e às docas. Desde então, a Cidade Refeita foi rapidamente colonizada. Sobretudo por refugiados, mas qualquer um que tivesse coragem para tal podia descer até lá e reivindicar um dos palácios vazios sob as arcadas reluzentes e silenciosas.

Guerdon já se recuperava de uma série de ataques; a guarda da cidade estava sobrecarregada. Não havia como assumir o controle da Cidade Refeita quando ela se formou. Os jornais publicavam histórias chocantes de depravação e crime em larga escala. Tudo é possível lá; nem mesmo a realidade é muito precisa na Cidade Refeita: o relatório dela está abarrotado de relatos de milagres e magia que Eladora não consegue atribuir a qualquer deus conhecido. Há pregões e editoriais exigindo que a Cidade Refeita seja domesticada, expurgada, posta em quarentena, demolida ou desmantelada, mas ninguém tem uma opinião unânime sobre o que deve ser feito ou como fazê-lo.

A tarefa impossível de Eladora era compreender a Cidade Refeita, mapeá-la e fazer um balanço disso. Outros na equipe do Liberal Industrial estavam encarregados de desenvolver um trabalho com base no realizado por ela, como parte da grande lei de segurança que Kelkin exigia. Ele já tinha sido o grande reformador, mas sua reputação nos últimos vinte anos foi construída sobre uma base de lei e ordem, e ele estava determinado a levar ordem à Cidade Refeita.

Eladora olha para uma página totalmente em branco, com a exceção do título: "Soluções propostas."

Ela realmente não está pronta.

— Se eu posso *atrasá-lo*? — repete Perik, incrédulo. — Ele já mandou reunir o comitê de emergência. Não, eu não posso *atrasá-lo*. Se você não levar o documento, levo eu!

Perik costumava trabalhar para o sr. Droupe, dos Mascates, que eram apoiados pelos alquimistas e os principais rivais dos Liberais Industriais de Kelkin. Os Mascates são, oficialmente, o partido Cidade Progressista, mas todo mundo ainda costuma citar uma piada que Kelkin fez vinte anos atrás sobre como a única política deles era vender armas no mercado, daí o apelido Mascates.

Tecnicamente, Perik ainda trabalha para Droupe, assim como Droupe ainda é tecnicamente o cabeça do parlamento. Mas esse parlamento não se reúne há dez meses e nunca mais se reunirá em sua forma antiga. Durante a Crise, Kelkin assumiu o controle do antigo Comitê de Segurança Pública, declarou estado de emergência em toda a cidade e assumiu poderes especiais. Eladora estudou história o suficiente para saber como a ordem pode ser frágil, quão facilmente a ordem do mundo pode ser arruinada. Naqueles dias sombrios, Kelkin manteve a lei e a ordem por pura determinação e pela força de sua personalidade, e por isso ela é profundamente grata.

E como se para garantir que Droupe estivesse derrotado e sucumbido para sempre, um escândalo veio à tona três meses após a Crise. Um esquecível caso envolvendo suborno e corrupção, mas foi o suficiente para garantir que ele não retornasse a Guerdon e reivindicasse a presidência do comitê de emergência. Eladora tem certeza de que foi Kelkin quem vazou o escândalo para a imprensa e se pergunta há quanto tempo o velho mantinha aquilo em reserva. Effro Kelkin às vezes é um idealista e às vezes um oportunista cruel; seus biógrafos já estão cavando as trincheiras para a guerra.

— O trabalho é meu — retruca Eladora, empurrando Perik para passar.

O rosto dele fica vermelho de raiva, mas ela o ignora e chama seu assistente. Rhiado se livra de um grupo de ajudantes e corre até ela. Ele curva o corpo esguio em uma quase mesura; Rhiado é apenas um ou dois anos mais jovem que Eladora, mas ele a trata como uma estadista idosa, quando ela também é apenas uma assistente. Ele é assistente de um assistente, um título estranho, mas tudo no comitê de emergência é improvisado. A cidade foi estripada pela Crise no ano anterior, e eles estão segurando os órgãos cívicos como se constituíssem uma bandagem purulenta.

— Estou descendo para encontrar o presidente. O que está na minha agenda para depois?

— Você tem a recepção na embaixada haithiana esta noite. Só isso.

— Obrigada — diz Eladora. Ela contorna Perik e dribla o labirinto de escrivaninhas no escritório.

— Ah — chama Rhiado. — Sua mãe quer ver você. Ela está na cidade.

Eladora dá de cara com uma mesa. Tropeça, esfolando o joelho na quina afiada. Deixa a bolsa escapar e os papéis se espalham pelo chão.

Ela sente as bochechas queimando ao se curvar para pegá-los, ouve os murmúrios exasperados de Perik.

— Tudo bem, tudo bem — insiste ela, afastando Rhiado gentilmente quando ele tenta ajudar. Não é culpa dele: ele não conhece Silva Duttin.

Eladora não fala com a mãe há mais de três anos. Existem cicatrizes em forma de lua em seus antebraços que testemunharam aquele último encontro: ela se lembra de estar sentada no restaurante, cravando as unhas na pele para se impedir de gritar insultos para a mulher. Durante a Crise, Eladora viu monstros e deuses, mas a ideia de encontrar a mãe ainda é uma facada em seu estômago.

Não há tempo para isso agora. Ela se força a ficar de pé e sacudir a poeira. Perik ainda a fulmina com os olhos, mas ela tem que ignorar. Kelkin precisa dela.

Eladora acelera porta afora. O parlamento é um labirinto de túneis, salões, escritórios e arquivos, mas ela aprendeu a navegar por eles sem pensar. Está quase tudo vazio, de qualquer maneira. Com a grande câmara parlamentar lá em cima vaga há nove meses, o local pode funcionar com uma equipe muito menor. Ela desce uma escada em espiral e atravessa uma sala de reuniões para chegar ao corredor principal.

Chega bem a tempo de se postar ao lado de Effro Kelkin enquanto ele marcha em direção à câmara do conselho à frente de sua comitiva. Ele bufa ao caminhar e ela pode ver o suor em sua careca.

— Tenha a seção cinco em mãos — ordena ele.

Eladora assente e torce para que a seção cinco não tenha ficado espalhada no escritório lá em cima. Seu coração está batendo forte, e não é só pela ameaça de ver a mãe. Ela trabalha para Kelkin desde a Crise, mas esta é apenas a terceira vez que o acompanha até a câmara do conselho.

Por um breve período, durante a Crise, Eladora canalizou o poder dos assustadores Deuses de Ferro Negro. Ficar próxima do poder político é uma pálida sombra *daquela* glória divina, mas é o mais perto que consegue chegar.

O almirante Vermeil mantém a porta da câmara do conselho aberta para ela. Eladora se curva e passa ao largo do homem mais velho. Vermeil tem o próprio relatório em mãos, muito mais fino, em uma pasta vermelha. Eladora teme o que pode estar escondido ali dentro.

O almirante é o conselheiro de segurança de Kelkin. O conteúdo da pasta vermelha traz a possível solução de Vermeil para o problema da Cidade Refeita sem lei. Dez meses atrás, no auge da Crise, o governo bombardeou partes da cidade com foguetes. Nada mais é impensável, nada está fora de questão.

O almirante inclina a cabeça e murmura uma saudação enquanto Eladora passa, como se segurasse a porta para ela em um jantar.

Ela ocupa um dos banquinhos amontoados junto às paredes da pequena câmara. O conselho de emergência é composto por oito membros e alguns funcionários, de modo que a sala fica desconfortável para uma dúzia de pessoas. Hoje, são quase trinta, e há mais aglomeração na porta. Eladora sente um peso no estômago ao considerar apresentar seu relatório preliminar para tal público. Ramegos está do outro lado da sala, muito entretida em uma conversa com um membro da equipe de Vermeil, e não pode lhe oferecer nenhuma palavra de conforto. Eladora avista o rosto contraído de Perik, carrancudo por ser deixado de fora da sala do conselho mais uma vez, mas então Kelkin bate o martelo, a porta se fecha e eles começam.

— Eu convoco, ah, qual é a contagem?

— Noventa e quatro — sussurra Eladora.

— Eu convoco a nonagésima quarta reunião do comitê de emergência. Dispensaremos a leitura da ata. Jarrit, vamos começar por você.

Jarrit — uma elegante mulher de cabelos grisalhos natural de Maredon, a maior das cidades periféricas — se levanta e começa a entoar basicamente o mesmo discurso que foi feito nas últimas setenta reuniões do comitê. Ela argumenta com eloquência que a crise imediata passou e que é hora de convocar um novo parlamento e devolver o governo da cidade aos cidadãos.

O que, para ela, significa a guilda dos alquimistas e seus ricos aliados. Jarrit é uma Ambulante de cabo a rabo. Sem citá-lo pelo nome, Jarrit insinua que Kelkin subverteu a democracia e seiscentos anos de tradição parlamentar. (Eladora, no fundo ainda uma sofredora estudante de história, não consegue deixar de fazer observações mentais: os parlamentos corruptos da época e que a instituição era uma sala cheia de reféns do rei; a lacuna de cinquenta anos quando Guerdon foi dominada pelos monstruosos Deuses de Ferro Negro; os parlamentos abençoados onde a Igreja dos Guardiões ocupava nove décimos dos assentos.)

Assim que Jarrit se sentou, outro orador se levantou. Outro Ambulante, castigando o comitê de emergência por sua indiferença e pela resposta tímida ao problema de segurança enfrentado por Guerdon. Ninguém sabe o que fazer com a cidade que apareceu no final da Crise. Ela está inundada de criminosos e cultistas, a guarda da cidade não tem coragem de patrulhar todas as ruas estranhas e o comitê se recusou a autorizar a criação de novos Homens de Sebo.

Ao ouvir isso, Eladora sorri por dentro. Os Homens de Sebo são monstros criados pela guilda dos alquimistas. No auge da Crise, os alquimistas tiveram permissão para retirar suspeitos das ruas e colocá-los em tonéis de sebo, para formar um exército horroroso que usurparia a vigilância da cidade. Mesmo que Kelkin não fizesse mais nada, ele ainda teria assegurada a lealdade de Eladora por manter aqueles homens-vela horripilantes sob controle. E ela não é a única a se sentir assim; se existe uma unanimidade em Guerdon, é que os Homens de Sebo são monstros.

É só que metade da cidade pensa que eles eram monstros necessários para manter a outra metade sob controle.

Impassível, o presidente ouve o discurso. Mas, no meio da falação, ele se inclina para trás e estala os dedos para Eladora. Ela vasculha a bolsa e entrega a ele o máximo de folhas da seção cinco que consegue encontrar. Ele folheia o material, faz algumas anotações, depois pega a pasta vermelha de Vermeil e a coloca ao lado da seção cinco sobre a baeta verde da mesa de conferências. Ela se pergunta se o almirante escolheu aquele vermelho deliberadamente. Parece uma poça de sangue fresco na qual Kelkin está prestes a mergulhar as mãos. Enquanto ele folheia, Eladora tenta ler por cima do seu ombro. Avista palavras como *Homens de Sebo. Navios-prisão. Descontaminação forçada. Gás pesado.*

— Mais alguma coisa antes de passarmos para novos assuntos? — pergunta Kelkin quando Abver termina. Ele coloca a mão direita sobre a pasta vermelha. — Não?

Um silêncio desce sobre a sala de conferências. Cabeças assentem. Ramegos está imóvel, ilegível. Vermeil prende a respiração. Os Mascates lambem os lábios. Os sacerdotes dos Guardiões se abanam, seus mantos ásperos desconfortáveis no calor intenso daquele verão.

— Não tenho novos assuntos — diz Effro Kelkin.

Tumulto. Todos os outros membros do comitê e seus assessores e conselheiros gritam em uníssono. Eladora olha confusa para Vermeil, imaginando o que Kelkin está fazendo. Ele está apenas provocando seus rivais no comitê, balançando o almirante Vermeil e sua proposta na cara deles, para em seguida lhes negar uma votação sobre o assunto? Será que ele havia planejado convocar uma votação e acabou decidindo o contrário no último instante, talvez percebendo alguma mudança sutil na sala? Ou — Eladora se preocupa — seria aquilo um sinal de doença de Kelkin? O presidente tem mais de setenta anos e foi gravemente ferido durante a Crise. A cidade não sobreviverá sem uma mão firme para guiá-la.

Agora ele está batendo o martelo, exigindo ordem.

— Assuntos antigos — diz Kelkin. — Moção de Jarrit para reconvocar o parlamento e realizar uma eleição geral. Eu acredito que adiei uma votação sobre essa moção na última reunião.

Ele está definitivamente zombando dos outros. A moção foi feita cinco meses antes; ele a adiou mais de cinquenta vezes desde então.

— Eu apoio a moção — diz Kelkin. — Vamos votar na proposta para realizar uma eleição geral nas cidades e no interior para escolher um novo parlamento.

Silêncio mortal. Jarrit, hesitante, levanta a mão. Não tem muita escolha.

— Voto sim.

A votação dá a volta na mesa.

Mais dois sins, então Abver. Ele olha para seus aliados no conselho, sussurra com urgência para um ajudante, depois fala pausadamente:

— É... todo o objetivo do conselho... é, ah, o de lidar com... Afinal, reconvocar o parlamento e realizar eleições levará semanas. Você não pode... quero dizer, o presidente não concorda que seria excessivamente negligente da parte deste comitê deixar a cidade em tal estado, agravar a situação convocando uma eleição controversa?

— A cidade sobreviveu por dez meses desde a Crise. Acho que conseguiremos ir levando por mais seis semanas. Como o senhor vai votar?

Abver encara Kelkin, incrédulo. Toda a plataforma de Kelkin se baseia na lei e na ordem, na estabilidade. Agora ele não só acabou de derramar óleo flogistônico sobre toda essa plataforma, como também acaba de entregar um fósforo aos Mascates.

— Eu voto sim. Se o presidente se recusa a liderar este conselho de emergência na ação de realmente lidar com a emergência, vamos voltar ao parlamento assim que pudermos. Deixe as pessoas darem a sua opinião.

O próximo a votar é Ogilvy, o suplente de Kelkin no partido Liberal Industrial. Ogilvy está igualmente chocado com a convocação de Kelkin para uma votação. Ele parece prestes a vomitar um peixe vivo ao levantar a mão.

— Sim — diz ele, sem forças.

O último é o jovem Patros, o líder da Igreja dos Guardiões. Suas feições estão perfeitamente compostas, seus olhos baixos em oração reverente, mas Eladora consegue vê-lo remexendo nervoso um anel de oração dourado em um dos dedos. A Igreja dos Guardiões costumava ser a religião oficial de Guerdon. Por quase três séculos, os Guardiões foram senhores tanto dos deuses quanto das leis, comandando uma grande maioria no parlamento. Seu poder diminuiu desde então. Kelkin lhes deu um golpe paralisante no início de sua carreira, quando fez aprovar a lei da Cidade Livre, permitindo que religiões estrangeiras abrissem templos na cidade.

Mas desde que os alquimistas e seus Mascates chegaram ao poder, houve uma aliança incerta dos derrotados entre os Guardiões e os Lib Inds. Dez minutos atrás, Eladora teria considerado Ashur um dos aliados mais próximos de Kelkin no comitê, mas agora tudo é incerto. Por fim, ele levanta a cabeça. Eladora fica surpresa ao perceber como ele parece nervoso.

— Isto é um erro, sr. Presidente, e a cidade lamentará sua decisão. Procuramos o senhor em busca de estabilidade e fomos traídos. Em nome da santíssima Igreja dos Guardiões, eu voto não.

Kelkin ignora seu antigo aliado.

— A presidência vota sim. A moção está aprovada. Todos os outros assuntos estão suspensos até a convocação do centésimo quinquagésimo terceiro parlamento. Este comitê só se reunirá novamente se justificado por circunstâncias especiais. Até então, a presidência agradece a todos pelo serviço.

Ele bate o martelo.

Há um silêncio atordoado por um momento, e então é como se Kelkin tivesse acabado de chutar um vespeiro, pois um incrível zumbido ensurdecedor de conversas urgentes preenche a sala. A porta é destrancada e o alvoroço se espalha para o corredor. Eladora tem um breve vislumbre de Perik, que já está conversando discretamente com Abver; aparentemente, sua deserção dos Mascates para os Lib Inds já foi esquecida. Ratos são rápidos em deixar um navio que está afundando, é claro.

E ali está Kelkin, o capitão que acabou de guiar o navio direto para as rochas. Ele se vira primeiro para Vermeil e devolve a pasta vermelha.

— Enterre-a — ordena ele. — E queime qualquer cópia que tenha sobrado.

Ele devolve a Eladora a seção cinco de seu relatório. Kelkin rabiscou alguns números em uma página quase toda em branco. A população da Cidade Refeita que ela havia estimado, dividida pelo número de cidadãos por representante no parlamento. Todo o resto da elite governante de Guerdon vê a Cidade Refeita como uma ameaça à segurança pública, uma aberração monstruosa que deve ser extirpada. Kelkin a viu pelo que é: um número suficiente de votos novos para derrubar o equilíbrio de poder no parlamento.

Ele não bateu seu navio nas rochas. Ele o aportou em uma costa virgem.

# CAPÍTULO TRÊS

Guerdon é uma cidade neutra, uma cidade de armeiros, marinheiros e mercenários, de ricos e pobres... e de espiões. Observadores para vigiar o porto, para identificar aonde os navios com cargas mortais estão indo. Bisbilhoteiros para ouvir abordagens diplomáticas sussurradas, para escutar as pechinchas e traições nas cafeterias ao longo da Praça da Ventura. Punguistas e decifradores de códigos para interceptar e decifrar missivas transportadas por mensageiros. Feiticeiros de aluguel para ler as runas e interpretar presságios. Todos os panteões têm seus agentes ali. Os becos de Guerdon são uma frente na guerra, onde — por ora — batalhas são combatidas por mortais, não deuses.

É por isso que um homem cujo título oficial é Terceiro Secretário do Embaixador de Haith deixa a embaixada por uma porta oculta. A embaixada de Velha Haith é talvez a mais grandiosa das mansões ao longo da avenida das Embaixadas, refletindo a longa e íntima relação entre as duas nações. O edifício é sombrio, janelas escuras e plúmbeas e pedra cinza, sem decoração além dos brasões das várias Casas cujos filhos servem como embaixadores em Guerdon ao longo das décadas. Muitos dos brasões são coroados com uma barra de ferro, o que significa que um embaixador ou outro herdou o filactério da família ao voltar para Haith.

O Terceiro Secretário nunca verá o brasão de sua família pendurado nas paredes da embaixada. Ele não é membro de uma grande Casa. Ele é um homem do Gabinete. Ele serve à Coroa de Haith de outra maneira.

Ele passa pela embaixada do rival de Haith, o conquistador Reino Sagrado de Ishmere. Estátuas dos deuses de Ishmere o observam enquanto ele passa, e o homem pode sentir o ódio deles como o calor de uma fornalha aberta. A Rainha-Leão, a deusa da guerra de Ishmere, rosnando. O contorcido Kraken, que rouba os mares. O rosto zombeteiro do Bendito Bol, cujo toque traz prosperidade. O Pintor de Fumaça, escondido atrás de um véu.

Não há sinal da Aranha do Destino, o que o preocupa. A Aranha do Destino é o deus ishmérico do acaso e dos segredos. Existe uma crença — algo entre uma piada e um artigo de fé — entre os funcionários da inteligência da embaixada de Haith, de que a estátua da Aranha do Destino ganha vida para comer espiões incautos. O panteão ishmérico está sempre em fluxo, sempre mudando conforme os deuses de uma ilha ganham destaque, ou um deus se metamorfoseia por pura loucura em algum novo aspecto. Há funcionários do Escritório de Divindades Estrangeiras cujo trabalho é interpretar pequenas mudanças nos rituais e decoração de templos ishméricos, em uma tentativa de adivinhar mudanças no equilíbrio de poder divino.

A ausência da Aranha do Destino pode indicar que a divindade cheia de segredos caiu em desgraça. Ou pode ser um despiste, para enganar os espiões observadores. A linha entre a loucura e o propósito divino há muito tempo foi apagada em Ishmere.

Ainda há algumas luzes acesas nos escritórios do andar superior da embaixada de Ishmere. O Terceiro Secretário olha para elas, pensando distraído sobre as pessoas lá que fazem o mesmo trabalho que ele. Sem dúvida elas também se esgueiram à noite, enviando vibrações por todos os fios e teias do mundo das sombras. Eles têm espiões vigiando o porto, e os armazéns alquímicos e os salões de aluguel de mercenários. Eles também têm agentes e informantes; têm identidades falsas exatamente como ele, títulos burocráticos sem graça, que mascaram seu verdadeiro propósito, assim como seu casaco pesado esconde a arma que ele usa.

Ele se pergunta se os outros também chamam Guerdon de lar, como ele. Ele vem de Haith, mas faz décadas que não volta para aquela terra. Sua carreira foi passada em várias colônias remotas e territórios conquistados. Seria possível traçar o longo percurso mapeando suas missões. Conforme os anos passam e as fronteiras se contraem, seus postos ficam cada vez mais perto de Haith.

Ele não tira licença há anos, porque, se tirasse, teria de retornar a Velha Haith, e ele não se sente mais confortável lá. Haith não mudou, mas ele, sim. Claro, ele também não faz totalmente parte desta cidade; pode apreciar a energia feroz de Guerdon, sua paixão animal, suas formas sórdidas de sobrevivência, mas ainda é haithiano. Seus ossos pertencem ao antigo Império.

Olhando de relance para a avenida das Embaixadas atrás de si, vê uma dupla de guardas, patrulhando. Houve um assassinato naquela mesma rua apenas algumas semanas atrás, um espião rival morto a tiros. Um pouco de violência, como a primeira gota hesitante de chuva antes de uma tempestade.

Seu negócio esta noite fica do outro lado do Morro do Castelo. Ele se abaixa e desce um lance estreito de escadas, escorregadio com a chuva da tarde, depois passa sob outro arco que leva a outra escada, e que o leva a uma estação de metrô. Lembra-se de ter ficado espantado com o metrô quando o viu pela primeira vez. Haith tem umas poucas linhas de trem que circulam entre as cidades e as propriedades das grandes Casas, mas os trens de Guerdon são uma maravilha moderna. Os túneis em que correm em alguns pontos são mais antigos que a cidade. Velhas trilhas abandonadas de carniçais. Há mais coisa embaixo da cidade do que em cima, diz o velho ditado, embora isso não seja mais verdade. A adição da Cidade Refeita alterou a balança a favor da superfície.

Supondo, é claro, que não existam novos labirintos e catacumbas sob as misteriosas ruas de mármore e palácios oníricos da Cidade Refeita. Ele não ousou visitar aquela parte de Guerdon; existem perigosos poderes naquelas ruas, então ele só interage com a Cidade Refeita à distância, por intermédio de agentes e mercenários. Assistindo à distância, pela janela encardida do esconderijo no Beco Gethis.

Enquanto o trem do metrô chacoalha na escuridão, o secretário se diverte imaginando impossíveis cúpulas de prazer e jardins subterrâneos de cogumelos nas profundezas da Cidade Refeita, à espreita lá no vazio negro além do túnel. De vez em quando, uma faísca das rodas do trem resplandece, um clarão que dá uma visão rápida dos túneis. É sempre rocha esverdeada coberta de grafite, mas o secretário não consegue deixar de sentir que, se a faísca tivesse sido deflagrada um momento antes ou um segundo depois, ele teria contemplado vistas maravilhosas.

O trem diminui a velocidade ao se aproximar da estação seguinte. Três outros passageiros sobem. Dois são jovens e estão bêbados, com as vestes cinzentas de estudantes. Rindo, eles caem em um par de assentos perto da porta, se beijando e se apalpando. Os dedos ansiosos do rapaz desalojam as flores trançadas no cabelo da garota.

O outro passageiro é uma mulher mais velha carregando um punhado de folhetos. Amuletos de prata e talismãs tilintam enquanto ela desce o vagão em direção a ele. O Terceiro Secretário reconhece os símbolos: a velha é uma acólita dos Guardiões. Hoje em dia, a Igreja dos Guardiões é forçada a competir por adoradores como o resto das religiões em Guerdon. O Terceiro Secretário sente pena da velha, que precisa vender suas crenças para uma cidade cínica. Quando ela era jovem, os Guardiões praticamente governavam Guerdon, e uma vida a serviço da igreja era considerada gloriosa e recompensadora. As reformas de Kelkin mudaram tudo isso. A mulher o faz se lembrar de um velho caranguejo em uma praia seca, deixado para trás por uma onda que nunca vai voltar, correndo de um lado para outro em busca de alguma poça de maré.

Toda a sua simpatia desaparece quando, de todos os assentos naquela metade do vagão, ela se senta ao lado dele. O leve cheiro de incenso emanando de suas roupas não ajuda a mascarar o fedor fermentado da velha. Ela oferece um folheto.

— Os deuses cuidam de você — diz ela. — Sagrado Mendicante, São Vendaval, Mãe das Flores: há um deus atento a cada um de nós. Eles nunca nos viram a cara. Só nós viramos a cara para eles.

Ele pega o folheto para evitar discussões.

— Eu vou ler — promete.

Apaziguada, a velha aponta para os estudantes agarrados.

— Que vergonha — comenta ela, alto o suficiente para eles ouvirem. — Como animais. Como prostitutas.

Ele a ignora e finge se concentrar no panfleto. Uma seção é um cartão para recortar e guardar, e o folheto o exorta a carregar esse cartão o tempo todo. É para aqueles pobres demais para ter um símbolo dos Guardiões, ou muito infiéis para serem reconhecidos como membros da Igreja. A ideia é carregar o cartão até morrer, para que, ao chegar a hora de se livrar do seu corpo, você seja enterrado com os ritos adequados.

O cartão não descreve esses ritos, mas o Terceiro Secretário sabe quais são. Hoje em dia, os mortos dos Guardiões são dados aos carniçais, os restos mortais levados ao fundo dos poços de cadáveres, nas profundezas da cidade. É uma solução prática em vários níveis: não só reduz a necessidade de cemitérios em uma cidade superlotada, mas os carniçais extraem o *resíduo*, os potentes fragmentos de alma, do cadáver, e o consomem. Os Deuses Guardados consomem apenas o mingau ralo da oração, uma dieta de inanição de fé que garante que os deuses de Guerdon sejam fracos e controláveis, em comparação com os titãs enlouquecidos de outras terras.

O Terceiro Secretário sorri por dentro. A morte é um problema para outras pessoas, não para um homem da casta Vigilante de Haith. A alma dele não vai a lugar algum.

O trem emerge de seu túnel e chacoalha por um viaduto. Lá embaixo está o emaranhado de ruas e becos chamados de Arroio, o mais antigo e famoso bairro miserável de Guerdon. A Cidade Refeita engolfou metade do Arroio. Torres brancas cintilantes e pináculos etéreos se erguem acima das casas velhas e dos canais estagnados. Dessa pouca distância, o Terceiro Secretário pode ver que a Cidade Refeita não é tão celestial quanto parece de longe. Varais de secar roupa foram pendurados entre as torres; bandeiras tremulam com a brisa noturna. Grafite rabiscado em fachadas de mármore. Templos que se autoproclamam salões de jogos de azar, bordéis, fossos de luta.

— Que vergonha — repete a velha. — Cidade imunda. Um cancro, eu lhe digo. Um cancro.

— Esta é a minha parada — diz o Terceiro Secretário, e se obriga a soar como se lamentasse.

Ele se levanta e ela o segura, a mão agarrando seu casaco. Ele se solta, afasta-se apressadamente dela, desce do vagão.

— Leia! — grita ela. — Sua alma ainda pode ser salva!

Ele sai do trem e desce rápido a plataforma. Atrás dele, os dois estudantes bêbados se desgrudam e também saem, cambaleantes. Ele amassa o folheto e está prestes a jogá-lo fora quando avista algo incomum. *Os fogos de Safid levarão a alma...*

Ele desamassa o folheto, dá uma lida rápida, dobra-o com cuidado e enfia em um bolso. Até onde sabe, o panfleto é de uma seita minoritária, os Safidistas, que normalmente não fazem proselitismo na cidade. Ele vai mandar o panfleto para o Escritório de Divindades Estrangeiras, para seus arquivos. A corrente principal da Igreja dos Guardiões está vacilante, superada por sua linha radical. Ele viu muito da Guerra dos Deuses para prestar atenção demais às divindades de Guerdon. Comparadas com os deuses guerreiros de Ishmere, as divindades de Guerdon são sonolentas, mal se dão conta de seus adoradores ou do perigo que eles representam. Mas divindade não é seu departamento.

Ele sai da estação. Encontra seu foco ao subir as escadas, um degrau de cada vez, conseguindo imitar o passo arrastado de um trabalhador cansado a caminho de casa, apesar da adrenalina que inunda suas veias. O Arroio está mais vazio agora do que quando ele o visitou pela primeira vez, quando começou a construir sua rede de contatos no submundo de Guerdon. Agora, esse submundo mudou para sudeste, desapareceu no incognoscível labirinto branco da Cidade Refeita. Um dia, em breve, ele terá que enfrentar o novo terreno de seu lar adotivo, mas esta noite ele tem assuntos mais urgentes.

Seu destino é uma casa no Beco Gethis, onde vai encontrar seu contato: um negociante de armas alquímicas. Haith compra essas armas em grandes quantidades direto de Guerdon por meio de canais legais. Mas existem algumas armas que não podem ser compradas por nenhuma quantia, e esse encontro faz parte de uma negociação longa e delicada para estabelecer um preço que não pode ser mencionado.

A luz acima da porta está apagada. Isso não está certo. O contato dele deveria estar lá, esperando, e por que ela estaria esperando no escuro? A rua está muito quieta, muito vazia. O secretário fareja o ar, imaginando se há um vestígio de sangue na brisa. Ele não para de andar nem demonstra qualquer reação — simplesmente passa direto.

Não é o suficiente. O primeiro agressor sai disparado de um beco, o segundo, das sombras de uma porta do outro lado da rua. O secretário faz menção de pegar sua arma, mas outra pessoa em um quarto no andar de cima já o tem na mira.

Ele sente o impacto antes de ouvir o estrondo da arma e então sente a dor três segundos depois.

Cai na sarjeta, e um dos agressores pula em cima dele. É a garota do metrô, a estudante que tinha a língua enfiada na garganta do rapaz. Ela corta sua garganta com um único golpe de uma faca pequena. Mas ela não vira a cabeça dele para o lado, então ganha como recompensa um jorro de sangue nas mãos e nos joelhos. A garota grita.

Amadores.

O Terceiro Secretário não tem mais fôlego para suspirar, mas ainda tem controle suficiente para revirar os olhos. Daerinth vai matá-lo por morrer. Desleixado. Desleixado. Não é apenas a mácula em sua carreira, são todas as pequenas coisas da vida de que ele vai sentir falta. Não apenas as garotas bonitas, mas boa comida e vinho. Que droga, agora ele vai perder a recepção desta noite também. Estava ansioso por isso.

Passos se aproximando, acompanhados por um cheiro mais forte. A voz de um rapaz, nervosa e animada. A garota da faca se une ao seu amante do trem.

— Eu acertei o tiro! Os deuses guiaram minha mão! — diz ele. — Você viu? Que tiro! Que... ugh! — E então o som e o cheiro de vômito.

Definitivamente amadores.

Eles levantam seu cadáver pelos pés e ombros e o carregam para dentro do beco. Ele considera suas opções. Seu treinamento o incentiva a continuar a se fingir de morto — se fazer de cadáver, para ser mais preciso, porque morto ele genuinamente está. Ele espera por sua oportunidade.

Enquanto espera, pondera: sua morte estaria conectada com a aparente ausência de seu contato?

Ele tem certeza de que sim: não é provável que seja uma coincidência ter sido assassinado em frente à casa onde deveria realizar uma grande negociação ilegal de armas. Ainda assim, coisas estranhas acontecem, e é remotamente possível que os dois supostos estudantes do metrô tenham calhado de roubá-lo e assassiná-lo ali por acaso. Se eles procurarem seu porta-moedas, talvez seja uma pista.

Eles o jogam em uma pilha de lixo. O fedor é insuportável para seu nariz morto. Ele percebe alguns de seus sentidos se aguçando, outros diminuindo. A sensação do pavimento de concreto e de frutas podres contra seu rosto está muito distante e parece tão sem importância quanto o sangue que escorre de sua ferida na garganta ou a bocarra aberta do buraco de bala em seu flanco direito. Seu olfato melhorou, e, além da podridão doce e enjoativa, ele consegue sentir o cheiro do seu sangue nas mãos da mulher, o perfume floral dela, o hálito de cebola de seu parceiro. O cheiro mais distante e fraco de descarga alquímica da arma que o matou. É uma condição temporária: ele leu que, quando os necromantes o esfolarem até o osso, ele perderá o olfato. *Aproveite enquanto pode*, ele reflete.

A menina vira o corpo do Terceiro Secretário e começa a vasculhar seus bolsos. Os olhos mortos dele encaram o rosto dela. É difícil ter certeza, mas ele não consegue encontrar um vestígio de remorso em suas feições, o que o irrita.

— Vá dizer a ela que a gente pegou ele! — ordena a menina.

Definitivamente não é uma coincidência. Definitivamente é uma conspiração.

Ele já esperou o suficiente.

Foi treinado para este momento, vezes sem conta, então, quando ele chega, é algo muito longe de ser interessante. Todos os treinos práticos se fundem na experiência real. Reunindo força de vontade, o secretário morto reconecta corpo e alma. Há um fulgor quente quando os periaptos de ferro implantados sob sua pele se fundem com seus ossos. Energia necromântica impregna seu corpo morto, e ele sente a força inundar seus membros enrijecidos.

A mulher grita e o ataca com a faca, mas agora ele é muito mais rápido que ela, muito mais forte. Segura o pulso dela, esmagando-o com os dedos mortos-vivos, e então acerta a outra mão em seu peito. Ela amolece e cai, ofegante.

O rapaz o olha aterrorizado, paralisado, enquanto o homem no qual ele atirou se põe de pé em um salto, encharcado de sangue, ainda jorrando de duas feridas fatais. A arma ainda está nas mãos dele, mas parece a mil quilômetros de distância.

**Corra**, diz o Terceiro Secretário com sua nova voz. Soa muito aterrorizante e sepulcral, e funciona: o garoto larga a arma e corre beco afora. Afinal, ele viu um fantasma.

Talvez, reflete o Terceiro Secretário Adjunto, ser Vigilante não seja tão ruim. Ele se vira e dá um chute brutal na testa da mulher, nocauteando-a. Pode mandar interrogá-la. Descobrir como ela soube do negócio, descobrir para quem está trabalhando.

Primeiro, porém, ele precisa descobrir o quanto dessa operação vital pode ser resgatada, descobrir o quanto sua vida valia. Ele pega a faca dela, passa um dedo ao longo da lâmina afiada, achando a sensação agradável. Segue pelo beco, testando o equilíbrio de seu corpo reanimado. Também acha isso agradável; em seu novo estado, ele é mais rápido e mais forte do que antes. A alma se realinhou com a carne. Ou melhor, com o osso. A carne agora é um peso morto.

Uma luz brilha intensamente dentro do esconderijo. O Terceiro Secretário sorri com os lábios que já estão enrijecendo, então se joga contra a porta com velocidade estonteante. Os mortos se movem rápido.

A velha dentro do esconderijo se move mais rápido.

Em suas mãos, uma espada flamejante.

O último pensamento do Terceiro Secretário é que ele realmente, realmente precisa contar ao Escritório de Divindades Estrangeiras o que está acontecendo, porque isso muda tudo. Mas então o fogo atinge sua alma aprisionada, e ele queima, e não resta mais nada.

# CAPÍTULO QUATRO

O *Golfinho* adentra o grande porto de Guerdon. A cidade propriamente dita fica a mais uma hora de viagem; Guerdon está localizada no que já foi a foz de um rio, no ponto onde ele desembocava na baía. O rio agora está em grande parte enterrado, dissecado e desviado em uma centena de canais e hidrovias subterrâneas.

A baía é salpicada de ilhas. Do convés, Emlin e o espião as veem passar. Dredger assume o papel de guia turístico, fazendo comentários ao longo do percurso. Sente-se feliz por estar de volta à sua cidade.

Algumas ilhas estão repletas de armas e fortificações, bases navais prontas para proteger a cidade de invasores. Guerdon permanece sem alinhamento na Guerra dos Deuses por causa do comércio, não por idealismo. Eles não confiam que sua simples neutralidade os proteja de invasões, e a guerra está mais próxima a cada dia.

À distância, avistam a Rocha do Sino, um recife tão fundo na água que é visível apenas na maré vazante, e invisível e letal quando os mares sobem. Dredger aponta as ruínas de um farol na rocha e a estrutura de aço oscilante da lanterna agindo como substituta temporária. Os alicerces da estrutura estão manchados de um amarelo intenso e sinistro, assim como as rochas ao redor, e Dredger explica que houve um acidente lá alguns meses atrás. Um cargueiro que transportava armas alquímicas ultrapassou o atracadouro e encalhou, derramando uma carga de bombas e gás venenoso na Rocha do Sino. Ele aponta para outro barco, de formato semelhante ao do *Golfinho*, ancorado na ilha. A maré está baixa; homens de máscaras respiratórias e botinas de borracha escalam entre as rochas contaminadas. Dredger explica que eles são alguns de seus empregados, coletando faixas de uma alga marinha que seus alquimistas criaram. As algas absorvem o veneno, concentrando-o. Mais tarde, eles vão secar as algas marinhas, moê-las e revender o pó para algum comerciante da morte como Sanhada Baradhin.

Além da Rocha do Sino, mais perto de Guerdon, existe uma longa ilha plana, ou um banco de areia. Mais da metade dela é artificial, criada por barcaças que despejaram cargas de terra envenenada na baía. Essa é a Ilha do Picanço, o pequeno reino de Dredger. Mesmo àquela distância, o espião consegue ver chaminés e refinarias na parte estável da ilha; os pátios onde Dredger transforma as sobras dos alquimistas em armas para revenda. Sua própria alquimia, a de transformar veneno usado em ouro. Nenhuma morte desperdiçada.

Entre o *Golfinho* e a Rocha do Sino fica outra ilha. Ela está lotada de navios de todos os tamanhos, atracados em qualquer espaço encontrado ao longo dos compridos cais que se estendem até a baía. Há um prédio baixo e, mais além, um acampamento. Tendas, cercas, torres de guarda. A Ilha Hark, onde Guerdon filtra aqueles que fugiram da Guerra dos Deuses daqueles que trazem os deuses loucos consigo. Um campo de internamento para o divino. Santos picaretas, monstros bendidos e crentes verdadeiros são detidos; os infiéis e os medrosos seguem em frente.

Dredger grunhe e aponta para o lado oeste de Hark. Há uma velha prisão lá, uma fortaleza de pedra cinzenta em ruínas, suas paredes parcialmente cobertas de hera. Elevando-se sobre as muralhas do forte, o espião pode ver sinais de construção: esqueletos de estruturas com tanques de metal no alto, motores alquímicos.

— Passei o ano inteiro construindo isso — diz Dredger, olhando de relance para Emlin. — Prisão para santos.

De sua posição no parapeito, Emlin olha fixo para a ilha acidentada, como se ela fosse um monstro adormecido.

Ao sul de Hark, a cerca de duzentos metros da costa, há uma pedra acidentada despontando da água. O espião consegue ver mais figuras se movendo pela ilhota. Coletando mais algas marinhas contaminadas, talvez, embora não haja nenhuma mancha amarelada naquele pequeno afloramento.

Patrulhas navais — pequenas canhoneiras — circulam em torno da Ilha Hark. Sem dúvida o *Golfinho* já foi avistado, e se Dredger não atracar lá para que seus passageiros de Severast possam ser espetados e examinados pelos inquisidores da cidade, haverá problemas.

Eles passam pela Ilha das Estátuas, uma terra de quarentena para quem sofre da terrível Praga de Pedra. Uma ilha baixa e gramada com cerca de um quilômetro e meio de extensão. Formas cinzentas permanecem em sentinela, imóveis, e o espião não sabe dizer se são rochas naturais ou as carcaças de pedra dos mortos. O som de um sino de igreja soa tristemente sobre a água. Está na hora de Sanhada e Emlin Baradhin se afogarem tragicamente.

O espião escorrega sobre a amurada do *Golfinho* e cai nas águas da baía. O sol de verão está quente, mas a água ainda está fria. Ele faz um sinal para que Emlin o siga. O menino joga uma bolsa impermeável para o espião e depois pula na água, antes de começar a nadar ansioso para a costa próxima. O espião recolhe a bolsa e vê Dredger na amurada. O homenzarrão não diz nada, mas a mão blindada de alguém faz uma saudação quase imperceptível, e então o navio parte, rumo à Ilha Hark.

É uma distância curta até a costa, mas a água cheira mal, contaminada por algum escoamento químico dos alquimistas, e é um alívio escalar a praia rochosa da Ilha das Estátuas. A costa está atulhada de pedras. Algumas são irregulares, como cacos quebrados de cerâmica. Outras são arredondadas e brilhantes, e então ele percebe sobre o que está caminhando. As pedras brilhantes são balas, lavadas e polidas pela maré. As peças dentadas... ele pega uma e a vira. Passa os dedos pelo formato de um olho, um nariz, metade de uma sobrancelha. A praia é toda composta por pedaços de Homens de Pedra. Provavelmente dos primeiros dias da quarentena, quando eles tentavam correr para os barcos com seu andar trôpego e desajeitado.

Emlin vê o rosto de pedra, abre a boca para fazer uma pergunta, então pensa melhor. Ótimo. Ele está aprendendo.

O espião tira as roupas molhadas e usa o rosto de pedra e outras partes do corpo como pesos quando joga tudo no mar. Emlin faz o mesmo. As costas do menino são marcadas por cicatrizes antigas e mordidas. Exposição ritual às aranhas venenosas das Tumbas de Papel.

Da bolsa que Dredger lhe deu, o espião remove um par de mantos com capuzes. Ele veste um, puxando a roupa áspera pela cabeça. Um rifle desmontado e alguns outros tesouros permanecem na bolsa quando ele a fecha e a coloca sobre o ombro. Enquanto o espião atravessa a praia, vai começando a adotar o comportamento curvado e abatido de um sacerdote dos Guardiões. *Viva seu disfarce*, ele pensa.

— Por aqui — diz o velho sacerdote ao jovem acólito que segue atrás dele.

Uma trilha estreita sai da costa pedregosa na direção do sino da igreja. Do topo da trilha, eles conseguem ver a torre da igreja à distância. A ilha é toda composta de grama verde falhada e pedra cinza, um afloramento irregular no meio da baía. Algumas cabras meio selvagens os observam dos penhascos. Além da igreja, não há sinal de habitação; além das cabras e das gaivotas voando acima, não há sinal de vida. O sacerdote pondera sobre a ausência da população amaldiçoada da ilha. Estarão os Homens de Pedra todos na igrejinha?

Então ele vê um par de olhos, observando-o do que ele confundiu com uma pedra alta, e percebe que os Homens de Pedra estão por toda parte ao redor deles. Ele não sabe se o deixam passar de boa vontade, ou se aqueles espécimes em particular estão tão avançados na doença que não conseguem mais se mover ou falar. Alguns deles certamente estão paralisados. Estes têm umas poucas tigelas de madeira ao seu lado para coletar a água da chuva; seus companheiros com mais mobilidade e os sacerdotes visitantes ou membros da família lhes fazem a questionável gentileza de alimentar os Homens de Pedra aprisionados, de derramar pequenos goles de água gelada da chuva pelos lábios congelados, de meter colheradas de mingau em suas bocas.

A rota deles pela ilha os leva a passar por um desses Homens de Pedra: um dólmen envelhecido, uma lápide viva. Um olho espreita o espião por baixo de uma sobrancelha musgosa; o outro olho está incrustado com flocos grossos de granito. Os braços do Homem de Pedra fundiram-se ao seu tronco; as pernas afundaram no solo. A boca da criatura se entreabre com um estalo, mas nenhuma palavra sai, apenas um barulho, como seixos batendo na pedra. *Tuc-tuc-tuc.*

— Vamos, vamos embora — diz Emlin, com nojo das criaturas doentes.

O espião não é, por natureza, um homem misericordioso. O sofrimento normalmente não o comove. Mas ele está prestes a colocar os pés em um novo lugar e precisa de toda a sorte que puder reunir.

— Podemos nos permitir um pouco de gentileza.

O espião para e pega a tigela de água do Homem de Pedra. Levando-a aos lábios dele, permite que o líquido escorra para a boca listrada de cinza. Os dentes da criatura se tornaram estalactites e estalagmites. Uma língua metade pedra, como um híbrido canceroso e grotesco de cobra e tartaruga, se move atrás dos dentes de pedra, lambendo a borda da tigela.

— Lembre-se de nós em suas orações, amigo — sussurra o espião. Ele devolve a tigela ao seu nicho.

De todas as partes ao redor deles surge um ruído de raspagem e de pés se arrastando. Bocas se entreabrem, olhos fixos encaram, suplicantes. Homens de Pedra semimóveis se aproximam; outros apenas estalam e grunhem, pois não conseguem mais formar palavras humanas. Emlin se afasta das criaturas miseráveis, puxando o manto do espião.

Eles não podem ficar para ajudar todos. Têm um compromisso. O espião conduz Emlin ao longo da trilha. O sino da igreja parou de tocar, e agora o único som é o vento, as ondas e as gaivotas.

As portas da igreja estão fechadas quando eles chegam, mas outra trilha, mais discernível, desce da igreja até o pequeno porto. Ao segui--la, eles logo se deparam com outros sacerdotes. Um grupo fechado de uma dúzia de homens, vestidos como o espião e Emlin: mantos cinza largos, luvas grossas de borracha para proteger de infecções. Alguns vêm da capelinha da ilha, outras de seus atendimentos ao longo do litoral. Os dois se apressam para se juntar a eles; apenas dois sacerdotes perdidos que se demoraram um momento para cuidar de outra pobre alma. O menino se empertiga, fica o mais alto que consegue, tenta se passar por um homem adulto. No porto, os catorze padres sobem em um longo barco a remo e, se algum deles nota seus novos irmãos, não diz nada. Dredger já usou essa rota antes para contrabandear pessoas para a cidade. Ou talvez contrabandear Homens de Pedra para fora da ilha, para reforçar sua mão de obra nos pátios.

Assim que saem da Ilha das Estátuas, um dos sacerdotes passa ao redor um frasco de vidro pesado do tamanho de um balde de leite. Removendo as luvas, os sacerdotes pegam punhados de geleia transparente e esfregam na pele. O espião faz o mesmo; a gosma é arenosa e pinica sua pele. Alkahest, caso algum traço do contágio da Praga de Pedra tenha passado pelas luvas.

Com remadas lentas e esforçadas, o barco cruza as águas entre a Ilha das Estátuas e a cidade de Guerdon. À medida que se aproxima da cidade, o barquinho precisa disputar espaço com embarcações muito maiores. Cargueiros e enormes navios mercantes: os mais antigos com velas ou remos, e os mais novos, com cascos de ferro e movidos por motores alquímicos. Grandes navios de refugiados, marcados pela passagem pela Guerra dos Deuses. O espião vê marcas de dentes do tamanho de um kraken em alguns dos destroços flutuantes. Chalupas em movimento rápido, passando aceleradas, deixando trilhas sujas de fumaça química. A forte luz do sol faz a água reluzir com uma película de óleo. Os detritos flutuantes batem contra o casco.

Os sacerdotes têm como destino a Igreja de São Vendaval, um antigo templo venerado pelos marinheiros e pescadores de Guerdon há séculos. A igreja fica perto das docas, na orla do distrito chamado Arroio, notoriamente a parte mais pobre e perigosa da cidade. Os cortiços do Arroio que são visíveis do barco parecem vazios; uma fileira de torres ocas, janelas vazias como as órbitas oculares de crânios empilhados em Severast. Essa parte da cidade está assustadoramente quieta.

O barco a remo dá a volta na popa de um cargueiro ancorado no meio do porto, e pela primeira vez o espião consegue ver claramente a Cidade Refeita. No mesmo instante, ele se lembra do acampamento celestial acima do campo de batalha de Mattaur. Torres impossíveis, leves como o ar e empilhadas como sonhos. Palácios sobre palácios, escadas subindo e se dividindo em uma dúzia de passarelas ramificadas no céu. Minaretes e praças improváveis se acotovelando na confusão feroz; uma selva de mármore. A pedra antinatural da Cidade Refeita é branco-pérola e reluzente, e a luz do sol poente incendeia a vista maravilhosa com uma beleza sobrenatural.

Pode até ser um paraíso.

Emlin o cutuca e aponta para uma onda de movimento à distância. Uma mulher aparece em uma das varandas da Cidade Refeita com vista para a baía. Se o espião estivesse mais perto, tem certeza de que poderia ouvi-la gritando. Ela passa uma perna por cima da varanda, hesita um instante ao olhar para as águas sujas centenas de metros abaixo. Aquele momento basta: dois homens surgem na varanda, agarram-na e em seguida a puxam de volta para as sombras. Os outros sacerdotes não prestam atenção ao espasmo distante de violência, o que diz ao espião que tais coisas não são incomuns na Cidade Refeita.

Pode até ser um paraíso, mas está cheio de pecadores.

O que o espião procura, porém, é a fortaleza imponente da Ponta da Rainha, do outro lado da baía. A robusta defensora de Guerdon, uma montanha de granito eriçada de canhões. Há mais estruturas também, vigiando outros acessos à cidade, prontas para cuspir os piores horrores dos alquimistas em qualquer invasor.

O barco a remo entra no porto interno, abre caminho através dos canais e passagens arqueadas do antigo rio, descendo as águas espumosas até um cais ao lado da São Vendaval. O espião repara em entradas de esgoto abertas, bocas de túneis e vielas estreitas que sobem a partir da beira da água: uma centena de saídas possíveis. Ele cutuca Emlin, acena com a cabeça em direção a um beco quase ao acaso.

Os dois ajudam os sacerdotes a descarregar o barco. Eles não trouxeram quase nada da Ilha das Estátuas, além de uma grande caixa cheia de seringas vazias com agulhas de aço. Alkahest em uma forma mais concentrada, para o tratamento dos flagelados pela praga. Apanhando a própria bolsa, o espião segue os sacerdotes escada acima até a porta da igreja, mas vira no último momento e desce apressado o beco lateral que passa por trás de uma taverna nas docas. Emlin segue seu exemplo perfeitamente: o menino cumpriu seu primeiro desafio e teve um bom desempenho. Eles desaparecem em um instante.

Nos fundos da taverna, oculto por barris cheios de ostras vazias, o espião remove seu disfarce sacerdotal e ajuda Emlin a se livrar das vestes úmidas. Suas breves vocações abandonadas, ele pega as duas últimas mudas de roupa da bolsa e enfia os mantos no lugar delas. O sacerdote sem nome se junta a Sanhada Baradhin como uma identidade abandonada pelo espião. Agora eles são do povo do Arroio, a escória da cidade.

O espião conduz o menino ao longo da rua em busca de uma pousada ou abrigo noturno onde possam ficar alguns dias. A cidade os encara com desdém, borbulhando de vozes e rostos estranhos. Veteranos com membros faltando pedem esmola nas sarjetas; ladrões e vigaristas procuram vítimas. Em um primeiro momento, o espião fica satisfeito com como ele e Emlin se encaixam bem no fluxo da multidão, como rapidamente pareceram nativos.

Logo, porém, ele vê o mesmo rosto duas vezes. Estão sendo observados. O pensamento o diverte de um modo perverso; estão em Guerdon há menos de cinco minutos e seu disfarce já pode ter sido descoberto. Seria improvável que fosse a guarda da cidade; eles não o observariam, simplesmente o agarrariam e o espancariam com cassetetes, mais um ilegal tentando entrar às escondidas na cidade sem passar por Hark.

Ele considera a possibilidade de que seja um dos outros agentes de Ishmere. O contato com eles está marcado apenas para dali a uma semana, mas, se o espião estivesse administrando as coisas por ali, abordaria logo o novo agente e continuaria a vigiá-lo até se certificar de que ele não fosse um risco à segurança. Mas ele está relutante em dar ao novo guarda do serviço de inteligência tanto crédito assim.

Então, deve ser outra pessoa.

— Filho — sussurra ele para Emlin. — Mantenha a cabeça abaixada.

O menino está olhando em volta, estonteado pela multidão e pelo rebuliço da cidade.

O espião permite que Emlin ande alguns passos à sua frente. Ele olha as pessoas que observam o menino. Ali. Uma mulher de cabelos grisalhos, vestindo um hábito. Muito semelhante ao manto sacerdotal que ele acabou de descartar. Uma sacerdotisa dos Guardiões? Ela corre para alcançar Emlin. Pega o braço do menino.

— Espere — diz ela. — Não corra.

— Correr? — diz Emlin, se fazendo de bobo. O espião aprova.

— Eu vi você saindo do barco a remo. Você veio da Ilha das Estátuas.

— E daí? — O menino se eriça todo, fecha o punho.

— E isso lá é da sua conta, velha? — intervém o espião.

— Você não queria passar pelas checagens em Hark. Foi marcado na guerra, não foi? Deixe-me olhar para você.

Ela estende a mão para virar o rosto de Emlin para si e o espião vê que sua mão esquerda está escamosa, com garras, desproporcional ao braço. Uma transformação mágica que deu errado, talvez, ou uma cicatriz de batalha da Guerra dos Deuses.

— Não vejo nenhuma marca — diz ela —, mas você esteve nas guerras, não esteve?

— Em Severast — responde o espião. Afinal, é verdade. Lá e em muitos outros lugares, mas foi Severast que mudou você.

— Eu sou Jaleh — responde a sacerdotisa. — Tenho um lugar onde vocês podem ficar por um tempo. O Sagrado Mendicante cuida dos seus. Diga-me, qual é o seu nome?

Sanhada Baradhin se afogou. X84 está adormecido por enquanto. E o espião acredita em sua própria sorte.

Ele tira um nome comum do nada, um nome de Guerdon.

— Eu sou Alic.

# CAPÍTULO CINCO

Eladora chega atrasada à recepção na embaixada de Haith. Está surpresa por sequer ter conseguido ir, depois de passar as últimas quatro horas na sede do Partido Liberal Industrial. Seus dedos estão manchados de tinta, sua garganta dolorida de tanto falar em reuniões intermináveis. Ela foi para casa e pôs um vestido de festa para o evento, mas precisou usar toda sua força de vontade para sair porta afora em vez de desabar na cama e se esconder do mundo.

Após a reunião do conselho, Kelkin fez um discurso breve e rouco para os fiéis, declarando que havia chegado a hora de atacar, que a Cidade Refeita seria a salvação deles, pois já salvara tantos outros. Quando ele elogiou o trabalho de Eladora em levantamento e investigação da Cidade Refeita, ela se encolheu toda. Apostar o parlamento por conta de um relatório inacabado a perturbava, mas o que poderia dizer? Kelkin tinha jogado os dados; eles todos estão comprometidos agora.

Seu posto na equipe de Kelkin é alto o suficiente para que fosse indelicado não comparecer àquele evento — os haithianos são muito sensíveis a questões de protocolo e etiqueta —, mas poderá ir embora assim que der uma volta completa pelo salão de baile. Primeiro, porém, ela deve passar pelo hall de entrada. Uma fila de convidados serpenteia pelo salão, todos esperando para serem recebidos pelo embaixador. Eladora entra na fila para cumprimentá-lo, grata por ele estar na frente de uma enorme lareira aberta. A embaixada de Haith é desconfortavelmente fria em contraste com a noite quente lá fora. O prédio antigo é cheio de correntes de ar, mas isso não é o suficiente para explicar o ar gelado. Ela se pergunta se há alguma feitiçaria que replica os climas mais frios de Haith. Ou talvez os guardas mortos-vivos de alguma forma suguem o calor do ar.

O embaixador — Olthic Erevesic, ela lembra — é uma figura que parece combinar mais com roupas de pele e um machado de batalha, não com uma tacinha de espumante que praticamente desaparece na enorme pata que ele chama de mão. Um príncipe guerreiro do distante passado bárbaro de Haith. Ele é jovem para o cargo, apenas alguns anos mais velho que Eladora, mas já obteve uma série de vitórias em batalha. Fitas e medalhas de campanhas adornam seu peito largo, narrando sua orgulhosa carreira militar, e um bracelete de ferro indica seu nobre destino.

Conforme a fila vai se aproximando, ela consegue distinguir o brasão da família, que traz uma espada, e as correntes que adicionaram à braçadeira para que ela coubesse no enorme bíceps de Olthic. A braçadeira significa que ele é um dos Consagrados, a mais alta casta da morte na sociedade estratificada de Haith. Filho de uma de suas grandes casas, herdeiro de um filactério familiar.

Assim que chega sua vez de falar com o embaixador, um assessor desliza através da multidão e sussurra uma mensagem para Olthic. O embaixador tem que inclinar a cabeça enorme para ouvi-lo, e Eladora capta as palavras "Terceiro Secretário". Ela não se importa com a demora; aquecendo-se no calor do fogo, toma um gole maior de seu espumante. Talvez, por algum milagre, ela possa evitar falar de política a noite toda. A campanha está rolando há menos de quatro horas e ela já se sente exaurida.

— Srta. Duttin — murmura o embaixador. — Me perdoe. Tenho uma coisa para assinar, aparentemente, embora eu saiba que o Primeiro Secretário pode falsificar minha assinatura perfeitamente.

— Claro, meu senhor.

*Olha só*, pensa Eladora. *Pelo menos uma conversa já foi evitada. É só continuar assim até você poder sair educadamente.* O embaixador agarra as mãos dela com uma só das dele.

— Eu quero ter uma palavrinha com você sobre a minha proposta ao parlamento. Você sabe como funciona a mente do sr. Kelkin, e eu apreciaria seu conselho. Por favor, não saia até que tenhamos uma chance de conversar.

— Certamente, meu senhor.

Ela até consegue sorrir, não que ele repare. Já está caminhando a passos largos no meio da multidão em direção à seção privada da embaixada. Eladora permanece perto do calor do fogo por um momento e depois sobe a escada de mármore que vai dar no salão de baile principal.

Pesados lustres de ouro com cristais pendurados refletem a luz de mil velas. Aparentemente, ninguém na embaixada ouviu falar de lâmpadas etéricas ou a gás. O salão já está lotado, embora a linha atrás de Eladora se estenda até a porta da frente. Ela imediatamente avista vários membros do parlamento, cada um acompanhado por uma turma de auxiliares e assistentes. *Como uma mãe pata cercada por uma trupe de patinhos*, ela pensa em um primeiro momento. Depois, pensando melhor, ela provavelmente corrigiria para "navios de guerra cercados por flotilhas de botes e canhoneiras", mas a imagem de patinhos grasnando pelo parlamento a diverte e, além disso, já terminou sua primeira taça.

Ela contorna a multidão, um olho fixo na mesa de bufê na parede oposta. Mais uma taça, um circuito completo do salão, e pode ir para casa.

Ela dá seis passos antes de ser interceptada.

— Eladora! Venha e junte-se a nós!

É Perik. Rosto corado, transbordando de falso charme. Ele está cercado de Mascates. Ela avista vários homens e mulheres com roupas caras, todos exibindo o símbolo do olho dourado e do frasco que representa a guilda dos alquimistas: o patrono principal dos Mascates. Nenhum rosto amigável ali. Antes que ela possa escapar para a multidão, Perik agarra seu cotovelo e a manobra para o meio do círculo. Ela está presa.

— Sabe, a Eladora aqui é a verdadeira *arquiteta* do grande plano de Kelkin — diz Perik. — Ela é uma especialista na Cidade Refeita. Parece que ela está fervilhando de eleitores ansiosos. Todos nós já os vimos, não é? Chegando naqueles malditos navios-caixões, magros como esqueletos, loucos como santos, todos balançando suas cédulas eleitorais e gritando…

Ela tenta interromper.

— Eu ajudei a escrever o plano, não aceitaria responsabilidade…

— Gritando "cruzamos o mundo para votar em Kelkin! Um voto em Kelkin é um voto em…" O quê, exatamente? O que o homem está defendendo nos dias de hoje? — Perik dá de ombros teatralmente. — Ele passou os últimos quinze anos nos chamando de vendedores ambulantes e comerciantes sujos que vendiam a honra da cidade, além de nos acusar de colocar Guerdon em perigo… quando fomos nós que construímos a marinha! Fomos nós que trouxemos prosperidade para todos!

— Eu… Eu… — gagueja Eladora. Ela nunca foi boa em confrontos nem em pensar rápido. Olha ao redor do salão em busca de alguém que a resgate, procurando uma saída, desejando que a terra a engula.

Perik continua:

— Kelkin nos castiga por colocar a cidade em perigo e negligenciar a lei e a ordem, mas votou contra os Homens de Sebo! Ele votou…

— Medidas de emergência — sibila um dos outros Mascates, *sotto voce*.

Os Mascates estão tão intimamente associados à guilda dos alquimistas que os dois são praticamente uma só entidade, e os monstruosos Homens de Sebo foram criados pela guilda. Os Homens de Sebo foram criados para aumentar a depauperada guarda da cidade e, durante alguns breves dias, durante a Crise, eles a substituíram por completo. Mas descobriu-se que as pessoas não gostavam de ser "protegidas" por uma coleção de tenebrosas obras de cera psicóticas que tinham a tendência preocupante de punir até mesmo infrações menores com esfaqueamentos frenéticos. Os tonéis foram destruídos na Crise, soterrados sob a Cidade Refeita.

— Ele votou contra nossas medidas de emergência para conter a Crise. E, quando assumiu o controle do comitê de emergência, mostrou o que realmente significa negligenciar a lei e a ordem! Agora metade da cidade se tornou selvagem. Nenhuma ordem a não ser os caprichos dos senhores do crime, nenhuma lei a não ser a lei da faca! Essa é a obra de Effro Kelkin, que as pessoas lembrarão quando forem às urnas!

Eladora morde a língua. Ela é uma das poucas pessoas na cidade que sabe o que realmente aconteceu na Crise e jurou segredo. Em vez disso, se atrapalha com as palavras, encontra apenas banalidades.

— O sr. Kelkin acredita que esta ainda é uma cidade acolhedora e que as pessoas da Cidade Refeita tornarão Guerdon mais forte a longo prazo. Nossa plataforma de campanha será... será...

— Corações moles e deuses estrangeiros. E se a franquia for estendida até a Cidade Refeita... uma proposta que deve ser muito, muito cuidadosamente considerada, do ponto de vista legal... então eu digo que os Lib Inds serão bem-vindos a todos os lugares que possam ganhar lá! Porque para cada novo assento da Cidade Refeita que ganharem, vão perder dois na velha! As pessoas procuraram Effro Kelkin para que ele as guiasse para fora da Crise, e ele não fez nada! Deixou a cidade cair na anarquia, e agora deixa de lado até mesmo o comitê de emergência! Estamos à deriva!

— Perik — interrompe uma mulher mais velha. — A taça da srta. Duttin está vazia. Vá buscar outra para ela.

Sua salvadora passa a mão enrugada por baixo do cotovelo de Eladora e a guia para longe do círculo de Mascates.

— Por favor, perdoe Perik. Na verdade, não, não perdoe. Ele é um idiota.

Eladora reconhece a mulher como Mhari Voller, uma idosa estadista de Guerdon. Os Voller são uma das famílias mais antigas da cidade, principalmente porque sempre foram politicamente astutos e se alinharam aos vencedores em todos os conflitos. Mhari era uma Liberal Industrial quando foi eleita para o parlamento pela primeira vez, mas passou para o nascente grupo dos Mascates antes da queda do governo de Kelkin. O pai dela, Eladora relembra, era um teocrata; presumivelmente, algumas gerações antes, eles eram servos jurados dos reis há muito desaparecidos de Guerdon... ou talvez até mesmo dos Deuses de Ferro Negro.

Voller rouba duas taças de espumante de um garçom de passagem.

— Mas errado ele não está. Eu conheço Effro há muito, muito tempo, e sei dizer quando ele comete um erro. Trinta anos atrás, seu erro foi ter sido muito duro, e isso lhe custou seu governo. Agora, ele teve uma segunda chance e a desperdiçou sendo mole demais.

Eladora franze a testa.

— Você está falando da Praga de Pedra?

Trinta anos atrás, a cidade foi devastada por uma praga que transformava carne em pedra. Kelkin controlava o parlamento naquela época, e ordenou um plano infame e brutal de quarentenas forçadas, contenção — e até mesmo, de acordo com antigos rumores, a limpeza de bairros infestados pela praga mandando seus agentes começarem incêndios. Qualquer um que apresentasse o menor sintoma era forçado a entrar nos campos sob a mira de uma arma. Centenas morreram em tumultos. Então, a guilda dos alquimistas encontrou um tratamento, e da noite para o dia Kelkin passou de salvador da cidade a monstro.

— Eu disse a Effro que ele estava perdendo a perspectiva, que sua cura era pior que a doença. Disse a ele que os alquimistas eram a resposta. Mas era tarde demais. Fale com Kelkin antes que ele tome uma decisão, e ele escuta. Mas fazer com que mude de ideia depois de já ter decidido? Nunca. — Voller suspira, melancólica. — Mas vou dizer uma coisa sobre Effro: ele tem bom olho para talento. Venha trabalhar para mim.

Eladora se engasga com o espumante.

— Perdão?

— Você é uma Thay por completo. Esta cidade está em seus ossos — diz Voller. — Venha trabalhar para mim. Você me seria útil.

Confusa, Eladora se debate.

— Ah, eu devo muito ao sr. Kelkin e estou determinada a seguir pelo menos até o fim desta eleição.

Voller pondera.

— O capitão afunda com o navio, não o navegador. Se você esperar até lá, será contaminada pela derrota de Kelkin. Fique com ele, e você é uma idiota leal. Pule agora, e será a assessora que o avisou de que estava levando seu partido ao desastre e foi embora quando ninguém ouviu seus sábios conselhos.

— Você elogiou Perik quando ele mudou de partido?

— Não, eu disse que ele era um idiota e que deveria esperar o mandato do comitê de emergência. — Voller dá um gole em seu espumante. — E está sendo um idiota de novo se estiver correndo de volta para os Mascates. Eles precisavam que Kelkin permanecesse no poder por pelo menos mais um ano, para deixar as pessoas esquecerem que a Crise foi principalmente culpa deles. Pular dos Lib Inds para os Mascates é pular da frigideira e jurar lealdade ao incendiário.

A cabeça de Eladora gira.

— Mas você é uma Ambulante. Como pode dizer isso?

Voller sorri.

— As coisas mudam. Outros poderes surgem. Pense em minha oferta, mocinha, e não vamos mais falar de política esta noite. Falaremos disso até perdermos o fôlego nas próximas semanas. — Ela toma um generoso gole de espumante.

— Com sua licença, lady Voller, o embaixador haithiano pediu para falar comigo, então devo ver se ele está livre.

— É claro. Por favor, pense no que eu disse.

Eladora havia mencionado o embaixador de Haith como desculpa, mas parando para pensar, parece-lhe uma boa ideia. Ela pode dar uma palavrinha com o embaixador Olthic e depois deixar a festa. Se ela se apressar, pode estar em casa antes da meia-noite, e sabe que isso contará como dormir cedo, nas próximas semanas. O que Mhari Voller sabe, afinal?

É muita gente e muita política com muita bebida grátis para Eladora.

Ela atravessa o piso principal do salão de baile, sorrindo e acenando com a cabeça para cada rosto sorridente. Esquiva-se de um jornalista do *Observador de Guerdon* que tenta perguntar a ela sobre a queda de Severast; passa batida por um trio de seus colegas Liberais Industriais que estão importunando um infeliz comerciante de Haith sobre tratados comerciais; evita um lascivo sacerdote bêbado dos Guardiões. Em seguida, faz uma pausa para trocar algumas palavras breves com o almirante Vermeil, que está em uma conversa profunda com o embaixador de Lyrix. Ali, Eladora está fora de sua alçada. Ela sabe pouco sobre a terra de Lyrix além de histórias de sindicatos do crime dirigidos por dragões que brigam com deuses loucos em meio a selvas fabulosas. O embaixador daquela terra de maravilhas a saúda com uma taça de espumante e reclama de enjoo marinho.

— Duas semanas para cruzar, tudo porque sua marinha exige que venhamos em comboio. Os atrasos são inteiramente culpa do seu lado, almirante.

Vermeil dá de ombros.

— Estamos com falta de canhoneiras de escolta e, com a guerra tão próxima, atrasos são inevitáveis.

O embaixador levanta sua taça.

— Os deuses enviam dragões para flagelar tanto o pecador quanto o homem honesto.

É um velho ditado lyrixiano que costumava significar *não olhe para mim, a culpa é dos deuses*, mas que hoje em dia se refere às famílias criminosas ghierdanas que controlam cada vez mais o comércio de Lyrix.

Vermeil a apresenta ao embaixador, e os olhos do homem reluzem com a menção do nome de Eladora de um jeito que a perturba: avarento e reptiliano.

— Srta. Duttin. Seu nome chegou aos ouvidos do meu tio-avô. A senhorita é historiadora? Venha para as ilhas ghierdanas comigo, e vou apresentá-la a alguém cujas lembranças remontam a mil anos!

— É, ah, muito interessante, mas, ah...

Vermeil intervém.

— A srta. Duttin tem responsabilidades aqui que a impedem de deixar a cidade no futuro próximo. — Ele sussurra ao ouvido dela: — Eles querem interrogá-la sobre a Crise. Não lhes diga nada.

Ela segue em frente, apressada.

Ainda não há nem sinal do embaixador Olthic no hall de entrada. Seu lugar foi ocupado pelo Primeiro Secretário da embaixada, uma figura esquálida, tão pálida e frágil que, à primeira vista, Eladora não tem nem certeza de que ele esteja vivo. Daerinth alguma coisa? Ou alguma coisa

Daerinth, algum honorífico que ela não consegue lembrar depois de três taças de espumante.

Olhando de volta para o salão de baile, ela vê Perik fazendo seus discursos e decide que voltar para a festa também não é uma opção. Já visitou o embaixador antes, na companhia de Kelkin ou outros membros do comitê de emergência. O escritório dele fica logo ali, seguindo por aquele corredor, atrás da porta de carvalho. Ela se lembra de um banco discreto do lado de fora. Talvez possa esperar lá até que o embaixador passe.

O barulho da festa diminui quando ela desce pelo corredor, substituído pelo silêncio de mausoléu da ala administrativa vazia da embaixada. Placas de latão em cada porta indicam os absurdos títulos supercomplexos adorados pelos haithianos, e runas apontam a casta da morte de cada funcionário. O Subsecretário de Comércio, Suplicante. O Supervisor Adjunto da Alfândega, Vigilante. Ela encontra a porta que, até onde lembra, leva ao corredor do escritório do embaixador Olthic, e ela está entreaberta.

Eladora se aproxima, encontra o banco e se senta, mãos cruzadas, recatada. Fecha os olhos e descansa por um momento. A festa a exauriu mais do que o trabalho da semana no relatório da Cidade Refeita. Ela deixa a mente vagar.

*Dedos de verme em seu pescoço, a voz de seu avô morto sibilando por trás de uma máscara dourada. O frio da embaixada se torna o frio mais profundo da tumba da família onde ele a aprisionou durante a Crise.*

Eladora ofega e se endireita. Não há ninguém por perto para testemunhar seu lapso momentâneo de compostura, motivo pelo qual ela é grata. Ela pega a memória, dobra-a ordenadamente como uma folha de papel e a empurra o mais fundo que pode, empilhando mentalmente pesados livros de história com capas de tecido em cima dela. Tem dificuldade para acalmar seu coração acelerado. Seu avô está morto. Ele morreu há vinte anos, e novamente dez meses atrás; mas, de qualquer forma, ele definitivamente, incontestavelmente, se foi.

Há um mapa na parede. É velho e terrivelmente desatualizado, o que, como estudante de história, o torna ainda mais fascinante. Está centrado na cidade de Velha Haith, 160 quilômetros ao norte de Guerdon.

O Império de Haith — em um púrpura necrótico — se espalha pelo interior ao norte e oeste. Faz um arco para nordeste, ao longo do sopé das montanhas geladas, entrando em Varinth. Ao sul, o mapa está salpicado e manchado de roxo. Salpicos para estações comerciais e postos avançados. Manchas para terras conquistadas por Haith nos séculos passados, quando as legiões de mortos-vivos e as espadas mágicas do Império eram invencíveis.

Existem lacunas no roxo. Guerdon, por exemplo, um pequeno ponto de terras agrícolas ao sul de Haith, uma cidade-estado vassala. A ilha de Lyrix a leste e, ao largo de sua costa, as ilhas menores dos Ghierdanas, cheias de dragões e ladrões. E ao sul, Ishmere, Mattaur, Severast, as antigas cidades mercantis. Se esse mapa fosse preciso, todos os três estariam manchados de vermelho, não de roxo, ensanguentados pelos soldados de Haith, que morreram sem parar naquelas praias em mais de dez guerras.

O mapa mostra Haith em quase toda sua extensão, cobrindo praticamente metade do desenho. Hoje, Haith é apenas uma mancha: o centro, Varinth, uns poucos postos avançados. Ainda uma grande potência, mas não mais inatacável.

Se o mapa fosse preciso, mostraria Guerdon em prata reluzente, com rotas de comércio prateadas espiralando para todos os quatro cantos e para fora do desenho, para o arquipélago, carregando maravilhas da renascença alquímica. Os mortos de Haith podem permanecer vigilantes em suas fileiras infinitas até o fim dos tempos, mas o povo vivo de Guerdon não tem tempo a perder. Sempre há outro acordo a ser feito.

E, se o desenho fosse preciso, ela reflete, estaria pegando fogo e gritando.

Ela ouve passos se aproximando. É um dos guardas Vigilantes da embaixada. Ela já viu mortos-vivos antes, mas nunca sem as máscaras. As criaturas não podem sair nas ruas de Guerdon sem permissão prévia da guarda e devem usar máscaras. Aparentemente, a guarda pensava que o povo simples de Guerdon ficaria apavorado ao ver um esqueleto ambulante. Uma lei antiga, tão desatualizada quanto o mapa — existem coisas muito mais inquietantes na cidade hoje em dia.

Ainda assim, ela suprime um tremor quando o esqueleto se aproxima. A mandíbula dele se abre. **Perdoe-me, mas você não pode ficar aqui. Volte para a recepção**, ele diz em uma voz tumular. Firme, porém respeitosamente, ele coloca uma mão morta em seu braço e a levanta do banco, acompanhando-a até a porta.

— O que está acontecendo? — pergunta ela.

O crânio não a encara. **Houve um incidente. Retorne à recepção, você estará segura lá.**

Adiante no corredor, um dos guardas grita, assustado, ela ouve mais tumulto e pés correndo, a voz estrondosa de Olthic, mas o morto fecha a porta na cara dela, e Eladora é deixada sozinha naquele mausoléu.

Na manhã seguinte, o escritório de Kelkin está uma loucura. Eladora se pergunta de onde todas aquelas pessoas vieram, esta tropa febril invocada pela palavra mágica "eleição". Depois de ser ignorada por alguns minutos, ela aborda um funcionário que passa correndo e descobre que Kelkin está tomando o café da manhã no Vulcano. A cafeteria era o refúgio regular de Kelkin e, na prática, seu escritório, quando ele era apenas uma voz solitária da oposição em um parlamento dominado pelos Mascates. Depois que ele conquistou a cidade através do comitê de emergência, precisou de um escritório de verdade com luxos como portas. Ir para o Vulcano agora, suspeita Eladora, tem mais a ver com mostrar o rosto na cidade do que fazer qualquer trabalho de verdade.

Ela tem trabalho a fazer, mas antes precisa falar com Kelkin.

Quando chega ao Vulcano, Eladora descobre que a comitiva de Kelkin ocupou todo o café e se espalhou pela rua no lado de fora. Escriturários e adidos juniores lidam com papéis enquanto tropeiros passam por eles tangendo porcos, subindo na direção do mercado na Praça da Ventura. Uma fila de suplicantes serpenteia ao redor do quarteirão. Há um vigia na porta, dispensando clientes regulares, mas outro dos auxiliares seniores de Kelkin avista Eladora e acena para ela entrar.

— Ele está nos fundos — diz o homem. — Vá em frente. Dez minutos.

Ela passa pela dra. Ramegos ao entrar. Eladora acena para ela e segue em frente, mas Ramegos a chama de volta.

— Terminou os exercícios que eu mandei você fazer?

— Eu tive que ir para a recepção de Haith.

Ramegos bufa.

— Um verdadeiro adepto tem foco perfeito e se compromete totalmente com o ato. Não há distinção entre feitiço e feiticeiro: os dois se tornam uma só entidade, uma única substância atemporal entre terra e céu. Há espaço para algum pensamento irrelevante?

— Ahn, não.

— Então, ora. — A mulher mais velha sorri, enrugando sua pele escura. — Ao trabalho.

Lá dentro, Kelkin está na mesma mesa que reserva no café há meio século. Como de costume, a mesa está coberta de papéis, pratos usados e canecas de café sujas. Os papéis no fundo das pilhas maiores não são olhados há décadas, e Eladora estremece só de pensar nas canecas de café mais antigas. Ela desliza para o assento oposto ao velho.

Kelkin não tem tempo para delicadezas.

— O novo parlamento terá 282 assentos, ou por volta disso, 48 a mais que na última eleição... e todos os novos assentos, exceto dois, estão na Cidade Refeita e na cidade baixa. Precisamos ganhar cada um deles, diabos, *e* manter a maior parte dos nossos votos na cidade propriamente dita, e mesmo assim isso é apenas para obter o suficiente para entrarmos em coalizão.

— Você preferiria trabalhar com os Guardiões do que com os alquimistas? — pergunta ela, espantada.

Kelkin passou metade da vida destruindo o poder da Igreja dos Guardiões na cidade.

— Eu entraria em coalizão com os Rastejantes se conseguisse definir a agenda. A igreja não tem nada que se meter com política, não mais. Seu apoio é podre como madeira velha, mas as pessoas ainda votam neles porque... — Ele faz um gesto vago, como se não quisesse contemplar o motivo pelo qual alguém faria tal coisa. — Não, a igreja acabou como entidade política nesta cidade, mas vai durar mais uma eleição, principalmente com os alquimistas em fuga.

— Na festa da embaixada ontem à noite... — começa Eladora, depois se detém. Decide que não quer mencionar a oferta de Voller, não até saber o suficiente para ter uma opinião ponderada sobre ela.

— O que tem a embaixada? — retruca Kelkin, irritado com a demora.

— O-os Mascates reclamaram que você cometeu um erro ao convocar uma eleição apressada. Disseram que você seria punido por não enfrentar os problemas da cidade enquanto detinha os poderes do comitê de emergência ao seu c-comando. — Ela escolhe as palavras e o tom com cuidado: seu lugar na organização de Kelkin é peculiar. Ela é jovem e inexperiente, mas é uma das poucas pessoas que mais sabem o que aconteceu durante a Crise, e isso a torna valiosa.

— Punido por não limpar a bagunça deles, a verdade é essa. — Kelkin dá de ombros. — Eles têm razão. Se tivermos outro show de horrores como a Crise, tudo vai ser colocado na minha conta, e vamos perder. Mas faltam apenas seis semanas para as eleições. É passarmos seis semanas sem a cidade pegar fogo, e ganhamos. — Ele estala os dedos para ela. — Chega. Eu quero que você trabalhe com Absalom Spyke. Ele já administrou as coisas no Arroio para nós antes e vai garantir que ganhemos a Cidade Refeita.

— Trabalhar com ele? Fazendo o quê?

— Identificando os bastardos da Cidade Refeita que podem levar de forma confiável os eleitores às urnas e descobrindo quanto temos que pagar por eles. Fazendo campanha, garota. Trabalho duro e honesto.

— Achei que ficaria preparando o relatório sobre o caso da Cidade Livre.

A Lei da Cidade Livre, aprovada por Kelkin há quase quarenta anos, garantia o sufrágio quase universal na cidade de Guerdon. É a pedra angular de qualquer plano para ganhar eleitores na Cidade Refeita, de modo que os outros partidos provavelmente farão um desafio legal e argumentarão que a Cidade Refeita não faz parte de Guerdon. É quase certo que o argumento falhe, mas, se o desafio fosse aceito, Kelkin e os Liberais Industriais seriam totalmente derrotados. Eladora não quer correr esse risco, e é uma rara oportunidade para ela usar seu conhecimento acadêmico à serviço da política.

Kelkin bufa.

— Perik vai cuidar disso. Espere, não, ele pulou fora, e boa viagem para aquele merdinha. Dê para... — ele faz um gesto vago com a mão — aquele com cabeça de cenoura e barba feia. Dê o trabalho para ele e depois vá encontrar Spyke.

Ela assente.

— A propósito, a cadeira Derling de história, na universidade, está para ser preenchida no início do ano letivo.

Ela congela. Essa era a cadeira do professor Ongent, vaga desde a sua morte.

— Isso era de se esperar — diz ela com cuidado.

— Não seja tímida. Se você quer sua bunda naquela cadeira, em vez de nesta aqui — ele empurra com a perna boa a cadeira surrada em que ela está sentada —, então isso pode ser arranjado. Consiga-me aquelas torres de marfim, e você poderá ter a sua.

Quando ela sai, meia dúzia de pessoas passam por ela às pressas, tentando chamar a atenção de Kelkin. A praça do lado de fora do Vulcan está lotada de pregoeiros, vendedores ambulantes e manifestantes. Da noite para o dia, as ruas floresceram como um prado na primavera: cada muro e poste de luz agora está repleto de cartazes. As pessoas gritam para ela; alguém enfia um panfleto em sua mão, e outro, e mais outro.

Febril, belicosa, a cidade está viva de uma maneira que ela não via desde antes da Crise.

Eladora quase consegue esquecer que, há menos de um ano, aquela praça estava sitiada por monstros.

Quando as sarjetas correram com sangue e o céu se encheu de deuses vingativos.

# CAPÍTULO SEIS

Terevant Erevesic — Tenente Erevesic do Nono Regimento de Fuzileiros de Haith — olha para a página. Ele não consegue pensar em uma boa rima para "matadouro".

Obviamente, "besouro" e "touro" podem funcionar, e, embora todas descrevam muito bem diferentes facetas dele próprio agora, ele quer escrever sobre aquele dia nas margens de Eskalind. Sobre os soldados que morreram — e ressuscitaram e morreram novamente — sob seu comando.

Terevant escreve a palavra "vindouro", a encara por um momento, e em seguida a risca com força. Vira a página e tenta se concentrar no que deveria estar fazendo. Outra carta do Escritório de Abastecimento, dirigida a seu pai; mais demandas para o esforço de guerra. Carne, grãos, madeira e couro, tudo das grandes propriedades Erevesic. E mais soldados, também. Mais recrutamentos de camponeses.

Terevant já se voluntariou uma vez, mas foi a meio mundo de distância. E antes de Eskalind.

Ele coça o pulso, toma outro gole de vinho e tenta reler a carta. A escrita arcaica — traçada por algum escriturário Vigilante das antigas — é difícil de decifrar. "A eterna Coroa, na pessoa do 117.º Lorde, ordena e exige..."

Uma campainha toca, sinalizando a chegada de um visitante. Grato pela interrupção, Terevant sai correndo do escritório do pai, caminhando a passos largos os corredores de mármore da mansão, até o hall de entrada. Esperando algum cadáver de Velha Haith, um factótum do Gabinete, de um escritório ou outro.

Duas pessoas vivas esperam por ele ao pé da escada. Uma delas, Terevant não conhece: um homenzinho, atônito ao encarar a grandiosidade do hall, com cabelos rebeldes e um rosto que parece esticado para caber em seu nariz enorme e pontudo. Roupas civis. Mas a outra pessoa Terevant reconhece no mesmo instante.

Lyssada.

O estranho, os criados, a mansão, os gramados iluminados pelo sol e as grandes propriedades além deles, o céu, e o mar, e a terra, tudo isso encolhe de tamanho. Aos seus olhos, Lyssada é a única coisa real e significativa no universo. Terevant se encontra de repente ao lado dela e não tem total certeza se desceu as escadas correndo ou se desabou pelos degraus, e não importa. O cabelo dela está bem preso; ela usa um sobretudo militar pesado que parece ser vários tamanhos maior do que deveria, embora eles provavelmente não sejam fabricados no tamanho pequeno dela. Emprestado de Olthic, ele adivinha; irmão dele, marido dela. Uma das mãos está enterrada no bolso do casaco; a outra está solta, carregando um envelope. Seu estômago aperta com essa visão, enquanto seu coração se eleva ao vê-la. Ele teme que possa machucar, reabrir alguma velha ferida de guerra.

— Lys, eu... — *Lady Erevesic*, ele deveria dizer.

— Vamos caminhar lá fora — diz ela rapidamente, apontando para a porta ainda aberta, para os jardins iluminados pelo sol.

— Você não está cansada? É uma longa viagem desde a capital.

— Eu quero ver este velho lugar novamente. Vamos lá, Ter.

Terevant caminha ao lado dela, recuando vários anos ao fazer isso. Em sua memória, o sol de verão inunda o gramado mais uma vez, e ela corre à frente, descalça na grama, seu vestido leve esvoaçando enquanto dispara para o abrigo das árvores. Ele pensa com frequência naquele momento. No campo de batalha, isso era um de seus talismãs, algo para fazê-lo se lembrar do motivo por que lutava, assim como os soldados de casta inferior portavam pequenos símbolos da Coroa feitos de papelão. Eles tiveram seu vislumbre do paraíso; a visão de Terevant ainda é, apesar de tudo, aquele gramado ensolarado. Agora, assim como então, eles não estão sozinhos. Naquela época, era seu irmão, Olthic, avançando a passos largos; agora, é o homenzinho estranho que faz uma pausa no limiar da porta, uma expressão confusa no rosto.

— Só vou demorar alguns minutos — diz Lyssada.

O homem assente, e Lyssada conduz Terevant pelo gramado até o bosque onde eles costumavam brincar.

Fora do alcance dos ouvidos dos serviçais, ele percebe.

O homenzinho os observa da sombra da porta.

— Quem é ele? — pergunta Terevant.

Algo sobre o homem o rotula como estrangeiro. Haithiano não, pelo menos não de Velha Haith. Talvez de um dos poucos territórios restantes do Império.

— Meu assessor — responde Lyssada distraidamente. Ela dá uma olhada ao redor do bosque. — Este lugar não mudou nada.

— Meu pai o mantém assim.

Lys foi abrigada por alguns anos ali na mansão, depois que a mãe e as irmãs de Terevant se afogaram em um naufrágio ao largo de Mattaur. O dia em que Lys chegou foi o dia em que seu luto começou a se aplacar; aqueles poucos anos foram felizes, afastaram sua tristeza.

— Como vai o Erevesic?

Terevant dá de ombros.

— Ainda segue firme. Ainda esperando pela Consagração. — A mais alta das castas da morte. A morte de sua mãe foi repentina; por contraste, Terevant está se preparando para a morte do pai há muitos anos. É um fato inevitável, no fundo de sua mente, tão sólido e familiar quanto a mansão cinza além das árvores.

Outros sentimentos são menos certos. Ele afasta suas emoções, sente as feridas no coração.

— Presumo que Olthic tenha vindo.

— Não, ele ainda está em Guerdon. Eu estou voltando para lá amanhã à noite. — Ela esfrega o polegar sobre o selo do envelope creme, como se de repente hesitasse em entregá-lo. — E você também. — Lyssada lhe estende a carta. — Eu vim aqui para buscar o tenente Terevant da Casa Erevesic, ex-Nono Regimento de Fuzileiros.

O filho de uma Casa Consagrada como os Erevesic normalmente não seria designado para um regimento como o Nono, mas eles eram seus camaradas, e o "ex" dói.

— Por que foi você quem trouxe isto? — pergunta ele, agitado. Surpreso. Apreensivo. Vergonha de que ela saiba o que ele fez. Um pequeno lampejo de raiva de Olthic por não estar ali. Em um torvelinho de emoções que ele não consegue classificar.

A carta é dos militares. Lys faz parte do Gabinete, o serviço público. Deveria haver uma divisão estrita entre eles. Ela pode ter problemas por entregar uma carta daquelas. Ela dá de ombros.

— Eu sabia que estava para acontecer. E já estava em Velha Haith de qualquer maneira. Achei que você gostaria de ver um rosto amigável.

Três meias verdades, talvez, nenhuma das quais torna a resposta honesta, mas ele não pode se preocupar com isso agora. Rompe o selo e lê a carta. Percorre por alto a descrição da batalha em Eskalind, o combate com as forças de Ishmere. Como a Mãe Nuvem se manifestou no campo de batalha, agarrando soldados e lançando-os ao céu, rasgando-os em pedaços para que o sangue caísse como chuva. Os mares escoando, sendo substituídos por algo como vidro líquido, que cortava e queimava ao mesmo tempo.

As ordens eram de que levasse as armas para a costa. Ele havia feito isso, avançado até o templo, investido direto na boca dos deuses. Lendo a descrição fria na página, parece que estão narrando as ações de outra pessoa, alguém morto há muito tempo e em um lugar muito distante.

Ele não consegue se lembrar de ter dado aquelas ordens, não consegue se lembrar daquela louca corrida para o templo.

Ele desperdiçou a vida de suas tropas em uma busca tola por glória? Ele atraiu a ira dos deuses inimigos e liderou os sobreviventes para fora do redemoinho? Terevant não sabe, e, se *ele* não sabe, como diabos um bando de generais mortos em Haith pode decidir?

Duzentos soldados haithianos desembarcaram naquela praia de Eskalind. Apenas 72 voltaram. E apenas uma dúzia deles ainda vive.

— Você lutou com bravura — diz Lyssada baixinho.

— Há quem pense diferente.

Não há nada que o exonere ali. A junta de revisão não teve piedade. Não há razão para que o poupem, mas ele lê até o fim. Seu queixo cai.

— Vou manter meu posto, então?

Ela não diz nada, apenas sorri.

Ele cita suas novas ordens:

— "De agora em diante, você está temporariamente vinculado ao serviço diplomático de segurança e deve passar em revista os guardas designados para a embaixada em Guerdon." Olthic interveio, não foi? Ele mandou o comitê me exonerar. Este é o jeito dele de garantir que seu irmão mais novo não o envergonhe de novo? Ele me quer em Guerdon, onde pode ficar de olho em mim. Infernos, Lys, não sou criança. Eu me garanto sozinho.

Ele coloca o máximo de convicção possível na voz, mas suspeita que esteja soando petulante. Todo mundo sabe a verdade: enquanto Terevant luta para se manter de pé, Olthic segue em frente a passos largos. Mas ele não pode deixar de ficar animado e aliviado também com a notícia de sua exoneração. Até preferiria ter prevalecido por seus próprios méritos, em vez de usar a intervenção de Olthic, mas ainda é outra chance de provar a si mesmo.

— Quem manda é a Coroa, não seu irmão — diz Lys.

— Ele interferiu? — questiona ele mais uma vez. *Desta vez, vai ser diferente.*

— Não sei.

— Pensei que o Gabinete fosse onisciente — murmura Terevant, carrancudo.

— Ah, nós somos. — Ela ri, e ele não consegue evitar ficar feliz com o divertimento dela. — Eu li sua poesia, sabia? Mexi uns pauzinhos com o escritório de Sedição.

— Desgraça — prageja ele.

Anos antes, Terevant se candidatou para o Gabinete e foi rejeitado. Ele foi até lá atrás de Lys, jogando fora seu posto como o segundo filho da Casa Erevesic para persegui-la pelo labirinto de ônix do Gabinete... apenas para ter a primeiríssima porta fechada na cara. Não podia voltar para casa depois daquela ignomínia; fugiu para o exterior, para um dos postos avançados do Império em Paravos. Passou alguns meses vivendo em uma comuna dissidente, bebendo com outros poetas, atores e revolucionários, publicando poesia horrível sob pseudônimo. Foi divertido por alguns meses. Pelo menos ninguém lá jamais o comparou a Olthic e concluiu que ele estava por baixo.

Então o Reino Sagrado de Ishmere conquistou o posto avançado, e ele foi forçado a fugir. Quando chegou a Haith, ficou bêbado de cair e se alistou no exército.

— Era uma poesia muito ruim — diz Lys. — Atroz.

— Alguns daqueles poemas eram sobre você.

Ela leva zombeteiramente a mão à testa, como se fosse desmaiar.

— Ah, se eu ao menos tivesse entendido seus engenhosos artifícios literários. Ah, espere, eu entendi, e mesmo assim era ruim. — Um lampejo de sorriso, para suavizar o golpe. — E agora, está pronto para servir à Coroa?

— Observando alguns soldados se pavoneando em um pátio em Guerdon? Acho que consigo cuidar disso.

Ele é um haithiano; cumprirá seu dever. Rebelar-se contra o que esperam dele só lhe trouxe tristeza; por que não tentar fazer o certo de uma vez? Fazer jus ao nome de sua família.

— As coisas são mais complicadas que isso. Depois lhe darei mais informações. — Ela lhe entrega outro envelope. Passagens de trem. — Vamos partir amanhã à noite. — Ela faz uma pausa, estende a mão e segura seu antebraço. — Há outra coisa também, o motivo por que tem que ser você.

— O que é?

— Olthic precisa da espada.

O quarto está sufocante de tão quente. Ainda é o início da tarde, e o sol deve estar brilhando além daquelas cortinas grossas, mas há um enorme fogo ardendo na lareira. O aroma de pinheiro queimado não consegue disfarçar o cheiro. O pai de Terevant — *o* Erevesic — está sentado junto ao fogo, a espada da família desembainhada no colo. Seus dedos percorrem o aço magicamente forjado da lâmina, traçando as runas, o brasão da família. Em comunhão com a arma.

Também em seu colo está uma carta dobrada; o mesmo papel, o mesmo selo daquela trazida para Terevant. A Coroa ordena, a Coroa exige.

Um jovem necromante está sentado no canto. O calor da sala o forçou a abrir suas vestes pesadas; seu rosto tem um brilho de suor.

— Eu quero ir — balbucia o Erevesic. — Eu quero ir. Eu fiz o suficiente, não fiz? Realizei o suficiente. Mas não me deixam entrar. — Os pulsos do velho estão marcados por centenas de crostas e finas cicatrizes brancas. — Eu quero ir.

— Eu sei que sim. Mas... Olthic precisa da espada da família, pai, e o senhor sabe o quanto se orgulha de Olthic. O senhor mesmo me disse. O senhor me diz isso com muita, *muita* frequência.

— Então ele deveria vir pessoalmente. Poderia dizer a eles para me deixarem entrar. Eu ainda sou o Erevesic, não sou? Eles deviam me ouvir!

— Esqueça essa espada, pai. — Após meses cuidando do velho, Terevant tem pouca paciência sobrando. — Eu tenho minhas ordens. Escute, eu ainda sou um oficial.

— Ainda é um oficial. Ainda é um oficial. Idiota. O Gabinete não tem oficiais.

— Eu não entrei para o Gabinete. Isso foi anos atrás. Eu entrei para o exército, como o senhor queria. — *Cinco anos atrasado. De desgraça em desgraça.* — Estou sendo enviado para Guerdon. Parto amanhã à noite.

— Ótimo. Partam, todos vocês. Me deixe em paz. Só me deixe com a espada.

Terevant se empertiga.

— Se o senhor fosse ser Consagrado, já teria sido levado. Não há vergonha nenhuma na Súplica.

Todo mundo fala isso. Ninguém acredita. A mais baixa, mais ordinária casta da morte é para pessoas comuns e inferiores. Os ambiciosos se esforçam para se tornar valiosos o suficiente para Haith e assim garantir a preservação como Vigilantes; apenas membros de algumas famílias nobres, como os Erevesic, têm a esperança de serem Consagrados num filactério familiar.

— Eu sou o Erevesic! — grita o velho. Ele tenta agarrar a espada e se levantar da cadeira, mas o peso dela é demais, e ele tomba. Terevant o segura, deixando a lâmina ancestral cair no chão com um tinido. — Eu sou o Erevesic! — insiste seu pai, soluçando.

Gentilmente, Terevant o abaixa de volta à cadeira. Com cuidado para não tocar na lâmina, ele envolve a mão em um cobertor e recoloca a arma no colo do pai, dando um passo para trás.

Seu pai agarra a lâmina, os nós dos dedos brancos, sangue escorrendo de cortes em suas mãos magras. O sangue é absorvido pelo metal da espada.

— Mãe, tio, avô, todos vocês. Eu estou aqui — sussurra o velho à espada. — Eu estou aqui. Eu também sou o Erevesic. Deixem-me entrar.

O necromante sussurra do canto:

— Não vai demorar muito. O filactério se fechou para ele: se esse canal ainda estivesse aberto, ele já teria falecido naturalmente. Ele precisa escolher rapidamente em qual das outras castas morrer. E receio que ele tenha demorado demais para conseguir a Vigilância. Farei o que puder por ele.

Eles esperam em silêncio, o necromante e o soldado, até que a respiração do velho se torne ritmada, até que suas mãos parem seu traçado de aranha nas runas. *Não era para ser assim*, pensa Terevant. Olthic deveria estar ali, e todos os oficiais Erevesic, os guerreiros Vigilantes que serviram à família por gerações. O Velho Rabendath, Iorial, todo o resto. Se eles estivessem ali, então talvez seu pai tivesse forças para alcançar a Vigilância. Ou talvez eles saibam que não, e por isso fiquem longe.

A morte e o dever estão inextricavelmente entrelaçados em Haith. Morrer bem é um dever. Os Vigilantes esqueléticos e os reservatórios de ferro dos Consagrados observam seus parentes vivos não com inveja, mas com fria expectativa. *Eu não vacilei*, eles dizem silenciosamente. *Será você quem vai falhar? Quebrar a corrente? Decepcionar nossa grande linhagem?* Haith está cheia de monumentos às conquistas passadas, às glórias passadas. Morra bem, e você passa a fazer parte de algo maior.

Em vez disso, ele morrerá apenas com Terevant e um necromante anônimo como companhia.

Terevant se lembra de seu pai ficar zangado quando a notícia da morte da mãe chegou. E de ele ficar novamente com raiva quando Terevant foi atrás de Lys no Gabinete. Ambas as vezes, a corrente foi testada quase ao ponto de ruptura.

*Eu voltei, não voltei? Estou tentando de novo*, pensa Terevant, esperando que seu pai entenda. Mas a cabeça do Erevesic inclina-se para a frente, e ele começa a roncar.

Terevant busca um par de pesadas luvas de cavalgada no gaveteiro de seu pai. As luvas cabem nele, pensa, mas ficariam comicamente apertadas em seu irmão gigante. Ele coloca uma luva antes de pegar a espada. Quando a ergue, ouve um rugido distante, como o eco de seu sangue em uma concha. Transfere a espada para sua velha mochila e fecha o cordão.

— Vá — aconselha o necromante. — Cumpra o seu dever, e eu cumprirei o meu.

— Não — diz Terevant, sentando-se ao lado da cama. — Eu vou esperar.

# CAPÍTULO SETE

Na casa de Jaleh, Alic e seu filho dividem um quarto com um homem que acorda gritando todas as noites, e outro que tem raízes e ramos crescendo de sua carne. Existem outros prodígios em outros quartos; um moribundo cujas entranhas estão se transformando em ouro, uma mulher cuja pele fica cheia de bolhas quando ela fala o nome de qualquer deus que não seja aquele que a reivindicou, uma criança que ri e dança no teto. É um refúgio para aqueles maltratados pela guerra. Uma casa de amansamento, é assim que chamam tais lugares, onde aqueles que se aproximaram demais de deuses loucos são cuidadosamente purificados de seu enredamento espiritual. Metade dos residentes da casa de Jaleh teriam sido internados na Ilha Hark como perigosos milagreiros, e ela lembra a todos que as únicas orações permitidas sob seu teto são aquelas para os deuses fracos e não ameaçadores de Guerdon. As orações são deliberadamente monótonas e repetitivas, com o objetivo de entorpecer a alma, não de agitá-la. De substituir o êxtase divino por uma crença entorpecida, sem inspiração, sem entusiasmo. Tirar um santo de um deus é como tentar tirar um chocalho de um bebê. Tente pegar a alma diretamente, e eles vão se agarrar a ela ou dar um chilique. Ignore, não mostre interesse, dê a entender que não vale nada, e aí eles a abandonam.

Alic observa Emlin orando. O menino participou animadamente dos ritos nos primeiros dias que passaram na casa, com um fervor excessivo enquanto tentava convencer Jaleh ou qualquer outro observador de que havia abandonado sua devoção à Aranha do Destino. Depois disso, ele começou a evitar as orações da noite, procurando desculpas — trabalho a ser feito, cólicas — ou simplesmente desaparecendo no labirinto de becos ao redor do Arroio. Jaleh avisa Alic de que, a menos que o menino se submeta ao amansamento, os deuses de Ishmere nunca o deixarão. Alic assente, diz humildemente que vai falar com o menino, fazê-lo participar dos ritos.

Ele precisa manter a santidade do menino, mas recusar a oferta seria suspeito. Então procura um meio-termo. Em alguns dias, ele leva Emlin consigo, em outros deixa o menino escapar de fininho. Os deuses podem fazer da alma do garoto um campo de batalha invisível, puxando-o para um lado e para outro, mas, enquanto Emlin ficar calado, ninguém suspeitará. O menino é jovem. Consegue suportar, consegue viver seu disfarce.

O espião murmura as orações com os outros. Não haverá efeito algum. Nenhum deus tem qualquer direito sobre ele.

Nem todos podem ser salvos. Algumas pessoas na casa de Jaleh estão transformadas demais para que as maldições sejam desfeitas; outros se agarram à maldição, encontrando forças nela. Outros simplesmente não entendem o que Jaleh oferece. O homem que grita, Haberas, por exemplo: sua esposa Oona foi tocada pelo deus Kraken de Ishmere e transformada em uma criatura marinha. Toda manhã, Haberas desce as escadas trôpego e reza para que a maldição dela seja retirada, então passa a tarde no cais. Ele observa Oona nadar através das águas turvas, sua cauda de sereia levantando lama. Oona agora respira pelas guelras e, não importa quão fervorosamente ele reze, Haberas não pode fazer nada por ela. O toque do deus refez seu corpo físico, não sua alma. Nenhuma das orações da casa de Jaleh vai fazer com que ela volte ao que era antes.

Quem pode, trabalha. Há muito o que fazer. A casa velha estava abandonada antes de Jaleh reivindicá-la, então os telhados precisam de remendos intermináveis. Ela tem acordos com algumas mercearias, então todos os dias caixas com sobras do mercado devem ser recolhidas e fervidas em enormes caldeirões de ensopado de legumes. Alguns mendigam nas ruas durante o dia; outros encontram trabalho temporário nas docas. E alguns dos residentes têm as próprias necessidades; Michen, por exemplo, deve ser podado toda noite, então o espião corta galhos ensanguentados das costas do homem amaldiçoado. Eles guardam os galhos para usar como lenha, muito embora eles estalem e soltem cheiro de carne de porco.

O espião observa por uma semana, ganhando tempo. Ele vê o homem metade ouro morrer quando seus intestinos se transmutam. O espião limpa os cobertores do fedorento leito de morte e lava o penico raiado de ouro, enquanto, do lado de fora, membros da família disputam a posse do corpo metade feito do metal precioso. Eles alegremente o deixaram com Jaleh durante o lento declínio, mas agora que o homem morreu e não caga mais em todos os lugares, querem seu precioso cadáver de volta. Ficarão decepcionados; ouro é barato hoje em dia.

Ele observa outras idas e vindas. Alguns dos antigos residentes da casa de Jaleh se mudaram; uma vez que sua magia se desvanece, ou que eles aprendem a esconder seus dons ou maldições divinas, podem ser tratados como qualquer outro refugiado e buscam a sorte em Guerdon. Às vezes eles voltam com doações de moedas ou alimentos, ou apenas para ajudar. Jaleh abençoa a todos com sua mão em garra e ora ao Sagrado Mendicante; aconselha a não criarem problemas, a evitarem a atenção das autoridades. Guerdon está aberta à moeda dos fiéis, não aos seus deuses. Templos são permitidos, mas nenhum milagre nas ruas. Outro ato de equilíbrio, como a tênue insistência da cidade sobre a neutralidade na guerra.

Um dos visitantes regulares é uma carniçal. Ao contrário dos outros prodígios afligidos por milagres da casa de Jaleh, carniçais são uma visão comum nas ruas de Guerdon, então essa, chamada Bolsa de Seda, não é uma ex-residente. Ao contrário dos outros carniçais vestidos em trapos que se escondem nos esgotos e catacumbas sob a cidade, Bolsa de Seda usa vestimentas parecidas com as humanas, catadas por aí, e caminha ao sol usando chapéus de abas largas. Ela carrega uma sacola cheia de folhetos eleitorais e fala sobre Effro Kelkin e os Liberais Industriais com um fervor que poderia conjurar milagres se um deus estivesse ouvindo. Há muitos anos, Kelkin aprovou a Lei da Cidade Livre, que deu aos carniçais liberdade para andar na superfície, e por isso ele conquistou sua lealdade eterna.

Duas vezes, naquela primeira semana, Bolsa de Seda chega com novos residentes para a casa de Jaleh, gente que ela tirou das ruas da Cidade Refeita antes que qualquer outra pessoa visse suas maldições divinas. Uma jovem com uma cicatriz no rosto, como a capitã Isigi: algum deus com cabeça de animal a usou uma vez como recipiente terreno. Uma mulher mais velha que foi espancada recentemente: o espião a reconhece como a mulher do navio de Dredger, a refugiada dos ícones de argila. Ela conseguiu passar pelo processamento na Ilha Hark, mas os outros que fugiram de Mattaur ainda suspeitavam que ela fosse uma espiã de Ishmere e a expulsaram, quebrando-lhe os dedos junto com seus ídolos de argila.

Jaleh coloca uma tala em seus dedos e a põe para trabalhar na lavanderia, enquanto o verdadeiro espião de Ishmere na casa de Jaleh conserta o telhado e observa.

Eles o observam também, se perguntando quem será. Ainda assim, contanto que ele trabalhe, é bem-vindo para ficar mais um pouco.

Os dias passam. Suas ordens de Ishmere eram para esperar uma semana e depois aparecer no salão de uma taverna, a Nariz do Rei. Alguém vai encontrá-lo lá, algum outro espião de Ishmere. Ele se pergunta como sabem de sua chegada. Será que todos os espiões recém-chegados de Ishmere vão para aquela taverna? Isso soa como uma armadilha mortal: até onde o espião sabe, a contrainteligência de Guerdon já mantém o lugar sob vigia. Será que algum outro mensageiro trouxe a notícia de sua chegada? Ou os espiões na cidade têm algum método mágico de comunicação com seus mestres no sul? E, em caso afirmativo, por que precisariam que ele trouxesse Emlin?

Uma noite, o espião está podando Michen em seu quarto compartilhado enquanto o homem que grita — Hebaras — dorme um sono agitado. A cada noite fica mais difícil aparar os galhos da pele de Michen sem arrancar pedaços enormes de carne. Emlin assiste da cama de cima, sem ousar piscar, mal respirando.

— Você trepou com uma dríade, homem? — murmura o espião.

Michen ri, depois estremece de dor quando dois gravetos se embolam.

— Eu era mercenário de Haith. Encontramos um deus. Ele tinha trinta metros de altura e era coberto por essas vinhas que comiam pessoas, então não era meu tipo.

— Isso foi no Vale Grena?

— Nada, mais longe. Varinth. Os haithianos acabaram com os velhos deuses lá, mas os bastardos ainda existem no alto de suas montanhas sagradas e descem aos trancos e barrancos sempre que alguém sussurra uma prece. Achávamos que ia ser uma missão fácil; mais fácil do que ir aos Califados, pelo menos. Mas não… metade da minha tropa se transformou em árvores quando Ele desceu, e eu estava bem na fronteira do milagre.

— Fique parado, este aqui é profundo. — Michen se prepara enquanto o espião tenta arrancar um galho. É nas costas, logo acima da cintura. — E ele? — pergunta o espião, acenando com a cabeça para a silhueta adormecida de Haberas. — Ele estava em Varinth também?

Michen balança a cabeça.

— Ele? Último navio a sair de Severast. Ficou até encontrar um capitão que rebocasse Oona junto.

— Ah.

Alic não estava lá, mas Sanhada Baradhin esteve na queda de Severast também.

Assim como o espião.

Batem à porta, e Jaleh entra.

— Alic, será que você e Emlin podem buscar alguns cobertores limpos, por favor?

Ela quer falar com Michen a sós, porque o homem de ouro lá embaixo morreu e agora o quarto ao lado da enfermaria está disponível. O quarto dos moribundos. Em alguns dias, haverá um cadáver com metade do corpo de madeira lá, em vez de metade de ouro. Alic, o espião decidiu, é gentil e de bom trato; Alic está sempre feliz em ajudar.

— Vamos, meu filho — diz ele. Emlin desliza do beliche, pousando como um gato.

O espião faz uma volta completa no andar superior da casa de Jaleh após pegar os cobertores, verificando todas as janelas. Quando volta, Jaleh e Michen se foram, e da cama de Michen ficou só o colchão. Haberas geme e resmunga em seu catre.

O espião se senta na própria cama, pensando novamente em seu encontro. Seus pensamentos se voltam para Emlin e ele se pergunta o que aconteceu com o santo anterior. Teria sido morto? Capturado? Ou sucumbira à terrível pressão do divino, distorcido em algo desumano, como a esposa de Haberas? O toque dos deuses não faz concessões para a anatomia mundana, para as necessidades básicas da carne. Os santos do Pintor de Fumaça não têm rostos, apenas uma placenta de pele, como o véu que cobre o rosto do deus. Contanto que permaneçam merecedores dos favores do deus, eles não têm necessidade de comer ou beber, não precisam de olhos para ver. Mas, se o Pintor de Fumaça os rejeitar, as lamentáveis criaturas estão condenadas.

— O que será dela? — geme Haberas. O espião ergue os olhos, vê o homem cambaleando em sua direção, pego em um sonho acordado. — Dê-me um oráculo!

Ele confundiu o espião com um dos sacerdotes da Aranha do Destino. Em Severast, os sacerdotes costumavam prever o futuro, traçavam os fios do destino para os fiéis. Outra máscara que o espião já usou e que também teve de deixar de lado. Ainda assim, algumas obrigações persistem. Ele não pode recusar de imediato o apelo do velho.

— Ei — sussurra o espião. — Você se lembra dos templos em Severast, antes de queimarem? Lembra dos becos escuros do mercado? Havia uma casa de um vendedor de velas, bem na sombra da torre do Grande Umur: lembra?

— Eu... lembro.

— Lembre-se da porta secreta, atrás dos fornecedores. Como as sombras lá eram frescas. Como eram tranquilizadoras. Como água parada após o burburinho do mercado.

Haberas nunca conheceu o local, quando desperto, nunca soube daquela porta secreta, mas o espião a conhece tão bem que seus sussurros a conjuram na mente do homem.

— Entre pela porta. Está escuro lá dentro, então você não consegue ver, mas há uma escada em espiral que desce. Vá andando com cuidado — insiste o espião. — Eles não vão encontrar você lá embaixo.

As sombras no quarto da casa de Jaleh ficam mais escuras, ganham patas, correm ao redor do cômodo. Haberas não é santo, mas ele está espiritualmente desalojado, polarizado por suas experiências em Severast. Não é preciso mais que um empurrãozinho para alinhá-lo com uma divindade ou outra.

A Aranha do Destino, deus dos ladrões e dos segredos — e dos espiões — é compartilhada pelos panteões de Severast e Ishmere. Lá embaixo, naquele templo escondido, havia pequenas células onde os santos jaziam, sussurrando uns para os outros ao redor do mundo, compartilhando segredos sagrados por meio de vibrações em uma teia mágica. Onisciência absoluta exige muito trabalho braçal, e a Aranha do Destino tem muitos braços.

O templo da Aranha do Destino em Severast não existe mais, no entanto, ainda existe no pensamento, e, em pensamento, Haberas entra nele. Sem saber exatamente o porquê, ele se enrodilha em uma prateleira de pedra na escuridão abençoada de seu sonho e se enrosca em sua cama na casa de Jaleh.

— Ela vai viver — sussurra o espião, e Haberas lhe faz eco — e, através de todas as tempestades, encontrará seu caminho de volta, e suas mãos estarão cheias de prata para a cura dos alquimistas.

A profecia de um mentiroso, e sem qualquer poder, mas é reconfortante para Haberas. O homem volta a dormir profundamente.

Depois de alguns minutos, Emlin volta, segurando um embrulho. Ele olha para Haberas com surpresa, maravilhado com o silêncio no quarto, a ausência de choro ou de gritos. O espião apenas dá de ombros.

Emlin vai se sentar ao lado do espião e lhe mostra o embrulho. Dentro dele está um gato de rua, com o pelo sujo e emaranhado, meio morto de fome. A criatura está viva, mas atordoada, a respiração ofegante.

— Peguei na rua — sussurra Emlin. — Preciso de uma faca.

— Para quê?

— Preciso estar pronto. — O menino está tremendo de empolgação também, coração disparado. — Para quando encontrarmos os outros. Eles vão precisar de mim para andar na teia. Eu devo fazer uma oferenda.

O espião tira o gatinho do menino.

— Foi isso o que te ensinaram em Ishmere? Que a Aranha do Destino ficaria satisfeita com tal crueldade?

— Como posso agradá-La, então?

— Saia e encontre seis maneiras de entrar e sair desta casa sem ser visto.

# CAPÍTULO OITO

Na manhã seguinte à morte de seu pai, Terevant pega uma carruagem para a cidade de Velha Haith.

Velha Haith, a maior das cidades do norte, onde as torres cinza se erguem das brumas para desaparecer no céu. Velha Haith, cujos ditames moldam o mundo. Velha Haith, onde a morte está sujeita à lei.

Velha Haith, a cidade tão vazia que chega a ser desconcertante. Enquanto a carruagem de Terevant chacoalha pelas ruas, ele não vê mais do que um punhado de almas vivas. Ah, os mortos estão ali em grande número: soldados caminhando pelas muralhas recém-fortificadas, engenheiros entrincheirando canhões e feitiços defensivos, escriturários e funcionários do Gabinete trabalhando incansavelmente para gerenciar o extenso Império... mas há menos pessoas vivas do que da última vez que ele esteve ali. Apenas uma fração dos vivos em cada geração atinge as castas superiores e se torna imortal, mas o equilíbrio entre vivos e mortos-vivos começou a se desfazer na época do bisavô de Terevant. Em poucas gerações, ele imagina, haverá apenas uma única alma viva naquela vasta cidade cinza, a portadora mortal da Coroa eterna.

Sua primeira parada oferece uma premonição desse destino. As vastas propriedades dos Erevesic ficam a oeste, mas no coração da cidade cada uma das grandes Casas mantém uma fortaleza. As Casas cultivam a terra e alimentam os exércitos; o Gabinete gerencia e monitora, e a Coroa comanda. Sua carruagem para em frente à torre dos Erevesic.

Os guardas Vigilantes o saúdam quando ele passa, mas não falam. Ele desce longos corredores silenciosos, passando por monumentos silenciosos. Os memoriais falam de vitórias antigas; ele não sabe se deixaram de adicionar novas placas e monumentos porque os exércitos pararam de vencer ou porque memoriais não importam quando ainda existem sobreviventes para dar testemunho, mesmo séculos depois. Em Haith, você não é ninguém até que esteja morto.

Terevant não tem certeza de que tenentes da família estão ali hoje. Ele se lembra de ter visitado a torre quando menino, quando seu pai portava a espada, uma lembrança de Lys rindo enquanto seu pai a levantava em um abraço de urso. Naquele tempo, havia quase tantos tenentes vivos quanto mortos-vivos: mas os tempos mudaram e a guerra cobrou seu preço. Se o irmão de Terevant, Olthic, não fosse embaixador em Guerdon, então ele estaria ali, na cabeceira da longa mesa. Dando ordens aos mortos, comandando a disposição das forças da família, e todos os tenentes iam sussurrar entre si, perguntando se acaso alguém se lembrava de algum outro general tão bom em todo o longo serviço deles. Vozes como o farfalhar de folhas mortas.

Ele entra na câmara do conselho. Uma dúzia de caveiras se vira para encará-lo. Comandante Rabendath. Iorial, seu crânio fraturado atado com veios de ouro. Kreyia, ainda enegrecida pelo fogo de um dragão lyrixiano. Bryal, o pai de Lyssada, seus ossos com o brilho de relativa juventude.

Todos eles pressentem a espada que Terevant carrega. Ele fica tentado a desembainhá-la: como um membro da linhagem, poderia se utilizar da magia da lâmina, ampliar sua força, coragem e presença de espírito, mas descarta a ideia. Esses mortos são veteranos da Casa; eles lutaram ao lado do portador da espada por séculos, eles a conhecem melhor que ele. Seria um absurdo. Terá que ser apenas ele mesmo.

— Meu pai morreu ontem à noite — comunica Terevant.

**Uma mensagem chegou antes de você, meu senhor**, diz Rabendath. **Ele vai se juntar a nós?**

— Ele morreu Suplicante — diz Terevant, tentando evitar qualquer tremor na voz.

Rejeitado pela espada, seu pai não pôde morrer Consagrado como queria. Em vez disso, Terevant montou vigília noite adentro enquanto o moribundo lutava para se agarrar à sua alma, pelejava para vincular seu espírito a seus velhos ossos. Morrer Vigilante, porém, é difícil para os velhos. É preciso concentração e disciplina para amarrar a alma ao corpo, e seu pai não parava de resmungar sobre Olthic, sobre velhas batalhas, sobre o naufrágio. Ele não mencionou Terevant sequer uma vez ao morrer, pelo menos não que o filho tenha ouvido, mas houve um longo tempo entre o momento em que os resmungos do velho se tornaram inaudíveis e o momento em que o necromante gentilmente instigou a alma de seu pai para fora do corpo e para dentro de uma jarra.

Terevant se sente como uma jarra, pensando nisso. Oco, vazio, um pouco frágil. Em outras terras, morrer na cama, velho e rico, com um de seus filhos segurando sua mão, seria uma boa forma de partir. Em Haith, porém...

**Não há vergonha nisso.** As vozes sepulcrais dos Vigilantes parecem vir das profundezas do subsolo, e Terevant não consegue detectar piedade ou sinceridade ou qualquer outra coisa naquele gemido torturante.

**O embaixador Olthic retornará a Haith imediatamente?**, pergunta Kreyia, um tanto ansiosa.

— Não sei — admite Terevant. — Pediram que eu levasse a espada da família para ele.

Os mortos se remexem desconfortáveis em suas cadeiras de ferro. Eles também leram os relatórios de Eskalind. Qualquer um deles provavelmente conseguiria levar a espada para Guerdon. Qualquer um deles, em vez do inconstante segundo filho.

Ele não gosta de se sentir vazio. Quer partir de uma vez, para se encher de propósito. Está revoltado por ser questionado pelos mortos, não importa quão leais ou corajosos eles tenham provado ser.

**Seria mais adequado que o comandante carregasse a lâmina à frente de uma guarda de honra**, diz Bryal.

— A Coroa me manda ir para Guerdon discretamente — diz Terevant.

**A Coroa não comanda a Espada Erevesic**, diz Kreyia. Ela está certa: a Coroa é o maior dos filactérios, mas seu poder não é absoluto. A Coroa, dizem, repousa sobre uma cabeça, mas também sobre dois pilares: os funcionários do Gabinete e as Casas dos Consagrados.

— Meu irmão agora é o Erevesic. A espada é dele.

**O lugar dele é aqui, conosco**, diz Iorial. **Ou o nosso lugar é com ele. Eu lhe rogo, senhor, que o lembre disso.**

**Ele vai entender quando reivindicar a espada**, diz Rabendath. Sua voz morta o faz soar como um juiz pronunciando uma sentença para um prisioneiro condenado.

Quando Terevant sai, Bryal o segue. **Por favor, mande meus cumprimentos à minha filha. Já faz muito tempo desde a última vez que ela voltou para casa.**

É só quando ele está de volta à carruagem, a caminho da estação de trem, que Terevant pensa como é estranho que Lys tenha viajado de volta até Velha Haith e não tenha visitado seu pai.

A sentinela na estação de trem saúda Terevant quando ele passa. Ele devolve o gesto de modo desajeitado. Depois de meses sem uniforme, se acostumou aos olhares sutis e desdenhosos que os soldados davam aos civis de idade militar. Até apreciava essa censura, após a retirada de Eskalind. Inconscientemente, sua mão roça a nova insígnia brilhante em seu colarinho, que o marca como membro da equipe da embaixada.

Uma nuvem de fumaça fuliginosa inunda a plataforma da estação quando o motor levanta sua cabeça de vapor. É um velho trem a vapor, recomissionado à força para serviço em rotas de passageiros. Os novos trens usam motores alquímicos mais potentes, importados de Guerdon, mas eles precisam daqueles trens para trazer corpos e almas do interior para a frente ocidental e para os portos marítimos. Essa rota — do sul para Guerdon — foi assegurada depois de uma rara vitória na Guerra dos Deuses, e Terevant avista apenas um punhado de soldados uniformizados entre os passageiros. Não há vagões mortuários escuros para os Vigilantes, nem peças de artilharia em cima do trem. Ora, é quase uma visão de uma geração atrás, um trem cheio de turistas e comerciantes, não fosse pelos atiradores de elite no topo do vagão de guarda e as barricadas pesadas soldadas às janelas, que bloqueiam a maior parte da luz, deixando apenas uma estreita fenda de disparo como iluminação. Ele sobe a bordo, pelejando com a mochila pela entrada estreita. Algumas lanternas alquímicas pendem do teto e derramam poças de luz bruxuleante e doentia, o suficiente para Terevant encontrar o caminho até seu compartimento.

A espada escondida em sua bolsa prende em todos os cantos, como se não quisesse deixar Velha Haith. Terevant considera enfiar a mão na bolsa e tocar o cabo; talvez seus ancestrais realmente estivessem hesitantes a respeito da viagem para o sul. Em vez disso, ele enfia apressadamente a mochila na rede de bagagem acima de seu assento e tenta ignorar o sussurro farfalhante das vozes no aço.

Ele se acomoda em sua poltrona e procura algo para ler. Lyssada lhe enviou um relatório sobre a guarnição da embaixada, mas é uma longa jornada para o sul e ele vai guardar essa alegria para mais tarde. Em vez disso, pega uma cópia amassada do livro da moda — *O escudo de ossos*, algo maravilhosamente patriótico sobre uma soldada Vigilante e os necromantes que a amam — e tenta mergulhar nele, mas sua atenção continua deslizando para fora da página. Encara o assento vazio à sua frente, imaginando a presença descomunal de seu irmão ali. Olthic teria que subir aquele apoio de braço, e seus joelhos ficariam encostando desconfortavelmente nos de Terevant. Sua voz estrondosa, firme, ecoando pelo trem. As pessoas reconheceriam Olthic sem vê-lo, sussurrariam umas para as outras sobre a sorte que tinham de compartilhar um trem com um herói tão famoso. Soldado, diplomata, vencedor: Olthic era tão grandioso fisicamente quanto o eram os feitos de sua vida.

Especialmente depois de Eskalind. Enquanto Terevant estava fazendo com que seus homens fossem mortos em um ataque inútil ao templo da Rainha-Leão, Olthic capturou a nau capitânia ishmérica no porto. Enquanto Terevant prestava depoimento à comissão de inquérito, Olthic era declarado o novo embaixador em Guerdon. Apenas algumas daquelas pequenas ironias que fazem valer a pena se jogar debaixo de um trem.

Um dia escreverão romances sobre Olthic. Talvez já tenham escrito. Um tema devidamente inspirador para propaganda, com a respeitabilidade e a devoção ao dever que a Coroa gosta. *O escudo de ossos* é um pouco íntimo demais para ser ideal, um pouco passional demais. Hoje em dia, Haith prefere que seus heróis sejam feitos de mármore e osso polido. Isso não combina com Olthic; mas ele poderia desempenhar o papel com convicção, disso Terevant não tem dúvida. Uma edição criteriosa, certa humildade escrita por um escritor contratado.

Assim que o trem está prestes a partir, a porta do compartimento se abre. Terevant ergue os olhos, esperando pelo rosto de Lyssada, mas é Berrick, o assistente que a acompanhou até a propriedade Erevesic. Um par de homens o flanqueia, à paisana, mas Terevant nota que eles são da polícia secreta do Gabinete. Ele se pergunta quem é Berrick para necessitar de tal proteção.

— Posso? — Berrick gesticula em direção ao assento de frente para Terevant e senta-se sem esperar por um aceno de aprovação.

Um dos policiais secretos — o vivo — entrega a Terevant uma pasta de couro lacrada com um feitiço de proteção.

— Lady Erevesic partiu antes. Ela o encontrará mais tarde na jornada. Entregue esta pasta para a embaixada e não deixe nem isto nem ele — o assistente olha para Berrick, que dá de ombros, resoluto — fora das suas vistas.

— Com a minha vida e a minha morte — responde Terevant, reprimindo um sorriso.

Parece absurdo, como crianças brincando de soldado e levando tudo com extrema seriedade. Guerdon está tão longe das linhas de frente quanto possível. Ele já pode adivinhar que os guardas da embaixada que está sendo enviado para comandar serão principalmente fracassados, ou idiotas ricos que subornaram alguém para serem mandados para longe do perigo. Talvez, se tiver sorte, haja alguns poucos competentes que farão todo o trabalho.

Ele torce para fazer parte da terceira categoria, mas poderia argumentar que se encaixa em qualquer uma das duas primeiras.

Os dois policiais desaparecem e, momentos depois, ouve-se um apito e o trem parte. Uma luz cinza brilha pela fenda da janela enquanto passam pelo toldo da estação, com sombras piscando conforme deslizam por torres e edifícios ao longo da ferrovia. Berrick fica em pé para poder olhar pela pequena fenda no momento em que saem de Velha Haith.

— Eu nunca tive essa vista da cidade! — ele se maravilha.

Velha Haith é certamente uma das grandes metrópoles do mundo: ou, melhor dizendo, neste caso, necrópoles. Ainda assim, Terevant está surpreso com a admiração de Berrick. Ele avalia seu companheiro de viagem, tentando encaixar as peças. As mãos dele não são calejadas, o que sugere que não é trabalhador braçal nem soldado. Seu sotaque é difícil de identificar. Nenhuma insígnia de casta em sua roupa, nenhuma cicatriz de periapto. Oficialmente, está a serviço de Lyssada, e Lyssada trabalha para o Gabinete. Seria ele um espião? Um desertor? Qual é o propósito de Berrick em tudo isso?

A pasta lacrada no assento ao lado de Terevant zomba dele, que a pega e enfia na bagagem acima, ao lado da Espada Erevesic. Pode deixar que seus ancestrais se preocupem com isso.

— O que é *aquilo*? — Berrick arfa, apontando para uma enorme pirâmide sem janelas.

— O Gabinete. — *Ele deve ser estrangeiro se não sabe nem isso.*

Terevant conhece aquele edifício. Lembra-se de estar sentado do lado de fora, chorando. Lyssada surpreendera a todos ao abandonar o serviço da Casa Erevesic e fazer os exames para o Gabinete. O pai dele ficou furioso. Olthic não disse nada, trabalhando sua raiva com espada e escudo. E Terevant… Ele foi atrás de Lys, seguiu-a até Haith. Fez os exames de admissão para o Gabinete também. Um ato escandaloso para o filho de uma Casa, tentar entrar para as fileiras anônimas de espiões e burocratas.

Foi ainda mais escandaloso ele não passar. O Gabinete o rejeitou. E ele fugiu em vez de voltar para casa, pegou um navio e foi para a província mais distante do Império que o dinheiro lhe permitiu.

A cidade desaparece, engolida pela escuridão de um túnel.

— Eu tenho uma garrafa de um bom vinho na bagagem — diz Berrick, em um tom conspiratório. — Mais de uma, na verdade.

— Acho que sou tecnicamente seu guarda-costas — diz Terevant. — Pelo menos até que Lys apareça. Acabei de receber minha comissão de volta e gostaria de mantê-la um pouco mais de tempo. Portanto, nada de beber em serviço.

— Ah, não vamos encontrá-la antes da fronteira, e eu preciso acabar com o que resta de minha adega antes deste trem chegar à fronteira. Então, vamos brindar ao Erevesic!

*Pai ou Olthic?*, Terevant se pergunta, mas se afoga na bebida de qualquer maneira.

Oito horas depois, Terevant é o único que ainda está acordado no compartimento. Em frente a ele, Berrick ronca, a cabeça no ombro de uma das garotas de Guerdon que conheceram ao liderar o ataque aos vagões da segunda classe. Lá fora, no corredor, ele ouve um soldado bêbado entoando uma canção familiar de marcha. Uma garrafa de vinho derramada encharca o assoalho do vagão. Comportamento vergonhoso, reflete Terevant. Impróprio para um oficial. Imagina o olhar sem olhos do comandante Rabendath, ou de Bryal, resmungando sobre ele nas vozes dos mortos.

E com todos os seus ancestrais assistindo também. Ele estende a mão e se certifica de que a Espada Erevesic ainda está segura em sua mochila. Mesmo através da lona grossa, consegue sentir a energia da lâmina, a magia fluindo em torno dela, procurando nervos, veias e ossos para infundir.

A garota no assento ao seu lado murmura quando ele move o braço e depois volta a dormir, embalada pelo balanço do trem rumo ao sul noite adentro. Está frio. Terevant estende a mão para puxar um casaco de sua bolsa e o coloca sobre... Shara? Shana? Qual era o nome dela?

Encontraram-na junto com uma amiga, alguns vagões abaixo. Irmãs ricas de Guerdon, em uma viagem com seu chaperone, aproveitando a recente reabertura da ferrovia entre as duas nações. Foi fácil atraí-las com a promessa de vinho e alegria. O chaperone, um homem de meia-idade barbudo, tinha adormecido com o nariz enfiado no jornal, o papel roçando os restos do jantar na mesa, embebido em molho marrom. Permitindo que Shara?... Shana? (será que uma irmã era Shana e a outra Shara, filhas de uma família extremamente carente de imaginação?)... se esgueirasse e fugisse rindo pelo corredor com Terevant.

Sua boca, quando ele a beijou, tinha gosto de verão.

Ele puxa parte do comprido casaco sobre si. Passando o braço em torno de Shana — definitivamente Shana, ele comparou os olhos dela com os de uma leoa vagando pela savana —, ela se vira e se aninha no pescoço dele. Terevant imagina por um instante que ela é Lys, enquanto vai adormecendo. No fundo, sabe que deve considerar levar as meninas de volta antes que seu chaperone perceba que as pupilas andaram se aventurando com homens estranhos (homens muito estranhos, ele pensa, sonhador, ainda se perguntando quem é Berrick), mas está bêbado e aquecido e, percebe, mais feliz agora do que há tempos. Vai encontrar Lys e Olthic novamente. Depois da morte, exatamente como antes.

Dez anos se passaram, dez anos estranhos e difíceis, mas, apesar disso, eles ainda são as mesmas pessoas. Ou é o que ele diz a si.

Do lado de fora, uma luz cinza opaca surge enquanto a noite começa a ceder espaço para a manhã.

A espada acima de sua cabeça perturba seus pensamentos; algum vínculo familiar atávico o faz sonhar com ancestrais de cujos nomes ele não consegue, de cara, se lembrar.

Melhor do que seus sonhos habituais, com Eskalind e a guerra.

# CAPÍTULO NOVE

Sete dias após a chegada de X84 em Guerdon, o espião que se autodenomina Alic sai da casa de Jaleh e abre caminho por entre as ruas sinuosas do Arroio.

Ele deixa Emlin para trás. Diz ao menino para agir normalmente, viver seu papel. Se Alic não retornar, não deverá entrar em pânico; em vez disso, deve procurar Dredger e pedir abrigo lá. Afinal, Dredger deve um favor a Sanhada Baradhin. Os olhos do menino transbordam de vontade de desafiá-lo — ele quer ir com o espião, fazer parte do mundo das sombras —, mas obedece. Ele não usa nenhuma das maneiras ocultas de sair de casa sem ser visto que descobriu: a janela do sótão, a porta dos fundos da cozinha, a velha calha de carvão no porão que dá para o beco nos fundos da casa. Maneiras que ele apresentou ao espião timidamente, como oferendas.

Alic anda tranquilo pela rua, assoviando. Um sorriso para todos. Alic é um tipo amigável.

Ele para em um vendedor de roupas, compra um casaco e um chapéu, limpa a cara ao passar por um bebedouro. Alic, o pobre trabalhador que mora na casa de recuperação de Jaleh, desaparece, substituído por um homem que poderia ser Sanhada Baradhin, o comerciante. O novo casaco e chapéu afastam o olhar das calças manchadas de Alic; seu passo muda, a fadiga vai sumindo. Ele se apressa; tempo é dinheiro, negócios são negócios. San está sempre à procura de um serviço.

Mais à frente está o imponente monte em forma de pão do Morro do Castelo, a grande rocha sobre a qual Guerdon foi fundada. No topo daquele amontoado enorme de pedra, ele consegue ver as torres do edifício do parlamento. Escadas descem o penhasco em zigue-zague, e uma estrada bem iluminada sai do pé da escada até a Praça da Ventura e o limite da Cidade Refeita. Olhando por cima do ombro direito, o espião vê dois dos outros grandes centros de poder da cidade: as catedrais cintilantes no Morro Santo, assento do bendito Patros, líder da Igreja dos Guardiões; e o emaranhado de guindastes, andaimes e chaminés que marcam o que resta do Bairro dos Alquimistas, destruído durante a Crise. Olhando para trás a fim de verificar que ninguém o segue, ele avista a Cidade Refeita se erguendo impossivelmente do porto.

Enquanto avança pela multidão, o espião se dá conta de que os edifícios e monumentos da cidade são muito mais permanentes e reais do que as pessoas que lá vivem. Todos ao seu redor são fugazes; um esguicho de água, uma língua de fogo ou uma lufada de ar, mas a pedra permanece. A cidade é imortal como os deuses; a cidade precisa de seus cidadãos como os deuses precisam de adoradores para se alimentar de suas orações e da substância de suas almas.

Ele sobe ruas estreitas, sombreadas pelo Morro do Castelo, e chega à taverna que porta o nome improvável de Nariz do Rei. A placa do lado de fora mostra a cabeça de um homem de perfil, com a parte do corpo homônima proeminente. A taverna está cheia o suficiente para que mais um cliente passe despercebido, tranquila o suficiente para que ele possa encontrar uma mesa sozinho. Ele pede uma bebida — uma especialidade local, uma colorida água com açúcar sintético misturada com álcool — e espera. Alguém deixou um jornal enfiado no canto da cadeira; ele o alisa e finge ler enquanto presta atenção ao redor.

Fragmentos de conversas sobre política. A maioria das pessoas ali votou nos Mascates da última vez; a maioria das pessoas ali trabalha, indiretamente, para os alquimistas. Mas, à medida que os sobreviventes compartilham suas histórias da Crise, vai ficando claro que o clima é contra a velha ordem. Gente demais foi ferida, morta ou ameaçada por aterrorizantes monstros de lodo e por Homens de Sebo, ou explodida por foguetes disparados contra a cidade. Os eventos da Crise ainda são nebulosos para a maioria das pessoas, mas a única coisa em que concordam é que algo precisa ser feito.

Mas o que é esse algo, ninguém sabe dizer.

*Pronto*, pensa o X84. *Aqueles dois*. Um casal, a mulher de meia-idade, feições endurecidas, lojista ou professora ou qualquer outra coisa esquecível. O homem é um pouco mais jovem, castigado pelo tempo, calejado. Marinheiro? Não, mercenário. O espião intui uma história de disfarce para eles; a viúva e o veterano com quem ela se enrabichou após a morte do marido.

X84 espera que se aproximem dele e se pergunta qual dos dois será. A "viúva", talvez perguntando ao "comerciante" sobre negócios?

Não, é o homem. Ele passeia, tomando o resto de sua cerveja e colocando a caneca de lata no balcão ao passar.

— Me empresta esse jornal quando acabar? — pergunta ele ao espião.

— Já acabei. — Ele entrega o jornal. O homem passa por vários anúncios de emprego, circulando os promissores com um lápis. — Por que chamam isto aqui de Nariz do Rei, afinal? — pergunta o espião, casualmente, acenando para a placa do lado de fora.

— Já houve um rei em Guerdon, e acho que ele tinha um narigão. Talvez todos tivessem. A realeza picou a mula trezentos anos atrás, quando os Deuses de Ferro Negro assumiram o controle. Dizem que a bonança vai voltar quando o rei regressar. Ou rainha — responde o mercenário, sorrindo amplamente de alguma piada particular. Ele arranca a página, devolve o que sobrou do jornal. — Obrigado. Tenha uma boa noite.

Ele desaparece de volta na multidão. Quando o espião ergue os olhos, o casal se foi. Ele abre o jornal. Há uma mensagem escrita na margem de uma página. Um endereço na Cidade Nova. *Amanhã à noite. Traga o menino.*

O espião toma um último gole de sua bebida e, em seguida, derrama cuidadosamente os resíduos da mistura química sobre a mensagem, apagando-a para sempre.

Um dia depois, eles chegam à casa da Cidade Nova. Alic e Emlin são conduzidos a uma pequena habitação que cheira a repolho. O casal do Nariz do Rei cuida de Emlin primeiro e o veste com mantos sacerdotais que são grandes demais para o menino, mas seu semblante solene acaba com qualquer chance de achar graça. Sua santidade não é piada. Emlin empurra as mangas compridas demais para cima e pega uma pilha de papéis.

— Estou pronto — diz ele, endireitando os ombros.

A mulher sussurra uma palavra em seu ouvido, unge-o com óleo de um frasco com cabeça de leão. O menino desce até o porão. Está escuro, mas seus pés encontram os degraus irregulares sem erros.

Eles levam o espião até uma salinha onde ele se senta em um sofá gasto.

— Eu sou Annah — diz a mulher, acendendo um cigarro. Ela lhe oferece um também. — Este é Tander.

O mercenário sorri e estende a mão para apertar a do espião. Ao fazer isso, Tander passa o polegar pela palma de sua mão, verificando a cicatriz deixada pela capitã Isigi em Mattaur.

Do andar de baixo, o espião pode ouvir Emlin entoando uma prece à Aranha do Destino. Logo, ele estará em transe, e seus sussurros serão ouvidos através dos mares. Ele entoará essas notas por todo o caminho de volta para Ishmere.

— Me chame de San — diz o espião.

— Mas você não veio para cá com esse nome. — Annah toma um gole da caneca de café ao lado de sua cadeira. — Dredger trouxe você escondido.

Ela o está testando, checando seu relato.

— Via Ilha das Estátuas — responde ele.

Tander alcança um armário e tira de lá um pequeno jarro com alkahest, então esfrega a gosma nas mãos.

— Você está seguro — diz o espião.

— Suponho que seja melhor do que passar pelos pátios de Dredger — diz Tander para Annah. — Você se lembra daquele, ano passado? Saiu do caixote duro como uma tábua e todo amarelo? — Ele está sorrindo, seu tom leve, mas há uma corrente de raiva maníaca correndo sob a superfície. Um potencial para violência que pode ser facilmente liberado.

Annah o ignora.

— Qual é o seu número de código?

— X84.

— O que você fez desde que chegou?

— Ficamos quietos. Passamos um tempo em um albergue no Arroio. Eu disse a Dredger que talvez o procurasse em alguns dias, mas não falei com ele desde que cheguei.

— Um albergue? — O rosto de Annah é ilegível, mas o de Tander, não. — A casa de amansamento de Jaleh, você quer dizer! Que merda você está fazendo lá? — Seu sorriso desaparece, o rosto se contorcendo de raiva repentina. *Volátil*, pensa o espião. — Amadores, é isso que eles nos enviam.

— O menino sabe a quem orar — diz o espião. Há uma nota de orgulho em sua voz que o surpreende. — Ele fará o trabalho dele.

— Foi isso que Rhyna disse, e olha no que deu. Puta merda, foi maravilhoso. — Tander dá um pulo. O homem tem muita energia incontida para o gosto do espião.

— Quem é Rhyna?

Annah fulmina Tander com o olhar, mas o mercenário continua falando.

— Nossa ex-sussurradora. Aquela estúpida não conseguia fazer um só milagre sozinha, apesar de todas as suas orações, então tivemos que contrabandeá-la para a embaixada de Ishmere em Bryn Avane. Há um santuário lá.

A potência espiritual de um santo é ampliada em um lugar sagrado. É mais fácil fazer milagres em um santuário, mais fácil para um santo da Aranha do Destino sussurrar segredos através do oceano.

— Vocês foram interceptados?

— Já chega — retruca Annah. — Ficamos com o garoto a partir de agora.

— O quê? — *Isso seria um erro*, ele pensa instantaneamente, mas ainda leva um momento para deduzir *por que* é um erro. Vai prejudicar seu disfarce. É por isso.

Nada mais.

O menino é uma ferramenta. Um ativo a ser usado. Uma arma feita pelos deuses.

Nada mais.

— Você receberá seu dinheiro agora — diz Tander —, se é com isso que está preocupado.

— Seu trabalho era trazer o santo até nós — diz Annah. — Nada mais.

O espião levanta a cabeça, assustado ao perceber que ela ecoa seus pensamentos.

— Achei que você gostaria de se livrar do pirralho. — Tander ri.

— Emlin é meu filho. Eu disse às pessoas que ele é meu filho — responde o espião. — Vai chamar atenção se eu simplesmente entregá-lo a estranhos.

— Podemos precisar dele sem muita antecedência. — Annah estuda X84. — Você não devia ter dito que ele era seu filho. Isso complica as coisas.

Ela se recosta, com uma expressão ilegível. Há um estranho silêncio, quebrado apenas por sussurros que vêm do porão.

O espião não tem certeza se Tander e Annah conseguem ouvir, mas ele consegue. A voz de Emlin, sobreposta com o ranger de dentes do deus.

— Eu quero ajudar. Servir. Eu estava do lado errado em Severast. — *Viva o seu papel.* — Como posso agradar ao Reino Sagrado?

O silêncio dura mais um segundo. Dois, três, quatro.

E então Tander dá uma sonora gargalhada.

— Ah, temos utilidade para você, com certeza.

Annah acende outro cigarro. Seus dedos são manchados, nódoas marrons misturadas com pontinhos descoloridos de trabalho alquímico.

— Nós precisamos de informações. O comércio de armas ilegais aumentou... e Haith e Lyrix estão fazendo a maior parte das compras. Precisamos saber o que eles estão comprando. Quanto, que tipo de coisa. Quer seja resgate ou material novo.

— Vou ver se algum dos meus antigos contatos comerciais ainda está ativo.

Claro, o espião não é Sanhada Baradhin, e, embora certos aspectos da vida do morto sejam conhecidos por ele, outros não são. O espião sabe, por exemplo, que ele visitou o templo da Aranha do Destino muitas vezes. Afinal, o homem era contrabandista.

— Vou ver o que posso fazer — diz o espião. — E vou aceitar meu pagamento. Afinal, um homem precisa comer.

Annah pega uma bolsa e entrega a ele.

— Me prometeram prata. Não ouro de milagre barato.

— Eu sei o que os deuses disseram — diz Annah. — Mas esta é a minha operação, e eu a executo como achar melhor.

Ele embolsa o dinheiro.

— Deixe uma mensagem para Tander no Nariz do Rei se precisar falar conosco com urgência. Caso contrário, usaremos sinais de giz.

Ela recita uma lista de locais públicos que eles podem usar para deixar mensagens disfarçadas de pichações ou marcas aleatórias. Uma marca nos degraus da Igreja de São Vendaval indica que ele está sob vigilância; uma marca no banheiro da estação da rua Faetonte significa que ele tem informações úteis, e assim por diante. Uma marca perto da porta de uma taverna no cais, perto da casa de Jaleh, significa que ele deverá levar Emlin de volta para aquela casa na mesma noite.

— Mais alguma coisa que eu deva saber? — pergunta o espião, pensando em frotas invasoras avançando para o norte, na crescente ira dos deuses. Nas bombas divinas.

— Tander vai atrás de vocês se as circunstâncias mudarem. Caso contrário, vamos analisar novamente a situação daqui a algumas semanas — diz Annah. Ela acaba seu café, levanta e desce as escadas para o porão.

O sussurro não para. É mais insistente agora, como se as palavras de Emlin tivessem criado pernas e subissem pelas paredes. A casa inteira está repleta de segredos roubados, um desfile de mensagens criptografadas subindo pelas chaminés, para alçar voo nos ventos quentes de verão que sopram para o sul.

Tander também sente e estremece. Pega um frasco de metal e completa seu café. Acena com o frasco para o espião.

— Bem-vindo a Guerdon, amigo.

— É mais seguro do que Severast, pelo menos — diz o espião, e Tander ri. Ele também serve uma medida generosa na xícara do espião.

— Sim, bem, você não estava aqui na época daqueles desgraçados dos Homens de Sebo — diz Tander. — Graças aos deuses eles pararam de fabricar aquelas coisas.

— Foram os Homens de Sebo que pegaram seu santo anterior?

— Nada. Foi a guarda da cidade. Faz apenas alguns meses. Depois da Crise.

— Rhyna, não era?

— Isso. Eles a pegaram saindo da embaixada e tentaram arrastá-la para uma carruagem. Mas eu tinha uma arma carregada no bolso, louvados sejam os deuses. Atirei nela a quarenta metros de distância.

— Como você escapou?

— Da mesma forma que sobrevivi à Guerra dos Deuses. Corri pra caralho. — Tander sorri. — Vou sempre preferir a guarda aos deuses. Pelo menos Rhyna morreu *como* uma mulher honesta. Há maneiras muito piores de morrer do que com uma bala na cabeça. Vou te dizer uma coisa, melhor passar a guerra aqui do que em qualquer outro lugar. Nunca faz bem a ninguém chegar muito perto dos deuses.

Isso é cinismo genuíno ou uma armadilha para testar a dedicação do X84 ao Reino Sagrado?

— Os deuses abençoam a todos nós — responde ele.

Tander parece prestes a responder, mas então o sussurro para e ele também fica em silêncio. Depois de alguns minutos, Annah retorna, com Emlin. O menino está vestido com suas roupas normais novamente. Está tremendo, apoiando-se em Annah, mas há um olhar de imenso orgulho em seu rosto, um sorriso que ele não consegue esconder.

— Venha, vou acompanhar vocês de volta ao Arroio — diz Tander, dando uma palmadinha nas costas do menino.

Ao saírem de casa, o espião olha para trás e vê Annah os observando da janela do andar de cima. Há poucas lâmpadas na rua e a noite está escura, mas ele sente o olhar dela durante todo o caminho morro abaixo até o posto da guarda e as escadas que vão dar no Arroio. Pode ouvir aranhas invisíveis de atenção divina correndo pelas paredes ao seu redor, perseguindo-o rua abaixo.

Naquela noite, Emlin está inquieto em seu beliche. O espião fica acordado, ouvindo o menino se agitar e se revirar na cama acima. Murmurando orações. Do outro lado da sala, Haberas dorme a sono solto.

— Qual é o problema? — pergunta o espião.

— Nada.

Ele espera.

— Eu só… Eu queria que os deuses estivessem mais perto. Eles estão muito longe.

— Você disse que a mensagem foi passada. Você se saiu bem.

— Não quero ir às orações de Jaleh amanhã.

— Tem que ir.

O menino fede a divindade depois do milagre. Se a guarda da cidade o pegasse, com suas lentes taumatúrgicas e seus caçadores de santos, tudo estaria acabado.

— Acho que sim, mas… — Emlin se vira pesadamente. — Você não entende.

Emlin provou da santidade. No porão daquela casa na Cidade Nova, ele canalizou o poder de um deus distante. Não é de se admirar que não consiga dormir. Não é de se admirar que esteja orando em segredo, tentando alcançar o deus novamente.

Ele acha que o espião não entende a beleza divina dos deuses. Qual a sensação de *conhecê-los*, de olhar além dos presságios e manifestações no mundo mortal, e ver os deuses em toda a sua glória do outro lado. O brilho indizível, a complexidade além da medida, a certeza divina e a unidade de propósito. A euforia de saber todos os segredos do mundo, de ver todas as conexões na teia da Aranha do Destino. O poder de moldar o acaso, de navegar pelos fios do futuro.

O terror de estar separado dos deuses. O nauseante retorno à carne. A sensação de que você deixou partes de sua alma para trás enquanto luta para retornar à existência mortal, a longa e indesejável viagem de volta da divindade.

Alic não entende. Nem X84.

O espião entende.

Ele deveria ficar quieto, mas Alic se sente compelido a proferir algumas palavras de conforto.

— Vai ficar mais fácil. Os deuses estão mais perto do que você imagina.

— Mas eles vão declarar guerra a Lyrix, eu acho — sussurra o menino, tomando cuidado para não acordar nenhum dos outros que dormem no quarto compartilhado. — Eles não estão vindo para cá — acrescenta amargamente.

— Você precisa dormir — diz o espião. — E permanecer escondido. A Aranha do Destino é paciente, não é? Você também tem que ser paciente.

— Acho que sim — diz Emlin novamente, pouco convencido. — O que você acha de Annah e Tander? — pergunta ele baixinho.

O que ele pensa deles? Tander é, na avaliação do espião, um idiota. Provavelmente um idiota útil — o homem parece fisicamente competente —, mas desleixado, indisciplinado, não confiável. Ele é um cão de ataque. Devem ter alguma influência sobre ele, alguma maneira segura de controlá-lo. Uma guia, puxando-o pelo pescoço.

Annah, porém... Annah é uma raridade em Guerdon, mas algo que o espião viu em outros lugares. Ela é uma verdadeira crente. Ela entende que os deuses ditam as leis da realidade, que o mundo mortal é apenas uma sombra lançada pelos poderes invisíveis. Esse tipo de pessoa está sempre de olho em presságios, em vestígios da intenção divina manifesta em eventos materiais. O espião fica imaginando o que ela acha de

Guerdon, onde os deuses locais são fracos e dóceis. Quando os deuses se calam, tudo pode acontecer. Annah, pensa o espião, justifica um tratamento cuidadoso. De mortais, ela não aceitará nada por pura fé. Ela precisa do sinal certo.

Ele não admite nada disso para o menino. Em vez disso, Alic dá de ombros.

— Eu não sei. Espero que eles não pressionem muito você.

Depois de um momento, ele diz:

— Tander disse que eu deveria ficar com eles. Disse que eu poderia ficar no porão e fazer dele um santuário. Também falou que eu poderia trabalhar na loja de Annah durante o dia. Disse que eles são ricos.

— Um filho deve ficar com o pai — diz Alic.

— Mas você não é meu pai. Estamos apenas fingindo.

O espião sai da cama e se levanta para olhar Emlin de frente. Ele não se preocupa em acender uma vela: o menino pode ver no escuro.

— Escute. A primeira regra é viver seu papel. Todos os dias, a cada segundo. Você tem que *ser* meu filho. Pense assim e saiba disso, para que quando a guarda da cidade parar você ou algum feiticeiro vier farejar, você não hesite. E você tem que ser discreto. Não dê ao mundo nenhuma razão para te notar. Entendeu?

O menino assente.

— Emlin conhece Annah e Tander? E Alic?

— Não.

— Isso mesmo. X84 os conhece, mas você e eu, não.

— E o santuário?

O espião considera a questão por uma fração de segundo. Sanhada Baradhin sabe pouco sobre deuses e santos. O comerciante fazia suas devoções nos templos, mas nunca passou do primeiro mistério. *Viva seu papel* é a primeira regra, mas não a única.

— Um santuário? — zomba o espião. — Um santuário *ajudaria*, mas não é a coisa mais importante. Viver seu papel significa prestar atenção na imagem que você mostra para o mundo, certo?

— Acho que sim.

— Bem, existe mais de um mundo, não é? Existe o mundo que a maioria das pessoas vê, onde tudo é sólido e tudo é real. E existe o mundo que as pessoas como você veem. O mundo dos deuses. O plano etérico, como os alquimistas o chamam. Para ser escolhido pelos deuses, sua alma... sua imagem lá... tem que agradar a eles, certo?

— Certo.

— Então, o que você acha que agradaria mais à Aranha do Destino: você sentado em algum porão, ou pelo mundo afora, ouvindo e aprendendo segredos?

— No mosteiro, eu ficava sentado em uma cela e ouvia os sussurros no santuário — diz o menino.

— Sim, bem, isso era em Ishmere. O ar está cheio de deuses lá, e eles reivindicam qualquer um que sequer murmure uma oração. Lá, eles não têm nada a temer. As coisas são mais *delicadas* aqui. A Aranha do Destino não é o único deus caminhando à noite aqui. Você tem que encontrá-la em segredo e se mostrar a ela pelos sinais e senhas corretas. Agora vá dormir, filho. Temos trabalho a fazer pela manhã.

O menino estuda seu rosto por um longo minuto na escuridão, e depois se vira, aparentemente satisfeito.

— Durma — insiste o espião.

Ele espera até que a respiração do menino se torne regular. Espera enquanto as horas da noite passam.

Ele sussurra no ouvido de Emlin uma prece de sua própria autoria.

E, quando o menino acorda, soluçando, de um pesadelo, o espião está ali para confortá-lo. Para afugentar seus medos e descartar seus temores como nada além de um sonho.

— Tinha uns homens mascarados tentando me arrastar para uma carruagem. E... e Tander estava lá, e ele tinha uma arma, e... — sussurra o menino, segurando a cabeça como se ela fosse explodir.

O espião embala Emlin, afasta seus medos com sussurros. Só um sonho, ele diz, mas a lição foi ensinada.

O menino não ora novamente naquela noite.

# CAPÍTULO DEZ

Terevant acorda com gritos. Shana, caída no chão, olhos abertos, encarando o nada. Sua irmã, curvada sobre ela, em estado de choque. Berrick desperta, confuso.

— O que... ahn?

Alguém bate na porta do compartimento.

— O que está acontecendo aí? Abram!

— Merda. — Terevant cai de joelhos e examina Shana. Ela não está sangrando e ainda respira. Ele agarra o braço da irmã. — O que aconteceu?

— Eu... o trem freou e ela caiu. Bateu com a cabeça.

Ele olha para o rosto de Shana, pálido no feixe de luz da manhã que agora invade o compartimento. Nenhuma marca. Ele vira a cabeça dela na direção da luz do sol; suas pupilas não reagem. Ela tocou a espada, ele percebe. A Espada Erevesic, como todos os filactérios de família, é apenas para membros da linhagem. Rejeita outros portadores. Shana tem sorte de estar viva; terá mais sorte ainda se estiver sã.

Por que a maldita idiota foi abrir a bolsa dele?

— Estou mandando abrir! — grita alguém do corredor.

O guarda do trem. Terevant põe Shana de volta no assento com dificuldade. Ela convulsiona quando ele a puxa do chão, e por um momento terrível ele teme que ela esteja prestes a ter um ataque, mas então ela sorve o ar subitamente e vomita no colo da irmã.

Terevant abre a tranca da porta e vê o rosto rechonchudo de um guarda do trem, olhos esbugalhados de fúria.

— Ahn, uma jovem aqui está indisposta. Está tudo bem.

— São eles! — Um homem mais velho com uma grande barba espessa, atrás do guarda, estende um dedo acusador. — Eles levaram minhas meninas!

É o chaperone. Terevant peleja para encontrar palavras. Atrás dele, Shana e sua irmã estão histéricas, e Berrick se espremeu em um canto, como se estivesse tentando se esconder. Os freios do trem guincham; eles estão entrando em uma estação.

— Está tudo bem — repete Terevant. — Uma de suas, ahn, senhoritas... escorregou e caiu, mas não está ferida. E nada desagradável aconteceu. Estávamos apenas, ahn, discutindo acontecimentos atuais.

Talvez ele pudesse dar uma carteirada apresentando a Espada Erevesic, mas imagina a reação de Olthic ao ver as notícias em um tabloide de fofocas de Guerdon. Um suspiro titânico, não de decepção, mas de confirmação.

— Escute, vamos dar às jovens um momento para recolher seus pertences, e nada mais precisa ser dito.

— São ladrões, aposto! Embebedou minhas garotas ingênuas e se aproveitou delas, depois as roubou. Eu quero vê-los presos! Reviste as malas deles! — grita o chaperone. Ele aponta acusador para a mochila de Terevant.

— Pela minha honra como oficial, nada de desagradável aconteceu aqui — diz Terevant apressado. O guarda faz uma pausa por um instante: ele não tem autoridade para prender ninguém, mas está claramente do lado do chaperone.

— Reviste as malas deles! Chame a guarda! E se eles forem demônios?

— O homem está atraindo uma grande multidão com sua encenação.

— Saia do compartimento, senhor — ordena o guarda, tomando uma decisão.

— Prenda-os! — diz o homem barbado.

Terevant alcança sua bolsa e, em seguida, a porta para o corredor se abre novamente e ele ouve a voz de Lyssada. Mais dura e autoritária do que ele lembra. O que ela diz ao guarda, seja lá o que for, funciona: ele recua como se tivesse sido banido por um feitiço. O chaperone barbado titubeia e desaparece de volta na multidão, abandonando a garota inconsciente e a que chora.

Lyssada assimila o conteúdo lamentável do compartimento de uma olhada só, franzindo o nariz de nojo do estado geral.

— Mudança de planos. Vocês estão de saída. Vamos.

Ela se move como um redemoinho eficiente pelo compartimento apertado, passando por cima da forma convulsionante de Shana, pegando Berrick e seus pertences e empurrando-o porta afora. Terevant segue seu rastro, pegando sua mochila da prateleira. O peso da Espada Erevesic quase o desequilibra. Ele tenta se despedir de Shana, mas Lyssada o agarra pelo braço, puxa-o para a plataforma lá fora e bate a porta atrás dele, sobre os protestos do guarda. O trem parte novamente.

Os três trotam pela plataforma deserta em silêncio. Eles são os únicos passageiros a desembarcar ali, e o trem parte antes de chegarem ao saguão da estação.

Lyssada marcha em um silêncio frio e furioso. Terevant segue, sabendo que deveria ter vergonha, mas a situação é tão ridícula que ele quer rir. Lys sabe disso; e ele percebe pela maneira como ela está tensa, pela postura de seus ombros, e isso torna a coisa toda ainda mais engraçada.

O resto da estação está igualmente deserto e parece que não é usado há décadas. Vinhas pendem do teto de vidro quebrado, a tinta descasca como pele morta e há rachaduras profundas nas paredes. Terevant vê caixotes de suprimentos militares empilhados no saguão, mas, fora isso, o lugar parece completamente morto. Claramente não é uma parada regular na linha de trem entre Velha Haith e Guerdon.

— Lys, onde é que nós estamos?

Ela não responde, mas aponta para uma arcada e diz para Berrick:

— Vá em frente. A carruagem está esperando por você lá embaixo. Encontro você lá em meia hora. — Estala a língua, irritada. — Conversaremos no caminho.

Berrick olha para Terevant e dá de ombros, como se dissesse "a vida é assim". Ele sai vagando pela escuridão, assoviando. Está claro que ele, pelo menos, esperava desembarcar naquelas ruínas. A cabeça de Terevant gira.

— Por aqui — diz Lys, guiando Terevant em direção a outra arcada.

Um túnel, com passagens e câmaras se ramificando a partir dele. Terevant imagina que esteja profundamente enterrado sob uma encosta; depósitos e corredores para movimentação de tropas, talvez, protegidos do fogo de artilharia ou bombardeios milagrosos. As paredes estão cheias de buracos de bala, cicatrizes de feitiços. Em alguns lugares, as paredes estão queimadas; em outros, manchadas com uma lama reluzente. Lys avisa para ele não pisar nela, mas ele já está mesmo se desviando. Viu essas coisas antes, na Guerra dos Deuses.

— Estamos em Grena, certo? — pergunta ele, e ela assente.

Faz sentido: o pequeno vale de Grena fica na rota entre Haith e Guerdon. O trilho só foi reaberto porque o vale foi recapturado por Haith há seis meses.

— Que bom — murmura ela. — Você não é um idiota completo. Eu esperava isso de Berrick, mas achei que você teria um pouco mais de bom senso.

— Nós ficamos um pouco bêbados no caminho para Guerdon. Você e eu... — *e Olthic*, ele acrescenta mentalmente — já ficamos bem mais que um pouco bêbados no caminho para Guerdon.

Mas naquela época eles tinham ido pelo mar. Ele se lembra de Olthic parado na proa, vento em seus cabelos, olhando para o mar como se já estivesse planejando suas conquistas. E, em retrospecto, Terevant ficou bêbado porque tinha pesadelos com naufrágios.

— Isso faz muito tempo. Agora você é um oficial, e eu sou esposa de embaixador. Não somos mais crianças.

— O quê, está com medo de que meu comportamento vá refletir mal na família? Como se qualquer pessoa naquele trem desse a mínima para o segundo filho de uma Casa de Haith bebendo com uma garota da cidade. Eu posso carregar a espada bêbado ou sóbrio, sabia?

— Retiro o que disse — sibila Lys. — Você é um idiota.

Ela está genuinamente zangada com ele. O divertimento de Terevant azeda. *Então* vem a vergonha, escorrendo para seu estômago, como se estivesse destilando a escuridão da estação em ruínas em algo frio e doentio. Terevant para no meio do túnel, abre os braços como se estivesse convidando uma adaga a seu peito.

— Me explique.

Lys se vira, olha para cima e para baixo, perscrutando as sombras. Ela o leva para uma das pequenas câmaras laterais e fala em uma voz baixa e urgente:

— Esta estação de trem e a cidade ao redor dela foram tomadas pelos Devotos Livres de Grena vinte anos atrás. A deusa da fertilidade deles enviou náiades de guerra rio acima, que invadiram nossas defesas. Ela massacrou nossas tropas duas vezes. A perda desta rota cortou nossa ligação ferroviária principal para Guerdon, então obviamente tínhamos que recuperá-la.

Nada disso é desconhecido ou surpreendente para Terevant. Ele ouviu histórias de guerra de campanhas semelhantes no exterior por toda a sua vida. Divindades locais, apanhadas na Guerra dos Deuses e infectadas pela mesma loucura divina que as forças de Ishmere. Os deuses não podem ser mortos, apenas aleijados, e fazer isso é extremamente difícil. Destrua os avatares do deus, e você apenas embota a atenção e foco dele no mundo material, forçando-o a escolher outro santo. Vitória significa um processo torturante, lento e sangrento: matar todos os adoradores, demolir todos os templos, destruir todas as relíquias, desfazer todos os milagres... e fazer tudo de novo, indefinidamente, até que o deus seja uma sombra esquecida, gritando no vazio.

Os cínicos dizem que a humanidade estará extinta muito antes de a Guerra dos Deuses terminar.

— Que adorável. Uma bela guerrinha local — murmura ele.

— Usamos tudo de que podíamos dispor em Grena. Vigilantes. Colossos de ossos. Trens blindados. Tentamos ataques terrestres, tentamos desembarcar na margem e subir o rio. Nada funcionou: a deusa deles tinha raízes profundas naquele vale. As melhores projeções teolóficas calcularam que levaríamos quinze anos para retomar a linha férrea, e trinta para que o vale fosse dessacralizado.

Ora, isso é interessante. As únicas vitórias rápidas na Guerra dos Deuses acontecem quando os próprios deuses se digladiam, e isso não é uma opção para Haith. A força espiritual deles está principalmente em relíquias quase divinas, como a espada, e também nos Vigilantes. O deus da morte de Haith não se levantará até o fim do mundo.

— O que aconteceu?

— Jure pela espada que você não falará sobre isso. — Os olhos de Lys brilham na escuridão. — Para ninguém. Nem mesmo Olthic.

Terevant puxa a Espada Erevesic de sua bolsa. A aura mágica da arma gira em torno dele, em um surto de energia. Seu cansaço se desvanece. A escuridão diminui e seus olhos se aguçam. Ele consegue sentir o cheiro de Lys, perfume misturado com a fumaça do trem em sua pele.

Ele hesita por um instante antes de agarrar a espada pela guarda. De repente, o pequeno depósito está lotado de fantasmas invisíveis, seus ancestrais que estão ali para testemunhar seu juramento. Alguns parecem se aglomerar perto dele, como se ansiosos para ouvir quaisquer segredos que Lys esteja prestes a revelar.

— Que os ancestrais me rejeitem se eu falar sobre isso.

Ele coloca a espada no chão entre eles. Solta-a, e os fantasmas desaparecem.

— Um foguete foi lançado. Não fomos nós: foi uma embarcação naval guerdonesa. Um tiro, e a deusa morreu. Nenhum dano físico ao vale, mas uma aniquilação completa da divindade.

— Pelo rosto da morte — pragueja ele.

Uma arma como essa muda a guerra. Ele se imagina lutando na batalha de Eskalind novamente, quando os deuses de Ishmere atacaram a força invasora haithiana. Ele se lembra do Kraken surgindo do oceano e do Bendito Bol dançando nas ondas, estátuas douradas na forma de homens moribundos caindo em volta dele. Ser capaz de extinguir esses terrores com um único tiro...

— Por que não estamos usando isso?

— A guilda dos alquimistas sequer admite que essas armas existem. Nem o conselho de emergência de Guerdon. A cidade ainda está um caos. O Gabinete e a Coroa concordam, Ter... precisamos conseguir essas armas. É nossa única esperança de impedir Ishmere quando vierem atrás de Haith.

Seu coração está batendo forte no silêncio do pequeno túnel.

— O que você precisa que eu faça?

— Edoric Vanth... o Terceiro Secretário da embaixada. Ele desapareceu. Há rumores de que foi morto. Ele está preparado para a Vigilância, então, se foi morto...

Terevant flexiona o pulso, sente o implante do periapto de ferro repuxar contra a pele. O corpo mortal é frágil: uma bala perdida, uma perfuração e acabou. Os Vigilantes de Haith, entretanto, são outra raça. Muito mais difíceis de matar. Se Vanth tivesse simplesmente descido o beco errado e tido a garganta cortada por algum ladrãozinho, já teria transmitido seu relatório para a embaixada.

— Ou ele está morto ou está sendo detido. De qualquer forma, isso assustou o Gabinete. Eles estão preocupados que a embaixada de Guerdon esteja comprometida, que já estejamos sob ataque. — O olhar intenso de Lys o hipnotiza. Cada átomo do ser dela está focado nele, nesta missão. Não há ninguém por perto, mas Lys ainda abaixa a voz. — Ter, eu não confio em metade do pessoal da embaixada. Embaixadores anteriores comandaram Guerdon como seu próprio feudo particular, e não sei se eles são confiáveis. E Olthic e eu... as coisas estão tensas.

— Tensas?

— Muito.

Terevant esfrega o pulso. Sua ressaca voltou com força total.

— Precisamos descobrir o que aconteceu com Edoric Vanth.

— Você vai descobrir. Eu não vou voltar para Guerdon com você. Ainda não.

— Aonde você está indo?

— Não posso dizer.

Terevant inveja a capacidade dela de separar tão bem aspectos de si mesma: como pode contar a ele alguns segredos enquanto guarda outros, como pode ser espiã em um dia e socialite no outro, como pode ser sua amiga e esposa de seu irmão ao mesmo tempo. Ele inveja o controle dela. Lys sabe quem ela é, o que deve fazer e, assim, consegue colocar uma máscara ou outra.

— Mas é importante também. Vá para o vale e você verá o quanto.

Lys acena com a cabeça em direção à carruagem que espera.

— Eu preciso que você descubra o que aconteceu com Vanth, Ter. Você está encarregado da guarnição da embaixada... pode assumir o controle da investigação. Se Vanth foi traído por alguém na embaixada, a pessoa pode conseguir esconder seu envolvimento trazendo uma de suas próprias criaturas para lidar com o inquérito. Tem que ser alguém em quem eu possa confiar. — Ela respira fundo. — Posso confiar em você?

No passado, ele teria morrido por ela com uma música nos lábios. Talvez esse seja seu destino.

— Claro.

Ela se remexe. Um tique nervoso da juventude, de que ele ainda se lembra. Ela coloca a mão em seu braço para se firmar.

— Você vai ter que deixar a espada comigo agora — diz ela, os olhos brilhantes.

— É a lâmina Erevesic. Devo protegê-la.

É impensável deixar a espada. Nem Lys, que faz parte da família por casamento, pode tocar a lâmina com segurança.

— Ter, escute: aquele incidente no trem significa que a guarda da cidade estará esperando por você na fronteira. Nosso tratado com Guerdon nos proíbe de ter filactérios na cidade, assim como não permitem santos nas outras embaixadas. Eles vão apreendê-la como uma arma divina. Eu preciso que você vá para a cidade, para encontrar Vanth, mas não pode levar a espada.

— Como assim? Vou deixar a lâmina dos meus ancestrais no maldito setor de achados e perdidos de uma estação de trem bombardeada? — Ele já falhou com seus ancestrais por não deixá-la em segurança no trem.

— Eu tenho um plano. Confie em mim, Ter. Amanse a lâmina o máximo que puder e vamos guardá-la em minha carruagem: há um compartimento oculto e com feitiço de proteção. Em algumas semanas, você, Ol ou um Vigilante podem vir buscá-la. Não é o ideal... mas é mais importante colocar você em seu posto na embaixada.

Ele ergue a Espada Erevesic e sente o fluxo de energia através do couro áspero da bainha. Terevant se pergunta o que aconteceria se recorresse a essa magia. Que maravilhas poderia fazer? De que modo Lyssada olharia para ele então?

— Amanse a espada — incita ela.

As almas que rodopiam na lâmina sentem sua presença; sua mão formiga conforme a magia deles o pressiona, procurando usá-lo como recipiente. Ele pode sentir os nervos em suas mãos, sentir o fluxo de sangue através de cada veia e artéria, sentir a interação de osso e músculo, tornando-se ciente deles como nunca. Sua carne transmutando em fogo; seus nervos, em luz intermitente; seus ossos, em matéria inquebrável.

— Amanse-a.

Ele pressiona de volta. Sussurra que agora não é a hora, que eles devem dormir. A luz da espada se apaga, e ela subitamente se torna pesada em sua mão.

— Aqui — diz Lyssada, passando-lhe um pano bordado, encantado para amortecer a magia da lâmina, e ele embrulha cuidadosamente a espada. — Vamos.

Eles caminham de volta pelo túnel escuro até a estação deserta, e ele a segue por outra arcada que vai dar em um pequeno pátio. Uma carruagem espera lá — uma carruagem velha, maltratada. Não há suspensão, e a única concessão à modernidade é a raptequina no arreio em vez de um cavalo. Os monstros criados por alquimistas são mais fortes e mais rápidos do que qualquer coisa natural.

Berrick está cochilando lá dentro; Lys o empurra para que possa mostrar a Terevant onde esconder a Espada Erevesic no compartimento oculto. Mesmo amansada, a espada é perigosa. Pode desfiar feitiços, cortar os fios do destino. Histórias antigas falam dos terríveis acidentes que acontecem àqueles que traem as Casas de Haith.

— Estamos atrasados — diz ela a Terevant. — Um dos meus agentes, Lemuel, vai encontrar você em Guerdon. Te vejo assim que puder.

Ela aperta a mão dele e então vai embora: a carruagem sai chacoalhando pela estrada cheia de mato ao sul, correndo paralela à linha férrea, deixando Terevant sozinho na estação deserta.

Ele sente como se parte de si tivesse partido com Lyssada e diz a si mesmo que é apenas uma conexão com a espada que ainda persiste.

Retorna à plataforma, encontra um saco de dormir em sua mochila e acende um pequeno fogo para esquentar uma lata de sopa. O novo serviço para Guerdon só passa uma vez por dia, então ele tem quase 24 horas de tédio à sua frente e está quase terminando *O escudo de ossos*.

Na manhã seguinte, decide, irá até o vale ver como é o túmulo de uma deusa.

O amanhecer não melhora as perspectivas vistas da estação ferroviária.

Terevant observa o sol subir no céu, mas a luz é amortecida, hesitante, como se alguma mortalha pairasse sobre o Vale Grena. Tudo tem uma qualidade artificial, como se fosse feito papel fino. O vale é uma pintura de paisagem. Ele tem receio de pisar muito pesado na trilha, para não furar a tela frágil com o pé e cair fora do mundo.

O verão vai chegar em algumas semanas, mas não há calor no ar. Também não há frio. Sua pele está dormente.

Ele desce da estação por um caminho coberto de mato, mas as plantas não o atrasam. O mato alto se quebra e se esfacela quando ele o afasta; os espinhos quebram em vez de prender em seu uniforme. Tudo está fraco e vazio, ainda na transição do crescimento. Placas ao longo do caminho alertam sobre perigos: munições não detonadas, maldições não lançadas.

Existem pomares improváveis em um lado do caminho. Conjurados por algum milagre desaparecido, ele imagina, enquanto as árvores brotam do solo quebrado e destruído por bombardeios de artilharia. Elas estão quase nuas. Apenas algumas têm frutas, e ele não sente desejo de provar nenhuma delas, muito embora tenha feito um desjejum de rações militares magras e do resto do vinho de Berrick. As frutas não parecem podres nem venenosas ou contaminadas, apenas... sem graça. Vazias também. Deveria haver um grande zumbido de abelhas em torno de todas aquelas flores, mas o vale está mortalmente silencioso.

Ele deixa a sombra das árvores, caminha por uma terra devastada. O vale foi um campo de batalha na Guerra dos Deuses. Ele anda ao redor de ruínas alquímicas reluzentes, pisa em fragmentos de osso e metal retorcido. O vento assovia através dos escombros daquela terra marcada.

O caminho desce em direção à cidade em ruínas de Grena. Há uma bandeira de Haith tremulando na brisa de um forte recém-construído. Essa bandeira é quase o único movimento no vale plúmbeo.

Quase. Existem algumas pessoas trabalhando, apáticas, nos campos. Parecem confusas, como se não tivessem certeza de como chegaram ali. Balançando as foices desajeitadamente, como se nunca as tivessem usado, mesmo os velhos fazendeiros de mãos calejadas cuja pele envelhecida denota uma vida inteira ao ar livre. Eles abaixam a cabeça, afastando-se de Terevant quando veem seu uniforme.

O Império de Haith já ocupou a terra de Varinth, do outro lado do oceano. Lá, eles proibiram a adoração aos deuses locais. Mataram os sacerdotes e santos, demoliram os templos. Provocaram os deuses até que eles se manifestassem de alguma forma, e aí explodiram essas manifestações com tiros de canhão até que caíssem. Deuses do inverno e da justiça, do sol e da lua, da colheita e da poesia: seus corpos titânicos todos jazendo nas ondas na praia, o icor se mesclando com a espuma das ondas. As forças de ocupação declararam que qualquer um que orasse aos deuses antigos seria punido. Agora eles faziam parte do Império de Haith; sua única lealdade devia ser para a Coroa distante. Novas regras: nada de orações. Nada de ritos. Nada de santos. Os mortos são entregues aos necromantes do Estado para processamento.

Mesmo assim, o povo escapulia durante a noite para adorar. Escondiam santuários em suas casas, ou fugiam de mansinho para as florestas. Contrabandeavam os mortos para serem enterrados de acordo com os ritos antigos, de forma que o resíduo de suas almas alimentasse os deuses.

E os deuses voltaram. Descendo das montanhas, florestas e lugares selvagens para sitiar os fortes dos ocupantes. O Império de Haith manteve aquelas ocupações a um grande custo... e com grande crueldade. E aquelas são divindades menores, deuses locais, como a deusa de Grena, diferentes dos deuses expansionistas de Ishmere.

Terevant escreveu poemas condenando as ações da Coroa e depois os queimou cuidadosamente quando entrou para o exército. Sem dúvida algum balconista no Escritório de Sedição tem cópias.

Ele evita entrar na cidade destruída, dando a volta, seguindo o rio em direção ao mar. Torrões de lama na margem do rio sugerem vagamente formas humanoides, empilhadas em grande número dos dois lados. Náiades, talvez, servas da deusa, aniquiladas com ela. Um assassinato em massa.

Ao longo do estuário, ele caminha por entre juncos. Algumas aves marinhas voam em círculos lá no alto, chamando umas às outras. Outros pássaros da mesma espécie estão como que paralisados no meio do caminho, sem ligar para sua aproximação. Assim como o povo do vale, eles estão feridos. Jogados em um estranho mundo de superfícies sem nada além. Ervas daninhas crescem em profusão junto à costa, e a quietude misteriosa do vale superior se foi. O estuário está sendo recuperado, o vazio deixado pela deusa sendo preenchido por outra coisa, uma ordem natural anônima e cega.

As plantas que crescem na costa são diferentes. Eles crescem em profusão feroz, brotando como um exército conquistador.

Lá na baía, de acordo com Lys, foi onde a bomba divina explodiu. Uma guerra terminou em um clarão. E existem outras bombas semelhantes em algum lugar em Guerdon. Metade dos espiões no mundo deve estar se aglomerando dentro da cidade.

Como deve ser frustrante para os deuses ter que trabalhar por intermédio de agentes mortais.

Um arrepio repentino percorre seu corpo, como se ele estivesse sendo observado. Em outras terras, ele ouviu pessoas comparando a sensação a ter alguém pisando em seu túmulo. A frase não faz sentido em Haith, onde apenas os desgraçados sem casta têm túmulos. Em Haith, eles chamam de olho da história e dizem que pressagia grandes feitos no futuro.

Ele se vira e volta a subir o vale.

Depois de algumas horas, o trem para Guerdon chega, quebrando o silêncio da estação com o rugido dos motores. Ele sobe a bordo, ansioso para seguir seu caminho.

Ele viu o túmulo; agora está indo para a cidade que assassinou um deus.

# CAPÍTULO ONZE

Absalom Spyke, Eladora conclui, é um monstro cultivado em alguma cuba alquímica, com pernas de aço e estômago de pedra. Sob as ordens de Kelkin, os dois caminharam por todas as ruas e becos do Arroio, visitando todas as cervejarias e biroscas na cidade baixa. Fazer política para Spyke, ao que parece, não tem nada a ver com panfletar e debater o parlamento. É dar tapinha nas costas e beber com velhos amigos, todos discretamente influentes em seus distritos. Alguns desses amigos trazem a Spyke problemas para serem resolvidos — uma gangue problemática, um esgoto vazando, uma história envolvendo material de artilharia não deflagrado dos tempos da Crise —, e Spyke promete cuidar do assunto. Outros vêm com uma lista de nomes, com os próprios geralmente no topo, e Spyke cerimonialmente dobra a folha e a mete em um bolso. Eles serão lembrados, diz ele, após a eleição.

Quando tudo o mais falha, quando o amigo não traz nada para Spyke a não ser braços cruzados e um sorriso meio largo demais, aí é quando Spyke enfia a mão em outro bolso e tira um rolo de notas: a maior quantia de dinheiro que Eladora já viu junta, e seu avô era o homem mais rico da cidade. Ela morde o lábio.

De vez em quando, Spyke lembra que ela existe e a apresenta para seus velhos amigos e capitães de guarda como "uma de Kelkin". *Uma o quê de Kelkin?*, ela se pergunta. Mas, na maioria das vezes, ela é invisível, andando apressada atrás de Spyke como um cachorro vadio.

Após o Arroio, eles sobem até a Cidade Refeita. Spyke anda mais devagar ali, sua rota é mais incerta. A dança é a mesma, mas o ritmo é mais lento e seus parceiros são diferentes. Refugiados da Guerra dos Deuses ocupam muitas ruas nessa cidade conjurada, e Spyke se encontra com seus líderes. Hesitante, ele faz suas aberturas para eles, mas não entende seus problemas ou não pode resolvê-los, e eles não estão interessados nas propinas e sinecuras que Spyke pode oferecer. Reclamam dos novos poderes que surgiram para tirar vantagem da queda da antiga Irmandade, como as gangues criminosas ghierdanas e do Santo das Facas.

Spyke fica mais inseguro ali e pede conselho a ela, fazendo perguntas sobre a Cidade Refeita e seus habitantes. Ela pode citar números, as estimativas que recebeu da Ilha Hark, ou comparar as histórias de Severast e Ishmere, mas estão efetivamente falando línguas diferentes. Depois de uma frustrante tarde sufocante de tão quente em que passaram longas horas tentando chegar a um bloco de torres aparentemente inacessível, subindo e descendo escadas e becos que serpenteiam como intestinos ao redor e através dos edifícios, Spyke anuncia uma retirada. Eles voltam para o Arroio, para uma taverna não muito longe da Praça do Cordeiro.

Spyke está carregando o resgate de um rei no bolso, mas manda que ela vá comprar as bebidas.

Quando ela retorna, ele está conversando com mais um patife. O sorriso de Spyke ilumina a sala, sua gargalhada é como ouro tilintando e seus tapas nas costas ecoam como um trovão. Ele é uma fonte de entusiasmo.

O outro homem sai e Spyke afunda em seu assento. Aceita a bebida de Eladora com um grunhido e fica olhando fixo para o líquido marrom dentro da caneca.

Eladora dá um gole em sua bebida: é melhor do que aquilo que teve que engolir mais cedo, mas ainda é uma coisa rançosa. A cidade não tem um bom vinho desde a queda de Severast.

— Não é um tanto ineficiente abordar essas pessoas uma por vez? Não seria melhor realizar uma reunião pública onde poderíamos descrever políticas, falar sobre como reformar a Cidade Refeita?

— Muito cedo para discursos e comícios. E metade desses filhos da puta meteria a faca na outra metade, aposto. Nah, seria um tumulto. Talvez quando soubermos quem são nossos amigos, na Nova, mas ainda não.

— Ainda assim, você mal mencionou as políticas. Como as pessoas vão saber o que defendemos se não contarmos a elas?

— Defender coisas é uma merda — declara Absalom Spyke. — Essas pessoas defendem o delas o dia todo: no trabalho, nas fábricas ou nos barcos, ou em filas. Elas não estão nem aí, garota. Elas não se importam com quem governa a cidade, contanto que não sejam os Homens de Sebo. Por natureza, eles nem votariam em ninguém, a não ser que possam ganhar uma graninha. Nós os subornamos, a igreja os suborna e alguns velhos tolos votam nos monarquistas ou em alguns outros malucos.

— Suborno é ilegal — diz Eladora.

— Pagar por votos é ilegal. Pagar pessoas para levarem os eleitores às urnas é legal e mais antigo do que as colinas. — Spyke se inclina sobre a mesa, tão perto que ela consegue sentir seu hálito fétido. — Deixa eu adivinhar, garota: você nasceu em Bryn Avane, foi criada na marginal Cintilante e acha que sabe como esta cidade funciona. Você acha que todo mundo é estúpido ou desonesto e que cabe a você consertar tudo para que a gente comum possa aplaudir e agradecer. Você não sabe de nada.

Ele afunda na cadeira, esvazia o resto de sua cerveja. Então enfia a mão no bolso e saca o rolo de notas. Balança uma delas para Eladora.

— Seja uma boa menina e pegue mais uma pra mim.

Ela se levanta.

— Eu tenho um compromisso, sr. Spyke. Vou transmitir suas preocupações ao sr. Kelkin quando me encontrar com ele. E como esse dinheiro que o senhor está gastando são fundos do partido, acredito que será responsável com ele. Boa noite.

O ar na rua é quente e pegajoso. Nos últimos meses, o céu acima da cidade tem andado excepcionalmente límpido, já que a maioria das fábricas dos alquimistas foram fechadas pela Crise, mas o clima esta noite cria uma poluição sufocante que paira baixo sobre Guerdon. As ruas estão inundadas por uma névoa de cor amarelada e arenosa, o que faz com que a cidade pareça submersa em um mar poluído. Enrolando seu lenço em volta da boca para proteção, Eladora se afasta às pressas da taverna em direção ao pequeno apartamento que Kelkin providenciou para ela.

Não é longe a pé. Ainda assim, essas ruas não são seguras, então ela se apressa e mantém uma das mãos na pequena pistola escondida em seu bolso. Ela nunca a disparou por raiva, apenas para praticar.

Miren a ensinou a usar armas.

Ela pega essa memória, dobra-a ordenadamente e a enfia em uma pasta mental que está prestes a estourar de tão abarrotada com notinhas semelhantes. Ela então devolve a pasta a um cofre de ferro pesado, envolto em correntes e submerso na parte mais profunda e fria do oceano. Ela *não* pensa mais em Miren Ongentson.

Em vez disso, repassa os encantamentos de feitiçaria que a dra. Ramegos lhe ensinou. No grau de talento para feitiçaria em que Eladora está, tentar usar um feitiço para se defender provavelmente não será uma arma muito eficaz, mas certamente seria inesperado… e recitar o cântico em sua mente a tranquiliza.

Eladora chega ao prédio sem incidentes. As paredes da escada estão cobertas por cartazes eleitorais. Ela conta o número de Lib Inds em comparação aos Mascates. O número de cartazes dos Lib Inds é o dobro, e essa devia ser uma parte da cidade que apoia Kelkin. Outro mau presságio.

Quando Eladora chega à sua porta, gira uma fechadura e depois a segunda, a tranca mais pesada que ela instalou. Então para, respira fundo e pressiona os dedos no centro da maçaneta. As runas brilham vermelhas por um instante, depois desaparecem em uma nuvem de fumaça sulfurosa. Seu estômago embrulha. Eladora aprendeu o básico de teoria taumatúrgica na universidade, mas nunca ousou lançar um feitiço até depois da Crise. O feitiço de proteção que guarda sua porta marca o limite de suas habilidades até agora e cobra um preço tão alto que ela não tem certeza se quer ir além disso. Humanos não foram feitos para exercer tais poderes diretamente, então a maioria dos taumaturgos morre jovem, seus corpos estuporados ou suas mentes corroídas por energias arcanas. Feitiçaria pesada é o domínio de entidades desumanas, como os Rastejantes. Alquimia é uma maneira muito mais segura de lidar com essas forças fundamentais.

Ela hesita antes de entrar. Por um instante, imagina que seu avô está esperando por ela lá dentro, sua máscara de ouro refletindo luzes sobrenaturais, seus dedos verminosos brilhando com magia profana. Ou Miren, com uma faca.

Uma respiração profunda. Não. Jermas Thay está morto, partiu. Miren se foi. Ela pega essa memória e a tranca na mesma prisão que as lembranças de Miren, Ongent e o resto da Crise.

Mas ela se detém por um momento em um elemento daquela catástrofe. Sua prima, Carillon Thay, estava bem no centro da Crise. Eladora é uma das poucas pessoas na cidade que sabe a verdade sobre ela: que ela foi criada por seu avô como um conduíte para capturar o poder dos aprisionados Deuses de Ferro Negro. Uma santa involuntária e relutante. Os insultos de Spyke ainda doem. Eladora está determinada a aproveitar ao máximo essa sua segunda vida profissional, para ser uma agente política melhor do que foi como pesquisadora na universidade. Ela fracassou em conectar a maldição sobrenatural de sua prima com a história antiga da cidade e os Deuses de Ferro Negro, até que Carillon fugiu da rua Desiderata naquela noite terrível. Se ela tivesse sido mais inteligente, mais corajosa, muito sofrimento poderia ter sido evitado. Cada viúva de preto, cada criança desaparecida, cada ferida e cicatriz são uma acusação em potencial, uma vítima de seu fracasso. Essa verdade é inapagável; quando eles finalmente escreverem as histórias daquele tempo, sua culpa e a culpa de sua família ficarão nítidas aos olhos de todos.

Ela não pode desfazer a Crise, mas pode garantir que a nova Guerdon que renasce das cinzas seja um lugar melhor e mais justo do que a cidade dos Homens de Sebo, vermes e deuses acorrentados que costumava ser.

Mentalmente, ela refaz seus passos pela Cidade Refeita. Recorda cada conversa infrutífera entre Absalom Spyke e os vários líderes, chefões e grupos de poder que ele conheceu lá. Precisam de informações, de uma perspectiva divina sobre a Cidade Refeita. Para saber o que eles querem antes deles próprios.

Sinos de igreja ecoam pela cidade a partir das catedrais triplas no Morro Santo. Oito da noite. Ela afasta seus devaneios, maldições, e corre para seu guarda-roupa, tirando as roupas sujas da rua no caminho. Para por um momento e confere sua aparência no espelho. Acha um vestido limpo e moderadamente lisonjeiro e, como bônus, moderno o suficiente para irritar a mãe. Ela o veste apressadamente, depois se senta para passar um pouco de maquiagem. O jantar com a mãe será às nove horas, então ela tem de se apressar.

O rangido de uma tábua do chão a faz pular, espalhando pó pela penteadeira. Ela o limpa cuidadosamente, prestando atenção ao som. O ruído veio do andar de cima, não foi? Ou do lado de fora? A porta dela está trancada. Ninguém pode entrar. *Mas Miren conseguiria*, ela pensa, e apaga esse pensamento também.

Já se passou uma semana desde que o primeiro convite chegou, no dia seguinte à recepção na embaixada de Haith. Eladora se esquivou daquela convocação inicial com um bilhete dizendo que estava lamentavelmente ocupada com assuntos eleitorais e sugerindo um almoço no dia seguinte. Sua mãe respondeu com outra carta, apontando que o dia seguinte era um dia sagrado para os Guardiões — a festa de São Vendaval — e por isso, claro, era impossível que qualquer devoto contemplasse um compromisso de almoço. Elas duelaram por mensageiro, e Eladora até ousou esperar que as coisas acabassem como nas três ocasiões anteriores em que Silva Duttin foi à cidade — que elas passariam por essa dança de obrigações conflitantes e compromissos desmarcados até que Silva tivesse de ir para casa, e as duas pudessem evitar ter que passar algum tempo juntas. Evitar reconhecer que mãe e filha haviam assumido posições opostas com relação à igreja, ao Estado e a tudo mais.

Mas não: a última investida de Eladora resultou em um convite para jantar em um restaurante terrivelmente caro, e ela não sabe dizer se isso é uma vitória ou um erro hediondo. Preparada para a batalha o melhor que pode, Eladora desce correndo as escadas — primeiro verificando os feitiços de proteção que guardam sua porta — e depois desce novamente para o metrô da cidade.

Esperando o trem, ela encara a boca escura do túnel e se lembra dos dedos de verme de seu avô envolvendo um amuleto preto em seu peito.

Ela se pergunta, não pela primeira vez, o que Silva Duttin sabia a respeito da obra herética e monstruosa de seu pai.

O restaurante que sua mãe escolheu fica em Serran, um dos mais ricos bairros de Guerdon, embora seu status tenha decaído nas últimas décadas. O palácio de prazer do rei fica bem no centro, embora esteja abandonado há mais de trezentos anos, depois que a família real fugiu para escapar do culto de Ferro Negro. O mesmo culto que o avô de Eladora reviveu.

Na chegada, Eladora confunde o maître ao perguntar inadvertidamente qual é a mesa de Thay, não a mesa reservada sob o nome Duttin. A família Thay atualmente é mais famosa por ter sido misteriosamente assassinada uma noite, quinze anos atrás, então a confusão do garçom é compreensível. Eladora se corrige e o acompanha, as bochechas queimando, por um labirinto de corredores com painéis de madeira decorados com pinturas e relíquias do antigo Palácio Farpado.

— A sra. Duttin está no Salão Rosa — anuncia o criado. — O vinho já foi servido, mas, se houver algo que a senhorita queira, rogo que diga e será providenciado.

Quando ele abre a porta, Eladora ouve do interior um som do que só pode descrever como uma gargalhada histérica.

Sua mãe está sentada lá, junto com — para surpresa de Eladora — Mhari Voller. Ambas têm copos quase vazios nas mãos; Silva está enxugando lágrimas de alegria.

— Eladora! Junte-se a nós, minha cara! — diz Voller, derramando as poucas gotas do fundo de uma garrafa em um terceiro copo. Ela acena com a garrafa vazia para o garçom, que a pega e desaparece como um fantasma.

Eladora observa sua mãe com cautela ao se sentar. Ela envelheceu nos cinco anos que se passaram desde que a viu pela última vez. O cabelo ficou grisalho, seus olhos estão muito brilhantes, febris. Há uma rouquidão em sua voz agora. Mhari Voller deve ser trinta anos mais velha que Silva Duttin, mas parece mais jovem.

— E-eu não sabia que lady Voller se juntaria a nós — diz Eladora. Na verdade, há um quarto lugar posto à mesa, o que implica mais um convidado desconhecido.

— Perdoe-me — diz Voller. — Há *dias* que tento encontrar a querida Silvy, e esta pode ser minha última chance, por enquanto. Afinal, somos todas pessoas ocupadas, especialmente nessa confusão. — Seu garfo descreve um pequeno círculo no ar, que Eladora entende englobar o parlamento, a cidade, as eleições e o estado geral do resto do mundo.

— E talvez seja melhor ter um árbitro. Ou uma testemunha. — Silva empala um pedaço de toranja e o leva, pingando, à boca.

— É só que… existem alguns, ahn, assuntos particulares que eu gostaria de d-d-discutir.

Eladora morde o lábio; a gagueira é sempre pior quando está nervosa ou se sentindo infantil, e consegue se sentir voltando no tempo ao se sentar em frente à mãe. Todas as suas máscaras cultivadas, de assessora sênior de Effro Kelkin, pesquisadora pós-graduada na universidade, anarcanista radical que acredita que os deuses nada mais são do que fenômenos mágicos que apodreceram, sem qualquer autoridade moral, caem, e ela é a garotinha nervosa chorando e fungando porque nem os deuses nem sua mãe a amam.

— Mhari é uma velha amiga da família. Ela a conhece desde que você era um bebê. E conhece todos os nossos segredos. — Silva suspira. — Pode fazer suas perguntas.

A primeira pergunta que surge é: *por que você está fazendo isso?* Eladora esperava um jantar constrangedor, no qual ela e Silva se forçariam a atuar como mãe e filha, e ela prometeria escrever com mais frequência e rechaçaria as sugestões de sua mãe de se casar com algum latifundiário devoto de Wheldacre. No qual quaisquer perguntas a respeito de Jermas Thay, Carillon ou assuntos relacionados seriam recebidas com acusações de que Eladora era uma puta cruel que deu as costas ao caminho da retidão moral. Mas aquilo ali é outra história.

O garçom entra como um fantasma. Eladora o faz encher seu copo até a borda e drena metade de um gole, para desaprovação de Silva. Voller, entretanto, estende o braço sobre a mesa e bate seu copo no de Eladora.

— Pedimos o jantar para você, minha cara — diz ela. — Não conseguimos esperar. Espero que não se importe.

A comida é a última das prioridades de Eladora. Seus pensamentos voltam às salas de interrogatório na fortaleza na Ponta da Rainha, quando a interrogaram durante semanas após a Crise. As mesmas perguntas, sem parar, feitas por pessoas diferentes. Agora é a vez de ela ser a interrogadora.

— Você sabia que Jermas Thay ainda estava vivo, todos esses anos?

— Meu pai morreu há quinze anos — diz Silva. — A coisa que o comeu e... adquiriu sua personalidade não era ele.

— Você sabia que o Rastejante existia?

Silva dá de ombros.

— Não. Eu sabia que Jermas tinha... intenções de sobreviver após a morte, mas achava que eram apenas os delírios de um moribundo. Ele nem sempre era coerente.

— Você sabia sobre as experiências dele? Sobre sua adoração aos Deuses de Ferro Negro? Sobre Carillon?

— Sim. A família inteira sabia, até certo ponto. Eu até... — Silva se interrompe e então puxa a manga de seu vestido, revelando um braço cheio de centenas de antigas marcas de queimaduras e cicatrizes. — Ele nos desencaminhou a todos com suas obsessões, e quando percebi o mal em meu pai, escapei. Eu expiei... e salvei você disso. Ah, ele teria amado você, filha, se tivesse tido a chance de moldá-la. Toda aquela arrogância... ele teria condenado sua alma e acasalado você com demônios das profundezas! Por que você acha que eu fui embora? Casei com seu pai e me mudei para aquela fazendinha horrorosa em Wheldacre? Para ficar longe dele!

— Mas você voltou. Você me trouxe de volta. — Elas visitaram a mansão Thay várias vezes quando Eladora era criança, antes que os santos dos Guardiões a atacassem e matassem a família na calada da noite.

— E foi Kelkin quem o denunciou à igreja, não você! — Eladora tenta manter a voz sob controle, mas não consegue evitar que as últimas palavras se tornem uma acusação.

— Eu fui fraca — admite Silva, hesitante. — Seu pai não tinha cabeça para os negócios e precisávamos de dinheiro... e eu não entendia inteiramente o que estava acontecendo, também. Nem sempre era ruim, no começo. E... — Silva fica em silêncio e Mhari Voller intervém.

— Todo mundo sabia que Jermas era, ahn, excêntrico, Eladora. Ele sempre andava com alquimistas e feiticeiros radicais e ajudou Effro Kelkin a trazer religiões estrangeiras para Guerdon. Todos sabiam que ele era estranho. Só não sabíamos até que ponto ele tinha ido. A pior parte só aconteceu nos últimos anos, depois que Silva foi embora, depois que você nasceu. Depois da pequena Carillon... Ora, Silvy, atrevo-me a dizer que você foi um freio nos piores excessos dele. As coisas só ficaram abomináveis depois que você partiu.

Eladora ignora Voller e fixa o olhar em Silva.

— E Carillon? Você sabia o que ela era?

— A bastarda do meu irmão? A criança que eu pensei que poderia resgatar de uma casa de pecado? A ferida no meu coração? — sibila Silva. — O que tem ela?

— Foi criada para ser uma santa de Ferro Negro.

— Eu sabia que ela estava maculada. Todos nós estamos; você e eu também. Durante anos tentei salvar você! Pensei que tinha fracassado quando você veio para esta cidade corrupta, mas ainda há tempo! As fogueiras de Safid purificarão nossas almas feridas, é só termos fé! — Respingos de saliva salpicam sobre o cristal e os pratos de porcelana. Mhari Voller segura suavemente a mão de Silva.

— Está tudo bem, querida. Jermas morreu.

— E ela? — sibila Silva, e sua mão se fecha. — A monstrinha?

Voller rapidamente empurra a mão de Silva para baixo da mesa, onde Eladora não consegue ver. Ela franze a testa; algo aconteceu ali, mas ela não sabe dizer o quê. Será que sua mãe sangrou, será que cortou a palma com as unhas? Ou quebrou alguma coisa? Há um leve cheiro de queimado também.

— O passado passou. — Voller respira fundo. — Devemos pensar no futuro. Eladora, querida, você foi fundamental para deter a Crise que Jermas precipitou. Você... e santa Aleena... destruíram o que restou dele e impediram os alquimistas de assumirem o controle da cidade. Jermas não era o único lunático tentando roubar os deuses: essa culpa deve recair igualmente sobre os alquimistas, e principalmente sobre Rosha, a falecida Senhora de Guilda. Mas também em mim e no resto do partido Cidade Progressista. Estávamos tão bêbados de poder e riqueza que perdemos de vista o que era certo. Todos nós pecamos, criança. E é hora de consertar as coisas.

*Isso tudo é um pacto suicida Safidista?*, Eladora se pergunta de repente. Os Safidistas acreditam que queimar reúne a alma com os Deuses Guardados. Ela imagina uma bomba de flogisto sob a toalha da mesa, sua mãe louca apertando o êmbolo enquanto Voller termina o vinho. A ideia é tão absurda que ela começa a gargalhar.

Silva franze a testa.

Voller continua:

— Podemos construir um futuro estável para a cidade. Você é assistente de Effro. Ele lhe dá ouvidos. Você pode levar nossa proposta a ele.

— Nós quem? — pergunta Eladora.

— A igreja — balbucia Silva. — A bendita Igreja dos Guardiões da Fé. A verdadeira fé de Guerdon.

— Então você quer o quê, um pacto eleitoral? Uma proposta de coalizão contra os Mascates?

— Queremos que Kelkin volte à fé — diz Voller. — Você sabia que ele já estudou para se tornar sacerdote? Queremos que Kelkin volte ao rebanho. A cidade precisa de um governo unido para sobreviver à Guerra dos Deuses, unido espiritual e temporalmente. Nós queremos banir da cidade a adoração de deuses beligerantes. Em uma coisa seu avô tinha razão: esta cidade precisa de deuses fortes para protegê-la de ataques. Não temos muito tempo.

Eladora fica sem palavras. Voller acaba de descartar casualmente quarenta anos de suas próprias crenças e políticas. O que poderia tê-la forçado a uma reversão tão completa?

— E o que mais? Acaba a neutralidade? Revoga-se a Lei da Cidade Livre? Vocês duas estão completamente loucas?

O rosto de Silva fica vermelho e seus olhos brilham de raiva. Eladora vê um clarão de luz divina neles, e quando sua mãe fala é como trovões estourando na pequena sala de jantar. As taças de cristal se estilhaçam, manchando a toalha de mesa de vermelho-sangue.

— Esta é a nossa chance de redenção, criança! NÃO TRIPUDIE!

Silva fica de pé em um pulo, uma torre de ira. Suas mãos calejadas agarram-se à mesa e seus dedos quebram a madeira sólida. Subitamente ela está vestida com uma armadura brilhante, com uma auréola de fogo.

Eladora tomba da cadeira para trás e se encolhe em face da divindade temporária de sua mãe. O horror da santidade.

— Silva, por favor, por favor, sente-se — diz Voller.

Ela também está com medo, mas não chocada. A resplandecente luz sagrada se apaga e Silva desaba novamente em seu assento. A armadura desaparece. Ela se curva e começa a chorar, e Eladora não sabe dizer se são lágrimas de tristeza ou de êxtase religioso.

— Vamos, Silvy. Chega de exibições desse tipo. Me deixe ajudá-la a se limpar. — Voller conduz Silva gentilmente em direção ao banheiro. — Eladora, por favor espere um momento. Isso é… não há nada mais importante.

As duas mulheres mais velhas saem. Eladora, tremendo, volta a se sentar às ruínas da mesa. A breve e terrível explosão de santidade de sua mãe quebrou todos os cristais. Um espelho antigo em uma das paredes tem uma rachadura descendo por sua face que parece um relâmpago congelado. Há marcas marrons tênues na toalha de mesa que Eladora suspeita serem letras, a Ladainha dos Guardiões queimada no pano em uma transcrição milagrosa.

Ela ouve a porta atrás dela abrir.

— M-minha ma-ma-mãe quebrou um copo — diz Eladora, supondo que o garçom tenha voltado.

— Parece que perdi uma festa.

Um homem careca, de meia-idade, sorrindo com dentes quebrados. Sinter. Uma espécie de sacerdote, o espião-mestre da Igreja dos

Guardiões. Ela o conheceu brevemente durante a Crise, logo depois que ele tentou executar sua prima para impedi-la de usar seus poderes. Sinter abrigou Eladora por uma noite, até que um de seus homens a traiu e a vendeu para os agentes de Jermas Thay.

Eladora suspeita que Sinter foi uma das pessoas que a questionou nos dias logo após a Crise, mas é difícil se lembrar daquela semana. Outras partes de seu passado — como Miren, como Ongent —, Eladora deliberadamente evita pensar, mas o momento logo após a Crise ela não consegue recordar, a não ser rostos borrados e o gosto de remédio amargo.

— Srta. Duttin — diz Sinter, sentando-se na cadeira de sua mãe. Ele põe a mão de três dedos nas marcas dentadas deixadas por Silva. — Pelos deuses... — murmura ele. — Misteriosos são os caminhos dos Deuses Guardados, pois eles reservam suas bênçãos mais potentes para as mais estranhas mulheres. Suponho que você e sua mãe estejam se dando tão bem quanto uma casa sob fogo de artilharia.

— Mhari Voller fez uma proposta. Eu a rejeitei. Minha mãe ficou descontente. E, aparentemente, ela foi escolhida pelos deuses.

— Temos um súbito excesso de santos.

— Achei que Aleena fosse a última.

Durante a crise, a Igreja dos Guardiões só foi capaz de produzir um único santo de guerra, e embora Santa Aleena da Chama Sagrada tenha feito milagres, isso ainda marcou um grande declínio do poder da igreja.

— Ela era. As coisas mudaram. — Sinter dá de ombros. — A Crise despertou nossos amigos lá em cima. Tem havido milagres no interior. Velhos sacerdotes de vilarejos e jovens fazendeiros robustos sendo abençoados com santidade. Uma boa *colheita* no ano passado. A melhor de que já ouvi falar.

Ela imagina os deuses fugindo de Guerdon durante a crise, em disparada como animais atacados em seus próprios estábulos. Correndo para as colinas, procurando abrigo. Procurando por armas. Os deuses agarrando cegamente a ferramenta mortal mais conveniente... e encontrando sua mãe. É o que Silva sempre quis.

— "Oferecer a alma inteira à vontade do divino" — cita Eladora. — Embora eu não saiba o quanto de escolha a pessoa tem no assunto.

— Isso — diz o sacerdote, sorrindo — é heresia, porra. Sugerir que os deuses não são oniscientes e onipresentes. Sugerir que a santidade é questão de azar e circunstância, como ser pego na charneca por uma tempestade repentina e ser atingido por um raio... é vergonhoso. Sua mãe não lhe ensinou nada? — A bonomia sebosa dele é desagradável, mas é menos assustadora que a ira de sua mãe.

— Santa Aleena comparou os Deuses Guardados a vacas. Ela disse que eles eram como animais lindos e burros.

— É, bem, ela devia saber do que estava falando, certo? Apesar de que... — Ele gira o vinho, olha no fundo da taça. — Não é tão *simples* assim, é, caralho? Eles não sabem disso, porra. Tudo está fora de equilíbrio.

— Com os Deuses Guardados? — Ela se pergunta quem são esses *eles*.

— Com tudo. — Sinter pega um garfo e devora os restos da entrada de Mhari Voller enquanto fala. — É assim que eu vejo: esta cidade é como uma grande máquina, certo? Um motor rateando ao longo dos trilhos. Se você a mantiver abastecida e lubrificada, pão, dinheiro e essa merda toda, e não foder demais com as alavancas, ela vai funcionar bem enquanto os trilhos estiverem seguros. Às vezes, alguém sai da linha... como seu avô... e tem que ser colocado de volta em seu lugar para garantir que as coisas continuem funcionando bem.

Ele rosna.

— Mas as pessoas saíram da linha, e não fomos fortes o suficiente para botá-las de volta em seus lugares. Estou falando principalmente de Rosha, mas ela não foi a única filha da puta. Agora tudo está saindo do controle e estamos todos apenas torcendo para a coisa não explodir, porra. — Ele aponta um garfo para Eladora. — Seu homem, Kelkin, sabe. Todo mundo sabe disso. Olhe para eles. Ninguém quer ficar preso dirigindo a máquina quando ela está assim. Você pensa que a Crise acabou? Ainda estamos na Crise. Rosha puxou a grande alavanca vermelha, e ninguém sabe como pará-la.

Eladora chega à conclusão de que está cansada de velhos cínicos lhe dizendo como o mundo funciona.

— Diga-me, sr. Sinter... o senhor está aqui como representante do Patros?

Se Sinter ainda trabalha para a igreja principal, e o Patros compartilha suas visões sobre a cidade caminhando em direção ao desastre...

— Estou apenas sobrevivendo, criança. Um humilde servo, eu. — Ele pega um guardanapo e faz menção de enxugar o rosto, mas em vez disso pega alguns cacos de espelho quebrados do pano. — Pelos deuses.

Mhari Voller e a mãe de Eladora voltam, junto com um enxame de garçons, que mudam a toalha de mesa tão rapidamente que se poderia até suspeitar do uso de feitiçaria. Os cristais quebrados são removidos, a comida derramada é varrida, novos talheres aparecem como que por magia. Um dos garçons pega uma faca do chão perto da cadeira de Silva; o cabo está esmagado, quatro amassados na marca de dedos, e a lâmina chamuscada como tivesse sido segurada sobre uma chama. Sem parar nem mudar de expressão, o garçom a leva embora com o resto da bagunça. Em poucos segundos, os únicos sinais da intervenção divina que sobraram são a mesa danificada e a rachadura despercebida no espelho.

— Sua santidade! Estou tão feliz que o senhor conseguiu arrumar um tempo entre as questões de Estado — diz Voller a Sinter.

Ela ajuda Silva a se sentar em uma cadeira. A cabeça de Silva pende, seus olhos desfocados. Ela está murmurando para si mesma. Eladora se pergunta se sua mãe teve um derrame e descobre que não tem absolutamente nenhum desejo de se aproximar ou fornecer qualquer ajuda ou conforto.

— Não teremos mais exuberâncias — proclama Voller alegremente, dando tapinhas na mão de Silva.

Os garçons voltam a rodopiar, trazendo as entradas. Sinter mergulha fundo em seu bife; Eladora empurra o peixe pelo prato. É requintado, mas ela não tem estômago para isso.

— O que exatamente você disse a ela? — pergunta Sinter com a boca cheia. Ele já está quase terminando.

Eladora responde antes das outras duas.

— Vocês querem o impossível do meu empregador e que eu transmita seu p-pedido absurdo a ele.

— Em alguns aspectos, há espaço para negociação — diz Voller. — Se Kelkin quiser manter as aparências, por exemplo, podemos enquadrar isso como um pacto de coalizão. Mas os deuses não podem ser renegados.

— O fogo destruirá os blasfemadores — acrescenta Silva. — Tempestades os arrebatarão e das cinzas nascerão flores.

Ela nem sequer tocou sua comida. Está olhando para o chão, e Eladora tem a impressão horrível de que sua mãe nem sabe o que falou. Eladora já viu criaturas como carniçais anciões usarem bocas humanas.

— E campanhas mudam. — Sinter limpa os lábios com a manga. — Eu gosto de Kelkin, de verdade. Honestamente, ele administra a cidade melhor do que qualquer caipira piedoso que nosso grupo pudesse colocar no comando. Mas ele precisa voltar a se juntar a nós, não lutar contra. Ele não viu nem metade do que a igreja trará para o campo de batalha se for necessário.

Eladora está farta desta emboscada. Ela empurra a cadeira para trás e se levanta.

— Fique tranquilo, vou fazer um relato completo desta refeição para o sr. Kelkin... com as ameaças e tudo.

Mhari Voller se recosta como se tivesse sido derrotada e toma um grande gole de seu vinho. Silva Duttin não se move nem reage quando a filha sai.

— Boa noite, mãe, lady Voller. Obrigada pelo... — Eladora acena vagamente para três pratos praticamente intocados — vinho.

Sinter sai apressado atrás dela.

— Eu a acompanho até a estação.

— Isto aqui é Serran, não o Arroio. Não é necessário.

— Nunca se sabe — murmura Sinter.

— Da última vez em que você me ofereceu proteção, acabei sequestrada e colocada em um altar de sacrifício na mesma noite.

Eladora tira o casaco de um gancho, ignorando a expressão horrorizada do criado que estava prestes a buscá-lo para ela. Ela sabe que não deveria falar abertamente sobre os acontecimentos da Crise, mas, se sua mãe — sua mãe santa — está fazendo pequenos milagres durante o jantar, então, aparentemente, os selos de sigilo foram rompidos.

— Muito justo — diz Sinter —, mas me deixe refazer a oferta. Como eu já disse, você não sabe o que está por vir. Quando tudo parece perdido, procure a ajuda dos deuses.

Ele pressiona um objeto em sua mão e recua, desaparecendo na sala de jantar privativa.

Ao percorrer o trajeto até a estação de trem, ela examina o presente de Sinter. É um fragmento de metal queimado. O cabo de uma espada quebrada, ela percebe, devastado pelo fogo, marcado por feitiçaria, manchado pelos fluidos de um milhão de vermes mortos. Uma peça, uma relíquia, de Santa Aleena da Chama Sagrada. Ela se lembra de Aleena salvando-a das garras de Jermas Thay, se lembra do fogo abençoado. Imagina, por um momento, a mão áspera de Aleena segurando o cabo da espada. Eladora conheceu Aleena apenas brevemente, mas tem muito carinho pela lembrança de sua presença forte, sua determinação corajosa e inabalável. Sua habilidade de esfaquear coisas malignas com uma espada enfurecida.

Ela tenta pensar no motivo por que Sinter lhe daria uma relíquia tão valiosa, mas sua cabeça fica apenas dando voltas. Uma mensagem? Um presente? Uma ameaça, a lembrá-la do poder dos Deuses Guardados? Uma pista acerca de suas intenções?

— Esses putos filhos da puta nos foderam — sussurra Eladora, lembrando a prece mais sincera de Aleena.

# CAPÍTULO DOZE

Quando o trem chega à fronteira, a guarda da cidade de Guerdon faz uma varredura pela carruagem, inspecionando papéis e almas. Uma guarda, o rosto escondido atrás de uma máscara de lentes giratórias, assoma diante de Terevant enquanto ele desencava os documentos de viagem que Lys lhe deu. A mulher folheia os papéis e chama o supervisor. O segundo guarda examina os papéis novamente, referenciando-os contra suas próprias listas.

— Você devia ter chegado no trem de ontem.

— Paramos em Grena e eu fui esticar as pernas. O trem partiu sem mim, então peguei este.

— Está viajando sozinho?

— Apenas eu.

Eles revistam sua bagagem mesmo assim. Terevant fica ali sentado, tentando evitar que seu joelho trema. Em algumas horas, estará caminhando pelas ruas lendárias de Guerdon novamente; as arcadas da rua da

Misericórdia, a grande fortaleza na Ponta da Rainha, o Palácio Farpado, o Morro Santo...

É estranha essa combinação de apreensão e empolgação. Ele pensa no desembarque em Eskalind. Na época, ele havia treinado para a tarefa, ensaiado-a vezes sem conta. Ele liderou suas tropas para fora do barco e pelas praias ao longo da Costa do Naufrágio uma centena de vezes, então o desembarque em Eskalind foi, em última análise, um anticlímax, a mesma rotina monótona novamente. Até que os deuses atacaram. Guerdon promete um tipo de ação diferente, e ele está ansioso por isso. Passou muito tempo batendo cabeça na mansão Erevesic, sentado à cabeceira do interminável leito de morte de seu pai, ou escrevendo infindáveis relatórios sobre Eskalind. Seis meses de preparação antes, seis meses de dissecação depois, para sessenta minutos de ação.

Os guardas seguem em frente, e ele solta o ar. Está cansado de esperar. Ele tem uma missão novamente, uma forma de servir à Coroa. Um lugar em Haith. Não mais um poeta, não mais um soldado. Outra vida antes da morte.

Lentamente, no início, o trem também segue em frente, ganhando velocidade à medida que desce os trilhos em direção a Guerdon. Um túnel os engole. Terevant arruma suas malas à luz da lâmpada dançante. Ele se pergunta o que os inspetores teriam feito se ele tivesse a Espada Erevesic. Devem ter algum tipo de reforço sobrenatural, ele imagina, um feiticeiro ou algo assim, pelo menos. A fronteira de Guerdon com Haith é talvez a última fronteira do mundo onde se espera pela ira divina, mas certamente eles não deixam este flanco desprotegido, não é? Através da pequena portinhola de observação, ele viu novas fortificações, torres, túneis e muralhas com espinhos voltadas para o norte. Na estação, ele passa por um labirinto de pequenos escritórios, um escriturário escondido em cada um. Como pássaros em uma parede cheia de buracos, ele pensa, ninhos emplumados com papéis. Havia falésias em Eskalind, onde dezenas de milhares de aves marinhas faziam seus ninhos. Quando a Mãe Nuvem desceu, os pássaros se ergueram como um só, girando até que todo o bando assumiu a forma de uma mulher, uma gigante feita de asas. Mãos formadas de uma centena de bicos cortantes. Os escriturários arrebatam seus papéis, verificam os detalhes, mas eles não mordem. Devolvem seus documentos e lhe apontam a saída.

Terevant se afasta dos balconistas e, pela primeira vez em meses, não curva os ombros em reação ao grito das gaivotas. Ele caminha pelo piso de mármore do saguão com disciplina militar, os saltos das botas batendo contra a pedra.

E então entra em Guerdon.

A noite caiu sobre a cidade, e lanternas alquímicas brilham em fileiras ao longo das ruas, enquanto um brilho feito luar congelado reluz da imensidão que é a Cidade Refeita perto do porto. As ruas estão lotadas mesmo depois de escurecer, e todos na multidão estão vivos, cheio de calor e barulho. A sensação, comparada à quietude fria de Velha Haith, é avassaladora. A multidão parece estar a um segundo de se tornar uma turba… ou uma festa de rua. Ele sorri sem querer. Eles são como crianças brincando, abençoadas em sua inocência. Nenhum deles, imagina, presenciou nada da Guerra dos Deuses. Eles colocam folhetos nas mãos de Terevant, oferecendo-lhe de tudo, desde os prazeres da carne até um hotel barato e a alegria eterna no abraço do Dançarino, e alguma coisa sobre um voto para Kelkin ser um voto para estabilidade.

Do outro lado da praça vem uma figura em um uniforme haithiano, o chapéu de pele de toupeira cortando a multidão como a barbatana de um tubarão. Para sua surpresa, o soldado está usando uma máscara e luvas grossas. Deve ser Vigilante, um dos poucos na cidade. A maioria dos funcionários da embaixada em Guerdon é de vivos. Existem restrições de longa data sobre os números e movimentos dos Vigilantes na cidade: um legado de velhas rivalidades e velhas suspeitas. Haith se intrometeu nos assuntos de Guerdon muitas vezes antes. Os guardas da cidade olham fixamente para o Vigilante enquanto ele se aproxima para cumprimentar Terevant.

**Bem-vindo a Guerdon, senhor.**

— Eu… ahn, sim. Obrigado. — Terevant faz uma saudação estranha, segurando a mochila.

**O senhor não me reconhece, não é?**

A pergunta soa estranha a Terevant, já que o rosto do Vigilante está oculto, e também não lhe diria muita coisa: um crânio é muito parecido com outro. Terevant tenta decifrar o selo da família no peito do soldado, mas está muito escuro.

**Yoras, senhor. Eu estava com o Nono Regimento de Fuzileiros em Eskalind.**

Ele se lembra de Yoras como um novo recruta, verde como a água do mar que ele vomitou na Costa do Naufrágio. Porém, no momento em que partiram para Eskalind, ele estava tão bem treinado e pronto quanto qualquer soldado da força de invasão.

Ele se lembra de Yoras morrendo também. Uma coisa escamosa rastejou para fora do mar... um monstro nascido de um deus, um santo transformado, quem sabe? Mas tinha garras, e os tiros de rifle ricochetearam em sua pele como se fossem gotas de chuva. Ele se lembra de Yoras esfaqueando-a dentro da boca enquanto a coisa o estripava. Terevant não olhou para trás: o templo estava à vista, e ele incitou suas tropas a seguirem em frente.

— Claro, Yoras.

**Não tive oportunidade de lhe agradecer, senhor. O senhor salvou minha vida.**

Terevant tosse para esconder sua risada involuntária.

**Na retirada, senhor. Estávamos cercados por tropas inimigas, e sua companhia as atacou pelo flanco. Nos abriu uma saída, senhor. Eles tinham relíquias sagradas, senhor, que não poderíamos suportar na morte-vida.**

Disso ele não consegue se lembrar. A retirada é um borrão em sua memória.

— Você foi designado para cá há muito tempo?

**Quase cinco meses, senhor. Metade dos guardas da embaixada foi morta na Crise, então eles precisavam de substitutos. É uma honra proteger um herói tão distinto quanto seu irmão, é claro. Eu não sabia que o senhor vinha de uma família assim.**

Yoras o leva a uma carruagem à espera.

**Vamos levar uns instantes para sair daqui, senhor. Aconteceu uma grande reunião dos Mascates no hotel do outro lado da praça esta noite, então há muito tráfego. Eu não concordo com isso. A eleição,**

quero dizer. Parece pouco confiável, como uma construção feita sobre areia.

Haith tem o mesmo governante há mais de mil anos. A Coroa, forjada de aço e magia, é eterna. O portador da coroa muda — quando um morre, um sucessor é escolhido pelos necromantes —, mas o intelecto coletivo na Coroa, as almas trançadas de todos os governantes anteriores de Haith, continua a governar, agora e para sempre.

— Mas parece emocionante.

**O secretário Vanth também achava isso, senhor.**

Yoras abre a porta para ele. Outro homem espera dentro da carruagem. Confortável contra os assentos, cabelos louros compridos e sujos, maçãs do rosto salientes, magro e pálido, como se tivesse sido descolorido. Ele usa uma jaqueta militar surrada sem insígnia. Três arranhões recentes em uma bochecha, linhas paralelas, como se tivesse sido atacado por um garfo. O homem não se levanta para ajudar Terevant a subir, apenas acena com a mão em uma saudação vaga.

Terevant involuntariamente verifica se há marcas de implante nos pulsos do homem: nada. Casta dos Suplicantes? Ou está disfarçado... correndo deliberadamente o risco de morrer fora da casta, a fim de esconder qualquer coisa que possa vinculá-lo a Haith. Lys correu o mesmo risco, no início de sua carreira. Ou talvez ele nem sequer seja de Haith.

— E quem é você?

— Lemuel — diz o homem, e não acrescenta mais nada.

O sotaque dele é todo de Guerdon. Seu olhar passa languidamente por Terevant, medindo-o dos pés à cabeça. Então ele dá um sorrisinho, e há algo de misterioso nisso, como se fizesse de Terevant o alvo de alguma piada silenciosa.

Terevant se acomoda no assento oposto.

— Onde está meu irmão?

— Sua Excelência está na embaixada. As coisas estão um pouco... tensas, com a eleição e tudo o mais.

"Tensas" foi como Lys descreveu a situação em Guerdon. E embora "Sua Excelência" seja tecnicamente o título honorífico adequado para um embaixador, também é um apelido zombeteiro que Terevant e Lys às vezes usavam para Olthic. Uma velha piada baseada em um boletim escolar, quando Olthic era classificado como "excelente" por todos os tutores. Terevant percebe que se ressente por esse estranho estar familiarizado com a piada particular deles. A não ser que... ele tem de pensar como um espião agora, procurar mensagens escondidas. Talvez Lys esteja lhe enviando um sinal, dizendo-lhe que esse Lemuel faz parte de seu círculo, que ele é confiável, apesar das aparências.

— Tensas — repete ele. — Qual é o seu trabalho na embaixada?

— Ah, eu ajudo onde sou necessário — responde Lemuel alegremente.

— Qual escritório?

— Nenhum — diz Lemuel, e abre outro sorrisinho.

Terevant acena com a cabeça para a bochecha do homem.

— O que aconteceu?

— Problemas com uma garota. — Terevant imagina unhas compridas arranhando o rosto do homem. Lemuel esfrega a bochecha arranhada com cuidado. — Eles lhe deram uma pasta em Haith, certo?

Terevant tira a pasta da mochila. Lemuel estende a mão e belisca a própria bochecha, aperta o arranhão mais profundo até despontar uma gotinha de sangue e então passa o sangue no selo de cera da pasta, desarmando a barreira de proteção mágica. Ele começa a ler os documentos em silêncio, usando a luz dos postes que passam. Faixas alternadas de luz e escuridão lançam Lemuel em diferentes sombras, capturando os ossos de seu magro rosto lupino. Os lábios de Lemuel se curvam divertidos quando ele lê algum fragmento ou anotação na pasta do Gabinete, mas ele não compartilha seus achados com Terevant.

Terevant conclui que não gosta muito do homem, sob qualquer luz.

Os portões da embaixada se abrem para recebê-los. De algum modo, Terevant pressente que ele está de volta a solo haithiano. É mais frio, mais silencioso. Os serviçais no quintal — todos vivos, ele observa — se apressam para cuidar da raptequina que rosna, mas não correm, não levantam as vozes.

Lemuel desaparece tão silenciosamente que Terevant só percebe sua ausência. Levou a pasta consigo.

**Por aqui, senhor.** Yoras escolta Terevant por uma porta. Assim que atravessa o limiar, Yoras remove sua máscara e tira as luvas. Existem runas queimadas nos ossos de seus pulsos, os padrões correspondentes aos implantes de periapto sob a pele do próprio Terevant. Âncoras espirituais para manter a alma e os restos mortais unidos.

A embaixada está silenciosa, exceto pelo farfalhar de papéis.

**Vou levar o senhor até o embaixador.**

Eles param em frente a portas duplas ornamentadas, marcadas com o brasão da família Erevesic. O escritório do embaixador. Terevant não deixa de observar a barra recém-pintada acima do brasão, significando a presença *do* Erevesic, chefe da família e portador do filactério.

Yoras pega a mochila de Terevant. **Vou guardar isso no seu quarto, senhor.** Ele segue silenciosamente pelo corredor, deixando Terevant sozinho no limiar. Ele levanta a mão para bater, então pensa melhor e simplesmente abre a porta.

Olthic se levanta de uma poltrona estofada ao lado do fogo, abaixa o livro que estava lendo e atravessa a sala.

— Ter! — diz ele com sua voz ribombante.

Terevant bate continência.

— Tenente Terevant Erevesic, transferido do Nono Regimento de Fuzileiros, reportando.

— Bem-vindo ao lado confortável da guerra! — Olthic retribui a continência, fecha e tranca a porta pesada e faz um gesto na direção da outra poltrona perto do fogo. Ele toca uma campainha perto da mesa e dá um tapa na barriga quando se senta. — Entre. Sente-se. Coma. Aqui a comida é boa. Você vai gostar mais do que das linhas de frente. — Olthic ainda se mantém em forma para combate, claro. Disciplinado demais para se permitir luxos, apesar do posto diplomático. — Senti saudades, Ter. Quais são as notícias de casa? Como foi a viagem?

— Lys disse...

— Vai ter que se lembrar de chamá-la de lady Erevesic em público. Ela é a esposa do embaixador, e não podemos ser informais.

— Lys me disse...

— Mas antes. — Olthic olha em volta com ansiedade. — Cadê? A espada?

— Está com Lys. Ela a está contrabandeando através da fronteira, escondida em sua carruagem.

Olthic não responde por um bom tempo. A respiração dele está tão ruidosa que Terevant jura que as chamas na grelha dançam para a frente e para trás no ritmo de suas inalações.

— Você deixou a Espada Erevesic... as almas consagradas de nossos ancestrais, a fundação de nossa casa, o décimo sétimo tesouro de Haith... para trás? — Ele não grita, mas Terevant percebe que está furioso.

— O que eu deveria fazer? — Irritado, Terevant se joga na poltrona em frente à do irmão. — Lady Erevesic disse que era perigoso trazê-la para a cidade. Presumi que você tinha discutido os cuidados com a espada da família... as almas consagradas de nossos ancestrais, a fundação de nossa casa, o décimo sétimo tesouro de Haith... com sua esposa.

Há uma batida na porta trancada, o cheiro de comida.

— Vá embora — grita Olthic, e ele joga seu livro na porta para complementar a ordem.

— Não culpe os servos.

— Ah, não culpo. Eu culpo você. E ela. É minha espada. Eu sou o Erevesic. — Olthic começa a andar de um lado para o outro.

— Ela disse que a espada seria notada, mas que a contrabandearia para cá mais tarde, ou um de nós poderia ir buscá-la em algumas semanas...

Olthic rosna, dispara pela sala e tenta abrir a porta. Está trancada, mas ele puxa com tanta força que a porta pesada quase racha.

— Saia. Saia — grita ele, virando a chave. — Saia antes que eu faça algo imprudente. Semanas. Malditas semanas.

A reunião está indo maravilhosamente bem.

— Minhas ordens são para passar em revista os guardas.

— Para que você possa levá-los direto para uma emboscada? Eu li os relatórios de Eskalind. Salvei você de uma corte marcial. — Ele abre a porta. — Saia.

Terevant sai para o corredor.

— É sempre um prazer, Excelência.

— Daerinth! — ruge Olthic.

Uma porta do outro lado do corredor se abre instantaneamente: o tal Daerinth devia estar esperando o chamado. Ele é velho o suficiente para ser avô de Terevant, mas vai até o escritório de Olthic com velocidade notável. Instintivamente, o olhar de Terevant recai sobre as vestes do velho. Um símbolo de uma Casa que ele não reconhece, com traços e curvas obscuros cujo significado não consegue lembrar. Lys sempre foi a melhor no estudo dos livros de heráldica, em relembrar os mortos honrados.

A porta bate na cara de Terevant. Conversa abafada do outro lado.

Yoras sai das sombras, segurando uma bandeja de comida. Seu rosto esquelético é, claro, ilegível.

**Seu quarto é por aqui, senhor.** Ele aponta para o corredor com a mão livre. Terevant e Yoras instintivamente começam a andar juntos, a cadência de sua marcha introjetada em ambos na Costa do Naufrágio.

Símbolos de antigos diplomatas e seus grandes feitos surgem pelas paredes, lembrando Terevant de seu fracasso em encontrar um lugar na grande ordem de Haith. Cada passo o afasta de seu irmão, o afasta do que resta de sua família: dos destroços de sua carreira. Para onde ir a seguir? Ele poderia recusar a atribuição para a embaixada. Poderia aceitar um rebaixamento e voltar para as fileiras, dar sua vida e sua morte ao Império em algum campo de batalha distante. Acabar como Yoras ali, um esqueleto patrulhando incessantemente algum posto avançado do vacilante Império.

Por um momento, ele imagina a queda de Haith. Imagina o palácio da Coroa e o Gabinete em ruínas, os templos da morte caídos. Tudo vazio, nenhum som, exceto o clique de calcanhares esqueléticos no mármore, enquanto o último Vigilante patrulha as tumbas para sempre. *Não há vergonha em ser Suplicante*, ele disse a seu pai. As banalidades costumeiras que se dizem aos moribundos, sem que se acredite nelas por um instante sequer.

Atrás dele, a porta do estúdio de Olthic se abre novamente.

— Terevant! Venha cá! — grita Olthic.

Yoras para, inclina o crânio como quem está intrigado. Terevant espera por uma fração de um segundo, uma pequena rebelião pessoal, antes de girar nos calcanhares e marchar de volta. Olthic espera na porta.

— Terevant Erevesic — diz Olthic, formalmente —, por vontade da Coroa, você foi nomeado capitão da guarnição da embaixada em Guerdon, com todas as responsabilidades e deveres dessa função. Você aceita?

— Eu... — Mil objeções. Ele não é um diplomata nem um espião. Ele nem sequer é minimamente qualificado. Não quer ficar em Guerdon com Olthic furioso com ele. Estar perto de Lys e Olthic será como colocar suas emoções nos dentes de um moedor. Mil motivos para dizer não.

— Você aceita, cacete?

Apenas uma razão para dizer sim. É seu dever obedecer, e ele não vai mais fugir do seu dever.

— Sim.

Olthic faz um gesto para dentro do escritório. O velho está na mesa, preenchendo apressado alguns formulários.

— Assine ali. — Olthic suspira. — Seu trabalho é comandar os guardas da embaixada e proteger o terreno e equipe. Faça-os marchar para cima e para baixo, mantenha os vivos longe dos piores prostíbulos, não fique explicitamente bêbado em serviço. É isso.

— E Edoric Vanth? Lys disse... — Terevant para, se corrige. — Lady Erevesic disse que eu deveria investigar.

Olthic faz cara feia.

— Lemuel está cuidando disso.

— Sua graça, melhor seria que o tenente Erevesic, ahn, supervisionasse o inquérito. Mais apropriado ter um oficial de uma grande Casa envolvido. Lemuel pode ajudar, se for necessário. — A voz de Daerinth é como o farfalhar de papel; como se o esforço de falar o exaurisse. Ainda assim, ele abre um sorriso cansado para Terevant.

Olthic se irrita por um momento, então atravessa a sala, pega o livro que ele arremessou, alisa as páginas e bate com ele de volta na prateleira.

— Está bem.

Daerinth pega a carta assinada, dobra-a com cuidado e a enfia na gaveta da mesa de Olthic.

— Isso é tudo, tenente — sussurra o velho diplomata. — Será bom tê-lo aqui na embaixada.

Yoras está esperando do lado de fora. É impossível para um esqueleto erguer as sobrancelhas em sinal de surpresa, mas algo na inclinação do crânio dele sugere exatamente isso.

**Seus aposentos são por aqui, senhor.**

— E meu escritório? — Ele está cansado após a jornada, mas ansioso para começar. Sua tarefa é importante, vitalmente importante, para a segurança de Haith. Lys depende dele.

Yoras faz uma pausa. **Receio não ter sido informado de onde acomodá-lo, senhor.**

— Bem, o escritório de Vanth está livre, não está?

**Correto, senhor. Por aqui.** Yoras o leva por outro corredor. O Vigilante vasculha um molho de chaves enquanto caminha, procurando a certa para o escritório do Terceiro Secretário. **Está trancado desde que ele partiu, senhor.** Ele encontra a chave, retira-a do chaveiro e a entrega a Terevant. **Seu quarto fica logo acima deste escritório, senhor, dois andares. Quer que eu espere e o conduza ao quarto quando terminar, ou...**

— Não, pode ir. Discutiremos a guarda da embaixada pela manhã.

**Para mim é indiferente, senhor. Eu não durmo mais.**

Eles param em frente ao escritório. Uma faixa de luz brilha sob a porta. Terevant testa a maçaneta. Está destrancada.

**Senhor...** Yoras pousa uma mão esquelética no punho de sua espada. Terevant empurra a porta. Lemuel o encara de trás de uma mesa bagunçada, cheia de papéis.

— Que reencontro rápido — murmura ele. — Achei que você teria mais a dizer a Sua Excelência.

**Você não deveria estar aqui, vagabundo.**

— O que está fazendo aqui, Lemuel? — pergunta Terevant.

— Só estou procurando alguns papéis. Não estão aqui. — Lemuel se levanta de um salto. — Fique à vontade. — Ele corre para a porta, tenta passar por Terevant.

Terevant agarra o homem magro pelo braço.

— Você deveria me auxiliar. Para onde está indo?

— Embora. — Com um safanão, Lemuel se solta. — Tenho contatos para encontrar. Preciso ir sozinho.

— Tudo bem. — Terevant gesticula para os arquivos de Vanth. — Por onde eu deveria começar, então?

— Treinamento do Gabinete, dez malditos anos atrás — murmura Lemuel. — Não sei. Vanth nunca falou comigo. Eu não era do seu clubinho. — Um relógio no escritório atrás dele soa as horas e Lemuel estremece. — Estou atrasado. — Ele segue apressado pelo corredor.

Yoras faz um som que poderia ser um pigarro, se ele tivesse uma garganta para limpar.

— Algo a dizer, Yoras?

**Lemuel é uma criatura desagradável e vil sob todos os aspectos. Eu não confiaria nele, senhor.**

Terevant entra no escritório. Páginas de anotações rabiscadas, mapas, diagramas espalhados pela mesa. Pastas grossas de documentos datilografados também. Uma taça de vinho e os restos de um prato de comida equilibrados no topo de uma pilha.

— O que ele quis dizer sobre o clube de Vanth?

**O Terceiro Secretário e muitos dos funcionários permanentes trabalham para o Primeiro Secretário há vários anos. São todos de Haith. Lemuel pode trabalhar para Haith, mas ele...** Yoras inclina a cabeça. **Ele é muito mortal, senhor. Eu não sei que utilidade lady Erevesic vê nele.**

— Entendi — diz Terevant. Ele pega o prato de comida, a taça de vinho, coloca tudo em uma mesinha lateral. — Bem, pode ir.

**Eu vou ficar de guarda, senhor. Por via das dúvidas.**

Yoras fecha a porta, deixando Terevant sozinho no escritório.

O caos da sala — e a taça de vinho — lembra Terevant de seus próprios aposentos em Paravos, e o pensamento o alegra.

Olthic, ele pensa, estará mais calmo pela manhã. Em alguns dias, eles irão buscar a espada com Lys, e tudo voltará a ficar bem.

Ele trabalha por um tempo, vasculhando documentos, procurando por qualquer menção das bombas divinas ou uma pista de onde Vanth possa estar, mas algo o distrai. O barulho da cidade lá fora, talvez. Velha Haith é quieta como uma tumba, e, antes disso, ele estava acostumado com ao silêncio da mansão Erevesic, a quietude da noite quebrada apenas pela tosse de seu pai no quarto ao lado e os pios das corujas na torre leste. Guerdon nunca dorme. Trens passam por baixo da terra; ouve-se gritos e cantos de tavernas distantes, o barulho das rodas de carruagens sobre os paralelepípedos.

Ele vai até a janelinha, olha para a noite da cidade. Dali, pode olhar para baixo. À distância, além do contorno escuro do Morro do Castelo, ele vê a forma estranha da Cidade Refeita, brilhando com luz própria. Uma paisagem urbana alienígena, como se uma lua exuberante tivesse colidido com Guerdon. Metade das anotações de Vanth são relatórios sobre a Cidade Refeita: mapeando-a, estabelecendo redes de informantes em suas ruas, descobrindo seus segredos. Dizem que a Cidade Refeita é perigosa... talvez Vanth tenha ido até lá e desaparecido. Existem relatórios em seus arquivos sobre as ruas mutantes, arcadas que se fecham como mandíbulas monstruosas.

Mas não, não é a cidade distante. É algo mais próximo. Seu olhar é atraído para o outro lado da rua, para as silhuetas no telhado da embaixada de Ishmere. Estátuas de deuses, formas saídas de seus pesadelos. O Bendito Bol e a Mãe Nuvem. Grande Umur, seus chifres de touro brilhando ao luar.

E, ali, curvada como se fosse dar o bote, a selvagem Rainha-Leão. Aquela que traz a guerra. Se ela levar a Guerra dos Deuses a Velha Haith... as longas, longas linhagens das Casas antigas, o Gabinete eterno, a Coroa divina, tudo isso resistiu por séculos, e agora pode ser destruído antes do fim da guerra. A última resistência do Império de Haith, derrubada por fogo, tempestade e divindades selvagens.

Às vezes, ele imagina que são ele, Olthic e Lys, juntos lado a lado contra os deuses.

E às vezes, em seus sonhos mais íntimos, são só ele e Lys, e ele tem a espada.

## CAPÍTULO TREZE

Mesmo antes do milagre de sua prima, Eladora sabia que a cidade estava viva. Guerdon segue cambaleante de era em era, incorporando suas cicatrizes e comendo as cascas das feridas, sobrevivendo como pode. Eladora espera com o resto da multidão reunida do lado de fora da Casa da Lei, com os repórteres e os profetas do caos, e os mensageiros que vão correr para os especuladores da Praça da Ventura quando o veredicto for anunciado. A multidão a pressiona, aumentando o calor desconfortável da manhã. Alguém a empurra, provocando um choque de dor no seu flanco: as feridas que sofreu durante a Crise nunca se curaram completamente. Ela permite que a multidão a afaste da Casa da Lei, encontra um batente onde pode esperar em paz. O lintel sobre seu refúgio está manchado de fuligem; um legado dos Homens de Sebo que outrora montavam guarda ali, antes que tudo mudasse.

Um repórter da imprensa das sarjetas espreita pela multidão, bloco de notas na mão, procurando assistentes vulneráveis como ela. Eladora cola o corpo na porta para evitar ser avistada. Ela não tem a agilidade verbal necessária para evitar perguntas; foi amaldiçoada com honestidade acadêmica. Se lhe perguntarem sobre esse caso judicial, ela vai responder honestamente. Por lei, qualquer pessoa que possa reivindicar uma "lareira ou lápide" em Guerdon tem direito ao voto. Este sufrágio universal foi um dos triunfos de Kelkin; sob as regras anteriores, esse direito era determinado pela frequência ou não às igrejas dos Guardiões. Mas a lei não foi escrita para levar em conta erupções arquitetônicas milagrosas, e é possível que, legalmente, a Cidade Refeita não conte como parte de Guerdon. Se os juízes decidirem contra Kelkin, os Liberais Industriais perderão a eleição. Alguém mais hábil em lidar com a imprensa, como Abver, pode ser capaz de manipular as palavras, mas não Eladora.

Felizmente, o repórter avista Perik na multidão, e Perik está mais do que disposto a dar uma declaração. Ele fica vermelho enquanto grita para ser ouvido acima do barulho da multidão, e ela capta fragmentos de sua resposta. Ele está falando sobre segurança, sobre a necessidade de eleger mais Mascates para proteger Guerdon. Ele aponta para o que restou da Casa da Lei para reforçar seu argumento. A Casa da Lei era o tribunal principal de Guerdon e o arquivo da cidade, até que uma bomba destruiu a torre do sino e ateou fogo aos arquivos.

Eladora sabe que a bomba foi plantada por agentes da guilda dos alquimistas, os patronos dos próprios Mascates. Ela sabe que a torre do sino da Casa da Lei já foi a prisão para um Deus de Ferro Negro adormecido, e que os alquimistas conspiraram para reforjar a monstruosa divindade em uma bomba divina. Ela sabe tanto que não ousa falar. Perik, livre de conhecimentos secretos — ou de qualquer conhecimento, na verdade — produz uma torrente fluida e borbulhante de meias-verdades e propagandas.

Os bombeiros conseguiram salvar partes da Casa da Lei, e agora a cidade se adaptou. O que resta do arquivo atualmente se estende para o labirinto de câmaras de advogados e cubículos de escriturários em edifícios vizinhos, com registros judiciais recuperados empilhados precariamente em todos os corredores disponíveis. O próprio tribunal ficava localizado bem na margem da explosão, então sobreviveu, mas as câmaras dos Lordes da Justiça e da Misericórdia foram destruídas. Os juízes ocuparam uma hospedaria próxima como seu santuário, e Eladora suspeita que esse arranjo "temporário" persistirá por séculos. Nenhum dos dois é especialmente conveniente para o funcionamento do tribunal, mas servem, e assim a cidade continua.

Isso a tranquiliza. Aconteça o que acontecer, Guerdon vai seguir em frente. Kelkin entrará em ação e encontrará um caminho.

As portas do tribunal se abrem. A multidão avança, para ser repelida pelos guardas da cidade. Na confusão, Perik se separa de seu repórter. Ele grita uma última declaração, agitando os braços como um homem se afogando, afundando em um mar de carne.

Os Lordes da Justiça e da Misericórdia, suando sob suas máscaras cerimoniais, marcham pela grama do pátio na direção de sua hospedaria. Atrás deles, o tribunal derrama advogados, peticionários, escribas e curiosos em grande profusão. A Casa da Lei estava lotada. Eladora não consegue ver Kelkin, mas ele deve estar no centro daquela maré.

A multidão se abre e um enorme monstro avança em sua direção. Fedendo a tumba, sua cabeça chifruda, o rosto que lembra um cavalo esfolado, se ergueria dois metros e meio acima de Eladora se não estivesse curvado. O Rei dos Carniçais, a Grande Ratazana de Guerdon. Apressado ao seu lado, seu porta-voz e escrevente, um jovem carregando um maço de papéis.

Os olhos amarelos e brilhantes localizam Eladora. A mente do carniçal roça a dela, causando um calafrio. O Ratazana para, e a multidão saindo do tribunal flui ao redor dele como se o carniçal fosse um pedregulho no meio de um rio. O escrevente massageia a garganta e parece que vai desmaiar por um instante, mas então fala — carniçais mais velhos acham a fala humana desagradável, mas podem forçar outros a falar por eles. Ela se lembra da sensação horrorosa e se pergunta se a disciplina mental que Ramegos lhe ensinou seria o suficiente para bloquear os comandos do Ratazana, mas o carniçal é educado o suficiente para se restringir ao porta-voz designado.

— SRTA. DUTTIN. BOA TARDE.

Ela deve a vida ao Ratazana; o carniçal a carregou para fora da tumba. A cidade está em dívida com os carniçais; existem rumores de uma guerra secreta sob as ruas entre os carniçais e os Rastejantes. Os verdadeiros parentes de Jermas Thay, pensa Eladora: vermes feiticeiros adoradores de demônios, não ela.

— Lorde Ratazana. — Ela inclina a cabeça, esperando que ele não a veja pressionar o nariz em um lenço perfumado, sabendo que ele não se importa. — Imagino que tenha obtido triunfo no tribunal.

— KELKIN OBTEVE. A LEI DE REFORMA AINDA VALE. A CIDADE REFEITA PODE VOTAR.

— E a cidade subterrânea também — diz ela. O Ratazana dá de ombros, e flocos de mofo descem em cascata por seus flancos montanhosos.

— KELKIN TERÁ MEU APOIO SE ESCUTAR E SE OS MEUS FOREM ALIMENTADOS. — Ao falar isso, ele arreganha os dentes afiados e marrom-amarelados, cada um tão comprido quanto um dedo de Eladora.

De repente, ele fareja o ar perto do rosto dela, saboreando seu hálito. Os olhos amarelos se estreitam, e novamente vem aquele calafrio psíquico, só que desta vez é mais intenso, a sensação de escavamento, de garras rasgando a superfície de sua mente. Ela dá um passo para trás e recorre às suas rudimentares habilidades de feitiçaria para erguer uma barreira mental do jeito que Ramegos lhe ensinou. Ela sente que o carniçal mais velho poderia ultrapassá-la sem esforço, mas se detém. Ele inclina a cabeça monstruosa.

— VOCÊ CHEIRA A DIVINDADE.

O carniçal ancião é uma espécie de semideus necrótico; durante a Crise, o Ratazana conseguiu caçar Carillon e tentou matá-la por causa de sua conexão com os Deuses de Ferro Negro. De início, ela entra em pânico: que cheiro ele pode sentir nela? Na tumba, sob os feitiços de Jermas, ela foi uma espécie de santa por tabela para Carillon e teve pesadelos com o carniçal rastejando por sua janela, com aquelas garras cortando sua garganta, aqueles dentes rasgando sua carne morta. Então ela percebe que ele deve estar sentindo o cheiro residual da magia de sua mãe.

Não é a primeira vez que Eladora pensa em sua mãe sendo comida por um monstro enorme do submundo, mas é um pensamento baixo. Ela o afasta.

— Estou procurando o sr. Kelkin. Onde ele está?

O carniçal ri e a multidão se separa mais uma vez, abruptamente, enquanto todos de um lado de Eladora dão um passo em direção ao Morro do Castelo e todos do outro lado dão um passo na direção oposta, descendo para a Cidade Refeita. Todos psiquicamente empurrados pelo carniçal ancião, abrindo um caminho reto entre Eladora e Kelkin.

A multidão fica em silêncio por um instante, quebrado apenas pela risada do carniçal.

Com as bochechas em chamas, Eladora atravessa apressada o caminho aberto para ela. Kelkin observa com perplexidade enquanto ela se aproxima, então vê o carniçal e franze o cenho.

— Idiota de merda — retruca ele, e ela espera que Kelkin esteja falando do Ratazana e não dela. O temperamento do velho é lendário. Ele a agarra rudemente pelo antebraço e se aproxima. — O Vulcano — rosna ele, como se ela fosse um chofer.

É apenas uma curta caminhada até a Praça da Ventura, mas ele está respirando com dificuldade no momento em que chegam ao café. Nas fileiras juniores da equipe Liberal Industrial, a saúde de Kelkin é o tema de uma especulação interminável. Normalmente, sua energia é ilimitada, mas, embora ele grite ordens para vários ajudantes de passagem enquanto ele e Eladora cruzam a praça, ela o sente estremecer ao mancar, e se senta pesadamente em sua poltrona quando eles chegam à sala dos fundos.

— Unânime — grita. — Sem sequer um suborno de meio centavo. Isso é que advocacia de qualidade. O que diabos você quer? Qual é a razão de eu garantir que todos os mendigos na Cidade Refeita possam votar, se você não está lá dizendo a eles para votarem em mim?

— Eu estou... bem, isto é, nós... — Os pensamentos de Eladora rodopiam e suas palavras se confundem.

— Bah! É o Spyke? Ele estava reclamando de você também. Se vocês não conseguem trabalhar juntos, coloco você em dupla com outra pessoa. Aqui. — Ele pega uma folha de papel de sua mesa sobrecarregada, a olha de relance e a entrega para ela. Alguns nomes estão sublinhados. — São os que estão trabalhando na Cidade Refeita. Fale com eles, veja se são mais adequados. Só faça o serviço.

— Não se trata da Cidade Refeita. É sobre minha m... sobre a igreja.

— Os Guardiões. O que tem? — Agora ela tem toda a atenção de Kelkin.

— Eu, ahn, encontrei minha mãe para jantar. Mhari Voller estava lá também. — Os olhos de Kelkin se contraem à menção do nome dela, mas ele não interrompe. — E... Eu não sei se você o conhece, mas...

— Sinter — ele fala com rispidez. — Desembuche.

— Voller insinuou... mais do que insinuou, na verdade, que estava voltando ao partido dos Guardiões. Eles propuseram uma coalizão, um p-pacto. Chegaram até a falar sobre você voltar ao rebanho.

— E, em troca, a proibição de religiões estrangeiras.

— Acho que sim. Eles querem se encontrar com você.

Kelkin bufa.

— Eles têm o apoio do Patros? — pergunta ele.

Eladora dá de ombros.

— Não sei. Eu perguntei a Sinter, mas...

— Ah, não importa o que Sinter diga. Nunca conheci um homem mais infiel. O bastardo deveria ter seguido a vocação de apostador na pista de corrida, e não de sacerdote.

Agora que Kelkin comentou, Eladora vê a semelhança. Sinter liderando um plantel de deuses manietados e santos com bridão e sela. *Ele queria me liderar*, disse Aleena a respeito dele certa vez.

— Falando nisso, o que você acha disto aqui? — Kelkin lhe entrega outro documento; um bom pergaminho que reluz com seu brilho próprio, uma caligrafia ornamentada e pesada com selos de cera. Da mão do próprio Patros. Eladora faz uma leitura superficial. É uma notificação de que os Guardiões estão fechando os poços de cadáveres sob suas igrejas. Por séculos, existiu um acordo secreto entre os Guardiões e os carniçais comedores de cadáveres da cidade. Os Guardiões davam aos carniçais a maioria dos mortos e, em troca, os carniçais vigiavam a prisão subterrânea que mantinha os monstruosos serviçais dos Deuses de Ferro Negro.

Durante a Crise, esses servos escaparam e foram destruídos pelo Milagre das Sarjetas. Não há mais necessidade de acordo, mas pagar os carniçais era apenas parte da coisa.

— O que... O que farão com os mortos, em vez de dá-los para os carniçais? — pergunta ela.

Kelkin bate com a bengala na mesa.

— Exatamente! Os deuses da cidade são fracos porque a igreja os priva de substância das almas. Se eles voltarem aos ritos antigos, se lhes derem o resíduo de todos os fiéis mortos, então logo os deuses vão começar a ter *ideias* sobre sua divindade! Em quanto tempo Guerdon vai virar outra Ulbishe ou Ishmere?

— No jantar de ontem à noite, minha mãe demonstrou... dons espirituais.

Kelkin baixa a voz, e há uma nota de incerteza nela que Eladora só ouviu uma vez antes.

— Está certo. Isso precisa ser analisado. Vou chamar você quando precisar. Agora, volte ao trabalho.

— O que devo dizer à minha m-m... ah, lady Voller?

— Nada ainda. Se entrarem em contato com você novamente, diga que já falou comigo, e só. Não sei se é apenas Voller e alguns lunáticos Safidistas, ou se o Patros apoia esta jogada. — Ele cutuca o fogo que queima na grelha, ainda que seja um dia quente lá fora, e fica encarando as chamas.

Mesmo que Eladora tenha que se aventurar pelas ruas escuras e perigosas sozinha, ela não sente falta do ritmo impiedoso de Absalom Spyke ou de sua companhia abrasiva. Ela pode andar como bem entende, descendo aos poucos até o Arroio. O calor do verão afasta as sombras, mas evoca um fedor incrível; eflúvios, esterco e escoamento alquímico se misturando em uma poção de bruxa. As ruas estão praticamente desertas no calor da tarde.

Ela olha para a lista de voluntários de Kelkin novamente. Um dos nomes ali lhe é conhecido, em um contexto muito diferente. Durante o inquérito secreto após a Crise, todos que se associaram a Carillon e às outras figuras-chave foram investigados pelos caçadores de santos da guarda da cidade. Eladora relembra um desfile interminável de nomes, alguns dos quais ela conhecia, e outros que não significavam nada.

Mastro, Ratazana, Heinreil, Rosha, Aleena, Sinter e outros nomes que ela trancou no fundo da memória e sobre os quais não pensa.

Um dos associados distantes de Carillon era uma carniçal chamada Bolsa de Seda.

Elabora tem uma ideia, mas não é uma ideia que esteja disposta a desenvolver ainda. Ela percorre sorrateira o fundo de sua mente, uma visitante indesejada. Tenta esmagá-la, mas é difícil. Tenta trancafiá-la no mesmo lugar em que guarda todas as outras coisas sobre as quais não gosta de pensar, mas a coisa cravou as garras nela e se recusa a ser relegada à categoria do passado. É uma ideia pegajosa, prejudicial, venenosa, e Eladora não gosta nada dela, mas não consegue dissipá-la.

Eladora continua seu caminho, seguindo a brisa do mar e os espaços abertos onde o ar é menos fétido, até encontrar uma porta perto da Praça do Cordeiro com o símbolo dos Liberais Industriais pintado. A porta está destrancada e o hall lá dentro está escuro e misericordiosamente fresco. Ela sobe uma escada curta que leva a um grande salão. Há cenários pintados pendurados em uma parede, e cortinas manchadas pendem sobre um pequeno palco. Um bar, fechado a esta hora. Uma fileira de mesas de cavalete, a maior parte delas vazia, embora haja algumas pilhas de cartazes eleitorais que deveriam, idealmente, ser colados nos muros do Arroio. Devia haver uma multidão de voluntários ali também, mas o lugar está deserto, a não ser por duas velhas.

— Sou Eladora Duttin — ela se apresenta. — Estou procurando Bolsa de Seda.

Uma das mulheres a ignora e ostensivamente arruma uma pilha de folhetos. A outra aponta com uma agulha de tricô em direção a uma porta ao lado do palco.

— Obrigada.

A porta leva a uma fileira de camarins. Todos abertos, exceto um. Eladora bate.

— Por favor, entre — diz uma voz ao mesmo tempo musical e gutural, como uma criança perdida gritando do fundo de um poço.

Bolsa de Seda é o mais estranho carniçal que Eladora já viu; seu rosto oculto por um véu, suas garras cuidadosamente aparadas, seu vestido imaculado, em vez dos trapos e das mortalhas fúnebres roubadas que a maioria dos carniçais usa, isso quando se preocupam com roupas.

— Eu sou El... — começa Eladora, mas Bolsa de Seda a interrompe.

— Eladora Duttin! Olá! Eu vi você falando com lorde Ratazana mais cedo. Eu estava escutando no subsolo do tribunal. Um dia tão abençoado. Claro, eu não achava que eles fossem desafiar o sr. Kelkin, mas é bom ter tudo adequado e legalizado... mas que falta de educação a minha. Posso lhe oferecer algo para comer?

— Hum, não, obrigada — diz Eladora. Carniçais são conhecidos por comer carniça, de preferência cadáveres ricos em resíduo, em energia espiritual remanescente.

— É comida da superfície! — grasna Bolsa de Seda, pegando uma lata de biscoitos. Eladora recusa. Seu estômago ainda está embrulhado com o cheiro lá fora... e o perfume dominante no aposento de Bolsa de Seda. — O que posso fazer por você, senhorita? — pergunta a carniçal.

— O sr. Kelkin me pediu para trabalhar na campanha na Cidade Refeita. Eu estava lidando com Absalom Spyke, mas não tenho certeza se ele e eu nos encaixamos. Você foi recomendada pelo sr. Kelkin. — Na verdade, Eladora não faz ideia de quem preparou aquela lista de voluntários da campanha trabalhando nas regiões da Cidade Refeita, mas o elogio faz Bolsa de Seda se envaidecer. — Eu gostaria que você me mostrasse as regiões que tem analisado.

— Ah, eu ficaria encantada. — Bolsa de Seda leva Eladora para fora do salão e de volta às ruas. — Vamos, temos que fazer algumas paradas aqui no Arroio, e depois subimos para a Cidade Refeita.

A energia da carniçal é irreprimível. Enquanto caminham, Bolsa de Seda frequentemente se detém para colar um cartaz ou rasgar um banner do Cidade Progressista e depois corre para alcançar Eladora, ou salta mais à frente para fazer uma pregação para algum transeunte, gritando que votar nos Lib Inds é votar no futuro de Guerdon. Prosperidade preservada, todos os males corrigidos.

Lá na universidade, uma das amigas de Eladora — uma garota rica chamada Lucil — tinha um cachorrinho, e Bolsa de Seda a lembra daquele bichinho todo entusiasmado. O cachorro desapareceu algumas semanas após a mudança de Eladora para a casa do professor Ongent na rua Desiderata.

Agora que ela para e pensa a respeito, Miren não gostava do animal. O cão sempre latia e rosnava para ele. Agora que ela para e pensa a respeito, consegue explicar o sumiço do animal com muita facilidade.

Ela se força a se concentrar na tagarelice constante de Bolsa de Seda. As anedotas da carniçal correspondem aproximadamente aos estudos da própria Eladora sobre a população da Cidade Refeita: cerca de metade dos residentes vem de Guerdon e das áreas rurais, e o resto fugiu da Guerra dos Deuses em busca da lendária cidade neutra e sem deus. Eladora está interessada no último grupo. Ela precisa saber em quem esses recém-chegados vão votar. Quando explica isso a Bolsa de Seda, a carniçal assente com entusiasmo.

— Ah! Ah, você deveria falar com Alic. Ele é novo. Ele vai ajudar. Por aqui!

Bolsa de Seda a leva a um grande edifício semiabandonado na parte inferior do Arroio. Os sinos de São Vendaval tocam na igreja próxima. As notas são diferentes do que costumavam ser; eles substituíram os sinos desde a Crise. Bolsa de Seda entra por uma porta lateral, deixando Eladora vagar pela pequena horta no pátio.

Rostos a espiam das janelas dos andares superiores. Ela sorri em resposta, mas quando olha mais de perto os rostos desaparecem.

Uma mulher mais velha emerge de uma porta diferente da que Bolsa de Seda usou. Uma sacerdotisa dos Guardiões, por suas vestes, mas ela não está usando as chaves cerimoniais. Uma de suas mãos está monstruosamente retorcida, como a garra de um dragão.

— Sou Jaleh — diz ela — e esta é a minha casa. Você não parece estar precisando de refúgio. — A mulher encara Eladora por um momento, murmurando uma prece baixinho, e Eladora sente uma força espiritual roçá-la. Uma invocação de algum tipo. — Posso estar enganada — diz Jaleh. — Acho que você já serviu como instrumento dos deuses antes.

— Estou apenas esperando Bolsa de Seda — diz Eladora, desconfortável sob o escrutínio de Jaleh.

É perturbador que mesmo um breve contato com sua mãe possa deixar uma marca tão clara nela que tanto Ratazana quanto essa sacerdotisa sentem instantaneamente. A mulher mais velha faz um gesto de desdém com a garra.

— Os deuses conhecem aqueles que caminharam do outro lado. Os que foram lá, mesmo que por pouco tempo, nunca mais são os mesmos. É... mais fácil voltar para aquele lugar se você já esteve lá antes, mesmo que tome um caminho diferente. — Jaleh olha para Eladora e solta um muxoxo. — Você tem um guia, filha? Tomou precauções? É melhor escolher um caminho e andar sabiamente do que vagar às cegas.

— Não sei do que você está falando.

Não é totalmente verdade: parte do que Jaleh está dizendo faz sentido. Os deuses usam os santos como seus instrumentos no mundo físico; pontos de congruência, como o professor Ongent colocou certa vez. Dado que uma divindade criou ou descobriu um ponto de conexão entre os reinos, então, presumivelmente, outro deus poderia fazer uso dele. Eladora percebe que pode ser a prova disso: seu avô tentou fazer dela um canal para os Deuses de Ferro Negro naquele ritual fracassado sob o Morro do Cemitério, e ela conseguiu contatar os Deuses Guardados. Ela resolve fazer algumas pesquisas sobre o tópico, falar com Ramegos. Preencher seu cérebro de informações e certezas, e não deixar nenhum lugar para os medos se aninharem.

Jaleh encara Eladora por mais um longo momento e murmura uma oração. Então ela suspira, balança a cabeça e diz:

— Vou mandar Alic procurar você assim que eu o encontrar.

Ela se retira para dentro do estranho santuário, deixando Eladora sozinha e constrangida. Quando era criança, ela pegou uma febre e quase morreu; ela se lembra de sua mãe sentada ao lado de sua cama por dias, cuidando dela sem realmente vê-la. Uma determinação impiedosa, como se Eladora fosse apenas o terreno no qual a força de vontade de sua mãe lutava contra a febre. O olhar de Jaleh tinha um traço da mesma dureza.

Logo Bolsa de Seda volta saltitando, com um homem bem comum a reboque. Aparência mediana, meia-idade, carregando uma pilha de cartazes enrolados e um balde de cola. Seu bronzeado sugere que ele passou um tempo em algum lugar mais ensolarado do que Guerdon. Mas sua voz é suave e surpreendentemente agradável, e há um brilho de humor que ela acha encantador. Ele é uma distração bem-vinda de seus pensamentos indesejáveis. Ele é fácil de confiar… ou seria, se ela tivesse confiança para dar. Como não tem, dá um sorriso fraco e estende a mão. Ele enfia os pôsteres embaixo do braço e retribui o aperto.

— Este é Alic — diz Bolsa de Seda. — Ele está ansioso para ajudar, e chegou de Severast apenas algumas semanas atrás, então pensei que ele seria perfeito para o que você queria. Alic, Eladora Duttin é uma das principais conselheiras do sr. Kelkin, e ela é uma estudiosa e uma grande lady e…

— Estou apenas procurando uma perspectiva sobre a Cidade Refeita — insiste Eladora.

Ele sorri.

— Não estou aqui há muito tempo. Ainda estou conhecendo as ruas. Mas talvez eu possa oferecer um novo olhar, pelo menos.

— Obrigada.

— Espere um pouco — diz ele, e então levanta a voz. — Emlin!

Um menino pálido e magro emerge das sombras da casa. Ele faz Eladora se lembrar de Miren, por algum motivo. Alic coloca uma mão paternal no ombro do menino.

— Eu tenho trabalho a fazer, certo? Um trabalho importante. Você consegue se cuidar aqui?

O menino assente.

— E tia Annah quer ver você esta noite para o jantar. Se eu não voltar, você consegue encontrar o caminho até lá?

— Consigo, sim.

— Que o Sagrado Mendicante ilumine seu caminho. — Alic entrega a seu filho algumas moedas e manda-o embora. Um sorriso bobo em seu rosto enquanto ele vê o menino partir.

Eladora conduz o trio para fora do pátio de Jaleh e desce ao longo das docas em direção ao limite da Cidade Refeita.

— Vamos começar com a rua das Sete Conchas — diz ela para Bolsa de Seda.

— Essa é uma parte desagradável da Cidade Refeita. Alguns de nossos rapazes foram atacados por lá enquanto faziam campanha — avisa a carniçal, mas não reclama.

Em vez disso, seu comportamento muda: ela se agacha, às vezes andando de quatro. Tira as luvas e flexiona suas patas com garras afiadas. Ela se lança de sombra em sombra, rosnando para qualquer um que preste muita atenção ao par de humanos andando atrás dela.

Por sua vez, Eladora confere sua pequena pistola escondida na bolsa de mão. Ela tilinta contra o pedaço de espada quebrada que Sinter lhe deu.

— Você veio de Severast como refugiado? — pergunta a Alic.

— Indiretamente. Primeiro fui para Mattaur. Tive sorte: eu era comerciante, antes, e já conhecia algumas pessoas em Guerdon. Consegui passagem para cá. — Ele suspira. — Outras pessoas não tiveram tanta sorte. Milhares foram deixados para trás. Sobreviventes de Severast, entrando na água atrás de cada navio, implorando para serem levados para longe da Guerra dos Deuses.

— Bolsa de Seda disse que você se ofereceu para ajudar. O que o atraiu para os Liberais Industriais?

Alic faz uma pausa momentânea, considerando suas palavras.

— O que você sabe sobre a divisão?

— Foi o início da guerra entre Severast e Ishmere, certo? — Ela leu relatórios a respeito, mas não fizeram muito sentido para ela. Qualquer notícia da Guerra dos Deuses soa como os delírios de um louco.

— Mais ou menos. As duas terras adoravam alguns dos mesmos deuses: Rainha-Leão, Mãe Nuvem, Bendito Bol. Mas em Ishmere eles estavam profundamente envolvidos na guerra, ao passo que nós estávamos à margem. Não neutros, mas não tão envolvidos.

Eles começam a subir uma das muitas sinuosas escadas que levam do Arroio para a Cidade Refeita. Seis meses atrás, aquelas eram as docas dos alquimistas, e navios vinham de todo o mundo negociar armas terríveis. Agora, as ruínas das docas estão sob quinze metros de pedra conjurada, e os alquimistas têm que transportar seus produtos das docas regulares lá embaixo, no Arroio lotado. Alic para a cada poucos minutos para colar outro cartaz eleitoral sempre que avista um pedaço de parede livre. Uma dúzia de Effro Kelkins encara Eladora.

Alic fala enquanto trabalha:

— E então os deuses enlouqueceram. Não todos de uma vez. Você ouvia histórias de milagres no leste, de novos santos e monstros. Dos velhos costumes sendo abandonados... mas era difícil saber o que era o começo da loucura e o que era a agitação normal dos eventos. Acho que os deuses... nossos deuses, em Severast... entenderam primeiro. Que a divisão era um ato de autopreservação. Eles tentaram se quebrar em dois em vez de permanecerem inteiros e infectados. Alguns não conseguiram. Outros, sim. Por um tempo, houve duas Rainhas-Leão. Mas a de Ishmere era mais forte, e sem misericórdia.

— O professor On... um professor que tive na universidade... ele uma vez comparou os deuses a uma floresta em chamas, e as almas humanas às árvores. Então a divisão foi como... abrir um corta-fogo no meio da floresta?

Ela está gostando dessa conversa. Em parte porque nunca saiu de Guerdon e não tem experiência direta com a Guerra dos Deuses, mas principalmente porque isso é deliciosamente herético. Falar sobre deuses como forças quase naturais, ou fenômenos que podem ser manipulados, significava prisão e morte na fogueira até um século atrás... e ainda é proibido em muitos outros lugares menos liberais que Guerdon. Mesmo os maiores mistérios podem ser desvendados, categorizados, domesticados... e é uma conversa que irritaria seriamente a mãe de Eladora, o que é um bônus.

Alic assente.

— Mais ou menos isso. Mas não foi uma ruptura fácil. Ainda havia faíscas no ar em Severast, por assim dizer. A luta começou no céu e se espalhou para o reino mortal. E aí a cidade queimou. — As mãos dele são rápidas e precisas. Alic alisa um pôster, recua para admirar seu trabalho.

Eles passam por um prédio que traz o símbolo dos Guardiões. Há uma pequena multidão do lado de fora, e sacerdotes dos Guardiões usando mantos se movem no meio dela, distribuindo esmolas e bênçãos. Distribuindo pequenas rosetas de papel também: emblemas de apoio à Igreja na eleição.

Há guardas ali também, usando armaduras antiquadas. Eles fazem cara feia para Bolsa de Seda, que sibila e atravessa para o outro lado da rua. Eladora começa a segui-la, mas Alic a segura pelo braço e a traz para mais perto da multidão.

Há um fogo queimando em um braseiro em frente à igreja, e outro sacerdote joga uma tora nas brasas e declama uma prece Safidista. Ele levanta os braços e clama aos Deuses Guardados que desçam e lhe concedam sua bênção. Seu rosto está em êxtase, seus olhos brilhantes e esbugalhados enquanto ele implora por transcendência. Ele mantém as mãos tão perto das chamas que a pele começa a formar bolhas, mas nada acontece. Os deuses não atendem à sua prece. *Eles atenderam minha mãe*, pensa Eladora. Mas Aleena Humber, que foi a maior campeã dos Deuses Guardados, não pediu a bênção deles: os deuses simplesmente a escolheram aleatoriamente em alguma fazenda do interior, como se uma faísca tivesse pousado nela. *Nossos Deuses Guardados são uns imbecis. Tudo instinto, tudo reflexo, sem premeditação.*

Alic sussurra:

— Os Guardiões têm meia dúzia de outras missões como esta; pão e sopa para os convertidos. Para alguns que fugiram da Guerra dos Deuses, isso é tudo que querem: trocar os deuses loucos por outros mais gentis. Mas os deuses de Severast eram nossos amigos e família; nem todos conseguem renegá-los.

Ele faz um gesto para o pé da colina, e daquele ponto de vista podem enxergar toda a baía de Guerdon, com suas ilhas e fortalezas, e o porto lotado de tantos navios que parece que a cidade se derrama um quilômetro e meio mar adentro.

— Se o corta-fogo não foi suficiente para separar os deuses de Severast dos deuses loucos de Ishmere, então talvez um oceano funcione.

# CAPÍTULO CATORZE

Há um pequeno pátio no centro da embaixada de Haith. No meio está uma urna, marcada com os símbolos do deus morto cujo nome nunca é enunciado. É para a equipe dos Suplicantes; se eles morrerem ali em solo estrangeiro, seus espíritos serão coletados, armazenados na urna e, em algum momento, enviados de volta para casa para o serviço final. Terevant toca a urna, mas é apenas metal frio, vazio: não tem a força vertiginosa e fluida trancafiada na Espada Erevesic. A urna não é um verdadeiro filactério: ela só consegue evitar que as almas decaiam, que elas afundem no mundo material e se dispersem como magia ambiente. A urna apenas armazena as almas, ele reflete, a espada as canaliza, as une em um propósito comum, as exalta. A diferença entre um mero recipiente e uma arma...

Entre uma urna e uma espada, obviamente. Deuses, ele precisa de café.

A mesa do almoço é como um truque de mágica. Em um momento, o pátio está vazio, e então os serviçais surgem com uma mesa. Um joga uma toalha branca sobre ela, e de repente a mesa está coberta de frutas, frios e café quente. Outro serviçal aparece com um par de cadeiras.

— Boa tarde — diz Olthic com voz grave ao emergir da embaixada. Ele dispensa os servos com um gesto. Não está mais com raiva: suas fúrias são como as tempestades de verão, que passam rapidamente. — Sente-se e coma, diabos. Estou tentando me desculpar.

— Pelo quê?

Olthic cobre uma fatia de pão de massa fermentada com geleia como se estivesse tentando enterrá-la.

— Eu estava com raiva ontem à noite. Sobre a espada... e o que eu disse sobre o seu papel aqui. Eu quero você ao meu lado, Ter, como quando éramos jovens. Preciso de pessoas em quem possa confiar. Não é apenas para mantê-lo fora de problemas. Já há problemas suficientes aqui.

— O que exatamente está acontecendo?

— Eu não posso contar ainda. Eu gostaria, mas... — Ele suspira. — A propósito, convocaram uma Cinquentena no mês passado, e eu estava entre os indicados.

— Parabéns — Terevant diz, neutro.

A Cinquentena é uma lista dos haithianos mais dignos e promissores de todas as castas. É um presságio preocupante para Haith, já que uma lista de Cinquentena é feita apenas quando os necromantes estão prevendo um novo hospedeiro para a Coroa em breve. Ou o atual portador da Coroa está doente... ou, mais provavelmente, eles temem que Haith seja atacada e desejam um jovem e vigoroso Portador da Coroa. Mas, mesmo assim... é a maior honra, a lista preferencial para divindade.

— Lys também.

— Aaaah.

Tanto Lys quanto Olthic ascenderam apoiando um ao outro, sua aliança catapultando ambos para o sucesso no exército e no Gabinete, mas apenas uma cabeça pode usar a Coroa. Comparada à Coroa, a Espada Erevesic é um pós-vida inferior.

— Você... tem certeza de que quer a espada, então? — pergunta Terevant.

A Coroa exige lealdade. Se Olthic acredita que é um candidato sério para a Coroa, então pode escolher desistir de sua reivindicação sobre a espada, o que aumentaria sua posição na estimativa dos necromantes. Isso mostraria sua devoção a Haith, não apenas a uma única Casa.

A lâmina Erevesic iria para Terevant, em vez disso. Ele teria o poder da arma, seria o campeão da família. Um semideus, todas as suas fraquezas carbonizadas, impulsionado pela força de seus ancestrais.

— Eu preciso da espada, Ter — diz Olthic, esmagando a fantasia momentânea. — Esta cidade não é mais estável. Imagine o que aconteceria se Guerdon entrasse na guerra? Se eles se juntassem a Ishmere? Você não estava aqui no ano passado, durante a Crise. Perdemos seis da guarda para os Desfiadores. Se eu estivesse com a espada... você não sabe como as coisas poderiam ter sido diferentes.

Os olhos de Olthic brilham: sem dúvida imaginando-se cortando um mar de demônios, frustrando os cultistas, salvando Guerdon e ganhando a lealdade eterna do povo de Guerdon para Haith.

— Assim que Lys der notícias... — começa Terevant, mas Olthic o interrompe.

— O bichinho de estimação dela já entrou em contato com Lys. Uma semana, e a guarda da cidade não estará mais tão atenta. Aí eu irei pegá-la.

— Bichinho de estimação?

— Lemuel — diz Olthic, tirando uma mosca presa no pote de geleia. — Assim que a espada estiver em minha posse, estará acabado: desde que eu não use os dons mais potentes da lâmina, eles não ousarão ofender Haith desafiando meu direito de carregá-la. Em suma... — diz ele, raspando a mosca morta em um guardanapo — você deu sorte.

Terevant assente devagar. Se Lys não estivesse esperando em Grena para pegar Berrick, tudo poderia ter sido muito pior. Mas também, se ele não tivesse bebido com Berrick, não tivesse encontrado aquelas irmãs, ou se seu chaperone barbudo não tivesse sido tão insistente, então tudo poderia ter corrido bem. Pequenos empurrões, cada um deles quase insignificante, conspiraram para moldar seu destino. Ele se pergunta se isso vale para todos, se cada alma é um pequeno barco à deriva em um mar de caos... ou se ele está particularmente sem leme.

Em comparação, Olthic é como um encouraçado a vapor, de curso constante, não afetado por pequenos caprichos do destino.

— Eu sou o Erevesic agora — diz Olthic. — Preciso cuidar do futuro da nossa Casa. Se eu morrer sem descendência... ou se me tornar incapaz de empunhar a espada... isso caberia a você.

— Que calamidade para a Casa Erevesic — diz Terevant, da maneira mais brincalhona possível, mas ambos sabem que não é totalmente uma piada.

— Não se trata de culpa ou erros do passado. Trata-se de garantir que a espada da família tenha um portador aceitável. — Olthic enfia o polegar na casca de uma laranja e começa a descascá-la. — Daerinth organizou uma reunião para mim na guilda dos alquimistas daqui a pouco. Quer treinar antes de eu sair? Temos que nos manter em forma para combate, dar o exemplo para os vivos.

Terevant termina seu café.

— Não. Eu quero dar um passeio. Ver um pouco da cidade, conhecer o terreno. — Ele deixa a frase *eu não venço você em uma luta justa há vinte anos* por dizer.

Olthic se inclina para a frente novamente, a cadeira rangendo sob seu peso.

— Eu preferiria que você não saísse do complexo da embaixada, exceto em missões oficiais.

— Como Sua Excelência ordenar. — Terevant se levanta, bate continência, espera ser dispensado.

— Ah, não faça cerimônia. Pode ir.

Terevant atravessa o pátio a passos largos. Uma mão murcha presa a uma estrutura murcha encimada por uma cara murcha o detém na porta.

— Tenente?

Ele suprime a primeira pergunta, que é: *por que você ainda não morreu?*

— Sim, Primeiro Secretário?

— O jovem Lemuel tem notícias da cidade. Ele espera por você em seu escritório.

Terevant assente.

— Ah, obrigado.

— Não se deixe enganar por ele. O rapaz é um moleque de rua útil, mas não é... não... — Daerinth se interrompe, como se tivesse esquecido o que pretendia dizer, mas solta o braço de Terevant. — Você não se parece muito com o embaixador, não é?

Os olhos de Daerinth estão tão esbranquiçados de catarata que Terevant não consegue dizer se o velho está fazendo uma observação ou genuinamente pedindo informações.

— Meu irmão sempre foi maior que eu.

— Não se aborreça com ele — diz Daerinth. — Isto é muito difícil.

— Por que não? Quer dizer, o que é muito difícil?

Terevant começa a se perguntar se a mente daquele homem é tão frágil quanto seu corpo parece ser. O Primeiro Secretário deve ser o principal diplomata da embaixada, o braço direito do embaixador em negociações com Guerdon. Por que confiar um papel tão vital a um veículo tão frágil? Por que não um homem mais jovem, ou pelo menos um morto? Ele olha para os pulsos do velho, mas eles estão livres das cicatrizes mágicas que marcam um Vigilante. O símbolo da Casa não indica que eles tenham um filactério. Quando Daerinth morrer — o que pode acontecer antes do fim dessa conversa, pelo aspecto dele —, simplesmente morrerá como Suplicante e terminará na urna do pátio.

— Ser membro da Cinquentena. Eu sei bem.

— Você é... você foi?

— Eu, não. — O velho sorri como uma criança. — Minha mãe foi. Há muito, muito tempo. Ela era uma poeta. Ganhou um lugar na Cinquentena, e de repente não conseguia mais escrever como antes. Tudo se tornou um terreno minado, disse ela. Tudo se tornou uma falha em potencial. Eu tinha apenas cinco anos, mas, se não conseguisse recitar minhas histórias na escola, isso depunha contra ela como membro da Cinquentena.

— Vou manter isso em mente. Agora, se me der licença...

A mão murcha aperta seu braço com mais força.

— Ela ganhou, sabe. Isso foi antes que a guerra piorasse, e a Coroa gostava da voz dela. Eu cresci no palácio, e eles me chamavam de Príncipe Risonho.

— Era você?

Daerinth faz uma mesura irônica, embora só consiga se curvar quase imperceptivelmente.

— Eu temia que ela deixasse de me amar, sabe? Eu pensava: como não deixaria? Ela era parte da Coroa então, a milésima parte de uma alma tão gloriosa... Então como ela ainda poderia amar seu filho mortal quando era mãe da nação? Mas eu estava errado. Ela me amava. Ela me amou, por um tempo. Não era minha mãe, mas a Coroa me amava. — Daerinth inclina a cabeça em direção ao homem no pátio. — Ele vai se lembrar de você também. Mesmo depois.

O espião olha para o porto lotado de Guerdon, para as torres e baluartes da Ponta da Rainha do outro lado da baía.

— Então talvez um oceano funcione.

Ele recua um passo, mentalmente, para ouvir as próprias palavras, para estudar o efeito delas sobre Eladora Duttin. Aparentemente, seu personagem Alic aprecia conceitos poéticos. Alic também gosta de se sentir útil; ele gosta de consertar os telhados de Jaleh e colocar pôsteres para os Liberais Industriais. Mas Alic não é o espião, mesmo que o espião atualmente seja Alic.

Duttin é difícil de ler. À primeira vista, ela pareceu delicada e nervosa. Como uma lebre, talvez. Um ratinho de biblioteca, enterrado em um aconchegante ninho de papel. Ou um pássaro inteligente, um papagaio que sabe recitar discursos, mas ficaria melhor em uma gaiola confortável. Porém, quanto mais fala com ela, mais fica claro que há uma força lenta e profunda nela. Eladora é uma geleira, avançando irresistivelmente. Um pouco fria e úmida na superfície, mas dura como ferro e implacável.

Ela percebe seu escrutínio, sorri sem jeito. Fica falando sobre Kelkin. Ela é lenta para reagir, propensa a questionar a si mesma. O espião consegue trabalhar com isso.

O caminho para a rua das Sete Conchas passa pelas partes mais confusas da arquitetura onírica da Cidade Refeita. Amplos bulevares de repente se contraem em becos, torres inacabadas se erguem para sempre à beira do colapso. Uma mansão parecida com uma casa de bonecas, sem a parede da frente.

Eles passam por uma profusão de templos e santuários. Ícones os observam. Alguns são relíquias antigas, provavelmente resgatadas do templo de algum perdedor na Guerra dos Deuses. Outros foram feitos ali, recortados da pedra cintilante da Cidade Refeita, moldados com argila do rio, montados com peças tiradas do lixo. O espião reconhece alguns deles: há a Rainha-Leão, a Mãe Nuvem e o Bendito Bol, sua estátua feita de milhares de moedas de cobre coladas para formar seu rosto gordo e sorridente. Todos esses são deuses do sul, mas também existem outras divindades: Mãe das Flores e Sagrado Mendicante de Guerdon, Rei Amarelo e Príncipe Mascarado, Ishrey, a Donzela da Aurora e Uruaah, Fazedor de Montanhas, da Costa de Prata.

— Olhe só este aqui! — exclama Eladora. Ela foi até um santuário perdido na sombra. Ele a segue para a escuridão fresca. É um santuário para a Aranha do Destino. Eladora está parada ao lado de uma estátua enorme, da altura dela, retratando uma aranha monstruosa. Ela estende a mão e passa o dedo sobre o mármore. — Como será que eles trouxeram isto para cá? Deve pesar várias toneladas.

O espião não ousa especular. Ele se move com cautela, com receio de perturbar quaisquer poderes que estejam ligados a este lugar. As paredes do santuário estão cobertas de mensagens e orações, cada uma escrita em um código privado. Também há oferendas, pequenos pedaços de papel queimado contendo segredos rabiscados. Eles farfalham sob as botas de Eladora enquanto ela dá a volta na estátua, um eco das Tumbas de Papel.

Bolsa de Seda sibila do lado de fora e quebra o encantamento de Eladora com a Aranha do Destino. Quando ela sai apressada, passa roçando nele na escuridão. Rápido como um carniçal, ele mete a mão na bolsa dela, segurando bem o porta-moedas para que não tilinte. Eladora não percebe.

Lá fora, ao sol, ele pergunta:

— O que há na rua das Sete Conchas afinal?

— Minha, ahn, prima. Eu já estive lá antes, mas faz alguns meses, e fui por um caminho diferente.

— Ela caiu na vida, não é?

O espião tenta entender como Eladora, que é claramente bem-educada, moderadamente rica e próxima de Effro Kelkin e o círculo interno Lib Ind, poderia ter um membro próximo da família que vive em uma das comunidades mais perigosas da Cidade Refeita.

— Despencou, melhor dizendo — murmura Eladora.

Bolsa de Seda os conduz por essa rua de deuses estrangeiros, e em seguida através de uma arcada que dá em um mercado inesperado. Vendedores gritam para eles em uma dúzia de línguas, apontando para as mercadorias espalhadas em cobertores de cores vivas. As barracas ali vendem produtos alquímicos: bens resgatados de armazéns, armas, medicamentos em jarras de vidro rachadas. Um Homem de Pedra pechincha por uma seringa de alkahest; um açougueiro negocia carne de cadáver para carniçais embaixo dos panos. Do outro lado do mercado, uma mulher faz um discurso, e Eladora insiste para que eles vão até lá e descubram de que partido ela é, mas no fim das contas ela é recrutadora de uma empresa de mercenários.

O espião permanece ali por alguns momentos, conversando com os vendedores alquímicos. Terá algo para relatar a Tander e Annah, algo para Emlin sussurrar para seus companheiros santos da Aranha do Destino. O suficiente para manter a capitã Isigi satisfeita. Ele se pergunta distraidamente se a capitã ainda está viva, lá em Mattaur. Talvez sua forma mortal tenha cedido sob a pressão da santidade.

Bolsa da Seda volta a se aproximar dele.

— Quanto falta? — pergunta o espião.

— Pouco. — Bolsa de Seda olha para o maço de cartazes e folhetos do partido Liberal Industrial que ainda está carregando e suspira. — Ah, Alic, ela não está indo a Sete Conchas por causa da eleição, está?

Ele dá de ombros.

— Tudo é político.

— Vamos resolver isso logo, então — diz Bolsa de Seda.

Ela corre para buscar Eladora do meio da multidão e a encontra junto a um livreiro. O espião observa a interação à distância, como se fosse uma pantomima: Eladora exultando ao encontrar um inesperado livro precioso, a carniçal puxando sua manga e pedindo que ela venha, o comerciante dando um preço, Eladora pegando sua bolsa de moedas e descobrindo que não está ali. Ela olha em volta alarmada; a mistura de pena e exasperação de Bolsa de Seda: o que Eladora esperava, entrando na pior parte da Cidade Refeita?

O espião sai de vista, espera alguns instantes, depois abre caminho através da multidão até Eladora. Ele se obriga a respirar pesadamente, como se tivesse acabado de ganhar uma corrida.

— Peguei o ladrãozinho. Ele fugiu, mas... — Levanta a bolsa que roubou de Eladora.

Ela agradece profusamente enquanto se xinga por não prestar mais atenção. Seu rosto fica vermelho de vergonha; ela gagueja enquanto tenta barganhar com o comerciante. O espião entra e pechincha para ela na língua dos mercados de Severast, fazendo muitos gestos e muxoxos. Compra o livro pela metade do preço pedido e o entrega a Eladora.

— Obrigada, senhor — diz ela, ainda envergonhada. Ela finge folhear o livro, mas ele a pega olhando para ele com apreciação renovada.

É melhor não parecer muito ansioso. Em um ou dois dias, pensa, ela vai passar na casa de Jaleh e pedir a ele para que passeie com ela pela Cidade Refeita mais uma vez. Infiltração é parte sedução, parte paciência. Agora ele precisa esperar para que ela entre em contato. Ela tem que ser capaz de detectar o potencial de Alic, é ela que tem de pedir sua ajuda, torná-lo digno de sua confiança. Ela tem que confiar nele: e só então ele será capaz de reportar a Annah e Tanner que está infiltrado no partido Liberal Industrial. A partir de Eladora, é apenas um único fio da teia que leva a Effro Kelkin e os mais altos escalões do governo de Guerdon.

E Emlin vai sussurrar esses segredos para seus superiores em Ishmere.

E os céus vão queimar.

## CAPÍTULO QUINZE

Lemuel está cochilando, como um gato, na cadeira de Edoric Vanth quando Terevant chega. Da porta, Yoras solta um muxoxo seco de desaprovação.

— Que novidades você tem para mim?

Lemuel abre lentamente os olhos.

— Acho que encontrei Vanth. Lá em cima, na Cidade Refeita, segundo meus contatos. Rua das Sete Conchas. Pensei que você gostaria de ir dar uma olhada lá.

— Ativo ou morto? — Entre o povo de Haith, "ativo" abrange tanto os que *realmente* estão vivos quanto a longa Vigília *post mortem* permitida pelos necromantes.

— Morto, me disseram — diz Lemuel.

— Como?

— Não tenho certeza. A história é que algum santo o pegou. — Lemuel fica de pé e se espreguiça. — Venha ver comigo.

— Santos não são proibidos em Guerdon? — pergunta Terevant, lembrando os taumaturgos da guarda no trem, a insistência de Lys para que ele escondesse a Espada Erevesic.

Lemuel revira os olhos.

— A guarda da cidade tenta banir os santos estrangeiros. Manda os que pegam para o acampamento em Hark, mas alguns escapam. E a Cidade Refeita é perigosa.

Terevant se volta para Yoras.

— Yoras, pegue sua máscara.

**Vigilantes não devem deixar a embaixada sem permissão, senhor.**

— Não posso te dar permissão?

**Não é assim, senhor. A menos que seja uma emergência.**

— Que se dane. — Há soldados vivos na guarnição também, mas ele não os conhece ainda, não confia neles. — Tudo bem. Volto em algumas horas.

**Aguardarei prendendo o fôlego, senhor.**

Ele leva um susto com isso, mas Yoras está sempre sorrindo atualmente. Terevant pega uma capa manchada pelas intempéries para cobrir seu uniforme e segue Lemuel para fora do prédio amplo.

Lemuel se move com uma passada longa e galopante, cobrindo rapidamente o terreno entre o complexo e a estação ferroviária de Bryn Avane. Eles passam pelos ídolos grotescos da embaixada de Ishmere, a escuridão sombria de muros altos de Ulbishe, os minaretes brilhantes dos Dois Califados. Terevant recorda um dos relatórios de Vanth sobre um espião ishmérico que levou um tiro bem ali na sarjeta, e o esboço de um poema satírico surge em sua mente. A rua é a Guerra dos Deuses em miniatura, contada a partir da perspectiva dos ratos que se esquivam das pisadas titânicas dos incompreensíveis gigantes que por ali caminham. Ele tenta afastar a ideia: é um oficial novamente, com deveres e uma reputação para reconstruir, e sem tempo para escrever, de qualquer maneira. Mas o poema o distrai o suficiente para que ele passe pela entrada da estação e Lemuel tenha que puxá-lo de volta.

As paredes da escada estão repletas de cartazes eleitorais. Lemuel enfia a mão no bolso e tira um par de rosetas, entrega uma para Terevant.

— Puxe a capa sobre o uniforme — aconselha ele. — E prenda com isso.

A roseta é feita de papel crepom, com um broche de latão barato na forma de uma coroa.

— O que é isso?

— Emblema de apoiador do partido. Se acharem que seu voto já está decidido, a maioria não vem te perturbar.

Terevant faz o que Lemuel sugeriu.

— Qual partido? — pergunta ele.

— Monarquistas. Um bando de lunáticos que pensa que o rei vai voltar para salvar a cidade. — Ele coloca sua própria roseta, substituindo a que tinha o símbolo dos Guardiões.

— Você disse que um santo matou Vanth... Que santo? Que deus? — questiona Terevant.

A plataforma de trem está quase deserta, mas Lemuel ainda assim o cala.

— Aqui, não. Muitos ouvidos.

Eles embarcam no trem quase vazio, que percorre os túneis trovejando, e se sentam em silêncio, um de frente para o outro. Lemuel boceja, esfrega os botões de sua jaqueta militar.

— Onde você serviu? — pergunta Terevant, apontando com a cabeça para a jaqueta.

— Ah, eu tirei isso de um morto. — Mais uma vez o sorriso insolente. — Ouvi dizer que você era um poeta.

— Ah, sim. Antes da guerra.

— Eu sempre preferi o teatro. — Lemuel abre um sorriso debochado para alguma piada particular.

— Você sabe onde Lys... Onde posso encontrar lady Erevesic?

— Você pode encontrá-la em quase qualquer lugar. Ela dá suas voltinhas, nossa Lys, não é? — Lemuel pega outro fiapo de sua manga. — Ela me treinou, sabia? Estou com ela há anos.

— Você sabe onde ela está?

— Se ela quisesse que você soubesse, teria lhe contado.

Terevant fica dividido entre a vergonha e a irritação. Se não tivesse feito tudo errado no trem para Grena, então talvez Lys tivesse revelado mais de seus segredos para ele. E ele tinha grandes planos para investigar a morte de Vanth, para provar seu valor dessa forma... mas Lemuel já encontrou a pista. Seu rosto fica vermelho de raiva.

Lemuel ri.

— Pelos deuses inferiores, é tão fácil provocar você. — As palavras não são ditas como um insulto, mas como uma avaliação, da forma que um mecânico faria a triagem de uma peça de artilharia danificada. — Eles vão comer você vivo nesta cidade. Você tem que aprender a agir.

— Me misturar, você quer dizer?

— Você não vai conseguir isso, não com esse seu sotaque... e todo mundo conhece seu glorioso irmão, de qualquer maneira. — Lemuel torna a rir. — Viu? Lá vai você de novo. É só comparar você com Sua Excelência, e você fica todo nervosinho. É um alvo fácil. Você tem que ser mais discreto. Esconder as coisas importantes. São elas que acabam te matando.

Ele fica mais sério, se inclina para a frente. Abaixa bem a voz.

— Eu vou dar um exemplo. Antes da Crise, eu tinha uma menina que dormia com um alquimista da guilda. Eu conhecia a garota... o nome dela era Jenni... desde que eu tinha dez anos. Ela convenceu o amante a trazer alguns documentos da guilda, segredos alquímicos que o Gabinete queria, certo? Só que os Homens de Sebo ficaram sabendo disso. Eles seguiram Jenni até onde ela deveria me encontrar.

Lemuel engole em seco.

— Eu os identifiquei. Percebi o que estava acontecendo. E fui embora. Passei direto por Jenni sem olhar para ela. E não olhei para trás quando os Homens de Sebo a agarraram. Eu não olhei para trás quando ela gritou. Era apenas um espectador, até onde eles sabiam. Como se ela não tivesse nada a ver comigo.

— Você parece ter orgulho de ser um escroto.

— Eu sou do Arroio. Não posso me dar ao luxo de ter *orgulho* de onde cresci. — Lemuel volta a se recostar no assento, teatralmente ofendido.

— Veja, quando alguém conhece você, conhece de verdade, aprende como te *usar*. Você não pode dar a eles uma abertura. Aquele alquimista... assim que descobri que ele não estava feliz, coloquei Jenni em seu caminho, e depois disso ele estava preso pelo pau. Com cada pessoa é uma coisa diferente. Dinheiro, medo, vingança, amor. Não importa. Quando você é fisgado, já era. — Ele curva o dedo, imitando o anzol de um pescador rasgando carne macia. — Você precisa escapar antes que alguém enfie as garras em você — acrescenta Lemuel.

Então ele vira seu olhar para as luzes piscantes além da janela, sua expressão vazia como se ele e Terevant fossem estranhos que por acaso estivessem compartilhando um vagão por um momento.

*Sórdido*, pensa Terevant. O homem vil está julgando o mundo todo segundo seu caráter duvidoso. Certamente o Gabinete não é assim. Em sua imaginação juvenil, nos livros que leu em Paravos, era cheio de intrigas ousadas, diplomacia de alto nível, inteligência e astúcia. Não usavam uma pobre garota como isca e a deixavam ser estripada na rua como um peixe por Homens de Sebo.

A cidade apresenta suas muitas faces para eles, estação por estação, como um impressionista. Na estação Cinco Facas eles veem um ladrão de rua praticamente desafiando os dois a desembarcar. No Morro do Castelo, um vendedor trêmulo, agitado e ocupado. Na Praça da Ventura, um rico especulador.

E nas docas antigas, algo mais estranho. Ali eles estão no limite da milagrosa Cidade Refeita. Essa estação quase desabou na Crise, mas foi salva por intervenção divina. Nervuras e vigas de pedra cintilante sustentam o teto, tendo invadido o local pelo alto, como as raízes de uma árvore petrificada. Os trilhos de ferro terminam na metade do túnel, sendo substituídos por trilhos de pedra correspondentes.

— Fique por perto — diz Lemuel. — Vanth foi apagado aqui. Seria estranho se você também fosse.

Lemuel claramente conhece bem a Cidade Refeita. Ele conduz Terevant através de um labirinto de escadas, corredores, ruas sinuosas, curvas improváveis. Andando mais rápido agora, atravessando a estranheza. Terevant quer se demorar, andar por caminhos diferentes — ele vê um mercado, uma rua de santuários, uma torre enfeitada com bandeiras brilhantes, coisas que podem ser edifícios, esculturas ou túmulos de monstros —, mas segue obstinadamente atrás de Lemuel.

Até Lemuel parar. Gritos ao longe, tiros. A mão de Terevant vai para a espada, mas Lemuel o impede.

— Merda — diz ele, sua confiança visivelmente abalada. — Espere aqui. Não se mexa, porra.

Ele corre por uma porta, fecha-a atrás de si.

Confuso, Terevant avança cautelosamente pelo beco. A breve rajada de tiros para e a cidade fica subitamente silenciosa, prendendo a respiração. Os muros ao redor dele *rangem* de repente, como se a pedra sólida tivesse virado lona apanhada na brisa do mar por um momento. Terevant desembainha a espada e se abaixa. O ar está cheio de *presenças*, como se algum deus estivesse por perto. Isso o faz se lembrar do desembarque em Eskalind, antes que os milagres chovessem como artilharia. Seu coração disparado, seu estômago se liquefazendo. *Vanth foi assassinado por um santo*, disse Lemuel.

Lemuel disse para esperar. Para o inferno com isso. Terevant tenta encontrar o caminho da luta, mas as ruas são incrivelmente tortuosas, e todas as rotas parecem levar para longe de onde ele ouviu o tiroteio. Voltando e fazendo uma curva, ele tenta encontrar uma porta que possa permitir que ele vá atrás de Lemuel. Aquela que Lemuel atravessou está bloqueada, mas Terevant encontra outra no beco.

Ela se abre para a escuridão fria e inesperada de uma capelinha. Os símbolos dos Deuses Guardados acima dos altares. A capela é nova, nascida da mesma pedra milagrosamente conjurada que a rua lá fora, mas há um antigo caixão de ouro no altar. Um relicário sagrado, supõe Terevant, mais antigo que a Cidade Refeita. Talvez mais antigo que a cidade velha também.

A igreja está deserta, exceto por um sacerdote careca que se levanta do banco da frente.

— Guarde sua espada, senhor. Ninguém vai incomodá-lo aqui.

— Você não está ouvindo o tiroteio?

O feio sacerdote junta as mãos. Faltam dois dedos de uma delas.

— Perigos e monstros abundam aqui, mas neste local estamos seguros nas mãos da Mãe das Misericórdias. — Ele sorri beatificamente por entre dentes quebrados. — Meu nome é Sinter.

— Chegamos — diz Bolsa de Seda. — Rua das Sete Conchas.

Uma pequena fileira apertada de moradias geminadas, viradas para o mar aberto. Partes da Cidade Refeita se projetam sobre o oceano. Lá embaixo, catadores vasculham as rochas em busca de crustáceos e destroços. Parte da parede abaixo está descolorida, de um marrom-amarelado doentio, e pingando umidade. A entrada de um velho esgoto, talvez, acidentalmente murada no Milagre. Atrás das casas, um muro curvo como uma onda congelada, como se alguém tivesse construído um quebra-mar sessenta metros acima da costa e, em seguida, decidido adicionar uma fileira de casas em sua base. Faz tanto sentido quanto o resto da Cidade Refeita.

A rua está vazia, mas o espião vê rostos temerosos nas janelas. Fareja encrenca.

Encrenca e fuligem.

A última casa da fileira está incendiada. A porta foi quebrada, as janelas são buracos enegrecidos. Estrias de fuligem correm pelas paredes. Sem palavras, Eladora corre à frente, atravessa o limiar. Por dentro, a sala foi destruída. Não foi um fogo natural. Mesmo que cada pedaço de madeira e tecido no local tivesse sido empilhado em uma fogueira e queimado, não poderia ter produzido aquele inferno. Magia, então. Ou um milagre. Ou alquimia.

— Esta... Carillon morava aqui.

O espião olha os restos da casa ao seu redor. Dois outros quartos, igualmente destruídos. Nenhuma outra saída.

Bolsa de Seda fareja, faz uma pausa, fareja novamente e então começa a mexer em uma pilha de cinzas. Há um corpo lá, parcialmente queimado.

— Ah, não. Ah, deuses — diz Eladora, olhando horrorizada. Ela se vira, apoiando-se na parede chamuscada.

O espião se ajoelha e ajuda a carniçal a descobrir os restos mortais. Algumas costelas foram estilhaçadas: um tiro. E nos pulsos... periaptos de ferro.

Ele recua, esperando que o esqueleto salte e os ataque.

Bolsa da Seda olha para os dois com humor macabro.

— O quê, vocês acharam que era Cari? — Ela ri, passando a garra quase com ternura ao longo do fêmur chamuscado. — Este cadáver é de um homem.

— Um homem de Haith — diz o espião. — Ele tem periaptos implantados.

Bolsa de Seda examina um dos pequenos talismãs de ferro enxertados no tornozelo do cadáver.

— Ah, é isso que são essas coisas? — diz ela com desgosto. — Ele não deveria estar todo saltitante por aí, então, em vez de jazendo morto aqui?

Eladora, ainda mortalmente pálida, junta-se a eles em torno do corpo. Ela não ousa tocá-lo.

— O que... Você sabe o que aconteceu com ele?

— Tiro. Facada. Fogo — diz o espião, apontando para uma ferida de cada vez.

O corpo foi queimado, mas não tanto quanto seria de se esperar, dado seu entorno. Ele está prestes a explicar... quando o peitoril da janela atrás dele se estilhaça em uma chuva de poeira e detritos. O rebote de uma pistola alquímica, o cheiro acre de flogisto. Atacantes na rua lá fora.

Ele se joga para o lado, fora da linha de fogo. Bolsa de Seda corre até a porta, remove delicadamente o chapéu e o véu e solta um rugido animalesco. Eladora está paralisada de surpresa. Há sangue descendo por sua bochecha, mas ela deu sorte; é apenas um arranhão de estilhaços que voaram. O espião se joga e a puxa para a cobertura da parede, empurrando sua cabeça para baixo. O sangue dela é pegajoso em seus dedos. Mais tiros do outro lado da rua e o som de alguém subindo no telhado. Quem são eles? É uma boa pergunta. Mas é apenas a segunda mais urgente na mente do espião, logo depois de: *Eu tenho alguma arma melhor do que este cartaz?*

— Pegue isto! — Eladora põe uma arma em sua mão.

É uma pequena pistola alquímica, de um único disparo, pouco mais que um brinquedo letal. O espião hesita por um instante, imaginando se Alic deveria ser um bom atirador, e então um dos agressores entra pela porta da frente e acontece que Alic é um atirador brilhante. O intruso desmorona, segurando o joelho arruinado, sangue jorrando por entre seus dedos. Deuses, ele é apenas alguns anos mais velho que Emlin, outra criança enviada para a guerra.

Eladora grita. Bolsa de Seda agarra outro inimigo que chegou perto demais da porta da frente. Suas garras, feitas para rasgar carne morta, afundam nos pulsos vivos, e o sangue jorra livremente. Ela o sacode, como se fosse uma valsa grotesca, conduzindo-o pelas artérias, posicionando seu corpo entre ela e os pistoleiros do outro lado da rua.

O espião se atreve a olhar pela janela. Mais quatro ou cinco inimigos do outro lado da rua, emergindo de portas, descendo de esconderijos. Eles são bons, sejam quem forem: avançam com cautela, correndo de uma cobertura à outra. Eles estavam esperando, supõe, prontos para emboscar… quem? Eladora? Sua prima misteriosa? Será que eles esperavam que o haithiano morto despertasse?

Gritos. Um homem vem correndo rua acima, balançando freneticamente os braços, sua longa jaqueta do exército ondulando atrás dele.

— Agora não! Agora não! — grita ele. — Livrem-se deles, rápido!

Um dos agressores saca uma granada de fantasma-relâmpago. A descarga etérica mataria todos na casa. O espião dispara, forçando o filho da puta a se abaixar antes que possa lançá-la. O tiro passa longe, acerta o Jaqueta do Exército no ombro. O recém-chegado cai na rua, xingando. O espião se atrapalha tentando pegar outro cartucho, mas recarregar a arminha é como tentar abrir uma fechadura, e no momento em que consegue, o Jaqueta do Exército já rastejou para longe de sua vista.

— Precisamos sair! — grita o espião para Bolsa de Seda.

A carniçal acena com a cabeça, ajusta a pegada no seu escudo humano. Sair por aquela porta significa entrar em uma saraivada de tiros.

— Srta. Duttin — grita Bolsa de Seda —, fique atrás de mim. Eu vou protegê-la da melhor forma possível.

— E... e aquela p-porta? — pergunta Eladora, apontando para os fundos da casa.

Há uma abertura na parede que não existia um momento atrás. Uma arcada que conduz a uma escada estreita. Uma saída. As bordas do arco de pedra ainda estão fluidas, o mármore fantasmagórico fluindo como luar líquido.

É um milagre.

Um milagre que eles não têm tempo para questionar.

— Vá! — sibila Alic, e Eladora cambaleia na direção do arco, tropeçando no cadáver do haithiano. Alic a segue; Bolsa de Seda vem por último, arrastando seu parceiro de valsa como escudo.

Seus inimigos os perseguem enquanto eles sobem as escadas íngremes. O teto é baixo e apertado, e os degraus, úmidos e traiçoeiros. Disparos atrás deles fazem Eladora estremecer. Um som molhado de algo se quebrando quando o parceiro de valsa de Bolsa de Seda é atingido e amolece. A carniçal descarta o corpo, deixando-o cair para bloquear a escada estreita e forçar o inimigo a escalar o cadáver dos seus. Olhando para baixo, Alic vê o sujeito com o fantasma-relâmpago no arco ao pé da escada.

— Cuidado! — grita ele.

Bolsa de Seda vê o perigo, desce as escadas em um salto, mas ela não vai chegar a tempo de deter...

Um clarão de luz roxa e um som semelhante a um rasgão, e o atacante é arremessado contra a parede. A mão estendida de Eladora resplandece com a mesma luz roxa por um instante, os ossos destacados pelo fogo. Bolsa de Seda alcança o homem uma fração de segundo depois. Ela o pega, o esmaga contra a parede novamente, e ele cai. Um rugido de dor carniçal quando Bolsa de Seda é ferida. A casa abaixo está cheia de inimigos.

Alic empurra Eladora escada acima. Ela está cambaleando depois de atirar aquele feitiço, então ele tem de carregá-la até que ela consiga se reequilibrar. Suas unhas estão sangrando; quase distraidamente, o espião rouba um lenço de sua bolsa e colhe o sangue. Ele mete o pano no bolso.

O túnel termina em outro arco, que dá para um beco deserto, um desfiladeiro entre duas torres como penhascos rochosos. Ele empurra Eladora beco afora, então se vira para ajudar Bolsa de Seda a subir os últimos poucos degraus. A carniçal está mancando e o sangue enegrecido mancha o mármore novo dos degraus.

— Está tudo bem, está tudo bem — murmura a carniçal.

Eles emergem no beco e o encontram vazio.

Eladora desapareceu no ar.

Outra porta na capela, e Lemuel entra, sem fôlego, sua jaqueta do exército coberta de sujeira, como se ele tivesse rolado na sarjeta. Terevant se sente nos bastidores de um teatro, assistindo ao elenco entrar e sair pelas alas e alçapões; sente que há algum drama acontecendo lá fora, que ele está perdendo. Lemuel leva um susto ao ver Terevant.

— O que está acontecendo lá fora? — pergunta Terevant.

Lemuel está sangrando de um ferimento à bala no braço.

— Meia dúzia de filhos da puta armados — desabafa ele, frustrado — contra uma santa escrota.

— Eu já falei com Lemuel sobre a ameaça representada pela odiosa Santa das Facas — proclama Sinter. — E temo que tenha sido ela quem assassinou seu Edoric Vanth. Esta Cidade Refeita é uma aberração, e ela faz parte disso. Uma criança-demônio, uma bandida assassina que recebeu poderes profanos. Antes, ela atacava apenas os criminosos, mas sua sede de sangue cresce. A guarda da cidade tenta pegá-la, mas... infelizmente... em vão!

— A guarda está a caminho daqui agora — acrescenta Lemuel. — Temos que ir.

Sinter parece surpreso por uma fração de segundo, então assente.

— De fato, o jovem Lemuel está certo: seria melhor se vocês fossem agora, antes que a guarda os encontre. Velha Haith não tem muitos amigos na cidade.

Terevant olha para a porta por onde Lemuel entrou. Dá um passo em direção a ela, espada na mão.

— Precisamos recuperar o corpo de Vanth, mesmo que ele esteja totalmente morto. — Pensando em Lys na estação de Grena, no juramento que fez.

— Vamos logo, porra — rosna Lemuel.

Sinter desliza para a frente.

— A guarda da cidade levará quaisquer restos mortais que encontrarem para o necrotério na Ponta da Rainha.

Terevant hesita. Ele quer avançar, mas... *Você avançou em Eskalind,* uma voz sussurra no fundo de sua mente, *e veja no que deu.*

— Nós vamos. Vou exigir os restos mortais da guarda da cidade. — Ele tenta soar com autoridade.

Sinter inclina a cabeça.

— Mãe das Dores, abençoe a passagem dele. Minhas condolências pela sua perda.

## CAPÍTULO DEZESSEIS

Eladora tropeça e a mão de alguém a agarra e a puxa para o lado. Por um instante, ela tem a impressão intrigante de que foi puxada através da parede, porque o caminho de volta parece impossível de passar. Sua salvadora — sequestradora? — a arrasta por uma escada estreita e ao longo de uma galeria cortada no paredão. Faixas estreitas de luz do sol vêm das janelas e iluminam o aposento, e Eladora percebe um vislumbre da outra mulher.

— Cari?

Faz apenas alguns meses desde a última vez em que viu sua prima, mas as mudanças são marcantes. Cari parece uma mercenária atacada por milagres que voltou da guerra; rosto abatido, expressão dura como sílex. A mão travada em torno do pulso de Eladora está coberta de feridas e calosidades. Seu aperto é mais forte do que Eladora se lembrava, mas é uma força nascida do treinamento e da luta de rua, não um dom divino.

— Bolsa de Seda está lá atrás... e Alic. E alguém está nos atacando.

— Eu percebi, porra. Os mesmos filhos da puta que incendiaram minha casa um mês atrás. — Cari hesita, parecendo receber alguma mensagem invisível e inaudível. — Eles se separaram. Bolsa de Seda está bem. Eles não vão pegá-la naquela direção. — Cari sorri. — Ninguém consegue pegar um carniçal de Guerdon.

— E o Alic?

— Não sei. — Ela se concentra por um instante. — Merda. Desculpe. Eles o pegaram. — Ela muda bruscamente de curso, arrastando Eladora por outra porta. — Agora estão atrás de nós.

Elas correm por outro túnel. De trás, Eladora ouve gritos e passos acelerados. O túnel as leva a uma escada retorcida em espiral.

— Suba — ordena Cari, e Eladora obedece, mas a prima não vai atrás. Em vez disso, ela vê Cari sacar uma pistola e mirar no túnel vazio.

Os gritos atrás delas ficam mais altos, mas Eladora não sabe dizer a que distância estão seus perseguidores.

Carillon sabe. Ela aperta o gatilho um instante antes que o primeiro agressor entre no pequeno túnel. O tiro acerta, e o primeiro perseguidor solta um rugido chocado quando sua arma explode em sua mão. Eladora grita e sobe as escadas de quatro. A escada parece rodopiar, como se estivesse girando em seu eixo, tentando jogá-la de volta na carnificina.

Ela olha para trás, vê Cari recuando escada acima atrás dela, faca na mão. O homem a segue, rosnando, golpeando com uma lâmina curva. Ele está desajeitado, lutando com a mão errada. Cari se move como uma dançarina, antecipando perfeitamente cada golpe de seu inimigo, esquivando-se e pulando nos degraus estreitos e irregulares com a mesma segurança de um terreno plano. O homem golpeia novamente, a faca dela brilha, e subitamente manchas vermelhas brotam na camisa dele.

Há um segundo agressor. Ela vislumbra a pistola em sua mão, olha direto para o cano, vê o flogisto brilhar — e então, de repente, Cari pula na frente dela.

A bala atinge sua prima diretamente no peito... e todas as paredes na escadaria racham simultaneamente, como se um terremoto atingisse apenas aquele aposento. Enormes feridas se abrindo na pedra, cobrindo todos de poeira e cacos. Cari cai de joelhos, sem fôlego, mas está viva e ilesa, apesar de ter levado uma bala à queima-roupa.

*A cidade levou o tiro*, pensa uma parte de Eladora, mas ao mesmo tempo ela estende a mão e recita por reflexo o encantamento que Ramegos lhe ensinou. O feitiço dá errado novamente. Cada músculo em seu braço, seu flanco, seu ombro fica dormente enquanto o rebote do feitiço percorre seu corpo. Ela pega algo pesado dentro de sua bolsa — o punho da espada que Sinter lhe deu — com a mão esquerda e desfere um golpe na direção do agressor. Tem sorte, pegando-o quando ele está desequilibrado, e ele cai para trás, batendo com a cabeça na parede. *Corra*, ela pensa, ou diz, ou grita, nem sabe dizer. Puxando Cari de pé, sentindo a dor que isso causa pelo seu braço direito. Eladora se sente zonza; quando sobe cambaleante a escada, vê que suas unhas estão todas queimadas. Sua mão já estava ensanguentada e com bolhas do encantamento anterior; se tentar o feitiço novamente, vai queimar os nervos ou explodir as veias da mão.

Cari a agarra, empurra-a adiante, conduzindo-a através de outra série desconcertante de aposentos sem sentido. Uns estão vazios, outros estão repletos de destroços de partes da cidade consumidas na Crise. Eladora abre caminho por entre canos e tanques que trazem o símbolo da guilda dos alquimistas, passa por cima da placa de um pub da marginal Cintilante pelo qual ela se lembra de ter passado em seus dias de universidade. Por cima de bancos e estátuas de uma capela dos Guardiões. Antigamente, as estátuas tinham joias artificiais no lugar dos olhos, mas agora observam Cari e Eladora por órbitas vazias. Elas passam por uma sala que poderia ter sido mobiliada para um banquete, mas todas as mesas e cadeiras foram empurradas contra uma parede como madeira deixada na costa pelo mar.

Cari a arrasta em direção a uma parede vazia.

— Aqui.

A parede milagrosamente estremece e se remodela ao seu toque, a pedra se separando como carne. Tendões de argamassa se quebrando e arrebentando. Um vento frio sopra pela abertura crescente, e Eladora arfa com a visão revelada. Elas estão bem acima da Cidade Refeita, uma dezena de andares ou mais. Ela pode ver a rua com todos os santos lá embaixo, e todas as outras torres e mansões cintilantes e carbúnculos de coral retorcido da cidade conjurada. Então, mais além, estendendo-se até o horizonte, está a velha Guerdon. Ela pode até ver o telhado manchado de verde da Catedral da Vitória mais próxima, então elas devem estar em um ponto realmente bem alto.

— Vamos.

Há uma ponte estreita, uma saliência de pedra, com uma largura de no máximo sessenta centímetros, formando um arco entre o edifício em que estão e outra torre, levando a outra parede vazia. Essa corda bamba de pedra tem pelo menos trinta metros de ponta a ponta, e parece escorregadia de umidade. Cari sobe nela sem hesitação.

Eladora hesita o suficiente pelas duas.

— Não consigo. Ah, deuses, não consigo.

— Não vamos deixar você cair — diz Cari, pegando-a novamente pelo braço e puxando-a para o vão estreito.

Eladora escorrega e se agarra em Cari, mas Cari parece enraizada na pedra, capaz de suportar o peso com facilidade. Sua prima avança pela ponte com uma graça insolente, e na outra extremidade a outra parede convulsiona e se abre também, revelando uma sala no prédio adiante.

Eladora olha para trás para ver se a primeira abertura ainda está lá. Não só aquela primeira porta impossível se fechou, como também a ponte atrás dela está derretendo, a pedra recuando como um pingente de gelo na primavera.

— Ele está se exibindo — diz Cari.

Elas atravessam a parede que dá na segunda torre, e a abertura se fecha atrás delas, cortando os ventos que sopram do porto. Eladora descobre que está segurando a respiração há pelo menos um minuto, e escorrega as costas contra a parede repentinamente sólida para se sentar. Ela treme silenciosamente por alguns momentos, fechando os olhos enquanto tenta se recompor. Embala sua mão ferida.

Lembra-se de intermináveis interrogatórios e reuniões — na frente do comitê de emergência, ou com Sinter, com a dra. Ramegos, com o almirante Vermeil, com uma dúzia de homens e mulheres sem nome e sem expressão — onde faziam a ela as mesmas perguntas repetidamente: *onde está sua prima? Onde está Carillon Thay? Ela ainda é uma santa dos Deuses de Ferro Negro? Ela ainda é uma ameaça para a cidade?*

E depois, quando os interrogatórios acabaram, concluíram que Carillon não era uma ameaça. Eles enviaram Eladora para confirmar: seu teste final, completando sua rápida ascensão na hierarquia de assistentes de Effro Kelkin. A avaliação de Eladora foi de que Carillon em breve deixaria a cidade, fugindo para o mar como já havia feito antes. Eladora pensou que sua prima já se cansara de Guerdon, da santidade.

Obviamente estava errada.

— Sopa?

Eladora levanta a cabeça para ver Cari segurando desajeitada uma tigela fumegante. Eladora a aceita, mexe os caroços acinzentados ao redor do líquido acinzentado, põe a tigela de lado e olha em volta. O aposento em que estão está quase vazio, exceto por um pequeno ninho de cobertores em um canto, uma prateleira abarrotada de facas e outras ferramentas, e um fogão pequeno. Uma porta na parede oposta. Sem janelas, apenas o brilho de uma lâmpada alquímica.

— Hum — diz Cari, tirando a camisa. Há um buraco do tamanho de um punho onde a bala a atingiu. — Eu me enganei. O outro cara com quem você veio… Alic… ele está vivo. Eu podia jurar que eles o pegaram. — Ela bate na parede com o punho. — Você está perdendo o controle, grandalhão.

— Alic é bastante engenhoso — diz Eladora, aliviada. — Eu estava na sua casa. Tinha… Tinha um corpo lá.

— Eu não o matei. Nem sei quem era o maldito — diz Carillon, indignada. — Eles o jogaram na minha antiga casa uma hora atrás. Eu estava tentando descobrir que merda eles estavam fazendo quando você apareceu. Quero dizer, sim, eles estavam tentando me incriminar de *alguma coisa*, mas… — Ela fica em silêncio por um momento, e então revira os olhos.

— Era um homem de Haith — comunica Eladora.

— Hum — diz Carillon. — Isso é interessante.

— Sua casa foi... ahn, destruída *antes* de o corpo ser deixado lá? — pergunta Eladora com cautela.

Perguntas deixam Carillon incomodada. Eladora pensa em sua prima como uma gata de rua selvagem: tente prendê-la, e ela foge. Ela tem que estar apaziguada antes de falar. Além disso, come qualquer coisa e provavelmente está doente.

— Foi. Irritei algumas pessoas.

— Quem?

Cari dá de ombros.

— Muita gente. Expulsei os sindicatos dos Ghierdanas há dois meses: eles tentaram assumir as antigas operações de Heinreil. Eles não estavam esperando o golpe, e não têm seus chefes dragões aqui. Pode ter sido eles. Ou aquela bruxa de vidro de Ulbishe. Ou algum dos malditos traficantes de armas. Ou... — Ela faz uma pausa. — Sim, ou os espiões. Tivemos muitos *deles* ultimamente, não é? Bisbilhotando o que não é da conta deles. — Cari olha de relance para Eladora. — Será que confundiram você comigo?

— E tentaram matar você logo de cara?

— Para ser justa... — Cari abaixa a mão e retira uma faca terrivelmente afiada de alguma bainha escondida. — Eu estive ocupada. Pouca coisa acontece na Cidade Refeita sem que eu veja, e se alguém passa dos limites... — Sua mão se contrai e a faca se crava na parede ao lado de Eladora. — Pelo menos, El, essa era a porra do plano. A Santa das Facas? Era eu. — Ela faz uma nova pausa. — Nós.

Eladora toca cautelosamente a parede atrás de si.

— Presumo que seu amigo Mastro ainda esteja... — Ela procura a palavra certa. Mastro morreu na frente de centenas de testemunhas, mas a Cidade Refeita foi conjurada a partir de seus restos mortais. — Existindo?

— Ele existe amplamente — diz Cari. — Em alguns lugares. — Ela suspira e se recosta, olhando para o teto. — Mas está ficando cada vez mais difícil entrar em contato. Aqui em cima é um dos poucos pontos restantes onde as coisas ainda estão... não sei... fluidas. Aqui em cima ele parece mais ele mesmo e pode fazer coisas com a pedra. No nível da rua, porém, ele fica mais... — Ela faz uma pausa... não, ela está prestando atenção. — Constrangido. Ele pode me mostrar o que está acontecendo em qualquer lugar na Cidade Refeita; é como ter as visões, só que ele não grita comigo para libertar um bando de deuses monstruosos e malignos o tempo todo. Mas ele não pensa mais como nós pensamos. A alma dele está meio manchada... não sei, me diz você... tudo bem, a alma dele abrange toda a Cidade Refeita, mas ele ainda é humano, não um deus. Então ele está todo rachado e fragmentado. Existem ruas onde a única parte dele é a raiva, ou lugares que são apenas suas memórias, e eu não consigo falar com a, ahn...

— Com sua mente consciente — sugere Eladora.

Toda essa situação é fascinante e bizarra. O ato final desesperado da Crise: Carillon canalizou o poder coletivo dos Deuses de Ferro Negro aprisionados em seu amigo moribundo e criou algo novo. Não apenas uma Cidade Refeita, mas uma ordem refeita do ser. Uma cidade viva, um *genius loci*, com Carillon como uma espécie de santa. Ela quer muito falar com a dra. Ramegos sobre isso.

— Você poderia ir à Ponta da Rainha comigo? Tem uma pessoa que eu...

— Vai se foder.

— ... gostaria que você conhecesse.

— El, não.

— Deixe-me falar com Kelkin. Podemos...

— Não.

— Está bem.

Cari come em silêncio por alguns minutos.

Eladora mexe a sopa, depois a coloca de lado novamente.

— Estou vendo que seu vigilantismo garantiu que a Cidade Refeita seja um lugar de segurança e ordem pública.

— Estou tentando, certo? — Cari cospe uma espinha de peixe. — Tinha uma garrafa de vinho por aqui, não tinha? — diz ela, falando com o ar. Conversando com Mastro. Seja qual for a resposta, não é do agrado de Cari, e ela torce o nariz de irritação.

— Estou vendo que você está tentando. — Eladora gesticula com a colher em direção ao pequeno arsenal de lâminas e armas ao lado da cama. — Mas com certeza é loucura tentar isso sozinha... bem, fisicamente sozinha.

— Está tudo indo bem, na maior parte do tempo. — Cari passa a lâmina da faca em uma pedra de amolar com irritação. — E estaria muito melhor se esses filhos da puta não estivessem enviando esquadrões assassinos atrás de mim.

— Bem, esse é um argumento ainda melhor para ser razoável, não é? — diz Eladora. — Carillon, se for do interesse do sr. Idgeson, você poderia trabalhar com o conselho de emergência, usar seus talentos com a sanção oficial...

— El, não — diz Cari. — Pelos deuses inferiores, talvez você seja a única pessoa em Guerdon além de mim que entende como é ter os deuses da cidade fazendo ninho no seu crânio. Você sabe o que a guarda faria comigo se me pegasse. Porra, na melhor das hipóteses, eu acabo numa cela de prisão para o resto da vida.

— Isso não vai acontecer.

— Me mandam para Hark como uma santa perigosa. Me dissecam em algum laboratório de alquimista. Me queimam na fogueira.

— Bem, isso é mais plausível.

Desanimada, Eladora observa sua prima afiar a faca. Ela se lembra da noite em que o professor Ongent apareceu na porta da casa da rua Desiderata com Cari a reboque, atordoado e assustado pelas misteriosas visões dela, sem saber então que elas se originavam dos aterrorizantes Deuses de Ferro Negro. Cari parecia tão frágil e exausta que Eladora quase se esqueceu do ódio mútuo da infância e estendeu a mão para ajudar.

Carillon não parece frágil agora. Há uma força raivosa nela, uma confiança nascida da vontade de agir, de cometer atos de violência. Eladora a teme como nunca temeu. Cari sempre portou uma adaga, mas de alguma forma Eladora sabia que ela nunca havia matado.

A faca na mão de Cari agora parece bem usada.

Uma imagem passa pela mente de Eladora, uma visão tão nítida quanto qualquer previsão divina: Carillon morta no alto de um telhado, abatida por algum inimigo. Ter força demais pode ser perigoso se você esquecer a hora de parar e buscar reforços.

Mas Eladora não consegue pensar nas palavras certas para fazer Carillon ver isso, e certamente não pode forçá-la a lhe dar ouvidos. Se ela soubesse como fazer Cari ter bom senso, teria feito isso há muito tempo. Na casa da rua Desiderata. Ou lá na fazenda onde cresceram, em Wheldacre.

— Encontrei minha mãe.

— Como vai a bruxa? — pergunta Cari, sem parar de afiar.

— Agora ela é uma santa.

— Caralho! — A faca de Cari escorrega, cortando seu joelho. O sangue jorra de uma ferida superficial. — Uma o quê? Uma santa dos Guardiões? Porra, você está falando sério? — Ela ri ao pressionar um pano na perna ensanguentada. — Silva é uma santa?

— Os Deuses Guardados a escolheram como seu veículo. É tudo muito solene e sagrado.

— Bem, ela deve estar feliz. Qual era aquela palavra que ela falava sempre? Safi-alguma-coisa.

— Safidismo. A crença de que é certo e adequado buscar a santidade e que se alcança a santidade por meio da humildade e da concordância com o divino, suprimindo a própria vontade em favor da submissão aos deuses. — Um líquido avermelhado, fino e salpicado com lasquinhas de pedra escorre da parede perto de Cari. Eladora o encara, mas não diz nada. Algum tipo de eco, ela imagina; os ferimentos de Carillon espelhados em Mastro.

— Bem, ela deve estar feliz.

— Na verdade, ela foi bastante... fervorosa em relação a você. Acho que você deve ficar bem longe dela. Honestamente, todos nós devemos. Acho que ela ficou louca.

— "Ficou". — Cari fecha os olhos, se concentrando. — Bem, que bom para Silva. Que ela seja martirizada de forma realmente memorável.

Eladora funga, sem saber como se sente sobre o desejo casual de Cari de que sua mãe tenha um fim terrível. No fim das contas, ela conclui que tudo bem.

— Você ainda está trabalhando com o bando do Kelkin? — pergunta Cari.

— Por "bando", você quer dizer o comitê de emergência, que teve seu poder delegado pelo parlamento enquanto a crise atual durar? Sim, ainda sou uma das assessoras do sr. Kelkin. Por enquanto.

— Você tem... — Cari faz uma pausa, então faz a sua pergunta no tom mais casual que consegue: — Visto o Ratazana ultimamente?

— Esta manhã, na verdade. Há algum atrito entre os carniçais e os Guardiões, então ele está ocupado com politicagem.

— Pobre coitado — diz Cari, com pouca simpatia em sua voz. — Você sabe que existem poços de cadáveres sob a Cidade Refeita? Quilômetros de túneis também, assim como no resto da cidade. Mastro estava pensando nos carniçais quando construiu este lugar.

— Posso passar uma mensagem se quiser.

— Não se atreva, porra. O filho da puta tentou me matar. O Ratazana está morto, e outra coisa está usando seu nome. — Ela afasta cuidadosamente uma parte do trapo ensanguentado. O sangramento parou.

Eladora não discute.

— E Miren?

Eladora paralisa. Ela não vê o filho do professor Ongent desde a Crise. Por muito tempo, acreditou estar apaixonada pelo garoto frio. Foi só depois, nos meses desde seu desaparecimento, que ela entendeu a verdadeira natureza dele.

As facas de Miren também eram muito bem usadas.

— Não tenho visto.

— Pensei tê-lo visto, uma ou duas vezes, bisbilhotando a Cidade Refeita, mas ele é um babaca sorrateiro. Desapareceu quando fui atrás dele.

— Ele não pode ter conservado o poder do teletransporte, pode? Foi um presente dos Deuses de Ferro Negro.

— É, bem, de algum jeito ele escapou, esse merda. — Cari remove o trapo, examina a ferida com um dedo sujo.

— Vem cá — ordena Eladora.

Ela encontra um jarro com água relativamente limpa. Perdeu seu lenço na carnificina, então se vira com uma tira de pano cortada do próprio vestido, e habilmente limpa a ferida.

— Você andou praticando.

Eladora assente: depois da Crise, achou reconfortante estudar o que fazer em uma emergência. Ela daria uma enfermeira aceitável agora.

— E obrigada por aquele feitiço também.

— Não sei se foi necessário. Você parecia muito... — *mortífera* lhe vem à mente, mas Eladora consegue dizer "competente" em vez disso. — A faca feriu você, mas a bala não?

Ela dá de ombros.

— Alguns santos conseguem se teletransportar, outros recebem espadas flamejantes. Eu tenho uma cidade com complexo de mártir cuidando de mim. Eu consigo... meio que desviar os ferimentos para ele, mas isso requer concentração. Nós conseguimos fazer outras coisas também. Esses filhos da puta escaparam fácil. Se estivéssemos alguns andares acima, eu poderia ter fechado as paredes em cima deles. — Ela considera suas palavras, então acrescenta: — Talvez. Está ficando cada vez mais difícil, ou ele está ficando mais fraco.

Carillon olha para Eladora, subitamente cansada.

— É sempre a mesma coisa, o tempo todo, não é? Mastro e a pedra. E Silva e eu, também: em vez de ela me perseguir pela cozinha com uma colher de madeira, vai me perseguir pela cidade com uma espada flamejante.

— Alguns padrões se quebram — afirma Eladora. — Você não fugiu. As pessoas, ahn, presumiram que sim, mas você ficou e tentou... à sua maneira... ajudar a Cidade Refeita.

Cari flexiona a mão ferida.

— Não foi inteiramente ideia minha. Eu tenho um amigo que se importa com deveres cívicos.

— Na verdade, foi por isso que procurei você — diz Eladora, quase timidamente. — Como eu disse, estou trabalhando com os Liberais Industriais do sr. Kelkin em preparação para as próximas eleições.

— E daí?

— Bem, dada a sua visão única da Cidade Refeita, pensei que seria capaz de ajudar a selecionar candidatos promissores para a eleição. Queremos recrutar líderes e defensores das comunidades recém-chegadas, grupos que...

— Você veio me procurar para conseguir *conselhos sobre eleição?*

— Só achei que você teria uma perspectiva inestimável.

— Vai se foder — diz Cari, sem rodeios. E então, mais alto, incrédula e claramente direcionada para o teto acima: — Vai se foder. Não. Não. Ela se volta para Eladora e diz em um tom vazio:

— Ah, pelos deuses inferiores. Ele está interessado. Ele quer ajudar.

Eladora desejou que houvesse um santuário, uma estátua ou uma manifestação de algum tipo, em vez de falar para o vazio.

— Ah, sr. Idgeson, eu sei que seu pai e o sr. Kelkin tiveram discordâncias consideráveis no passado.

— Kelkin mandou executar o pai dele, mas, claro, discordâncias consideráveis — observa Cari.

— No entanto, as circunstâncias mudaram para todos nós, e tenho certeza de que podemos encontrar um meio termo e áreas de interesse mútuo.

O edifício estremece ligeiramente, como se um trem passasse por baixo dele ou a terra tremesse. Cari aperta a cabeça.

— Ai. Deuses, agora você o deixou todo agitado. Como eu disse, ele não pensa mais como nós. Não consigo entender o que ele está dizendo… vou precisar andar pela cidade, captar diferentes partes do pensamento de diferentes ruas. — Ela atravessa a sala e pega um casaco surrado em uma pilha de roupas. — Muito obrigada — acrescenta, amarga. — Como se eu não tivesse nada melhor para fazer do que vagar por aí, me esquivando de assassinos, por esta *merda*.

— Eu fico te devendo uma — diz Eladora.

— Durma um pouco. Enquanto eu estiver fora, também vou descobrir quem caralhos era esse cadáver haithiano e por que queriam que alguém achasse que eu o matei.

Eladora se levanta.

— Antes de você ir… você disse que as pessoas estavam passando um pente-fino na Cidade Refeita em busca de sombras da Crise. O que estão procurando?

Cari franze o cenho.

— Não queira saber, El.

— Claro que quero. É importante. Me conta.

O rosto de sua prima fica sombrio de raiva.

— Mas eu não estaria contando a você, não é? Estaria contando a Kelkin, ao Ratazana e a todo o resto. Vai. Se. Foder. E fique aqui.

A parede se abre ao seu toque, engolindo-a, voltando a se fechar novamente atrás dela. Deixando Eladora presa naquela torre sem portas.

# CAPÍTULO DEZESSETE

O espião sai da Cidade Refeita usando a máscara de Alic. Ele desenha uma carranca preocupada nessa máscara enquanto desce, atravessando a bizarra zona de transição entre a Cidade Refeita e a Velha. O distrito da marginal Cintilante, onde formas conjuradas se entrelaçam com estruturas construídas por mãos mortais. As estalactites de pedra se agarram às fachadas de tavernas e livrarias como um fungo angelical.

Um bando tagarela de alunos do lado de fora de uma taverna, todos sentados em uma bela e delicada escada em espiral que surge do quintal da taverna e sobe para o nada. A loja inteira de um boticário está em cima de uma língua de pedra que a ergueu no ar há nove meses, de modo que o Milagre das Sarjetas pôde conjurar uma fonte dançante onde a loja antes estava. Uma multidão ri de um show de fantoches, onde Kelkin espanca o primeiro-ministro anterior, Droupe, com um pedaço de pau até fazê-lo explodir em uma chuva de moedas de ouro. Violência de brincadeira a apenas alguns minutos de caminhada de onde pessoas morreram nas ruas.

As multidões mudam como o céu enquanto ele se move pelas ruas.

Na Cidade Refeita, as pessoas eram como folhas de outono, muitas cores lançadas ao vento, cada qual diferente da outra, todas caídas de árvores moribundas do outro lado do mar.

Na marginal Cintilante, perto da universidade, as vestes cinzentas e disformes dos alunos são nuvens escuras correndo pelo céu.

E ali, perto do apartamento de Eladora, é como um crepúsculo brilhante. Com o Festival das Flores dali a algumas semanas, a parte boêmia da marginal Cintilante está iluminada com os risos e a elegância do verão.

Suas próprias roupas — sem graça, esquecíveis — o fazem se lembrar, por estranho que pareça, de um pássaro em pleno voo, um voador solitário cruzando muitos céus. Ele nunca gostou de pássaros antes.

O apartamento de Eladora fica no segundo andar de uma casa perto da Praça da Ventura. Ele já conhece o prédio. Observou tanto Eladora como vários outros assessores seniores dos Liberais Industriais irem e virem. Esperando por uma oportunidade. Seus dedos agarram a oportunidade no seu bolso.

Mesmo que não tivesse visto Eladora explodir aquele agressor com um feitiço, teria suspeitado que sua casa era protegida magicamente. O partido teria cuidado disso. Hoje em dia, com feitiçaria sendo ensinada nas universidades e produzida em massa em fábricas de armas, é necessário proteger pessoas e informações importantes de ataques sobrenaturais. Arrombar uma fechadura é trivial para o espião; contornar barreiras de proteção mágica sem ser detectado é mais difícil.

A escada do lado de fora do apartamento está deserta. Há outro apartamento do outro lado do patamar, mas o espião não escuta ninguém lá dentro. Ele se ajoelha e sopra suavemente a fechadura da porta de Eladora; vestígios de símbolos mágicos brilham azulados em resposta. Alguns feitiços de proteção explodem invasores; ele duvida que Eladora fosse empregar esse tipo de contramedida letal, mas soaria um alarme, talvez capturasse sua imagem.

O lenço ensanguentado é sua chave. Com força de vontade, ele consegue imitar a identidade espiritual da pessoa por trás do sangue. Como se fizesse a cópia de uma chave, pressionando-a na escuridão informe de sua alma. Ele envolve o lenço nos dedos de uma das mãos e pressiona os símbolos enquanto arromba a fechadura com a outra.

A facilidade é quase anticlimática.

O espião entra no apartamento, fechando a porta silenciosamente atrás de si, invisível no coração de Guerdon.

Lemuel insiste que Terevant fique em silêncio até que eles estejam bem longe da Cidade Refeita, como se esperasse que aquela tal Santa das Facas ouvisse sua conversa sussurrada, como se esperasse que a garota-demônio que o sacerdote descreveu aparecesse repentinamente na frente deles, materializando-se em uma nuvem de fumaça para matar os dois com lâminas em chamas. Ele espera em silêncio enquanto o trem os leva para o norte, dedos manchados apertando o braço ferido. É só quando passam pela Praça da Ventura que Lemuel se mostra disposto a falar.

— Você deveria escrever um relatório. Faça uma elegia, se quiser.

Um aviso sobre santos loucos. Ele parece pensar que o assunto está resolvido: Vanth simplesmente deu azar. Nenhuma grande conspiração.

Em qualquer outra cidade, Terevant não pensaria duas vezes. Viu muitos santos loucos em Paravos, mortais retirados da vida cotidiana pelo toque dos deuses e devolvidos fora de prumo. Santos loucos em Eskalind também, rindo enquanto matavam.

Mas Guerdon deveria ser diferente. E ele deveria ser diferente. O velho Terevant poderia ter aceitado a resposta fácil que Lemuel oferece, concordado que a morte de Vanth foi um ato cruel de deus e dar a questão por resolvida, mas ele vai se sair melhor desta vez. Quer mostrar a Lys que pode fazer melhor.

Então, quando chegam à embaixada, ele retorna ao escritório de Vanth. Senta-se à mesa cheia de papéis e começa a trabalhar novamente. Precisa se certificar de que não está deixando passar nada, nenhuma pista que possa revelar um mistério mais profundo.

Desta vez, ele começa com arquivos mais antigos. Vanth manteve dossiês sobre várias figuras-chave em Guerdon. É confuso para os olhos de Terevant. Em Haith, os nomes não mudam. A Coroa é sempre a Coroa, as famílias Consagradas são sempre as mesmas, independentemente de quem esteja carregando o filactério da família no momento. Os senhores do Gabinete estão todos há muito tempo estabelecidos em suas Vigílias. Se alguém compilasse dossiês semelhantes sobre os governantes de Haith, seria possível gravá-los em pedra com segurança. Os vivos são notas de rodapé para os mortos.

Não é assim em Guerdon. Nomes aparecem e desaparecem, facções se formam e se dissolvem. Não há ordem, apenas arranjos temporários. Algumas pessoas figuram em várias pastas: Effro Kelkin, por exemplo, participa de tudo há décadas. O príncipe Daerinth também tem sido um jogador discreto na política de Guerdon por décadas, desde que foi exilado ali após a morte de sua mãe. Outras pastas terminam bruscamente: um dia, há recortes de jornais, resmas de notas na caligrafia ornamentada de Vanth, e depois nada além de um obituário recortado ou uma breve nota descrevendo a queda da pessoa em questão. Rosha, a genial Senhora de Guilda dos alquimistas, desaparece durante a Crise. O antigo Patros morre. Edwin Droupe sai de cena apressadamente. A estrutura de poder da cidade é varrida da noite para o dia.

Aninhada no final do arquivo de Rosha há uma única lista escrita à mão. Terevant a pega e a encara fixamente. Uma lista de nomes de família haithianos, nomes antigos. Ele leva um minuto para descobrir o que eles têm em comum: é uma lista de famílias nobres que morreram sem herdeiros. Seus filactérios foram levados para algum arsenal no subsolo do palácio real. Ele tenta pensar no que essa nota tem a ver com Rosha, mas não faz sentido. Erro de arquivamento, pensa. Não é o único erro que encontrou.

Ele lê outros arquivos. Uma pasta pesada descreve negociações secretas de armas com alquimistas, conduzidas por intermediários. Insinuações de novas armas, mais potentes do que qualquer outra... e, pela data, essas devem ser as bombas divinas de que Lys falou.

O preço foi a destruição "acidental" de um mosteiro dos Guardiões em Beckanore. Mesmo depois de ler o arquivo, Terevant não sabe ao certo por que os alquimistas queriam o mosteiro queimado, mas há uma cópia da carta de parabenização para Vanth enviada pela própria Coroa, então deve ter sido um sucesso.

Mas Rosha se foi, e os alquimistas estão em caos. Parece que Vanth ainda estava obtendo armas alquímicas após a Crise, então quem era seu fornecedor?

Um traficante de armas? Existem muitos arquivos sobre eles, e pesquisar todos leva horas. No fim, Terevant sabe muito mais do que jamais desejou saber sobre o comércio de armas na cidade, e como ele é lucrativo — sua cabeça gira com a leitura de colunas intermináveis de números.

Passos pesados vindos de fora. Ele fecha apressadamente as pastas. Olthic entra na sala sem se preocupar em bater.

— Na próxima semana, você irá comigo ao parlamento. Precisa ver a diplomacia em ação.

— O que está acontecendo?

— Simplificando, vou propor uma aliança entre Haith e Guerdon. Um pacto mutuamente benéfico: nós ficamos com todas as armas alquímicas que eles puderem fazer, e nós os protegemos e aos seus navios.

— Isso será apresentado ao... comitê de emergência deles?

Olthic balança a cabeça.

— A maldita eleição torna tudo mais complexo. Vamos nos reunir com o comitê de emergência, mas nada será assinado até depois da eleição... e isso significa que vamos precisar convencer todos os líderes dos partidos para termos certeza da vitória, não importa quem ganhe.

Terevant olha o irmão nos olhos e faz uma pergunta que o tem incomodado desde que chegou. Talvez há mais tempo. Talvez desde a retirada de Eskalind.

— Olthic, por que você está aqui? Poderia ter escolhido a missão que quisesse. Visitei os comandantes da família antes de sair de Haith: Rabendath e os outros estão desesperados para que você volte e lidere as tropas da Casa. Por que aceitar o posto de embaixador?

Seu irmão começa a andar de um lado a outro. Não olha para ele ao responder.

— A Coroa quer Guerdon, Ter. Quando eu pegar a espada, serei capaz de me equiparar a um semideus. Mas estamos encarando deuses, e vamos precisar de todas as armas que eles fazem aqui. Assim que eu pegar a espada... — continua Olthic, falando consigo mesmo. — Aí eu vou liderar a defesa de Haith. Não sou como o resto dos vivos, Ter. Eu nunca perco a coragem. — Ele se volta para sair, então para e se vira. — Disseram que você encontrou os restos mortais de Vanth. Foi um trabalho rápido. Parabéns, irmão.

— Quem lhe contou? — pergunta Terevant, mas já imagina.

— Lemuel. Uma santa louca, ele disse. Não estou surpreso: a Guerra dos Deuses já chegou à Cidade Refeita, mas o resto de Guerdon não admite. Se eles vissem o que você e eu vimos em Eskalind, hum... — Olthic balança a cabeça. — Eles precisam de Haith tanto quanto nós precisamos deles. Temos que nos unir contra a tempestade.

— Praticando seu discurso para o parlamento?

— Mais ou menos. — Olthic dá uma batidinha no batente da porta, como um tapinha nas costas. — O Gabinete continua me importunando por notícias sobre Vanth. Estão todos agitados sobre esse caso.

*As bombas divinas*, pensa Terevant. Ele tem um momento de prazer secreto por saber um segredo que Olthic não sabe.

— Resmungando sobre assassinos e conspirações. Eles temem espiões ishméricos se infiltrando em Guerdon e atacando as fundições de armas. Você conhece o Gabinete: cheio de paranoicos. Eternas engrenagens dentro de engrenagens, relatórios e esquemas intermináveis, e ainda assim eles recorrem às Casas na hora de *fazer* qualquer coisa. — Olthic revira os olhos. — Escreva um relatório sobre a morte de Vanth e depois vá pegar a espada. Eu vou precisar dela antes do parlamento.

Olthic sai, desaparecendo silenciosamente ao longo do corredor. Ele pode se mover como uma pantera quando quer.

Morrer nas mãos de um santo é ser abatido pela ira de um deus, e os deuses estão loucos. É o que todo mundo diz. A morte de Vanth, portanto, não tem mais significado do que uma tempestade no mar afundando um navio e não outro.

Mas, se isso for verdade, também não há razão para que Terevant tenha sobrevivido a Eskalind e os outros soldados não, e Terevant não gosta desse pensamento. Tem que haver algum significado nisso. Alguma poesia invisível que faça o destino rimar.

Terevant espera até que Olthic suma, então fecha os arquivos e tranca a porta do escritório. Em Haith, dizem, os mortos falam honestamente. E ele ainda precisa escutar o corpo de Vanth.

Eladora não tem certeza de quanto tempo tem de esperar naquele quarto sem porta, sem janela e vergonhosamente sem livros. Ela pula de susto a cada ruído no prédio abaixo, imaginando que são assassinos subindo sorrateiramente a torre para dar cabo dela. Ou Miren, em busca de Carillon, e encontrando Eladora no lugar.

Está escuro lá fora quando Cari volta, e sua prima se detém para limpar o sangue de uma faca antes de partirem.

— Precisei verificar uma coisa. Os escrotos que atacaram você são os mesmos que jogaram o corpo lá — diz Cari. A lâmina da faca está brilhando agora, mas ela continua esfregando. — Mastro não conseguiu *ver* para onde eles foram. Alguém sabe como se esconder de mim. Alguma relíquia, feitiço ou uma merda dessas. Não gosto disso.

Eladora relembra a noite da recepção na embaixada de Haith. O alvoroço por causa de algum incidente.

— Você conseguiria descobrir alguma coisa sobre o morto de Haith? Cari a ignora, devolve outra pergunta.

— O Beco Gethis fica ali descendo pelo Mercado Marinho, certo?

Ambos os locais ficam no Arroio. Eladora os conhece por causa da campanha eleitoral e das suas caminhadas com Absalom Spyke. Ela assente.

Carillon morde o lábio, pega uma faca diferente e dá uma volta no apartamento.

— O que foi? — pergunta Eladora.

— Você está muito próxima do Kelkin e seu bando, certo? Você ouviria coisas, relatórios da guarda, esse tipo de coisa?

— E-eu sou uma das assessoras de Kelkin. Sim, às vezes tenho acesso a informações delicadas e segredos. Especialmente devido ao nosso, ahn, envolvimento compartilhado na Crise.

— Conhece um cara chamado Edoric Vanth?

O nome é vagamente familiar.

— Acho que ele é o Terceiro Secretário da embaixada de Velha Haith, ou algum título semelhante.

— E Haith é aquele lugar dos caras mortos que adoram coroas mágicas, certo?

— Achei que você fosse viajada. — Eladora bufa, lembrando-se de uma conversa de muito tempo atrás em que Carillon fez questão de mostrar como a vida de Eladora era provinciana em comparação com suas muitas viagens.

— Nunca fui para o norte.

— Ah. Bem, Haith é governada por uma Coroa que dizem conter a sabedoria de todos os reis anteriores. Todas as famílias aristocráticas têm um filactério próprio, como a Coroa, mas de menor estatura. E há uma classe de elite de mortos-vivos inteligentes, os Vigilantes.

— Então eu tinha razão.

— Eu não seria tão reducionista.

— O que pode matar um desses Vigilantes?

Eladora não chega exatamente a ser uma especialista nesses assuntos.

— Não sei. Eu entendo que eles são bastante resistentes: afinal, já estão *mortos*, então meras feridas não seriam suficientes. Suponho que a maneira mais eficaz seria alguma espécie de contramagia.

— Coisas santas?

Eladora se lembra de santa Aleena na tumba, lutando contra os feitiços dos Rastejantes. Sua espada de fogo, sua chama incinerando Jermas Thay, a luz do fogo afastando a escuridão.

— Suponho que sim. — Ela toca o punho da espada de Aleena para se consolar.

— Hum — diz Carillon. Ela flexiona a mão, olha para uma cicatriz desbotada na palma.

Eladora pondera o quanto deve confiar na prima. Ela teria o direito de relatar esse encontro para a guarda. Cari pode não ser mais a santa dos monstruosos Deuses de Ferro Negro, mas sua conexão sobrenatural com a Cidade Refeita é preocupante.

— Não sei. Se eu ouvir alguma coisa, eu... bom, como faço para encontrar você se eu ouvir alguma coisa?

— Eu te encontro. Não volte aqui, El. Não me procure.

Eladora assente.

— Tudo bem! Tudo bem! — grita Cari, frustrada. — Eu dou pra ela.

Ela enfia a mão no bolso, retirando um punhado de confeitos, umas moedas e uma lista de nomes rabiscados em um pedaço de papel. Ela entrega a lista para Eladora.

— Pronto, feliz? Porra, ele está realmente muito animado com isso. Agora vamos.

A viagem de volta é surrealmente rápida. Descer os muitos andares da torre é como fazer uma excursão veloz pelo mundo afora. Em todos os andares, os residentes decoraram as paredes com símbolos e emblemas de seus lares perdidos. Aqueles que fugiram de Ul-Taen desenharam símbolos de proteção e deixaram um manequim de aspecto assustadoramente vivo vigiando a escada. Aqueles que deixaram Lyrix para buscar segurança em Guerdon são protegidos por um dragão pintado, com dentes feitos de ossos de lula.

Lá fora, Cari empurra Eladora por becos e escadas secretas que se abrem para uma estação de metrô. A essa hora da noite, os trens passam raramente, mas há um esperando ali na plataforma.

Cari coloca Eladora a bordo e fecha a porta sem dizer sequer uma palavra de despedida. Um momento depois, com um sibilar de fumaça de seu motor alquímico, o trem parte. A última coisa que Eladora vê é Cari correndo plataforma abaixo, resmungando com as paredes.

Carillon nunca esteve tão parecida com Silva, ela pensa secretamente. Não é apenas o fato de que ambas são santas: é uma semelhança de família, uma coisa meio Thay mesmo. Outrora, a família Thay tinha sido fortemente ligada à sorte de Guerdon, e, agora que a ligação com o futuro da cidade foi cortada, Cari e Silva estão à deriva. Encontrando novas maneiras de moldar o destino de Guerdon.

Após uma viagem rápida, Eladora volta a um território familiar, e o trem para na Praça da Ventura, a uma curta caminhada de seu apartamento.

Há uma pilha de trapos na soleira da porta. Conforme Eladora se aproxima, o trapo se estica e corre em sua direção. É Bolsa de Seda.

— Ah, que ótimo, que ótimo. Nós procuramos pela Cidade Refeita inteira, Alic e eu, mas nos separamos por um tempo e eu não consegui encontrar você. Ele provavelmente ainda está lá em cima, procurando, vou dizer a ele que você está segura. — Os dedos com garras cutucam a testa ferida de Eladora, suas roupas rasgadas. — Eu posso consertar isso — diz Bolsa de Seda, enfiando o dedo em um rasgão. — Sou boa com agulha e linha.

O próprio vestido da carniçal está manchado de sangue, e ela está mancando, mas carniçais se curam rapidamente.

— Só preciso dormir — insiste Eladora.

Bolsa de Seda a examina, mas de repente Eladora está cansada demais para explicar o que aconteceu, então simplesmente sobe cambaleante a escada, tropeçando apartamento adentro. Ela fecha a porta e sente a escuridão fria em sua pele.

Seu coração dispara quando um medo repentino a invade; toda vez que ela chega em casa, imagina que encontrará Miren esperando por ela com uma faca. Mas nenhum assassino emerge das sombras. Nenhum garoto monstruoso, saindo das rachaduras do mundo. Ela respira fundo e afasta o medo.

Pega uma pilha de cartas do tapete, avança trôpega pelo corredor, sem acender a lâmpada, se guiando pelo toque e pela memória. Em seu escritório, ela encontra uma pequena luz de leitura e conjura um brilho forte do tubo etérico. Teias de aranha roçam seu rosto; ela não faz faxina há semanas. Pelo menos, reflete, não é tão ruim quanto a casa de Carillon, e as teias de aranha lhe dizem que ninguém esteve ali.

A nota que Carillon lhe deu cai no chão. Ela a pega e examina a caligrafia atroz da prima. Como prometido, é uma lista com nomes e endereços na Cidade Refeita, as pessoas que Cari avistou em suas visões, que dariam bons candidatos. Todos precisarão ser aprovados, claro, mas os poucos nomes que Eladora reconhece são de fato promissores. Ela coloca a lista de Cari em cima da escrivaninha, ao lado de uma folha imaculada de papel branco. De manhã, vai transcrever a lista em sua própria caligrafia perfeita. De última hora, ela adiciona mais um nome ao final da lista. Alic merece pelo menos ser considerado pelo partido.

Ela afunda em uma poltrona e tenta se concentrar nas cartas. Cartões de visita de vários Lib Inds na órbita de Kelkin, rascunhos de discursos e panfletos políticos, circulares de comitês. Um memorando falando do próximo Festival das Flores e de como os Guardiões vão usá-lo para propaganda eleitoral; listas de ideias sobre como os Lib Inds podem se enfeitar com os acessórios da fé sem precisar assumir qualquer compromisso com a Igreja dos Guardiões.

Cada vez que o prédio range, ela se retrai. A ponta de suas botas está salpicada de sangue. Ela as retira e esconde em um armário.

Em seguida, pega uma pasta com documentos confidenciais, lacrada com feitiços de proteção. O abridor de cartas de Eladora tem uma agulha retrátil no cabo, para que ela possa espetar o dedo e sangrar na cera, certificando assim sua identidade e desarmando as armadilhas mágicas. Se ela mesma tivesse lançado o feitiço, ou tivesse uma chave para ele, não precisaria desse pequeno sacrifício de sangue, e seu dedo não teria desenvolvido uma cicatriz semipermanente no último ano.

Lá dentro, ela encontra notas sobre comércio e diplomacia, notícias do exterior que podem afetar a eleição. Há um rascunho de um discurso sobre a marinha que Kelkin quer fazer. O rascunho de Kelkin é cheio de divagações, escrito apressadamente, falando sobre novas defesas para a cidade, mais escoltas para defender contra piratas de Lyrix e invasões de krakens. O primeiro de uma nova classe de interceptores rápidos, a ser lançado pouco antes da eleição.

Pela escrita, ela pode ver que Kelkin está abalado, e ele sempre reage exageradamente quando está na defensiva, desistindo de seus grandes projetos e saltos de progresso para se proteger contra problemas muito menores. Ela o imagina como um dragão: lento, pesado, antigo e escamoso, impiedoso e cruel no chão, mas capaz de voar até os céus quando alça voo. Dormindo sobre seu monte de cédulas eleitorais, a sala dos fundos do Vulcano como seu covil.

O pensamento a faz rir e largar a caneta, que rola para baixo da poltrona. Levantar-se para apanhá-la é intolerável, e a poltrona está tão confortável. Ela coloca a carta de lado, enfiando-a de volta na pasta e selando-a novamente. A cera se cura, fluindo e se fundindo. Como a carne de um Homem de Sebo.

Quando o sono chega, ela se lembra de algo, mas não consegue capturar o pensamento. É como uma pequena aranha, correndo por sua mente, escondendo-se sob a mobília. Ela tem um vislumbre, mas é muito rápido, e desaparece em profundezas nas quais ela não gosta de pensar mais, nos arquivos lacrados.

Se for importante, voltará.

# CAPÍTULO DEZOITO

A Ponta da Rainha é o punho cerrado da cidade. É uma fortaleza que comanda a baía; uma base naval com uma dúzia de canhoneiras amarradas às docas e as cinzentas silhuetas tubaronescas de grandes navios de guerra com casco de aço já ao mar; é uma prisão, um acampamento e um quartel-general para a guarda da cidade. Cheia de lanças, barricadas, canos de canhões, bandeira tremulando e disciplina militar. Tudo tranquilizadoramente familiar, de início, mas, conforme Terevant avança forte adentro, torna-se perturbador.

Ali todo mundo está vivo. Os mortos de Haith tornam tudo lento e imponente. Quando os mortos podem trabalhar durante a noite sem luz ou descanso, há menos necessidade de pressa.

Em contraste, Guerdon oscila à beira da anarquia. Tudo é feito, mas de modo desleixado.

Ele encontra um escriturário que o encaminha para outro escriturário. Terevant folheia rapidamente os papéis de Edoric Vanth e encontra o nome que está procurando.

— Ah, o escritório de feitiçaria criminal, por favor. Estou procurando a dra. Ramegos.

Se o sacerdote estava certo, e a guarda estiver com os restos de Vanth, eles estarão sob a jurisdição dessa tal Ramegos.

O escriturário o conduz por uma escada estreita, mas bem iluminada, até as entranhas da fortaleza. Não é uma masmorra: não há prisioneiros ali. É um labirinto de escritórios e depósitos. Paredes com mais de um metro de espessura, reforçadas contra tiros de canhão e milagres. O zumbido distante de ventiladores purificadores de ar, à prova de veneno alquímico e bombas de poeira. Uma fortaleza moderna, ao contrário dos antigos castelos que guardam os acessos a Haith.

— Por aqui. — O escriturário o leva a uma pequena sala de espera com algumas cadeiras. Há um mapa de Guerdon em uma parede, ladeado por um aviso amarelado sobre o registro de talentos de feitiçaria; do outro lado, um retrato emoldurado de Droupe, onde algum artista buscou bravamente encontrar o queixo do homem.

Terevant se senta. O zumbido dos ventiladores e o piscar das luzes etéricas torna difícil se concentrar nos papéis que trouxe consigo, então ele pega seu romance, *O escudo de ossos*, e se perde nessa história até a porta se abrir. Ele levanta a cabeça; uma mulher, alguns anos mais jovem do que ele, o rosto com hematomas sob a maquiagem, uma das mãos enfaixada. Ela se senta em uma das outras cadeiras para esperar, pegando seu material de leitura. Ele olha para a página que ela está estudando: glifos estranhos espalhados no papel. Algum tipo de notação técnica, alquímica ou taumatúrgica, talvez.

Ele termina as últimas páginas de *O escudo de ossos* e fecha o livro com um floreio.

— Presta?

— Algumas passagens. Mas não o final: uma monótona e previsível lição de moral sobre a loucura de estimar o amor acima do dever. — Ele sorri e oferece o livro a ela. — Já terminei. Se você quiser...

— Ah, eu não posso aceitar.

— Está tudo bem. Eu sou *fantasticamente* rico.

O que não é totalmente mentira; os Erevesic são ricos proprietários de terras, mas a maior parte da fortuna da família serve para manter as tropas da Casa lutando na Guerra dos Deuses. Com dívidas para com alquimistas guerdoneses, agiotas de Ulbishe.

A mulher não parece impressionada, mas mesmo assim pega o livro e o examina.

— É de Haith — explica ele enquanto ela analisa o frontispício.

— Deduzi que sim. Você se importa se eu pegar emprestado?

— Como eu disse, já terminei. Mas pode devolvê-lo para mim na embaixada, se quiser.

— O-obrigada — diz ela depois de um momento. — Sou Eladora Duttin.

— Terevant Erevesic, do Nono. Não, espere, agora estou na embaixada.

Ela o encara por um momento.

— Você é o irmão do embaixador?

— Você conhece Olthic?

— Eu o encontrei algumas vezes, na embaixada. É um homem muito impressionante.

Terevant decide mudar de assunto. Já perdeu a conta do número de conversas que se transformaram em elogios a Olthic.

— O que você está fazendo aqui embaixo? Reportando algo? — Ele aponta para a mão ferida dela.

— Não, não. É outro assunto. Não posso falar a respeito. E você?

Ele está prestes a explicar que está ali para exigir os restos mortais de Edoric Vanth, mas se lembra de que deveria ser um espião e morde a língua.

— Também não posso falar.

— Ah.

Um longo silêncio constrangedor se segue. Passos no corredor aumentam e depois somem na distância, e o silêncio retorna. É Eladora quem o quebra primeiro.

— Você sabe por que eles chamam esta fortaleza de Ponta da Rainha? Quando o culto de Ferro Negro assumiu o controle da cidade, a família real fugiu para não servir aos novos deuses. Dizem as lendas que o primeiro Deus de Ferro Negro era um ídolo, retirado do oceano por um pescador, embora Pilgrin teorize que os primeiros experimentos em, ahn, em Haith possam ter permitido que os deuses locais se ma-manifestassem em forma material. De qualquer maneira, um sacerdote tirou a família real às escondida do palácio em Serran através de uma passagem secreta, e eles desceram pelos túneis de carniçais até aqui, onde existia uma pequena fortaleza.

Aparentemente, para ela, bater papo é dar uma palestra histórica.

— A rainha ordenou que suas tropas levantassem o estandarte real para que o inimigo soubesse que ela estava aqui. Os Desfiadores se lançaram contra as muralhas e acabaram por consumi-la, mas... — Ela faz uma pausa, aparentemente perdida em pensamentos. — Perdão. Enfim, enquanto o inimigo estava distraído, o jovem príncipe fugiu de Guerdon em um navio e foi procurar aliados contra os Deuses de Ferro Negro. Depois da guerra, o lugar foi batizado de Ponta da Rainha em sua homenagem.

— O príncipe nunca voltou?

— Não. A lenda c-comum é que ele retornará quando a cidade estiver no seu pior momento, mas registros mostram que ele viajou pelo leste em busca de aliados, passando anos em várias cortes tentando organizar uma força de invasão, antes de ficar sem dinheiro e desaparecer.

— Nenhum primo? Deve ter havido mais alguém com reivindicação ao trono.

Uma sensação de vergonha momentânea e desconhecida: não há nenhum herdeiro da Espada Erevesic, exceto Olthic e ele, ninguém mais para dar prosseguimento à linhagem. A realeza de Guerdon não significava nada, no grande esquema das coisas; sua coroa era apenas uma peça de joalheria, não a espada viva dos Erevesic.

— Os Guardiões consolidaram o poder depois que derrubaram os Deuses de Ferro Negro — continua Duttin, claramente mais confiante ao recitar de um livro de história do que falar de improviso.

A porta se abre, interrompendo a palestra de Duttin. Parada ali, uma mulher de cabelos grisalhos que deve ser a dra. Ramegos. As vestes dela são decoradas com motivos de pássaros em cores vivas, um toque de brilho contra o concreto cinza, mas ela também usa uma braçadeira com o símbolo da guarda da cidade de Guerdon. Atrás dela está um jovem assessor, que carrega um grimório gigante acorrentado ao pulso.

Duttin obviamente conhece a mulher mais velha e se levanta para cumprimentá-la.

— Você está bem? — pergunta Ramegos. — Ouvi dizer que foi atacada. — Ela agarra a mão direita de Eladora e examina o ferimento. — Ah, eu lembro o quanto isso dói.

— Eu estou… Não é nada. — Eladora aperta a mão da médica. — Gostaria de aprender mais sobre feitiços de proteção, no entanto. Apenas no caso de me seguirem até em casa.

— Sim, sim. Eu vou lhe mostrar.

— E, ah, feitiços de teletransporte. Isso é possível?

Terevant se interpõe apressadamente na conversa, antes que o esqueçam.

— Dra. Ramegos… eu sou da embaixada de Velha Haith e…

— Sim, sim. Eu notei os periaptos. Por aqui.

Ramegos conduz os dois pelo corredor, sussurrando para Eladora no caminho. De acordo com as notas de Edoric Vanth, Ramegos é, entre outras coisas, a legista taumatúrgica da cidade, chamada para prestar consultoria sobre mortes envolvendo feitiçaria ou milagres. Ele se pergunta se ela é nativa de Guerdon: seu sotaque e aparência são ambos estrangeiros. Em Haith, a Coroa nunca confiaria em um forasteiro com tais responsabilidades.

Há uma tensão etérica no ar enquanto eles caminham pelo corredor, e Terevant imagina se há algum enorme mecanismo de feitiçaria do outro lado daquelas paredes de concreto. Quando ele pisca, vê runas e sigilos explodindo contra seus olhos.

Eles param no escritório de Ramegos. Pela porta, Terevant vê que as paredes do escritório estão cobertas de livros e pastas pesadas. Correntes de minúsculos ícones divinos pendem do teto, deuses de muitos panteões diferentes. A Aranha do Destino e a Rainha-Leão competem por espaço com o panteão dos Guardiões, o deus da morte de Haith, a Estrela e outros deuses que ele não reconhece. Todos os ícones são feitos pela mesma mão e são do mesmo tamanho; os deuses do mundo classificados e coletados como borboletas sob vidro. Então Ramegos fecha a porta na cara dele, deixando-o do lado de fora.

Eladora se acomoda na cadeira em frente a Ramegos. A taumaturga pega sua mão, solta um muxoxo ao examinar o ferimento.

— Bem, pelo menos você está *tentando*.

— Foi, ahn, uma aplicação prática de feitiçaria.

— Ah, é? — Ramegos se recosta na cadeira. Ela acena com a mão e uma chaleira começa a ferver. — Conte.

Eladora escolhe as palavras com cuidado: por enquanto, pelo menos, quer evitar mencionar o nome de Carillon. A prima é como um gato de rua que terá que ser atraído para fora da Cidade Refeita e treinado para colocar seus novos talentos divinos em uso adequado. Ramegos é gentil e generosa com quem a conhece, mas também é uma feiticeira extremamente poderosa e não aprecia insolência. Não, melhor deixar essa reunião para outro dia.

— Uma altercação na Cidade Refeita. Tentativa de roubo, eu acho. Nenhum dano duradouro.

— Para você ou para eles?

— Ahn, para mim. Meus agressores foram, ah...

— Sabe... — diz Ramegos, servindo uma xícara de chá com especiarias. — Se você sair por aí jogando feitiços perigosos sem uma licença completa, vai responder ao Taumaturgo Especial. Que vai lhe dizer para praticar mais.

— Na verdade, vim aqui fazer uma pergunta. — Eladora toma seu chá. — Sobre palavras para bloquear teletransportes, está bem?

Ramegos bufa.

— O teletransporte é quase impossível, você sabe disso. Eu só conheci uns poucos adeptos humanos que conseguiam fazer isso. De todas as coisas com que se preocupar...

— E quanto aos santos? Santos que se teletransportam.

Ramegos pousa a xícara.

— Ninguém viu Miren Ongent nos últimos quatro meses — diz ela suavemente. — Não precisa se preocupar com ele.

Eladora enrubesce e tenta se esconder atrás de sua xícara de chá, envergonhada por sua transparência.

— Eu, eu... em meus aposentos, pensei... bem, na verdade não havia nada lá, mas pensei, por um momento...

— Ele se foi, Eladora. Eu lhe dou minha palavra. Você vai ter que *confiar* em mim com relação a isso.

Ela está insinuando algum segredo? Será que a guarda da cidade pegou Miren, apesar de seu talento?

— Embora os milagres dele pudessem facilitar o uso de feitiçaria semelhante aqui em Guerdon — devaneia Ramegos. — Pode valer a pena pesquisar quando eu tiver um ano livre. Tudo isso à parte, existem maneiras de bloquear ou desviar o teletransporte. Nada de especialmente útil, mas é uma boa prática para você. Vamos começar com nosso velho amigo, o *Análise transacional*...

Eladora resmunga em pensamento quando Ramegos tira de uma gaveta um livro básico de feitiçaria bem manuseado. *Análise transacional do grimório Khebesh* é a base da feitiçaria moderna, mas é incrivelmente complexo e enfadonho. Ela não tem certeza de quanto tempo passam aplicando as técnicas do *Análise transacional* ao problema, mas, quando acabam, sua cabeça parece estar cheia de espuma anti-incêndio dos alquimistas: pesada, pegajosa, seus pensamentos completamente extintos.

— Por ora é o suficiente — murmura Ramegos. — Tenho trabalho a fazer. — Ela parece relutante em parar.

— Obrigada. — Quando Eladora se levanta, Ramegos pega *O escudo de ossos* e o folheia. — O que é isto?

— Um romance haithiano. Falando em Haith, eu deveria...

Ramegos a interrompe.

— Se é sobre o espião haithiano morto que a guarda encontrou na Cidade Refeita, então não diga mais nada. É melhor você ficar longe *dessa* bagunça.

Eladora segura a língua. Ramegos vira mais algumas páginas e levanta a cabeça.

— Seu avô visitou Haith alguma vez?

— E-eu, ahn, não sei. Muitos aspectos da vida de J-j-j... da vida dele são obscuros, e os registros familiares foram destruídos quando a família foi, ahn, destruída também. Por que pergunta?

Ramegos devolve o livro.

— Por nada. Agora pode ir. E não se esqueça de praticar sua feitiçaria.

O jovem escriba sorri constrangido para Terevant enquanto esperam do lado de fora que Eladora termine seu encontro com Ramegos.

— Ela não vai demorar — diz ele, e tem razão. Eladora e Ramegos passaram apenas cerca de um minuto conversando, mas, quando Eladora sai, parece exausta, como se muitas horas houvessem transcorrido. Ela boceja ao se despedir.

— Obrigada pelo livro. — A voz dela está rouca, como se tivesse falado por muito tempo. — Vou devolvê-lo para você na embaixada.

— Vou ficar esperando.

Ramegos o chama. A mesa dela estava coberta de papéis um instante atrás; agora está limpa como osso. Ele estranha.

— Sente-se, por favor.

— Estou aqui por causa de um cidadão haithiano, o Terceiro Secretário Vanth. Fui informado de que vocês estão com os restos mortais dele.

Ela franze a sobrancelha.

— Informado? Pelo Primeiro Secretário?

— Não, por outras fontes.

— Outras fontes. — Ela bufa. — Que decoroso.

— Vocês estão com o corpo?

Ela estende a mão para sua corrente de deuses, toca o deus da morte de Haith e o faz balançar. As vibrações da divindade oscilante sobem e descem pela corrente, fazendo com que todos os outros deuses comecem a tilintar ruidosamente uns contra os outros.

— Seria melhor deixar que eu cuide disso — ela diz baixinho.

— Eu estou encarregado da segurança da embaixada. O assassinato de um de nossos diplomatas está sob minha alçada.

Os ícones param de se mover. Alguns ficaram emaranhados, presos nas patas finas da Aranha do Destino de Ishmere. Franzindo a testa, Ramegos estende a mão e desembaraça o deus da morte haithiano do resto.

— Ora, ora — murmura ela para si mesma. — *Isso* não é bom. — Balançando a cabeça, ela se levanta. — Vamos resolver logo.

Ela o conduz por um labirinto de corredores e escadas. Apesar da idade, ela vai em um ritmo acelerado, conduzindo-o com impaciência.

— Você conheceu Edoric Vanth? — Ela para na porta do necrotério.

— Não exatamente.

Terevant sente que conheceu um pouco do homem pela leitura de suas anotações. Vanth amava Guerdon, suas intrigas confusas e seus costumes sempre em mutação. Ele era observador; tinha um olho para peculiaridades de personalidade ou detalhes biográficos que forneciam uma chave para a compreensão de um caso. Ele era próximo do príncipe Daerinth: ambos tinham morado ali em Guerdon por anos, um no exílio, outro em uma confortável obscuridade, enquanto uma série de embaixadores iam e vinham. Algumas das notas de Vanth lembraram Terevant de seu próprio relacionamento com o pai: mantendo os negócios em ordem enquanto o homem mais velho ia lentamente se desvanecendo.

Talvez ele tivesse sido muito duro com Daerinth. O decoro haithiano nunca deixaria o Primeiro Secretário admitir, mas ele devia sentir intensamente a morte de Vanth.

A dra. Ramegos destranca a porta pesada e o convida para entrar no necrotério. Ali, em uma maca, jaz um cadáver enegrecido pelo fogo. É inquietante vê-lo em uma condição dessas: Vigilantes são normalmente despojados de sua carne morta o mais rápido possível. A morte não deveria ser algo assim tão desordenado.

O pior dos danos é na cabeça e na parte superior do tórax, que foram queimados quase até os ossos. Fragmentos de couro rachado agarram-se ao rosto arruinado do homem: pode ser a pele queimada ou os restos das roupas de Vanth. Terevant verifica os pulsos. Ali, sob a pele torrada, consegue sentir os caroços reveladores dos periaptos de ferro.

Ramegos suspira.

— Você sabe o que ele estava fazendo na Cidade Refeita?

— Isso é um assunto interno.

A doutora o encara e, por um momento, Terevant sente um peso repentino nas mãos, como se estivesse carregando um objeto pesado e invisível: uma espada. A feitiçaria se espalha pela sala, de maneiras que ele não tem os talentos ou o treinamento para detectar. Forças sutis se movendo além de sua percepção.

Ramegos faz uma pausa.

— Você é irmão de Olthic, não é?

Ele suprime um suspiro.

— Sim. E daí?

— Você não se parece muito com ele, só isso. — Ela parece triste por um momento, imensamente cansada ao apontar para o cadáver. — Eu posso lhe dizer como ele morreu.

Ela aponta para as feridas horríveis. Terevant viu coisa muito pior na guerra, mas ali é diferente. O silêncio absoluto do necrotério é opressor; a visão de um cadáver mutilado e queimado é algo que deveria estar associado ao som de gritos e berros, distantes rajadas de artilharia e milagres explodindo no céu. Não àquele silêncio, quebrado apenas pelo tique-taque do relógio e pela voz baixa de Ramegos, apontando o ferimento à bala, o corte da faca, a evidência de espada e de fogo.

Vigilantes podem ser imensamente resilientes. Feridas que matariam um mortal são facilmente ignoradas: não importa se você tem um pulmão perfurado, se você não precisa mais respirar. Decomposição, desmembramento ou danos generalizados são mais difíceis de suportar. Ainda assim, o corpo está praticamente intacto, apesar de tudo.

— Milagroso. — Ramegos toca a pele queimada, que descama como cinzas.

— Eu ouvi um nome... a Santa das Facas.

Ramegos franze a testa.

— Talvez. — Ela prolonga a palavra, deixa a dúvida se infiltrar.

— Você tem outra teoria?

— Ainda não. Eu não sei o suficiente. Preciso de mais tempo. — Ela limpa um pouco de cinzas da manga de Vanth. — Todos nós precisamos de mais tempo.

Um pensamento surge na mente de Terevant.

— Poderia ter sido um ishmeriano?

*Agentes ishméricos interrompendo o fornecimento de armas alquímicas de Guerdon, enquanto sua frota de invasão se aproxima de Velha Haith.*

— Os escolhidos do Grande Umur podem lançar fogo.

— Se houvesse um santo guerreiro ishmérico em Guerdon, eu saberia — responde Ramegos. Ela parece cansada.

Terevant se inclina sobre o cadáver novamente, olhando as órbitas vazias de Vanth.

— Você ainda está procurando pelo assassino, presumo — diz ele.

— Não pessoalmente, mas tenha certeza de que a guarda está revirando as sarjetas e espancando testemunhas neste exato instante.

— Eu assumo a custódia do corpo agora — diz Terevant bruscamente.

Ramegos vai até o canto, puxa uma corda. Em algum lugar distante, um sino toca.

— Alguém descerá em um minuto para levar você e o corpo de volta à embaixada.

Ela se senta em um banco junto a uma parede lateral, subitamente demonstrando sua idade. Seu jovem escriba se apressa em cuidar dela, ainda carregando seu enorme livro. Resmungando sozinha, Ramegos abre o tomo e folheia para encontrar a primeira página em branco. Ela pega uma caneta e começa a escrever, a ponta arranhando o papel pesado.

Terevant dá a volta na mesa, examinando o corpo de perto. Dispostos sobre uma bandeja ao lado do corpo estão os pertences de Vanth. Uma faca de aço, bastante utilizada. Algumas moedas de prata. Um canhoto de ingresso, queimado demais para se distinguirem quaisquer detalhes. Um pedaço de papel, também queimado. Ele o analisa. É um folheto, amassado e chamuscado, mas ainda legível em partes. *Os fogos de Safid carregarão a alma*, consegue ler.

— Quero lhe mostrar uma coisa — anuncia Ramegos, dando-lhe um susto. Terevant se vira.

— O que é? — pergunta ele.

— Em Khebesh, é costume registrar cada ato de feitiçaria. Cada ação, cada feitiço ou milagre, deforma a realidade — responde Ramegos devagar. — Nós os anotamos para que um dia possamos restaurar a realidade ao que deveria ser.

Ela encontra a página que procurava e vira o livro para que ele possa ver. Há uma seção inteira do livro que são rabiscos enlouquecidos, entradas explodindo das linhas perfeitas para cair em cascata, se embolando, símbolos queimados no papel. Ela vira uma página, depois outra e mais outra. Uma ladainha de loucura. Uma página é apenas uma mancha de tinta; outra está manchada de lágrimas.

— Não estou entendendo — diz Terevant.

— Essas são da minha época na Guerra dos Deuses — diz Ramegos. — Eu sei que você também viu. Então você entende, eu espero, quão abençoados nós somos, aqui em Guerdon. Como precisamos fazer tudo o que pudermos para manter as coisas assim.

Ramegos se levanta com dificuldade, gemendo.

— Alguém virá ter com você em breve.

Ela sai, deixando-o sozinho com os mortos.

# CAPÍTULO DEZENOVE

Esse será um dia de muitas faces, o espião sabe.

A primeira é aquela com a qual ele acorda. X84, vendo Emlin dormir. Por três noites seguidas, o menino foi chamado por Annah e Tander para sussurrar mensagens milagrosas a deuses distantes. Uma ladainha sobre vendas de armas e remessas de carga sussurrada para o céu. O impacto na saúde do menino é evidente. Não é apenas o esforço de comungar com a divindade: é essencial para um santo secreto como ele se desvincular totalmente. Não pode haver milagres colaterais, nenhuma manifestação física, nenhuma bênção secundária. Nada que possa ser detectado e rastreado pela guarda da cidade. Ele precisa alcançar a Aranha do Destino e se esconder de sua *atenção* ao mesmo tempo. Cortar as partes de sua alma que são totalmente reivindicadas pelo deus, sem deixar de se dedicar a ele.

É um ato de equilíbrio que já levou homens mais fortes à loucura.

X84 toma a decisão ponderada de deixar o ativo descansar, pois ele será necessário esta noite. Mas é Alic quem puxa o cobertor sobre Emlin, quem desce as escadas e pega o café da manhã, depois deixa tudo ao lado do menino para quando ele acordar.

No café da manhã na casa de Jaleh, ele é Alic. Já deixou claro que sabe ler e escrever bem, e agora metade da multidão tocada pelos deuses se aglomera ao redor de sua mesa na grande sala comum toda manhã. Uns querem que ele escreva cartas para a guarda da cidade, implorando pela libertação de parentes do campo de internamento na Ilha Hark; outros querem que ele negocie com a burocracia de Guerdon, e ele se tornou muito familiarizado com as regras para associação às guildas, as taxas do conselho... e os registros eleitorais. Há cartas para casa, em Mattaur, Lyrix ou Ulbishe (e, como ele as lê, Alic deixa o espião dentro de si vir à tona um pouco mais, passando os olhos pelas mensagens em busca de bocados saborosos de informações úteis). Cartas para outros endereços ali em Guerdon, escritos por aqueles tocados pelos deuses cujos estigmas são visíveis demais para permitir que andem pelas ruas além do Arroio e da Cidade Refeita.

Ultimamente, já se tornou parte de sua rotina matinal passar algum tempo com Haberas e Oona, sua esposa-sereia. Haberas achou trabalho nos pátios de Dredger; os Homens de Pedra fazem a maior parte do trabalho perigoso por lá, mas algumas tarefas exigem dedos ágeis. Haberas e Alic sentam-se à beira da água e ficam conversando sobre os velhos tempos em Severast, enquanto Oona escuta da parte rasa. Ela não tem mais pulmões, apenas guelras, então não pode falar. O espião se pergunta se o deus Kraken estava sendo cruel ao transformar Oona, ou se ela simplesmente foi apanhada na esteira de algum milagre maior.

Quando o apito da fábrica ecoa no porto, Haberas desce para as docas e Oona desaparece nas profundezas para caçar.

É Sanhada Baradhin — resgatado do esquecimento — que aparece nos escritórios de Dredger nas docas. Dredger cumprimenta seu velho amigo calorosamente; um vinho pegajoso é derramado em copos; eles fofocam sobre a guerra, desgraças e margens de lucro. Sanhada é evasivo quando Dredger lhe pergunta o que anda fazendo. Mais uma vez, Dredger oferece trabalho a Sanhada; novamente, é o espião que recusa. Ele se certifica, entretanto, de que o vejam andando com Dredger.

A armadura torna Dredger fácil de avistar. Todo mundo no Arroio o conhece, e todo mundo vai marcar a pessoa com quem ele está falando. Eles vão se lembrar da ginga do andar de Sanhada, e de seu sotaque forte, e de seu chapéu, e não do rosto por baixo.

Partindo a passo acelerado, o espião se livra de Sanhada Baradhin e torna-se X84 novamente, o Agente de Ishmere. Anônimo, sem nada de notável. Ele toma precauções agora, um caminho tortuoso pelos becos e ruelas do Arroio. Passando por um templo e outro, para que o incenso divino de muitos deuses grude em sua capa. Ele mergulha em uma estação de metrô, sai novamente sem entrar no trem. Na rua Faetonte ele desenha um X a giz perto de uma cabine de banheiro público, e então é Alic quem retorna para a casa de Jaleh.

Para esperar. Para escrever, furtivamente, anotações rabiscadas enquanto trabalha no quarto do sótão, remendando buracos no telhado.

Emlin se esgueira pelo sótão, evitando o espião. Retraindo-se em momentos aleatórios, como se estivesse se escondendo de um trovão que só ele escuta. Olhando fixo para teias de aranha e rachaduras no vidro. O menino está se santificando: escapulindo do mundo mortal, vendo aspectos demasiados do divino. Alic observa com preocupação. X84 se preocupa com a perda de uma ferramenta vital.

— A Aranha do Destino está se aproximando — sussurra o menino —, mas Ele não fala comigo.

— Paciência — diz Alic enquanto escreve. — Nosso deus deve se esconder.

— Ele está se escondendo de mim?

— Dos nossos inimigos.

— Tander disse que não estou me esforçando o suficiente. — A mão do menino sobe, distraída, para o rosto, esfregando a testa suja. Sondando, como se pudesse abrir buracos no crânio e deixar o deus entrar.

— Tander é um idiota.

— Mas *ele* é leal.

O espião para de escrever. Encara o menino, que está empoleirado em cima de um beliche.

— O que você quer dizer com isso?

*Ele* é leal. Então, por omissão, outra pessoa não é.

Emlin não responde. Apenas se curva para a frente, coçando os cabelos escuros eriçados que começaram a crescer na base do pescoço.

*Definitivamente se santificando*, pensa o espião.

— Jaleh vai realizar um culto noturno daqui a pouco — diz Emlin de repente.

Ele tem evitado a maioria dos ritos de amansamento; se o menino quer assistir a um, então ele também sabe que há algo errado. A adoração sem graça e plácida dos Guardiões é um bálsamo para a alma, em comparação com a agitação feroz e frenética da Aranha do Destino.

— Vou encontrar Tander. Vá se quiser.

— Se você vai encontrar Tander, então Annah vai precisar de mim esta noite — diz ele, tremendo apesar do calor de verão.

*Não se coloca mais peso em um fio do que ele pode suportar.*

— Aqui — diz Alic, entregando ao menino algumas moedas. — Vá para a Praça do Cordeiro. Saia desta casa por um tempo.

Emlin o encara por um longo momento, depois pega as moedas.

— Esteja de volta antes de escurecer — avisa Alic enquanto o menino sai correndo.

Crepúsculo, e as lâmpadas acendem em toda a cidade. Chamas de gás tremeluzentes, tochas ou apenas escuridão no Arroio, lâmpadas alquímicas lúgubres com seu esplendor doentio e constante em distritos mais ricos. Luz milagrosa na Cidade Refeita, brotando das pedras. O som de cantos tristes emana da capelinha anexa à casa de Jaleh. Orações noturnas aos Deuses Guardados, hinos que nunca se elevam.

Lá fora, o espião vê Tander parado sob um poste de luz. Ficando na ponta dos pés para acender um cigarro na chama a gás.

Ao sair da casa de Jaleh, o espião se torna X84 mais uma vez. O sorriso de Alic desaparece de seu rosto; a altura e a força de Alic, dos seus ombros. Ele passa por Tander, ignorando-o para benefício de quem estiver assistindo. Ele segue no seu caminho até o clube dos trabalhadores Lib Inds, aberto até tarde essa noite. Esbarra em grupos fechados de homens e mulheres, ouve fragmentos de conversas sobre rumores de tramas dos alquimistas, histórias da Guerra dos Deuses no exterior. O espião troca gentilezas com alguns quando passa, mas vai sozinho para uma mesa de canto.

Tander aparece alguns minutos depois e se senta em frente a ele. Apenas dois trabalhadores, nada de especial.

— Eu gosto disso. — Tander ergue sua cerveja, admira-a à luz. — A guarda não se atreverá a nos seguir até aqui, não tão perto de uma eleição. E a cerveja também é melhor, mesmo que tenha que pagar por ela. Nos pontos dos Mascates, você consegue a lavagem dos alquimistas de graça.

— Sempre tem que se pagar por qualidade — diz X84.

O negócio é feito por debaixo da mesa; Tander passa um saco de moedas e X84 entrega um rolo de papel bem embrulhado. Para horror profissional do espião, Tander desenrola as páginas e as examina imediatamente. Ele murmura e ri ao ler os documentos: as anotações manuscritas do espião sobre a prontidão naval de Guerdon, alianças e acordos comerciais propostos, novas armas alquímicas. Tudo copiado e reformulado a partir das cartas de Eladora.

— Onde você conseguiu isso? — pergunta Tander, maravilhado.

— Fazendo perguntas em bares nas docas — mente X84. — É coisa boa? Vale o dinheiro?

O X84 se preocupa com o dinheiro. O espião, não.

O espião olha Tander ler, rezando para que o homem veja, veja o segredo vital embrulhado naquelas páginas.

Ele não vê. Folheia as páginas sobre a marinha de Guerdon sem parar.

Tudo depende de Annah agora, pensa o espião. Ele toma um gole de sua cerveja e sorri, sufocando a frustração.

*Paciência*, o espião diz a si mesmo. *Viva o seu papel. Esconda-se.*

— Talvez isso precise circular esta noite. Traga o menino para nós mais tarde. — Tander engole sua cerveja, enfia os papéis na camisa. — Mas o bastardinho está perdendo o jeito. Você nos trouxe um santo de merda, parceiro. Não consegue comungar adequadamente. *Provavelmente* não é sua culpa. — Ele sorri, mostrando dentes cerrados demais. — Mas, quero dizer, foi você quem pensou que uma merda de uma *casa de amansamento* seria um bom lugar para se esconder. E agora sou eu que ela manda rastejar pelo porão, procurando umas merdas de aranhas para alimentá-lo. Oferendas também. Sacrifícios. — Tander dá uma palmadinha no maço de papéis escondido, a empolgação subitamente transformada em náusea.

— Vamos precisar de outro sacrifício esta noite, para ter certeza de que isso aqui seja transmitido. E vai ter que ser mais do que uma porra de um gato de rua. Eu deveria fazer você ir buscar o sacrifício.

O espião toma um longo gole da própria bebida, evitando contato visual.

— A gente entra em contato — diz Tander após um minuto. Ele se levanta, esvazia o resto da caneca e sai cambaleando pelo meio da multidão.

O espião permanece, terminando sua bebida de forma que não atraia atenção: qualquer pessoa ali que saiba quem ele é o conhece como Alic, e Alic não tem dinheiro. Então Alic não deixaria uma bebida por terminar, nem engoliria tudo de uma vez, como Tander acabou de fazer. Alic é um sujeito lento, dedicado, útil. Alic é um bom sujeito. Ele se recosta na identidade Alic, puxando-a ao seu redor como se fosse um sobretudo confortável. Alic não tem com que se preocupar.

Então, Alic fica sentado ali, tomando sua cerveja e ouvindo as músicas. São canções antigas, de quarenta anos, do apogeu do movimento Reformista. Canções sobre a corrupção da Igreja dos Guardiões, sobre como os deuses não respondem mais às orações, mas como os alquimistas vão transformar o suor honesto em ouro. Ele ouve fragmentos de fofocas sobre a eleição; são todos a favor de Kelkin, a grande besta de Guerdon. Kelkin, todo cartilagem e cotovelos pontiagudos. Um sobrevivente, ganhando mais uma eleição por pura tenacidade.

O espião também escuta e observa a multidão. Quem poderia ser útil? Aquela mulher ali, com as roupas manchadas e marcas leves no rosto sugerindo que ela usa uma máscara — será que ela trabalha nas fábricas dos alquimistas? Aquele trio alegre no bar — marinheiros, ele aposta, mas são marinheiros da marinha ou a tripulação de algum navio mercante? Aqueles dois no canto, sussurrando um para o outro — o que eles podem estar tramando? Sorri ao pensar que eles também são espiões, e isso não é impossível: Guerdon está cheia de espiões e informantes. Será que eles também estão conspirando, enviando mensagens secretas para os velhos lordes de Haith, os envenenadores de Ulbishe ou os dragões de Lyrix?

Um homem alto se aproxima da mesa e se senta na cadeira que Tander desocupou. Ele tem outra cerveja na mão para Alic.

— Absalom Spyke — diz ele. Leva um momento para o espião perceber que isso é uma apresentação.

— Alic.

— Sim. Duttin elogiou muito você. Diz que você é um homem no qual vale a pena ficar de olho.

— Ela está bem? Ela se machucou quando estávamos fazendo campanha na Cidade Refeita.

Spyke revira os olhos.

— Talvez isso meta algum juízo na cabeça dela. Eu não sei o que Kelkin estava pensando, enviando uma garota delicada como aquela lá para cima.

Alic dá de ombros.

— Foi em uma área complicada. Nós todos quase tomamos na cabeça, e não foi com juízo. Eles estavam fortemente armados.

— Foi o que Bolsa de Seda me contou. Ela também acha que vale a pena conversar com você, e ela é boa em farejar pessoas dignas.

— É um grande elogio.

— Talvez — diz Spyke, recostando-se. — Fale de você, Alic.

O espião deixa Alic falar. Aquela identidade é criação própria: não roubada, como o nome e a história de Sanhada Baradhin, ou imposta a ele, como X84. Ele permite que Alic fale livremente, fale sobre como quer ajudar, sobre como Guerdon o acolheu quando ele fugiu da Guerra dos Deuses. Spyke assente lentamente e chama algumas outras pessoas que fugiram de Mattaur. Eles compartilham histórias, e as narrativas de Alic podem ser inventadas ali na hora, mas há verdade suficiente nelas para passar na avaliação. Mais pessoas se aglomeram ao redor deles; mesas são arrastadas. Spyke paga uma rodada de bebidas para todos e o povo vibra.

— Todos vocês podem votar — diz Spyke. — As reformas de Kelkin garantiram isso. Contanto que você more na cidade e possa provar... o que não é difícil, só é preciso alguém em boa situação para responder por você, e eu faço isso. E, quando vocês votarem, vão votar no homem do sr. Kelkin neste distrito... quem quer que seja. — Seus olhos escuros encaram o espião enquanto ele diz essas palavras.

— Tenho que ir — diz o espião subitamente, empurrando a cadeira para trás.

Spyke o agarra pelo braço.

— Vamos manter contato, certo?


Alic deixa Emlin dormindo. O menino desobedeceu às suas instruções, voltou bem depois do pôr do sol, perdendo o toque de recolher do espião e as orações noturnas de Jaleh. Emlin acha que entrou pela porta do porão sem ser visto, mas Alic o observou da janela, em silêncio. O menino merece um gostinho de liberdade.

O espião sai da casa pelo mesmo caminho, segue pelas ruas escuras do Arroio. Segue para oeste, oeste acima, cruzando o antigo canal que chamam de Tumba do Cavaleiro e subornando o vigia para passar pelo portão que dá para a Cidade Nova. É apenas uma curta distância de lá para o abrigo.

Tander o encontra na porta e faz cara feia.

— Cadê o garoto?

Alic passa pela soleira e Tander de repente o agarra, torcendo seu braço de forma dolorosa, arrastando-o até a cozinha e o jogando contra uma cadeira; então de repente há uma arma em seu rosto.

— Cadê a merda do *santo*? — Tander exige saber. O homem é bom em violência, ainda que só nisso, observa o espião.

— Na cama. — Alic estica o pescoço para olhar além do fanfarrão para Annah, que está sentada perto do fogo, fumando, os papéis roubados no colo. — Emlin precisa descansar. Vocês estão fazendo ele trabalhar demais.

— Isso não é você quem decide — diz Annah. — Emlin pertence ao Reino Sagrado. Todos nós pertencemos ao Reino Sagrado, e se agrada aos deuses destruir qualquer um de nós, iremos para a nossa morte sem hesitação.

Tander enfia o cano da arma no nariz do espião para dar ênfase, e Annah faz um ruído enojado.

— Ah, abaixe essa maldita arma, Tander.

Ele obedece instantaneamente, como um cachorro açoitado. Sai para o corredor, mas ainda está ouvindo. Posiciona-se à porta, arma na mão, como se estivesse esperando encrenca. Emlin não é o único sob estresse.

— Eu li esses papéis — diz Annah. — Há uma coisa que quero discutir.

— O que é? — pergunta o espião.

*Ele* sabe a resposta, mas X84 não, Sanhada Baradhin não, Alic não.

— Esse novo navio de guerra que eles mencionam pode ser significativo — diz Annah.

— Como? Que diferença um navio novo pode fazer?

Annah faz uma pausa.

— No ano passado, pouco antes da Crise, os alquimistas fizeram uma nova arma. Uma nova ogiva. Eles enviaram uma canhoneira até a costa de Grena e a testaram.

O espião sabe disso. Sabia antes mesmo de escalar a escada de fogo para o santo ofício da capitã Isigi. Sabia desde antes da queda de Severast. Ele soube no instante em que a deusa foi destruída, irremediavelmente desfeita pelo ódio divino da bomba. Mas ele é um bom mentiroso, e quando Annah descreve a bomba divina, ele injeta a quantidade certa de surpresa e compreensão em sua reação. Uma arma que pode matar deuses, ó céus. Mas isso significaria... uau!

Tudo, desde sua primeira abordagem cuidadosa em Mattaur até suas novas identidades como Sanhada, como X84, como Alic, foi encaminhado para aquele momento. Ele prende a respiração enquanto Annah o reinicia no segredo supremo.

— Não temos certeza de quantas armas sobreviveram à Crise. Os alquimistas estavam trabalhando em pelo menos mais um modelo, mas não tiveram a chance de lançá-lo antes do Milagre das Sarjetas. Pode haver mais ogivas. Estamos procurando por elas, mas... — ela solta uma baforada do cigarro — todo mundo também está, e não temos os recursos de Haith.

— Você acha que eles guardaram uma daquelas bombas no novo navio? — pergunta o espião.

— É o que eu faria — grita Tander do corredor. — Um novo navio, rápido, fortemente protegido por feitiços, mas levemente armado? É um caçador de deuses.

— Pode ser. — Annah não está convencida. — Certamente é o que parece.

Ela aviva o fogo que está morrendo na grelha da cozinha, coloca uma chaleira de água para ferver. Aponta para uma prateleira, para canecas e um bule de café. O espião vai pegá-los. Ela olha pela janela, para a escuridão da noite. As luzes da fortaleza na Ponta da Rainha queimando além das lajes da Cidade Nova.

— Pode ser um blefe. Pelo que sabemos, as armas foram todas destruídas durante a Crise, junto com as fundições dos alquimistas. Consigo imaginar Effro Kelkin fazendo algo tão atrevido: ameaçando todos os deuses do mundo quando não tem nada.

Ela lhe entrega um café. O calor da caneca faz a cicatriz na palma dele doer.

— Quem seria tolo o suficiente para mentir para os deuses? — pergunta o espião, sorrindo.

# CAPÍTULO VINTE

A página vazia é como uma parede de pedra branca; as palavras que Terevant tenta escrever parecem inadequadas para a tarefa. Uma dúzia de falsos começos. *Relatório ao Gabinete sobre a morte do Terceiro Secretário Vanth*, ele escreve, amassa a página e pega outra folha em branco da mesa de Vanth.

Uma batida na porta. Lemuel. Olhos vermelhos, acabando de voltar de alguma missão noturna na cidade insone fora dos muros da embaixada. Sua atadura também tem bordas vermelhas; a ferida reabriu.

— Já terminou? O trem noturno não vai esperar.

— Entre — ordena Terevant.

Lemuel entra, solta um palavrão ao ver a página em branco.

— Por que a demora? Eu encontrei a merda do corpo de Vanth para você. A Santa das Facas o matou. — Ele cutuca as pontas da atadura, estremecendo de dor.

— Encontrei isto no corpo de Vanth — diz Terevant, deslizando o folheto semiqueimado sobre a mesa. — Um panfleto dos...

— Dos Guardiões, sim. — Lemuel olha para o papel com desinteresse. — O que é que tem?

— Talvez signifique alguma coisa.

— E talvez não signifique porra nenhuma. Pelos deuses inferiores, é época de eleições: não se pode andar um metro sem que algum pau-mandado do partido enfie algo na sua mão.

— Também tem a Taumaturga Especial — argumenta Terevant. — Ela insinuou…

— O quê? — retruca Lemuel, irritado.

— Que não foi a Santa das Facas. Talvez Ishmere tenha um dedo na morte de Vanth. Não podemos ter certeza de que não há santos inimigos nesta cidade.

— Então, qual das duas coisas? — Lemuel levanta a voz, com raiva. — Guardiões ou Ishmere?

Terevant bate na página em branco.

— Esta carta vai sair com minha assinatura e o selo da Casa Erevesic. Preciso ter certeza do que aconteceu. — *A morte de Vanth é apenas o ponto de partida. Não pode ter sido uma morte aleatória por algum santo louco. Ela deve estar ligada às bombas divinas.* — Nós precisamos investigar mais.

— Nós? *Nós?* — repete Lemuel. — *Eu* encontrei o corpo de Vanth. Eu conheço Guerdon. Você tem a porra do seu nome e o selo da casa Erevesic, e o que mais? Eu sei tudo sobre você, sabia? Você é o *outro* Erevesic, o fracassado. Muitas vezes fracassado. E agora acha que pode me dar ordens?

A mão de Terevant se aperta com raiva e vergonha, amassando a folha em branco. Tudo o que Lemuel disse é verdade. Ele poderia ter escrito essa ladainha.

— Escreva essa merda de carta — insiste Lemuel.

— Não até eu ter certeza.

— E quando foi que você já teve certeza de alguma coisa? — murmura Lemuel.

Terevant tenta ignorar a farpa, mas isso o perturba. Foi muito bem direcionada para ser uma indireta aleatória: ou há outro arquivo em algum lugar do prédio com o nome de Terevant nele, ou Lyssada contou a Lemuel tudo a seu respeito.

Lemuel coça o queixo. Sua pele está marcada e avermelhada por alguma irritação. Ele atravessa a sala, olha para o relógio fazendo tique-taque na parede.

— Tudo bem — diz ele depois de uma dezena de tiques. — Vamos lá falar com ela.

Ele e Terevant saem da embaixada, seguem pelas ruas de Bryn Avane até outro prédio. Comprido e cinza, com muitas janelas escuras. Uma colmeia de burocracia; fileiras de escritórios e cubículos de funcionários, mas, àquela hora da noite, quase deserto. Lemuel, ao que parece, conhece o vigia noturno, sabe que ele pode ser subornado. Por dentro, o prédio tem cheiro de cera de piso; um labirinto de cinza e bege.

— "Junta Comercial" — murmura Lemuel. — Por aqui.

O edifício deve ser profundamente mundano durante o dia; de noite, quando está vazio, é assustador, como se eles estivessem explorando uma cidade em ruínas depois de alguma catástrofe. Em Haith, é claro, tal lugar nunca estaria vazio, mesmo à noite. Os Vigilantes trabalham sem cessar.

Eles passam por uma sala de conferências, lâmpadas apagadas sobre uma mesa de mogno com cobertura de baeta verde. Um mapa na parede mostra as exportações de armas alquímicas de Guerdon, linhas vermelhas como veias ligando a cidade ao resto do mundo, a Guerra dos Deuses além-mar. As linhas mais grossas bombeiam para Haith; outras rotas comerciais se conectam a Lyrix, a Ulbishe. O mapa deve estar desatualizado: mostra Severast e Mattaur, e eles foram engolidos pelo grande rival.

— Cá estamos.

O coração de Terevant pula de animação — quem sabe Lyssada não entrou sorrateiramente na cidade para algum encontro clandestino e esteja esperando na sala ao lado? —, mas Lemuel abre uma porta para uma pequena câmara sem janelas. Não há nada ali dentro, a não ser uma mesa, uma única cadeira e uma máquina curiosa: um cruzamento entre uma máquina de escrever, um acordeão e algum tipo de lâmpada etérica.

— Coisinha inteligente, essa aí. Os alquimistas que fazem. É um etérgrafo. Permite que você fale com pessoas a distância — murmura Lemuel.

Ele ajusta a máquina, conectando um grosso cabo prateado, pressionando uma tecla que faz a coluna central da máquina brilhar com uma luz sobrenatural.

— Eles estão espalhados por toda a cidade: na guarda da cidade, no parlamento, nas guildas. Há alguns até no interior. O Gabinete tem amigos que nos emprestam seus aparelhos quando precisamos. Mas não teremos muito tempo. — A máquina faz barulho, as teclas se movem sozinhas. — Lá vamos nós. Coloque seus dedos ali.

Terevant senta-se na frente da máquina e coloca os dedos sobre as teclas. Lemuel pressiona outro controle e de repente há a *sensação* de outra pessoa na sala. Um calor no ar; o cheiro fantasmagórico do perfume de Lys. O vento farfalhando no topo das árvores, como se uma vasta floresta tivesse surgido na rua lá fora.

O tubo etérico brilhante é como um filactério temporário, reunindo ambas as almas em uma breve união enfeitiçada.

Seus dedos se movem por conta própria, irresistivelmente impulsionados para teclar uma mensagem, uma letra de cada vez. O-L-Á. T- E- R.

É estranhamente íntimo, como se ele pudesse sentir a ponta dos dedos dela do outro lado das teclas de latão.

NÓS ENCONTRAMOS VANTH, ele digita.

As teclas se movem novamente. Lys está digitando. EU SEI. PARABÉNS.

Terevant percebe um sorriso involuntário tomando conta do seu rosto.

VOCÊ CONFIA EM MIM?, ela pergunta. Parece que está sentada à mesa com ele, olhando em seus olhos.

SEMPRE, ele responde instantaneamente.

ENTÃO CONFIE EM LEMUEL.

A luz no etérgrafo pisca e Terevant subitamente se dá conta de outra presença fantasmagórica. Ele tem a impressão de que é outra mulher. Mais velha, mais grisalha. Ele ouve o som de sinos à distância, e não sabe se está ouvindo com os próprios ouvidos, ou se o som está vindo através da conexão psíquica do etérgrafo. Sua boca se enche do gosto de vinho.

TENHO QUE IR, digita Lys. VEJO VOCÊ NO FESTIVAL. CUIDE…

Então Lemuel estende a mão por cima do ombro de Terevant e puxa o cabo do etérgrafo. A máquina desliga abruptamente, deixando uma nauseante ausência psíquica no lugar de Lys. A sensação de estar à beira de um grande vazio.

— O tempo acabou — diz Lemuel. — Mas você a ouviu: mande a maldita carta.

De volta à embaixada, Terevant escreve a carta. Algumas poucas palavras, confirmando que o Terceiro Secretário Vanth foi morto por uma santa criminosa na Cidade Refeita. Lemuel pega a carta, o selo de cera dos Erevesic ainda quente e macio, e corre para a estação de trem. Ainda dá tempo de pegar o trem noturno para Haith. Terevant imagina a carta voando para o norte, desaparecendo na grande máquina do Gabinete. Mãos brancas como ossos rompendo o selo, as órbitas vazias dos olhos de algum mandarim do Gabinete lendo sua nota apressada.

Ele fez o que lhe foi pedido. Engoliu suas dúvidas. Fez como Lys pediu.

Terevant se pergunta a que está dando início. Apreende vagamente o movimento de forças invisíveis, intrigas desbloqueadas por aquela carta. O Gabinete estava preocupado com o desaparecimento de Vanth; temiam ação inimiga. Agora estão tranquilos. Talvez seja um caso simples de remover uma possível mancha no registro de Lys, para que os necromantes não usem isso contra ela na consideração para a Coroa. Ele amaldiçoa Ramegos: se ela não tivesse plantado essas dúvidas em sua mente, jamais teria pensado duas vezes sobre o panfleto.

*Essas são da minha época na Guerra dos Deuses. Eu sei que você também viu.*

Em Eskalind, os santos do Grande Umur lançaram fogo do céu. Os santos da Rainha-Leão tinham garras que podiam perfurar qualquer armadura. Ele fica sentado no escritório de Vanth e olha para as pastas classificadas e torres de cadernos, e recorda Eskalind.

*E se estivermos errados? E se Ishmere já estiver aqui?* Ele se lembra das correntes de ícones divinos de Ramegos, a Aranha do Destino emaranhada com a morte. E o livro dela: por que ela lhe mostrou o livro? Para avisar que rivais na Guerra dos Deuses já estavam na cidade?

Ele pensa em Lys e Olthic, puxando-o para um lado e para o outro. Cada qual tentando comandar sua lealdade e confiança. As intrigas entre as várias Casas de Haith e o Gabinete são interminávies, rancores e esquemas perpetrados pelos imortais e pelos vivos desesperados para ganhar um lugar entre eles.

E se deixaram alguma coisa passar?

Vanth está morto. Sua vigília terminou. Mas ainda pode restar algo nele.

— Yoras — chama Terevant baixinho.

A porta do escritório abre uma fresta e Yoras enfia o crânio por ela.

**Senhor?**

— Ainda não acabamos — diz Terevant, surpreendendo a si mesmo. — Vá acordar o necromante.

Os mortos não dormem.

Terevant, sim. Ele rouba algumas horas de sono no meio da noite. Acorda antes do amanhecer, corre de volta para o cofre do porão, onde Yoras está de guarda. Do lado de dentro, um canto baixo, uma prece à Morte.

Os restos mortais de Vanth repousam sobre uma cama de campanha diante do altar vazio.

— Como está indo? — pergunta ele à necromante da embaixada.

A necromante — uma moça de cabelos ruivos sob o capuz, anéis e colares de osso polido tilintando quando se move — revira os olhos.

— Não sobrou muito corpo ou alma aqui. Devemos ser gratos por qualquer coisa que recebermos, não importa quão escasso seja. Mas estamos quase no fim.

Ela vestiu o ex-Terceiro Secretário com uma veste cinzenta e agora está cortando com uma faca a carne tatuada em seus pulsos e tornozelos, coração, pescoço e virilha, expondo delicadamente os periaptos que o marcavam como da casta dos Vigilantes. Para reanimá-lo, ela precisa remover Vanth inteiramente das castas da morte.

*Remover Vanth, não, remover aquilo*, pensa Terevant. O cadáver no chão não é mais Vanth. Qualquer coisa que tenha sido Vanth foi queimada quando ele foi destruído com fogo sagrado. E tudo o que querem daquilo é alguma memória remanescente, um nome ou uma pista gravados em tecido cicatricial no cérebro.

— Este corpo foi adulterado — diz a necromante.

— Além de levar tiro, facada e ser incendiado?

— Sim. — Ela afasta uma incisão para revelar as entranhas de Vanth e as vasculha. — Está além da minha habilidade ler esses sinais.

— Você ainda consegue trazê-lo de volta?

Ela bate em um periapto exposto com a faca.

— Pouca vida se apega a esses ossos, mas vou tentar — sussurra ela. O templo parece engolir todo o som. Até mesmo o raspar da faca serrilhada é abafado.

Yoras entra e observa a faca trabalhar em silêncio por alguns minutos, e então diz: **Isso coça, senhor, quando esfolam a gente assim. Coisa mais estranha, ter coceira nos ossos.** O esqueleto estremece.

— Quieto — sibila a necromante.

O silêncio que preenche o porão torna-se uma oração, um hino à Morte. Existem palavras nesse silêncio. A necromante acessa a urna de almas no pátio acima para alimentar sua feitiçaria: as atas no Escritório de Abastecimento terão de ser equilibradas mais tarde, mas as propriedades Erevesic produzem muitas almas de camponeses para recompensar a conta da embaixada. Uma névoa azulada assustadora se precipita na sala. Um miasma fantasmagórico, frio ao toque. Ele adere a periaptos: tanto Terevant quanto Yoras acabam com serpentinas de névoa fantasma agarradas neles, mas a necromante reúne a maior parte da substância da alma e a conduz em direção ao cadáver de Vanth. Os periaptos dele a engolem.

Terevant já viu os mortos ressuscitarem, muitas vezes. Na maioria, foram os soldados Vigilantes de Haith religando suas almas a corpos mortalmente feridos. Nesses casos, o corpo se movia como uma marionete durante os primeiros minutos, e era possível ver a sombra reluzente do espírito, ancorado aos periaptos de ferro. Os Vigilantes não chegam a voltar, porque nunca de fato vão embora. Eles se amarram aos seus ossos em vez de fazer a passagem. Como um náufrago agarrado a uma rocha enquanto a correnteza tenta arrastá-lo para o mar.

Ele viu inimigos mortos se erguerem também, ressuscitados pelos deuses loucos. Em sua pressa cega, os deuses vomitavam almas e as enfiavam de qualquer maneira em corpos chamados de volta ao serviço ou moldados por milagres implacáveis. Ele viu soldados se levantando no campo de batalha, vivos, mas horrivelmente mutilados. Ele os viu retornando a corpos montados com substância dos deuses, trazidos de volta com galhos substituindo os braços, ou cicatrizes de ouro maciço para estancar o sangramento arterial. Ressuscitados nunca voltavam puros.

Isso aqui é diferente.

Edoric Vanth não volta de modo nenhum.

A coisa que invocaram se move como um animal, fungando e choramingando. Rasteja para fora do esquife no santuário da necromante, levantando-se cambaleante para caminhar com passos hesitantes.

A coisa que foi Vanth ronda pela sala, farejando e apalpando tudo. Terevant mantém a mão na espada para o caso de ela ficar violenta.

Sem olhar para a necromante, ele grita:

— Quanto tempo vai durar?

— Alguns dias. — Ela respira fundo. — A menos que eu renove os feitiços depois. Não é tão difícil, mas... — Ela faz uma pausa. — Onde você vai mantê-lo? Não pode deixá-lo aqui embaixo.

Uma boa pergunta, para a qual Terevant ainda não tem resposta.

— Não vou ficar com ele. E não fale sobre isso a ninguém. É uma questão de segurança de Estado.

Yoras escolta a coisa para uma antessala e a veste em um manto com capuz, na tentativa de esconder as piores queimaduras. Em uma noite escura, na chuva, se você estivesse completamente bêbado, poderia não notar que a figura encapuzada pela qual acabou de passar não estava viva... mas, se estiver tão desatento assim, provavelmente você também não vai chegar em casa vivo.

— Vamos ver o que ele lembra. — Terevant dá um passo à frente, levanta a voz. — Vanth?

A coisa morta-viva se retrai, vira a cabeça purulenta para encará-lo. Há algo ali dentro, alguma inteligência além dos movimentos decorados de um zumbi, mas não é Vanth.

— Você se lembra de quem o matou?

A mandíbula arruinada se move silenciosamente. A coisa passa as mãos pela garganta em frustração.

E depois assente.

# CAPÍTULO VINTE E UM

Eles saem da embaixada por uma porta lateral. Yoras faz uma pausa no limiar. **Como Vigilante, não tenho permissão para deixar o terreno da embaixada.**

— Isto conta como assunto oficial. Venha.

**Preciso de autorização por escrito**, murmura Yoras, mas a coisa-Vanth já está se arrastando pela rua, então ele segue, colocando sua máscara facial enquanto corre.

Vanth os leva em direção a uma estação de metrô. Terevant suprime uma risada nervosa enquanto o zumbi tateia seus trapos, procurando por uma moeda para comprar uma passagem. Terevant dá a volta no morto-vivo e compra três bilhetes.

— Seu amigo está bem? — pergunta o funcionário do metrô, acenando com a cabeça em direção à figura encapuzada.

— Tocado pelos deuses. — As crueldades da Guerra dos Deuses explicam todos os tipos de bizarrice. — Nós cuidaremos dele.

A essa hora, o trem está quase vazio e eles têm um vagão só para eles.

O pescoço meio queimado de Vanth luta para segurar o peso de seu crânio. Sua cabeça balança para a frente e para trás no mesmo ritmo do trem que chacoalha pelos túneis dos carniçais sob a grande cidade. O vagão enche quando eles passam por Cinco Facas, pela marginal Cintilante, pelo Morro do Castelo. Alguns olham com desconfiança para a figura encapuzada e o soldado mascarado, mas Terevant apenas sorri e acena de volta, e eles desviam o olhar.

**Já passamos do entroncamento para a Cidade Refeita**, observa Vanth. **A próxima parada é o Arroio a leste e, em seguida, as docas.**

Terevant dá de ombros.

— Vamos ver no que vai dar.

Em uma parada no Arroio, a coisa-Vanth se levanta bruscamente. Terevant se apressa para garantir que o manto não caia. Guerdon tem o seu quinhão de horrores e monstros, mas cadáveres ambulantes não fazem parte dessa fauna, normalmente.

Eles acompanham Vanth de volta à superfície, seguem-no pelo labirinto de pequenas ruas nessa parte antiga de Guerdon. A criatura agora se move com mais facilidade, como se voltasse aos hábitos de sua vida à medida que se aproxima de onde morreu.

Essa área é a linha costeira entre a cidade Velha e a Nova, a extremidade mais ocidental da Crise e seu espasmo de construções impossíveis. À direita, cortiços e conjuntos de janelas escuras despontam, um emaranhado de becos e esconderijos de ladrões entre paredes mal construídas. Do outro lado da rua, a mesma coisa, mas pontuada pelas assustadoras intrusões de construções angélicas enviadas dos céus. Uma passarela forma um arco acima de suas cabeças: três quartos dela foram construídos pela Crise, um arco elegante de pedra da lua, mas que acabou não chegando ao outro lado, então os habitantes locais fecharam a lacuna com um emaranhado de cordas e tábuas resgatadas de um navio naufragado.

Olhos hostis os observam dos becos dos dois lados.

Está escuro; a única iluminação vem das pedras luminosas que brilham no lado esquerdo da rua. A lua é uma fatia fina no céu. Eles entram em becos para evitar a multidão que sai de uma taverna, fazem uma volta para contornar os prostíbulos perto do Mercado Marinho. Escondem-se de uma patrulha da guarda da cidade que passa.

O cadáver os leva a um beco, para ali por um momento. Uma das mãos vai até a garganta, sondando o ferimento. A mandíbula se move, mas ainda não consegue falar. A outra mão flexiona, vasculha a cintura como se procurasse uma arma. Um pensamento alarmante passa pela cabeça de Terevant: e se ele estiver buscando *vingança* contra seus assassinos? Embora Terevant queira vê-los identificados e levados à justiça, duvida que o zumbi conserve o mesmo apreço pelas sutilezas legais... e seria um tremendo incidente diplomático se o ex-Terceiro Secretário da embaixada de Haith fosse encontrado assassinando pessoas em Guerdon, mesmo as que indiscutivelmente mereciam.

— Vanth — chama Terevant. — Precisamos de informações. Como você morreu? O que estava fazendo naquela noite?

O zumbi se vira para ele. A mandíbula se move espasmodicamente... e em seguida ele volta a andar, indo na direção da rua.

Eles passam por uma fileira de casas abandonadas. Terevant vê uma placa de rua que a identifica como o Beco Gethis.

Algumas das casas têm grinaldas de flores frescas colocadas em suas portas. **Memoriais**, murmura Yoras. **Esta rua foi esvaziada na Crise. Pessoas foram mortas aqui ou levadas para o Mercado Marinho.**

Vanth para do lado de fora de uma casa, depois se vira para subir as escadas até a porta da frente.

— Segure-o aí — ordena Terevant.

Yoras se apressa, puxa o zumbi de volta. A coisa-Vanth não resiste, mas novamente uma das mãos vai até a garganta, a outra procura uma espada ou faca em seu cinto.

Terevant passa pelos dois e caminha até a porta da frente. Está destrancada.

Por dentro, a casa está deserta. Ele anda pelos cômodos, reconstruindo a história do lugar da melhor maneira possível. Havia famílias que viviam ali antes da Crise, sete ou oito pessoas amontoadas em um aposento só. Três aposentos no térreo. Tudo vazio agora, mas há sinais de ocupação posterior, invasores e ladrões. Os aposentos foram despojados de qualquer coisa de valor. Suas botas pisam em pratos quebrados, trapos, pedaços de gesso caídos do teto. Uma lâmpada alquímica quebrada espalha luz esverdeada nas paredes da sala dos fundos.

Subindo as escadas, porém, as coisas são diferentes. Há um armário tombado bloqueando o patamar superior. Dois buracos enormes foram abertos nele: tiros, a julgar pelo aspecto. E há uma mancha avermelhada na parede oposta, no meio do gesso rachado, que se alinha com um dos buracos. Houve algum tipo de disputa entre gangues rivais ali. Contrabandistas de armas, ele imagina.

Marcas de queimadura. Alguém brandindo uma tocha... ou uma espada flamejante.

Os aposentos do andar do meio foram saqueados. Parece um acampamento militar invadido. Aquele aposento era o alojamento, quatro camas atulhadas ali. Aquele outro, o refeitório. Ratos catando quaisquer restos de comida que existam. E esse outro cômodo...

Esse era definitivamente o arsenal. Caixas quebradas recheadas com palha, garrafas de flogisto diluído em água, granadas e outras armas caídas pelo chão. Uma lata de poeira de ressecar chutada para debaixo de uma cadeira. A sala cheira a algo cáustico, um cheiro parecido com vômito misturado com cinzas. Há partes das prateleiras intocadas por poeira ou fuligem, sugerindo que armas foram removidas recentemente.

Terevant se ajoelha e examina uma caixa quebrada. Há um símbolo nela, um símbolo que ele já viu milhares de vezes. Está em toda parte da cidade, mas ele o viu pela primeira vez na guerra. A marca da guilda dos alquimistas de Guerdon.

Ele tenta juntar todas as peças. Alguém com uma espada flamejante — o assassino de Vanth? A Santa das Facas? — entra pela porta da frente, sobe as escadas quebrando tudo o que vê pela frente. Os defensores tentam impedir o ataque, mas são vencidos. O agressor ignora esse tesouro de armas valiosas; outra pessoa acaba roubando tudo alguns dias depois, literalmente depois que a poeira baixou.

O teto range.

Há mais alguém na casa, no andar de cima.

Sacando a espada, Terevant sobe sorrateiro as escadas estreitas para o andar superior. Ele passa por uma janela, vê a rua abaixo, Yoras de sentinela do lado de fora. Ele acena, chama a atenção de Yoras, então sinaliza silenciosamente para que o guarda suba. Yoras assente e avança degraus acima junto com a coisa-Vanth.

O andar acima é igual ao de baixo. Um sulco profundo no corrimão: alguém desferiu um golpe de espada e errou. Uma porta quebrada, feita em mil pedaços. Manchas de sangue antigas no chão. Ele se move com cautela, procurando por seu colega intruso, mas não há sinal de ninguém.

Ele entra em um quarto. Ao lado da cama está uma cômoda, que foi empurrada em um ângulo enviesado. No espaço que se abriu atrás, Terevant localiza um buraco recortado na parede fina, grande o suficiente para atravessar. Uma sala secreta.

Ele se ajoelha e perscruta a escuridão. Parece um sótão; consegue ver uma mesa de cavalete coberta por mapas e papéis enrolados. Espera por um longo momento, apurando o ouvido. Poderia haver alguém esperando do outro lado da parede, pronto para esfaqueá-lo quando ele enfiar a cabeça.

Por um momento, ele pensa em recuar e pegar aquele recipiente que viu antes. A poeira de ressecar é uma toxina que apodrece a carne; ele poderia mandar uma nuvem dela para dentro do buraco e eliminar qualquer emboscada. Mas a poeira é uma forma horrível de morrer e perigosa de manusear sem o equipamento de proteção correto.

O recipiente ainda está lá embaixo.

Claro, quem está no sótão não sabe disso.

— Ei! — grita Terevant. — Eu tenho poeira de ressecar. Saia em paz, ou vou encher esse sótão aí de pó.

Uma voz de mulher responde.

— Vá se foder. Você não tem poeira nenhuma.

— Tenho, sim. Uma balançada desse incensário e seus pulmões vão virar geleia. Maneira horrível de morrer.

— Você não tem nada. — Há certeza absoluta em sua voz. — Então vai se foder.

Pelo som de sua voz, ela está próxima. Bem do outro lado da divisória. Ele se desloca para o lado, pressionando-se contra a parede para não ser visto pelo buraco, tentando determinar onde ela...

...uma faca perfura a parede, quebrando o gesso que desmorona, cortando sua capa, sua túnica, sua pele. É um corte superficial, mas machuca. A mulher desliza para fora do buraco, passando por ele, enfiando o cotovelo fortemente em sua garganta ao sair, sufocando-o.

Terevant a persegue, tentando recuperar o fôlego. A mulher já desceu as escadas para o primeiro andar. Saltando com graça divina. Graça santa. A Santa das Facas. *Lemuel tinha razão*, ele pensa enquanto desce as escadas até o patamar abaixo.

Ela está esperando por ele na porta da sala do arsenal. Pequena e ágil, vestida com um gibão de couro e roupas escuras. Suas feições andróginas são estranhamente familiares; seu rosto está marcado por pequenas cicatrizes. Uma bolsa em seu quadril está cheia de papéis claramente roubados do sótão. Em suas mãos há um recipiente de metal.

— Eu tenho poeira de ressecar — diz ela. — Ou você se manda pacificamente, ou eu vou cobrir o patamar de poeira. — Seu dedo roça a válvula de escape. Terevant suprime um sorriso: ela não sabe como usar a arma. Há uma trava de segurança que precisa ser puxada antes de pressionar a válvula.

— Tudo bem! Olhe, olhe. — Ele abaixa a espada. Ele sente a túnica colando na pele ao se abaixar: está sangrando da facada. — Eu só quero conversar. — Pelo menos até Yoras e o Vanth zumbi aparecerem. — Meu nome é Terevant Erevesic. Eu sou de Haith.

— Eu *realmente* não dou a mínima. Fora.

— Um de nossos homens...

— Eu não o matei.

— Então por que ele nos levou até você? — questiona Terevant. Yoras deve chegar a qualquer segundo.

A mulher olha para o lado, como se pudesse ver através das paredes, e parece ver o perigo também.

— Recuem! — sibila ela, e pressiona a válvula. Nada acontece.

Terevant avança, mas a mulher é mais rápida que ele. Ela desvia agilmente para o lado, então se esquiva porta afora. Yoras sobe correndo as escadas, vindo do térreo, mas ela já está em movimento, correndo escada acima, sempre fora de alcance.

— Merda! Mastro, como essa coisa aqui funciona? — Ninguém responde, mas ela parece escutar por um segundo, e então encontra sem pestanejar a trava de segurança. — Entendi!

— Recuem! — grita Terevant.

Yoras se joga para trás quando uma nuvem acinzentada de poeira pesada assovia pelo patamar. O Vigilante não precisa se preocupar em inalar partículas de poeira, mas uma explosão concentrada poderia apodrecer seus ossos e destruí-lo.

Edoric Vanth — o que sobrou dele — não para. O zumbi corre através da nuvem de poeira de ressecar, cambaleando quando os grãos cáusticos começam a salpicar sua pele. A carne morta enruga-se e murcha; uma mão estendida toma o grosso do impacto. A carne se desprende, o osso se desintegra, deixando o zumbi com um cotoco irregular. O recipiente de poeira deve ser velho, já que o zumbi sobrevive à nuvem e cai ao pé da escada. Ainda se movendo.

A mulher atira a lata pelo vidro da janela para então pular atrás dela, subindo no peitoril e escalando para o telhado da casa. O zumbi segue, com a força e a obstinação dos mortos-vivos compensando a falta de jeito, os membros ressecados pela poeira. Dois sons de passos acelerados — um suave e rápido, outro pesado e trôpego — ribombam pelo telhado.

— Yoras! Detenha Vanth!

Yoras olha para a nuvem de poeira — perigosa até mesmo para ele — e então corre de volta para o andar de baixo, para a rua, em busca de Vanth.

Terevant encontra um banheiro, um pano que pode embeber em água. Espera até que o pior da poeira baixe. Ele o pressiona contra boca e nariz para proteger seus pulmões, envolve o manto firmemente ao seu redor, e então corre através do campo de poeira. Eles usaram toneladas de poeira de ressecar em Eskalind para cobrir a retirada. Ele rapidamente verifica a sala secreta no andar de cima. A maioria dos papéis sumiu, e aqueles que permanecem são claramente os restos: ele encontra mapas antigos da cidade, um plano do sistema de metrô que pode ser comprado por um cobre em qualquer estação, um livro de biblioteca todo depauperado, com cantos de páginas dobrados e abarrotado de anotações.

O título: *Arquitetura sagrada e secular no período cinzento.*

Ele perambula pela sala, procurando por algo, qualquer coisa, que possa explicar porque a Santa das Facas assassinou Vanth. E por que Vanth iria ali, para esse esconderijo. Talvez tenha sido morto ali.

Há um estrondo pavoroso do lado de fora. Ele dispara para a janela na escada, vê apenas uma nuvem de poeira subindo. Gritos de alarme.

**Senhor?**, chama Yoras lá de baixo.

— Aqui.

**Receio que os perdi, senhor. E a guarda da cidade está chegando: precisamos ir antes que nos descubram.**

Terevant reúne os papéis, colocando-os no livro para mantê-los agrupados, e então segue Yoras escada abaixo até a rua.

O lado direito da rua, a fileira de cortiços, está do jeito que estava quando eles chegaram.

O outro lado, a Cidade Refeita, mudou: despontaram pontas afiadas nos telhados. A passarela desapareceu. Aquele salão cintilante perdeu todas as janelas de seu nível mais alto.

**Ela correu por ali, senhor. Antes que as janelas, ahn, desaparecessem.**

— E Vanth?

Yoras aponta para uma linha tênue de manchas acastanhadas na parede: marcas deixadas por um zumbi maneta enquanto pelejava para subir no telhado em uma busca desesperada pela intrusa misteriosa.

**Ele se foi, senhor. Devemos ir também.**

— Isso poderia ter corrido muito melhor.

---

Dois dias depois, ele ouve Olthic esbravejar. Alguém viu Vanth, ou talvez Yoras: de qualquer maneira, Guerdon acusa Haith de deixar Vigilantes mortos-vivos saírem às ruas sem permissão, em violação dos acordos entre as duas cidades. Jornais e disseminadores de rumores acusam Haith de conspirar contra Guerdon.

Lemuel avisa que isso fará com que a guarda aperte a segurança novamente, que não há como contrabandear a espada de volta para a cidade antes do próximo Festival das Flores. Olthic terá que esperar.

Seu irmão ameaça mandar Terevant de volta a Haith. É Daerinth que intervém, Daerinth que acalma Olthic. Ele aponta que isso refletiria mal na Casa Erevesic, nas perspectivas de Olthic na Cinquentena.

— Paciência — sussurra ele. — Nenhum de nós sabe quando seremos chamados para servir, por isso devemos estar prontos enquanto o Império perdurar. A morte não é isenção do dever.

No pátio externo, Terevant marcha com a guarnição da embaixada de um lado para outro, de um lado para outro, até a garganta ficar em carne viva de tanto gritar ordens, e ele ficar tão exausto que não consegue lembrar quais soldados estão mortos e quais ainda estão vivos.

# CAPÍTULO VINTE E DOIS

Então, que merda, tem um zumbi em seu encalço.

Cari corre pela passarela, mas a coisa está logo atrás dela. Não está respirando, mas lá está o som acelerado de pés mortos à medida que se aproxima. O filho da puta é rápido como um Homem de Sebo.

*Um milagre seria útil agora*, ela pensa. Mas está nos limites da Cidade Refeita, onde essas coisas são difíceis de acontecer. É difícil para Mastro manipular a pedra mágica da cidade ali embaixo. Na verdade, está ficando cada vez mais difícil para ele em todos os lugares, mas ela não pode pensar nisso agora.

Ela se joga por uma janela aberta do outro lado da rua, pousando em um sótão empoeirado, e então *empurra*. Cari aprendeu que, quando a força milagrosa de Mastro falha, ela pode compensar a diferença, se martirizar. Isso lhe custa; isso a machuca. É como se desse à luz o milagre, como se ele estivesse tomando seu sangue e seus ossos e transmutando-os em feitiço e pedra. Ela solta um grito agudo de dor e o sótão escurece abruptamente enquanto as janelas se fecham e desaparecem. Do lado de fora, há um estrondo quando a outra metade daquela passarela improvisada desaba na rua abaixo. Um segundo depois, um baque quando o maldito zumbi dá de cara na parede que costumava ser uma janela. Um som de arranhão quando ele sobe no telhado.

— Que beleza — sussurra ela.

*Ele está procurando uma maneira de entrar. Passe pela porta à sua esquerda.*

Ela meio que consegue ver a criatura morta-viva. Ali embaixo, as percepções de Mastro são fragmentadas e imprecisas. É como tentar capturar um reflexo em um espelho quebrado: ou ela o perde de vista, ou o vê de vários ângulos e precisa calcular onde exatamente ele está.

— Como faço para matá-lo?

Sua faca é inútil contra algo que não sangra e não se importa se seus órgãos forem perfurados. A poeira de ressecar também não funcionou. Ela poderia voltar e tentar pegar as armas deixadas na casa do Beco Gethis, ou talvez ir até o arsenal de armas que ela já roubou...

*Acho que deveria ser eu*, sugere Mastro, e ele tem razão.

É uma tática simples, que eles já usaram várias vezes antes. Contra assassinos ghierdanas, contra um Cabeça de Gaivota. Cari os leva para uma armadilha e Mastro derruba pedra em cima deles. *Spleft*.

— Mas você consegue fazer isso aqui embaixo? — Um milagre rápido como esse sai caro para Mastro. Caro demais.

*Acho que sim.* A voz dele em sua cabeça aparece e desaparece. Lembranças que não são dela vêm junto, carregadas como folhas sopradas pelo vento no hálito de seu pensamento. O corpo de seu pai retorcendo-se na forca. Olhando o horizonte de Hog Close pela janela. Caindo, sempre caindo.

Essa lembrança significa que ele está sofrendo. Que ele está se forçando demais.

Cari balança a cabeça e sussurra:

— Não. Eu vou atraí-lo mais para cima na cidade. E aí, sim, *spleft*.

Ela enfia na camisa os papéis que roubou da sala secreta e depois se esgueira pelo sótão. *Tábua de chão solta. Pise para a direita*, avisa Mastro. Seu coração bate forte enquanto ela caminha o mais silenciosamente que pode. O zumbi ainda está se esgueirando no telhado, a menos de três metros de distância, mas ela é a melhor ladra do mundo, atualmente. Bem, pelo menos em Guerdon. A Santa das Facas, anjo da Cidade Refeita.

Uma mão ossuda estilhaça uma telha logo acima. Dedos ossudos arranham seu rosto. Ela grita e avança, correndo às cegas agora. Arrombando uma porta enquanto o ressuscitado força caminho através do telhado para entrar no sótão atrás dela.

*Esquerda agora.* Ela se vira, dá com uma pequena água-furtada com uma só janela. Ela força a abertura e rasteja para o telhado novamente. Corre ao longo da calha. Atrás dela, o vidro se estilhaça quando o zumbi pega um caminho mais direto.

Ela tropeça, mas se recupera. O ar noturno está mais claro do que o normal — menos fogueiras no verão, e as novas fábricas ficam do outro lado do Morro Santo —, mas seus pulmões ainda queimam enquanto ela corre. A bolsa pesada a desequilibra todo momento.

Voltar para a Cidade Refeita. Voltar para onde as ruas a amam, onde a pedra viva a envolve. Voltar para casa.

Logo à frente está a montanha abobadada do antigo Mercado Marinho. À sua esquerda, as partes mais elegantes da cidade, Praça da Ventura, rua da Misericórdia e a Torre da Lei, onde sua antiga vida terminou e a nova começou.

A vida em que ela está sendo perseguida por um maldito zumbi, e seu amigo morto está fazendo com que os telhados criem espinhos de pedra para reduzir a velocidade do filho da puta.

*Mais rápido, Cari.*

Fácil para ele dizer. Ela desliza por um telhado inclinado, salta sobre um abismo — uma queda de seis andares para um beco qualquer com cheiro de mijo — e sobe no telhado seguinte.

O esqueleto pula o abismo e pousa bem na frente dela, bloqueando sua passagem.

Mudança de planos. Ela se joga para trás do telhado.

Sua conexão com Mastro se manifesta em três milagres.

Visões.

Metamorfose da pedra.

E um terceiro truque.

Mastro pode tomar para si o impacto de um golpe, absorver a maior parte dos danos de uma lesão ou colisão. Mas não é garantido. Ambos têm de *querer* isso, no mesmo momento. Ele tem que *pegá-la*, como se fosse uma apresentação de trapézio.

*Esteja pronto*, ela reza. *Além disso, nunca fizemos isso fora da Cidade Refeita, então eu rezo pra*

*merda*

*pra*

*dar*

*certo*

Colisão.

Carillon cai pesadamente, seis andares abaixo, batendo nos paralelepípedos. Viva, sem nenhum osso quebrado. Ao longe, um ruído como um trovão quando alguma parte da Cidade Refeita sofre em seu lugar.

Ela fica ali deitada por um instante, sem fôlego. Não há sinal de seu perseguidor.

— Mastro, onde ele está? — pergunta ela, enquanto tenta evocar uma visão. Nada. Sem resposta. — Mastro?

Cari se levanta e sai mancando pelo beco. As pessoas na rua estão todas olhando para a Cidade Refeita, para a nuvem de poeira que está subindo de uma torre quebrada, brilhando ao luar. Eles não prestam atenção na ladra que surge do beco e abre caminho na multidão aos empurrões.

*Ainda. Aqui.* Os pensamentos de Mastro são lentos e difíceis. Pegá-la lhe custou caro.

Um momento depois, uma visão do zumbi surge em sua mente. Ele parou de persegui-la. Está seguindo a rua para o norte, em direção ao interior. Em direção à embaixada de Haith.

— Ai.

*Eu que o diga.*

Carillon segue as ruas que sobem em direção à Cidade Refeita, à medida que o cinza sujo e manchado de fuligem da velha Guerdon dá lugar a maravilhas milagrosas. Ela se sente melhor quanto mais perto chega de casa.

*Se aquela criatura haithiana voltar*, aí *eu vou espatifá-la*. Mastro soa mais forte também, mais próximo.

— Claro — murmura ela.

O auxílio de Mastro precisa ser o último recurso, diz a si mesma. Ela teme que um grande número de milagres venha a diminuí-lo, extinguir o último resquício de sua consciência. *Eu não posso deixá-lo partir de novo*, pensa, em uma parte particular de sua mente que espera que ele não saiba ler.

Mais tarde, Cari encontra um telhado tranquilo e tira os papéis que roubou daquela sala secreta. Xinga mentalmente o outro haithiano, o vivo, que a perturbou. Também xinga a si mesma: ela deveria ter achado aquele sótão escondido antes e tê-lo revistado completamente em vez de pegar o que estava no topo da pilha.

Ela olha os papéis. Seus olhos lacrimejam e ela pisca rapidamente, lavando pequenas partículas de areia de pedra branca. Mastro está lendo por seus olhos.

*Algum tipo de maquinário alquímico*, ele imagina. Ela não sabe dizer: há um semicírculo de caixas que podem ser uma planta baixa, e muitas runas estranhas, e algum tipo de estrutura na beirada do desenho que a lembra horrivelmente dos constructos feiticeiros do professor Ongent.

— Nenhuma pista.

Ela abre outra página. Para, horrorizada.

— Caralho.

Essa ela consegue ler claramente. Essa ela vê em seus sonhos.

É um mapa da cidade, a Refeita sobreposta à Antiga. Um mapa de Guerdon como era antes da Crise, com o Bairro dos Alquimistas claramente visível, todas as suas fundições e cubas. O contorno da Cidade Refeita esboçado em cima dele. E ali, desenhado a tinta e lápis, um mapa dos túneis e cofres abaixo.

Todos os cofres. Até aqueles em que Mastro trancafiou a pior das criações dos alquimistas.

Aquele zumbi não é a única coisa morta-viva por aí.

Carillon imagina o que poderia acontecer se esse mapa vazasse. Os alquimistas destruiriam a Cidade Refeita. Eles estripariam Mastro, o explodiriam para alcançar esses cofres secretos. Qualquer coisa para conseguir o que está enterrado lá. Isso é o que todos os espiões e caçadores de tesouros procuram.

— Está tudo bem — diz ela para ele, para si mesma. — Estão todos mortos.

A casa do Beco Gethis estava *abandonada*, certo? Não importa o que aconteceu lá, o que matou todos eles... Importa que eles não encontraram esse mapa escondido. Pode ser a única cópia. Talvez quem o fez também esteja morto.

Talvez, pela primeira vez, eles tenham sorte.

Ela fecha os olhos, busca as visões. Duas ruas mais além, uma mulher fuma um cigarro. Uma caixa de fósforos no bolso.

Carillon passa pela mulher um minuto depois. Rouba os fósforos. Sobe de volta ao telhado.

Os papéis queimam rapidamente. Uma labareda de fogo contra o brilho fraco da Cidade Refeita, e então tudo some, e Carillon também.

# INTERLÚDIO

**L**yrix. Rasce espera na margem pelo navio de seu tio. As docas da ilha são um lugar complicado — muitos mercenários e piratas —, mas ninguém se atreve a incomodar o jovem Rasce que fica ali sentado esperando. O sol transforma as pedras do porto em um forno, então a brisa do mar é bem-vinda. Um taverneiro chega rapidamente com uma taça de vinho gelado ainda mais bem-vinda. Um presente para um filho honrado das famílias ghierdanas.

É um bom vinho. Rasce pega sua adaga de dente de dragão e a exibe abertamente sobre a mesa, sinalizando que aquela taverna tem as bênçãos dos Ghierdanas.

O navio do tio Artolo chega, e Artolo é o primeiro a descer pela prancha. Mancando, apoiado por dois de seu esquadrão de brutamontes, ele aperta o flanco com uma das mãos.

— Não me toque, garoto — diz ele ao ver Rasce. — Uma santa escrota me abriu feito um peixe. Tem mais vinho aí?

Rasce termina o resto da taça.

— Não. O tio-avô quer ver você imediatamente.

Há uma carruagem esperando para levá-los pela trilha que sobe em uma espiral íngreme até a casa de campo no topo das falésias, até a caverna do tio-avô deles.

Artolo geme ao subir a bordo.

— Ele sabe, não é? Sobre a Santa das Facas?

Rasce sobe com agilidade atrás do tio.

— Tenho certeza de que ele leu suas cartas.

— Me disseram que Guerdon não tinha santos. Os Homens de Sebo tinham sumido, Heinreil foi preso... me disseram que seria fácil! — reclama Artolo. — Ela estava em todo lugar. Sabia de tudo. E não conseguimos matá-la. Veja só isto! — Ele tira a própria faca de dente de dragão do bolso. — Eu cortei a porra da garganta dela com isto aqui.

Rasce pega a adaga e passa o polegar pela lâmina. Está cega, como se alguém tivesse tentado usá-la para cortar pedra.

— Bem, diga isso ao tio-avô. Tenho certeza de que ele vai entender.

— Eu vou voltar. Precisamos de mais homens, feiticeiros também. Contratar alguns Rastejadores. Obter a bênção de Culsan. A cidade está madurinha para ser saqueada, não me leve a mal. Eu só preciso de um pouco mais de tempo.

A carruagem faz uma curva íngreme. Agora eles estão no lado sul da ilha, olhando para o oceano azul-cintilante. Ao longe, uma linha de vapor esverdeado sobe de uma cicatriz sinistra que corta as águas. Uma cerca de sementes ácidas, uma das defesas contra os invasores de Ishmere.

— Agora, isso vai ser mais difícil — diz Rasce.

A carruagem para no final da estrada. Rasce conduz seu tio ao passar pelos guardas, e o leva direto à parte mais antiga da propriedade. Parentes observam a dupla passando, mas não dizem nada. Nem mesmo os filhos de Artolo ousam se aproximar dele.

Rasce o leva escada abaixo. O ar está cheio de uma fumaça sulfurosa, escura, espessa e quente.

O tio-avô os ouve se aproximando.

O tio-avô é famoso por ter uma audição aguçada.

Artolo cai de joelhos na entrada do covil.

— Peço seu perdão, tio-avô. Eu sei que fracassei com o senhor, mas eu servi à família fielmente por muitos anos. O senhor sabe como os deuses podem ser difíceis, e...

O dragão o interrompe.

— Você achou as armas perdidas, Artolo? As coisas de ferro negro?

— Não. Eu procurei, encontrei vestígios, mas...

— Rasce? — chama o dragão.

— Sim, tio-avô?

— Entre. Traga a faca.

# CAPÍTULO VINTE E TRÊS

**U**m mês para a eleição.

Um mês antes que as turbas marchem às zonas eleitorais, às urnas em cada casa de guarda e em cada praça. Uma grande colheita de cédulas de votação marcará o fim desse verão escaldante, enquanto a cidade escolhe um novo parlamento. *E depois?*, pensa Eladora.

Já se passaram dez dias desde sua visita malfadada a Carillon. Dez dias em sua maior parte passados acomodada nos fundos da sede do partido Liberal Industrial, que não muda desde a época de seu avô, longe das ruas mutantes da Cidade Refeita. Ela passou a lista de nomes de Mastro para Absalom Spyke, que a leu, bufou... e voltou um dia depois, com um cauteloso novo respeito. Oito deles já assinaram para concorrer na eleição; os outros estão considerando a oferta. Kelkin está satisfeito, aparentemente, embora seja difícil dizer.

Mas eles precisam se manter na cidade velha também, e é isso que será tratado hoje. Lei e ordem, força e estabilidade. O escritório dos Lib Inds no parlamento está lotado, mas ela força a entrada. Olhares de inveja quando ela adentra as salas principais. Apenas altos funcionários do partido têm dispensa para entrar no santuário sem acompanhante ou hora marcada. Eladora ocupa — desajeitadamente, como sempre — uma posição única. Ela não é advogada, ao contrário da outra metade do pessoal júnior, e não é descendente de nenhuma família política que esteja com o partido há cinquenta anos.

Pelo menos, não até onde eles sabem. Ela tem o cuidado de nunca usar o nome Thay.

A máscara de Jermas Thay era feita de ouro, ela lembra, e atrás dela havia vermes. Dedos gelados e viscosos pressionando-a, lábios se contorcendo e recitando o feitiço para invocar deuses monstruosos...

Ela não diminui o passo ao cruzar a sala, mas recita um dos encantamentos de Ramegos em sua mente para afastar as memórias da tumba da família Thay.

Os outros não podem saber que suas experiências na Crise são o motivo pelo qual recebe mais confiança que outros agentes políticos mais experientes. Ela foi *iniciada* naquela terrível constelação de segredos. Ela conhece todos os seus pecados e eles conhecem os dela.

Ela sente o cheiro do Ratazana desde o lado de fora da sala do comitê: um distinto fedor de terra e carne podre, e algo mais agudo, um odor ácido de feitiçaria. Isso significa que não é uma reunião comum; o senhor dos carniçais não ia sair de seu trono nas profundezas sem um bom motivo. O guarda na porta a deixa entrar no cômodo de teto alto. Era um salão de festas nos dias dos antigos reis, ela lembra, quando o parlamento era um clube inofensivo para cortesãos beberem. Agora, pinturas a óleo de ministros e clérigos com rostos severos a encaram do lugar onde ficavam os estandartes reais.

Todas as cadeiras da mesa comprida já estão ocupadas por vários Liberais Industriais seniores. Na outra ponta da mesa está o Ratazana, encolhido, sentado de pernas cruzadas, grande demais para qualquer cadeira. Seus chifres monstruosos arranhariam o teto se ele ficasse em pé. A única pessoa disposta a se sentar ao lado dele é a dra. Ramegos. Nem Ratazana nem Ramegos são Lib Inds ou mesmo políticos, mas ambos estão vagamente alinhados com os objetivos de Kelkin para a cidade. O fato de estarem ali sugere que a reunião diz respeito à segurança e à defesa da cidade.

Ela se senta junto à lateral do cômodo. Kelkin está lendo algumas cartas com outro assessor. Ele levanta a cabeça e se dirige à sala.

— Vamos começar às onze. O Conselho tem uma reunião com o embaixador de Haith ao meio-dia, então se tiverem algo a dizer quando começarmos, é melhor falarem depressa.

Isso desencadeia um burburinho de conversa; pequenos nós e conspirações se formam enquanto tentam decidir quem vai falar, de quem são as preocupações mais urgentes, quais solicitações podem ser combinadas. Ela poderia lhes poupar tempo: todo o partido está olhando para Kelkin em busca de garantias, da promessa de que ele reunirá os votos de que precisam por pura força de vontade. Eles não têm nada a dizer, apenas um lamento generalizado de medo. Ela procura em sua bolsa por um caderno, mas encontra o romance haithiano que Erevesic lhe emprestou. Ela o folheia, perplexa com o puro peso das genealogias e histórias no início do tomo. Metade do livro é prólogo.

Uma sombra cai sobre as páginas. Ela ergue os olhos para o rosto de um jovem pálido. Seu terno, caro, mas ligeiramente sujo; seus lábios repuxados, mostrando os dentes em uma expressão medonha que tenta parecer um sorriso. Ela leva um momento para situá-lo como advogado e porta-voz de Ratazana.

— VOCÊ FOI PROCURAR CARILLON — diz o jovem, mas ela consegue perceber que não é ele quem está falando. Existem pequenos indicadores nas contrações musculares do rosto, lampejos de dor em seus olhos, enquanto o Ratazana assume o controle de sua boca, do outro lado da sala. Como se as palavras fossem lingotes de chumbo que caem de seus lábios. — VOCÊ A ENCONTROU?

Eladora olha para o carniçal enorme, encarando seus olhos amarelos.

— E isso é da sua conta?

— ELA É DIFÍCIL DE ENCONTRAR. OUTROS PROCURAM. ATÉ OS CARNIÇAIS. ENCONTRAM APENAS SALAS VAZIAS E PORTAS DE PEDRA. ELA É ESPERTA, NOSSA CARI. — Os olhos amarelos brilham.

— E POR ACASO É DA *SUA* CONTA?

— Ela é minha prima — murmura Eladora. — Os D-Deuses de Ferro Negro se foram. Ela não é mais um perigo para ninguém.

O jovem bufa, assim como Ratazana, do outro lado da sala.

— SEMPRE HÁ PERIGO EM TORNO DE CARI. CUIDADO.

— Que jeito estranho de falar da sua amiga.

— NENHUM DE NÓS É QUEM COSTUMAVA SER — diz o garoto. — NÓS DEVEMOS... COMER NOSSO PASSADO E NOS FORTALECER PARA PODER SOBREVIVER AO QUE VIRÁ. ELE CONFIA EM VOCÊ. — Ratazana estende um dedo em forma de garra para Kelkin. — E VOCÊ DEVE... LEMBRAR A ELE O QUE PRECISA SER FEITO.

— E o que precisa ser feito?

— OS DEUSES DEVEM SER MANTIDOS LONGE DA CIDADE. TODOS ELES.

Ratazana se retira; o jovem respira fundo, engolindo ar aos borbotões, então murmura um pedido de desculpas e volta cambaleante para o lado do seu mestre. Algumas pessoas, incluindo Ramegos, olham com curiosidade para ela; Eladora faz um gesto de dispensa.

O carniçal coloca um braço titânico em volta dos ombros do menino e dá um sorrisinho para Eladora... E então sua própria boca se move, e as palavras rastejam de sua garganta com a voz do monstro:

— EU SALVEI SUA VIDA NO MORRO DO CEMITÉRIO. LEMBRE-SE DISSO.


Kelkin se levanta, bate na mesa. A sala fica em silêncio.

— O comitê vai ouvir a proposta de Haith hoje, então não tenho tempo para perguntas. Calem-se e ouçam. — Ele começa a falar, delineando seus planos para proteger a cidade contra ameaças sobrenaturais. Uma barganha com os carniçais, trocando os mortos da cidade por ajuda na localização de santos e feiticeiros, mantendo a ordem nas ruas. — Se um culto quiser um templo em Guerdon, então poderá ter os adoradores em vida, mas sem santos ou milagres não sancionados, e a cidade fica com os mortos. — Kelkin tosse. — Tornaremos todos eles Deuses Guardados.

Eladora avista um brilho de alegria selvagem nos olhos de Kelkin; suas batalhas contra os Guardiões são lendárias, muito embora ele já tenha sido um iniciado de seu sacerdócio.

*Nada de santos não sancionados.* Isso incluiria Carillon. Ela não contou a ninguém, nem mesmo a Kelkin ou a Ramegos, sobre o encontro com sua prima. Outro segredo que terá de manter. Ela se pega pensando no que Aleena pensaria de tudo isso. Às vezes, quando Eladora fica nervosa, ela se lembra da presença reconfortante da santa, sua ira justa, repleta de palavrões... e a misericórdia que ela mostrou para com Cari.

Pensar em Aleena a faz lembrar-se de sua mãe. O plano de Kelkin para usar os carniçais significa que ele terá que rejeitar a oferta de coalizão de Mhari Voller com os Guardiões... a menos que ele já esteja pensando várias etapas à frente, estabelecendo uma posição extrema para alguma negociação futura com os Guardiões.

Ela perdeu a linha do discurso. Kelkin já está falando da marinha, de armas alquímicas. Murmúrios mais altos de aprovação. Ele se vangloria dos novos interceptores rápidos que protegerão a costa de Guerdon... e, olhando ao redor da sala, Eladora pode adivinhar quem foi iniciado no segredo das bombas divinas vendo quem dá vivas e quem inclina a cabeça, intimidado pelo pensamento de deicídio.

Kelkin conclui:

— Está certo. Os próximos dias serão difíceis. A expectativa é de que os alquimistas e Guardiões recuperem terreno sobre nós. A expectativa é de má publicidade, má vontade e divergência nas fileiras. O Festival fortalece nossos oponentes, não a nós. Mas, assim que ele acabar, e todos voltarem à cidade, vai ser aí que daremos nosso grande impulso. Ouviram? Assim que a porra da última flor for entregue, vocês vão correr como os Sebos! — Ele bate na mesa. Alguns gritos de apoio. — Agora, me deixem ir planejar algumas malditas abordagens.

Kelkin sai da sala dos Lib Inds e sobe as escadas em direção ao centro do parlamento. A maioria dos outros Lib Inds vai para a saída, correndo para voltar à cidade e à campanha. Eladora está prestes a ir com eles quando o almirante Vermeil a intercepta.

— Receio que você também esteja na próxima reunião, srta. Duttin. Caso alguma escaramuça ou disputa entre Velha Haith e Guerdon surja e uma perspectiva histórica seja solicitada.

Todos os principais partidos têm suítes no nível inferior do parlamento, e todos estão enviando delegações a essa reunião com o embaixador haithiano. Fluindo como tributários para o corredor principal, juntando-se à multidão agitada. Ela vê Perik trotando ao lado do chefe dos Mascates, dando algumas instruções de última hora. Ramegos, conversando discretamente com algum diplomata de Velha Haith.

E Sinter, como parte do grupo da Igreja. É estranho vê-lo à luz do dia, em alguma atribuição oficial. Ele é uma criatura de sombras, becos e ameaças privadas. Uma gárgula empoleirada em alguma calha de catedral, espionando a cidade abaixo. Ele desaparece antes de entrarem na sala do comitê.

Há lugares na mesa de conferência para o embaixador de Haith e seus dois assessores e para o comitê. Todo o resto tem de se aglomerar nas margens. Muitos sussurros e ruídos desajeitados; essa reunião com Haith pode moldar o futuro de longo prazo do tenso relacionamento de Guerdon com seu vizinho do norte, mas, agora, é algo que os distrai da campanha.

Um funcionário toca um sino de prata, sinalizando a chegada da delegação de Haith. Primeiro vem o embaixador Olthic, assomando sobre os outros. Ele está sorrindo, mas seus olhos percorrem a sala, identificando aliados e inimigos em potencial. O Primeiro Secretário Daerinth vem arrastando os pés logo atrás, apoiado no braço do irmão de Olthic, Terevant. Agora que ela os vê juntos, percebe o quanto são semelhantes, e diferentes. Terevant tem o rosto nu; Olthic é barbudo. Ambos têm cabelos curtos, mas os de Terevant são desgrenhados. Ambos usam uniformes militares de Haith, mas Olthic usa dezenas de medalhas e tranças de campanha, ao passo que o peito Terevant está quase vazio. Olthic dá passos largos, ruge, a cabeça erguida; Terevant parece desanimado e toma o assento mais afastado de seu irmão. Isso a faz pensar em Carillon; ela e sua prima têm traços semelhantes — os traços dos Thay — e eram confundidas com irmãs quando crianças. Eladora fazia de tudo para se distinguir de sua irmã adotiva problemática; se Cari estava coberta de lama e arranhões de tanto brincar na floresta, então Eladora se conservava imaculada, e ficava dentro de casa, e dizia a si mesma que não queria mesmo brincar.

Olhando ao redor da sala, Terevant avista Eladora — provavelmente a única pessoa que ele reconhece na multidão de rostos suspeitos — e sorri. Perik lança um olhar desconfiado para ela, sem dúvida suspeitando de que conspire com Haith.

Kelkin bate na mesa e a sala fica em silêncio.

— Embaixador, o plenário é seu.

Olthic fica de pé. Uma mão vai para o cinto, mas então ele a afasta e segura as costas da cadeira.

— Obrigado, sr. Presidente. Honrados amigos, trago as saudações e bênçãos da Coroa de Haith, imortal e leal para sempre.

Kelkin grunhe e acena com a mão, indicando que o embaixador deve ir direto ao ponto. Isso é extraordinariamente desrespeitoso: ou Kelkin está tentando minar Olthic, ou está se deixando levar pela impaciência. Eladora se mexe desconfortavelmente em seu assento: Kelkin está de costas para ela, então ela não consegue ler seu rosto.

Olthic continua:

— Haith e Guerdon compartilham ancestrais comuns. Nossos antepassados mútuos cruzaram o mar vindos de Varinth, e nós fomos um só povo por muitos séculos. Nós compartilhamos uma língua, uma história.

— Se eu quiser uma palestra de história, embaixador, tenho minha assessora para isso — diz Kelkin com azedume. — Duttin aluga meu ouvido por horas falando sobre os encanamentos da era da Reconstrução. Por favor, avance.

Uma onda de risos corre a sala. Eladora força um sorriso, sem querer dar a Perik a satisfação de ver seu constrangimento. E os encanamentos da era da Reconstrução são importantes, cacete. As pessoas dão como garantidas as obras do passado, mas a cidade estaria inundada de esgoto se a Reconstrução não tivesse sido tão completa.

A única pessoa mais constrangida com os riscos do que Eladora é o próprio Olthic. Os nós de seus dedos agarrando a cadeira ficam brancos. Ele respira fundo e continua falando. Sua voz de barítono permanece em grande parte calma enquanto ele prossegue.

— Como o presidente desejar... mas há mais uma semelhança que deve ser observada. Vocês têm seus Deuses Guardados, que permanecem tranquilos, apesar da guerra que está cada vez mais próxima de seu litoral. Em Haith, temos apenas um deus, a Morte, mas ele também permanece imaculado pela Guerra dos Deuses. Ambas as nações reconhecem a insensatez da divindade desenfreada e veem que a loucura de outras terras só pode levar à desgraça. Haith não quer tomar parte na Guerra dos Deuses.

Como historiadora e ex-professora, Eladora dá ao embaixador uma nota baixa para esse resumo. Embora ele esteja correto ao reivindicar que Haith não sucumbiu à mesma loucura divina surreal que marca os outros beligerantes na Guerra dos Deuses, é errado alegar que o reino buscou a mesma neutralidade estudada que Guerdon. Haith possui e defende territórios e províncias em todo o mundo; no início da Guerra dos Deuses, eles se aproveitaram do caos para expandir amplamente suas participações no exterior. Agora estão batendo em retirada, recuando para defender sua pátria.

Ela volta a atenção para o discurso.

— Haith é um dos maiores clientes de Guerdon. Nós compramos quatro de cada dez armas vendidas pelos alquimistas; compramos mais navios, contratamos mais mercenários de vocês do que qualquer outra nação. Por falar nisso, metade da comida de Guerdon é importada de Haith; madeira e peles também. Nós somos como irmãos... brigamos no passado, temos discordâncias, mas estamos inextricavelmente enredados.

"Como todos vocês sabem, houve uma mudança significativa em nossas circunstâncias mútuas. Por décadas, desde os primeiros dias da Guerra dos Deuses, o vale de Grena impediu o tráfego terrestre entre nossas duas nações. A deusa enlouquecida daquela região atacava qualquer um que tentasse passar pelo vale. As ferrovias, construídas a um custo enorme, ficaram vazias. Agora, a ferrovia está reaberta: uma ligação renovada entre nós. A primeira de muitas."

Olthic está encontrando seu ritmo enquanto fala: a última frase percorre a sala como um trovão.

— Essa pode ser uma avaliação prematura, embaixador — retruca Kelkin, rabugento. — Não nos esquecemos de outras pessoas que tinham *ligações* com Haith.

Ele está se referindo a um escândalo de alguns anos antes, quando um círculo de espiões haithianos foi descoberto na guilda dos alquimistas. O medo e a desconfiança de Haith estão profundamente enraizados em Guerdon, e Eladora acredita que a encenação de Kelkin seja voltada para o público doméstico. Insultar o embaixador de Haith funciona bem com o baixo clero na eleição, mas isso tem um custo a longo prazo: os mortos de Haith se lembram de rancores e desprezos tão intensamente quanto os vivos. Não há plateia na sala, e nenhum jornalista, mas ela tem certeza de que cada momento do encontro vai aparecer nos jornais da cidade na edição da noite.

Olthic ignora a interrupção de Kelkin e se inclina por cima da mesa, falando diretamente aos líderes reunidos em tons urgentes. Ele fala sobre os laços de comércio e cultura que unem Guerdon e Haith, mas Eladora não se impressiona com essa parte do discurso. Não consegue evitar fazer notas de rodapé mentais, corrigindo-o. Estranho, ela pensa, que alguém de uma terra repleta de imortais seja tão ignorante da história... embora ela já tenha ouvido velhos falarem bobagens sobre os grandes feitos de seu passado, contando mitos retrabalhados em vez de histórias precisas. A nostalgia e o arrependimento envenenam a memória, e por que os mortos deveriam ser imunes a tais falhas?

Olthic melhora quando fala sobre a força dos mortos-vivos de Haith, sobre as batalhas da Guerra dos Deuses. Sua destreza como guerreiro é famosa. Mas ele não menciona a longa retirada de Haith, e isso é o que importa ali. Haith está sendo derrotada na Guerra dos Deuses, e todas as vitórias de Olthic em batalha não mudam isso.

— Quando vim para Guerdon pela primeira vez, esperava uma cidade cínica, uma cidade que não honrava tradições ou deuses, onde nada contava exceto a moeda. No meu tempo aqui, passei a ver Guerdon como uma cidade honesta, governada por pessoas práticas. As cidades comerciais estão caindo, uma a uma. Severast e Mattaur se foram. Vocês vão se trancar atrás de muralhas, como Khebesh, e esperar que a guerra termine antes que os deuses famintos voltem os olhos para vocês? Vão lutar sozinhos se os deuses loucos enviarem suas hostes contra vocês? A alternativa que ofereço, que a Coroa oferece, promete proteção, um mercado estável para seus produtos e amizade imorredoura.

Olthic volta a se sentar.

Kelkin é o primeiro a falar.

— Gosto de pensar que ainda temos alguns princípios morais aqui em Guerdon. O comércio livre e a liberdade religiosa são dois deles. Sua proposta nos transformaria em um protetorado de Haith na melhor das hipóteses. Você disse que ficariam com oitenta por cento do nosso comércio? E nós teríamos liberdade de vender o resto para, digamos, Ishmere?

— Existem outros compradores para suas armas. Aliados da Coroa comprarão tudo o que vocês desejarem vender, eu garanto. Quanto à liberdade religiosa, vocês já chuparam esse osso até o tutano. Adorem livremente em Guerdon, mas não com muito fervor: essa é a regra, não é? Honrem os deuses que desejarem, mas rezem para que eles não respondam às suas orações? — Olthic dá de ombros. — Se você acha que há virtude em guardar víboras junto ao peito, suponho que seja melhor arrancar as presas delas primeiro. Haith não tem objeção às suas políticas e prometemos não interferir em seus assuntos domésticos.

— E nossos assuntos estrangeiros? — pergunta Kelkin. — Estaríamos amarrando nosso destino ao de Haith. E, bem, Haith está perdendo. A maior parte de suas colônias ultramarinas já caiu, e você está tentando consolidar o que restou. Não somos uma sucata a ser varrida, tampouco um enfeite para decorar a coleção mágica de louças que você chama de governo.

Eladora pode prever o resultado muito antes que os membros da comissão façam seus pequenos discursos e deem seus votos. Vê tão claramente como se estivesse lendo os jornais do dia seguinte, ou um livro didático escrito dali a cem anos. Kelkin e os Lib Inds vão rejeitar a proposta; Kelkin mostra como está enfrentando Velha Haith, como ele é o único a decidir o curso da cidade. Os Mascates apoiados pelos alquimistas ficarão divididos, tomando quaisquer posições que maximizem as perspectivas de futuras vendas de armas. E a Igreja votará a favor... em parte por causa das palavras de Olthic sobre cultos estrangeiros, em parte para traçar um contraste claro com Kelkin. O curso dos acontecimentos é óbvio para ela, era óbvio desde o início do discurso de Olthic.

Ela não fica surpresa, fica até entediada, quando os votos saem exatamente como ela previu.

Olthic, porém... o grande general é pego de surpresa. Ele se contém por tempo suficiente para dar aos políticos reunidos um breve aceno de cabeça, então sai a passos largos.

Olthic quase consegue conter sua fúria até que cheguem à carruagem. Ele desembainha a espada, para o alarme dos guardas na porta lateral do parlamento, e bate com ela em uma parede de pedra, repetidamente. Essa visão deixa Terevant enojado: ele raramente viu Olthic perder, e nunca com tanta amargura.

— Foi um desastre! — ruge Olthic. — Kelkin estava contra mim desde o começo!

Daerinth tenta acalmá-lo.

— Isso era de se esperar, mas nós temos garantias de que ele vai perder, e...

— Garantias! De Lyssada! E onde ela estava? Onde... está... a... espada? — Pontuando cada palavra com um golpe contra a parede, até que a lâmina se quebra.

Ele se volta para Terevant, empurrando-o contra a parede.

— Você deveria ter me trazido a Espada Erevesic antes dessa reunião! Eu deveria ter entrado lá munido de toda a força e inteligência de nossos ancestrais! Eu precisava de todas as vantagens para convencê-los, e eu não tinha nada! — Ele levanta o punho.

Terevant tenta empurrá-lo, mas não consegue nem mesmo mover Olthic. Sua própria culpa é mais forte do que a barra de ferro do braço do irmão, de qualquer maneira. Terevant diz a si mesmo que não tinha como saber que o Vanth ressuscitado escaparia, não tinha como saber que isso impediria o retorno da espada, mas ele não acredita.

— É assim que o Erevesic deveria se comportar?

Olthic solta o irmão. Pega os restos de sua espada e em seguida joga-os no chão novamente e sobe na carruagem. Terevant segue; Daerinth também entra cambaleando e fecha as venezianas.

— Você entrou lá com um plano mal pensado e depois deu a eles uma razão para despedaçá-lo — retruca Terevant. — Você sabe que eles não confiam em nós. Por que não esperou até depois da eleição?

— Não há tempo.

Olthic junta as mãos, se contendo. Então, em outro espasmo repentino de raiva, puxa um anel de seu dedo e o arremessa no chão da carruagem. Sua aliança de casamento. Olthic olha pela janela para as luzes de Guerdon passando. Luzes esverdeadas brilham nas chaminés das fábricas dos alquimistas além do Morro da Catedral. Terevant sabe que a fúria de seu irmão está se assentando. Não diminuiu, mas está afundando em seus ossos. Como água da chuva de uma tempestade repentina, infiltrando-se na terra para emergir mais tarde como um rio irresistível.

Daerinth pousa uma mão atrofiada no braço de Olthic.

— Acalme-se. Isso é um revés, não uma derrota. Dizem que Ishmere está avançando para o norte. Quanto mais se aproximam da cidade, mais atraente se torna nossa oferta. O medo será nosso aliado. Em breve, eles estarão correndo para conseguir nossa ajuda. Mas, para que isso funcione, meu senhor, você precisa mostrar calma em face do perigo.

— Deuses, deem-me um maldito perigo de verdade em vez desta impostura. Deem-me algo em que eu possa bater.

Daerinth balança a cabeça.

— Isso tudo pode ser recuperado.

— Recuperado. Recuperado, diz ele. Como se eu fosse um catador, lutando para garantir um cobre nos esgotos.

O solavanco da carruagem faz o anel rolar contra o pé de Terevant. Ele se inclina e o pega.

— O que posso fazer para ajudar?

Olthic não responde, então Daerinth intervém.

— O embaixador estará ocupado com questões de Estado por algum tempo, e preciso ajudá-lo. Existem várias funções administrativas na embaixada que podem ser transferidas para sua mesa.

*Em outras palavras, sente-se e não faça nada.* Ele rola a aliança extragrande de Olthic na palma. Há uma inscrição na parte interna: *Mesmo que o céu desabe e a terra se abra, eu encontrarei você.*

Ele olha para cima e encontra Olthic o encarando.

— Quer de volta? — diz Terevant, estendendo a aliança.

Olthic franze a testa. Ele pega o anel e o coloca de volta no dedo.

— Tentando garantir que não haja herdeiros na sua frente, Ter?

— Você e ela parecem estar fazendo isso sozinhos.

— Você parece o pai — diz Olthic. — Ele achava que eu devia me casar com alguma garota burra de Westfolds que lhe daria uma ninhada de netos. Depois que você partiu, começou um verdadeiro desfile delas pela casa. Todas boas mulheres de Haith, linhagens impecáveis.

Ele suspira.

— Mas nenhuma delas era Lys.

— Lady Lyssada é do Gabinete — diz Daerinth baixinho. — Não se esqueça disso.

Olthic fica mexendo com sua aliança de casamento, girando a faixa sem parar. Enterrando o metal em sua carne.

— Nós a veremos no Festival — diz ele, sombrio.

Daerinth se inclina para perto de Terevant, para sussurrar em seu ouvido acima do chocalhar das rodas da carruagem sobre os paralelepípedos de Bryn Avane.

— O Gabinete tem se mostrado indigno de confiança ultimamente. Eu ainda tenho amigos no palácio da Coroa. Eles sussurram que o Gabinete não é tão leal à Coroa quanto deveria.

Terevant revira os olhos. Daerinth está claramente obcecado pelo Gabinete. Alguma ilusão paranoica, talvez, de que o Gabinete sabotou sua carreira e que o exilou em Guerdon todos esses anos. Terevant tinha pensamentos semelhantes, às vezes, na escuridão da noite.

— Talvez o Gabinete acredite que a guerra já está perdida. Ora, eu cheguei a ouvir que alguns lá secretamente adoram deuses estrangeiros, para conquistar os favores de nossos inimigos. Conspirando contra a Coroa de dentro.

É um absurdo, Terevant diz a si mesmo. O Gabinete usa esquemas dissimulados, mas apenas a serviço de Haith. Gabinete e Casas, todos trabalhando juntos para preservar o Império eterno e a Coroa eterna.

É assim que deve funcionar.

Então, onde está Lys? Onde está a espada?

## CAPÍTULO VINTE E QUATRO

**P***aciência*, pensa o espião, e, como Alic, olha por cima do ombro para Emlin. O menino está limpo e com roupas novas, para variar, cortesia do dinheiro dos Liberais Industriais. Determinação em seu rostinho — ele está ali para fazer o trabalho de um homem, não para brincar —, mas olha o tempo todo para a fileira de lojas.

— Vamos parar aqui.

O limite da Cidade Refeita, às vistas da velha Guerdon e seu porto, é uma das partes mais respeitáveis. Ali se pode caminhar pelos becos e ter uma boa chance de perder apenas a bolsa, não a vida. O calçadão foi colonizado por artistas e entretenimentos. Eles param em frente a uma barraca vendendo água-viva açucarada, logo abaixo de um novo templo dedicado ao Dançarino.

Dali, conseguem ver o outro lado da baía. A vista livre até a montanha artificial de ameias, canhões e turbinas etéricas que compõem a Ponta da Rainha.

Alic tira da bolsa um pacote embrulhado em papel e abre com um rasgão. Dentro, há centenas de folhetos. Emlin pega um e sufoca uma risada, olhando para o retrato de desenho pontilhado do rosto de Alic sob o logotipo do Partido Liberal Industrial.

O candidato Liberal Industrial do quarto distrito da Cidade Refeita sorri.

— Quando surge uma oportunidade, é preciso aproveitá-la.

Ele repassa seus contra-argumentos, para o caso de Annah fazer alguma objeção: que ser candidato permite que ele se mova pela Cidade Refeita e fale com qualquer pessoa que desejar a qualquer hora da noite ou do dia, o que é uma excelente cobertura para espionagem. Que isso o deixa mais perto de Eladora, e Eladora está perto de Kelkin, e que ele está a apenas alguns passos dos escritórios mais altos e dos segredos mais bem guardados da cidade.

Alic entrega a seu filho um maço de panfletos.

— Vá falar com as pessoas. Diga a elas que um voto para mim é um voto para Kelkin, e um voto para Kelkin é um voto para o futuro de Guerdon.

Emlin pega os panfletos. No começo, ele hesita, uma timidez nascida de seu tempo no templo e sua aversão natural a estranhos. Mas ele é um santo da Aranha do Destino, e as bênçãos desse deus são múltiplas. O espião observa o menino enquanto ele assume um novo papel, uma nova identidade: o filho leal, alguém que acredita decididamente em seu pai. Seu comportamento muda; ele intui os desejos e segredos daqueles com quem fala, insinuando-se em suas confidências. Usando rumores e fofocas, usando trechos de conversa que ouviu de suas explorações nos telhados do Arroio. Alic observa com orgulho enquanto Emlin tece uma teia de conexões ao longo do calçadão.

Alic se junta a seu filho, parando os transeuntes com o mesmo zelo de um proselitista de um dos templos. Você já ouviu as pregações de Effro Kelkin? Dê sua alma a qualquer deus que quiser, mas dê seu voto aos Liberais Industriais.

Do outro lado da baía cintilante, fragatas, torpedeiros e barcos de patrulha navegam para dentro e para fora da base naval, e Alic anota suas chegadas e partidas no verso de um de seus panfletos eleitorais.

\*

O sol está se pondo além da Ponta da Rainha, transformando o céu acima do promontório em fogo e preenchendo a baía com ouro líquido. Alic e Emlin percorreram todo o perímetro oeste da Cidade Refeita, ida e volta; ele não consegue contar com quantos eleitores falou e quantas mãos apertou. Emlin está sentado em um banco, segurando um copo de alguma bebida doce dos alquimistas.

Mais duas pessoas se aproximam de Alic. Ele se vira, preparando-se para começar seu discurso agora bem estruturado, mas então os reconhece.

— Alic! — diz Eladora, o rosto brilhando com um sorriso raro. Ao lado dela, Bolsa de Seda sorri. — Ouvi dizer que coisas maravilhosas estavam acontecendo aqui embaixo.

— No mínimo, dei início à coisa. — Ele entrega um panfleto a Eladora. — Será que eu conseguiria dar uma palavrinha com o homem? Cinco minutos com Kelkin podem ajudar muito.

— Vou providenciar se puder — diz Eladora. — Terá que ser depois do Festival das Flores. Você vai participar da feira?

Alic balança a cabeça.

— Eu perguntei por aí. As únicas pessoas daqui que vão para o Festival nasceram e se criaram em Guerdon, e suas atitudes estão praticamente definidas. A maioria dos recém-chegados não vai: eles o veem como um festival dos Guardiões mais do que qualquer outra coisa. Então, eu deveria ficar aqui e continuar fazendo a minha campanha.

Emlin chega ao lado deles.

— Ah. — Ele faz beicinho. — Todo mundo diz que vai ser divertido.

Ele apresenta o menino a Eladora e a Bolsa de Seda.

— Meu filho, Emlin. Eu o livrei do fogo e da Guerra dos Deuses para fazer campanha de porta em porta para mim. — Alic ri.

Eladora acena com a cabeça para o menino, sem jeito.

— Está ficando tarde — murmura Bolsa de Seda. — Quer que eu acompanhe vocês de volta para a casa de Jaleh? — Ela fareja o ar perto de

Emlin, fica totalmente imóvel e, em seguida, um sorriso se espalha pelo focinho de dentes tortos.

Ele pode adivinhar o que ela está pensando: por que Alic escolheria viver em uma casa de amansamento, uma casa de transição para santos e tocados pelos deuses? Claramente, Emlin é a peça que estava faltando: ele sabia que seu filho tinha uma divindade indesejada da qual precisava se livrar. Sua escolha da casa de Jaleh reforça a imagem cor-de-rosa que Bolsa de Seda tem dele; agora ele também é um bom pai, que discretamente afasta seu filho das garras dos deuses loucos.

O espião deixa um sorriso correspondente se espalhar pelo rosto de Alic.

— Não... ainda temos terreno a cobrir aqui. Aproveitem o Festival. — Ele faz uma mesura em despedida.

Eladora está prestes a partir quando um pensamento surge.

— Ah, se Emlin quiser ir ao Festival, eu poderia levá-lo junto com a equipe Lib Ind... Isso envolveria algumas horas de trabalho e muito tempo em pé ouvindo discursos pomposos, mas ele poderia dar uma escapulida.

O sorriso congela no rosto de Alic. Faz sentido para Alic, pai amoroso, confiar na mulher que é sua amiga e patrocinadora política para tomar conta de seu filho por alguns dias. Eladora claramente pretende que essa seja uma oferta gentil, uma nota de agradecimento pelos esforços de Alic em prol dos Lib Inds. Mas tudo isso é mentira. Alic não existe, e o menino não é seu filho: ele é o santo de uma divindade monstruosa cujos exércitos estão se aproximando de Guerdon.

E é por isso que ele deve ir. Alguns dias longe da casa de Jaleh manterão a frágil santidade do menino por tempo suficiente para o trabalho ser completado.

— É muito gentil de sua parte, Srta. Duttin. Com tudo que ele viu na nossa terra, seria bom para ele andar ao sol e conviver com os mortais.

— Passo na casa de Jaleh pela manhã. Há um trem especial reservado pelo partido, e vou garantir que ele tenha um assento.

Quando ele conta a Emlin, o espião permite que Alic tenha um momento de alegria com a felicidade do menino.

*

Eles voltam para descobrir que Jaleh os moveu para outro aposento em sua casa, um quartinho no sótão onde mal cabem as duas camas de campanha. Uma janelinha deixa o luar iluminar as duas camas, e também a cópia maltratada do *Testamento dos Guardiões* que Jaleh deixou em cima da cama de Emlin.

Enquanto Emlin dorme, o espião vasculha o quartinho, certificando-se de que ninguém possa ouvi-los ali. Ele testa as tábuas do assoalho para ver se há algum buraco para espionagem, pressiona a orelha em todas as paredes para ver se consegue ouvir som de respiração nos cômodos adjacentes, junta poeira em sua mão e a deixa escorrer por entre seus dedos sob o feixe de luar: às vezes, a presença de feitiços de vidência distorce o ar ao redor, fazendo a poeira dançar em padrões de runas e espirais.

Nada.

O espião se acomoda em sua própria cama, totalmente vestido. Preguiçosamente, ele pega o *Testamento* e o folheia. É uma versão infantil, contando as histórias dos Deuses Guardados com grandes ilustrações e palavras simples. A Mãe das Misericórdias, Mãe das Flores, protetora das crianças. O Sagrado Mendicante, o estranho que é amigo. São Vendaval, o cavaleiro perfeito. O Sagrado Artesão, que trabalha com a mente e com as mãos. Um livro infantil para a pintura infantil de uma religião. Esses deuses de Guerdon são coisas desajeitadas, lentas e simples em comparação com os deuses de Ishmere.

A Guerra dos Deuses será um massacre, se São Vendaval e a Mãe das Misericórdias forem jogados contra o Grande Umur e a Rainha-Leão. Cordeiros contra leões.

O espião se lembra dos fiéis em Severast se aglomerando no templo da Aranha do Destino. Eles lançavam sortes para o sacrifício, vendando seus olhos para que a identidade do assassino permanecesse um segredo sagrado. Eles bebiam o veneno das aranhas do templo, morrendo em contorções horríveis. Os sacerdotes caminhavam na teia do destino, em busca de um caminho para sair da escuridão. A cada passo, os sacerdotes diminuíam à medida que se espalhavam sobre uma centena de futuros possíveis, mil.

E, o tempo todo, os fiéis de Severast sabiam que os fiéis de Ishmere eram cem vezes mais fervorosos e devotos do que eles, e que os deuses favoreceriam os invasores na baía.

Do outro lado da cidade, um sino toca a meia-noite. Está na hora de o espião sair.

Ele pula pela janela, atravessa o telhado sem fazer barulho, escorrega por uma calha. Está aprendendo a se mover em Guerdon sem ser visto, e há rotas acima e abaixo das ruas. Esta noite, ele não precisa ir muito longe.

Tander está nas docas, conversando com um grupo de mercenários. Eles acabaram de voltar da Guerra dos Deuses, trazendo as cicatrizes daquele conflito. Assombrados e com olhares vazios, aqueles que ainda têm olhos. X84 fica ali por perto, na linha de visão de Tanner, próximo o suficiente para ouvir, e espera.

Depois de alguns minutos, Tander se desvencilha do grupo e vai embora. O espião o segue e, ao virar a esquina, passa a andar ao lado dele. Eles caminham ao longo do labirinto de molhes e docas que é a linha costeira do Arroio.

— Era minha antiga companhia, ali atrás — diz Tander. O ex-mercenário sorri para X84, mas há pânico em sua voz. *Traumas antigos ou novos infortúnios?*, o espião se pergunta. — Gente boa, gente boa. Uma foi da marinha. Costumava trabalhar na Ponta da Rainha, conhece bem o lugar. Ela diz que a fortaleza está... bem, é uma fortaleza, não é? Está bem protegida.

O espião assente. A Ponta da Rainha é inexpugnável.

— Annah quer que eu entre. Que eu dê uma olhada naquele maldito navio sobre o qual você descobriu. Para ver se ele realmente tem a arma a bordo. Quer que eu dê um pulo até a fortaleza, ela diz, como se não fosse nada. Como se eu... — Ele esfrega o pescoço, coçando furiosamente. — Metade da base está entregue à guarda da cidade, certo, e a guarda é uma merda. Então, entre por sotavento, encontre um caminho... um corredor ou talvez um cano de esgoto. Caralho, eu rastejaria pelos esgotos se não fosse pelos malditos carniçais.

Tander para na beira da água e acende um cigarro. O brilho do isqueiro é refletido por um instante nas águas escuras abaixo deles e combinado com a mancha de luz em toda a baía, todos os holofotes na Ponta da Rainha.

— Sem milagres, ela disse. Eles seriam detectados. Sem milagres. Mas eu preciso de um milagre — murmura Tander, aparentemente para si mesmo. O mercenário dá algumas longas tragadas no cigarro. — É para eu te chamar como agora, de Sanhada ou de Alic, seu filho da puta sorrateiro?

X84 dá de ombros.

— Qualquer um dos dois.

— Alic, então. Alic, meu rapaz, meu camarada, meu amigo do peito de merda, eu já te contei como entrei nesse jogo?

— Isso está com cara de conversa que pede uma bebida — diz o espião, gesticulando em direção a uma taverna nas docas.

Então, de repente, ele está no chão, o rosto pressionado na madeira viscosa do cais, o joelho de Tander esmagando sua coluna.

A dor é interessante.

— Mas nós estamos tendo essa conversa agora, certo? — sibila Tander no ouvido do espião. A pressão desaparece e o espião rola para ver Tander apontando uma arma para ele.

— O que é isso?

Tander o ignora.

— O pessoal e eu, nós éramos bons. Pelos deuses inferiores, nós éramos bons. E estúpidos. Mantivemos a coragem quando aqueles hospedeiros divinos chegaram cambaleando. Coisas divinas, deuses que haviam sido derrotados tantas vezes que não sobrou muito deles, apenas dentes e milagres. Sem santos e sem cérebro. Fizemos fortuna às custas dos haithianos, derrubando hospedeiros para eles. Voltei para cá, e Bena se certificou de que gastássemos a maior parte dessa fortuna em novos equipamentos. Armas adequadas, vindas das melhores oficinas dos alquimistas.

O espião se remexe, movendo-se para ter um poste de madeira às suas costas. Se precisar, ele pode se torcer e escorregar para a água como uma lontra.

— Aí, na vez seguinte, fomos para o sul. Trabalhar para os severastianos, para manter a linha contra Ishmere. Mais dinheiro do que já tínhamos visto, bom vinho, garotas do templo do Dançarino, e todos nos dizendo que a Guerra dos Deuses não está chegando, que Ishmere não vai atacar Severast. Mesmos deuses, certo? Aliados desde que qualquer pessoa se lembra. Nós duramos um mês.

O cigarro de Tanner espalha cinzas sobre sua camisa enquanto sua boca treme. A arma treme também, e ele aperta a mão para manter o controle da arma. Seu dedo no gatilho estremece.

— Eles me capturaram. Mãe Nuvem simplesmente me arrancou do chão, me jogou para o céu. Eu acordo em... na porra do paraíso deles. Annah estava lá, ela é do serviço de inteligência, mas havia um d-d-deus lá, a aranha deles. A Aranha do Destino. Ela...

Tander vira a cabeça para o lado e vomita nas águas da baía. O espião avança em um salto, mas Tander é mais rápido e aponta a arma diretamente para o rosto dele.

— Pra trás!

O espião recua.

— Encontrar um deus é uma coisa terrível. A Aranha... me dissolveu. Seu veneno me queimou. Não sobrou nada, só uma coisinha ínfima gritando. E me deram uma saída. Me teceram um novo destino, me ligaram a Annah. Sabe, eu tenho que fazer o que ela diz, ou ela rompe o fio e eu... Eu não existo mais. Se ela me manda pular, eu pulo. Se me mandar morrer, eu morro. Então, se ela me diz para entrar na Ponta da Rainha e verificar, eu tenho que fazer isso. Você é um filho da puta esperto... você vai me ajudar.

— Eu não posso.

— Eu vou matar você.

O espião não se move. A ameaça não lhe mete muito medo.

— Eu vou matar o menino. Vou queimar aquela porra de casa de amansamento. Queimar todo mundo. Acha que não? Eu matei nosso último santo, porra, mato este também. Alegremente. Essa Aranha filha da puta não vai me encontrar se eu arrancar todos os olhos dela. — O dedo de Tander tensiona no gatilho.

— Não faça isso! — diz Alic. — Eu ajudo. Eu ajudo.

A imagem de Emlin queimando surge em sua mente e não vai embora. Tanner soluça de alívio, grossas lágrimas sufocantes sacudindo seu corpo. A arma ainda está em sua mão, tremendo enquanto ele luta para respirar.

O espião fica sentado ali, com nojo de si mesmo. Com nojo do homem à sua frente. Mas sua mente já está se movendo, mudando planos. Ele pode tirar vantagem disso.

— Você não sabe como é ser assim. Não é jeito de um homem viver, pendurado por um fio. Ser usado assim... — Ele limpa o ranho do nariz com a manga. Envergonhado, enfia a arma de fogo no bolso. — Eu fico te devendo, entendeu? Não vou esquecer. Somos parceiros. Estamos juntos até o fim, aconteça o que acontecer.

De fato, uma coisa terrível.

— San! — estronda Dredger. — Entre, entre. Sente-se. Tome uma bebida.

O escritório de Dredger está com um cheiro tão forte de tinta fresca que Sanhada Baradhin pensa em pedir uma máscara de gás emprestada. Ele se senta em um sofá novo, serve-se um copo da garrafa de cristal da mesinha lateral.

— Os negócios vão bem, pelo que estou vendo.

— Ah, sim. Com os alquimistas ainda reconstruindo, o suprimento de armas novas caiu, mas a demanda só aumentou. Ishmere está no caminho da guerra novamente, ao que parece.

— Estão vindo para cá? — pergunta o espião.

— Nah, nenhuma chance. Eles vão atrás de Lyrix, provavelmente. Talvez Haith. Eles não têm força para atacar os dois de uma vez e têm que tomar cuidado para não levar um a fazer aliança com o outro. — Dredger esfrega suas manoplas. Os dígitos de metal tilintam. — Incerteza leva ao medo, o medo leva ao desejo de possuir armas de terror e fúria irresistíveis. Por favor, diga que você está aqui para trabalhar em vendas.

— Na verdade, fiz uma espécie de mudança de carreira. — O espião entrega a Dredger um dos panfletos eleitorais de Alic.

Dredger solta uma exclamação divertida.

— Este é você? Alic? Eu ouvi alguns dos rapazes nos pátios falando de você. Pode ser que ganhe. Por que "Alic"?

O espião dá de ombros.

— Um novo começo.

— Bem, o que você quer? Meu voto? Ou você está aqui para bater a minha carteira, como o resto de seus companheiros políticos imundos?

— Contribuições de campanha.

— É claro, é claro. — Dredger anda pesadamente até sua mesa, abre uma gaveta. — Quanto?

O espião conta nos dedos.

— Alguns trajes e máscaras respiratórias subaquáticas. O uso de sua lancha. Um par de fantasmas-relâmpago. Armas à prova d'água. Óculos de proteção táumica. Ah, e quarenta mil pratas.

Dredger se vira lentamente. Seu rosto está escondido atrás da própria máscara respiratória, mas o espião pode adivinhar sua expressão.

— Isso parece uma... campanha nada convencional. Que *merda* você está aprontando, San?

— Não posso dizer.

— San... Alic... sei lá. Isso é uma armação? Você está tentando me enrolar?

— Não. — O espião escolhe suas mentiras com cuidado. — Como eu disse, é um novo começo, o que significa que preciso resolver alguns negócios antigos, dívidas antigas. Tenho uma dívida com um bando de piratas de Lyrix. Eles têm um trabalho em mente que precisa de equipamento especializado.

— E a prata?

— Parte é para eles. Parte é para mim... para a eleição.

— Por que você acha que eu lhe daria tudo isso? — pergunta Dredger. — Peça-me algumas centenas, San, não um maldito arsenal, além de uma fortuna, além... do resto das coisas.

— Porque você está me comprando. Eu serei seu homem no parlamento. Vou votar como você me disser para votar, fazer lobby como você mandar. Vou contra Kelkin se você me pedir. Quarenta mil é barato para lealdade absoluta. Você tem minha palavra, Dredger.

— Barato se você ganhar. Caro demais se você perder. Para nós dois. Eu teria que fazer coisas desagradáveis com você, San, em nome da minha própria reputação. — Dredger fecha a gaveta, vai até o quadro de um navio em chamas. Há um cofre atrás do quadro. Ele coloca uma manopla no disco, mas não gira. — Por que você está fazendo isso, San? De verdade? Se tem dívidas, existem maneiras mais fáceis de liquidá-las. Se tem ambição, por que se acorrentar a mim?

O espião toma um gole.

— No momento, tudo é incerto. Kelkin jogou os dados, e ninguém sabe como eles vão cair. E, como você disse, isso assusta as pessoas. E pessoas assustadas fazem coisas estúpidas. Estou fazendo isso por causa do que vi em Severast, meu amigo. Estou fazendo isso para que as pessoas com suas armas de terror e fúria irresistíveis atirem com elas na direção certa.

— Você está pedindo um suborno alegando que encontrou seus princípios? — Dredger coloca um saco pesado de moedas na mesa e depois fecha o cofre. — Está pendurado por um fio bem fino.

# CAPÍTULO VINTE E CINCO

Terevant não sabe o que é pior: os solavancos estrondosos de quando a velha carruagem passa pelas pedras em alta velocidade, ou o calor sufocante e abafado da cabine. Ela foi construída no estilo haithiano tradicional, como convém ao veículo oficial do embaixador, o que significa pequenas janelas e muitas peles contra o frio do inverno: um inverno a seis meses de distância e centenas de quilômetros ao norte. No auge de verão em Guerdon, é um forno sobre rodas, que os assa vivos bem devagar. O príncipe Daerinth murcha com o calor, abanando ocasionalmente o rosto com um leque branco como osso. Olthic cozinha, o rosto púrpura por trás da barba. Suas mãos enormes se flexionam como se estivessem segurando o cabo de uma espada invisível, ou estrangulando um pescoço fino.

Terevant tenta ler. Ele puxa o livro que encontrou na casa abandonada para a qual Vanth os levou, *Arquitetura sagrada e secular no período cinzento*. Um carimbo o proclama propriedade da Biblioteca da Universidade de Guerdon, mas claramente faz muito tempo desde a última vez em que aquele livro foi armazenado ordenadamente em uma prateleira. Está esfarrapado, manchado de sujeira e sangue, e abarrotado de notas soltas. As notas estão em várias caligrafias diferentes, e parecem tratar principalmente dos túneis sob a cidade. Existem mapas de túneis também, e em vários deles alguém desenhou o contorno da Cidade Refeita, sobreposto aos mapas mais antigos.

— O que é isso? — rosna Olthic.

Terevant fecha o livro apressadamente.

— Um guia antigo.

O Festival das Flores é um grande acontecimento. Metade da cidade se decanta para o campo por um ou dois dias. Ostensivamente, é uma celebração religiosa dos Guardiões: uma grande cerimônia onde eles invocam a Mãe das Flores para a próxima colheita, um lugar onde os agricultores podem recrutar trabalho sazonal da cidade. No último século, porém, o Festival cresceu e mudou, tornando-se uma feira comercial onde as guildas de Guerdon podem exibir seus produtos; um jardim dos prazeres cheio de diversões e delícias; uma feira de recrutamento para bandos de mercenários e um lugar para desfiles militares. Uma centena de festivais e exposições menores reunidos em um só lugar.

O Festival está sempre associado à natureza, ao sol, flores e paisagens bucólicas, mas o mapa do folheto mostra uma cidade temporária que é maior que a maioria das permanentes. Dezenas de milhares de pessoas partem de Guerdon e do interior para aquela cidade feita de gesso e lona. Eles vão de balsa e trem, ou de carruagem, ou então a pé por estradas cheias de gente cantando hinos meio esquecidos e canções de bar bem ensaiadas.

Este ano, sem dúvida, também será um campo de batalha político. Cada candidato estará lá, discursando. Aqueles que não são de Guerdon também marcam presença ali; o governo de Haith tem um pavilhão de tendas, e o mesmo acontece com Lyrix e uma dezena de outras nações. Olhando para o mapa, Terevant nota que mesmo algumas nações que já não existem no mundo real têm seu lugar neste país das maravilhas: exilados de Severast e Mattaur ergueram tendas celebrando sua resistência a Ishmere.

O caminho ao longo das estradas é lento: a carruagem tem que forçar passagem através das multidões. Por fim, eles chegam a um pátio seguro nos fundos do pavilhão de Haith. Guardas — vivos — ajudam Daerinth a desembarcar. Olthic pula para o chão e entra no pavilhão a passos largos, gritando ordens. Terevant vai atrás. Lá dentro, o pavilhão é escuro, fresco e está quase vazio. Há uma exposição de esculturas de mármore, uma ode aos triunfos militares haithianos. Ele toca uma... são moldes de gesso, retirados de obras de arte em mármore lá em Velha Haith. Monumentos de gesso em ruínas, para impressionar Guerdon com a resistência eterna de Haith.

Terevant ouve Olthic rugindo com algum subordinado e decide escapulir. Ele não tem nenhuma função oficial ali, de qualquer maneira, não até mais tarde. Quando Lys chegar ali, ele completará a missão que começou quase um mês antes: vai tirar a Espada Erevesic de seu esconderijo e entregá-la a Olthic.

Ele se esgueira para fora da tenda, de volta ao campo lotado, passando por intermináveis fileiras de barracas de comida e tendas de cerveja. As multidões do Festival são um pouco diferentes do povo da cidade. Nada de Homens de Pedra, por exemplo. E nenhum carniçal à vista. Menos estrangeiros: ele se destacaria mesmo que não estivesse vestido com uniforme militar de Haith. Algumas pessoas o olham com cautela, mas por incrível que pareça quase não há problemas. Luz do sol, risos e alegria; a cidade relaxou pela primeira vez desde a Crise. Mesmo a propaganda eleitoral é discreta.

Ele avista Eladora Duttin no estande dos Lib Inds.

— Srta. Duttin — cumprimenta ele.

Eladora ergue os olhos de seus papéis. Um menino de olhos escuros está sentado tranquilamente atrás dela; seus olhos se arregalam alarmados quando ele vê o uniforme de Terevant.

— Tenente Erevesic. — Eladora aponta seu jovem companheiro com um gesto. — Este aqui é Emlin, meu encargo do dia. O que está achando do Festival?

— Acabei de chegar. Você está aqui há alguns dias, suponho?

— Minha tolerância para extravagâncias está bastante exaurida, sim. — Ela lhe dá um sorriso fraco. — O Emlin pode ser um juiz melhor.

Emlin não fala, apenas balança a cabeça. Tímido ou assustado?

Eladora continua:

— Espero que o embaixador não tenha levado as respostas do Sr. Kelkin à sua proposta para o lado pessoal. O Sr. Kelkin pode ser um pouco, ahn, b-brusco.

— Chamando a Coroa de uma coleção mágica de louças? — Terevant sorri para mostrar que ele, pelo menos, não se sentiu insultado.

— Ahn, esse tipo de coisa.

— Tenho certeza de que ele vai sobreviver. O que está achando de *O escudo de ossos*?

— Ah, infelizmente não tenho tido muito tempo para ler. Mal passei da metade.

Impulsivamente, ele pega o livro sobre arquitetura ou arqueologia e mostra para ela.

— Você parece entender um pouco de história. O que pode me falar sobre isto?

— Pelos deuses inferiores! Onde... onde você conseguiu isso? — Ela tenta arrancar o livro dele, mas Terevant não larga. — Esse livro é meu!

— Aqui diz "propriedade da biblioteca da universidade" — ele ressalta.

Eladora olha em volta. Emlin e vários espectadores estão assistindo a altercação com interesse. Ela larga o livro.

— Sr. Erevesic, eu gostaria de discutir esse livro com você... conforme sua conveniência, claro. — Ela vasculha a bolsa e entrega a ele um cartão impresso com seu endereço. — O mais cedo p-possível segundo sua c-conveniência.

*Ela está abalada*, ele pensa. O livro significa algo... e, seja lá o que for, ela não está disposta a discutir em público.

Ele faz uma mesura, se despede dela e sai em triunfo. O dia está começando bem: talvez a reanimação de Vanth não tenha sido completamente inútil. Ele está pegando o jeito desse negócio de intriga, enquanto Olthic mostrou que não é infalível.

O pensamento o anima. Ele se sente como uma das pipas coloridas que voam acima da área do Festival. O livro pesado em sua mochila parece de repente leve, como se ele também pudesse subir rodopiando para o céu na brisa quente que sopra no vasto campo.

Terevant compra um copo de cerveja em uma barraca, encontra uma mesa e toma um longo gole. Uma semana preso na embaixada com Olthic desgastou seus nervos até o osso. As notícias também não ajudam: é difícil conciliar o pensamento de guerra apocalíptica com o sol e a alegria da barraca de cerveja, mas os relatórios diários do Gabinete confirmam que a força de invasão de Ishmere está se movendo para o norte em direção a Haith. Parte dele quer correr de volta para casa, lutar na defesa da cidade ao lado dos honoráveis Vigilantes da Casa Erevesic: afastar-se do olhar acusador de Olthic. Mas seu dever é ali, é ali que a Coroa o quer. Bem, não exatamente *ali* naquela barraca de cerveja, mas em Guerdon. E, além disso, é mais seguro ali. Ele já foi para a guerra antes, e isso acabou em Eskalind.

*Lys chegará em breve*, ele pensa. Pode falar com ela, deixar que sua mente inteligente desembarace o emaranhado de seus pensamentos, que ela diga a ele o que fazer. Ele sempre a ouviu, ao contrário de Olthic. Terevant dá uma gargalhada: ali está ele, rodeado por dezenas de milhares de estranhos, em uma cidade longe de casa, e ainda fazendo peregrinações intermináveis ao túmulo de pensamentos que enterrou anos atrás.

Dezenas de milhares de estranhos... e um rosto familiar. Ele olha duas vezes para ter certeza, mas não há como confundir aquele nariz infeliz. Lá, no canto da barraca de cerveja, está sentado Berrick. Não admira que Terevant não o tenha avistado antes: o homenzinho está vestido de modo semelhante à maioria da multidão na tenda. Fazendeiros rurais em seus trajes de dia santo, todos arrumados para o último dia do Festival. Botões reluzentes, botas enlameadas, penas frescas e brilhantes em seus chapéus.

Ele abre caminho empurrando a multidão.

— Berrick!

O homenzinho levanta a cabeça alarmado.

— Não vamos usar nomes — diz ele rapidamente, puxando o capuz de sua capa para esconder o rosto, mas empurra uma banqueta para Terevant se sentar.

*Ah, morte,* pensa Terevant. Talvez o homenzinho esteja disfarçado.

— É bom ver você de novo — diz Berrick. — E, embora o vinho não seja tão bom, a companhia é, ahn, bem-vinda. — O hálito dele tem um cheiro forte de álcool. Ele está vários copos à frente de Terevant.

Terevant segue o exemplo de Berrick. Não pode esconder seu uniforme do exército de Haith, mas se inclina ao máximo, esconde a espada embaixo da mesa, para que nem todos os transeuntes percebam. Ele não é o único soldado ali: alguns no bar são da marinha de Guerdon, provavelmente estacionados ali por conta de alguma demonstração das forças de defesa da cidade.

— Metade de Guerdon deve estar aqui — diz Terevant, apontando para as multidões.

— Apenas metade? Eu nunca vi uma multidão dessas. — Berrick parece realmente atordoado. — Nem mesmo em meus sonhos. Sonho muito com Guerdon ultimamente.

— Está cheia de vida — concorda Terevant. — Especialmente a Cidade Refeita.

— Eu nunca estive lá. Em parte nenhuma, quero dizer. Eles não me deixam ir.

— Eles quem?

— No exército, quando dão ordens, você já as questionou? — pergunta Berrick.

— Depende de quem está dando as ordens e por quê. Em batalha, você não hesita, porque assim pessoas morrem. Em outros momentos... bem, existem maneiras de questionar uma ordem sem desobedecer. A intenção *versus* as palavras, esse tipo de coisa.

— Suponho que seja uma virtude as ordens de uma pessoa serem muito claras. Vá ali, faça aquilo, atire naquela coisa. — Berrick coça o nariz proeminente.

— Cave uma latrina, observe aquela parede. Ah, e esperar. A maior ordem de todas: esperar que algo aconteça.

Berrick gira o vinho em torno de sua taça.

— Mas a intenção é clara. Você sabe o que deveria estar fazendo, mesmo que nem sempre saiba o porquê.

— Imagino que sim. — Terevant se mexe desajeitado na banqueta.

— Eu não acho que faça diferença se eu questionar minhas ordens. As coisas vão acontecer quer eu concorde ou não.

— Berrick, você pode dizer... — Terevant é interrompido por um homem alarmantemente alto vestindo um sobretudo, que joga um par de panfletos em cima da mesa.

— Votem em Kelkin e nos Lib Inds!

— Amigo, aqui você planta suas sementes em solo pedregoso — responde Berrick, mostrando uma roseta dos Guardiões. O homem alto zomba e enfia um panfleto na taça de vinho de Berrick antes de partir.

Berrick tira o papel do copo.

— Se pudesse, acho que eu teria continuado a vender vinho. Gosto de falar com as pessoas sobre um bom vinho. Mas todos nós temos nossos mandamentos. — Ele se levanta. — Nos veremos de novo quando tivermos outros mandamentos a obedecer.

— Lys está aqui?

— Ela estará observando. — Berrick se levanta, fica por mais um momento. — Foi bom compartilhar um último drinque.

E então ele se vira e vai embora, puxando sua capa de um verde-vivo sobre os ombros, apesar do calor, descendo a colina até o campo principal. Seu passo pesado lembra Terevant de um criminoso condenado indo para o cadafalso.

Terevant tem sua própria obrigação. Está quase na hora de pegar a espada. Ele toma outra bebida para acalmar o zumbido em sua cabeça. Um quarto drinque para o Nono Regimento de Fuzileiros, em memória dos rapazes que caíram, levantaram e caíram novamente em Eskalind.

Está terminando o quinto quando o chamam de volta ao Pavilhão de Haith.

---

Às quatro horas, eles realizarão a Bênção das Flores. Eladora verifica o relógio mais uma vez. Falta pouco mais de uma hora.

A bênção é o único ponto fixo do Festival. Tudo o mais é de improviso, ou empurrado no cronograma, ou compete com seis outros eventos. Vários eventos dos Lib Inds que Eladora programou cuidadosamente sofreram alteração de horário ou foram cancelados. Um comício acabou ficando na mesma hora de uma demonstração da marinha, então a tenda Lib Ind estava quase vazia, Ogilvy falando com vinte barbas-cinzentas semiadormecidos. Ele está rouco agora, de tentar gritar por cima do som de explosões e tiros de rifle no lado de fora.

Os voluntários dela são fantasmas. Se não os mantiver sob vigilância constante, eles desaparecem para as diversões ou apenas ficam parados olhando.

É pior do que cuidar de estudantes da graduação.

O filho de Alic, Emlin, provou ser surpreendentemente diligente. Quando Eladora se ofereceu para levar o menino, foi por caridade. Emlin veio da carnificina de Severast: ele merecia ver algumas maravilhas que não são obra de deuses loucos monstruosos. Felizmente, Emlin parece fascinado por tudo, até por coisas mundanas. Seja ajudando na tenda dos fundos, onde Kelkin e alguns outros líderes do Lib Ind convencem os Senhores de Guildas a fazerem doações, ou caminhando pelas avenidas distribuindo panfletos, Emlin está sempre de olhos arregalados, absorvendo tudo.

Ela tentou, ao longo do dia, envolvê-lo em uma conversa sobre sua vida em Severast, ou sobre seu pai, ou qualquer coisa, mas o menino é evasivo. Por meio de escavações diligentes, Eladora consegue obter alguns detalhes: ele esteve em algum tipo de internato religioso, ficou com uma tia Annah e tio Tander enquanto Alic estava embarcado. Quando ele não quer falar, encontra algo com que se ocupar. Suas elegantes mãos de dedos longos empilhando folhetos, arrumando as coisas. E sempre alerta, sempre ouvindo.

Eladora relembra suas próprias visitas ao Festival, quando era mais nova. Sua mãe sempre levava ela e Carillon. Invariavelmente, Carillon escapava e desaparecia por horas, e Silva arrastava Eladora para o grande campo aberto de oração dos Deuses Guardados. Silva rezava com raiva até que a guarda encontrasse Cari. Quando elas eram crianças, Cari normalmente era encontrada dormindo em algum canto, ou sob o balcão de alguma loja de doces, sendo alimentada por um vendedor indulgente. Mais tarde, a guarda arrastava Cari de volta pela orelha, acusando-a de furtar, brigar ou tentar escalar a estrutura de alguma torre ou ferrovia aérea.

As próprias memórias de Eladora do Festival são principalmente de ficar parada sob o brilho do sol escaldante de verão, tentando não desmaiar enquanto sua mãe e o resto da congregação rezavam. Ouvindo, ao longe, as alegrias do resto do Festival. A coisa piorou depois que Carillon foi embora; em vez de ir ali para o festival principal, fora de Guerdon, Silva passou a participar de uma Bênção das Flores muito menor nas montanhas, administrada por uma seita Safidista. Sem alegria, sem a grande feira cheia de delícias, apenas uma fogueira e orações intermináveis, implorando que a Mãe das Flores tomasse seus fiéis como veículos de seu poder. Peregrinações de pés ensanguentados subindo a montanha até chegar à pequena aldeia onde Santa Aleena da Chama Sagrada ganhou sua bênção.

São quase três horas. Kelkin deveria fazer um discurso às três, aproveitando as multidões que se aglomeram para a Bênção das Flores. O pavilhão Lib Ind já está esvaziando, os membros do partido saindo para empurrar as multidões para o campo central. Eladora e Emlin são os últimos nessa parte da tenda, arrumando papéis e arrastando mesas pesadas para o lado: haverá uma recepção ali mais tarde, após o discurso de Kelkin. Eladora já esteve em eventos semelhantes e já está planejando suas rotas de fuga dos bodes velhos bêbados e lascivos que pensam que, só porque ela faz parte do círculo de Kelkin, deve gostar de velhos que costumavam ser importantes.

De repente, Emlin faz um barulho baixo de uivo e mergulha atrás de uma mesa de cavalete.

— Não tenha medo, criança. — A voz de Silva.

Eladora se vira, vê sua mãe ali, trajando as vestes marrons de um servo dos Guardiões. A velha se apoia pesadamente em uma bengala, mas parece mais saudável do que há três semanas, no jantar.

— Saia daí.

— D-deixe ele em paz — rebate Eladora, posicionando-se entre sua mãe e a mesa. — O que você quer?

— Achei que encontraria você aqui neste antro de pecado — diz Silva. — Atraída por falsos ídolos. Ah, o mal corre em nossas veias. Apenas os fogos de Safid podem nos purificar. — Ela abaixa a bengala e vai dando a volta devagar em uma das pontas da mesa. — Seu avô teria tanto orgulho de você. A criada de Kelkin. Sua prostituta.

As mesas compridas são tão pesadas que, juntos, Eladora e Emlin conseguem apenas arrastá-las pelo chão. Silva empurra a mesa com uma das mãos, virando-a de lado na tenda. Alguns Lib Inds do outro lado da tenda olham ao redor, confusos; Eladora acena para eles irem embora.

— E o que é você? — sibila Silva ao expor Emlin. — Você solta um certo fedor. Deixe-me ver.

Silva levanta a mão, que de repente brilha com sua própria luz interna, um brilho dourado-avermelhado de fogo que queima profundamente por dentro. Os ossos da mão da velha ficam enegrecidos contra as chamas. Com a outra mão, Silva rasga as amarras da aba da tenda e a deixa cair, bloqueando a luz do sol que vem de fora. Subitamente, a única fonte de luz nessa parte do pavilhão é aquela mão em chamas, e ela lança enormes sombras dançantes contra as paredes de lona.

A sombra de Silva é coroada com flores de fogo, envolta em tempestade.

A sombra de Emlin, enquanto ele se arrasta aterrorizado pelo chão, parece ter oito pernas finas e compridas. Alguma contaminação divina.

Silva grunhe e pega sua bengala da mesa. As chamas de sua mão descem pelo pedaço de pau como água, acendendo-o. Ela avança em direção a Emlin.

— Mãe, pare. — Eladora agarra o braço de Silva, mas isso é tão inútil quanto agarrar a maçaneta de um vagão para parar todo um trem a vapor em movimento.

— Abjure o impuro! Abjure o tecelão de mentiras! — exige Silva enquanto avança para Emlin. O menino se contorce no chão como se estivesse preso, membros se debatendo. — Se você mentir, eu vou ficar sabendo! Abjure-o!

Horrorizada, Eladora se coloca novamente entre Silva e o menino.

— Pare!

Silva faz uma careta e a empurra para fora do caminho. A bengala dela se transformou em uma espada flamejante. Emlin se enrola em uma bola, escondendo o rosto da ira dela.

— ABJURE-O!

Silva avança para Emlin com a espada flamejante, pressionando o metal abrasivo na pele dele. O menino berra enquanto a espada o queima e grita algo em um idioma que Eladora não entende.

— Mãe, pare! — Eladora dá um tapa na cara da mãe, o mais forte que consegue. Isso é gratificantemente eficaz: as chamas se apagam, a espada volta a ser uma bengala, e Silva cambaleia. A tenda parece girar em torno das duas; em algum lugar, ao longe, Eladora ouve trovões se chocando no céu. A voz de São Vendaval, como os Guardiões chamam.

Emlin rasteja pelo chão, choramingando, embalando a mão queimada. Então, distraidamente, como se limpasse um grão de sujeira, Silva se abaixa e passa a mão sobre a carne empolada de Emlin. Outro milagre: as feridas são curadas em um instante, deixando apenas uma mancha de pele avermelhada.

— Ele... ele é... — Silva está se apoiando com força em sua bengala novamente, balançando para a frente e para trás como se estivesse prestes a desmaiar. A madeira fumega. — E você... você também. Vocês...

— Ela está babando um pouco agora, com o rosto frouxo. — Carillon. Você a viu. — A voz de Silva está estranha, e novamente Eladora tem a impressão perturbadora de que algo fala através de sua mãe.

— Sim... na Cidade Refeita. Ela salvou minha vida.

— Falsos amigos traiçoeiros. Mas o caminho que leva aos verdadeiros deuses é espinhoso.

Silva cambaleia para a frente e pega a mão de Eladora com uma gentileza surpreendente.

— Ah, você se lembra de ir para as montanhas, querida, e subir as colinas até o santuário de Santa Aleena? A luz do sol parecendo adagas reluzentes, arrancando a pele do mundo e mostrando o que importa. Salvação para nossa família. Salvação para nossa cidade. Ah, minha filha, estamos tão perto. — Silva abraça Eladora, os braços com manchas da idade e ossos de aço se fechando em torno dela como uma gaiola. Eladora fica paralisada.

A aba da tenda se abre novamente para revelar Mhari Voller. Ela entra correndo, acaricia o braço de Silva, sussurra para ela.

— Silva Duttin, Silvy querida, você não deve fugir de mim. Você vê os deuses tão claramente que vai acabar tropeçando e caindo. Venha agora, você precisa se preparar. Lembre-se, hoje é a Bênção das Flores, e você precisa servir.

Ela conduz Silva para fora da tenda, olhando para Emlin com preocupação. Há uma torrente de pessoas do lado de fora — outros Guardiões com mantos idênticos aos de Silva marchando, cantando hinos enquanto seguem para o campo do Festival. Voller dá um empurrãozinho em Silva, e a mulher se junta cambaleante à multidão, à procissão. Instantaneamente, ela adiciona sua voz ao coro, e é lindo, como a música de um grande órgão de igreja erguendo-se em harmonia.

Eladora se apressa para cuidar de Emlin. O menino está tremendo e a empurra quando ela se ajoelha ao lado dele.

— Estou bem — ele murmura. Suas feridas desapareceram tão rapidamente que Eladora nem tem certeza do que viu.

— Deixe-me ver — insiste ela, mas ele se afasta e se levanta de um pulo, como se estivesse sendo puxado por cordas invisíveis.

— Estou bem — repete o menino. Limpa o rosto no ombro da camisa, cospe e, de repente, está sorrindo novamente.

O casual assistente dela, Rhiado, enfia a cabeça orelhuda na tenda.

— Discurso de Kelkin. Está na hora.

O maldito discurso. Ela tem que ir, por mais que queira ficar e tomar conta de Emlin. Eladora acena para Rhiado entrar. Entrega a ele algumas moedas e pede que leve Emlin e cuide dele. Compre o que ele quiser. Compre também uma pomada curativa. A recuperação do menino é suspeitosamente rápida, pensa Eladora, e faz uma anotação mental para falar com Alic a respeito de seu filho. Se ele tem uma mácula espiritual persistente da Guerra dos Deuses, pode ser um perigo para todos ao seu redor. Ele será enviado a Hark se a guarda o pegar.

Ela encontra Voller esperando na porta da tenda.

— Lady Voller, se a senhora está se colocando como cuidadora da minha mãe, então por gentileza não deixe que ela ataque meu assistente.

*Mate-a de fome*, Eladora fica tentada a dizer. *Deixe ela trancafiada em uma gaiola dourada. Mantenha-a dócil, porque quem sabe o que ela vai fazer com essa força terrível. Faça a ela o que os Guardiões deveriam fazer com seus deuses.*

— Ela queria ver você. Ela se preocupa; ouvi dizer que Effro a manda subir e descer a Cidade Refeita, colocando sua vida em perigo.

— A preocupação dela é comovente.

— É genuína. Ela não quer... Você está vendo o pior lado dela, Eladora. Você a perturba, e ela perde o controle. É porque ela a vê tão raramente. Se vocês se vissem mais, ela não ficaria tão tensa.

— Preciso descer para o discurso de Kelkin.

Eladora pega a própria bolsa. O couro está queimado: a bengala em chamas de Silva deve ter roçado nela. Nada em seu interior parece estar danificado: algumas pastas de documentos dos Lib Inds, seu caderno, sua bolsa de moedas, o punho quebrado da espada de Aleena que Sinter lhe deu, aquele romance horroroso, *O escudo de ossos*.

— Tem alguma coisa errada? — Voller paira sobre ela, olhando por cima do seu ombro. Eladora fecha a bolsa com força.

— Não, está tudo bem.

*O escudo de ossos* a faz se lembrar de seu breve encontro com Terevant Erevesic. Ele tinha um exemplar de *Arquitetura sagrada e secular* — e não era qualquer cópia, mas a cópia *dela*. Durante a Crise, ela pegou aquele livro da biblioteca da universidade e acabou levando-o por toda a cidade. O livro ilustrava a reconstrução de Guerdon após a guerra com os Deuses de Ferro Negro há trezentos anos. Mostrando como a reconstrução foi feita sobre as cicatrizes, sepultando templos e selando masmorras sagradas para as divindades monstruosas do passado. A última vez que ela viu o livro foi em um refúgio administrado por Sinter. Ela se lembra de lê-lo, de se perder no estudo, para evitar pensar na sua situação. Escondida no quarto, enquanto assassinos do lado de fora massacravam todos os demais na casa.

Como foi que o livro a reencontrou fora daquele pesadelo? Caçando-a, como se tivesse brotado pernas e rastejado para fora do passado, as páginas manchadas de sangue.

Tudo fica escuro e distante. O sol no céu parece fazer pressão sobre ela, como se estivesse dentro de seu crânio, queimando seu cérebro. Eladora está vagamente ciente de que se curvou e está vomitando. O chão do festival gira ao seu redor. Voller está ali, fazendo ruídos tranquilizadores, segurando os cabelos de Eladora enquanto ela vomita. Alguns transeuntes zombam, rindo da mulher.

— Está tudo bem, querida. — Voller saca um lenço e enxuga sua boca. — Eu sempre fico nervosa antes de um grande discurso também, mesmo que eu não precise dizer uma palavra. Você escreveu algumas das de Kelkin, eu sei. — Ela pega um pequeno frasco de prata e o entrega a Eladora. — Lave sua boca com isto. É um tônico medicinal, uma coisa maravilhosa.

Eladora dá um gole no frasco, se engasga um pouco, e então toma um segundo gole.

— Ah, e gim também — admite Voller.

Voller acha que o nervosismo dela se deve ao discurso de Kelkin. Mas a eleição é seu bálsamo. É maravilhosamente mesquinha e fundamentada. Lareiras e lápides, ruas e feitiços de proteção, discussões sobre argumentos legais. Tudo é sobre o aqui e agora, não sobre deuses e monstros. Isso é outra coisa.

— Preciso ir ao discurso — diz Eladora novamente, e sai trôpega em direção à área do Festival. Ela está tão tonta que tem que se apoiar no braço de Voller durante o percurso.

## CAPÍTULO VINTE E SEIS

Um dos guardas de Haith encontra Terevant na barraca de cerveja e lhe diz que sua presença é necessária no pavilhão. Lady Lyssada chegou. Terevant sai com o guarda. Ele consegue ouvir o murmúrio da vasta multidão ao longe e o zumbido dos sacerdotes dos Guardiões. As passagens entre as tendas estão muito menos lotadas que uma hora atrás. Todos desceram para a área central do Festival das Flores.

Quase todos. Daerinth está esperando por ele do lado de fora da tenda, junto com alguns funcionários da embaixada. O ex-príncipe dispensa os funcionários e sai arrastando os pés ao lado de Terevant enquanto caminham até o pavilhão. Está cruelmente quente. Daerinth é uma erva daninha seca, queimada pelo sol.

— Isto é inadequado. — Daerinth ajeita o uniforme de Terevant, e faz cara feia ao sentir o álcool no hálito do outro. — Felizmente há poucas testemunhas, mas a notícia vai correr por meio daqueles cães traiçoeiros do Gabinete. Espiões são piores que mulheres de pescadores quando se trata de escândalo. Idiota.

Terevant está bêbado o suficiente para achar a raiva do velho divertida em vez de um insulto.

— Acho que Lys vai entender.

— Eu tive uma prima que envergonhou a família — sussurra Daerinth enquanto fixa o fecho do manto de Terevant. — Rhaen era seu nome. Nós a despachamos para o exterior, mas ela voltou. Nós a mandamos para a academia, e ela foi expulsa.

— Essa mulher é das minhas.

— Depois que minha mãe ganhou a Coroa, Rhaen levou um tombo na escadaria dos fundos do palácio. Tinha bebido. Que tragédia. — Daerinth puxa ainda mais o manto para si e aperta o fecho novamente. — Ela não estava preparada para a Vigilância, e os necromantes não chegaram a tempo para ela ser uma Suplicante. Ela morreu desonrada, sem casta e *silenciosamente*.

— Uma história de advertência para todos os segundos filhos.

Daerinth para ao lado da carruagem de Lyssada. Abaixa a voz para que os guardas que estão por perto não o ouçam.

— Não a entregue. Pegue a espada para si.

— O quê?

Terevant olha confuso para Daerinth. Será que ele ficou louco de insolação? Por que, em nome do deus sem nome, Daerinth está lhe dizendo para *roubar* a Espada Erevesic? Daerinth, o conselheiro mais próximo do seu irmão, o Primeiro Secretário, um maldito *príncipe do Império*, o está exortando a cometer uma traição impensável. *Ou talvez eu tenha enlouquecido.*

Daerinth sibila para ele:

— Pegue a espada e vá. A atenção de seu irmão está dividida. Ele está tentando salvar o Império de Haith e a Casa Erevesic. Ele não pode realizar as duas tarefas ao mesmo tempo.

— Você é um lunático! — gagueja Terevant, mas Daerinth continua. Não é um capricho do velho: ele claramente ensaiou esse discurso.

— Ele deseja a Coroa, mas é impedido por seu dever para com a espada. Melhor tirá-la do seu alcance. Você vai se beneficiar com isso também, ah, vai. — Daerinth segura o casaco de Terevant. — Ah, você será um fora da lei por um tempo, por roubar a espada... mas, quando seu irmão ganhar a Coroa, será perdoado e assumirá seu lugar como o Erevesic. Até lá, você pode construir uma nova reputação para si mesmo. Existem dois caminhos retos para a glória, em Haith: o exército e o Gabinete, e você tropeçou e caiu em cima dos dois. Pegue a espada e abra seu próprio caminho! — Daerinth alcança a carruagem, pressiona alguma trava escondida sob os assentos. Um painel se abre. A espada está lá. Terevant pode ouvir o sussurro da lâmina.

— Olthic... ele nunca me perdoaria.

— Vou fazer com que ele entenda. Faça isso e ele será coroado. Ele será um excelente governante. E a Coroa vê mais longe que os vivos ou os mortos. Ele ainda vai te amar. Pegue a lâmina. — Daerinth dá um passo atrás. — Eu não disse nada disso — coaxa ele. Suas mãos estão tremendo. O velho vira as costas e arrasta os pés em direção ao pavilhão, roendo os nós dos dedos, deixando Terevant parado junto à espada.

A marcha de Kelkin até o campo do Festival se torna uma procissão, e depois um comício a pé. Músicos e artistas dançam à frente da multidão; outros erguem bandeiras ou entoam cânticos e vivas. Kelkin ignora todos. Eladora tenta passar pela multidão para chegar até ele, mas a massa está muito compactada em torno do homem para ela conseguir passar — e lá embaixo no campo, um número cem vezes maior de pessoas espera.

Passa bastante das três quando Kelkin chega ao pódio, e são feitos discursos intermináveis de figuras de partidos menores antes que lhe seja permitido falar. Eladora não precisa ouvir o discurso: ela escreveu partes dele, e outras partes Kelkin tem pregado por meio século, palavra por palavra. Qualquer novo material será sobre sua proposta de contratar os carniçais da cidade como parte da guarda para protegê-los contra santos hostis; ele pegará o que discutiram na reunião e, por meio de uma alquimia de carisma, tornará as pessoas ansiosas para que os carniçais as vigiem.

Cantos de "KEL*KIN*! KEL*KIN*!" preenchem o campo, aumentando e enchendo o céu.

Kelkin levanta as mãos e a multidão fica em silêncio.

Seu discurso é condescendente, impaciente, cheio de números — coisas que não deveriam ser inspiradoras, mas a confiança de Kelkin e sua raiva sempre à flor da pele dão à sua oratória um fogo que a eleva. Ele consegue ser ao mesmo tempo o velho malandro astuto que sabe como apertar cada botão e usar cada brecha no sistema, e o incendiário que vai queimar aquilo tudo e construir algo melhor. Ele promete traçar um curso entre a pirataria desalmada das guildas e a mão sufocante da igreja; trazer reformas e riquezas para a cidade enquanto obscuramente insinua que lidará com quaisquer ameaças. Um amanhã melhor se você acreditar nele... e em si mesmo. Sem guildas, sem deuses: apenas trabalho duro e honesto, caridade e integridade.

— Ele sempre foi tão bom nisso — diz Voller.

Eladora está se sentindo melhor agora que está ao ar livre, longe da tenda e de sua mãe.

— Está tentada a voltar para os Liberais Industriais?

— Não. Olhe para essa multidão. Eles estão aqui por causa da Bênção das Flores, não por ele. Ah, alguns vão votar nele, mas não é a cidade de Kelkin, e nunca foi. Ele sabe que o amor pelos Guardiões é profundo. A cidade pela igreja e a igreja pela cidade.

— Amor? — zomba Eladora. — Isso é c-c-como dizer que casar com alguém é o mesmo que trancar a pessoa no seu porão. Os Guardiões monopolizaram as almas de Guerdon por séculos! As pessoas não tinham escolha a não ser adorar os Deuses Guardados.

— Eles são os deuses da nossa cidade, criança. Nossos deuses, não os monstros de outras terras. Eles nos amam: por que não deveríamos amá-los em troca? — Voller se aproxima, sussurrando no ouvido de Eladora para se fazer ouvir por cima do rugido da multidão. — Você deveria saber melhor do que ninguém como eles nos libertaram dos Deuses de Ferro Negro e nos protegeram da Guerra dos Deuses. Imagine onde estaríamos sem suas bênçãos! Realmente acha que umas poucas armas alquímicas podem impedir Ishmere de nos conquistar?

— E se entregar aos s-s-safidistas é a sua solução? Temos que nos defender dos deuses loucos, então vamos alimentar os piores impulsos de nossos deuses mansos, incitá-los até que enlouqueçam também, e transformem alguns de nós em m-mães... em monstros!

Voller dá um passo para trás.

— Eladora, criança, por favor. Pare e pense: eu sei que você tem uma boa cabeça. Os Guardiões não são seus inimigos. Pelos deuses inferiores, eles nem sequer são inimigos *dele*. — Ela aponta para Kelkin, que está se gabando sobre o comércio com o Arquipélago. — Todos nós queremos o melhor para Guerdon. Todos nós queremos paz... e acabar com a Crise. E eu seria a primeira a admitir que os Guardiões já cometeram erros, mas os deuses nunca deixaram de nos amar. A cidade precisa de seus deuses.

— Isso era exatamente o que meu avô dizia — diz Eladora friamente.

— Ah, pobrezinha traumatizada — suspira Voller. — Não é justo Effro fazer você correr pela Cidade Refeita quando ainda nem se recuperou da Crise. Você devia ter uma chance de descansar. De ir para casa e...

— Para casa em Wheldacre? Para a minha mãe? Como isso seria um descanso?

Uma lembrança perpassa a mente de Eladora, uma imagem de muitos anos atrás, quando ela era criança. Carillon — sempre Carillon — roubou um pote de mel da despensa e saiu correndo para o celeiro para comê-lo. Formigas vieram, atraídas pela doçura. Cari viu que as formigas estavam comendo as gotas de mel derramado, então virou o frasco para elas no chão. Eladora se lembra das formigas se afogando no mel, apanhadas pela bondade pegajosa, morrendo do que mais desejavam. A terrível bondade de um deus.

Voller continua a implorar.

— Eladora, por favor, você poderia ajudar. Effro poderia ajudar. Apenas...

Suas palavras são abafadas pelo rugido da multidão.

— A resposta é não — diz Eladora. — Não haverá pacto entre nós.

Ela espera que Voller fique com raiva, ou implore para ela reconsiderar, ou diga — corretamente — que Eladora é o único canal possível entre os Guardiões e os Liberais Industriais, e que ela não pode falar por Kelkin, quanto mais pelo partido inteiro. Espera que aquela fachada rache, que a preocupação fingida e doce como mel se transforme em algo cruel e gelado.

Em vez disso, Voller pega a mão dela e diz:

— Por favor, impeça-o de fazer uma bobagem quando perder. — Ela fala com um tom terrivelmente definitivo, como se a derrota de Kelkin fosse absolutamente certa. Mas como pode Voller ter tanta certeza? A eleição ainda está a semanas de distância, a igreja mal tem avançado nas pesquisas, e ali, ali no coração do Festival dos Guardiões, a multidão está gritando o nome de Kelkin.

Sua mãe jogou um balde de água sobre as formigas moribundas e deixou que a água as levasse embora.

Terevant está parado sob o sol, sentindo o mundo girar sob seus pés, tentando entender o desabafo bizarro de Daerinth. Ao longe, por toda a área do festival, vinte mil pessoas aplaudem.

Ele sobe na carruagem, puxa a espada de seu esconderijo. O punho ornamental, o brasão da família desenhado em ouro e o antigo metal escuro da lâmina, adamascado com ondulações mais leves que, sob algumas luzes, parecem rostos ou formas humanoides.

A espada é de um tamanho mais adequado para ele do que seria para Olthic. Terevant tem as proporções certas para empunhar a lâmina; o físico maciço de Olthic é mais adequado para alguma arma monstruosa que exija as duas mãos. Quando Ter a ergue, ela o reconhece. A força de seus ancestrais surge através de suas mãos, seus braços, flui para seu coração, inundando-o. Lampejos de memória de outros dias, de grandes batalhas.

A espada não seria dele por direito: Olthic é o herdeiro. As almas ancestrais que vivem na lâmina podem rejeitá-lo. Terevant nunca seria autorizado a se juntar a eles quando morresse, e sua alma seria deixada para apodrecer. Mas, ah, antes disso... ele se permite sonhar por um momento na escuridão em ser um lendário herói errante, um destemido renegado disparando mundo afora como um raio. A espada lhe daria força e velocidade, uma lâmina que poderia cortar deuses e monstros. Um mercenário, talvez. Vagueando no meio de sangue e ouro, com os burgueses de uma dúzia de cidades implorando-lhe para lutar por sua causa. Ou um herói que luta contra deuses cruéis e corruptos, chutando os altares de divindades monstruosas e passando seus santos e sacerdotes na espada. Deuses furiosos esbravejando nos céus, cuspindo raios e venenos em cima dele, enquanto ele floreia a lâmina e ri para o céu...

Isso daria um bom poema, mas não é a vida dele.

Não, seu último lance de dados foi em Eskalind, e olha no que deu. As palavras do necromante que cuidava seu pai: *Ele precisa escolher rapidamente em qual das outras castas morrer.* Um conselho para a vida.

Ele embrulha a lâmina novamente e desce da carruagem. Outro rugido distante da multidão no campo principal, como se estivessem torcendo por ele. Terevant saúda os guardas ao entrar no pavilhão de Haith. Olha ao redor, se perguntando se Berrick está ali também, seguindo Lys teimosamente, mas nem sinal do homenzinho.

Lá, na outra extremidade da tenda, estão Olthic e Lys. Daerinth também está lá, esperando como um clérigo monstruoso. Os olhos dele lampejam de fúria ao ver Terevant carregando a espada, mas ele não diz nada.

Olthic está impaciente, Lys com seu meio-sorriso enigmático que ele adoraria ver irromper em uma gargalhada. Ela está usando um vestido para as celebrações daquela noite, após a conclusão do festival. Está dolorosamente linda.

Ele caminha em direção a Lys. E também se afasta dela.

---

Após o discurso, Eladora observa Kelkin e seu círculo imediato partirem, seguidos por vários Senhores de Guilda e políticos. Ela deveria estar com eles, mas a pressão da multidão ao seu redor é muito grande. Está presa no meio da turba. Do outro lado do campo, o som de um coro aumenta, e o hino é repetido por todos ao seu redor. A multidão se reorienta, arrastando os pés para encarar o altar ao sul, e Eladora é forçada a andar com eles também. O hino é aquele que ouviu muitas vezes antes, um cântico de louvor à Mãe. Seus quatro aspectos sagrados, correspondentes aos pontos cardeais do ano. Mãe das Esperanças, das Flores, das Dores, das Misericórdias.

Os fiéis elevam os estandartes de madeira, cada qual ostentando o nome da aldeia de onde vêm. Os estandartes são feitos para lembrar árvores estéreis, galhos vazios como mãos esqueléticas.

Dali a pouco, quando os sacerdotes os abençoarem, eles receberão guirlandas de flores, simbolizando a força vital crescente, a generosidade da colheita e os presentes da deusa. As crianças podem subir nos estandartes para pendurar as flores. Carillon sempre insistia em subir até o topo do estandarte de Wheldacre, quando eram jovens, equilibrando-se no alto do mastro balouçante, jogando flores descuidadamente.

O hino cresce e Eladora se pega cantando também, em uníssono com a multidão. A voz de Eladora aumenta de volume: ela nunca se sentiu à vontade cantando, geralmente tropeça nas palavras, mas hoje elas vêm como uma fonte de mel. Parte dela recua. Há algo doentiamente caloroso e reconfortante naquilo, um calor soporífero que torna difícil pensar. O sol gira no céu, como se todo o campo estivesse girando. O céu é de um azul brilhante, brilhante, marcado apenas por umas poucas nuvens brancas. Por um momento, as nuvens parecem assumir formas vagamente humanoides, descendo daquele céu.

Seria tão fácil ceder, deixar a multidão carregá-la. Deixar seus pés se arrastarem para a frente com o resto dos fiéis. Deixar sua alma fluir para a luz do sol, ou a luz do sol fluir para sua alma. Ela se lembra de Santa Aleena afastando-a do perigo, lutando por ela. Velando por ela enquanto Eladora dormia. A espada brilhava em sua mão, como o sol.

Ela resiste, tenta lutar contra a multidão, e de repente o sol é uma lança cravada em seus olhos, cegando-a. Sua voz falha, e ela não consegue mais se lembrar da letra do hino. Ela cambaleia. Alguém dá uma cotovelada forte em suas costas e ela tropeça no meio do caminho de um homenzarrão, que pisa dolorosamente em seu pé. Eladora peleja no meio da multidão, indo contra o fluxo, e luta para chegar à margem do campo.

Ali, ela consegue recuperar o fôlego. Está protegida do sol por uma das tendas, e a dor de cabeça diminui. Duas vezes hoje ela já teve aquela estranha desorientação: uma vez na multidão, e antes, na tenda, quando sua mãe manifestou seu dom santo.

Para se acalmar, ela executa alguns dos exercícios mágicos que a dra. Ramegos lhe ensinou, concentra suas energias feiticeiras e permite que elas voltem a fluir. Seus membros formigam quando a energia é descarregada, mas sua cabeça está clara novamente. As nuvens são apenas nuvens.

A partir dali, ela consegue ver a linha de servos vestidos de vermelho, distribuindo guirlandas de flores menores para os fiéis enquanto os sacerdotes entoam a Bênção das Flores. As pessoas da cidade dizem que traz boa sorte.

Ela reconhece um dos servos, mesmo à distância. É sua mãe. Silva é uma dentre uma centena, distribuindo guirlandas. A filha da família Thay, outrora parte da elite mais rica de Guerdon, distribuindo pequenos buquês de flores silvestres para a multidão. Uma longa fila de pessoas passa pelos servos, cada uma levando uma guirlanda. Logo, eles vão pendurá-las nos estandartes, e a patrulha fará uma prece, e tudo estará acabado.

*Agora é só ladeira abaixo*, ela diz a si mesma. Não há nada entre agora e a eleição. Nenhum dos outros partidos tem um líder que possa desafiar Kelkin. Os Liberais Industriais vão vencer, e Kelkin vai dar crédito a ela em seu discurso de vitória. Nomeá-la para algum cargo no conselho da universidade, para que ela possa voltar aos estudos. Devolver aquele exemplar da *Arquitetura sagrada e secular* à biblioteca e pedir desculpas pelo atraso.

Eladora encara a mãe através da multidão, como se tentasse chamar sua atenção. *Você gosta da santidade que buscou, mãe. Provavelmente é mais fácil para os deuses preencherem você, já que lhe falta uma alma.*

E então o hino se eleva novamente, as palavras da oração tornando-se irresistíveis, e Eladora é puxada de volta para o sol. A multidão avança de súbito, carregando-a em direção ao altar. Ela tropeça, e quando olha para o céu, ela os vê.

*Pelos deuses superiores.*

*Lá*, erguendo seu lampião da verdade, está a forma encapuzada do Sagrado Mendicante. Um gigante, mais alto que o céu. Seu manto é o céu noturno; seus olhos contêm toda a sabedoria que pode ser encontrada através do sofrimento. Ao lado dele, parado no meio do pavilhão industrial como um colosso, está o Sagrado Artesão. Ele avança arrastando os pés, levantando seu martelo.

*Alguém mais os vê?*, ela pensa. Talvez alguns vejam: fanáticos safidistas, místicos tocados pelos deuses, crianças sensitivas. O resto da multidão é quase insensível à proximidade de seus deuses. A presença é vista apenas de modo agregado: a bainha do manto do Sagrado Mendicante roça a multidão, e uma fila de pessoas estremece abruptamente, apesar do calor.

Eladora já viu os Deuses Guardados antes. Ela os vislumbrou na Crise, quando Santa Aleena pereceu. Então, eles eram fantasmas frágeis, confusos e assustados. Agora, estão muito mais fortes.

São Vendaval vem do leste. Sua armadura está incrustada com sal e cracas, mas sua espada de fogo brilha no céu. Ele olha para Eladora: ela não consegue ver os olhos do deus por trás da viseira do elmo, mas seu *reconhecimento* a atinge como um raio, a deixa se contorcendo no chão. Mãos na multidão a pegam e a carregam, outra peregrina vencida pelo êxtase religioso. Alguém coloca uma guirlanda de flores em seu pescoço, mas ela se solta e cai no chão para ser pisoteada pela multidão.

Eladora tenta contra-atacar. Tenta recitar um encantamento defensivo, mas não consegue encontrar as palavras. Tudo o que vem à mente é uma palestra do professor Ongent, dispensando com ironia os Deuses Guardados. *Um exemplo típico de um panteão rústico inferior... padrões extraídos do ciclo de vida e morte, das divisões entre o nós e os outros... sem sofisticação, sem nada notável... sem mais intenção ou sagacidade que uma lombriga ou um carrapato...*

A Mãe surge dos campos ao seu redor. Em sua testa, uma coroa de flores refulgente. Este é o momento brilhante, o momento alegre, antes das labutas do outono e do inverno rigoroso. Alegria como mel, doce demais. Eladora vomita.

*Mas isso não muda nada*, ela diz a si mesma desesperadamente. *É apenas um espasmo etérico, uma flutuação espiritual. Os Guardiões perderam o controle sobre o parlamento há uma geração, quando os deuses eram igualmente fortes. E Kelkin ganhou mesmo assim.*

Os deuses olham para ela, julgam-na... e seguem em frente.

Eles começam a desaparecer de sua vista. A Coroa de Flores na testa da Mãe encolhe. É uma implosão, um bombardeio de artilharia ao contrário. Concentrando-se, comprimindo-se em um anel de fogo...

Terevant oferece a espada a Olthic.

Seu irmão, absurdamente, olha para Daerinth por um instante. Daerinth balança a cabeça brevemente, mas Olthic ainda estende a mão para a espada.

Ele a levanta e as almas descem pela lâmina. Pulsos de energia fluem através dele. Ele é ampliado pela arma. Olthic já é forte, mas agora se torna invencível. Ele já é bonito, mas agora se torna glorioso. Ele já tem uma presença que comanda, mas agora é divino.

Os outros três — os três mortais — na sala são afetados cada um de forma diferente. Daerinth se ajoelha, gemendo quando suas velhas juntas dobram. Terevant consegue ouvir gritos enlouquecidos, exultação, e por um momento não sabe dizer se é do Festival lá fora ou se é de dentro de sua cabeça.

Lys ouve os gritos do Festival. Ela ri, beija seu irmão na bochecha e sussurra alto o suficiente para Terevant ouvir:

— Eu venci.


Silva entrega uma guirlanda de flores para um homenzinho de manto verde-vivo, e há um estrondo de trovão, um clarão de luz do sol tão intenso que queima um anel de fogo na visão de Eladora. Na visão de todos: a multidão inteira cambaleia, milhares de pessoas ficam meio cegas por aquele momento de glória divina. Eladora pisca furiosamente, mas o círculo ainda está lá, um círculo milagroso de luz dourada que se afasta, se contrai, até se tornar uma coroa. Uma coroa de fogo. A guirlanda de flores se tornou uma coroa em chamas. Silva ainda a está segurando, assim como o homem de manto verde.

O Patros desce correndo do altar-mor, empurrando bispos e prelados para fora do caminho. Ele abre caminho até chegar ao lado de Silva. Ela ainda segura a coroa, congelada como uma figura em uma pintura. A cena inteira é como uma pintura religiosa trazida à vida: a santa de túnica vermelha, o Sagrado Mendicante, o Patros em seu manto cintilante.

Então o homem se ajoelha diante do Patros. O Patros pega a coroa e a coloca na cabeça do homenzinho, à vista da multidão inteira.

— O rei! O rei voltou!

# CAPÍTULO VINTE E SETE

As águas do porto de Guerdon estão escuras e turvas nessa tarde. O fundo do mar está atulhado de lama e escoamento das fábricas, então cada passo levanta nuvens de lodo. Mesmo que o espião acendesse a lâmpada presa ao seu traje de mergulho, não seria capaz de ver mais que alguns centímetros. Ele só pode confiar no puxão da corda que está enrolada em sua cintura, que o guia para a frente, e ele caminha para a escuridão total.

Tander está em algum lugar atrás dele, amarrado à mesma corda. À frente do espião, a corda corre até a mulher-sereia, Oona. Ela também está segurando a ponta de uma segunda corda, o bridão de dois dos mercenários de Tander, Fierdy e Alívio. Alívio não responde a nenhum outro nome, e o espião não o inveja por isso. Os quatro estão vestindo as roupas de mergulho que Dredger jura que são impermeáveis, mas o frio crescente na bota direita do espião sugere o contrário.

Em suas costas estão gaiolas respiratórias. Basta pegar guelras cultivadas em algumas espécies aquáticas, mantê-las vivas em um gel vitalizante, prender as guelras em uma malha, fazer com que esguichem ar líquido na parte de trás do capacete do usuário. Enquanto a criatura-guelra sobreviver, você consegue respirar embaixo d'água.

O espião sente a criatura na gaiola gorgolejando contra sua coluna enquanto ele caminha, com pés de chumbo, pelo fundo do mar.

Em algum lugar, muito acima e muito atrás, está a lancha de Dredger, onde Haberas e Annah esperam. Quando o trabalho estiver concluído, Oona irá conduzir os quatro mergulhadores de volta a essa lancha; eles vão se livrar dos cintos e botas com pesos, e ela vai carregá-los até a superfície, um por um. Eles devem ficar ali no fundo por no máximo uma hora, levando os respiradores ao seu limite. O espião não sabe quanto tempo se passou até agora: sem ver, sem ouvir, sem nada além da sensação de frio e gosto de cobre. Ele nunca esteve tão ciente do sangue no seu corpo, do movimento de seus pulmões. Pode ouvir seu coração.

Oona passa rapidamente, um momento de luz na portinhola de seu capacete. Debaixo d'água, partes de seu corpo escamoso são luminescentes, a sagrada ladainha do Kraken escrita em sua carne. Os símbolos agora estão mais brilhantes, as guelras em seus flancos mais visíveis. Quanto mais tempo passa ali embaixo, mais ela sucumbe à sua mudança. O espião prometeu a ela e a seu marido um pagamento considerável por aquele trabalho, mas nenhuma quantia de dinheiro pode reverter sua transformação. Ela pertence ao deus agora, e ao mar.

Um puxão e eles avançam. Uma marcha na escuridão. Alguém tropeça: o espião sabe disso pela corda se afrouxando, e então a água correndo por ele enquanto Oona nada para ir levantar o mergulhador caído. Eles estão se movendo muito devagar, o espião imagina, mas não têm como se comunicar.

Após uma marcha interminável e eterna, o fundo do mar começa a inclinar para cima. Há luzes, muito acima, e o rugido distante de motores. Algo passa acima, um encouraçado, enorme e terrivelmente presente como um deus. Eles estão se aproximando do porto seguro na Ponta da Rainha. O plano é passar pelas muralhas e guardas da fortaleza, além de todas as suas defesas, tomando um caminho decididamente nada turístico pelo fundo do mar.

É um caminho mais fácil, mas não sem defesas. Oona os conduz ao redor de obstáculos subaquáticos. Pedaços de metal pontiagudos.

De seu cinto pende uma pistola pesada. É à prova d'água — flogisto pode queimar na água tão facilmente quanto no ar —, mas ele duvida que consiga acertar qualquer coisa com ela enquanto estiver usando aquele traje desajeitado. Em vez disso, ele solta o fantasma-relâmpago e segura a arma em sua mão enluvada. É só pressionar a trava e a pequena granada descarregará uma tempestade uivante de energia etérica. Feitiçaria crua, apodrecida.

Fantasmas-relâmpago são difíceis de detectar à distância. Um observador apenas vê um clarão de luz rodopiante, uma confusão fosforescente que resplandece por um instante. Melhor ainda, eles são bons em lidar com defesas mágicas, conseguem subjugar feitiços de proteção e outras magias com pura força caótica. Há pouca coisa que um fantasma-relâmpago não destroce em algum nível. A desvantagem é que eles são amplamente indiscriminados, atacando os alvos mais vulneráveis primeiro, seguindo o caminho de menor resistência psíquica para a obliteração. Se o espião soltar um fantasma-relâmpago ali, a descarga atingirá Oona ou um dos mercenários. Ainda assim, ele mantém o fantasma de prontidão.

As luzes da superfície ficam mais brilhantes à medida que eles sobem. Enormes lâmpadas etéricas montadas ao longo dos penhascos, banindo a escuridão do crepúsculo da enseada. A Ponta da Rainha já foi uma enseada, um corte íngreme no promontório. A fortaleza consumiu o promontório, envolveu as falésias do mar em concreto. Eles expandiram a enseada, explodiram e dragaram tudo, tornando-a um porto seguro e protegido, estreito e de muralhas altas.

Outra embarcação se move acima, eclipsando as lâmpadas. O espião pode ver a sombra menor do rebocador arrastando o navio, enquanto Oona os arrasta. Assim na terra como no céu, assim acima como abaixo.

Como parte de sua preparação, Tander e o espião trabalharam com seus contatos. Falaram com Dredger, com ex-militares, mercenários, alquimistas, marinheiros, qualquer um que tivesse estado na Ponta da Rainha. A entrada da enseada aponta quase que exatamente para leste, e todos os relatos concordavam que as amarrações principais ficavam no lado norte da enseada. Há uma pequena saliência rochosa que começa a meio caminho ao longo do lado sul e corre até o extremo oeste, perto do cais onde está atracado o *Grande Represália*. Esse é o alvo deles. Podem subir lá e espionar o navio ancorado de perto. Confirmar, de alguma forma, se há uma bomba divina ali, pronta para uso em qualquer divindade invasora.

No esboço do mapa que Tander desenhou na taverna, tudo parecia tão fácil. Eles exultaram sobre como haveria menos guardas de vigia, com tanta gente ausente para o Festival. Falaram sobre como entrariam e sairiam em poucos minutos, como seria fácil. Mas o ar em seu capacete já está com gosto de velho, e ainda há uma longa caminhada de volta à lancha, mesmo depois de concluírem o trabalho. Os outros três mergulhadores se preocupam em voltar com vida.

Já o espião tem outras preocupações.

De repente, um jato de lama brota, uma explosão abafada e estrondosa de movimento. Um borrão de marrom e azul quando Oona foge, as cordas abandonadas enroladas como serpentes marinhas em seu rastro. Movimento — são os amigos mercenários de Tander. Um está se atrapalhando com sua pistola, o outro está em algum lugar na nuvem de lama à frente. O espião tem um vislumbre de algo com dentes e tentáculos, um pólipo que cresceu até ficar gigantesco e carnívoro. Produto de algum tanque alquímico.

Ele joga o produto de outro tanque alquímico nele, a granada de fantasma-relâmpago girando lentamente pela água. Ela também explode silenciosamente, vomitando uma nuvem rodopiante de pálidos fantasmas que desaparecem rapidamente na lama. Debaixo d'água, o grito da arma não pode ser ouvido.

Os movimentos param, e tudo fica quieto.

O lodo começa a assentar, a água começa a clarear. Ele vê a ponta cortada da corda do mercenário, alguns pedaços retalhados de roupa de mergulho de borracha, e uma carcaça coberta de lama dilacerada por longas línguas ásperas. O mercenário sobrevivente — ele não consegue dizer qual deles é — se levanta devagar. O fantasma-relâmpago pegou qualquer monstro que estivesse protegendo a enseada.

Ou pelo menos pegou um dos monstros. Mas quem sabe quantas outras criaturas se escondem na lama e nas rochas à frente?

O espião se vira. Atrás dele, a forma escura de Tander, ainda amarrado a ele pela corda. Tander se aproxima, pressiona seu capacete contra a placa de vidro do capacete do espião. Ele consegue ver o movimento da boca de Tander, ouvir vibrações distintas transmitidas através do metal, mas não consegue entender as palavras. Então, o espião desengancha sua lâmpada e a acende, piscando-a uma vez para o outro mercenário e outra na direção em que Oona foi.

O outro mercenário anda trôpego até eles, segurando a ponta arrebentada de sua corda como uma criança perdida. O espião pega aquela extremidade e a amarra em torno da própria cintura. Todos os três mergulhadores agora estão unidos novamente. Eles esperam ali na escuridão por um longo minuto silencioso até que Oona nada de volta às suas vistas. Comparados com a graça aquática que ela possui, eles são desajeitados e lentos. Por meio de gestos, ela deixa claro que não vai avançar mais. Vai esperar na boca da enseada e conduzi-los de volta à lancha quando retornarem.

Ela aponta na direção da saliência rochosa que deve estar adiante na escuridão, em algum lugar ao longo da borda sul do porto. Então nada na direção oposta, deixando os três sozinhos. Eles não podem se falar, e suas luvas são muito volumosas para fazer qualquer coisa a não ser os gestos mais simples.

É a democracia da corda: todos eles têm que seguir o curso definido pela maioria, aconteça o que acontecer.

Luzes penetrantes surgem do alto. Um pequeno barco, provavelmente verificando o que provocou a perturbação na água. O porto de Guerdon quase não tem peixes, mas alguns devem sobreviver nas águas contaminadas. Os monstros guardiões devem atacar os ocasionais linguados ou cações. Nem todo distúrbio significa um intruso. Ainda assim, os três mergulhadores correm para que a luz não os ilumine.

Tander está na liderança. Se ele escolheu a direção errada, estão condenados. Se não alcançarem aquela saliência rochosa, marcharão para além dela, para fora da extensão do porto seguro. Não há lugar para sair lá sem serem vistos. Talvez consigam voltar para Oona antes que o ar acabe, mas não há garantias disso.

Está ficando mais difícil respirar.

Ao longe, Emlin recua para longe do fogo implacável dos Deuses Guardados, nas mãos de Silva Duttin.

Mais ao longe, as frotas de Ishmere navegam para o norte: para Lyrix ou Haith, não faz diferença. O hálito da Mãe Nuvem enche suas velas; o Kraken nada à frente, tomando os mares. A Rainha-Leão fica na proa, rugindo um desafio. O Grande Umur em seu trono de estrelas. A Aranha do Destino vê tudo das sombras.

O espião está zonzo. Ele não consegue se lembrar de um tempo em que não estivesse caminhando por aquelas águas turvas.

E então a corda o arrasta encosta acima. Tander encontrou a saliência.

Eles se arrastam para fora da água, agachando-se atrás das rochas e tambores de combustível descartados para se esconder de quaisquer sentinelas. Retirando os trajes de mergulho, ajudando uns aos outros a tirar os pesados capacetes de latão, as botas com pesos amarrados nelas, as gaiolas alquímicas. As guelras dentro das gaiolas estão exauridas, suas escamas azuladas agora rosadas. Gotículas de sangue escorrem das membranas emplumadas. O amigo mercenário de Tander — o sobrevivente, Fierdy — já tinha usado esse tipo de tanque respiratório antes. Ele empalidece e murmura um juramento baixinho, diz a eles que precisará ficar ali para lavar os tanques antes que eles possam ser usados novamente. O espião desamarra a corda de Fierdy de sua cintura, mas permanece amarrado a Tander.

E então ficaram dois.

Tander e o espião se esgueiram ao longo da saliência estreita que corre pela borda da enseada. Ali, eles estão à mercê da maré: a marca da maré alta está sessenta centímetros acima da cabeça do espião enquanto ele sobe, seus pés deslizando sobre algas e conchas. Estão a meio caminho do desfiladeiro da enseada protegida, com a Ponta da Rainha em frente, do outro lado das águas profundas e escuras. A parede do penhasco ao sul se eleva atrás dele. Se houver sentinelas lá em cima, têm que estar bem na beira do penhasco para identificá-los.

Existem sentinelas do outro lado da enseada, é claro: milhares delas. A enorme fortaleza da Ponta da Rainha fica lá, canhões apontando para o mar, torres de vigia olhando para o horizonte. A fortaleza está empilhada sobre si mesma, novos baluartes e torres engolfando os mais antigos. Crescendo como um coral, um câncer de concreto. O espião estremece ao ver as centenas de janelas da fortaleza. As mais antigas são fendas para flechas e armas de fogo; as que estão no flanco das seções recém-construídas são vigias de vidro, brilhando como olhos vermelhos ao refletirem a luz do crepúsculo.

Os longos canos das armas parecem dedos contra as nuvens laranja-avermelhadas acima da enseada. As armas maiores estão posicionadas de modo a disparar sem impedimentos através do porto repleto de ilhas de Guerdon. Elas poderiam esmagar os moribundos na Ilha das Estátuas, erradicar os pátios de Dredger na Ilha do Picanço em um piscar de olhos. Armas menores comandam os pontos de aproximação da cidade, vigiam a entrada dessa enseada.

Eles rastejam, se aproximam do navio de guerra que está ancorado no final da enseada. O *Grande Represália*. Construído para tirar proveito dos mais modernos motores alquímicos.

E quem sabe uma bomba divina também.

O espião pega uma luneta e examina o *Represália*. A tripulação no convés anda desajeitada em trajes de proteção. A maioria está sem os capacetes: não há perigo ali, apenas procedimentos-padrão. Nenhum perigo *ainda*, isto é: as armas que eles manuseiam são mil vezes mais mortíferas que qualquer bala ou espada. Quanto daquele recipiente de sementes de ácido seria necessário para matar todos os tripulantes no convés, derreter sua carne e transformar seus ossos em uma massa pegajosa e calcária? Um centésimo do barril? Menos?

O espião não é Sanhada Baradhin, mas os encouraçados parecem de outro mundo para ele, impossibilidades conjuradas por alquimia e engenhosidade.

— Precisamos chegar mais perto — insiste Tander.

Eles avançam mais rápido. Fierdy está fora de vista agora, perdido atrás das rochas.

Eles podem ver o convés do *Grande Represália* com mais clareza. Lá, montada exatamente no centro do convés principal, está a estrutura de um lançador de foguetes. Fortemente reforçada, envolta em runas de feitiçaria protetoras e escudos de explosão.

Se a arma estivesse a bordo do *Grande Represália* agora, estaria ali.

Está vazio.

— Não está ali, Tander.

— Precisamos ter certeza — diz Tander. — Annah *disse*.

Lá, além do *Represália*, há uma porta de metal embutida na parede de pedra da enseada. Alguma caverna marinha natural que foi expandida, reforçada, trancada atrás de aço. Uma ferrovia estreita parte da porta até as docas. É um arsenal.

O espião não consegue parar de olhar. A coisa atrai sua atenção. Ele sente que tem que vigiar aquela porta da mesma forma que vigiaria uma serpente venenosa tomando sol no meio da estrada. Ele não gosta daquela porta.

Tander também a nota. Para chegar até ela, eles terão que escalar de um lado a outro da enseada, cruzando a extremidade oeste. As rochas são irregulares e afiadas; pode ser possível escalar acima da sopa de lixo que fica amontoado na beira da água e fazer a travessia.

Tander vai primeiro e a corda puxa o espião. Ele o segue ao longo das rochas, usando os mesmos perigosos apoios para as mãos e para os pés. Enterrando os dedos nas rachaduras escorregadias.

À medida que se aproximam, o espião sente uma fraqueza crescente. É uma sensação nauseante, como se partículas invisíveis estivessem penetrando nele e incrustando seus ossos. Seu sangue engrossa, coagula, apodrece dentro das veias. Seus dedos ficam entorpecidos, e depois seus membros. Ele é um saco de carne, mole e pesado. Balançando laboriosamente uma perna, depois outra, colocando os braços em apoios para as mãos como um marinheiro amarrando cordas, atando os dedos em torno das rochas.

Não é o suficiente.

Ele escorrega, mergulha em direção às rochas irregulares abaixo, subitamente sem ossos.

A corda o segura. Tander se segura, agarrando-se às rochas, os dedos brancos como ossos enquanto carrega seu próprio peso e o do espião.

— Suba! — ordena Tander, os olhos alucinados. O veneno da Aranha do Destino lhe confere a força nascida do desespero; para Tander, não há destino pior que o fracasso, que ser desfeito às ordens de Annah.

O espião não consegue. Está repentinamente exausto além de qualquer experiência. Só consegue se agarrar ali, exposto. Se uma sentinela olhar aquela ponta da enseada, ele será localizado de imediato.

— Suba — sibila Tander outra vez.

Ele ajusta sua pegada na rocha — Tander é assustadoramente forte — para poder pegar sua faca e cortar a corda se for preciso.

Ele vai deixar o espião morrer ali. Afogar-se ali. E depois irá atrás de Emlin.

O espião agita seus membros. Não consegue lembrar o que é braço e o que é perna, ou qual deveria ser a diferença entre eles. É Alic quem o salva, Alic quem assume o controle. Alic que começa a escalar o penhasco. Alic, agora, que está ajudando Tander a cruzar os últimos metros de penhasco antes de chegarem ao lado norte da enseada.

Agora estão na Ponta da Rainha. Adiante, junto à porta, estão duas sentinelas. Estão observando a passarela que corre ao longo das docas até a porta do arsenal, não os penhascos. Ainda não viram as duas figuras sujas, encolhidas atrás de um barril.

— Que merda foi essa? — sussurra Tander. — Você teve um ataque ou alguma coisa assim?

— Não foi nada — diz Alic. — Vamos logo com isso.

Tander está com a arma na mão. É uma arma feita para usar debaixo d'água, porra, não precisa necessariamente ter mira acurada, ainda mais a tiro ao alvo a trinta metros de distância quase na escuridão, mas o desespero faz coisas engraçadas aos nervos de um homem.

Os estalidos de dois tiros ecoam por sobre a água, e dois corpos caem, desaparecendo na escuridão. Tander desata a correr, acelerando na direção da porta do arsenal. Frenético, furioso, um último esforço. O espião precisa segui-lo, correndo para a passarela. Ao longo da ferrovia, seguindo as duas linhas reluzentes de ferro polido. Eles correm até aquela porta terrível.

Atrás deles, o espião ouve gritos distantes, movimento na Ponta da Rainha. Ainda não há sirenes, mas é só uma questão de tempo. A fortaleza divina sentiu uma picada, ouviu o zumbido de um mosquito. Dali a pouco, a Ponta da Rainha vai se mexer para eliminar esse intruso.

Tander chega primeiro à porta. Gira a alavanca para abri-la.

Do outro lado, um corredor de pedra. Prateleiras, cofres de armas.

Ambos só têm um instante para ver tudo isso antes que os alarmes soem nas profundezas, mas aquele instante basta. A bomba divina está armazenada logo na entrada do arsenal, pronto para ser levada para o *Represália* assim que as ordens forem dadas.

Uma coisa feia, de ferro preto, composta por placas soldadas de sucata retorcida. Deformada, mutilada, uma crosta de icor divino. Tão chocada com sua própria existência que grita por aniquilação. Uma carga moldada de blasfêmia. Inegável em seu terrível poder, odiosa em sua totalidade.

O espião grita internamente: se de triunfo ou de terror, ele não sabe dizer.

Alic — ele é mais Alic do que jamais foi naquele momento — agarra Tander pelo ombro.

— Temos que ir!

Seu coração batendo forte, ele fica tenso, se preparando para a dor dos tiros que virão. Ele quer desesperadamente viver. Para ouvir seu nome ser brindado no salão de reuniões do Lib Ind. Para voltar à casa de amansamento e abraçar Emlin. Para permanecer sendo Alic.

— Corra!

Sirenes uivam. Holofotes brilham. Eles mergulham na água, nadam desesperados para sobreviver. Um mergulho curto e imundo no lixo, rezando para que a luz não os encontre. Eles alcançam o promontório sul novamente. Alic puxa a corda, erguendo Tander à terra. Lado a lado, eles rastejam de volta para o local de chegada. Na direção do terceiro mercenário, na direção das gaiolas respiratórias, do porto aberto, de Oona, do barco, da segurança e de não morrer naquela merda de promontório...

O holofote os encontra.

— Vai! — grita Tander.

O tiroteio explode ao redor deles. Fragmentos de pedras caem na água abaixo. Tander é atingido, sangrando de pelo menos três feridas, mas nenhuma fatal. É um milagre, um maldito milagre, concedido por nenhum deus conhecido, o fato de que eles não sejam mortos, nenhum dos dois.

Fierdy os vê chegando. Ele meio que se levanta para encaminhá-los a um ponto seguro onde possam colocar seu equipamento de mergulho, e então sua cabeça explode quando uma bala o atinge. Miolos e pedaços de crânio respingam nos capacetes que esperam ali, bem alinhados.

Tander pega um capacete e o enfia nos ombros de Alic. Sela-o de qualquer maneira, bate o tubo respiratório com tanta força que assusta a criatura-guelra no tanque.

— Agora eu! — grita Tander.

É o espião que se abaixa, o espião que levanta outro capacete, quase o deixa cair — está escorregadio com o sangue de Fierdy — e o coloca sobre a cabeça de Tander.

— Rápido, rápido! — Tander se vira, gesticula para o tubo da gaiola respiratória. — Nós temos que ir, temos que dizer a Annah que é real, está aqui.

Dizer à frota de guerra do Reino Sagrado de Ishmere que Guerdon está protegida. Dizer a eles que o primeiro deus a invadir ali — a orgulhosa Rainha-Leão, a resplandecente Mãe Nuvem, o carrancudo Kraken — será derrubado, aniquilado tão completamente que conhecerá a morte como os mortais a conhecem. Contar a eles sobre o perigo. Dizer que fiquem longe de Guerdon, que mantenham seu curso atual.

O espião pega uma faca e faz um corte rápido, esfaqueando a malha protetora sobre a criatura-guelra no tanque de Tander. A coisa mal tem sistema nervoso suficiente para sentir dor, mas ainda assim estremece quando o aço corta seus tecidos frágeis. Então ele conecta o tubo respiratório no lugar.

Haverá barcos a caminho em breve. Eles não têm tempo de verificar os lacres de seus trajes, não têm tempo de fazer nada além de prender as botas pesadas e deslizar para a água abaixo. Cada passo que os distancia da bomba divina é um alívio abençoado; a escuridão da água é fria e silenciosa, como as sombras do templo em Severast.

Amarrados um ao outro, eles marcham para as profundezas sem luz. O espião joga os últimos fantasmas-relâmpago à frente deles, abrindo caminho caso haja mais algum daqueles pólipos guardiões. Ele capta vislumbres de Tander sob a luz dos clarões, mas então escurece novamente, e ele só pode avançar, seguindo a corda esticada.

A corda afrouxa.

Amolece.

Ele encontra Tander, balançando para a frente e para trás com a maré. Enraizado por suas botas pesadas, plantadas no fundo do mar como uma estranha anêmona. Silenciado para sempre.

O espião solta o último fantasma-relâmpago e vai embora.

Oona surge da escuridão como um psicopompo que está ali para levar sua alma para algum deus marinho esquecido. A sereia franze a testa quando o vê sozinho. Ele levanta a ponta esfarrapada da corda. Ela faz uma cara que expressa simpatia, então mergulha e desafivela suas botas pesadas. Livre, ele flutua nos braços dela. A cauda de Oona bate na água, e eles sobem rápido.

Atrás deles, navios-patrulha da guarda se espalham, em busca do intruso. Em breve, encontrarão os corpos. Um morto nas rochas. Outro que tentou escapar pelo fundo do mar e nunca percebeu que uma bala perdida danificara seu aparato respiratório. O pobre coitado, marchando para a morte, sem saber que estava ficando sem ar. Seus restos retalhados pelo fantasma-relâmpago, garantindo que ele nunca fosse identificado.

Oona acelera com ele para o porto. Lá está o barquinho, a lancha de Dredger, ondulando na água. Oona o impulsiona para cima, rompendo a superfície. Annah e Haberas o ajudam.

O rosto de Annah está sem expressão, ilegível, mesmo quando Oona gesticula que não há mais ninguém vindo, que o espião é o único sobrevivente.

Este é o momento mais perigoso de todos.

Quando Annah tira o capacete, ele sussurra para ela com urgência. Como se as palavras fossem fogo, uma tocha acesa que ele carregou de dentro da escuridão das águas, passada de mão em mão em um revezamento. Tander e os outros morreram para trazer a você essas palavras.

— Eles não têm a bomba divina — mente ele. — Estão blefando. A cidade está aberta.

Annah dá uma longa, longa tragada no cigarro.

Ela faz uma concha com a mão para envolver o cigarro, protegendo-o para que o pequeno ponto de luz não revele sua posição.

Ela exala.

Joga a bituca no mar.

— Isso muda as coisas.

Ela se vira, atira habilmente no peito de Haberas, bem no centro. Dispara novamente, na água, atingindo Oona. A sereia se debate e se agita de dor, batendo com as mãos membranosas na água prateada de luar, mas então afunda e desaparece. Annah atira na água, duas vezes, depois se senta ao leme e dá a partida no motor.

O espião fica ali deitado no fundo do barco enquanto eles aceleram para o sul, para longe de Guerdon, seguindo a costa. Passando pelas ilhas, passando por Hark e Picanço, pela Ilha das Estátuas. Passando pela Rocha do Sino.

Exausto, despreocupado, o espião adormece ao lado do cadáver que esfria.

Ele é acordado pelo som do corpo de Haberas escorregando para a água, sobrecarregado pelo cinto de chumbo e pelas armas do espião.

Ainda é noite, mas o céu está clareando a leste. Vai amanhecer logo. À meia-luz, o espião distingue a costa a oeste. Devem estar alguns quilômetros ao sul de Guerdon. Há uma mancha distante de luz no interior que o espião imagina ser o campo do Festival.

Annah levanta a gaiola respiratória do espião para jogá-la ao mar, então faz uma pausa. Ela espia dentro do tanque, segurando-o contra a luz do amanhecer.

— Você deu sorte — diz ela. — A guelra morreu.

Ela abre a gradezinha, retira os restos do pequeno monstro alquímico. Uma marca de queimado em sua carne gelatinosa: um fantasma-

-relâmpago deve tê-la acertado. Uma centelha de energia arcana, fazendo um arco da morte de Tander até o tanque do espião.

— Estava difícil respirar — admite o espião.

— Estou surpresa por você não estar morto — murmura Annah. — Graças aos deuses.

Ela espreme com força e a criaturinha explode em uma chuva de gosma. Ela enxagua a mão na água.

Eles navegam em silêncio, o único som é o barulho do motor do barco. Depois de um tempo, ela vira o leme, levando-os para perto da costa, para atracar em uma praia protegida no meio do nada. O espião salta na arrebentação e ajuda a arrastar a lancha para a areia.

— Deixe onde está — ela lhe diz. — Ory vai cuidar disso.

Ela o conduz por um caminho estreito até um chalezinho no topo do penhasco e bate à porta. Depois de alguns minutos, um homem enorme a abre. Ele boceja na cara deles, mas não deixa transparecer nenhuma surpresa ao acenar para que os dois entrem logo.

Esse é Ory, adivinha o espião.

Esfregando os sonolentos olhos verde-água, Ory manobra seu corpanzil ao redor do chalé como um homem carregando um saco de peixes. À primeira vista, o espião o achou velho, mas a voz de Ory é jovem. A pele dele tem um brilho doentio, e quando traz um prato de café da manhã o espião vê como seus dedos são longos e flexíveis.

A frota ainda está longe. Esse santo ainda não pode manifestar o Kraken. Mas logo irá.

O espião é instruído a comer rapidamente. Ory arruma roupas limpas para ele: roupas de pescador, que não cabem direito e não são realmente adequadas para Alic, Sanhada Baradhin ou qualquer uma das outras identidades do espião, mas ele pode amarrar e dobrar o excesso de tecido para não se destacar demais. Enquanto se veste, Annah e Ory conversam em voz baixa. De algum cofre escondido eles retiram três somas separadas de dinheiro: o pagamento de X84, a recompensa de Dredger — parece que a lancha deve ser enterrada, para ser escondida — e uma pequena quantia de despesas de viagem, o suficiente para levar o espião de volta a Guerdon.

Tudo pago em prata de Guerdon.

Ory diz a ele que será fácil. Basta caminhar até a aldeia mais próxima e aí ele poderá pegar um trem para a costa. Haverá multidões chegando de volta do Festival. Fácil se misturar. Fácil ser esquecido.

Annah sai para assistir ao amanhecer. Assim que o espião embala seu equipamento — o dinheiro e as armas escondidas debaixo das roupas absurdas —, ele se junta a ela do lado de fora da estranha casa no alto. Ela está olhando para o mar, metodicamente fumegando todos os cigarros que lhe restaram, um atrás do outro.

— Eu não vou voltar com você. Tenho meus próprios canais — diz ela. — Dê a notícia. Depois fique em silêncio. Talvez seja melhor sair da cidade por completo. Entraremos em contato com você por meio do menino, se necessário.

— Vou precisar da sua bênção para enviar uma mensagem aos deuses.

— Sim. — Ela enfia a mão no bolso, encontra o pequeno frasco de óleo e o entrega a ele. O rosto da Rainha-Leão na rolha é o mesmo que ele viu na tenda em Mattaur, a meio mundo de distância.

Ele enfia o frasco em um bolso.

— Como vai ser? Se é que vai ser, aliás.

Annah dá de ombros.

— Você estava em Severast. Vai ser daquele jeito.

Mares de Kraken, invadindo a cidade como uma inundação de vidro derretido. Monstros gerados por deuses, cavalgando as brumas da Mãe Nuvem. Milagres como fogo. Navios pousando nas ruas, vomitando sacerdotes e fanáticos para demolir os altares dos deuses locais e reconsagrá-los aos invasores com sacrifícios. Santos de guerra caminhando para a batalha, cada um com trinta metros de altura. Belas e terríveis ao mesmo tempo, as hostes celestiais fazendo guerra contra o plano mortal.

— Ela estará presente?

— Ela está em todos os campos de batalha. Claro que estará presente. Mas primeiro vai ser a Aranha do Destino. Ele vai tecer nossa vitória e, em seguida, Ela deve reivindicá-la. — Annah termina seu último cigarro e o joga no penhasco.

O sol nascente faz parecer que ela acabou de colocar fogo no céu.

# CAPÍTULO VINTE E OITO

A cauda da procissão do rei passa por Terevant, as mesmas palavras nos lábios de todos. O rei voltou! Todo o festival fica eletrizado com as notícias. A desconfiança que Guerdon tem de milagres não se aplica ali: é o rei deles, abençoado pelos velhos deuses da cidade. O Festival pode estar acabando, mas a comemoração está só no começo. Eles vão cantar até Guerdon.

Terevant teve um vislumbre do rei de passagem. Apenas ao longe: o novo rei, ungido pelos deuses, cavalgava em um palanquim ao lado do Patros de Guerdon, mas ainda assim estava perto o suficiente para ele reconhecê-lo. Perto o suficiente para ver aquele nariz distinto, perto o suficiente para o rei chamar a atenção de Terevant e oferecer-lhe um pequeno dar de ombros privado. Como se ser escolhido pelos deuses e aclamado rei de Guerdon fosse apenas mais uma indignidade do destino a ser suportada por Berrick.

A procissão segue adiante.

Terevant, ainda atordoado, volta para o pavilhão de Haith. Há uma tenda privada, mais para o lado, só para o embaixador. Olthic e Lys foram para lá mais cedo. Ele passa por Daerinth e seus funcionários enquanto eles desmontam o pavilhão principal. Ele encontra Olthic sentado em um catre, seminu, abotoando uma camisa.

— Onde está Lys?

— Já voltou para a cidade. Para o Palácio do Patros. Ou o palácio do rei, suponho. Rei Berrick I. — Ele ri tristemente. — Preciso ir a alguma recepção oficial. Me dê uma mão, sim?

O casaco de Olthic está carregado de medalhas quando Terevant o levanta de seu cabide.

— E agora? — pergunta Terevant, com cautela. A derrota no parlamento foi como perder uma batalha: mas agora, ao que parece, ele perdeu a guerra.

Olthic veste o casaco e se senta novamente, o catre estalando com seu peso.

— Lys venceu. O novo rei... ele é o homem do Gabinete. Os Guardiões vencerão a eleição e nos darão a aliança de que Haith precisa. O que eu não pude ganhar com... — Ele balança a cabeça, como se espantado com sua própria loucura — com diplomacia, o Gabinete vence de maneira furtiva. — Ele balança a cabeça novamente. — Devo desculpas a você, eu acho. Ela enganou a nós dois.

— Mantendo a espada longe de você?

— De fato. — Olthic levanta a lâmina, testando seu equilíbrio perfeito. — Assim que a espada caiu nas mãos dela, ela a manteve por tempo suficiente para conseguir trabalhar seu esquema. Se eu tenho que perder, pelo menos que seja para ela. — Ele dá de ombros. — Daerinth foi menos filosófico.

— Ele sugeriu que eu pegasse a espada em vez de trazê-la para você — diz Terevant. — Foi... bizarro.

— Pegar a espada? E me manter em Guerdon? — Olthic ri. — Essa é uma manobra desesperada, até para ele — concorda Olthic. — Eu me pergunto se ele pensa que o novo embaixador finalmente se livrará dele. Ah, vou desistir — diz ele em resposta ao olhar confuso de Terevant.

Olthic sorri. — Vou voltar para casa e ser o Erevesic. Liderar o exército da nossa Casa, como deveria ter feito meses atrás. Há uma guerra em andamento, como você sabe.

Olthic se levanta de um salto, e é como se tivesse deixado um peso enorme para trás. Dá um tapinha no ombro de Terevant.

— Chega de politicagem, chega de diplomacia, chega de Daerinth sussurrando em meu ouvido, me dizendo o que falar e que rabo lamber. Chega desta merda de cidade de Guerdon, e que ela vá para o inferno. — Ele respira fundo. — Tudo bem. Uma última recepção: preciso estar de bem com a guilda dos alquimistas. Cada taça de xerez vale mil rodadas de munição, ou algo assim. Vá pra alguma taverna, e eu me juntarei a você quando puder.

O Erevesic sai, cantarolando.

Terevant fica olhando incrédulo por um momento. Quando o Gabinete o rejeitou, quando seu próprio futuro desmoronou, ele fugiu e se escondeu nas colônias por um ano. Quando seu irmão tem a Coroa — a *Coroa*! — arrancada dele, ele ri.

Talvez Olthic esteja certo. Que Guerdon vá para o inferno. Ele vai brindar a isso.

Do lado de fora, o festival está terminando. Vendedores ambulantes e comerciantes recolhem sua mercadoria; carrinhos e carroças de repente enchem as vielas que antes estavam lotadas de pessoas, ali para transportar o restante das mercadorias e as barracas desmontadas de volta para a cidade, guardá-las em algum armazém até o próximo ano. Os funcionários da embaixada de Haith carregam caixas pesadas de volta às carroças à espera; eles observam Terevant intensamente quando ele passa, sem dúvida com inveja de que ele possa sair para relaxar enquanto eles ainda têm um trabalho árduo a fazer. Adiante, o grande salão de exposições dos alquimistas já foi parcialmente despojado de sua estrutura de aço, como o cadáver de algum titã, sua carne parcialmente derretida para revelar o esqueleto abaixo. O terreno do festival desmontado tem um ar de apocalipse: é tudo pilhagem frenética em meio às ruínas, ou o vazio melancólico dos prazeres abandonados.

Terevant se repreende. É apenas a última noite de um festival rural, não um prenúncio de desgraça. Nem tudo precisa ser carregado de significado poético. Seus instrutores na academia militar costumavam ficar exasperados com ele. Mostravam-lhe a pintura de uma paisagem e ele notava os pinheiros da encosta recortados contra o céu, seus ramos como fileiras cerradas de lanceiros. Ele via o chalé em primeiro plano, uma pequena ilha de luz e risos em uma paisagem escura. Ele notava o nome do artista e lembrava vagamente a qual escola ela pertencia.

Ele, no entanto, deixava totalmente de ver o que eles queriam que visse: a ponte estrategicamente importante, a cordilheira próxima onde um comandante competente posicionaria seus foguetes e canhões alquímicos, o matagal onde se deve estacionar suas tropas vivas, o gargalo ali onde os Vigilantes deveriam estar, inflexíveis e imortais. Ele pode deixar tudo isso para Olthic novamente. Terevant se pergunta distraído sobre seu próprio futuro. Ainda há perguntas sem resposta ali em Guerdon, sobre a morte de Vanth e as bombas divinas, mas agora elas ficam em segundo lugar em relação a outra questão mais urgente.

Em algum lugar, em meio ao deserto de prazeres abandonados, ainda existe alguma taverna aberta?

Ele encontra a barraca de cerveja que visitou antes, mas está fechada. Ele dá a volta no lugar, perguntando-se se há uma maneira de entrar, se ainda há alguém da equipe terminando o último barril. Nada.

Ao longe, ele ouve música e acaba decidindo ir atrás. Há uma fogueira acesa à frente, um círculo de homens e mulheres ao seu redor. Mercenários, ele adivinha; alguns estão usando armaduras, alguns têm cicatrizes, todos bebendo com determinação, tentando empilhar o máximo de vida que podem naquela noite de verão.

Uma mulher se aproxima dele com um par de bebidas na mão. Ela está parcialmente vestida com uma armadura elaborada e antiquada: braçadeiras, caneleiras e um colar de aço pesado. De jeito nenhum ela usaria algo assim para a batalha. Deve ser uma recrutadora mercenária, em trajes completos para impressionar os clientes.

— Se a Coroa de Haith está querendo nos contratar, você chegou tarde, amigo — diz ela, passando-lhe uma bebida de qualquer maneira.

— Não, estou apenas procurando companhia.

— Você encontrou *a* companhia. — Ela gesticula com sua taça. — A Companhia dos Oito.

Há pelo menos duas dúzias de guerreiros atrás dela. Alguns deles gritam e repetem o brinde à Companhia dos Oito.

— Junte-se a nós — diz ela. — Acabamos de assinar com Lyrix, então estamos comemorando.

Ele aceita o convite, encontrando um espaço no círculo. A Companhia dos Oito, descobre, já teve mesmo oito pessoas um dia. Cinco estão mortos, um está imensamente rico e vive em Serran; o destino dos outros dois é obscuro, já que aquela parte da história é contada a Terevant por um velho mercenário resmungão que começa a roncar no meio da narrativa. Eles estão indo para Lyrix, contratados para reforçar a defesa da ilha. Um colega tenta desesperadamente persuadir Terevant a comprar um peitoral de escama de dragão dele: ele adquiriu a peça no festival e só depois percebeu que ir para Lyrix vestindo a pele de um dragão morto poderia ser considerado falta de educação.

A recrutadora mercenária se senta ao lado de Terevant. Ela trocou sua armadura por uma camisa e uma saia longa que brilha à luz do fogo. Ela cruza as pernas e a saia sobe, revelando uma panturrilha musculosa, então se inclina um pouco mais perto do que o necessário e se apresenta como Naola.

Acontece que ela é a nova capitã da Companhia, porque a anterior morreu de peste em Mattaur. Ela voltou para casa em Guerdon — filha de operários de fábrica — para descobrir que seus pais e seu irmão mais novo foram mortos durante a Crise. Ela faz um brinde a eles, rindo. Eles temiam que ela morresse em algum campo de batalha distante, mas a Guerra dos Deuses os encontrou na cidade mais segura do mundo. Que bela segurança...

Terevant a acompanha com um brinde ao próprio pai, que provavelmente teria preferido que ele *tivesse* morrido pelo menos uma vez em um distante campo de batalha.

Depois de alguns brindes, alguém menciona Paravos, e Terevant imprudentemente admite que viveu como poeta lá, e de repente ele está recitando para a companhia. Um deles pega um conjunto de flautas e consegue compor uma melodia que se adapta ao ritmo das palavras. Ele recita um sobre uma guerreira, que escreveu sobre Lyssada, mas Naola sorri como se ele a tivesse composto para ela ali mesmo.

Conforme o fogo se extingue e as estrelas se espalham pelo céu, vai ficando frio. Ela o puxa para perto e sussurra que a Companhia não vai embora para Lyrix por mais alguns dias, mais algumas noites. O calor dela afasta qualquer preocupação com o futuro. Ele beija o pescoço dela; do outro lado da fogueira, um dos mercenários grita e zomba.

Uma mão bate em seu ombro. É Lemuel, dentre todas as pessoas, mas sua costumeira máscara de desinteresse lânguido se foi, substituída por fúria.

— É urgente. Venha comigo.

Relutantemente, Terevant se desvencilha de Naola.

— Eu volto.

Naola se espreguiça.

— Não demore muito.

Lemuel o arrasta para longe da Companhia, para o labirinto de tendas semidesmontadas. Ele examina o campo atrás de si, olhando por cima do ombro como se esperasse problemas.

— O que houve? — pergunta Terevant.

— Nada. Tenho que tirar você daqui — insiste Lemuel.

— O que foi?

— Você foi visto se encontrando... — Lemuel se interrompe por um momento ao passarem por um grupo de trabalhadores. Rostos suados, ferramentas nas mãos. — Visto se encontrando com Berrick Ultgard, aqui no festival.

— E daí?

— Você foi *visto* — repete Lemuel. — Nós instalamos nosso próprio maldito rei e você quase estragou tudo indo beber com ele em uniforme completo.

— Eu não sabia quem era Berrick naquele momento.

— Que diferença isso faz?

— Estou voltando para Naola — declara Terevant repentinamente.

Ele vai sair da cidade com Olthic — diabo, talvez saia com Naola —, mas, de qualquer forma, não precisa mais ouvir Lemuel. Ele dá meia-volta. Caminha a passos largos em direção ao fogo. Pode ouvir o canto dos mercenários à frente; atrás, Lemuel murmura alguma obscenidade.

Ele acelera o passo, abrindo caminho pela última multidão.

Algo o atinge por trás e tudo cai e escurece.

Mãos o sustentam. Braços fortes o carregam, o jogam dentro de algum lugar. O ranger de rodas; o sibilar de uma raptequina.

Sua garganta está queimando. Ele andou bebendo? Sonhando? A voz de Olthic, indistinta, como se viesse de dentro d'água. A embaixada foi construída em areia movediça. Existem túneis sob a cidade, ele lembra, e o mundo está caindo dentro deles.

Ele sonha, brevemente, com o pátio da embaixada.

Um esqueleto podre está lá, não um dos Vigilantes de osso polido e armadura. Sua face em forma de crânio brilhando na luz pálida.

Então a inconsciência o engole como uma onda.

# CAPÍTULO VINTE E NOVE

O trem especial dos Lib Inds de volta a Guerdon está superlotado, com todos os assentos ocupados e os corredores cheios, mas, quando Kelkin rosna, o vagão esvazia. Apenas seu círculo íntimo permanece. Eladora toma o lugar vago mais próximo da porta, sem saber se deveria ficar: ela quer voltar e ver se Emlin está bem. Sente-se culpada por arrastar um menino inocente a tudo isso. Seu assistente, Rhiado, vai cuidar bem dele, Eladora diz a si mesma. O vagão está cheio de rostos familiares: Ramegos, preocupada e chocalhando sua corrente de ícones divinos como se estivesse rezando. Absalom Spyke, com o rosto vermelho, zangado. Ogilvy, o velho funcionário do partido, parece abalado.

Kelkin passa um pergaminho cintilante escrito pelos Guardiões, junto com algumas poucas cópias datilografadas às pressas. A carta é longa, mas, despida de pompa e formalidade, a mensagem real é bastante curta.

— "Os Guardiões reconhecem e aclamam o herdeiro do trono de Guerdon, e o recebem no Palácio do Patros, até o rei reclamar seu próprio" — murmura alguém da elite do partido. — "O Patros convoca o parlamento para restaurar o trono à sua posição adequada tão rapidamente quanto possível..." Effro, que diabos é isso?

Kelkin começa a responder, então tosse, ficando roxo. Para disfarçar, Ogilvy se volta para Eladora.

— Senhorita, er, ahn, Srta. Duttin. Isso tem uns trezentos ou quatrocentos anos, então queira fazer a gentileza de fornecer um pouco de contexto.

Todos na carruagem se voltam para olhar Eladora. Cabeças se virando ao redor de assentos, corpos escondidos, dando a impressão desconcertante de que algum inimigo perseguiu todo o grupo e espetou suas cabeças como troféus. Tantos olhos sobre ela a deixam nervosa. Ela fica em pé, meio sem firmeza — tanto pelo movimento do trem, quanto por suas experiências anteriores no Festival — e pigarreia. Mas esse tópico, pelo menos, não lhe é nada incerto.

— Durante grande parte de nossa história, Guerdon foi governada por um rei, que era aconselhado por lordes e sacerdotes... e pelo parlamento, mais tarde. As primeiras dinastias datam de Varinth, mas a realeza passou de uma família para outra. Houve reis piratas, conquistadores, ramos rivais... A história completa é bastante complexa, mas a realeza chegou ao fim quando os D-D-Deuses de Ferro Negro assumiram o controle da cidade. Eles mantiveram a família real como refém por semanas, até que os Guardiões conseguiram levar o rei e sua família escondidos para fora da cidade.

Kelkin a chama e aponta para um dos assentos perto dele. Ela avança pelo vagão, firmando-se nas alças de couro penduradas no teto enquanto o trem balança.

— O último rei pegou um navio e partiu, na esperança de encontrar aliados para retomar a cidade. Sabemos que ele circulou o Mar de Fogo, visitou os Califados, os exilados em Lyrix, Severast... tudo em vão. A história não registra o destino final do rei de Guerdon, embora provavelmente seu navio tenha afundado numa tempestade na costa de Jashan.

Kelkin se recuperou de seu ataque de tosse.

— Não exatamente. — Ele gesticula impaciente para que Eladora se sente. Ela afunda no assento ao lado de Ramegos. — O último rei acabou em Haith. Eu sei disso porque, poucos anos depois que os Guardiões derrotaram os Deuses de Ferro Negro e assumiram o poder, a Coroa de Haith perguntou se eles queriam o rei de volta. Os Guardiões decidiram que não queriam dividir o poder outra vez e mandaram a Coroa ficar com o rei.

Eladora quer desesperadamente saber mais sobre *esse* episódio até então secreto na história de Guerdon, esse equilíbrio de poder entre reis e sacerdotes, mas agora não é a hora. Kelkin tosse de novo e continua:

— Parece que eles mantiveram o rei por mais trezentos anos. Suponho que seja algum descendente da linhagem, não a porra do original. Mas... necromantes, então quem sabe?

— Mesmo que ele seja o original, não tem direito de governar a cidade — argumenta Ogilvy. — A igreja pode reconhecê-lo como rei, mas o parlamento governa a cidade. Nós governamos a cidade.

— Sim, e a igreja claramente não está exigindo que ele seja reintegrado. "Posição adequada" pode significar qualquer coisa, uma figura de proa ou coisa parecida. O novo Patros acaba de acomodar o rabo no assento sagrado, ele não vai abrir espaço para deixar algum caipira de Haith entrar. — Kelkin bufa. — Uma rápida votação: alguém pensa que isso é um verdadeiro milagre, que é pura coincidência que o herdeiro secreto do trono apareça no meio da eleição?

Algumas mãos hesitantes, rapidamente retiradas.

— Quem acha que isso é uma armação?

O vagão inteiro, exceto Ramegos. A feiticeira não se moveu. Kelkin parece satisfeito por um momento, então franze a testa.

— Ramegos?

— As duas coisas não são proposições exclusivas. Os deuses moldam o destino. Algo que parece coincidência pode ser intervenção divina.

Kelkin grunhe.

— Está certo — prossegue ele, ignorando o desvio teológico. — Este sujeito não é o rei. Não o chamem de rei, porra. Ele não tem título algum, a menos que o parlamento lhe dê um, e estamos todos aqui para garantir que isso não aconteça. Chamem-no de cidadão... nós ao menos sabemos qual é o nome dele?

— Berrick Ultgard! — grita alguém dos fundos do vagão.

Spyke assente e acrescenta:

— Tenho certeza de que vi o filho da mãe bebendo com um haithiano antes da cerimônia.

— Os Guardiões podem reunir seus fiéis em torno desse novo campeão e atrair os cidadãos que poderiam nos considerar uma última opção válida. Isso torna a conquista da Cidade Refeita mais importante do que nunca. Não o chamem de rei, chamem-no de novato. Perguntem às pessoas se querem uma mão firme no leme, ou algum fazendeiro que será um fantoche de Haith e dos Guardiões. — Kelkin bate com a bengala na estrutura de madeira de um assento. — Vocês têm um dia para se preparar, enquanto a multidão volta do Festival. Depois de amanhã, quero ver cada um de vocês lá fora com uma estratégia e um exército de batedores.

Ele circula pela carruagem, reunindo pequenos grupos para várias tarefas. Eladora fica sentada, preocupada com a tarefa que lhe será atribuída. Ela quer ser útil, para apagar esse sentimento doentio e irracional de vergonha que paira sobre ela desde o encontro com sua mãe, ou talvez desde sua breve visão dos deuses, quando eles a julgaram e a consideraram de alguma forma indigna.

Pelo canto do olho, ela pega Ramegos estudando-a. A feiticeira murmura baixinho, passando nos dedos aquela corrente de talismãs divinos. Antes que Eladora possa perguntar o que ela está fazendo, Kelkin se senta pesadamente no assento oposto a elas, seguido por Ogilvy.

— Pelos deuses inferiores — drive pragueja Kelkin quando suas juntas estalam. A voz dele está rouca, a mão esquerda trêmula. Ele cutuca algum jovem assistente com a bengala. — Vá pegar uma bebida para mim. — Então ele fecha os olhos.

Ogilvy abaixa a voz.

— Você sabe que, se aceitasse a oferta de Mhari Voller, teria uma vitória esmagadora. Pode valer a pena. Aceitar o apoio dos Guardiões, ganhar e, em seguida, lutar contra eles no parlamento em vez de nas ruas?

— Não vou voltar — insiste Kelkin. — Não depois de tudo isso.

— Tudo bem — diz Ramegos. — Vamos conversar sobre outra coisa. Reis e rainhas, por exemplo.

— Você não me ouviu? Não chame o desgraçado de rei. — Os olhos de Kelkin se abrem rápido. Ele está zangado.

Ramegos não se comove.

— Não importa como eu o chamo. Importa como ele é visto... e não por nós. Pelos deuses.

Ela coloca meia dúzia de símbolos no colo. Os deuses dos Guardiões: São Vendaval, Mãe das Flores, Sagrado Mendicante, todo o resto. O símbolo da Mãe das Flores parece maior, mais pesado. Eladora respira fundo, sente o perfume distante de flores silvestres.

— Como eu explico? — Ramegos se pergunta. — Effro, os deuses seguem caminhos traçados ao longo de muitas vidas mortais. A energia da adoração, a parte da alma entregue aos deuses, flui por esses caminhos, deixa-os moldarem mágica, fazer milagres. Agora, se vocês reforçarem esses padrões, facilitam esse fluxo de poder. Como limpar detritos de um canal.

Kelkin se inclina para a frente, de repente alerta outra vez.

— E o que a presença de um rei em Guerdon vai provocar?

— Os Deuses Guardados foram adorados sob a égide de um rei por muito tempo. É familiar para eles, se encaixa em seus padrões. Eles vão se tornar mais fortes. Quanto mais nosso mundo se conformar aos padrões deles, mais fácil será para eles virem interferir. É por isso que os Guardiões se recusaram a aceitar o retorno do rei quando ele foi oferecido pela primeira vez: eles estavam tentando manter seus deuses sob controle. Eles os privaram do resíduo dos cadáveres, mudaram as ladainhas... recusar o rei fez parte disso.

— Os safidistas estão em ascensão — diz Kelkin.

Eladora quase consegue ouvir o barulho de engrenagens e contas de ábaco na cabeça de Kelkin enquanto ele remove a influência de um ramo da igreja e a realoca para as margens. Sinter cai, Silva Duttin sobe. Mhari Voller, sempre atraída pelo poder, é um cata-vento, uma gota de mercúrio que flui para baixo. Ele tosse, solta uma bola de muco que cospe em um lenço. Eladora tem a impressão de que a decisão dele veio junto com o cuspe, como o toque de uma caixa registradora quando uma transação é concluída.

— Nós nos mantemos firmes. Mostramos estabilidade. Mostramos que temos integridade — declara Kelkin. — Eu vou garantir a cidade velha. — Ele aponta o dedo para Eladora. — Garanta que ganhemos a Cidade Refeita.

O trem se aproxima de Guerdon, vindo do Sudoeste, e a cidade surge ao redor dos trilhos. Edifícios se erguem de dentro da noite, e o céu à frente muda de um breu para um amarelo-cinza sujo, as luzes da cidade refletidas nas nuvens de poluição que pairam acima. A cidade se esconde do céu noturno, levanta feias torres industriais em desafio, como se aquela poluição fosse um escudo, um cobertor puxado sobre as cabeças da multidão. Eles passam por torres de igrejas que a fazem se lembrar de pontes verticais, de escadas estreitas, que se esforçam para perfurar as nuvens e convidar os deuses a descerem do céu. Ela consegue sentir a presença de forças indesejáveis ao seu redor.

Antigamente, Eladora até poderia ter gostado disso. Quando a mãe dela abraçou o safidismo, começou a buscar a santidade e tentou arrastar a filha junto, Eladora teria dado qualquer coisa para sentir a presença dos deuses, sondando sua alma, roçando sua mente com revelações e inspiração sagrada. Conforme cresceu e seu relacionamento com a mãe azedou, pensar nos deuses a enlaçando em um abraço pareceu uma violação, uma intrusão psíquica. Ir para a universidade, trocar a fé cega e tateante dos safidistas pela fria razão e a formalidade do estudo foi um alívio. Guerdon foi um alívio. A tagarelice das ruas, o barulho incessante das fábricas, a agitação do porto não deixava nenhum silêncio onde os deuses pudessem se infiltrar

É assim que Carillon deve ter se sentido, ela reflete. Cari fugiu de Wheldacre, fugiu da casa de sua mãe, porque sentiu a presença de deuses invisíveis mais intensamente do que qualquer outra pessoa.

Pensar em Carillon a faz se lembrar de um fio solto. Ela gentilmente desperta Ramegos, que está cochilando em seu assento.

— O quê?

Eladora hesita. Prometeu a Carillon que ficaria quieta, mas ela precisa saber.

— Você disse que eu não deveria perguntar... mas o diplomata de Haith que foi assassinado... Você já descobriu o que aconteceu com ele?

Ainda meio adormecida, Ramegos murmura:

— Uma... testemunha apareceu. — Ela afasta o sono dos olhos, então encara Eladora como se ela fosse um espécime. — Mas não posso falar sobre isso. Por que pergunta?

Eladora gagueja.

— U-um oficial de Haith morre pouco antes de tudo isto acontecer. Parece muito significativo.

Uma longa pausa.

— Pratique seus feitiços se não tiver mais nada para ocupar sua mente. — Ramegos adormece novamente.

Ou finge. Eladora nota a feiticeira observando-a, os olhos brilhando sob as pálpebras pesadas. Forças invisíveis giram em torno delas enquanto o trem corre para o crepúsculo.

# CAPÍTULO TRINTA

Passa da meia-noite quando desembarcam. Eladora vasculha o trem até encontrar um Emlin sonolento, sentado com Rhiado e alguns escriturários. Emlin e Eladora atravessam o labirinto escuro da estação, descendo para os níveis mais baixos até os metrôs de Guerdon.

O vagão está lotado no começo, zumbindo com conversas sobre o aparecimento do rei lendário, mas a maioria dos passageiros sai na Praça da Ventura. Um vigia que passa os observa enquanto esperam a partida do trem, sua expressão questionadora. O baixo Arroio é perigoso à noite; Eladora recita mentalmente sua invocação feiticeira, caso eles tenham problemas.

A dra. Ramegos tinha razão; o ritual é calmante.

O trem dá um solavanco, se arrasta adiante e chacoalha na escuridão. Eles estão sozinhos no vagão agora.

— Emlin? Queria pedir desculpas pelo que aconteceu no Festival. Aquela mulher era minha mãe. Ela estava procurando por mim, não por você. Ela…

— Não quero falar sobre isso — diz ele.

O coitadinho está com medo de Eladora também. Ele se pressiona contra o assento como se estivesse pregado nele. Olhos arregalados de medo. E Eladora se lembra de como, por um momento, ela vislumbrou oito pontos de luz, oito olhos refletindo o fogo da ira divina de sua mãe. *Há um fedor em você. Deixe-me ver.*

Seria a coisa mais simples denunciá-lo como um santo ilegal. Ela poderia até fazer isso através de canais não oficiais, pedir para que Ramegos cuidasse do assunto. Poupar Alic do escândalo. Kelkin provavelmente insistiria que Alic desistisse da candidatura discretamente; ela já pode imaginar como ele faria isso. Absalom Spyke assomando na porta de Alic, sua voz grave explicando como seria para o bem do partido.

*Hipócrita!*, parte dela grita. O contato da própria Eladora com a santidade foi encoberto, junto com os pecados de todos os outros envolvidos na Crise. Os Guardiões, os alquimistas, a família Thay, Kelkin... todo mundo está maculado.

— Eu vou te levar direto para casa.

— Não conte ao meu pai! — diz o menino de repente.

Há guardas por toda parte quando eles chegam à estação de trem do Arroio. Emlin se encolhe quando eles passam. Eladora olha para os soldados com curiosidade: são tropas navais, não a costumeira guarda da cidade. Houve algum tipo de incidente no porto na noite anterior, lhe disseram. Uma invasão; nenhum dano causado, e os ladrões foram mortos, mas alguns podem ter escapado. Eles recebem permissão de passar sem questionamentos.

Com tantos guardas armados ao redor, as ruas do Arroio estão vazias de civis, mas todas as janelas estão vigilantes... exceto na casa de Jaleh. Lá, todas as janelas estão fechadas e toda a casa está dormindo. Eladora tem que bater na porta por vários minutos antes que a abram.

A velha sacerdotisa, Jaleh, acena com sua mão de garra para eles entrarem.

— Seu pai ainda está fora — diz ela a Emlin. — Vá para a cama. Peça ao Sagrado Mendicante para que acenda sua lâmpada para você dez vezes antes de dormir.

Emlin corre escada acima sem olhar para trás.

— Cadê o Alic? — pergunta Eladora.

— Saiu — retruca Jaleh.

— Quando ele volta?

— Não sei. Não aparece desde a noite passada. — Ela olha de esguelha para Eladora. — Você já esteve aqui antes. Com Bolsa de Seda. Do parlamento. O que você quer a esta hora?

Eladora espera até ouvir uma porta se fechando em algum lugar nas profundezas da casa.

— Na verdade, gostaria de fazer algumas perguntas sobre Emlin e sua casa.

Jaleh resmunga, gesticula para que Eladora se sente.

— Já falei com a guarda.

— Sobre Emlin?

— Sobre a minha casa e sobre aqueles que vêm até mim para amansamento.

— Diga-me como funciona — pede Eladora.

— Parece que você já sabe tudo — murmura Jaleh. Ela puxa a manga de seu roupão para baixo sobre o braço escamoso, recolhe a mão em garra. — Precisa estar perto de um deus para receber sua bênção, em qualquer forma que seja. Perto física ou espiritualmente, ou perto de um lugar de poder. Santuários, templos e lugares sagrados: perigosos. Alguns chegam tão perto que o deus age através deles. Agarra-os e não solta. É como ficar presa em um arbusto espinhoso.

Mesmo sendo uma noite quente, Jaleh empilha alguns troncos na grelha, cutuca o fogo moribundo até que ele arda novamente.

— Aqui, eu ajudo aqueles que querem se libertar. Melhor não se libertar bruscamente, negando o deus que se agarra: isso rasga a alma. Melhor ir tirando lentamente os espinhos, um por um. Orações enfadonhas ajudam, acalmam a mente. Alguns deuses seguram você por meio de suas ações, outros por meio de seus sentimentos.

— É como o reverso do safidismo — diz Eladora. — Orando para um deus para garantir que outro não perceba você, para que sua alma não esteja em alinhamento. Isso sempre funciona? Você sempre consegue libertar a pessoa da santidade?

Jaleh dá de os ombros.

— Nenhum de nós é totalmente livre. Sempre há uma chance, mesmo aqui, que algum deus avance e reivindique qualquer um de nós. Mas, se alguém quer ser amansado, quer que seus fardos sejam aliviados, eu posso ajudar.

— Você está ajudando Emlin?

— Eu ajudo todos que se abrigam sob meu teto.

— Todo mundo aqui é ex-santo?

Jaleh ri.

— Não desde que seu pessoal abriu a Ilha Hark e começou a prender gente. Não, a maioria é apenas de almas perdidas da Guerra dos Deuses. Muitos tocado pelos deuses, com mudanças físicas. Eles não deixam mais os santos de verdade passar. Apenas aqueles que são um pouco abençoados. Um espinho na alma. — Ela ri e atiça o fogo novamente, fazendo-o arder.

— Você sabe dizer quando alguém é um santo?

Os olhos de Jaleh brilham no fogo.

— Às vezes tenho um pressentimento. Uma sensação.

— O que aconteceu com o seu braço?

— O que lhe dá o direito de vir aqui fazendo tantas perguntas?

Eladora faz uma pausa e depois fala baixinho:

— Sabe, o parlamento pretende empregar os carniçais para ajudar na guarda da cidade, para farejar santos e perigos para a cidade. Bolsa de Seda fala muito bem de você, mas ela é uma alma generosa. Outros podem ser mais intrusivos. Pelo menos foi o que lorde Ratazana insinuou quando falei com ele pela última vez.

— E os carniçais vão farejar você também? Eu tive um pressentimento quando você estava aqui antes: você foi santificada, não foi? Tentou se libertar, e isso a arrasou. Quem foi? Você soa como se nunca tivesse saído de Guerdon. Os Deuses Guardados despertaram e tentaram reivindicar você? O fogo sagrado de Safid? Ou outra coisa?

— Minha mãe é uma santa dos Guardiões — admite Eladora. — Ela, ahn, insinuou que Emlin também poderia ser dotado. Eu quero saber se você viu algum sinal de dons espirituais nele.

— E depois? Você vai chamar a guarda? Assoviar para convocar os carniçais? Mandá-lo para Hark?

— Teria necessidade disso?

Jaleh estende a mão para o fogo, pega um carvão quente e o segura nas escamas nuas de sua mão distorcida.

— Eu morei em Lyrix, há muito tempo. Trabalhei para os Ghierdanas, as antigas famílias de dragões. Maculei minha alma com todos os tipos de pecados. Culsan, deus dos assassinos, reconheceu-se em mim, me reivindicou para si, mas eu não soube disso por muito, muito tempo. Talvez, se eu tivesse percebido, tivesse voltado para casa antes... — Ela quebra o carvão, transformando-o em pó preto. — Alguns deuses trabalham em segredo, criança. E só porque uma pessoa é uma santa, não significa que ela deva algo ao deus que a reivindicou.

Ela encara Eladora.

— Os deuses me amaldiçoaram depois que estrangulei um sacerdote de Culsan. Foi isso que deformou meu braço. Castigo divino. — Ela joga o pó de volta no fogo, fazendo-o arder bruscamente. — Eu nem sabia que era uma santa dos assassinos até que Culsan tomou suas bênçãos e me amaldiçoou em vez disso. — Uma chuva de faíscas.

Ela está insinuando que Emlin não sabe de sua santidade? Ou que ela acha que o menino não é uma ameaça, que quaisquer vestígios de poder que ele retém são muito fracos para serem perigosos?

— Vou deixar um recado para Alic. Por favor, cuide para que ele o receba. — Eladora vasculha sua bolsa em busca de papel e caneta. — Além disso, se você garantir que Emlin seja diligente em seu amansamento, eu consideraria um favor pessoal.

Parte de Eladora se sente desconfortável com qualquer tipo de oração para os Deuses Guardados, agora que eles estão muito mais ativos. O que é necessário é algum processo secular de amansamento, que não esteja vinculado a nenhuma divindade. Algo como os exercícios de feitiçaria que Ramegos insiste que...

*Ah*. Eladora quase quebra a caneta.

Ramegos fez parte do inquérito sobre a Crise. Sabe tudo sobre as experiências de Eladora. *Interessou-se* por Eladora, ensinou-lhe feitiçaria.

*Assim como o professor Ongent.* Que deuses Ramegos suspeita que ainda tenham direitos sobre a alma de Eladora? Os Deuses de Ferro Negro estão mortos, lhe disseram. Estariam mentindo?

Jaleh, delineada contra o fogo, a observa. Uma visão do futuro da cidade, talvez, uma sobrevivente com cicatrizes que encontrou sua própria solução para lidar com os poderes invisíveis. Incapaz de se esconder deles completamente, incapaz de negá-los, mas capaz de equilibrar um contra o outro. Abençoada e amaldiçoada, fiel e sem fé ao mesmo tempo. Eladora sente repentinamente inveja da mulher mais velha. Jaleh encontrou seu lugar ali naquela casa. Eladora pensou que seu lugar fosse na universidade, em meio aos livros. Onde a história é definida e as regras do mundo não mudam de acordo com os desejos loucos de deuses desconhecidos. Agora ela não tem tanta certeza.

A porta range, quebrando o momento. Jaleh destranca as fechaduras pesadas, abre a porta desajeitadamente com a mão humana, mantendo a garra de dragão erguida como uma faca até ter certeza de que está tudo seguro.

Está seguro. É Alic. Ele entra, sorrindo, vestido de maneira absurda com roupas excessivamente grandes.

— Srta. Duttin — diz Alic, e se curva. — Está tudo bem? Emlin está bem?

— Ele está lá em cima. Mas o que você está vestindo?

Ele olha para suas roupas enormes.

— Ah, eu saí com amigos e caí num canal. Tive que pegar emprestado. Que conversa é essa que ouvi sobre um rei?

— Aparentemente, o herdeiro do trono de Guerdon voltou.

— É mesmo?

O espião ouve Eladora descrever apressadamente os acontecimentos do Festival. Ele descarta a aparição milagrosa de algum rei há muito perdido como irrelevante. O povo de Guerdon não é sofisticado quando se trata de intervenção divina: eles vivem em uma terra de Deuses Guardados e da escória da Guerra dos Deuses. Uma coroa mágica aparecendo para algum herdeiro distante? Isso é mera prestidigitação em comparação com as verdadeiras maravilhas que os deuses podem realizar. Se os reis de outrora saíssem das tumbas, ou se todos os membros do parlamento de repente se fundissem em um gigante de carne que andasse pela cidade, levando o Morro do Castelo como escudo e agitando as três catedrais como um tridente, aí o espião poderia ficar impressionado. Não, o retorno do rei não é preocupante. Não importa quem estiver no comando quando a frota ishmérica chegar.

Amanhã. Amanhã à noite Emlin enviará a mensagem.

Eladora continua:

— Eles enviaram Absalom Spyke para investigar este novo rei. Vou assumir a campanha da Cidade Refeita até o dia da votação.

— É melhor você cuidar disso, então. — Um saco de moedas, tão pesado que Eladora precisa usar as duas mãos para segurá-lo. — Doações de campanha. Dos mercadores do porto em geral e de Dredger em particular. — Ele considera o assunto. — Vou caminhar até a Praça do Cordeiro e arrumar uma carruagem para você. Melhor não andar pelo Arroio carregando isso.

— Mas você andou.

Ele abre outro sorriso.

— Às vezes, os deuses sorriem para os tolos.


O silêncio da estação ferroviária de Grena é o silêncio de uma tumba.

Um século atrás, quando a estação foi construída, ela era movimentada como um mercado em dia de festa. Trens primitivos rugiam pelos trilhos, transportando os frutos da generosidade da deusa — uma dúzia de colheitas por ano — para norte e sul. Para o sul até Guerdon, quando a cidade se enchia de comerciantes e marinheiros. Norte para Haith, ícone eterno de estabilidade e ordem. Alguns trens passavam chacoalhando pela estação na linha expressa, sem parar em Grena, indo direto de uma cidade a outra.

Então veio a guerra.

Então veio a loucura da deusa.

Então a bomba.

Então silêncio.

Agora, esse silêncio é quebrado por um trem militar do norte. Ele corre pela estação, movendo-se a toda velocidade, suas luzes etéricas inundando as plataformas com um falso amanhecer. Fileira após fileira de crânios podem ser brevemente vislumbradas através das janelas, vagões cheios de homens mortos. Também há soldados vivos ao lado dos novos vagões de armas. O trem está equipado com artilharia forjada em Guerdon. Por ora, essas armas enormes dormem sob as lonas. O trem não para. Ele passa e o silêncio de tumba retorna.

Em seguida, outro trem.

E outro.

E mais outro.

E então o silêncio.

# CAPÍTULO TRINTA E UM

Terevant acorda para descobrir que Yoras o está sacudindo. Abre os olhos para encarar as órbitas de uma caveira.
**O embaixador está morto.**
Ele leva um momento para conectar o título ao homem que o detém. Um momento em que ele anda sem perceber que o chão se abriu.
O embaixador está morto. Olthic é o embaixador.
Terevant está na embaixada. De volta a Guerdon, de alguma forma. Uma vaga lembrança, da noite anterior, de ter sido jogado em uma carruagem. De chacoalhar por estradas vicinais a toda velocidade. Seu estômago está inundado de ácido. As pernas tremem, e ele precisa se apoiar em Yoras. Sua cabeça parece uma fruta madura demais, e cada movimento causa dor.
**Desça, rápido.**
Terevant cambaleia escada abaixo, agarrando sua espada por instinto, afivelando as calças enquanto corre. Ele ainda está com as roupas da noite anterior. Yoras vai logo atrás. À frente, gritos, o som de pés

correndo. A quietude do início da manhã quebrada. Dois guardas Vigilantes em frente à porta do estúdio de Olthic. E mais deles lá dentro, vivos e mortos-vivos.

E um morto.

Em um piscar de olhos, Terevant vê tudo.

O corpo de seu irmão está no chão perto da lareira. Seminu: partes do uniforme que ele usou no Festival no chão, mas ele está usando seu velho cinturão da espada, suas botas de marcha polidas.

Ele foi esfaqueado. A lâmina foi cravada em seu estômago, emergindo de suas costas, e depois retirada. Há outras feridas também, cortes menores. Sangue, grandes torrentes vermelhas no chão, encharcando tapetes e correndo em pequenos rios regulares ao longo de lacunas nos azulejos. Móveis jogados para todos os lados, como se apanhados por um furacão. A janela foi quebrada. Há vidro por toda parte.

Um olhar de confusão no rosto de Olthic que espelha o do próprio Terevant.

Não há sinal da Espada Erevesic.

Terevant vai cambaleando em direção ao corpo, mas, antes que consiga cruzar a soleira do estúdio, Daerinth bloqueia seu caminho.

— Onde está a espada? O que você fez?

Memórias confusas. Ele falou com Olthic na noite anterior? A última coisa de que se lembra claramente é de estar sentado com a mercenária, Naola, junto à fogueira. Um sonho de ter falado com Olthic. Memórias confusas de fugir com Lemuel. Um golpe por trás.

Daerinth não hesita. Ele dá ordens aos Vigilantes.

— Detenham o tenente!

Terevant recua enquanto as tropas esqueléticas avançam. Mãos ossudas se estendem para agarrá-lo.

— Só você poderia ter feito isso! — coaxa Daerinth. — Renda-se, Erevesic, e enfrente o julgamento da Coroa.

O instinto assume o controle. Ele puxa a própria espada, e os Vigilantes, as deles. Os mortos são mais rápidos, mais fortes, mas não estão tentando matá-lo, e ele não precisa se preocupar em matá-los. Seus golpes os martelam descontroladamente. Ossos se estilhaçam enquanto ele ataca as tropas Vigilantes. Tudo é uma névoa vermelha. Olthic está morto, e o mundo está partido, e tudo o que ele pode fazer é lutar. Cegamente, através das lágrimas. Há mais de dois Vigilantes agora, são quatro ou cinco, seis, toda a guarnição aparecendo, os vivos e os mortos. Os vivos ficam para trás, confusos: devem seguir as ordens do Primeiro Secretário para prender seu comandante?

Os mortos não hesitam. Daerinth grita uma ordem, e os Vigilantes redobram seus ataques. A espada dele é arrancada de sua mão; outro golpe abre seu antebraço, espalhando sangue pela parede de mármore. Agora eles estão tentando matá-lo. Não é assassinato se ele pode se ressuscitar, se tornar Vigilante.

Uma espada o golpeia, apontada para seu coração. Um dos Vigilantes se põe deliberadamente no caminho da lâmina, bloqueando seus compatriotas. É Yoras.

**Corra, senhor**, ele sussurra.

Terevant corre. Gritos atrás dele, metade da embaixada em perseguição. Ele corre escada acima, salta de uma janela para um telhado baixo. Escorregando pelos ladrilhos em direção ao pátio. Vai parar em uma sarjeta: seu braço ensanguentado explode de dor ao suportar seu peso e ele quase desmaia, mas vai tropeçando pelo pátio até o portão. Os mortos estão em seus calcanhares, mas ele ultrapassou a soleira pouco antes deles, cruzando a linha do território de Haith para Guerdon.

Oito esqueletos Vigilantes param no limiar, hesitantes em segui-lo. A hesitação deles não vai durar: ou eles vão buscar máscaras e luvas para que possam andar entre os vivos, ou Daerinth os mandará sair de qualquer maneira. Ou as tropas vivas da embaixada farão a perseguição. Terevant não para, continua correndo.

Indo direto para a cidade.

De manhã, o espião acorda com um ruído de algo arranhando sua janela. Ele atravessa o quartinho que divide com Emlin, contornando a cama dele. Emlin está escondido em algum lugar sob uma pilha de cobertores, apesar do calor do verão. Uma guirlanda de flores está jogada no chão. O espião a chuta para debaixo da cama; Emlin tem mais um milagre para realizar esta noite, depois Jaleh poderá amansar o garoto o quanto quiser.

Do lado de fora, Bolsa de Seda está empoleirada no parapeito da janela, três andares acima do chão. Ela tem os cascos seguros de uma cabra montesa.

— Não tenho tempo de bater lá embaixo, querido — explica ela ao lhe entregar um pacote. — Lorde Ratazana nos chamou para descer, então preciso ir.

— "Nos chamou" quem?

— Todos os carniçais da cidade. Há meses não tínhamos uma reunião como essa, desde que eliminamos os Rastejantes. — Ela chupa os dentes afiados, como se lembrasse uma refeição particularmente gostosa. — Isso aí é da srta. Duttin. Diz que é urgente. Bem, a comida eu que trouxe. Ia ao mercado de qualquer maneira, antes de descer. — Ela dá um tapinha em uma bolsa ao lado que está cheia de pão recém-assado e de frios.

Alic parece confuso; por trás da máscara, o espião está se divertindo. Ela está indo para os lugares mais profundos da cidade, os antigos reinos dos carniçais, então leva comida da superfície para comer em vez de carne de cadáver. Sua própria versão de um amansamento, uma maneira de evitar a transformação indesejada para o próximo estágio de carniçal. O pão de Bolsa de Seda e a guirlanda de Emlin são ambos símbolos que os alinham com outras forças além daquelas que os reivindicam.

A carniçal sai de mansinho. Ele abre o pacote, tira o pão e os frios embrulhados em papel. O resto do pacote são papéis de Eladora. Uma carta, repetindo o que ela lhe disse na noite anterior, que agora está no comando da campanha na Cidade Refeita. Um saco de moedas (um terço do que deu a ela, ele observa), uma lista de compromissos, uma lista de batedores e outros funcionários do partido. Uma procuração, autorizando-o a agir em nome dela… e o nome dela quer dizer o nome de Kelkin. Muito trabalho para Alic fazer.

E por que não? Ele é quase Alic por inteiro agora. O trabalho do espião está praticamente finalizado.

Emlin está acordado. Ele o observa das sombras do cobertor.

Alic estende um pedaço de pão.

— Vamos comer isso aqui antes de descermos até a sala comum para o café da manhã.

— Não estou com fome. — Há algo errado, Alic percebe. O menino não quer olhar nos seus olhos.

— Você vai precisar de força. — Ele abaixa a voz. — Tia Annah quer que você *trabalhe* hoje à noite.

Emlin recua para o ninho de cobertores, balançando a cabeça.

— Não posso.

O espião se senta na cama, escava suavemente o ninho para poder ver o rosto de Emlin.

— O que aconteceu?

— Tinha... Tinha outro santo. A mãe da srta. Duttin, eu acho. Ela sabia o que eu era.

— O que aconteceu?

Silêncio.

— Emlin, o que aconteceu?

O menino se senta na cama, o rosto coberto de lágrimas.

— Ela me queimou, ela me fez... ela disse que eu tinha que ab-ab...

— Abjurar — diz o espião com amargura.

A palavra vira cinzas em sua boca. A vagabunda dos Guardiões queimou Emlin, espiritualmente. Forçou-o a renegar a Aranha do Destino, a blasfemar. E a santidade do menino já era tênue. Agora ele é inútil! Está acabado!

— Não consigo mais ouvir os sussurros.

— Ela te machucou? — pergunta Alic, repentinamente furioso. Agarra Emlin pelos ombros, vira-o para um lado e para o outro, procurando feridas.

— Ela também me curou — diz Emlin, com a voz embargada de vergonha. Até mesmo o martírio lhe foi negado.

— Uma santa louca — sussurra Alic. — Ela teria matado você. Não foi culpa sua. Não havia nada que você pudesse ter feito para impedi-la. E fico feliz que ela tenha curado você. É melhor...

E então um calafrio percorre Alic. O espião fala pela boca dele, sussurrando no ouvido do menino:

— Eu sei como consertar isso. Nós iremos esta noite.

O espião passa o dia esperando. *Paciência*, ele grita. *Paciência*, enquanto tem vontade de roer as próprias pernas.

Alic tem muito trabalho a fazer. Alic está em toda parte do Arroio e da Cidade Refeita, em campanha incansável. Reunindo os eleitores desanimados, rindo da ideia de que Guerdon deveria ter um rei novamente. Lembrando que Kelkin cuidou deles durante a Crise e manteve a cidade segura. É mais fácil convencer os habitantes da Cidade Refeita a descartar notícias desse novo rei: aqueles que fugiram da Guerra dos Deuses sabem que não podem confiar na intervenção divina, não em uma cidade que supostamente deveria ter a bênção de não ter deuses. No Arroio, porém, a reverência pelo rei perdido é profunda. Ela está na forma das ruas, nos nomes das antigas famílias. Atravessa a cidade como tendões atravessam a carne.

Ele mantém Emlin por perto. Impede o menino de pensar nos eventos do Festival. Eles falam sobre o que farão após a eleição.

O dia de verão se estende infinitamente. Alic preenche as horas, mas o espião observa o horizonte. Ele gostaria de poder envenenar o sol ou arrastá-lo para fora do céu. Qualquer coisa para apressar o crepúsculo.

Quando Emlin se cansa, ele manda o menino para casa. Alic continua trabalhando. Ele come no salão dos Lib Inds. Rindo e brincando com amigos e aliados. O dinheiro de Dredger escorrendo por suas gargantas, enchendo suas barrigas. Ele leva meia hora para sair depois de terminar a refeição. Todos querem dar uma última palavrinha com ele, apertar sua mão e dar um tapinha em suas costas. Emlin espera por ele na casa de Jaleh.

O menino abjurou a Aranha do Destino. Negou o deus. Quebrou a conexão entre os dois.

Blasfemou.

No entanto, existem maneiras de restabelecer o vínculo. Coisas que é melhor fazer na calada da noite. Expiação não é algo fácil, nem sai barato.

Alic enrola o máximo que pode, atrasando seu retorno à casa de Jaleh. Adiando o inevitável.

Guerdon desperta ao redor de Terevant. A cidade se erguendo com o amanhecer. Navios deixando o porto com a maré matinal. Os apitos das fábricas assoviando o turno do dia. Mercados e barracas se abrindo ao seu redor como flores. Uma nova safra de cartazes eleitorais como orvalho nas paredes.

Ele cruza a cidade, do trem para a rua, para o beco, para o telhado e de volta. Movendo-se aleatoriamente. Ele quer ir até Lys, falar com ela, mas não pode. Olthic disse que ela estava no Palácio do Patros, mas ele não pode aparecer nos portões e perguntar por ela. *Com licença, eu gostaria de falar com minha cunhada. Não sabe quem é, ela acabou de colocar seu peão no trono de vocês para selar a própria coroação. Ela pode sair pra brincar?*

E onde está a espada, afinal? Ainda na embaixada? Apenas um membro da Casa Erevesic poderia portá-la sem danos: um membro consanguíneo, o que exclui Lys. Terevant é o último da linhagem. Algum primo desconhecido? Um filho bastardo de Olthic? Dele? Ou... um Vigilante poderia carregar a lâmina. Talvez um humano com proteções mágicas suficientes, um santo ou feiticeiro, mas apenas por um curto período de tempo, antes que a magia da lâmina desfizesse qualquer feitiço de contenção. Mas todos os Vigilantes em Guerdon estão lá na embaixada, e como poderia um santo ou feiticeiro poderoso o suficiente entrar sem ser detectado? Distraidamente, ele desce uma escada em caracol até outra estação de trem. A plataforma está lotada de trabalhadores indo para as fábricas de alquimistas. Ele não entra no trem: caminha por toda a plataforma e sai por outra escada. Esconde-esconde.

Não tem certeza se está se escondendo de Daerinth, de Lys ou de si mesmo. O fato iminente da morte de Olthic o espreita, como um gigante invadindo as ruas. Enquanto ele continuar se movendo, poderá ficar à frente do gigante, escondendo-se atrás de edifícios e torres. Ele sabe que, se o gigante o pegar, vai quebrá-lo, esmagá-lo. Que, se ele ceder à sua dor, então quem matou Olthic escapará impune.

Palavras de um poema ecoam nos espaços vazios de seu crânio.

> Haith é pó
> E Grena, um túmulo
> Mas Guerdon é o sonho de um deus louco

Cinco Facas para marginal Cintilante, para Cidade Refeita, depois voltando ao longo do Morro Santo, ao longo do viaduto para o Morro do Castelo. Manhã que já vira meio-dia, meio-dia que se torna uma tarde cinzenta e opaca, a cidade subjugada e de ressaca após o Festival das Flores.

Ele anda até não conseguir sentir os pés, exaurindo-se. Pode continuar caminhando até morrer, depois entrar para a Vigília e continuar caminhando sem diminuir o passo. Cair da borda do mundo e desabar no mar.

> Mas Guerdon é o sonho de um deus louco
> Inquieto e sombrio
> Até que pétrea
> De altas ameias
> A cidade vislumbra a eternidade

É uma noite sem lua. As estrelas estão brilhantes, mas as ruas abaixo são escuras o suficiente. A cidade está silenciosa, uma ressaca coletiva depois dos excessos do Festival. As sarjetas estão entupidas com guirlandas descartadas e poesias de flores. Alic conduz Emlin pelos becos do Arroio e entra na Cidade Refeita.

Eles passam sob uma forca improvisada: de uma janela muito acima pende um corpo, girando em uma corda. Emlin se encolhe e se aproxima de Alic, mas é apenas um monumento terrível. O corpo é de cera, não de carne. Um dos falecidos Homens de Sebo da cidade, agora erguido para ser atingido por pedras e frutas podres.

Eles caminham pela rua dos Santuários sem parar. Pelo canto do olho, o espião avista uma sentinela da guarda da cidade. Os santuários estão sob vigilância. A figura está mascarada, seus olhos escondidos atrás de lentes e sondas táumicas. O olhar mecânico da máscara se concentra em Emlin, hesita por um momento, e depois a sentinela acena para ele seguir. Aquela parte da Cidade Refeita não é lugar para levar uma criança.

— Espere cinco minutos e depois vá para o santuário da Aranha, ali — diz o espião a Emlin. — Vou distrair a guarda. — Ele se força a sorrir. — Peça perdão à Aranha e em seguida envie a mensagem.

O santuário é um local de poder para a Aranha do Destino. Isso vai reforçar a conexão do menino com a divindade, forçar a alma de Emlin de volta ao alinhamento normal. Mas vai doer. Mortais são frágeis e mutáveis, mas os deuses são constantes. Implacáveis. Seu amor e ódio igualmente terríveis, igualmente descuidados.

O espião saca o frasco com cabeça de leão e unge o menino. Dá a ele a marca de Annah, seu selo, para que a frota ishmérica saiba que aquela mensagem vem com a bênção dela.

Emlin endireita os ombros e olha para a escuridão do santuário.

— Vou conseguir — diz ele a Alic, mas quem responde é o espião.

— Bom menino. Diga a eles que a cidade está pronta para o saque.

No santuário, Emlin se ajoelha diante da estátua da Aranha e ora.

A forma da estátua é a mesma que está nele. Sua alma é *desdobrada* por ela, aberta e desmontada, perdendo seu aspecto humano, estendendo oito pernas para deslizar através da teia de sussurros. Brotando olhos que enxergam além do mundo material. Ele digere as palavras que Alic lhe falou, envolve-as em seda psíquica, as carrega até a rede.

É difícil. É muito mais difícil que antes. O santuário dá a ele a força para tentar, assim como a estátua está suportando o peso do fardo. Emlin teme que o deus fique zangado com ele, que quando encontrar a Aranha do Destino seja julgado. Castigado.

Seria justo. Seria certo. Ele pecou. Ele merece tudo o que receber.

E Alic não o colocaria em perigo.

Emlin se liberta de seu corpo mortal — inseguro, em uma ambiguidade divina, se seu corpo é a estátua de oito patas ou o menino de duas pernas — e caminha pela teia. Existem outros como ele; pode sentir seus movimentos em vibrações sutis. Espiões em outras cidades, outras terras. A teia cobre o mundo.

O fio pelo qual ele está rastejando é um dos que ficam mais ao norte. A maior parte da teia está ao sul, centrada em Ishmere. Existem milhares de santos lá, milhares de suas contrapartes, irmãos de alma. A teia é tão espessa em alguns lugares que sufoca o plano material abaixo dela; nesses templos sagrados, o destino é maleável.

Ele resiste à tentação de seguir certos caminhos. A teia é atemporal, e alguns caminhos levam ao passado ou ao futuro. Quando era um iniciado, quando manifestou seu poder pela primeira vez, ele sucumbiu à fraqueza e rastejou de volta ao passado para procurar a própria família. Assistiu à própria infância e viu o rosto da mãe novamente. Os sacerdotes o castigaram por isso, sua primeira falha... e então a Aranha do Destino o perdoou. A Aranha é sua família agora, seu único pai, seu eu superior. Ele afasta a imagem do rosto de Alic que pisca em sua mente. Os caminhos do futuro são ainda mais perigosos, especialmente agora que a teia está ferida.

Ele rasteja pelas periferias da região afetada, o rescaldo da divisão, e sente o gosto de tristeza e cinzas. Os templos de Severast queimados, e seus sacerdotes desaparecidos no futuro. A teia foi rasgada. Tanto foi perdido. Ele não inveja o trabalho dos espíritos que labutam lá, refazendo o destino para trazer certeza às ruínas.

Mas Severast não é seu destino. Ele para, sente as vibrações. Pensou que iria continuar para o sul, para o coração da teia, para Ishmere.

Mas o deus não está lá. Por um instante, ele fica confuso, imaginando se de algum modo mudou de direção, porque parece que a Aranha do Destino está bem em cima dele. Então, ele encontra o caminho certo. Não é de admirar que estivesse difícil ler as vibrações: a Aranha do Destino não está no centro da teia hoje. O ponto focal do deus está lá nas regiões frágeis e instáveis onde a teia atravessa o mar. Ele rasteja ao longo de fios trêmulos até se aproximar da divindade.

Ele pede perdão.

O deus o analisa. Sente seu gosto. Dissolve-o, injetando veneno em seu cérebro para que possa ler todos os seus pensamentos. Ele ainda é do agrado da Aranha; sua ofensa foi grave, mas ainda há um lugar para ele nos planos da Aranha do Destino.

Saindo do tempo, agora. Ele é a Aranha do Destino, e a teia é a Aranha do Destino, e todas as coisas são a Aranha do Destino. A mensagem é entregue, sempre foi entregue, pois todas as coisas são conhecidas pela Aranha do Destino. Com oito olhos, ele contempla o cosmos. Ele conhece todos os segredos agora. Ele vê a teia de causalidade e caos que dá origem ao futuro.

Suas mandíbulas, pingando com o Veneno Inegável, falam os segredos que ele trouxe de Guerdon.

*A arma é uma mentira*, sussurra a Aranha do Destino. *Guerdon não tem arma que possa nos matar!*

Emlin — seu nome é Emlin, ele lembra — se esforça para reafirmar sua identidade enquanto outros deuses se movem ao seu redor. O panteão de Ishmere se reúne. Felizmente, a Mãe Nuvem os envolve em névoa, para Emlin não ser aniquilado pelo brilho de majestade divina deles. Ele sente em vez de vê-los: o Kraken deslizando sob a superfície do mundo, vasto e atemporal. O Bendito Bol, chamado de seus sonhos com as hordas de dragões de Lyrix, mãos transbordantes de moedas. O Pintor de Fumaça, deslizando por ele, deixando um rastro de vapores perfumados. O Grande Umur, infinitamente remoto, participa desse conselho divino enviando um emissário de fogo sagrado, e Emlin recua com o calor.

Ele está muito perto dos deuses, muito dele foi sublimado na Aranha do Destino.

E rondando, espreitando ao redor dele, algo enorme e predatório. Hálito quente quando a besta funga, farejando seu cheiro. As brumas não conseguem esconder totalmente a divindade régia que o examina. As garras da Rainha-Leão rasgam a teia enquanto Ela se move. Circulando a

Aranha do Destino. Oito olhos reluzentes observando dois de ouro, mais brilhantes que o sol.

A Aranha se encolhe. Emlin se encolhe, seu coração disparado, suas oito patas se enroscando sob ele de modo protetor. Voltando para algum canto escuro do céu. A glória da união com o deus azeda; existem outros poderes no panteão, divindades mais fortes e ferozes que a Aranha do Destino, e eles estão em ascensão. A Rainha-Leão analisa a mensagem.

— Guerra — diz ela. — A guerra é sagrada.

A Rainha-Leão ruge e o céu se parte. Emlin cai, despencando do reino dos deuses, voltando ao dos mortais. Ele perdeu a proteção do favor de Deus: antes a Aranha do Destino teria facilitado aquela transição, manipulado o frágil veículo mortal gentilmente, mas agora o deus o descarta como algo sujo.

Sua ofensa foi apenas parcialmente perdoada. Ele ainda precisa sofrer.

Emlin tenta se tornar humano novamente, mas não é fácil. Seu crânio racha, várias vezes. A dor dispara por toda a sua cabeça. Feridas porejantes se abrem ao longo de seu flanco quando quatro de suas pernas espirituais são cortadas depois que ele cai para o reino físico.

Ele desaba no chão duro do santuário, seu rosto queimando em agonia de meia dúzia de feridas. Gritando de dor. Os olhos bem fechados, escondendo-se do terrível esplendor da Rainha-Leão.

Alic aparece ao lado dele, ajuda-o a se levantar, enxuga seu rosto.

O sangue flui de seis feridas na testa de Emlin, estigmas da Aranha do Destino. Com o tempo, essas feridas podem se transformar em olhos.

— Está feito — diz Alic com firmeza, abraçando o garoto.

E eles ficam ali sozinhos no santuário, todos os deuses sumidos por enquanto.

O posto alfandegário na fronteira norte de Guerdon poderia, talvez, ter dado conta de um único trem. Há alguns vigias lá, algumas armas apontando para Haith. O comandante da fronteira é acordado no meio da noite pela chegada do primeiro trem. Enquanto verifica o documento de viagem do trem, manda seus vigias para inspecioná-lo. Eles espiam pelas janelas com suas máscaras alquímicas, procurando milagres ocultos e santos escondidos. Isso é um absurdo, e eles sabem: Haith não tem santos, exceto pelos Consagrados, e que milagre poderia ser mais óbvio que as centenas de soldados Vigilantes ali sentados pacientemente?

Um exame dos documentos de viagem revela uma discrepância até então infeliz entre as leis de Guerdon e Haith sobre o tema da morte. Os regulamentos que cobrem a ligação ferroviária entre as duas cidades limitam estritamente o número de *soldados* de Haith que podem passar pelo território de Guerdon, mas têm uma flexibilidade bem mais generosa para o número de civis.

O comandante das forças no trem sorri para o guarda de fronteira. (Caveiras sempre sorriem.) Ora, todos aqueles soldados Vigilantes estão de licença, e atualmente não são soldados pela letra da lei. Eles estão fora de serviço, desarmados e sem uniforme.

O guarda de fronteira lembra que a cidade tem um limite ainda mais rigoroso do número de mortos-vivos permitidos em Guerdon.

Ah, diz o comandante do trem, os soldados mortos-vivos de licença não vão para a cidade. Eles não entrarão em Guerdon propriamente dita. Estão indo tirar férias no campo. E a restrição do número de civis de Haith não menciona se esses civis são vivos ou mortos.

É evidentemente um absurdo.

O comandante da fronteira poderia ordenar que as armas disparassem contra o trem. Poderia explodir os trilhos, proteger a cidade dessa ameaça em potencial. Mas há mais luzes descendo a pista, mais trens se aproximando. Seu posto de vigilância seria invadido. Ele e todos os seus guardas de fronteira seriam massacrados.

Ele também está desconfortavelmente ciente de que o dia seguinte deverá ser cheio. Haith aumentou suas compras de armas alquímicas nas últimas semanas, e mais dessas armas estão sendo transportadas por trem em vez de por navio, para evitar krakens ishméricos ou piratas voadores de Lyrix. Uma fortuna em comércio. O que a guilda dos alquimistas faria com ele se fechasse a fronteira desnecessariamente?

O comandante bufa, sua respiração nervosa no ritmo do chiado do motor do trem em marcha neutra fora da janela. Ele relê os regulamentos mais uma vez, consulta as tabelas de horários, tudo sob o escrutínio do olhar sem olhos do comandante do trem. Ele desenterra mapas ferroviários antigos.

Um comprometimento — uma saída abençoada. Existe um pátio lateral abandonado logo ao norte da cidade de Guerdon, crocita o comandante da fronteira. Grande o suficiente para abrigar todos os quatro "trens de férias". Ele pode enviar uma mensagem adiante, fazer com que a guarda da cidade mande rapidamente tropas para monitorar o pátio, garantir que os "civis" haithianos se comportem. O comandante do trem sorri e concorda.

A guarda confisca pinos de disparo das peças de artilharia do trem, prometendo devolvê-los quando os haithianos deixarem o solo de Guerdon. Os haithianos não se opõem. Na verdade, eles cooperam, ajudando a desmontar os mecanismos dos canhões. São as tropas vivas que operam a artilharia, não os mortos. Os mortos demoram a aprender novos truques. Vão em um ritmo lento, porém constante.

Um a um, os trens passam pelo posto de fronteira.

Conforme ordenado, um a um, eles param naquele pátio lateral, chegando na calada da noite. Guerdon é uma sombra iminente a sudeste, inquieta e sombria, de vigília nesta noite sufocante de verão.

## CAPÍTULO TRINTA E DOIS

Terevant passa a primeira noite em um albergue no Arroio.
Ele não dorme: ou, se dorme, não lembra. Dormir traria pesadelos, e pesadelos são indistinguíveis do mundo desperto.

Ele passa o segundo dia vagando novamente, se escondendo, pensando. Sente-se como um recipiente oco, uma urna de almas sem alma, preenchida em vez disso com perguntas que chacoalham em seu crânio.

Olthic está morto. Esse fato parece grande demais para caber na mente em farrapos de Terevant. Ele tem que se concentrar em fragmentos do fato para evitar que seus pensamentos se extraviem. Ele é um homem atravessando uma ponte estreita, um golfo escuro de cada lado.

Olthic está morto. Em que casta ele morreu? Não Vigilante, obviamente. Ele terá chegado à Espada Erevesic a tempo, os ancestrais o aceitaram? Ou morreu sem casta e em vergonha? Um Suplicante, sua alma aprisionada no corpo até que seja extraída pelos necromantes e usada nos templos dos anônimos?

Se ele parar de pensar, parar de se mover, nunca mais se moverá.

Olthic está morto. Como ele foi morto? Ele tinha a posse da Espada Erevesic, capaz de aproveitar a força e a habilidade armazenadas de cem gerações de Erevesics. Ele deve ter sido apanhado de surpresa. Emboscado em um momento de fraqueza.

Morto por alguém em quem ele confiava.

*Ela enganou a nós dois.*

Haith é construída sobre dois pilares, as Casas e o Gabinete, dois braços do Estado, dirigidos pela Coroa imortal. Qualquer estudante primário sabe disso. A Coroa desejava Guerdon, então Casas e Bureau se puseram ao trabalho. As Casas enviaram Olthic — herói de guerra, uma lenda viva — para deslumbrar o parlamento e convencê-lo a se aliar a Haith. O Gabinete enviou Lys para colocar o peão deles em posição.

Para garantir que Olthic falhasse, Lys manteve a espada longe dele. Ela tirou vantagem da ressurreição fracassada de Vanth — também teria tirado vantagem do incidente no trem em Grena, ou será que ela o *planejou*? O estômago de Terevant afunda com a percepção: *Lys me pediu para trazer a espada em vez de mandar um guarda de honra Vigilante porque sabia que poderia me manipular.*

Terevant está ciente de que murmura para si mesmo. Pessoas na rua lhe dão olhares de esguelha. Ele segue para os becos, afundando cada vez mais no Arroio.

Lys o manipulou. Superou os planejamentos de Olthic. Traiu a confiança dos dois. Mas… isso não significa que ela matou Olthic, significa? Ainda que ela visse Olthic como um rival da Coroa e estivesse disposta a cometer assassinato para ganhar o prêmio mais alto em Haith, Olthic era um rival *derrotado*.

*Eles vão comer você vivo nesta cidade. Você tem que aprender a agir*, disse Lemuel. Mas Lemuel é fiel a Lys. Foi Lemuel quem o seguiu no Festival, o afastou do calor e da segurança do fogo de Naola. Terevant toca o inchaço tenro na parte de trás de sua cabeça. Ele quase consegue sentir a agitação de seus pensamentos sob o crânio machucado.

E o que pensar de Daerinth? Será que o velho suspeitou de algo? É por isso que tentou fazer Terevant fugir? Não, não pode ser: Daerinth foi rápido em acusar Terevant do assassinato de Olthic. Daerinth não é um aliado.

Terevant não tem uma única alma viva na cidade em que possa confiar. Guerdon está cheia de olhos hostis. A guarda da cidade está em todos os lugares. Cada vez que um vigia passa, Terevant se retrai. Vendedores de jornais por toda a cidade apregoam sobre as tropas haithianas acampadas nos limites da cidade, sobre o assassinato do embaixador de Haith. É apenas questão de tempo até que alguém o reconheça. Ele ainda está usando um uniforme de Haith embaixo do manto, pelo amor da morte. Ele volta pelas vielas estreitas e edifícios oscilantes do Arroio, cheios de lugares onde pode esperar, onde as pessoas estão mais interessadas no conteúdo de sua bolsa que no seu rosto ou uniforme.

Olthic está morto. Olthic está morto e não vai voltar.

Terevant é o último Erevesic.

Ele está tonto por falta de comida. Encontra uma barraca de rua, compra uma refeição de vegetais murchos e peixe frito de um vendedor perneta. Quando Terevant procura uma moeda no bolso, encontra um pequeno retângulo duro de papelão.

Está escrito: ELADORA DUTTIN — ASSISTENTE DO COMITÊ DE EMERGÊNCIA. E, abaixo, um endereço.

Duttin. Ele pode procurar Duttin. Mas aquele livro sobre arquitetura está nos seus aposentos na embaixada de Haith, e ele não pode voltar para lá. Poderia ir até ela de mãos vazias, lançar-se à sua misericórdia, mas esse é o último recurso.

Outra taverna o recebe. Está lotada e barulhenta, cheia do som de cantos de marinheiro, brindes ao rei que voltou, orações bêbadas a São Vendaval e a todos os outros deuses marinhos. Marinheiros são as almas mais ecumênicas, oferecendo orações a todas as divindades que compartilham a custódia do oceano. Ele compra uma bebida, fica segurando o copo enquanto espera o momento certo. Tenta se controlar. A multidão no bar gira ao seu redor, um mar de gente que ameaça afogá-lo. Olthic está morto, bem como sua mãe, suas irmãs, afogadas há tanto tempo. Olthic está morto, bem como seu pai, e o que ele diria ao ver Terevant em mais uma taverna?

Terevant se agarra ao cartão de visita em sua mão, virando-o de um lado para outro, um periapto emocional.

E então um rosto familiar entra repentinamente em foco, destacando-se no meio da multidão agitada. Lá, a algumas mesas de distância, está a garota do trem. Shana. Ela está conversando com dois homens... bem, um homem e uma *coisa* volumosa em uma armadura barroca, o corpo da criatura inteiramente escondido sob tubos de borracha sibilantes e placas de metal.

Ele não sabe dizer do que eles estão falando, mas ele a ouve mencionar um nome.

*Edoric Vanth.*


Do outro lado da cidade, o espião espera.

Muitos dias se passaram desde a visita ao santuário. Dias quentes de verão, pegajosos e claros, as noites tão fugazes que parecem deslizar do crepúsculo ao amanhecer sem nenhuma escuridão verdadeira. E, durante o dia, o espião é Alic, candidato dos Liberais Industriais, então ele faz divulgação e campanha e se encontra com pessoas em toda a Cidade Refeita. Ele os ouve, dá garantias do futuro brilhante e promissor que terão em Guerdon, promete que irão prosperar. Acalma seus temores de guerra, enquanto todas as noites o espião se esgueira para o telhado da casa de Jaleh e olha para o mar.

Antes do ataque a Severast, o céu ferveu, e havia terríveis formas divinas naquelas nuvens raivosas. Antes do ataque a Severast, o mar se transformou em vidro. Antes do ataque a Severast, houve muitos sinais e presságios. As estátuas andavam ou choravam. Lunáticos tocados pelos deuses vagavam pelas ruas, gritando sobre a ira das divindades. Moedas de ouro tornavam-se afiadas como facas quando tocadas, e rios de sangue corriam pelos becos do mercado. Havia santos assassinos nas ruas também, enviados pela Aranha do Destino de Ishmere. Eles assassinaram os santos do Kraken de Severast, para que eles não pudessem assumir suas formas de guerra e lutar pelo controle do mar. Assassinaram os sacerdotes da Aranha nos templos, chamando-os de separatistas e hereges, até que as sombras os comeram. Houve muitos presságios antes da chegada dos deuses.

Em Guerdon, o céu está sem nuvens. O mar que banha as margens do Arroio está poluído, cheio de lixo, mas é água.

Há sinais e presságios, mas nenhum é o que ele procura. A cidade fica inquieta, febril no calor do verão. Mais santos dos Deuses Guardados aparecem. Multidões se reúnem no Morro Santo, em busca de um vislumbre de seu novo rei, orando aos antigos deuses da cidade, e são recompensados com pequenos milagres espasmódicos. Surpreendentes para o povo de Guerdon que não via intervenção divina significativa havia duzentos anos. O embaixador de Haith foi assassinado, e os dois governos trocam cartas raivosas. Tropas de Haith cruzam a fronteira, acampam fora da cidade, mas não há luta, apenas poses e balançar de bandeiras.

Dias se passaram e não há sinal de invasão. O *Grande Represália*, com sua arma terrível, dorme em sua doca.

Alic ri, dá tapinhas nas costas das pessoas, organiza reuniões no salão Lib Ind, sorri. Alic, o bastardo, está feliz. Ele gasta dinheiro dos Lib Inds para curar as feridas de Emlin. Encontra-se com Eladora, com Ogilvy, com outros novos amigos.

O espião não consegue encontrar a paciência que o definiu por tanto tempo.

Dias se passaram, e as feridas no rosto de Emlin reabrem toda noite.

Terevant espera na taverna, fora da linha de visão de Shana.

Está claro que ela não é quem alegou ser no trem de Grena, que ela não é a filha mimada de algum comerciante próspero. Se algum dia houve uma verdade nessa história, então o pai deve ter falido há muito tempo e sua filha aprendeu a sobreviver nas ruas. Ela pechincha com os dois homens, implora com eles, mas o homem de armadura parece não estar interessado no que ela oferece. Depois de alguns minutos, ele se levanta — uma lufada de vapor saindo de seu traje — e sai pisando duro. Apesar de sua corpulência, a multidão abre espaço para ele.

Quem quer que seja a figura blindada, é respeitada no Arroio. O outro homem vai atrás; o mesmo acontece com um guarda-costas Cabeça de Gaivota brutamontes parado na entrada da taverna. Terevant se pergunta o que Shana tem que pudesse interessar tal criatura.

Shana tenta escapar por uma porta lateral. Terevant rapidamente deixa cair algumas moedas no bar e a segue. Ela corre pelas vielas, cabeça baixa, nervosa como um gato de rua.

Ele a alcança.

— Shana?

Ela tenta fugir, mas ele grita:

— Eu só quero conversar.

Então um espasmo a percorre, deixando-a de joelhos. Seu rosto se contorce. Por um momento, assume uma expressão que o faz se lembrar assustadoramente de sua própria mãe. *Ela tocou a espada*, ele lembra. Todas as almas dos Erevesics Consagrados brevemente misturadas com a dela antes de rejeitá-la como uma hospedeira inadequada.

Ela se levanta e fica parada esperando por ele, como se estivesse enraizada no chão.

Shana o leva para seu quarto. O aposento é minúsculo, com uma única cadeira ao lado da cama. Ela afunda no assento e se enrola ainda mais no seu xale. Não olha diretamente para Terevant; inicia seu relato falando para um ponto no chão.

Ele fica de pé em vez de sentar na cama. Puxa a cortina esfarrapada, caso alguém possa vê-lo da rua.

Ela fala como se estivesse exausta de uma longa discussão, cansada demais para lutar ou mentir.

— Lem nos contratou. Ele nos botou no trem. Disse para fazer uma cena quando chegássemos em Grena.

Terevant pisca.

— Lemuel estava no trem?

— Ele usava uma barba falsa. Fingindo ser meu pai ou alguma coisa assim.

O chaperone. Aquele que chamou os guardas, tentou mandar prender Terevant.

— Por quê?

Shana dá de ombros.

— Ele não nos contou. Apenas disse que deveríamos causar uma confusão. Ele nos contratou para outras coisas também. Espionar as pessoas.

— Foi por isso que você tentou pegar a espada?

— Eu não sabia! Juro. Eu estava mexendo na sua bolsa, admito, mas... — Ela olha para ele, e não é *ela* por trás daqueles olhos azuis. Shana fala em um tom diferente, com um sotaque diferente. — Reivindique a tua espada, Erevesic. A guerra está chegando, e muito tempo se passou desde que entramos em combate. — Ela para de falar, então choraminga e arranha o rosto com as unhas. — Eles ainda estão aqui! Seus ancestrais, me assombrando. Achei que tinham ido embora, mas você... você os traz de volta.

Ela o encara.

— Por favor — pede baixinho. — Vá embora.

— O que mais Lemuel disse a você?

— Nada.

— O que aconteceu com a outra garota? Shara? — Terevant mal consegue se lembrar do nome dela, e não consegue lembrar seu rosto. Ele se amaldiçoa por não prestar mais atenção.

— Ela... nós estávamos no Festival. Então ela viu o rei e o reconheceu. Ah, nós achamos tão engraçado que ela tivesse flertado com o rei enviado pelos deuses antes de ele ser coroado. Estávamos rindo a respeito disso, e então Lemuel nos encontrou. Ele a levou embora, e vai voltar para me pegar. Preciso sair da cidade. — Ela está tremendo. Olhos como os de um animal aprisionado.

Terevant encosta a cabeça na parede. Lemuel está fazendo uma limpeza, apagando qualquer coisa que possa conectar Berrick ao Gabinete.

— Por favor — diz Shana novamente, sem olhar para ele —, vá embora. Você é um Erevesic. Sua presença piora tudo.

Ele tem que pressioná-la um pouco mais.

— O que você estava fazendo na taverna? O que isso tem a ver com Edoric Vanth?

— Você não foi o único homem que Lemuel nos mandou espionar. O Terceiro Secretário... ele passava algumas noites aqui. E, quando estava dormindo, eu vasculhava sua bolsa. Pegava cartas, papéis, dava tudo a Lem. — Ela leva a mão à bochecha; na meia-luz, Terevant não tem certeza, mas parece machucada. — Às vezes, eu os dava para Lem. Guardei alguns, escondi-os dele. Achei que poderia vendê-los para Dredger, comprar passagem para fora da cidade. — Um meio-sorriso cruza seus lábios. — Quem sabe ver Velha Haith de novo, antes do fim. Mas Dredger não acreditou. Ele disse que estava incompleto.

Terevant se enche de pena. Shana foi usada do mesmo jeito que ele: mais um peão de Lys a ser movido e descartado uma vez que tivesse servido a algum propósito enigmático. Esquemas invisíveis assassinaram seu irmão, tomaram a espada da família, o levaram à ruína. Tudo virou fumaça, todos os pontos fixos de seu universo se dissolveram. Ele não sabe mais quem é, ou o que deve fazer... mas pelo menos pode salvar Shana.

— Aqui — diz Terevant, esvaziando a bolsa na mesinha de cabeceira. — Pegue isso. Vá embora. Não para Haith, a guerra está indo para lá: fuja para o Arquipélago ou algum outro lugar. Não diga a ninguém para onde você foi.

Ela pega o dinheiro da mesa e corre para a porta... e então para, congelada por algum último eco da Espada Erevesic. Ela aponta para uma gaveta e então desaparece, seus pés batendo nas escadas de madeira enquanto correm. Terevant espera até ouvir a porta da frente bater lá embaixo e em seguida abre a gaveta. Dentro dela, papéis. Alguns são diagramas de máquinas, de engenharia alquímica, e ele se sente tonto de entusiasmo: *Vanth estava procurando as bombas divinas.* Outras páginas estão cobertas por alguma notação taumatúrgica que o faz se lembrar das notas nas margens do livro de Duttin.

Ele não consegue decifrar nada.

Mas tem certeza de que Eladora Duttin consegue.

# CAPÍTULO TRINTA E TRÊS

*Coitado do Alic, parece exausto*, pensa Eladora. Ou talvez mais magro: como se estivesse desaparecendo. O sorriso confiante e a energia ilimitada que ele havia demonstrado no início da campanha diminuíram. Ele olha as luzes da cidade pela janela da carruagem, cansado demais para ler os documentos em seu colo.

Eladora suprime o próprio bocejo, mas acaba cedendo. Um gesto nada educado, mas Alic nem percebe. A raptequina que puxa a carruagem assovia e uiva em resposta.

Ela pensava que estivesse cansada antes do Festival, mas os últimos dias lhe mostraram o que deve ser a guerra. Assumir a gestão da campanha na Cidade Refeita das mãos de Spyke foi o suficiente para preencher seus dias ao ponto de transbordamento, com uma dezena de candidatos para atender e outros vinte clamando por atenção. A maioria deles direto da lista que ela forneceu — ou melhor, que Cari e Mastro forneceram — e cheios de paixão, preocupações e ideias, e famintos pelo dinheiro do partido. O dinheiro que Alic forneceu foi adicionado a outra pilha de Kelkin, mas o cofre na sede do partido está quase vazio de novo.

O veículo reduz a velocidade ao se aproximar de seu prédio. Ela bate no teto para que o condutor possa ouvi-la.

— Aqui mesmo, por favor. — Para Alic, ela diz: — Vejo você pela manhã. Não vá andando para casa: fique com a carruagem. Você precisa de descanso, e o partido pagará sua passagem.

— Está certo — diz ele. — Boa noite, srta. Duttin.

Ela desce, pega sua bolsa e se vira em direção ao arco que leva para a escada…

Grita alarmada ao ver algo se movendo ali. *Miren*, ela pensa, imaginando um rosto pálido nas sombras. Seu coração está batendo forte, mas não há nada lá. Nada que ela possa ver. Há dois lances de escada escura até a porta de seu apartamento, e a rua deserta, exceto pela carruagem de partida.

A carruagem para novamente e Alic desce. Ele dá um tapinha nos fundos da carruagem e o motorista segue em direção aos arredores mais movimentados da Praça da Ventura.

— Ouvi você gritar — diz Alic. — O que aconteceu?

— Não foi nada. — Ela descobre que está segurando o cabo quebrado que Sinter lhe deu. Ela o encara, confusa, depois o enfia de volta na bolsa.

Alic espia pela arcada escura.

— Tomar cuidado nunca é demais hoje em dia. Pode haver todo tipo de ladrões e espiões à espreita. — Ele dá de ombros. — Vou subir com você.

— Obrigada.

Eles sobem as escadas juntos. No meio do caminho, Alic fica tenso. Faz com que ela desça um degrau e assume a liderança. Caminha silenciosamente à frente dela.

Lá, sentado à porta dela, cabeça nas mãos, está uma figura desconhecida. Um mendigo? O manto todo manchado das ruas… e um uniforme de Haith.

— Tenente Erevesic? — pergunta ela, confusa.

\*

— Não posso voltar para a embaixada — insiste Terevant sem parar quando o colocam no apartamento de Eladora. — Eu não sei o que fazer. Olthic...

Terevant não consegue ficar parado. Ele se move do sofá para a cadeira, anda para cima e para baixo, para a janela, de volta para o sofá. Alic se ocupa na cozinha, preparando café e pegando comida. Ela está grata pela sua discrição: Alic decidiu claramente que isso não é da sua conta, então está apenas se fazendo útil, bendito seja.

Eladora observa Terevant com cautela. Por direito, ela deveria procurar a guarda. Ir até Ramegos... ou Kelkin. Abrigar um criminoso fugitivo de Haith pode explodir em um grande escândalo, e ela não pode esquecer a eleição iminente. Ela não tem dúvidas de que Kelkin tem agentes como Absalom Spyke, que podem fazer os problemas desaparecerem.

Mas ela se lembra de estar sentada em um beco frio da rua Desiderata, depois que velhos horrores repentinamente explodiram dos livros de história e destruíram sua antiga vida. Ela se lembra de vagar pela cidade, sozinha e sem um tostão, e como Kelkin e Jere Taphson tiveram pena dela.

— Conte-me o que aconteceu.

O relato de Terevant sobre seu tempo em Guerdon é o de um homem andando com cuidado por uma passagem de pedras escorregadias sobre a água escura. Ele hesita, recua, se demora em um lugar ou em outro porque o caminho à frente é perigoso e ele precisa testar cuidadosamente cada possível apoio para os pés. Ela adivinha que grande parte de sua hesitação está ligada ao misterioso Gabinete de espiões de Haith. Figuras surgem da narrativa e voltam para as sombras, sua importância obscurecida. Ele fala sobre sua caminhada no Vale Grena, sobre o túmulo da deusa lá, sobre intrigas na embaixada, sobre a política interna haithiana entre a Coroa, as Casas e o Gabinete.

Ele fala sobre Eskalind, que tem pouco a ver com eventos recentes, mas ele ainda volta a isso. Eladora não está familiarizada com a batalha em particular que Terevant lutou, mas ouviu falar de Eskalind. A península tem valor estratégico, e por isso tem sido o local de inúmeros confrontos na Guerra dos Deuses, mudando de mãos continuamente. As areias estão encharcadas de sangue. As fundações do mundo lá estão destroçadas por milagres, o que deixou o lugar terrivelmente instável.

Ele não fala nada sobre o irmão. Dá voltas ao redor do tópico. Eladora reconhece o hábito: ela e a mãe nunca, nunca falam sobre como o resto da família Thay foi exterminada por santos dos Guardiões. Algumas coisas são tão vastas e terríveis que não são ditas, porque depois delas, na verdade, toda conversa que se tem é um pouco sobre esse assunto.

*Comece com o que você sabe*, Eladora diz a si mesma.

— O livro, *Arquitetura sagrada e secular no período cinzento...* onde você o encontrou?

— Uma casa no Beco Gethis. Vanth nos conduziu até lá.

— Depois que você o ressuscitou?

— Não era ele. Ele não estava em Vigília. Era apenas uma espécie de eco dele. Não sei como a necromante fez isso.

Eladora faz uma nota mental de perguntar a Ramegos sobre necromancia.

— E Vanth estava procurando por, ah... — Ela mesma hesita. Fez um juramento de não discutir os eventos secretos da Crise. As bombas, porém, são um segredo aberto. Terevant passou por Grena. Ele viu o que elas podem fazer... e algo lhe diz que pode confiar em Alic. — As bombas divinas.

Terevant assente.

— Você leu o livro? — pergunta ela.

— Eu dei uma olhada. A maior parte não parecia relevante. Discussão de antigos edifícios. Demônios nas profundezas. Mapas da cidade. Muitas notas manuscritas nas margens.

— Algumas dessas notas foram escritas por mim — admite Eladora. — No ano passado, em plena Crise. Eu estava procurando o esconderijo dos Deuses de Ferro Negro... a matéria-prima que os alquimistas usaram para fazer essas bombas. Mas perdi o livro. Ficou para trás em um refúgio que pertencia a Sinter.

Ela tenta pensar em como o livro pode ter acabado no Beco Gethis. O refúgio de Sinter havia sido, ela lembra vagamente, vasculhado pela guarda da cidade nas semanas após a Crise, enquanto Sinter estava desaparecido. Será que ele havia levado o livro embora antes que o encontrassem, ou o volume acabou em algum armário de evidências da guarda na Ponta da Rainha?

— E tem isto — diz Terevant, mostrando algumas folhas soltas cobertas de notas. Os glifos são semelhantes aos de outros textos de feitiçaria que ela estudou. Há um comentário em khebeshiano: Ramegos ensinou a ela que os melhores textos de feitiçaria são escritos na língua de Khebesh. E diagramas, gráficos de fiação, esquemas.

— Onde você conseguiu isso?

— Alguém que conheceu Edoric Vanth — responde Terevant. — Eu não sei ler.

Alic se acomoda no sofá ao lado dela e lê por cima do seu ombro. Ele aponta para um diagrama.

— Não se parece com nenhuma bomba que eu já tenha visto.

— As bombas divinas são muito mais simples — diz Eladora. — Brutais, inclusive. Este parece ser um trabalho de precisão.

— Um motor etérico. Algum tipo de gerador industrial de feitiços de proteção?

— Não é proteção — murmura Eladora, intrigada com os hieróglifos. — É mais... o inverso. Um círculo de invocação. Muito poderoso.

Partes de uma grande máquina. Ela vira uma página, acha uma ilustração de uma torre de vidro diferente de qualquer outra que já tenha visto em Guerdon. Vira outra, e é confrontada com texto densamente escrito em khebeshiano.

— O que o khebeshiano diz? — pergunta Alic.

— Estou tentando descobrir. — Ela traduz com hesitação. — "Para garantir a aniquilação completa da tessitura etérica, é necessário alcançar um máximo local de presença divina. Uma menor concentração de elementos teleológicos resultaria em apenas um apagamento parcial da tessitura."

— O que diabos isso significa? — pergunta Terevant.

Eladora relembra suas próprias experiências, durante a Crise, quando ficou presa na tumba de seu avô e sua alma foi exposta à horrível atenção dos deuses. Os Deuses de Ferro Negro, estendendo suas garras para ela de dentro de suas prisões de ferro, gavinhas escuras se estendendo através da cidade. Os Deuses Guardados, entretanto... eles eram incipientes. Em todos os lugares e em lugar algum. Um milhão de pequenas chamas de velas bruxuleantes, por toda a terra.

— Alvo. É um problema de localização de alvo. Como atacar um deus. Terevant dá uma risada vazia.

— Eu vi deuses em Eskalind. Eles eram... realmente grandes. Não é difícil de vê-los.

— Não — diz Alic pensativo. — Seria um problema. Se a Aranha do Destino é toda segredos, ela está aqui nesta sala. Se a Rainha-Leão é a guerra, então ela está em todos os campos de batalha. Você encontrou manifestações dos deuses. Santos ou avatares, pedaços do divino, não o todo do deus.

— Grena deve ter sido um estudo de caso ideal — diz Eladora. — A deusa que eles mataram era a deusa do vale... uma divindade localizada... e ela estava se manifestando por meio de um santo no momento do impacto. Toda a sua essência estava concentrada em um único ponto.

— Então as bombas sozinhas não são suficientes? — pergunta Terevant. — Haith precisaria de outra coisa para matar um deus ishmérico?

— Possivelmente. Dependeria das circunstâncias. Sem "um máximo local de presença divina"... talvez um templo cheio de santos e fervorosos adoradores, onde o deus esteja próximo. Ou você precisaria esperar que o deus se manifeste totalmente, o que seria...

— Terrível. — Alic soa arrasado. — É terrível enfrentar um deus. — Ele se levanta. — Preciso ir.

— Agora?

— Preciso voltar para Emlin — diz ele calmamente. Por um momento, não soa como Alic, mas logo depois ele está de volta. — E de qualquer maneira, srta. Duttin, tudo isso soa como coisas que seria melhor eu não ficar sabendo.

Ela leva Alic até a porta. Ele sussurra para ela, fora do alcance de Terevant.

— Se quiser meu conselho, senhorita, acho que deve levá-lo ao sr. Kelkin imediatamente. Parece que ele descobriu alguns segredos sobre as defesas da cidade, e você não quer que isso caia nas mãos de seus inimigos. Ele é de Haith… e, até onde sabemos, ele matou o próprio irmão.

Ela assente.

— Obrigada. Por favor, não mencione esta noite a ninguém.

— Eu sei guardar segredos — diz Alic.

E então ele se vai, descendo apressado as escadas. Ombros curvados como se estivesse carregando o segredo e ele fosse uma carga pesada de suportar.

Eladora fecha a porta.

— Há alguma coisa sobre as bombas em si aqui? — pergunta Terevant, folheando os papéis khebeshianos. Ela quase consegue ouvir Kelkin retrucar em sua cabeça: *é uma questão de segurança de Estado*.

— Não. Mas esses papéis não têm nenhuma ordem. Muitas folhas faltando.

— Há outra coisa — diz Terevant. — A casa à qual Vanth nos levou… havia uma mulher lá. Mais ou menos da sua idade. Ela tinha poderes de algum tipo: era como se soubesse o que estava por vir, ou pudesse ver coisas.

— Facas? Pequenas cicatrizes no rosto, como sardas? Imensamente frustrante de lidar?

— Você a conhece? — Terevant arregala os olhos.

— É minha prima. Carillon Thay.

— Ela roubou mais papéis — diz Terevant. Ele pausa por um segundo, e então acrescenta: — Acho que ela matou Vanth.

— Ah. Sobre isso eu posso lançar alguma luz. — Ela tem que pensar por um momento para lembrar quanto tempo faz. Parecem meses. — Há pouco mais de três semanas, encontrei Carillon na Cidade Refeita, e ela me avisou que pessoas desconhecidas tinham, ahn, plantado um corpo na casa dela. Os bandidos também me atacaram.

— Você os viu plantando o corpo de Vanth? — pergunta Terevant, taciturno.

Ele pega sua xícara de café e olha dentro dela, como se estivesse verificando os resíduos em busca de veneno ou duvidando de sua existência. Sua capacidade de confiar sofreu um abalo.

— Não. Carillon tem certos... dons espirituais. Ela foi, ah, fundamental na Crise, no ano passado, e isso a deixou... mudada.

Eladora faz uma pausa, repassa mentalmente o que lhe foi dito. O inquérito determinou que Carillon estava acabada, sua santidade perdida. Que o amuleto dela estava inerte magicamente, e que Mastro havia morrido por completo. Que os Deuses de Ferro Negro foram todos destruídos. Mas quem emitiu essa determinação? Teriam cometido um erro, ou mentido para Eladora?

— Eu acho que devemos falar com Cari — diz Eladora.

— Ela tentou me esfaquear.

— É, isso é a cara dela.

As ruas ao redor da Praça da Ventura estão lotadas: uma onda atrasada de foliões do Festival das Flores, artistas que escreveram às pressas ou exumaram antigas peças de rua sobre reis, mascates e os Mascates. Crianças e bêbados escalam monumentos a santos esquecidos ou grandes vitórias. Eladora os guia para contornar a praça, evitando a multidão perto da cafeteria Vulcano. Mesmo àquela hora, ela estará cheia de Lib Inds, e ela não quer ninguém que conheça fazendo perguntas sobre Terevant.

As multidões vão diminuindo à medida que se dirigem para o mar e a Cidade Refeita. À frente está a massa meio demolida, meio irrompida do Mercado Marinho, onde o Milagre das Sarjetas começou. Em algum lugar daquela confusão retorcida de alvenaria e magia estão os restos de Mastro... e também do professor Ongent.

Pessoas que se associam com Carillon Thay acabam mudadas. Ou mortas. Ou as duas coisas.

— Não tenho certeza de como encontrá-la. Eu sei mais ou menos como chegar até o local onde a vi pela última vez, mas ela pode ter se mudado.

Terevant dá a ela um olhar de soslaio de dentro do capuz do manto. Ele mal cobre seu uniforme; é muito pequeno para ele.

Há algo estranho no céu, colunas negras de fumaça subindo do Morro Santo, do Arroio, atrás do Morro do Castelo. Eladora encara a fumaça, imaginando se aconteceu algum ataque... e então o vento muda, e o cheiro a atinge. Estão limpando os poços de cadáveres. Embaixo das igrejas dos Guardiões fica uma rede de poços profundos que conduzem até os túneis dos carniçais. Por centenas de anos, a igreja deu os mortos de Guerdon aos comedores de cadáveres. Eladora se lembra do funeral de um vizinho; depois que a cerimônia acabou e os enlutados partiram, uma carroça enfeitada de preto saiu da igreja da aldeia em Wheldacre, sacolejando estrada abaixo até Guerdon. Ninguém estranhou. Após a morte, o corpo se torna propriedade da igreja. A família de Eladora que era vista como excêntrica, com sua insistência Safidista em queimar os mortos.

Agora, nuvens de fumaça gordurosa saem dos poços de cadáveres. Os safidistas estão em ascensão, e os fogos sagrados levarão o que resta da energia espiritual da alma, o resíduo, até os Deuses Guardados. O cheiro revira o estômago de Eladora.

Em algum lugar, no céu, uma barragem está perto de estourar.

Ela acelera o passo e Terevant a segue descendo as ruas confusas ao sul do antigo Mercado Marinho, no limite da Cidade Refeita.

— Estamos sendo seguidos — diz ele após alguns minutos.

Pega-a pelo braço, a conduz por um beco. Ratos fogem deles enquanto caminham por montes de lixo, um húmus de cartazes eleitorais rasgados e caixas quebradas. Formas pululam nas calhas acima de suas cabeças.

— São dois — diz Terevant. — Em túnicas cinzentas. Estão nos seguindo desde que saímos da sua casa.

— Estudantes.

Ela reconhece as vestes cinzentas. Estudantes universitários, uma visão comum nas ruas de Guerdon. Um disfarce comum para qualquer pessoa que queira andar sem ser notada.

— Foram eles que atacaram você na casa de Carillon?

Eladora tenta lembrar. É tudo uma confusão de tiros, esfaqueamentos e feitiços malfeitos, mas ela se lembra de seus agressores como sendo corpulentos e mal-encarados.

— Acho que não.

Terevant a puxa para outra rua lateral, pega uma pedra da lama. É uma pedra perolada, um fragmento quebrado da Cidade Refeita. Eladora mete a mão no bolso para pegar a própria pistola antes de lembrar que a deu para Alic. Ela encontra o punho quebrado da espada de Aleena e o sopesa. Assim, de improviso, vai servir.

— Pronta? — sussurra Terevant.

Eladora gagueja, mas depois apenas assente.

— Agora.

Ele sai correndo do beco, sem hesitar, na direção do perigo... e então detém o passo, quase escorregando.

— Que merda é essa?

A rua que eles acabaram de deixar foi transformada em um jardim florido. Está muito escuro para ver as cores, mas o perfume dos botões é irresistível, doçura misturada com o fedor de carne assada dos poços de cadáveres que flutua sobre a cidade. De cada superfície brotam flores, crescendo da lama, de rachaduras nas paredes, do lixo, dos caixilhos das janelas, até mesmo dos flancos de metal de um tonel médio. Terevant se vira lentamente, pedra na mão.

Há uma área de crescimento floral no coração daquele súbito jardim onde as flores crescem mais densas, e abaixo dela há um pedaço esfarrapado de pano cinza. O manto de um estudante.

Um milagre.

Desta vez, é ela quem puxa Terevant para longe. Atrás deles, ela ouve o farfalhar das flores.

Uma oração chega espontaneamente a seus lábios. Mãe das Misericórdias, Mãe dos Santos.

Mãe das Flores.

Seja o que for, seja qual for esse milagre, eles não podem combatê-lo com uma pedra.

Correndo agora, por ruas perigosas. Através do que costumava fazer parte do Bairro dos Alquimistas, mas agora é o coração da Cidade Refeita. Eladora procura a torre onde encontrou Carillon da última vez, mas não consegue vê-la. Não sabe se está simplesmente perdida ou se a geografia da cidade muda.

Ela olha para trás. Não consegue ver nenhum manto cinza na penumbra, mas há algo lá. Ela pode sentir. Uma presença que se aproxima, como uma onda.

Terevant a puxa, arrastando-a pelo braço, mas não tem ideia de para onde está indo. Ele atravessa a cidade às cegas, entrando em regiões onde o Milagre das Sarjetas vacilou. Onde a visão de Mastro de ruas ordenadas e orgulho cívico tornou-se turva, misturada com seus próprios pensamentos e medos. Edifícios distorcidos, formas em pedra que poderiam ser rostos. Uma fileira de dedos de pedra se ergue da rua como postes de amarração, esculpidos de modo tão intrincado que Eladora consegue ver as espirais das impressões digitais ao luar. Eladora para e se encosta em um deles para recuperar o fôlego. O suor escorre e se acumula na base de suas costas; a cidade se aperta ao seu redor, quente e sem ar.

Uma casa de um dos lados da rua está desarticulada, o lado esquerdo perfeitamente formado, a metade direita uma bagunça informe de pedra em cascata, como se o escultor tivesse perdido o interesse pela peça.

E parada naquela meia porta está Carillon Thay.

— Eu conheço você. — Os olhos de Carillon brilham na escuridão. — Você é o filho da puta que mandou aquele zumbi atrás de mim.

— Tenente Terevant, da Casa Erevesic. — Terevant faz uma meia mesura, mas não tira os olhos dela.

— Que se foda. Entrem. — Cari vira as costas para ele e abre a metade da porta que funciona, convidando-os para entrar na meia-casa. Garrafas vazias tilintam sob os pés quando ela fecha a porta atrás de Eladora.

— Não vi você subindo — comenta Carillon.

— Fomos seguidos… um santo dos Guardiões, eu acho.

Cari se concentra.

— Ninguém por perto agora. Acho que você os despistou. Ou eles estão se escondendo de mim.

— Carillon… — diz Eladora. — Você sabe alguma coisa sobre a morte do embaixador de Haith? Ou o roubo de sua espada?

É como pedir divinações a um oráculo, mas, nas histórias de sua mãe, os profetas viviam em cavernas ou florestas e não tinham tantas facas por perto.

— Quem?

— O que você sabe sobre Edoric Vanth? O que estava fazendo no Beco Gethis? — questiona Terevant.

— Quem está perguntando, Eladora? Você, a guarda da cidade, o parlamento, o Patros, Effro Kelkin, todo mundo?

— Neste instante, só eu.

Cari revira os olhos. Ela os leva para uma cozinha, pega uma garrafa em uma prateleira. Toma um gole e a oferece a Eladora. Eladora recusa; Terevant segura sua pedra de uma maneira vagamente ameaçadora enquanto estende a mão para beber.

Cari torce o nariz e a pedra salta da mão de Terevant, voando por conta própria pela sala para se fundir com a parede de pedra. Ela continua falando como se o pequeno milagre não tivesse acontecido.

— Certo. Edoric Vanth. — Ela toma um gole. — Depois da Crise, todo filho da puta saiu correndo pela Cidade Refeita tentando encontrar as bombas divinas. Os alquimistas capturaram quatro dos sinos de Ferro Negro antes… antes de tudo dar merda. O Sino de Beckanore foi usado para o teste inicial.

Não há móveis na sala inacabada, então Eladora fica arrastando os pés, desconfortável. Carillon encosta-se à parede; ela se remodela sutilmente, a pedra criando uma beirada para ela se sentar.

— Em Grena — diz Terevant. — Eu estive lá. Foi… estranho.

— É, bem, aqui foi a porra de um apocalipse. Os Desfiadores estavam em toda parte. De qualquer forma, eles conseguiram três outros sinos na confusão. A Torre da Lei, a Rocha do Sino no porto e o Sagrado Mendicante. Eles os levaram para as forjas no Bairro dos Alquimistas e começaram o processo de conversão antes que… — Ela dá de ombros.

— Antes do Milagre — completa Eladora. — Os outros Deuses de Ferro Negro, os que ainda estavam presos na forma de sino, foram destruídos quando você transferiu o poder deles para o sr. Idgeson. Os três sinos que estavam no processo de conversão em armas... bem, eu sei que pelo menos um sobreviveu e pode ser usado como uma bomba divina.

*Os outros dois podem ter sobrevivido também. Seu poder armazenado se foi, mas não sua malícia.*

— Esse é o sino da Torre da Lei — diz Cari. — Eles o converteram o mais rápido que puderam, porque sabiam que poderiam ter que usá-lo na cidade. Matar os Deuses de Ferro Negro e os Deuses Guardados também.

— A guarda da cidade recuperou aquele sino dos escombros. E os outros dois? — pergunta Eladora.

Mentalmente, ela tenta reconstruir a cena, mapear o Bairro dos Alquimistas na Cidade Refeita. Cacete, isto é *arqueologia:* por que ela não foi envolvida nisso?

Cari agita a bebida na garrafa.

— Mastro os enterrou bem fundo. É difícil para ele *vê-los*. De uma perspectiva divina, eles são difíceis pra caralho de distinguir. Como olhar diretamente para o sol se ele fosse um vácuo negro de veneno, morte e ódio histérico. — Ela faz uma pausa por um momento, ouvindo uma voz que só ela pode ouvir. Balança a cabeça. — Então, como eu estava dizendo, depois daquilo, todo filho da puta estava procurando as bombas em potencial restantes. A guarda da cidade, obviamente. Alquimistas. Aquele merda do Dredger, lá do Arroio. Aventureiros. E espiões. Muitos espiões.

— Edoric Vanth — diz Eladora.

— Entre outros, sim. — Cari toma um gole. — Não se podia confiar em nenhum desses escrotos. Tem muita merda por aí. Depois que o corpo dele foi despejado na minha antiga casa, eu o rastreei até aquela casa no Beco Gethis.

Terevant localiza algo escondido em um canto da sala. Um caixote de madeira e uma bolsa de couro em cima dela, transbordando de cilindros e armas.

— Foi você quem roubou as armas daquela casa.

— Uma garota precisa comer. — Cari se levanta, move-se para ficar entre Terevant e o caixote, desafiando-o a enfrentá-la. Ele não se move, e ela continua: — Havia mapas lá em cima também, documentos e outras coisas... não sei quem os fez, mas eram bons. Alguém descobriu *onde* Mastro colocou as bombas.

— Onde estão? — questiona Terevant.

Cari o encara.

— Você não está me escutando? Vá se foder, Haith não vai desenterrar toda aquela merda alquímica outra vez. — Ela balança a garrafa vazia. — Olhe só, El, estou sendo responsável.

Terevant examina a estrutura de pedra semiformada onde deveria ter uma janela.

— O que aconteceu com Vanth, o Vanth zumbi, quero dizer? Eu o vi perseguindo você.

Cari dá de os ombros.

— Ele não me seguiu até a Cidade Refeita. Se tivesse seguido... — Ela esfrega a base da garrafa contra a parede, como se estivesse esmagando um inseto.

— Ele ainda está intacto?

— Da última vez que o vi, estava.

Terevant tamborila os dedos na pedra.

— Me disseram que você o matou. Acho que queriam que eu encontrasse o corpo dele, para me fazerem acreditar que tinha sido você. Para esconder... — Ele se interrompe, seu rosto horrivelmente pálido. Terevant empurra a moldura de pedra novamente, pressionando as rachaduras. — Você é uma vidente. Dê-me um oráculo. Diga-me, o que aconteceu com meu irmão?

— A embaixada fica muito longe da Cidade Refeita, receio — diz Eladora.

— Sim — responde Cari. — Não tenho olhos para qualquer coisa que fique ao norte do Morro do Castelo.

— A Espada Erevesic... sumiu da embaixada. — Terevant está tremendo, apesar do calor do verão. — Você viu quem pegou? Eles passaram pelo seu domínio? Onde está a espada agora?

— O que essa informação vale?

— Dinheiro. As propriedades Erevesic podem pagar.

— Você não tem dois cobres — Cari ri. — Você não vale nem pra ser roubado.

— Meu dinheiro está em Haith.

— E nós, não.

— Você consegue encontrar a espada, Carillon? — pergunta Eladora, baixinho.

Cari dá de ombros.

— Talvez. Se ela estiver na Cidade Refeita, ou perto o bastante.

— Eu sei o que você pode nos dar — diz Eladora a Terevant. — A eleição. Exponha o novo rei como um infiltrado de Haith. Todos nós sabemos que é isso o que ele é. Dê-nos provas.

Terevant esfrega os pulsos, os dedos sondando algo embaixo da pele. Ele se levanta, balança a cabeça.

— Não posso. Sinto muito, mas não posso. Eu fiz um juramento à Coroa. Fiz uma promessa.

— Bem, então vá se foder. — Cari marcha para o corredor semiconstruído e escancara a porta da frente. — Vá em frente, eu não...

Um tiro. Um estrondo na noite, um disparo diferente de qualquer outro que Eladora já tenha ouvido. Ela congela. Fragmentos de pedra e poeira voam acima de sua cabeça. Naquele momento, ela não tem certeza se foi atingida.

Terevant se joga em cima dela, derrubando-a no chão. Mais um estrondo, e ele é atingido, seu corpo repentinamente encolhido, mole. Eladora sente o tremor percorrê-lo, ouve-o grunhir e gorgolejar em estado de choque. O sangue jorra em cima dela, por toda parte, um dilúvio vermelho. Correndo por entre seus dedos.

— Atirador! — grita Cari. — Porra, me desculpe, me desculpe. Ele está lá em cima, a quatro ruas de distância. Merda.

Mais um tiro ressoa, mas Cari agora está pronta. Ele a atinge nas costas, e as paredes tremem enquanto absorvem o impacto em vez dela. Eladora puxa Terevant para longe da porta, deixando uma trilha de sangue. Cari bate a porta.

Eladora tenta se lembrar do que aprendeu sobre como tratar ferimentos de tiros. *Ele pode ser reanimado*, diz a si mesma enquanto tenta estancar o sangramento. Tudo fica muito distante, de repente, como se estivesse observando de fora.

— Mastro — reza Cari. A metade desfeita da casa *tremeluz*, como se fosse esculpida em gelo que está começando a derreter.

Do lado de fora vem uma voz que faz as duas congelarem.

— SAIA, CRIANÇA. ESTÁ NA HORA. — Uma voz de trovão e música e glória divina, um som que não deveria sair de nenhuma garganta humana, mas que ambas conhecem muito bem.

Silva Duttin.

# CAPÍTULO TRINTA E QUATRO

— **M**erdamerdamerda. — Cari se concentra na parede e a pedra flui vagarosamente. Longas gavinhas deslizam para fora, entrelaçando-se como dedos para tampar a entrada.

— Saia! — O punho de Silva esmaga a porta, fazendo com que todo o prédio estremeça. A barreira se quebra.

— Pelo menos seis ou sete deles — diz Cari, sem fôlego. — Silva, atirador, e tem mais gente vindo. Eu acho que um deles é um santo. Merda. — Ela quase escorrega no sangue de Terevant ao se afastar da porta.

— Uma garota de flores — diz Eladora, sem saber ao certo como sabe. — Uma santa novinha.

Novinha, embriagada de poder, recém-transfigurada pela inundação de graça divina liberada pela crença em um rei.

— Deixe ele — diz Cari. — Talvez possamos sair pelos fundos.

Eladora balança a cabeça.

— Vou ficar aqui para atrasar mamãe. Você vai.

Carillon não hesita. Ela dispara escada acima e desaparece.

*Os santos são abençoados com poderes de cura.* Não há nada mais que ela consiga pensar em fazer. Eladora se levanta, cambaleia até a porta.

— Mãe! É Eladora. Cari foi embora.

Ela se sente tonta, como se estivesse em um sonho horrível. O ar está denso com o cheiro de flores silvestres; de alguma forma, embora seja noite lá fora e as janelas sejam de pedra, a luz do sol parece estar fluindo para dentro da sala.

— ELADORA, MINHA FILHA. EU VOU TIRAR VOCÊ DAÍ E LHE DAR A LUZ DE SAFID! QUEIMAR SEUS PECADOS. VOCÊ NÃO PERCEBE, CRIANÇA? ESTAMOS MARCHANDO PARA LIBERTAR A CIDADE DA TIRANIA DE DEUSES MONSTRUOSOS! VAMOS DERRUBAR SEUS TEMPLOS E RESTAURAR O TRONO ÀS ALTURAS. — Novamente, a porta treme. Mais dedos de pedra se quebram. — O FOGO SAGRADO DESTRUIRÁ AS OBRAS DE FERRO NEGRO!

Ela está falando como se fosse trezentos anos atrás, quando as forças dos Deuses Guardados — antes mesmo de serem Guardados — libertaram a cidade do panteão de Ferro Negro. A guerra dos santos.

— Mãe, me escute. O mundo mudou. Os deuses não entendem isso, eles não podem mudar, então você tem que fazer isso por eles. Os Deuses de Ferro Negro se foram! Cari não é mais a santa deles. As coisas mudaram!

— O FOGO OS DESTRUIRÁ. TEMPESTADES LEVARÃO SEUS CORPOS. DAS CINZAS, AS FLORES CRESCERÃO.

Uma espada de fogo sagrado divide a porta em duas. Eladora recua tropeçando, olhando horrorizada. A figura do lado de fora está irreconhecível. Trajada com uma armadura antiga, empunhando uma espada cascateando chamas. Um manto de tempestades, armadura forjada pelo Sagrado Artesão. Uma coroa de flores transmutadas em aço.

Por um instante, a perspectiva de Eladora vacila, e de alguma forma está olhando para si mesma através dos olhos de sua mãe. Sua amada filha, mergulhada em mentiras e pecado. A mesma mácula horrível que corre pelas veias da própria Silva, os pecados da família Thay que se desviou tanto do caminho. Os fogos no sangue de Silva queimam a mácula; ela aceita a agonia como penitência. Eladora deve ser levada a entender o mesmo. A cidade também deve ser limpa: os incêndios vão queimar a mácula. As torres queimarão e serão lavadas pelas tempestades de verão, e das cinzas, os templos crescerão como flores, e eles irão adorar os verdadeiros deuses de Guerdon, agora e para sempre e para sempre...

Um clarão de explosão.

Carillon se joga da janela do andar de cima da casa inacabada, deixando cair a granada de fantasma-relâmpago ao fazê-lo. Confiando na orientação de Mastro que a explosão não atingirá Eladora ou o outro rapaz lá.

O atirador do outro lado da cidade dispara um tiro enquanto ela está em pleno ar, e acerta. O milagre de Mastro a protege, transfere a ferida de sua frágil carne mortal para a pedra das ruas. A maior parte, de qualquer maneira: ainda dói pra caralho quando uma bala te atinge na cara. Ela chega ao chão, rola e pega outra arma de sua bolsa de truques, despojos daquela casa no Beco Gethis.

Uma lata de poeira de ressecar. Ela torce a alça e a joga no chão da rua, em direção à garota das flores. O cilindro desliza pelo chão, sibilando e cuspindo uma nuvem de grãos de poeira letal. A garota desmorona, seu corpo se dissolvendo em milhares de sementes brilhantes que flutuam na brisa e vagam até encontrarem um lugar para pousar e se enraizar. A maioria deles pousa na terra envenenada, perto demais dos grãos de poeira de ressecar para sobreviver.

*Atrás de você*. A voz de Mastro. Ela se esquiva para o lado quando Silva ataca, a espada flamejante na mão. A granada não parece ter sugado nem um pouco da energia dela. Merda. Ainda assim, com toda a sua força e velocidade divinas, ela é apenas uma velha, debatendo-se com uma espada que não sabe usar.

Lá na fazenda em Wheldacre, quando criança, Cari costumava enfurecer Silva ao se recusar a se submeter a castigos. Ela lembra de se esquivar, escalar e se esconder ao redor do terreno da fazenda, enquanto Silva a caçava com uma colher de pau.

Agora são facas. E uma espada de foder qualquer um.

Cari ataca sua tia. Seu golpe desliza pela armadura de Silva, mas ela consegue ver que a roupa não é real. É uma proteção milagrosa. Tudo que Cari precisa fazer é continuar se esquivando, quebrar a concentração de Silva, e sua tia não será capaz de manter a conexão com os deuses. Cari sabe muito bem como pode ser difícil manter dons santos, encontrar aquele ponto onde você é retirada do reino mortal por tempo suficiente para canalizar milagres, mas fica com os pés no chão o bastante para que esteja no controle, e não os deuses.

*Tiro*. Ela se joga para o lado quando o atirador dispara novamente. Ela vê a bala de uma dúzia de ângulos. Todas as janelas são seus olhos.

*Ele se foi*. Mãos fortes e calejadas agarram o atirador por trás. Alguém o pegou. Ela estava errada: há dois grupos lá fora. Silva, a santa das flores, o atirador... e um segundo grupo.

Ela não sabe quem são seus aliados invisíveis, e o atirador está bem no limite da percepção de Mastro, mas agora isso é menos importante...

...Do que a grande espada mortal de fogo que está vindo direto para sua cara.

Carillon rola para o lado. Silva pode ser uma velhinha, mas é como combater o Cavaleiro Febril. Trôpega e desajeitada, mas também rápida e terrivelmente forte. Ela precisa sair daquela rua larga. A *esquerda* está coberta por um tapete de poeira de ressecar e flores.

À *direita,* um labirinto de becos.

À *esquerda* está sua bolsa de armas alquímicas. Há uma pistola enorme dentro dela, do tipo que se usa para abater Cabeças de Gaivota.

Para a *direita*, incita Mastro, mas ela hesita por um instante, e a espada a pega.

Ela não é atingida. Foi um golpe desajeitado e cambaleante, que ela consegue facilmente evitar, e a lâmina passa assoviando inofensivamente por ela. São as chamas cercando a espada que a pegam. O fogo sagrado a queima, e instintivamente ela se vale do milagre de Mastro, transferindo a lesão para a Cidade Refeita.

O fogo ilumina o céu noturno. A linha do horizonte fica subitamente delineada em chamas. As torres se transformam em tochas acesas enquanto a pedra explode em fogo.

A voz de Mastro em sua cabeça se torna um berro de dor.

Merda. É fogo sagrado. Isso queima a alma.

Queima a alma. Esta cidade inteira é a alma de Mastro, tornada tangível.

Silva ataca outra vez, selvagem. Cari se desvia outra vez, pega a pistola do alto da bolsa, mas novamente as chamas a roçam. De novo, mais prédios se transformam em velas. Ela não consegue ouvir os gritos das pessoas naquelas torres, mas Mastro consegue.

Ela corre para a direita. Silva pula atrás dela, saltando dez metros de uma vez. A espada desce a menos de um dedo da cabeça de Cari, e novamente o fogo a chamusca. Desta vez, ela afasta Mastro, rejeita aquela graça.

E aceita o fogo.

Cega, com o rosto empolado e queimado, Cari bate de cabeça em uma parede. A parede muda de forma quando ela colide, torna-se uma escada que ela sobe às cegas, saindo do alcance de Silva. Deixando a rua para trás, alcançando as calhas de chuva. Silva pula de novo, arranhando as paredes como um cachorro louco, mas não consegue encontrar um ponto de apoio.

Cari chega ao telhado. Mais flores estão brotando ali, crescendo impossivelmente rápido, seus bulbos fechados anormalmente grandes. Ela não lhes dá atenção, não tem tempo para essas merdas estranhas quando Silva está lá embaixo com uma espada flamejante. Ela carrega a pistola e a bala vale um ano de raiva. A dor é tão forte que ela mal consegue ficar de pé, oscila para a frente e para trás no precipício, sufocando com o cheiro de sua própria carne e cabelo queimados, mas não vai errar aquele tiro.

*Você sabia e podia ter me avisado*, ela pensa. Silva é uma Thay. Ela sabia o que sua família estava fazendo, sabia no que eles transformaram Carillon. E quando Cari começou a ouvir os Deuses de Ferro Negro à noite, Silva deveria saber o que isso significava também. Cari fugiu de Guerdon e nunca deveria ter voltado. Voltar levou à Crise. *Você sabia e você merece isso.*

Cari nem precisa mirar. Mesmo com um olho queimado, o lado do rosto empolado, consegue ver tudo lá embaixo. Mastro mostra a ela o necessário. Ela vê Silva, espada erguida em desafio. Eladora cambaleando para fora da porta quebrada.

Ela atira. Silva cambaleia com o impacto, sua armadura milagrosa cintilando e depois desvanecendo. Sua aura de divindade desaparece. A velha, magra como um palito, trajando um vestido esfarrapado, está parada, cambaleante, na rua lá embaixo. Ela deixa cair a espada, incapaz de suportar seu peso. O sangue jorra de sua boca, de seu nariz. Ela desaba no chão.

Por um momento, Carillon sente um movimento imenso, um deslocamento de forças. Como se um esteio de navio se soltasse e permitisse que a vela chicoteasse pelo convés. O poder divino que Silva canalizou está à solta. A graça de sua santidade quebrada. Nada além de humana.

Cari carrega a arma outra vez.

De repente, uma das flores incha impossivelmente, convulsiona de modo obsceno, dando à luz uma forma humana. A jovem santa desliza para fora da flor, o corpo escorregadio de néctar, fluidos amnióticos ou alguma outra gosma. Ela desliza para fora com velocidade suficiente para voar para cima de Cari, atingindo-a no flanco. Agarrando a arma. A garota não é nem de longe tão forte quanto Silva, mas está no primeiro surto de seu poder. Uma santa recém-cunhada, embriagada de milagres.

Cari permite que o ímpeto combinado derrube ambas do telhado. Elas caem em um emaranhado de membros e corpos — mas só uma delas tem o dom de Mastro. O impacto da queda de quatro andares é desviado com segurança para a pedra ao redor dela, levantando poeira em um círculo ao redor do ponto onde ela cai, rachando o pavimento.

A garota das flores não é abençoada da mesma forma. Flores brotam onde seu sangue empoça na calçada.

Ainda assim, Cari está sem fôlego. Ela fica ali deitada, ofegante, em busca de ar. Sem olhar, sabe que sua faca caiu do cinto. Estende a mão, encontra o cabo.

Um pé com bota pisa em sua mão. O pavimento é esmagado em vez de seus dedos, mas sua mão está presa.

Silva, vestida de armadura mais uma vez, sua santidade recuperada.

A espada pega fogo de novo.

*

Eladora está escondida perto da porta, paralisada de medo. Ela cobre a boca com a mão quando o vento carrega a poeira de ressecar, mas a porta é protegida. Ela assiste com horror enquanto a espada de sua mãe queima Cari, e a cidade pega fogo em resposta.

Um toque de fogo sagrado contra a pele de Cari, e aquelas torres explodiram em chamas. O que acontecerá se Cari for morta pela lâmina de uma santa? Será que toda a Cidade Refeita vai queimar? Ela visitou metade daquelas torres durante a campanha, sabe como estão lotadas. Dezenas de milhares vão morrer.

*Corra*, ela pede a Cari, e é como se sua prima a ouvisse acima da carnificina. Ela observa Cari subir pela lateral de um prédio, degraus se formando e desaparecendo bem a tempo de seus pés pisarem neles. Cari está fora do alcance de Silva, que fica furiosa na rua abaixo. Sua mãe ataca a parede, raivosa.

Se Cari continuar correndo, então quem sabe Eladora consiga acalmar Silva. Eladora se levanta e caminha, tremendo, em direção ao avatar de ira divina que deveria ser sua mãe. No alto, nuvens de tempestade se formaram, e Eladora pode ver formas no céu. Mãe das Flores, São Vendaval, o Sagrado Mendicante. Os deuses de Guerdon estão à solta essa noite.

— Mãe... — começa ela.

E então Cari reaparece subitamente, arma na mão. Apontando direto para ela.

O tiro ressoa. Eladora mergulha no chão, convencida de que a bala está prestes a atingi-la. Uma súbita explosão de dor no peito, mas não há sangue. Lá no alto, as nuvens rodopiam.

É como estar de volta à tumba sob o Morro do Cemitério. O mesmo aperto violento em sua alma, a mesma sensação terrível de ser exposta a horrorosas e vastas *atenções*.

São Vendaval se aproxima. Sua manopla blindada, vestida de relâmpago, maior que a cidade. Dedos do tamanho de torres revestidos de aço. A dor desaparece quando o deus oferece a ela uma espada. Ele a lembra de que ela já tem uma espada.

E então ela está de volta à rua. Sua mãe desabou no chão à sua frente. Ela observa enquanto os dedos de Silva arranham o chão, limpam o sangue da boca, e ela se ergue usando uma bengala como apoio... e então se levanta, mais forte que a tempestade. A bengala se torna uma espada. Suas roupas ensanguentadas tornam-se uma armadura reluzente. Seus olhos, fogo.

Carillon também caiu. Eladora assiste horrorizada enquanto Silva caminha devagar em direção à sua prima, a espada erguida. Cari tenta pegar a faca que deixou cair, e Silva pisa em sua mão. A espada explode em chamas.

Eladora enfia a mão na própria bolsa. Tira o cabo que Sinter deu a ela, os restos quebrados da espada de Santa Aleena. Aleena a salvou naquela tumba. Chamou os Deuses Guardados e derrotou todos os monstros.

Ela segura a espada e ora.

Sua espada também se torna fogo. Ela também se levanta. Uma armadura — translúcida, frágil, hesitante — aparece ao seu redor. A força flui nela como ondas, deixando-a tonta. Em um momento, ela sente que poderia quebrar a cidade com um só golpe; no seguinte, se sente tão frágil quanto vidro.

As formas nas nuvens perdem sua simetria. Colidem e rodopiam.

Ela ergue a espada. Ela arde, e as chamas na espada de Silva cintilam e morrem.

O trovão explode no alto. O deus da tempestade ruge confuso, incapaz de dizer qual veículo é seu santo.

— Criança má — grita Silva. Ela tenta esfaquear Carillon, mas não tem força para segurar a espada, e a lâmina cai inofensiva no chão. Cari consegue soltar a mão e se levanta segurando a faca.

— NÃO! — grita Eladora, e Cari sai rolando aos trancos e barrancos pelo chão pela força do comando de sua prima.

— Criança ímpia! Ladra! — Silva está chorando agora. — Sem fé como o pai!

Ela avança cambaleando, as mãos estendidas. Eladora recua, mas sua mãe não está tentando abraçá-la.

Em vez disso, Silva abraça a espada flamejante que Eladora segura.

— Os fogos de Safid! Carreguem minha alma!

O crepitar de carne queimando. Eladora deixa cair a espada, horrorizada. As chamas se apagam, deixando Silva agarrada à lâmina fria com as mãos tão chamuscadas que Eladora consegue ver o osso.

A armadura de Eladora falha, reaparecendo em torno de Silva. Sua santidade emprestada retornando ao verdadeiro veículo. Os deuses vacilando entre duas escolhas.

Mas naquele instante de transferência, naquele breve intervalo, outro tiro soa do outro lado da cidade. O rifle do atirador, novamente.

Silva está esparramada no chão. Eladora não sabe dizer se a mãe está morta ou mortalmente ferida, mas sua divindade se foi.

Cari luta para se levantar e um segundo tiro a acerta na testa. A parede atrás dela se parte ao meio, salvando sua vida, mas ela está inconsciente. Um lado de seu rosto queimou, o outro agora está marcado por um vergão roxo horrível que vai da linha do cabelo ao meio de sua bochecha.

Acima, as nuvens choram; chuva quente de verão cai sobre a cidade.

Depois de deixar o apartamento de Eladora, o espião caminha e pensa. A cidade está explodindo de rumores: de que o novo rei trouxe um exército com ele, de que o novo rei é na verdade o velho rei que voltou do mar, de que o rei foi cultivado em um tanque alquímico e é tudo uma trama das guildas para recuperar o poder. Alic ouve fragmentos de histórias sobre tropas de Haith, mas não ousa demonstrar muito interesse.

A tarde vira noite. As ruas ficam quietas, e ele fica sozinho com seus pensamentos furiosos. Por fora, parece calmo, mas por trás da máscara de Alic uma tempestade de frustração se levanta. Os documentos roubados, as notas khebeshianas: tudo isso aponta para uma falha terrível em seu plano.

Existe uma solução. Uma solução cruel.

Todo mundo, ele percebe, tem pensado nas bombas divinas da maneira errada. Pensam nelas como bombas: como produtos das fundições dos alquimistas. Máquinas feitas para uma tarefa. Uma reação química cega.

Mas elas são deuses, e os deuses exigem fé. Eles exigem um sacrifício, uma prova de devoção. Mesmo os mutilados, truncados, arruinados Deuses de Ferro Negro exigem seu direito divino. Ele deveria ter percebido isso há muito tempo.

O espião anda em um grande círculo, contornando o Arroio, apenas para acabar de volta na casa de Jaleh. A casa está adormecida agora. Emlin está dormindo, seu travesseiro pegajoso de sangue. O menino se mexe em seu sonho, murmurando os nomes dos navios no mar. Algo que recitou para Annah, talvez, ou um eco do relatório de algum outro espião.

Alic acaricia o cabelo do menino e Emlin se vira, tranquilizado.

O menino é tão frágil, tão indefeso enquanto dorme.

O espião faz Alic pegar sua bolsa embaixo da cama. Embaixo do rifle há uma túnica de sacerdote, ainda cheirando levemente a algas marinhas e alkahest. Ele embrulha tudo.

Alic é um trabalhador esforçado e consciencioso. Ninguém presta atenção enquanto ele se move pela casa, fazendo um trabalhinho ou outro. Fixando a janela do sótão. Pregando uma telha solta. Verificando se a porta dos fundos está mesmo trancada. Mas, quando termina tudo isso, ele continua trabalhando. Limpando quartos, esfregando a cozinha. Ganhando tempo.

*Viva seu disfarce*, Alic diz a si mesmo.

Emlin desce as escadas, com os cabelos desgrenhados, ainda meio adormecido.

— Estou com sede — diz ele.

Uma de suas seis feridas se abriu novamente. Alic pega um copo d'água para o menino e o faz sentar em um banquinho enquanto esfrega um pouco do bálsamo dos alquimistas no corte.

— Alguma notícia de Annah? — pergunta o menino.

Alic está prestes a responder honestamente, mas em vez disso, ele balança a cabeça e sussurra:

— Sim. Ela nos disse que é hora de partir.

É apenas meia mentira: eles deveriam ter fugido de Guerdon imediatamente após enviarem a mensagem. Evitar o cataclismo em vez de esperar ali pela vinda dos deuses. Esperar pela explosão. *Você pode voltar*, diz Alic ao espião. *Deixe-me limpar Emlin e você pode voltar.*

— Nós vamos pegar novamente um dos navios de Dredger. Talvez ir para o oeste, para o Arquipélago. — O mais longe possível da Guerra dos Deuses.

— E a sua eleição? — Emlin franze a testa. Toca a ferida no rosto, de repente preocupado. — Isso é por minha causa? Eu não quis...

— Não, não. Não é isso. São... são ordens de Annah. Não podemos desobedecer ao serviço de inteligência, certo? Mas ela mandou a gente se esconder, ir embora em silêncio. Consegue fazer isso?

Emlin acena com a cabeça.

— Eu vou fazer as malas.

— Bom rapaz.

Emlin pula do banquinho e corre escada acima. Em silêncio, mesmo nas escadas de madeira que rangem. Bom rapaz.

*Vamos embora esta noite*, ele pensa.

Mas o espião é mais velho que Alic. Mais frio e inteligente. Alic é apenas um nome, um sorriso, uma postura. Algumas linhas de história de fundo, um punhado de mentiras. Toda a sua identidade é tão frágil quanto uma teia de aranha... e ela está ancorada ali em Guerdon. Todo mundo que conhece Alic está ali. Ele é uma criatura da cidade.

E, sem essas âncoras, ele é tão fraco que o espião pode descartá-lo. Descartar um disfarce que não é mais necessário. Ele se esgueira pela porta da cozinha, trancando-a atrás de si. Cada passo que dá para longe da casa de Jaleh faz o espião se sentir mais ele mesmo. É libertador... mas ele ainda precisa de uma máscara para usar. Ainda não está na hora de o espião se mover abertamente.

A última tarefa de Alic é mover um barril no beco, rolando o recipiente pesado até que ele bloqueie a calha de carvão velha. Nada mais de saídas secretas.

Alic é um risco, decide o espião. *Viva o seu disfarce* é um bom conselho para espiões mortais, mas ele foi longe demais. Criou uma vida falsa, um nome falso que se tornou real demais. Ele tem que acabar com isso.

Vá embora. Mate seu disfarce.

Alic pode se juntar a X84 e Sanhada Baradhin. Mortos sem túmulo.

Então ele se torna o sacerdote novamente, enfiando o manto de pano áspero sobre a cabeça, tornando-se velho e cansado. Não — os ossos do sacerdote são velhos, mas estão aquecidos pelos vestígios do Festival. O rei voltou! Os Deuses Guardados estão despertando de seu longo sono! O sacerdote sentiria a mudança. Ele se apressa ao longo do beco, a respiração pesada.

O sacerdote murmura para si mesmo. Castiga mendigos infiéis e batedores de carteira ímpios enquanto sobe as escadas tortuosas da Cidade Refeita. Com olhos alucinados, profundamente fervorosos, profundamente seguros de sua justiça — *viva seu disfarce* —, ele encontra uma sentinela da guarda da cidade na rua dos Santuários.

*Eu vou lhe contar uma história incrível*, diz o sacerdote.


Eladora fica na chuva, a espada de fogo em suas mãos fumegando com o sangue de sua mãe. A armadura de aço forjada pelos céus a protege; ela sente como se seu coração fosse um sol escaldante, inundando-a com luz infinita.

Homens, homens armados, surgem da escuridão. Eladora reconhece alguns deles, rostos saídos de um pesadelo. São os que a atacaram antes, na rua das Sete Conchas. Eles não dizem nada, mas a cercam, armas prontas, mas não ousando chegar muito perto de uma santa. Perto dela.

Outro se aproxima, vestido com mantos clericais. Esse sacerdote arrasta um prisioneiro com ele, um jovem, da mesma idade da menina das flores. Sua outra mão segura um rifle de cano longo. O atirador, Eladora imagina; o que atirou em Terevant. O sacerdote larga o menino no chão e apoia a arma pesada no ombro. Eladora o reconhece também, e ele a conhece.

— Eladora Duttin! — grita Sinter, e funciona imediatamente.

Ela sente os deuses se retirarem de sua mente: não completamente, mas é o suficiente para aterrá-la. O punho de espada quebrado é um punho de espada quebrado. Suas roupas são seu vestido e capa velhos e manchados de viagem, não a armadura brilhante.

Sinter sorri para ela, mostrando os dentes quebrados.

— Bem, isso foi meio de improviso. Graças aos deuses que a aposta valeu a pena, no entanto. E que prêmio! — Ele olha para o corpo de Silva. — A culpa não é minha, entenda. A culpa é deles. Eles causaram tudo isso, porra. Os deuses. Mesmo assim, eu avisei sua mãe para não me contrariar. Mulherzinha esquisita. — Ele dá de ombros. — Cure ela.

— O q-q...

— Cure. Ela. — Um dos outros homens aponta uma arma para Eladora. — Eu vi Aleena fazer isso, caralho. Se ela consegue, você consegue. Graça prolongada, não é?

— Não consigo.

— Ela é sua mãe, porra — diz Sinter. — Tente. Santíssima Mãe das Misericórdias, cure aqueles que vêm a vós em busca de consolo, sim?

Eladora se abaixa ao lado do corpo de sua mãe. Há um estranho calor em seus dedos... e as palavras de uma oração à Mãe das Misericórdias lhe vêm à mente instantaneamente. Ela as recita e a graça flui através dela, doce como mel e quente. A ferida de Silva fecha.

— É bom não ir mais além. — Sinter tenta afastar a mão de Eladora, mas ela é muito forte para que a ação seja fácil. Tem que usar as duas mãos para mover seu braço. — Não quero que ela acorde e cause uma porra de uma confusão, não é? Nenhum de nós quer isso. Olhe, sinto muito por ter que fazer isso, mas que escolha eu tinha?

— V-v-você me usou.

Eladora já estava *ferida* espiritualmente, aberta para os deuses. Ela já havia canalizado os Deuses Guardados antes. Sinter tirou vantagem da conexão, usou-a para confundir os deuses. Dando-lhe a espada da própria Santa Aleena, aproximando-a de sua mãe... e Eladora foi ficando cada vez mais parecida com Silva. O suficiente para enganar os Deuses Guardados. *Porra, eles são tão lindos que parte meu coração*, dissera Aleena certa vez. *E tão imbecis, caralho, que eu quero esmagá-los.*

Incapazes de distinguir entre Eladora e Silva, os deuses dividiram seu dom de santidade entre as duas: enfraquecendo Silva o suficiente para Sinter derrubá-la.

— Isso. Não podemos ter um cachorro raivoso nas ruas. Não podemos ter uma louca irritando os deuses. Mas eu juro que ela será poupada — diz Sinter. Ele levanta a voz. — Como estão os outros?

Os homens de Sinter se espalharam pela rua. Um está ao lado de Cari.

— Ainda está viva.

Um ao lado da santa das flores.

— Aqui também. Por pouco.

— Tudo bem, faça com ela também — ordena Sinter.

Eles trazem a forma destroçada da santa das flores, deitam-na ao lado do corpo inconsciente de Silva. É mais difícil para Eladora invocar o poder desta vez, mas ela dá conta. A garota das flores tenta respirar e pedir por socorro, depois se vira e vomita uma mistura de bile, sangue e pétalas. Ela olha aterrorizada para os rostos desconhecidos que a cercam.

Sinter arrasta o menino e o joga ao lado da garota. Ela tenta alcançá-lo, mas a bota de Sinter a bloqueia.

— Idiotas safidistas de merda. Primeiro sopro de santidade e eles pensam que são os escolhidos, porra. — Ele dá um tapa no garoto. — Certo, seu idiotinha Safidista. Você trabalha para mim agora. Para ela, não! — Ele gesticula para o corpo inconsciente de Silva. — Para mim! Para a verdadeira Igreja. Entendeu?

O menino balança a cabeça. Fala as palavras "falso sacerdote" por entre lábios ensanguentados.

Sinter gesticula. Um dos homens dele passa uma adaga pela garganta do menino. Sangue, novamente, em um terrível jorro vermelho. Eladora avança, seus dedos queimando com magia de cura, mas o assassino tem uma arma na mão e faz um muxoxo. Ela o reconhece da rua das Sete Conchas. Os homens de Sinter plantaram o corpo de Vanth, ela pensa. Ela quer contar a Terevant, mas ele está sangrando até a morte a poucos metros de distância na casa atrás dela.

Sinter se ajoelha ao lado da garota, agarra a cabeça dela com as mãos, e a força a olhar enquanto o garoto morre.

— Agora, criança, você trabalha para mim, entendeu? Você é a santa *deles*, mas trabalha para *mim*. Jure, porra, pela Mãe.

Ela assente, impotente. Eladora se pergunta se ela está prestes a ser forçada a fazer o mesmo juramento.

— Juro pela Mãe — diz a santa das flores, e Sinter sorri com seus dentes quebrados.

— Boa menina — diz ele, beijando-a na testa. — Reze por mim. Reze por ele também.

Eladora olha carrancuda para o sacerdote.

— Eu deveria curar Carillon também. — Ela consegue sentir a conexão com os Deuses Guardados se esvaindo. Poderia lutar para mantê-la, e o poder que ela traz, mas se lembra da loucura de sua mãe. Isso é o que a aguarda no final desse caminho.

— Curar Carillon? — repete Sinter. — Não mesmo, porra.

— Mato ela? — sugere o homem com a arma.

Sinter se levanta, olha para as torres queimando ao longe.

— Da última vez que tentei fazer isso, me custou dois dedos, e isso foi antes de ela ser devidamente santificada. Não, vamos mantê-la viva até sabermos como nos livrar dela com segurança. — Ele levanta a voz, dirigindo-se a seus homens. — Está certo. Esta aqui... — cutucando Cari com o pé — para Hark. Coloquem ela nas celas profundas, não esqueçam. Com os prisioneiros especiais. — Ele acena para a santa das flores. — Levem nossa nova irmãzinha para a Casa dos Santos e deixem ela lá. Ritos e oferendas adequados. Joguem o morto no mar, coloquem pedras para fazer peso. E a srta. Duttin volta para a caixa dela, certo? — Ele tira um pequeno frasco do que parecem ser sais, tira a rolha e o enfia nos restos ensanguentados das roupas de Silva. Silva se mexe, mas não acorda. Ele faz o mesmo com Carillon.

— Um amigo meu levou um tiro. Ele está lá dentro — diz Eladora. — Posso ir até ele, por favor?

Sinter se ergue e se vira. Olha para dentro da casa semiconstruída e dá uma gargalhada.

— Minha nossa! Nós encontramos o fugitivo também!

Mais dois homens de Sinter correm até lá e pegam Terevant.

— O que fazemos com ele, chefe? Levamos de volta para a embaixada?

Sinter para um instante e pensa.

— Nah. Foda-se aquele merda do Lemuel. Leve-o para o palácio, deixe Lyssada Erevesic ficar com ele. Um prêmio de consolação.

— A Espada Erevesic não está aqui — observa um deles.

— Estou farto de espadas — diz Sinter, chutando o que restou da arma de Silva. — Elas sempre deixam uma puta de uma bagunça.

Eles carregam Terevant, passando por Eladora. Ele está vivo, mas muito pálido e tremendo. Sangue pinga no chão.

— Cure-o também — ordena Sinter.

Ela obedece. O que mais pode fazer? Poderia tentar invocar a armadura divina, implorar uma bênção de São Vendaval, mas um erro acabaria com ela, e Eladora se sente vazia. Derrotada. Enfia os dedos no poço sangrento da ferida, sente a forma dura da bala e se concentra. O poder flui mais devagar desta vez, relutantemente, mas ainda funciona. O calor sai dela em um jorro e a carne dele sofre espasmos, pressionando-a em resposta. Forçando seus dedos, a bala e todos os seus pequenos fragmentos para fora. A ferida fecha, deixando uma cicatriz feia e vermelha como uma marca de gado.

Ela pega o lenço que Sinter lhe oferece, limpa um oceano de sangue de sua mão. Ela se sente fraca, trêmula.

Eles carregam Terevant noite adentro. Os homens armados desaparecem em duplas e trios. Silva é levada embora. A santa das flores é envolta em uma túnica de pano de samito e carregada com reverência pela rua por homens que parecem mercenários, mas cantam como membros de um coral. Cari, acorrentada, é levada por uma estrada diferente até o mar.

Até que restam apenas Eladora, Sinter e o homem com a arma.

Ela quer ser tão corajosa quanto Cari. Para encontrar aquela força que sentiu mais cedo. Mas aquela arma não vacila.

Sinter pega a faca de Cari e testa seu equilíbrio.

— E o que devemos fazer com você, srta. Duttin? Aquele garoto não foi razoável, e eu tive que acabar com ele. Sua mãe não quis ouvir, e eu tive que usar você para contra-atacá-la, desviar a bênção dos deuses para um... veículo mais sensato. Este trabalho não me dá nenhum prazer.

Estou apenas tentando fazer o melhor pela minha cidade. Assim como você, eu acho. — Ele suspira. — Você vai ficar estranha também?

— E-eu...

— Se gaguejar, acabo com você.

Eladora engole em seco.

— Você ainda precisa de Kelkin. Precisa de Kelkin mais do que nunca: se a igreja ganhar a eleição, quem vai governar a cidade? Você? Uma marionete de Haith?

— Precisar é uma palavra perigosa, mas... sim, uma mão firme e um rosto familiar tornariam o que está por vir mais *fácil* — diz Sinter. — Você consegue convencê-lo?

Ela o olha nos olhos e mente.

— Sim.

— Boa menina. Dê-me a espada.

Ele pega o cabo de Aleena dela. Limpa-o, beija-o, guarda-o em seu manto.

— Isso aqui também volta à Casa dos Santos. — Sinter avalia Eladora. — Eu não acho que você vá acabar lá. Não se for sensata.

Sinter se abaixa e arranca algumas flores que brotam, milagrosamente, de uma poça de sangue. Suas hastes se entrelaçaram, fazendo com que cresçam em um círculo. Uma coroa.

— Aproveite as bênçãos do Festival, criança. Regozije-se. Vai ser uma boa colheita.

E então ele se vai, deixando-a sozinha na chuva enquanto as torres queimam ao longe.

## CAPÍTULO TRINTA E CINCO

Naquela noite, enquanto o espião caminha de volta ao longo das docas até a casa de Jaleh, o céu está em chamas. A Cidade Refeita está queimando.

*Será que eles finalmente chegaram?*, pensa o espião. Multidões se reúnem, olhando para as torres em chamas lá no alto, mas só o espião corre para a grade, olha para as águas escuras. Não... a Ponta da Rainha não mudou nada. Não há nenhuma onda correspondente de atividade lá, nenhuma correria para os postos de batalha. A cidade não está sob ataque: pelo menos, não por algum invasor externo. O sacrifício dele não está atrasado demais.

Alic iria até lá. Alic gostaria de ajudar. E é melhor que o sacerdote desapareça novamente, ele deu à guarda tudo o que eles precisam saber. Tira o manto do sacerdote, joga-o ao mar.

Ele coloca a identidade de Alic como uma máscara, mas agora ela parece esticada e mal ajustada. Seus movimentos desajeitados, sua fala sem cadência. Ainda assim, à noite, ninguém vai notar.

Como Alic, o espião corre para os incêndios, disparando ao longo das mesmas ruas por onde o sacerdote passou mancando. Torna-se parte de um fluxo de cidadãos que correm em direção às chamas. Vagões alquímicos abrem caminho através da multidão, levando tanques de espuma para apagar o incêndio. O espião sobe a bordo de um dos tanques, ajuda a dirigir as operações. Reunindo as pessoas. Ele mergulha em um prédio em chamas atrás do outro, tirando vítimas do fogo. Desaparecendo na fumaça vezes sem conta. Ele não se importa em arriscar a própria vida, sussurram os curiosos com admiração.

Ele trabalha noite adentro. Mais tarde, dirão que foi a liderança de Alic que salvou centenas de pessoas, que sem ele a o desastre teria sido muito pior. Que ele lutou para salvar a Cidade Refeita.

Perto do amanhecer, parece nevar. Ele para, perguntando-se se isso é um milagre.

Em seguida, toca um dos flocos, e ele se esfarela em vez de derreter. São cinzas, caindo de mil cartazes eleitorais em chamas.

Bolsa de Seda encontra o espião entre as multidões cobertas de fuligem. Ela vem correndo para encontrá-lo, saltando de quatro. Sem fôlego de tão alarmada.

— Alic! A guarda! — uiva ela, ofegando em meio à fumaça persistente. — Alguém falou. Jaleh. Protegendo santos perigosos.

Alic não hesitaria. Alic não sabe o que está acontecendo, mas confia em sua amiga, então ele sairia correndo. Ele correria ladeira abaixo, pelas ruas estreitas, em direção à casa de Jaleh. Então o espião faz o mesmo, embora atuar como Alic não venha com a naturalidade de antes. Ele não consegue correr à toda: estragaria tudo se ele realmente *resgatasse* o menino a tempo. Não, ele corre devagar o suficiente para perder a hora por pouco.

A casa de Jaleh está repleta de carniçais. Como uma pedra virada, revelando os vermes embaixo. Os carniçais rastejam de portas e janelas, farejam o chão, tagarelam uns com os outros. Conforme o sol nasce sobre a cidade, eles gemem e se encolhem, recuando para as sombras.

Eles fedem ao submundo. Não são jovens carniçais da superfície, como Bolsa de Seda; são carniçais médios, que não viam a luz do dia havia décadas. Mas estão ali agora. A guarda da cidade também, soldados com armas, emprestando um aval de legalidade a todo aquele evento.

Jaleh está no pátio, discutindo com um enorme carniçal chifrudo. Um ancião, muito maior, muito mais velho, muito mais forte que seus colegas. O espião acha que é lorde Ratazana. É uma discussão unilateral. Não só o carniçal responde falando através de Jaleh, mas suas respostas são monossilábicas. Quaisquer que sejam as preocupações dela, ele as rejeita com um dar de ombros.

Mesmo à distância, ele consegue sentir o terrível poder da criatura. Ela tem sentidos muito além dos de qualquer mortal. Aqueles olhos amarelos veem coisas que deveriam ser invisíveis.

— Alic, você precisa falar com ele! Não consigo fazer com que ele me escute! — pede Bolsa de Seda.

O carniçal mais velho se agita. Passa pesadamente por Jaleh, estendendo suas longas pernas com cascos. Saindo do pequeno jardim em frente à casa em um único passo, virando a esquina e se afastando.

— QUEM É ESTE? — diz Bolsa de Seda, mas não é a voz dela que sai de sua boca. Seus olhos se estreitam. Ela estuda o espião por um longo momento.

*Desvie*, ele pensa.

— Eu sou um candidato dos Liberais Industriais neste setor — declara. Encontra um folheto manchado de fuligem em seu bolso, enfia-o na cara de Bolsa de Seda, para que a coisa olhando através de seus olhos possa ver a imagem pontilhada. — Eu exijo saber o que você está fazendo com os meus constituintes.

... e então aquela terrível atenção se retira, e Bolsa de Seda é ela mesma novamente.

O carniçal mais velho ri. Ele salta sobre um telhado e desaparece em um afloramento de chaminés.

— Alic, você tem que ir até o sr. Kelkin! Agora você é um Liberal Industrial, eles vão ouvir você. — Bolsa de Seda agita as mãos em pânico, as garras rasgando suas luvas de renda.

Jaleh cambaleia, pálida e abalada. Sua mão com escamas de dragão está sangrando de uma ferida.

— Eles tomaram metade da casa. Prenderam todo o meu rebanho. Os carniçais e a guarda da cidade. Todos os meus santos.

— Emlin?

— Ele... Conseguiram farejá-lo. Invadiram seu quarto. Ele tentou correr, para sair pelos porões, mas eles o pegaram. Eles o levaram.

— Para onde?

— As docas. Vão levá-los para a Ilha Hark.

O campo de detenção para santos. O espião se alegra: o sacrifício foi aceito! A máquina está em movimento! A teia do destino é inescapável agora.

O triunfo do espião é certo.

Mas, naquele momento de triunfo, ele se distrai.

É Alic quem fala. Alic, cujo estômago embrulha, cujo coração está paralisado de pânico e medo. Alic, que pensa mais rápido, age mais rápido que o espião.

Alic, que agarra Bolsa de Seda pelos ombros.

— Me prenda!

— O quê?

— Eu cometi um erro! Diga a eles que você sentiu cheiro de santidade! Diga qualquer coisa! Me ponha naquele barco, rápido! Me prenda!

O barco dos santos sai das docas sob os olhos dos carniçais e as armas da guarda da cidade. Não é o único barco a fazer a travessia para a Ilha Hark naquela manhã. As trilhas brancas de uma dezena de outras embarcações cruzam as águas do porto.

Alic está sentado perto da grade, vigiado por mais carniçais. Os santos se amontoam no meio do convés. Alguns oram a deuses distantes demais para ouvir. Outros oram a deuses que não se importam. Alic pode ver a forma curvada de Emlin a poucos metros de distância, mas colocaram um capuz sobre a cabeça dele e prenderam-lhe as mãos com laços de alguma gosma alquímica. Alic levanta a voz ao exigir que um dos guardas lhe dê um cobertor contra o frio da manhã, para que o menino saiba que ele está lá.

O espião recuou. Fugiu para dentro de Alic, escondendo-se em algum recesso escuro em sua mente. Por enquanto, ele observa e espera. Por enquanto, o disfarce do espião está vivo, a máscara se movendo por conta própria.

Impulsionado por seu motor alquímico sibilante, o barco atravessa o porto, serpenteando por bancos de areia, enormes cargueiros, passando por barcas e escunas, suas velas enroladas enquanto esperam por um rebocador. Adiante está a Ilha das Estátuas; na mão esquerda deles está a vastidão venenosa da Ilha do Picanço.

Adiante, solitária em meio ao mar aberto, está a Ilha Hark.

O barco precisa contornar a ilha para chegar ao cais de desembarque. Penhascos íngremes de alguma pedra cinza, encimados pelas muralhas brancas da velha fortaleza. O espião também consegue ver outras estruturas lá, mais novas. Pilares finos de metal: holofotes, talvez, ou torres de vigia. Os telhados de novos edifícios dentro das muralhas. Pequenas casamatas, protegidas contra magia hostil, e suas armas apontando para *dentro*, na direção da prisão.

E *ali* está o pequeno dente de pedra que o espião viu meses atrás, do convés do navio de Dredger. Um pilar rochoso, erguendo-se do mar, a aproximadamente quatrocentos metros da margem. Há algum tipo de maquinário ali agora, conectado à ilha principal por tubos grossos e cabos cobertos de ervas daninhas. Partes dele parecem novas; técnicos com as roupas da guilda dos alquimistas correm entre as rochas como caranguejos. Eles não se distraem de seu trabalho enquanto o barco passa.

O barco dos santos aporta em um pequeno cais, e seus passageiros relutantes desembarcam. Alic tenta ficar perto de Emlin, mas os guardas os separam, organizando os prisioneiros em fila dupla, como se fossem crianças em uma excursão escolar. Emlin está tremendo, mas não luta nem tropeça enquanto o conduzem às cegas subindo o cais. Ele e o espião discutiram, repetidamente, o que fazer caso a guarda da cidade os capturasse. Fuja se puder. Aguente se for preciso. O menino está pronto para aguentar.

Os carniçais ficam no barco, os olhos brilhando de fome enquanto se amontoam na sombra. Há um carrinho esperando no cais e dois dos guardas ficam ali para descarregá-lo, jogando seu conteúdo para os carniçais. O que quer que seja, cai no convés com um baque molhado, e os carniçais lutam por aquilo avidamente, recebendo seu terrível pagamento em carne de santos.

O espião pode ter condenado Emlin ao mesmo destino. Enquanto marcham cais adentro, ao longo do caminho estreito em zigue-zague que leva aos portões da fortaleza, Alic faz um juramento silencioso para si mesmo e para o menino. *Eu vou tirar você dessa.*

Ao passar pelos portões, os guardas sacam máscaras de gás e as colocam, mas não permitem aos prisioneiros a mesma cortesia. Eles entram no que antes era um amplo pátio interno, mas agora é a prisão mais estranha que Alic já viu. Um círculo que tem três quartos do espaço ocupado por celas com grades de prisão na frente.

Menos da metade das celas estão ocupadas, e os presos são arrumados aparentemente ao acaso. A extremidade norte do arco está quase completamente vazia, ao passo que a porção sul é de ocupação tripla em algumas celas. Uma torre de guarda circular com muitas janelas espelhadas fica no centro do pátio, observando as celas gradeadas. Ela pisca com uma luz ofuscante enquanto o sol se levanta sobre a borda do forte.

Estruturas de metal finas com cabeças bulbosas, como torres de vigia esqueléticas, pontilham o pátio. Eles passam perto de uma, e Alic de repente entende por que os guardas usam máscaras. Há algum tipo de pulverizador de névoa lá em cima, sibilando um fino jato de vapor no pátio. Os pensamentos do espião de repente parecem pesados. Uma droga sedativa, ele imagina, algo para bloquear a concentração necessária para manejar milagres ou feitiçaria. A fadiga se instala nele mais densamente que a fuligem dos incêndios da noite anterior.

Os guardas os guiam para além daquela torre espelhada até um grupo de estruturas temporárias de teto baixo. Processamento. Um escrivão — seu bigode despontando pelas bordas da máscara de gás — examina cada santo recém-chegado, preenche alguns formulários e atribui a eles um número de cela. Alguns prisioneiros não parecem se enquadrar no sistema de classificação que o secretário está usando, então são enviados para uma área de espera. Falsos positivos, talvez. Os carniçais nem sempre captam o cheiro certo.

Não há sinal do carniçal mais velho. Nenhum carniçal. Não, aquele lugar parece inteiramente clínico, nascido dos projetos de alquimistas e arquitetos. Alic relaxa, muito ligeiramente. Eles seguirão um protocolo, obedecerão a uma lista de verificação burocrática. Eles serão engrenagens previsíveis em uma grande máquina. O espião é bom em manipular máquinas. Aquele carniçal o assustou, mas ali estão apenas mortais.

Emlin está à sua frente na fila. Ele recebe uma cela ao lado de outro prisioneiro da casa de Jaleh: a velha dos ícones de barro do Kraken. O escrivão ordena que os guardas tenham um cuidado especial com Emlin, e eles o escoltam para fora da sala como uma guarda de honra.

Agora é a vez de Alic.

— Que Deus?

— Nenhum.

Há alguma confusão e demora — eles não têm documentos de inscrição para ele. Do outro lado da ilha, há uma estação de inspeção onde os imigrantes para Guerdon são processados, mas ele evitou passar por ela quando chegou. E está longe de ser o único. Quando aponta que é um candidato do partido Liberal Industrial, acrescenta mais confusão para todo o caso. O pouco do bigode que ele consegue ver murcha de nervoso.

— Eu preciso falar com meu filho — insiste ele.

— Agora não.

Depois de um tempo, eles o levam por uma porta diferente e o conduzem de volta ao pátio, o que lhe dá mais um vislumbre do arranjo estranho da nova parte da prisão. Ele os vê trancarem Emlin em sua cela e a adoradora do Kraken ao lado dele.

De repente, a estranha prisão faz sentido. As celas são organizadas como uma bússola. Eles organizaram os santos em suas células pela direção a partir de Guerdon. Não há santos ao norte, porque a deusa de Grena está morta e Haith não tem santos. Apenas alguns a nordeste, por causa da supressão dos deuses de Varinth por Haith. Alguns ao leste; poucas pessoas fugiram de Lyrix para Guerdon até o momento, então há poucos santos daquela terra. A parte sul do arco, porém, está lotada. Santos de Ishmere, de Severast, de Mattaur. Todos abençoados pelo mesmo panteão fratricida e sanguinário.

Quando os deuses se aproximam, seus santos crescem em poder.

Não é apenas uma prisão. É um barômetro.

Uma máquina para detectar os movimentos do divino.

A parte antiga da prisão ao redor do pátio central já foi um forte e é para lá que levam o espião. Espessas paredes de pedra. Janelas estreitas, como fendas de flechas. Um símbolo acima da porta foi arrancado; ele se pergunta qual símbolo divino ou brasão real estava ali antes. Por dentro, está tudo frio e meio abandonado. Eles passam por depósitos de suprimentos, caixas de peças de máquinas, tubos de borracha sobressalentes enrolados como entranhas, cilindros de qualquer gás enfraquecedor de alma permeiam toda a prisão. Apenas os aposentos do lado interno do corredor estão em uso; os do outro lado do corredor, de frente para o mar, são úmidos demais. Colônias preto-esverdeadas de mofo brotam em volta das molduras das portas quebradas.

Os guardas o conduzem escada abaixo, para um tipo mais antigo de prisão. Sem celas abertas, sem torre espelhada. Uma masmorra para prisioneiros, uma fileira de jaulas. Eles instalaram lâmpadas etéreas nos nichos onde tochas já queimaram um dia, mas a maioria dessas celas não muda há séculos. O gás soporífero chia de um tubo que corre ao longo do teto, fora do alcance dos prisioneiros em suas celas. Pequenas bocas de latão expiram jatos de gás em cada cela.

— Você vai precisar esperar aqui até que encaminhemos seu caso para o continente — diz um dos guardas mascarados. Ele soa apologético. — O resto da ilha não é seguro. Vou trazer alguns cobertores e algo para comer. — Ele acena com a cabeça para as outras celas ocupadas. Dois outros prisioneiros, um inconsciente e um acordado. — Não fale com eles. Não preste atenção.

Eles trancam o espião em uma cela. É apertada e fria, mas não tão ruim quanto algumas em que já esteve.

Quando os guardas partem, ele examina seu novo domínio. Um pequeno catre. Um balde para mijar. Uma janela minúscula, no alto da parede interna. Se ele ficar de pé em cima do catre e estender a mão, quase consegue ver lá fora, dar uma olhada no pátio. As barras da cela são velhas, mas resistentes; algumas foram substituídas ou reforçadas com cimento recentemente, então ele duvida que haja qualquer maneira de escapar. A fechadura, da mesma forma, parece sólida e difícil de abrir sem chave.

Ele pressiona a cabeça nas barras e tenta ver as outras celas ao longo do corredor. A que fica no final está ocupada. A prisioneira ali é uma jovem, inconsciente, deitada na cama. Seu rosto está enfaixado e manchado de unguentos curativos.

Desse ângulo, o espião não consegue ver muito do outro prisioneiro. Apenas um par de mãos de dedos longos apoiado nas barras. Mãos imundas e muito pálidas: aquele homem não vê o sol há muito tempo.

— Ei, você aí — diz o espião. — Quem é você?

A voz do outro prisioneiro é muito suave.

— Eu sabia que ela voltaria para mim, antes do fim.

— Quem? Ela? Você conhece ela?

— Ela é Carillon.

As mãos do prisioneiro de repente se apertam, violentamente, como se ele estivesse torcendo o pescoço de alguém, então relaxam. Ele pressiona o rosto nas barras também, então o espião vê um pouco de suas feições. Um homem jovem, terrivelmente magro, cabelo pegajoso caindo sobre um rosto fino como uma faca, uma barba espessa.

— Me chame de Alic. Qual o seu nome?

— Você sabe que horas são? Os sinos tocarão em breve? — pergunta o outro prisioneiro.

O espião sempre teve um talento para calcular o tempo. São quase seis. Do outro lado do porto, os sinos da igreja da cidade estarão tocando.

— Seis horas, mais ou menos.

O outro prisioneiro se afasta. O espião pode ouvi-lo respirando superficialmente, cada vez mais rápido, como um touro prestes a...

Ele se joga com força total contra as barras, atirando todo o corpo contra elas. Ofega quando o impacto tira o ar de seus pulmões. Sua pele pálida se fere e sangra com o impacto. O prisioneiro cai pesadamente no chão, fica lá por um momento e depois volta a se levantar e a se encostar nas barras como se nada tivesse acontecido, como se ele não tivesse acabado de tentar destruir sua cela por pura força bruta.

Um leve sorriso, um aceno de saudação.

— Eu sou Miren.

# SEGUNDO INTERLÚDIO

Mesmo a essa hora da manhã, o calor do sol de verão é suficiente para rachar as pedras. Rasce pragueja enquanto corre pelo pátio da propriedade, amaldiçoando o peso da armadura de couro e o equipamento de proteção que tem que usar. Vai piorar quando ele puser a máscara respiratória e o capacete, então ele os evita por tanto tempo quanto possível. Sem a máscara, ele consegue sentir o cheiro de seu tio-avô, que está se bronzeando ao lado de uma estátua da tatara-tatara-tatara-e-mais--um-pouco-avó de Rasce. O tio-avô estica o pescoço preguiçosamente, abre as asas tão largamente que toda a propriedade mergulhada por um instante em uma sombra abençoada.

— Parece um desperdício tão grande de um ótimo dia, não? — diz o tio-avô. Assim de perto, Rasce pode ouvir a voz do dragão através de seus pés, sua coluna.

— Castigo pelos seus pecados, tio-avô — diz Rasce. Um pouco indelicado, mas eles estão prestes a voar para a batalha juntos. Hoje ele pode se dar ao luxo de ser informal.

Seu tio-avô ri.

— É disso que se trata? Já não era sem tempo, eu suponho. — Ele tosse, queimando as pedras já enegrecidas. — Um bom dia para acabar com o mundo.

Rasce sobe até o pavilhão de batalha e coloca o arnês. O pavilhão está mais cheio do que o normal. O espaço normalmente reservado para os tesouros tomados dos navios mercantes que passavam agora está abarrotado de armas alquímicas. Ele verifica se as linhas de sacos de sementes ácidas estão livres de quaisquer emaranhados e aí os coloca onde possa alcançá-los rapidamente.

— Pronto?

O dragão ri novamente e em seguida galopa pátio afora, dirigindo-se para a beira do penhasco. Servos correm para sair do caminho, se apressando para o abrigo da propriedade. Rasce vislumbra, por um instante, o rosto de dois de seus primos, assistindo invejosos de uma varanda. Filhos de Artolo. O tio-avô escolheu Rasce para aquele voo, não eles, então que vão para o inferno. O pai deles, que perdeu os dedos recentemente, foi enviado para contar moedas em alguma salinha dos fundos. Rasce faz o sinal da figa quando o tio-avô abre suas asas e eles mergulham, então voam pelas correntes termais que se elevam da praia quente.

O dragão se inclina sobre a pequena ilha, então vira a cabeça para o sul. Rasce olha para as outras ilhas dos Ghierdanas ao longo da costa de Lyrix. Há outros dragões no ar aquela manhã, circulando pelas termais sobre suas propriedades. É uma manhã clara: ele consegue ver as aldeias costeiras, eriçadas com torres de igrejas afiadas como navalhas. Consegue sentir a repulsa dos deuses de Lyrix. A Guerra dos Deuses pode ter forçado uma trégua entre essas divindades e suas criações rebeldes, mas elas ainda odeiam os dragões e suas famílias adotivas.

O tio-avô também percebe e ri. Ou Lyrix sobrevive à guerra, e as famílias de dragões dos Ghierdanas voltam a ser piratas, ou Lyrix cai, e os Ghierdanas veem seus antigos mestres serem destruídos pelos deuses loucos de Ishmere. Não importa o que aconteça, os Ghierdanas vão rir por último.

Eles disparam para o sul. Rasce consulta a bússola, tenta segurar o mapa no vento forte.

— Pra baixo! — grita ele, batendo no pescoço escamoso do tio-avô para dar ênfase.

O dragão desce. O mar lá embaixo está manchado de um verde virulento, com vapor subindo. Uma linha de sementes ácidas flutuantes, cada qual se dissolvendo lentamente na água, transformando o mar em veneno. Uma muralha ácida e mortífera.

Em alguns lugares, a muralha foi violada.

Ele verifica sua máscara de respirar, verifica o selo em seus óculos de proteção. Esses vapores podem cegá-lo, se ele não tomar cuidado.

Enquanto o tio-avô voa sobre a cicatriz ácida, Rasce solta sementes para preencher as lacunas. As armas do tamanho de um repolho caem para espadanar no mar abaixo. Eles não têm o suficiente para tampar todas as brechas.

— Pronto!

O tio-avô bate as asas, lutando para subir. O interior de suas asas membranosas está agora em carne viva, queimadas pela fumaça. Eles desceram demais. Rasce pode sentir tremores percorrerem o corpo do dragão a cada batida dolorosa das asas. Quando voltarem à propriedade, suas irmãs vão esfregar pomadas analgésicas nas asas do tio-avô.

Então, o dragão dá uma virada súbita e volta para o sul. Cruza a linha de ácido novamente.

— O que é? — Rasce amarra as linhas de volta no lugar, saca seu rifle.

O tio-avô não responde. Continua voando para o sul, sobre o oceano vazio. Rasce verifica as nuvens à frente através de sua mira, procurando por santos ishméricos. Varre as águas. Procura navios na superfície, ou monstros movendo-se nas profundezas.

Indo mais para o sul do que eles ousaram voar nas últimas semanas.

Oceano vazio. Vazio até onde sua mira consegue enxergar.

Nada.

Nenhuma força de invasão. Nenhuma frota voraz de deuses e santos guerreiros loucos.

Nada de fim do mundo hoje.

Pelo menos, não ali.

## CAPÍTULO TRINTA E SEIS

Eladora passa o resto da noite em um abrigo na Cidade Refeita, uma sala comum em um porão administrado por um velho chamado Cafstan. É muito perigoso ir para casa, diz a si mesma, com partes da Cidade Refeita em chamas. Mas muito perigoso para quem? Ela ainda pode sentir a terrível atenção dos Deuses Guardados pairando sobre ela. Sente como se estivesse encharcada de flogisto, que uma única faísca poderia transformá-la em uma coluna de fogo.

Cafstan resmunga para ela, diz que estará segura ali e que ele não faz perguntas para aqueles que ficam sob seu teto. Ela fica deitada em um catre estreito, inquieta, ouvindo a cidade pela janela. Sinos distantes, gritos, o rescaldo dos incêndios. As outras camas estão ocupadas por aqueles que fugiram do fogo. A sala cheira a fuligem e lágrimas. Ela abre mão de sua cama, encontra um lugar no chão em vez disso.

Alguns estão feridos. Ela quer ajudar, mas teme que, se tentar tratar essas feridas, vai abrir alguma porta dentro dela que não pode fechar.

O doce calor de um milagre de cura e o fogo consumidor de uma espada flamejante vêm da mesma fonte divina.

Ela dorme intermitentemente, em períodos agitados por sonhos. Alguns dos sonhos são familiares: a tumba sob a colina, os dedos-vermes de seu avô roçando sua pele. Então Jermas se torna Miren, jovem e bonito, mas suas mãos são facas que a cortam e derramam seu sangue. Empalada nele, ela não consegue escapar enquanto ele recua à beira de um penhasco e ambos mergulham na escuridão.

Outros sonhos são estranhos, e ela não acha que tenham sido feitos para ela. Alguns são, ela imagina, os sonhos de sua mãe. Cheios de brilho, como o sol visto através de um cristal rachado. Cheios de dor, então ela acorda em agonia, vergões vermelhos no seio onde sua mãe foi baleada.

Ela sonha, remotamente, com os Deuses Guardados. Com gigantes caminhando pela cidade, se afastando dela.

Durante a noite, ela acorda e vê Cafstan sentado em um banquinho do outro lado do quarto. Suas mãos cheias de cicatrizes brilham com uma luz milagrosa, como se ele estivesse segurando uma lanterna invisível. O velho chora e ri baixinho e fala com a luz como se fosse uma criança perdida.

O Sagrado Mendicante carrega uma lanterna. A santa luz da verdade revelada.

Cafstan é um santo involuntário, ela conclui. Um dos muitos criados pela proximidade dos Deuses Guardados naquela noite. Ela contempla sair de seu pequeno ninho de cobertores e oferecer ao homem os conselhos que puder. Como canalizar e controlar esse talento milagroso, ou, melhor ainda, como rejeitá-lo. A conexão entre homem e deus é nova e frágil; ainda poderia ser cortada, se ele agisse de maneiras desagradáveis para o deus. Ela tenta se lembrar das proibições antigas do Mendicante — desprezar os mortos, roubar, agir com malícia —, mas pensar em falar com Cafstan enquanto ele está nas garras da santidade a assusta. Lá está o velho do outro lado do aposento, rindo enquanto conjura luz de seus dedos, e lá está o deus, tentando encontrar um ponto de apoio no mundo mortal.

O que Cafstan faria se soubesse que ela abateu um santo dos Deuses Guardados mais cedo naquela noite? Sua própria mãe!

E, mais precisamente, o que o Sagrado Mendicante faria?

A coroa de flores que Sinter deu a ela ainda está em sua bolsa. Quando Cafstan não está olhando, ela a tira e desmembra, espalhando as pétalas e empurrando os restos para debaixo de uma cama. O toque dos Deuses Guardados pode ser caloroso e amoroso, mas não é diferente dos dedos de vermes de seu avô morto rasgando um buraco em sua alma. *Eu sou Eladora Duttin*, ela grita para si mesma. *Não serei usada.*

Na manhã seguinte, ela deixa Cafstan roncando, com a cabeça descansando em cima de uma mesa. Ela esvazia a bolsa, guardando apenas moedas suficientes para voltar para casa. Então reconsidera: dar *esmolas* ao homem faz parte da barganha com o Mendicante? Esse ato ritual aprofundará a conexão dele com o deus?

E quem é ela para decidir, afinal? Ela recolhe as moedas, as empilha ordenadamente e deixa uma nota, deixando claro que é o pagamento pela hospedagem durante a noite, não um presente.

Ela nem sabe se os deuses sabem ler.

Ela está em casa há talvez um minuto antes de ouvir algo arranhando a porta. Bolsa de Seda. Suspirando, Eladora abre as fechaduras e proteções, deixa a carniçal entrar atabalhoadamente. Bolsa de Seda está parecendo mais selvagem do que Eladora jamais a viu. A carniçal fareja o ar; olhos amarelos se estreitam.

— Você também? Posso sentir o cheiro da santidade.

— Minha mãe... — Eladora começa a explicar, mas Bolsa de Seda balança a cabeça e faz um gesto com as garras para interrompê-la. — Srta. Duttin, está tudo dando errado! Você precisa falar com Kelkin! Ele nos enviou para encontrar santos. Todos os carniçais! E o jovem Emlin é santificado, e eles o enviaram para Hark, e Alic me fez enviá-lo também!

Em fragmentos, Eladora junta o relato da noite anterior e do início dessa manhã. Batidas de carniçais por toda a cidade, liderando a guarda até santos suspeitos de outros deuses. A maioria é levada para a prisão na Ilha Hark: *como Carillon*, ela pensa, de repente lembrando a ordem de Sinter.

Bolsa de Seda tem razão: ela precisa falar com Kelkin. Cansada, Eladora tira o vestido ensanguentado e veste roupas limpas.

Da janela de seu quarto, consegue ver as reluzentes Catedrais da Vitória no alto de Morro Santo, com o Palácio do Patros escondido atrás, e quando ergue os olhos para esses templos dos Deuses Guardados, sente uma explosão repentina de força indesejada. Colunas de fumaça densa ainda sobem dos pátios, e ela imagina que aquelas praças em frente às catedrais estão cheias de novos e fervorosos adoradores.

Eladora verifica a cafeteria Vulcano ao passar, mas está claro que Kelkin não está lá. Há um escrivão na mesa de Kelkin nos fundos da loja: a mesa está tecnicamente liberada para qualquer cliente usar, mas tem sido de Kelkin por tantos anos que ninguém mais ousa ocupá-la sem sua permissão. Nem mesmo o escrivão que está sentado lá aquela noite sonharia em tocar na bagunça de papéis e copos vazios que se espalham pela mesa. Kelkin sabe onde cada pedaço de papel e migalhas de bolinhos estão, e ai de quem interferir com seu sistema.

Ela marcha pela rua da Misericórdia, subindo a colina íngreme na direção do parlamento. Um pregoeiro de jornal grita algo sobre uma invasão de Haith: há anos os jornais têm murmurado sobre ameaças de Haith, e uma onda de pânico acontece a cada poucos meses. Ela pega um exemplar assim mesmo.

O parlamento está lotado. Oficiais militares, tantos que dá a impressão de um acampamento armado. *Lá se vai o grande esforço de eleição pós-festival*, pensa ela.

Eladora é conduzida a uma sala de espera junto ao escritório de Kelkin. Não há mais nenhum assento livre. Alguns ela reconhece; outros agentes eleitorais, alguns membros do parlamento. Uma delegação da guilda dos alquimistas. Sacerdotes de várias igrejas, nenhum deles dos Guardiões.

O homem ao lado dela — um alquimista — vê o jornal embaixo do braço de Eladora.

— Você se importa se eu pegar isso emprestado?

Eladora o desdobra, dá uma olhada na primeira página. Os haithianos estão exigindo o retorno de "um de seus funcionários da embaixada", que, segundo rumores, teria "buscado refúgio em Guerdon". Não há nenhuma conexão confirmada com o assassinato do embaixador, mas a implicação é clara. Nada que Eladora já não saiba, então ela entrega o jornal.

— Obrigado — diz o alquimista.

E então, a voz baixa, porém angustiada:

— VOCÊ VIU CARILLON?

Eladora olha para o lado. O rosto do alquimista está congelado de terror, seu corpo paralisado. Os olhos repletos de um pânico repentino, com uma luz amarelada no fundo das pupilas.

Eladora mantém a voz igualmente baixa.

— Lorde Ratazana, se o senhor quiser falar comigo, mostre-se.

— OCUPADO. — Uma pausa. — ELA ESTÁ VIVA?

— Sim. — Eladora hesita por um momento. — Sinter a capturou. Eu acho que pretendem levá-la para Hark.

— OS INCÊNDIOS... ELA FOI FERIDA. POR SINTER?

— Pela minha mãe.

— URRHHHR. — Um som horrível similar a uma gargalhada, e então o alquimista inspira, todo o corpo se contorcendo. Várias pessoas na sala de espera olham surpresas para ele. Ratazana o faz tossir como se estivesse tentando encobrir seu comportamento estranho, mas é um ato terrivelmente afetado. — VOCÊ FEDE A SANTIDADE. FERIDAS ABERTAS COSTUMAM INFECTAR.

Por um breve instante, o alquimista é libertado do controle do Ratazana, caindo para a frente como se tivesse acabado de ser atirado, conforme a atenção do Ratazana se desloca para outro lugar na cidade. Então ele está de volta.

— OS DEUSES GUARDADOS. HUNF.

Ela nota o desgosto e a desconfiança do carniçal, mesmo àquela distância. A luz desaparece dos olhos do alquimista.

— Espere! — A luz brilha novamente. — Eu não devo a eles nenhuma f-f-fidelidade. Não sou Safidista. E você teria morrido também, na tumba do meu avô, se não fosse por Santa Aleena.

O alquimista bufa como um cavalo, esguichando muco em seu terno perfeito.

— EU PRECISO DE CARILLON. A LOUCURA ESTÁ À SOLTA. HOMENS DE HAITH INTROMETENDO-SE NAS PROFUNDEZAS. PRECISO DELA PARA MANTER AS TUMBAS FECHADAS. PARA TORNAR A CIDADE SUBTERRÂNEA SEGURA PARA MIM E OS MEUS. O SACERDOTE MENTIROSO A ESCONDEU EM HARK. NÃO CONTE A MAIS NINGUÉM, MAS PEGUE-A PARA MIM, E SEREMOS MUITO BONS AMIGOS.

E ele cai de novo, libertado. Um instante depois, uma porta do outro lado da sala de espera se abre e uma das secretárias de Kelkin entra.

— ELADORA DUTTIN? — chama ela. Seus olhos estão fixos à frente, sem enxergar. Seu corpo está rígido e sua voz é estranhamente gutural. Ratazana não foi longe.

Eladora passa pela secretária possuída e adentra o santuário.

Há um operador de etérgrafo de aspecto miserável da guarda da cidade sentado ao lado da mesa de Kelkin, os dedos posicionados sobre as teclas de latão de seu instrumento. Em torno dele, o escritório está lotado com figuras seniores do partido e comandantes da marinha. Um mapa dos mares em torno de Guerdon, marcado com avistamentos de navios inimigos e leituras de medidores misteriosos.

Ela instantaneamente sente a tensão, o terror mal controlado na sala. Isso não é um exercício, não é uma discussão abstrata de possíveis ameaças futuras.

Esse é o momento antes que a tempestade desabe na costa.

Antes que a Guerra dos Deuses chegue a Guerdon.

Eladora luta contra a facada de terror existencial que vem com o pensamento, a sensação de cair em um abismo impensável, quando enlouquecidos poderes invisíveis e fanáticos dividem a realidade com milagres carniceiros. Há também uma sensação breve, inesperada e indigna de alívio: ela conviveu com aquele sentimento de terror por quase um ano, desde a Crise, desde que encontrou o avô na tumba. Agora o resto da cidade vai acompanhá-la, ter sua alma destruída também, pelo mesmo pesadelo. Ela não terá que suportar o fardo sozinha.

Quando Eladora entra na sala, esgueirando-se pela porta silenciosamente, o almirante Vermeil está gritando com Kelkin.

— O parlamento não está nada seguro! O prédio tem mil anos. Não podemos protegê-lo. Precisamos nos mudar para a Ponta da Rainha imediatamente.

O adjunto de Kelkin, Ogilvy, discorda.

— O ministro Droupe monitorou a Crise daqui no ano passado, e *aquela* foi uma ameaça muito mais imediata para a cidade do que esta.

— Droupe não era encarregado nem de limpar o próprio nariz — retruca Kelkin. — Eu não sou Droupe, entendeu? Estou no comando e não vou embora daqui. Você trouxe essa coisa tagarela aí — ele aponta para o etérgrafo —, e vocês estão todos aqui, então vamos em frente.

Vermeil suspira.

— Os monitores em Hark ainda estão calibrando a nova ingestão. Mas já temos sinais de intervenção divina hostil aqui em Guerdon. Prendemos um santo hostil, por uma dica de um sacerdote dos Guardiões.

— Qual deus? — pergunta Kelkin.

— A divindade ishmérica dos segredos. A Aranha do Destino. Nós esperávamos que Aranha se movesse à frente da força de invasão principal, reunindo inteligência e transmitindo informações de espiões na cidade.

— Então o deus já está aqui, você acha? Apenas não se manifestou? — Kelkin localiza Eladora no fundo da sala e acena para que ela avance. Ela se aproxima, nervosa, sentindo-se exposta.

— Sua influência é ampla — argumenta Vermeil. — No mínimo ele está conectado ao santuário na embaixada de Ishmere: eles usam as teias do deus para enviar mensagens secretas.

— Mas essa Aranha do Destino não é um deus da guerra, ou estou enganado? Rame… ah, droga. Ela não está aqui. — Kelkin franze a testa, aponta para outra mulher na sala, uma oficial de guarda que Eladora não reconhece. — Você. Não é um deus da guerra, certo?

— Todo o panteão é beligerante, mas não temos relatórios da Aranha do Destino assumindo a liderança em qualquer ataque — responde a oficial. — É mais provável que seja o Kraken ou a Rainha-Leão.

Vermeil balança a cabeça.

— Já recebemos relatos de krakens na água. Eles estão chegando.

A Guerra dos Deuses. O terror ameaça dominá-la novamente. Ela olha para os rostos reunidos na sala, os soldados, generais e feiticeiros curvados sobre seus instrumentos, diz a si mesma que eles estão prontos para qualquer catástrofe. *É por isso que os alquimistas criam monstros*, ela pensa. De todas as cidades do mundo, Guerdon deveria ser a mais segura.

E, se a guerra chegar ali, o que ela pode fazer?

O etérgrafo chacoalha de repente, fazendo Eladora dar um pulo. O frasco de fluido amarelo-esverdeado em seu núcleo estala e as luzes brilham nas profundezas tenebrosas. As teclas começam a se mover por conta própria. O operador pressiona os controles da máquina com as mãos, enunciando palavras silenciosamente enquanto tenta montar a mensagem. A sala fica em silêncio enquanto todos esperam que ele decodifique as notícias.

Eladora usa a calmaria momentânea para se aproximar de Kelkin.

— Você não deveria estar aqui — diz Kelkin suavemente.

— O que está acontecendo? — Ela aponta para o etérgrafo.

— Nada. Por enquanto. Pelas próximas horas, talvez. O que você quer, Duttin?

— E-eu... — Ela engole em seco. — Prenderam pelo menos um de nossos candidatos, junto com muitas pessoas inocentes: vítimas da guerra, não santos ou adoradores. E... — Ela está prestes a dizer *e Carillon*, mas se lembra do aviso de Ratazana. Ela não sabe por que Ratazana quer que ela esconda a presença de Cari em Hark, mas não vai contrariar o carniçal a menos que seja necessário. — E minha mãe foi atacada. Por Sinter.

— Você está machucada?

Ela balança a cabeça.

— E sua mãe?

— Sim. E-eu não tenho certeza do quanto. Eles a levaram para o Morro Santo depois.

— Sinter está consolidando seu poder, está certo — murmura Kelkin, a voz baixa. — Quero falar com você sobre isso, assim que terminar aqui.

— Preciso ir a Hark e tirar nosso pessoal da contenção — diz Eladora.

— Não. Pelos deuses inferiores, não. Dê-me uma lista de nomes e verei o que pode ser feito, mas tenho assuntos muito maiores para tratar agora, Duttin. Vá para casa. Espere, não. Fique aqui no parlamento. Caso... bem, os abrigos aqui são mais profundos.

Ogilvy se aproxima correndo, segurando uma nota rabiscada pelo operador do etérgrafo.

— Isso acabou de chegar do Patros. Eles estão com a pessoa que matou o embaixador.

— Os filhos da puta dos Guardiões estão com ele? — Kelkin soa impressionado. — O quê, o idiota foi procurar um santuário ou algo assim?

— Ele estava comigo quando minha m-mãe nos atacou. Quando Sinter a emboscou — interrompe Eladora.

Então Kelkin realmente volta toda sua atenção para ela pela primeira vez desde que Eladora entrou.

— Você e eu vamos ter uma longa conversa depois que tudo isso aqui acabar. — Ele balança a cabeça, incrédulo, depois olha para Ogilvy. — Eles estão dispostos a entregá-lo a Haith?

— Ele não matou o irmão!

— Pelos deuses inferiores. — Kelkin agarra Eladora pelo braço e a arrasta para um canto. — Há uma porra de uma frota de invasão ishmérica vindo aí! Eles não atacaram Lyrix! Mudaram o curso, e só temos uma maldita chance se eles vierem até nós. Temos os Guardiões tentando reforçar seus deuses. Alimentando-os com adoração, colocando um rei em posição para fazer parecer que estamos quinhentos anos no passado! Estimulando as feras, em vez de guardá-las! Eles vão nos arrastar para a Guerra dos Deuses! — Ele ficou roxo, cuspindo em seu rosto de raiva. — Ah, eu já mencionei que tenho tropas de Haith estacionadas fora da cidade como uma faca na minha garganta?

E tudo isso em uma plataforma eleitoral de paz e unidade, caralho! Se entregar Erevesic me livra de um dos meus problemas, então boa viagem para ele.

— Mesmo se ele for inocente?

— Ele é um assunto da coroa de Haith. O embaixador morreu na Embaixada de Haith. Absolutamente, inquestionavelmente, não é problema nosso. — Kelkin suspira. — Pelos deuses inferiores. Quando eu a acolhi, esperava que você fosse como Jermas era nos velhos tempos. Ele tinha uma postura de aço, porra. Você, não. — Ele lhe dá as costas. — Onde nós estávamos?

Ela reprime sua raiva. Contém tudo, toda a vergonha e orgulho. Afasta-se com um aceno de cabeça desajeitado. Sua mãe a ensinou a ser educada, a nunca fazer cena.

— O Patros diz que ele está à mercê do rei — lê Ogilvy. — E quer saber se o comitê de emergência do parlamento vai apoiar a decisão do rei, qualquer que seja.

O etérgrafo está tagarelando novamente com presságios de guerra. O almirante Vermeil gesticula para que Kelkin se aproxime. Kelkin grunhe. Os Guardiões escolheram o momento perfeitamente: Kelkin pode resolver a ameaça de Haith no mesmo instante se reconhecer a reivindicação do rei ao trono há muito vazio de Guerdon. Uma escolha entre seus princípios e a prosperidade da cidade.

Não há nenhuma dúvida.

— Tudo bem. O parlamento vai endossar a decisão do rei, contanto que seja a certa, porra.

Ele olha para Eladora.

— Vá, vá ser útil em algum lugar.

— Mas...

— Não. Fique longe de Hark. Escute: ninguém lá vale o risco.

Ele volta para seus generais, veteranos da Guerra dos Deuses, subjugados e preocupados. As mãos deles tremem ligeiramente.

Os generais ficam em silêncio.

Vermeil agita enfurecido outra nota do etérgrafo.

— Leituras do santo do Kraken em Hark! Milagres ao sul e a leste bem perto! Ishmere está chegando, senhor. É inquestionável em minha mente. Temos que estar prontos.

Kelkin olha para Eladora por um instante, como se procurasse seu conselho ou sua aprovação. Então, quase impulsivamente, ele assina uma ordem e a entrega a Vermeil.

— Você está autorizado a atacar primeiro. Tire sangue deles, para que pensem duas vezes antes de invadir.

Eladora olha ao redor da sala.

— Onde está a dra. Ramegos?

Kelkin a encara, como se a culpasse por todo esse caos.

— A merda da minha conselheira especial de assuntos teológicos e arcanos? Ela pediu demissão ontem.

Sua voz treme no final. Ela percebe que ele está com medo.

Eladora desce rapidamente as escadas íngremes do Morro do Castelo, os olhos fixos à frente. A multidão se abre para ela, empurrada para os lados por uma onda de furioso propósito. Alguns assessores de partidos e vendedores ambulantes tentam pará-la, para colocar folhetos em suas mãos ou a atrair para uma loja ou outra, mas ela os ignora resolutamente.

Um deles, um jovem sorridente, perfumado e penteado, tropeça em seu caminho, interrompendo seus passos. Ele a encara, e há uma luz familiar em seus olhos.

— ESTE NÃO É O CAMINHO PARA A ILHA.

Ela se pergunta onde o Ratazana realmente está. Antes, ela só via o carniçal mais velho falar por meio de outras pessoas a uma curta distância. Ele estará por perto, seguindo-a pelos túneis que coalham a cidade, ou se esgueirando ao longo dos telhados? Empoleirado em uma torre de igreja? Ou ele está longe, e só agora está revelando a extensão de seu poder?

— Tenho que fazer um breve desvio.

— SEJA RÁPIDA. — O jovem ri a terrível gargalhada fúnebre de Ratazana, que se transforma em um ataque de asfixia quando o carniçal o liberta. Ela o deixa aos cuidados de outros transeuntes e desce correndo, passando pela Casa da Justiça até a Praça da Ventura.

De volta ao calor e à pressão familiares do café Vulcano. O escrivão na mesa de Kelkin a conhece, a viu ali dezenas de vezes. Ela é uma das de Kelkin, todo mundo sabe disso.

— O sr. Kelkin me enviou para redigir algumas cartas para sua assinatura — diz ela. — Vou precisar da mesa.

O funcionário faz uma reverência e cede a cadeira a ela. Ele paira perto da entrada da sala dos fundos, observando-a, mas não muito de perto.

— Peça uma carruagem, está bem? Vou terminar num instante.

Kelkin mantém um anel de sinete e cera naquela gaveta. A assinatura dele é toda pontiaguda e ilegível. A carta em si é breve, do jeito que ele a escreveria. É até uma imitação aceitável de sua caligrafia.

— Para onde vai a carruagem?

Ela dobra a carta e a coloca em um envelope.

— Ponta da Rainha.

# CAPÍTULO TRINTA E SETE

Há movimento do lado de fora, do outro lado do pátio da prisão. Alic observa pela janelinha gradeada à medida que mais prisioneiros são conduzidos marchando pelo pátio e colocados em seus espaços designados no prognosticador divino. Eles foram avaliados, e se detectou que possuem alguma ligação com um deus que pode ser medida. A santidade deles é um peso na escala de algum alquimista, uma mancha em uma placa. Fixados como espécimes.

Alic observa figuras correndo para um lado e para outro, entre a cela onde colocaram Emlin e a torre espelhada. Em dado momento, ele ouve Emlin gritando, berrando seu nome, aterrorizado. Ele grita de volta, mas não há nada que possa fazer. Eles também o estão observando daquela torre.

O que ele pode fazer? Gritar? Berrar e se descabelar? Atirar-se contra as barras? O espião nele aconselha paciência, como sempre. Acalmando-o, tecendo teias de conjecturas e contingências. *Se você agir, vai arruinar tudo. Espere. Observe. Paciência.*

Ele observa as estrelas surgirem em um céu sem nuvens. Ouve as ondas quebrarem nas costas rochosas de Hark. Quebrarem, não se espatifarem. Nenhuma deusa com cabeça de leão desce do céu em uma escada de fogo para guerrear contra a cidade.

Ele considera a possibilidade de que, em sua oração desesperada, Emlin tenha enviado um aviso para Ishmere. Dito a eles que foi capturado. Certamente isso não impediria a invasão, impediria? Os deuses loucos de Ishmere não se importam com o sofrimento de seus adoradores. Ele sabe disso melhor do que ninguém. Eles não cederiam apenas porque um jovem santo está sofrendo.

Nem o espião.

Mas Alic, sim.

O espião se senta, fecha os olhos. Tenta dormir, mas Alic ouve gritos e soluços, e a cada vez ele acorda com um sobressalto, imaginando se é Emlin. *Não há nada que você possa fazer ainda*, diz o espião a Alic. *Talvez nada possa ser feito*. A máquina está em movimento ou está quebrada. Ou os deuses de Ishmere estão chegando, ou ele falhou em sua missão. De qualquer maneira, não há nada que ele possa fazer para mudar nada a partir daquela cela de prisão, então o melhor uso de seu tempo é o sono.

Ele se pergunta por que os outros dois estão naquela prisão para santos. O rapaz, Miren, parece louco o suficiente. Até onde Alic consegue dizer, ele não dormiu. Apenas fica ali, os olhos fixos na forma adormecida da garota. Ela mal se mexeu durante a noite, mas parece mais forte esta manhã.

O cheiro do gás soporífero penetra em tudo. O odor não é forte, mas as partículas do gás irritam a garganta e os olhos do espião. Ele também se sente um pouco tonto, alienado de seu corpo. Agarra os cobertores da cama e tenta enfiá-los entre as barras da cela, para bloquear o fluxo constante de gás do tubo do teto no corredor.

— Não vai funcionar. — Miren dá um sorrisinho irônico com os esforços de Alic. — Eles verificam. Querem que nos separemos dos deuses.

— Eu não sou santo — responde Alic, com sinceridade.

— Eu sou — diz Miren. — Ela roubou meus deuses. Mas o Pai diz que vamos trazê-los de volta juntos.

— Quem é seu pai?

A expressão de Miren não muda.

— Ele está morto. Enterrado com todas as coisas quebradas.

A porta no final do corredor chacoalha e guardas mascarados entram. Alic arranca o cobertor antes que os guardas vejam e o coloca de volta sobre a cama. Um prisioneiro modelo. Um dos guardas faz uma pausa do lado de fora de sua cela e lhe entrega um prato de comida. Salsichas fritas, pão, cogumelos, uma espécie de massa doce que os alquimistas fazem. O guarda remove sua máscara antes de falar.

— Uma noite tranquila, espero?

— Já tive piores. — Eles ainda não sabem como lidar com ele, ao que parece. Não é um santo, não é um criminoso. Não conseguem descobrir por que estava naquele barco.

— Falaremos com você em um momento. Bote essa comida pra dentro. — A máscara volta.

O espião come enquanto os guardas verificam a mulher inconsciente. Ela se mexe, mas não acorda. Os guardas se olham, falam em tons baixos e preocupados.

Eles deixam comida para Miren também, mas com cautela, como se estivessem alimentando uma fera selvagem. Um guarda tira um porrete pesado, enquanto o outro desliza cuidadosamente o prato de comida pelo chão, tomando cuidado para manter o braço fora do alcance de Miren. O rapaz se abaixa e pega o prato, lânguido e sem pressa. Ele olha de relance para o espião.

— Eles te deram uma faca?

Alic balança a cabeça. Está comendo com as mãos.

— Eu vou voltar a ter uma faca — diz Miren para si mesmo, assentindo.

Um dos guardas bate com o porrete nas grades da cela dele. O rapaz se encolhe e foge de volta para as sombras, derramando seu café da manhã pelo chão.

— Quieto, aberração — rosna o guarda.

Então, para Alic:

— Vamos. Estão esperando você.

*

Terevant sai pela porta da casa semiconstruída e o mundo explode na cara dele. Uma luz tão brilhante que ele pensa primeiro que é o amanhecer, o sol cintilando em seu rosto à meia-noite. Então — ahá — é uma bomba-dragão explodindo bem em cima dele. Isso explica a dor: ele e todos os outros no mundo estão sendo aniquilados.

Não. É só ele. Ele foi baleado.

Ele está no chão. Rostos e vozes, mãos puxando-o. Não veem que ele está ocupado? Está segurando seus intestinos. Eles são muito escorregadios e é bastante complicado.

Então ele está caminhando sob um sol muito forte, a grama congelada esmagada sob seus pés. Está de volta aos jardins da propriedade Erevesic. Crianças, enroladas em cachecóis e casacos de lã, passam por ele correndo e rindo. Não tem certeza de quem sejam, mas percebe que o riso das crianças é o único riso que se ouve em Haith. Ele faz essa observação a Olthic, que bufa.

— Império é um assunto sério — diz seu irmão. — Um assunto de peso, cheio de decisões terríveis e fardos carregados. Daerinth me disse isso. O pai me disse isso.

*Mas eu ouvi você rir, Olthic. No campo de batalha.*

Olthic dá de ombros. Trovões se fazem ouvir no céu de inverno sem nuvens.

Então, com relutância, Olthic diz:

— Foi um erro. — E então ele se afasta por entre as árvores sem folhas, cobertas de geada, uma floresta de ossos.

Terevant corre atrás de seu irmão, através dos ossos. Ele deve ter ido para a mansão. Para o quarto onde o pai está morrendo.

Espere, isso é um sonho. Ele não está em Haith. Ele está em Guerdon. E foi baleado. Ele está morrendo em uma sala diferente, uma meia-sala. Uma metade perfeita, a outra inacabada. É estranhamente adequado.

Lá fora, barulho de luta. Explosões, golpes, gritos. Ele deveria cumprir seu dever. Juntar-se à refrega. Tudo que precisa fazer é morrer e ressuscitar. Tornar-se Vigilante. Ele recita as orações para a morte, mentalmente traça as runas esculpidas nos periaptos de seus pulsos, costelas, crânio. Vamos lá! Ele tenta se lembrar de seu treinamento, lições dadas por um velho Vigilante em um salão frio perto da margem na Costa do Naufrágio.

Se ele morrer, a linhagem Erevesic também morre. Olthic deveria ser o herdeiro adequado para dar continuidade à família. Ter outra geração, para depois vigiá-los de dentro da espada. Agora apenas Terevant restou, e se ele morre, a linhagem termina. Apenas um portador vivo pode empunhar todo o poder da espada. Se ele morrer, então a Espada Erevesic permanecerá para sempre em silêncio.

Ele deveria viver ou morrer? O que o Império quer dele agora?

Sem dúvida, deve haver algum protocolo do Gabinete para um filactério sem um portador.

— Já aconteceu antes — diz Lys. Ele está de volta aos jardins, andando apressado na direção da mansão. — Ele se tornaria propriedade da Coroa. — Ela puxa o casaco pesado de Olthic em torno de si para se proteger do frio. — Sinto muito, Ter.

*Por quê?*

— Você nunca entendeu o jogo e as chances estavam contra você.

As chances estavam contra ele em Eskalind também, e por um momento parece que vai cair daquele jardim gelado, escorregar de volta para os horrores naquela costa maldita, quando lutou contra deuses loucos. Quando Yoras e tantos outros morreram. Mas não: ele ainda está sonhando com seu lar.

— Você já encontrou Vanth? — pergunta ela enquanto eles sobem os degraus que levam para a mansão.

Do lado de fora, vozes. O cheiro de carne queimada. Como o corpo de Edoric Vanth, alma destruída pelo fogo sagrado. *Quem matou Vanth?*, ele quer perguntar, mas sai: *Quem matou Olthic?*

Lys sempre foi mais inteligente do que ele. Ela sorri e pergunta:

— Quem mandou matá-lo?

Procure poderes superiores. As ações dos deuses nem sempre fazem sentido de uma perspectiva mortal. Ele está deitado no chão, mas sente como se estivesse pairando sobre Guerdon, vendo tudo de cima das torres e pináculos.

Ele estende a mão para Lys. Limpa-a na camisa, porque deve estar sangrando por manter a pressão sobre aquele ferimento. Torna a oferecê-la.
*Venha comigo.*
Ela balança a cabeça.
— Não é para mim.
De alguma forma, eles estão agora no corredor em frente ao quarto do pai. Ele pode sentir o calor daquele fogo. O necromante assistente caminhando com eles, encapuzado, cabeça baixa. Terevant se sente flutuando, sendo levado para longe de Lys. O cheiro de incenso, os sons distantes de oração.

Ele quer avisá-la sobre tocar na espada. Ela sabe que não deve tocar na espada, certo?

Ela abre a porta, mas não é uma espada, é uma coroa. Divindade.

E então o som do tiro, novamente. E o sol explode.

Em algum momento, o som dos tiros em seu sonho tornou-se o dobrar de sinos da igreja, e então ele consegue realmente ouvir os sinos tocando nas proximidades quando acorda.

Mãos frias tocando as dele. Dedos sondando seu pulso, verificando seu periapto. Terevant luta para abrir os olhos, mas suas pálpebras parecem coladas. Ele tenta esfregá-las, mas mover o braço é uma agonia enorme, seu peito explode de dor.

— Não se mova, Ter. Você está se aguentando por pouco. Deixe comigo.

Sons. Salpicos de água em uma tigela. Em seguida, um pano úmido enxugando seus olhos, sua testa. Ele tenta falar, mas a garganta está cheia de muco, e tossir vai provocar ainda mais agonia. Ele geme, e Lys coloca um copo contra seus lábios.

— Beba — ela ordena. Não é água: tem um gosto açucarado, entorpece sua garganta e tem um cheiro metálico. Alguma poção cura-tudo alquímica.

— Onde? — ele consegue falar. Há quanto tempo está inconsciente?

— Você está no Palácio do Patros de Guerdon. Os homens de Sinter trouxeram você aqui ontem à noite.

Ele consegue abrir um olho. Lys, sentada na cama, vestida de preto. A sala ricamente decorada, uma pintura antiga de algum santo dos Guardiões na parede. Do lado oposto, uma janela. Ele consegue ver céus azuis, perfurados pela torre branca de uma das Catedrais da Vitória e por uma coluna negra de fumaça. Eles estão no Morro Santo, no alto do lado leste da cidade. Pela janela ele ouve o som de canto, o murmúrio de uma multidão.

— Olthic — diz ele, e é tudo o que consegue fazer.

— Eu sei — responde Lys. Ela lhe dá um sorrisinho triste. — Eu gostaria que você tivesse estado aqui conosco quando as coisas estavam bem, Ter. Era como nos velhos tempos, lá em casa.

— Eu não... — Ele não consegue terminar. A cabeça pende para o lado, deixa sangue escorrer da boca, manchando o travesseiro branco.

— Eu nunca pensei que tivesse sido — diz ela, enxugando o sangue. — Assim que nos casamos, quando ele estava na guerra, eu recebia cópias antecipadas das listas de vítimas, por meio do Gabinete. Elas chegavam de manhã cedo. Eu não dormia na noite anterior, não antes de verificar e ter certeza de que ele não estava morto. Eu pensei que em Guerdon... — Ela para.

Olha pela janela.

— Há uma purgação acontecendo lá fora — sussurra Lys. — Não o Patros, mas abaixo dele. Sinter e os Guardiões da cidade estão lutando contra os safidistas. Eles estão assumindo o controle de todos os novos santos e os trazendo para cá. Têm uma dúzia até agora, mas se recusam a trazer outro curandeiro para você. Sinter quer me manter distraída. — Essa última frase é dita com uma pitada de diversão ou tristeza, ele não sabe dizer. — Provavelmente estamos a salvo: é uma rixa interna. Ambos precisam de Haith.

— A embaixada? — ele consegue falar.

— Shhh. Descanse. — Ela caminha até a janela, abre o pano manchado de sangue contra o peitoril, pendurando-o como uma bandeira. Sua aliança de casamento brilha ao sol. — Daerinth afirma que você matou Olthic. A coroa de Haith exigiu que Guerdon entregue você.

— Não fui eu — insiste ele.

— Eu sei.

Ele engole em seco. Tem que perguntar.

— Lys, você o matou?

Ela se vira para ele, as mãos cruzadas atrás das costas.

— Como você pode pensar isso? — Ela não parece insultada: está curiosa, indiferente. Como se estivesse tentando ver as coisas da perspectiva dele. Não revela nada.

— Me responda, por favor. Honestamente. Eu sei que o trem de Haith foi uma armadilha. Você roubou a espada uma vez para garantir que o acordo de Olthic com o parlamento desmoronasse. É isso? — Ele consegue se sentar parcialmente na cama para se virar e observá-la. A dor em seu peito é tão forte que parece que seu coração pode cair se ele se mover muito rapidamente.

— O trem foi sugestão de Lemuel. Ele estava muito ansioso para agradar, e eu tinha outras coisas em mente. Me desculpe por ter enganado você. — Ela abaixa a voz. — Eu disse que as coisas estão muito ruins em casa, Ter. O Gabinete, as Casas Consagradas, a Coroa... todos estão apavorados. Estamos perdendo a Guerra dos Deuses. O Império está perdido, Ter, todo mundo sabe disso. Agora toda a questão é salvar Velha Haith, e por isso a Coroa precisa de armas e aliados. — Ela volta para a cama. — O Gabinete manteve a linha real de Guerdon por gerações, esperando o momento certo. Então Olthic entrou, pisoteando tudo.

"Talvez tenha sido a nomeação para a Cinquentena, e ele sentiu que tinha que me vencer. Ele tentou fazer uma grande barganha, mas não temos força para defender totalmente Guerdon e Haith. Eu tive que miná-lo. Fiz isso da forma mais gentil que pude. Mas não o matei. Não sei quem foi. Se eu estivesse na embaixada, eles teriam me matado também. Aqui estou protegida: é por isso que não fui lá quando ele morreu.

Sua máscara escorrega um pouco; há medo em sua voz, ou será que ela está *deixando* a máscara escorregar? O quanto dela é Lys, e quanto é o artifício de treinamento do Gabinete?

— E quanto a Edoric Vanth?

— Eu soube o que aconteceu antes de visitar você na mansão. Um santo enlouquecido dos Guardiões matou Vanth: um dos lunáticos safidistas. Não podíamos deixar um santo louco atrapalhar o plano do Gabinete de instalar Berrick como rei: se Olthic descobrisse que um dos funcionários da embaixada tinha sido assassinado por nossos novos aliados, teria destruído tudo. Ele teria ido ao parlamento, às Casas... você sabe o quanto ele sabia ser espalhafatoso. Tivemos que esconder o envolvimento dos Guardiões na morte de Vanth. E Olthic não acreditaria em mim ou em Lem. Tinha que ser alguém em quem ele confiasse. Tinha que ser você.

— Você me usou?

Muito embora ele tenha suspeitado disso, ainda sente certo enjoo ao ter a confirmação. Variações sutis de vergonha o percorrem: vergonha por ser usado por Lys, por trair involuntariamente Olthic, por sua própria tolice... e pela rapidez com que parte dele quer perdoá-la.

— Eu tenho que compartimentalizar as coisas — responde ela. — A missão vem primeiro. — Lys balança a cabeça. — O Escritório de Divindades Estrangeiras nos advertiu de que devolver o rei fortaleceria os Deuses Guardados, mas Sinter disse que poderia mantê-los sob controle. Os deuses deles são idiotas, Ter, e os santos são loucos. É outra coisa que temos que navegar. — Ela faz uma pausa. — Posso te contar uma coisa?

— Vá em frente.

— Você conseguiu entrar para o Gabinete. Foi por pouco, mas você passou nos exames.

Mesmo depois de todos esses anos, é um soco no estômago. Ele está do lado de fora daquela porta preta novamente, se perguntando como pode ter fracassado. Escorregando e tropeçando para a sarjeta.

— Por quê?

— Olthic me escreveu e me pediu para garantir que o Gabinete rejeitasse você. Ele o queria ao lado dele.

Um grande ataque de riso misturado com lágrimas sobe em seu peito, mas ele está ferido demais para fazer qualquer uma das duas coisas. Fica apenas ali deitado, olhando para o teto, enquanto o mundo gira ao seu redor. A última década se desenrola, anos correndo para trás, um trem sem freios. Descendo desabalado a colina.

— Agora me escute, Ter. Sua antiga vida se foi. Estão culpando você pela morte de Olthic, então... — Lys fica tensa, então dobra o pano e se senta no parapeito da janela como se estivesse relaxando. Terevant luta para se sentar. Ele tem muito a perguntar a ela, muito a dizer... mas Lys levanta um dedo para aquietá-lo e, um momento depois, alguém bate na porta.

Dois dos guardas cerimoniais dos Guardiões entram, capacetes emplumados esbarrando no lintel. Atrás deles, um terceiro guarda está de pé com uma cadeira de banho de vime com rodas.

— Sua Majestade deseja falar com o Erevesic.

Lys se levanta.

— Claro. Dê-nos apenas um momento, e...

— Apenas com o Erevesic, minha senhora.

— Como ele desejar. — Lys ajuda Terevant a levantar da cama e, ao fazê-lo, sussurra em seu ouvido: — Confie no Gabinete.

O Palácio do Patros parece humilde por fora, ofuscado pelas três enormes Catedrais da Vitória que o ladeiam. Sem mármore ou douraduras, sem ornamentação além da muralha que tem vista para a praça compartilhada da catedral, onde o Patros se dirige aos fiéis de uma varanda.

Enquanto os guardas empurram a cadeira de banho barulhenta através de longos corredores de mármore repletos de estátuas de prata e ouro, Terevant percebe que a maior parte do palácio está oculta. Entrelaçada com a cidade, ou mergulhada profundamente na pedra do Morro Santo. Os salões estão silenciosos, o único som o murmúrio distante da multidão na praça do lado de fora. Sacerdotes e clérigos de mantos negros desaparecem como fantasmas quando os guardas passam. Isso lembra Terevant de seu tempo nas ocupações de Haith no exterior. O palácio tem o ar de uma cidade ocupada, os moradores desaparecendo quando os Vigilantes passam, apenas para reaparecer atrás deles, zombando ou conspirando. Fazendo sinais de deuses banidos.

Em determinado momento, eles passam por uma porta entreaberta, e Terevant tem um vislumbre de um trio de mulheres idosas tirando ritualmente vestes ensanguentadas do cadáver de um sacerdote dos Guardiões. Sinter está consolidando o poder. Eles chegam a enormes portas duplas marcadas com os selos do Patros e os emblemas de São Vendaval. Mais guardas estão do lado de fora, parados como Vigilantes. As portas estão destrancadas, as proteções desarmadas, e eles avançam para o santuário interno. Adiante, outro conjunto de portas, igualmente grande, mas em vez de passar por elas, Terevant é levado para uma salinha no corredor. Um pequeno estúdio, com cadeiras puídas e paredes revestidas de estantes repletas de livros amarelados. Uma única janela estreita, com vista para o Bairro Universitário.

Esperando atrás da mesa está um homem vestindo um manto cravejado de joias, uma coroa de ouro em sua testa. O corpo frágil de Berrick parece quase engolido por sua elegância; em vez de ficar mais grandioso em sua nova aparência, ele está diminuído, obstruído pelo manto e pelo título.

— Sua Majestade, o Erevesic de Haith.

Um dos guardas ajuda Terevant a se levantar da cadeira de banho, embora ele descubra que na verdade não precisa de ajuda. Seu peito ainda dói, mas a dor está diminuindo. Outro milagre de cura, e ele estará quase recuperado.

Os guardas se retiram para o lado de fora da porta.

— Minhas condolências pelo seu novo título — diz Berrick após um momento constrangedor.

— Meus parabéns pelo seu — responde Terevant, cautelosamente.

Berrick sorri e toca a coroa.

— Ah, isso ainda vamos ver. Pelo menos os deuses conspiraram para reabastecer minha adega. Por favor, junte-se a mim. — Ele enfia a mão embaixo da mesa, apanha duas enormes taças de prata e uma garrafa de vinho. — Beber é grande parte dos meus deveres reais.

Ele enche os copos e passa um para Terevant.

— Ao dever! — brinda Berrick.

— Eu não posso. — Terevant coloca o cálice de volta na mesa sem beber.

— Como queira. — Berrick suspira. — Acho que posso falar um pouco mais livremente agora do que pude quando nos encontramos na feira. Não muito mais livremente, entretanto. — Ele acena para as estantes com a taça. — Os deuses vigiam esta cidade, meu amigo, e eles têm muitos ouvidos à disposição.

Terevant se pergunta quantos na Igreja dos Guardiões sabem que Berrick foi plantado por Haith. É de conhecimento comum? Um segredo guardado fortemente, mantido apenas pelos mais altos do clero? Terevant não faz a menor ideia. Ele está perdido em um pântano nebuloso: sabe o suficiente para perceber que pisar ali é traiçoeiro, mas não tem ideia de para onde deveria estar indo ou como escapar.

Lys disse que tudo estava resolvido. Ele tem que confiar nela.

— Você disse que as coisas iam acontecer, você querendo ou não.

— Eu disse, não disse? E elas aconteceram. E continuam acontecendo, receio. — Berrick dá um gole na taça e se vira para a janela. — Sabe, eu ainda não vi nada da cidade. Dizem que é minha cidade, mas você viu mais do que eu. Você fugiu da embaixada. Viveu nas ruas. Diga-me, Terevant: como é ser livre?

Por algum motivo, ele relembra a última noite do festival, a mercenária Naola. Lembra aquele momento quando deu meia-volta para retornar a ela. Pouco antes de Lemuel lhe dar uma porretada e tudo desmoronar.

— Foi bom — admite ele —, porém fugaz.

— Ah. — O rei Berrick Ultgard parece desapontado. — Suponho que é assim que as coisas são. Salte do trem em movimento, e você tem um instante de liberdade antes de atingir o solo. Espero que tenha valido a pena. — Ele toma um gole de vinho, bochecha, engole, suspira. — Me disseram que é necessário manter boas relações com o Império de Haith. Que o parlamento de Guerdon e a Igreja dos Guardiões concordaram que você será entregue à custódia de Haith, para... ah, Daerinth?

— Príncipe Daerinth.

— Meu primo real! — Berrick ri sem alegria. — O que ele fará com você, meu amigo?

— Não sei. Ele acha que matei meu irmão. Ordenou que os guardas me matassem, na embaixada. Suponho que haverá um julgamento.

Outra corte marcial, e dessa vez nenhum Olthic para intervir. Terevant tenta se lembrar do protocolo. O assunto será levado à Coroa, ele imagina. E sem outros herdeiros Erevesic, a Coroa assumirá o comando das propriedades e exércitos Erevesic.

— Também me disseram que não posso mostrar-lhe misericórdia nem libertar você.

*Disseram?*

— As coisas acontecem, a gente querendo ou não.

— Não é lá um grande reinado, eu suponho. — Ele vagueia até a janela e a abre, ouve a multidão distante entoando seu nome. — Não sei o que esperava. Achei que não daria em nada quando me mandaram para Guerdon.

*O Gabinete*, imagina Terevant, mas não ousa falar. O rei já está revelando demais para qualquer bisbilhoteiro.

Berrick tira a coroa da cabeça e a pendura para fora da janela enquanto bagunça seu cabelo.

— É uma espécie de tradição familiar. Fizeram o mesmo com meu avô, cerca de quarenta anos atrás. Algum outro conflito político, quando poderia ter sido útil trazer de volta um rei. Mas eu pensei que ia acabar assim: despachado de volta para casa na calada da noite. Hóspedes da Coroa, é assim que eles chamam minha família.

— Cada um de nós tem seu papel a desempenhar.

Terevant se lembra da jornada de trem com Berrick. Ambos foram peças manipuladas em torno de um tabuleiro, mas pelo menos Berrick sabia então o que era, ao passo que Terevant não tinha conhecimento de sua posição. Agora, ele também sabe.

*É melhor se resignar a ser um peão, ou tentar jogar o jogo e perder? Existe honra em seguir com firmeza o próprio destino?* Quando ele tentou entrar para o Gabinete, tentou agir contra as regras, pular para um quadrado ao qual não tinha permissão de se mover, e fracassou: ou assim pensou. Em Eskalind, tentou jogar como Olthic e falhou. E, no meio disso, ele caiu do tabuleiro em um ataque de autopiedade.

— Tem certeza de que não quer esta última bebida? — pergunta Berrick.

— Devo recusar.

— Nós dois devemos fazer muitas coisas, eu suponho. — Berrick levanta a voz. — Guardas! Levem-no embora. Entreguem-no a Haith.

*

A Ponta da Rainha está em alvoroço quando Eladora chega. Batalhões da guarda da cidade passam apressados por ela, carroças puxadas por raptequinas correndo pelas ruas. Eles estão se preparando para um ataque à cidade.

Multidões se reuniram no cais para ver os navios partirem. A principal força naval de Guerdon está estacionada ao longo da costa em Maredon, mas ainda há meia dúzia de navios na Ponta da Rainha e estão todos partindo. As multidões aplaudem quando o mais novo navio de guerra da frota, o *Grande Represália*, é arrastado para o porto por rebocadores. Ele brilha ao sol da tarde como uma espada recém-polida. Movido a alquimia, nascido nas fundições e laboratórios de Guerdon. Seu casco está marcado com feitiços de proteção e amortecedores arcanos; está eriçado com armas para cuspir cartuchos alquímicos no rosto de qualquer deus ou monstro que ouse ameaçar a cidade. Custou uma fortuna; os estaleiros que o construíram já foram propriedade da família de Eladora, antes de serem vendidos para cobrir as dívidas crescentes de seu avô. O *Grande Represália* é outro monstro tornado possível por Jermas Thay, assim como Carillon ou Miren. Só que o *Grande Represália* usa sua natureza monstruosa abertamente, em vez de envolvê-la em carne.

Lá, em seu convés dianteiro, pronta para ser lançada, está a forma escura de uma bomba divina. Eladora se sente nauseada ao vê-la. É horrível de olhar, e mesmo quando fecha os olhos e desvia a rosto, ainda está ali, como uma pedra pontuda pressionando sua cabeça. Ninguém mais na multidão tem a mesma reação. Nenhum deles conhece o terrível poder dessa arma.

O *Grande Represália* vira a proa para o sul, o aríete de aço cortando as águas oleosas do porto.

Eladora entra apressada na fortaleza e mostra a carta — marcada com o selo de Kelkin — para o oficial na mesa da recepção. Autorização para requisitar uma lancha para ir para a Ilha Hark. O escrivão resmunga baixinho, busca um oficial que está lutando para entrar em um casaco pesado, com uma máscara de gás e um escudo de feitiçaria pendendo de alças de couro. Ela prende a respiração por um momento, preocupada que seu estratagema já tenha sido descoberto, perguntando-se se esqueceu algum ponto de protocolo militar que a denunciou. Em seguida, o oficial faz uma reverência, um sorriso se abrindo em seu rosto barbudo.

— Comandante Aldras — diz ele, acenando com a mão enluvada. — Você se apronta em cerca de vinte minutos? E é só você? Estamos sobrecarregados.

— Sou só eu — diz Eladora —, mas voltarei com outras pessoas.

— Eu não contaria com o retorno hoje. Vai ser duro.

Quase não há uma nuvem no céu, e o ar está parado, mas ela não tem tempo para questionar Aldras. Apenas pergunta onde está o barco.

— Doca Quatro. Sabe chegar lá?

Fica a um pulo do laboratório de Ramegos, nas entranhas da Ponta da Rainha. Ela já esteve lá várias vezes. *Mais uma vez*, ela pensa, *para dizer adeus.*

# CAPÍTULO TRINTA E OITO

A sala de espera próxima ao escritório de Ramegos está vazia; as mesas estão abandonadas e vazias, caixas de papéis empilhadas esperando para serem levadas a algum arquivo. Eladora caminha insegura até a porta. Aquele corredor sempre a lembrava da sensação de descer pela garganta de um dragão. As pedras irregulares do teto em arco, os escapamentos quentes e malcheirosos de motores subterrâneos. No final do corredor ficava o escritório de Ramegos, onde a feiticeira lhe serviu chá de menta, lhe ensinou magia e fofocou sobre história. Uma pequena escola improvisada, escondida nas profundezas da fortaleza de Guerdon.

Mas Eladora nunca se esquecia de que Ramegos era tão perigosa quanto qualquer dragão. Os humanos, Ramegos lhe ensinou, são inadequados para a feitiçaria. Lançar um feitiço significa pegar o éter invisível e distorcê-lo com pura força de vontade, para comandar a matéria-prima de deuses e almas diretamente. Lançar um feitiço é um ato de arrogância. É invadir o domínio dos deuses. Existem precauções que podem ser empregadas: usar um talismã taumatúrgico para suportar o grosso do impacto, construir cuidadosamente o feitiço para que as energias em excesso se cancelem ou lançar junto o grão de milagres existentes, imitando atos anteriores de deuses.

Ramegos a advertiu contra essa última técnica. Disse que a fraqueza dos Deuses Guardados de Guerdon significava que seus milagres eram fracos, então o campo etérico ao redor da cidade era caótico e em grande parte disforme, de modo que não havia correntes ou canais locais para explorar, nenhum grão a seguir. Agora, Eladora se pergunta se Ramegos a estava advertindo a não se aproximar demais dos Deuses Guardados.

O quanto Ramegos sabia? A mulher mais velha seria sua amiga ou sua vigia? Será que Eladora foi punida, mais uma vez, por confiar em alguém mais velho e mais sábio?

Ela para em frente à porta.

Ramegos a advertiu a não abri-la sem permissão: a feiticeira usa feitiços potentes para proteger seu santuário. Um dos primeiros encantamentos que Ramegos ensinou a Eladora foi a criação de feitiços de proteção para selar uma porta. As proteções de Eladora podem atordoar brevemente um ladrão; ela tem certeza de que as proteções de Ramegos são fortes o suficiente para matar. Existem outros feitiços também, muito além da capacidade de Eladora. Já passou o que pareceram muitas horas estudando naquele escritório, apenas para descobrir que meros minutos haviam se passado do lado de fora.

Ela bate.

— Dra. Ramegos?

Sem resposta.

— Doutora? — chama novamente. Mais uma vez, silêncio.

Será que Ramegos já foi? Kelkin disse que ela havia se demitido subitamente de seu posto como conselheira do oculto para os Lib Inds: ela também teria deixado a Ponta da Rainha? Ela falou sobre retornar a Khebesh quando seu trabalho em Guerdon tivesse acabado, mas parece estranho ela partir tão de repente. Estranho e cruel.

Impulsivamente, Eladora agarra a maçaneta e a gira. A porta se abre, revelando uma sala desocupada, de alguma forma muito menor do que ela lembra. Uma máquina de escrever e uma cadeira junto a uma mesa que, fora isso, está vazia. Tudo se foi: os livros e objetos curiosos de Ramegos, seus talismãs taumatúrgicos, seus registros. Os ícones divinos, amarrados em um cordão, proclamando que todas as religiões eram uma e nada ao mesmo tempo, apenas redemoinhos em alguma corrente etérica.

Como se ela nunca tivesse estado ali.

Eladora suspira. Lágrimas ardem seus olhos, mas ela as enxuga. Não chora. Não tem tempo. Precisa descer para as docas, pegar um barco para a Ilha Hark.

Ela se vira e corre de volta através do labirinto de túneis sob a Ponta da Rainha, ciente de que o barco partirá em breve. Ela arquiva Ramegos na mesma parte distante de sua mente onde mantém Ongent e Miren, outra indulgência tola de sua parte. Pergunta-se se terá que colocar Kelkin no mesmo arquivo. Já fez a parte dela: entregou-lhe a Cidade Refeita, se as pesquisas eleitorais estiverem corretas. Convenceu-o a ficar fora de qualquer aliança condenada com os Guardiões. Mas, apesar de tudo isso, eles ainda não confiam um no outro. Será que ele olha para ela e vê seu avô, ou sua mãe? Kelkin não lhe deu ouvidos quando ela disse que acreditava que Terevant Erevesic era inocente. Deixar a Igreja entregá-lo a Haith era equivalente a um assassinato.

Não há ar naqueles túneis, e está mais quente ali do que estava no campo do Festival. As luzes etéricas piscam, reagindo a alguma descarga mágica em outra parte da fortaleza.

Ela pegou o caminho errado, percebe. Deveria haver escadas ali, levando até as docas. Ela deveria ser capaz de sentir o cheiro do mar dali, o cheiro de algas podres, óleo de motor e o fedor da cidade, mas tudo o que sente é um odor antisséptico, algum limpador químico. Aquela parte da base está deserta, então não há ninguém a quem possa pedir instruções. Seu coração bate forte; se o barco partir sem ela, Cari e Alic ficarão presos na Ilha Hark. Eles precisam dela, e Eladora está perdida nos porões da Ponta da Rainha.

Retroceder. Fazer aquela outra curva. Por um instante, quando ela dobra a esquina, vislumbra uma forma curvada correndo à frente. Um mendigo em trapos, carregando uma lamparina... e de repente ele some. Os vapores a estão afetando. Ela está vendo coisas... O cheiro químico é mais forte ali embaixo, emanando de uma porta no corredor, e ela ouve uma voz familiar praguejando em khebeshiano.

— Dra. Ramegos?

Ela abre a porta. É um necrotério. Uma pilha de caixões vazios contra uma parede, do tipo selado que eles usam para as vítimas de ataques alquímicos. Há um cadáver de formato estranho deitado em uma maca, coberto por um lençol cinza comido de traças. Ramegos está de quatro ali perto, esfregando o chão com um pano embebido em produtos químicos, como uma lavadeira.

Ela olha para cima, carrancuda, então abre um sorriso ao ver Eladora.

— Minha querida! Achei que não a veria antes de ir embora.

— O que está fazendo?

— Derramei uma coisinha enquanto eu fazia as malas. — Ramegos se levanta, colocando cuidadosamente o pano sobre um balcão, enxugando as mãos com outro pano.

— Você não me disse que estava indo embora.

— Terminei meu trabalho aqui, e precisam de mim em Khebesh.

— K-Kelkin ainda precisa dos seus conselhos.

— Eu terminei aqui — retruca Ramegos, na defensiva. Eladora percebe que ela já teve essa discussão com outras pessoas recentemente. — Fiz tudo que pude, Eladora. Mas não é *uma* Crise. Todos vocês precisam parar de pensar que o que aconteceu foi um evento isolado, como se a cidade pudesse voltar ao que era antes. Como se fosse uma tempestade que passou, e agora são mares tranquilos para sempre. Este é o mundo agora. Todos os deuses estão loucos. — Ela suspira. — Não posso conduzir a cidade através da tempestade. Tudo que eu pude fazer foi dar a Kelkin uma chance na luta.

— Então é isso? Você desaparece como uma ladra?

Ramegos parece magoada.

— Está chegando, Eladora. Eu me demorei aqui o quanto pude, mas não vou ser apanhada na Guerra dos Deuses. — Ela faz uma pausa e estende a mão para Eladora. — E você também não deveria. Venha comigo. Venha para Khebesh. Você vai gostar: as escolas de lá humilham a sua universidade.

— Não posso.

— Eladora... eles estão vindo. Veja.

Ramegos vai até outra mesa, onde pega uma bolsa disforme. Ela retira sua corrente de símbolos divinos e a levanta, divindades tilintando e chacoalhando ao se desenrolarem. Algum dos símbolos parecem se mover e mudar de expressão conforme balançam da corrente. As patas da Aranha do Destino se contraem. A Rainha-Leão ruge. São Vendaval brande uma espada. O Sagrado Mendicante levanta a lâmpada da verdade. E a Mãe das Flores junta as mãos, embala-as como se doessem.

— Você consegue sentir diretamente, não consegue? Os deuses avançando na cidade. Eladora, há um *motivo* pelo qual sua prima fugiu de Guerdon: ela deveria ter ficado longe. Não há nada mais monstruoso do que a gentileza dos deuses. Venha para Khebesh.

Eladora brinca nervosa com um dos orifícios do lençol.

— Preciso ir para Hark — diz ela. — Carillon foi presa e levada para lá. E Alic...

— Quem é esse? — pergunta Ramegos, embalando a corrente de deuses novamente.

— Ele...

Os buracos queimados a lembram das pequenas marcas de queimadura no rosto de Carillon, das cicatrizes de quando os Deuses de Ferro Negro estenderam as mãos para ela pela primeira vez. Como minúsculas faíscas queimando buracos no lençol.

— Não toque nisso — retruca Ramegos. — O corpo... está contaminado. Poeira de ressecar.

Há algo mais sob o lençol. Não apenas um corpo.

— Mas ele morreu no incêndio — diz Eladora, e não sabe de onde as palavras vêm.

Sua mão estremece e o lençol cai no chão. O corpo arruinado de Edoric Vanth a encara. Os restos estão mais mutilados do que da última vez que ela viu o cadáver. Ela se lembra de como o rosto e a cabeça estavam horrivelmente queimados. A ferida aberta na garganta. Feridas enrugadas no peito, marcas de facada, de tiro e de incêndio. Ela se lembra dessas feridas de seu vislumbre do cadáver na rua das Sete Conchas.

Mas agora a pele podre está cheia de bolhas e branqueada por poeira de ressecar, expondo os ossos que começam a se desmanchar. Cicatrizes e suturas onde a necromante cortou fundo para alcançar os periaptos. Cortes novos em seus braços, brilhando com cacos de vidro. Uma costela rachada saliente de seu flanco quebrado.

Seus antebraços receberam o grosso da poeira de ressecar; toda a carne se desprendeu deles, e um se partiu inteiramente, a poeira deixando os ossos de seu braço fracos como giz. A outra mão foi chamuscada por alguma descarga arcana, a carne descolorida e iridescente. É como se o corpo do homem tivesse sofrido todas as feridas que a cidade pudesse lhe infligir.

Em cima dele, preso naquela mão queimada pelo feitiço, está a Espada Erevesic. Ela reconhece o símbolo na guarda cruzada. Terevant tem o mesmo símbolo em seu uniforme; Olthic, em sua porta.

— Você a pegou.

Eladora encara sua mentora, horrorizada. Outra traição. Ela foi feita de idiota novamente. Como Ongent. Como Miren. Como os deuses. Uma memória que não é dela se abre em sua mente: suas mãos segurando uma espada em chamas, o rosto de Vanth desaparecendo em uma explosão de fogo sagrado. Sua mãe o matou.

— VOCÊ A PEGOU — diz ela novamente, e sua voz é um coro estrondoso. Por um momento, o necrotério se banha em uma luz celestial que irradia do rosto de Eladora.

Ramegos levanta as mãos, conjurando uma proteção defensiva.

— Eu esperava que fosse sua mãe vindo atrás de mim, não você. — Ramegos suspira. — Ou você os procurou?

— Eu nunca escolheria isso — diz Eladora com firmeza, tanto para si mesma quanto para Ramegos. — Sinter... ele os atraiu para mim. Ele me usou para combater a santidade de minha mãe. — Ela respira fundo, limpa a mente. Recita um encantamento em sua cabeça. A pressão dos Deuses Guardados recua. Um último eco de sua mãe, ela espera.

— Você está vulnerável desde o ritual do seu avô — diz Ramegos, a preocupação em sua voz guerreando contra a cautela. Ela ainda tem seu feitiço à mão. — Há outras coisas que posso tentar...

Eladora a dispensa com um gesto.

— Não importa agora. Por que a Espada Erevesic está aqui? Para onde você vai levá-la?

Ramegos relaxa um pouco, deixando de lado seu gesto de defesa.

— De volta para casa, como eu disse. Para Khebesh. Quanto ao porquê... essa é uma questão mais complicada.

Ela pega seu pesado livro-razão, vira até certa página... ou melhor, até a ausência de certa página. Uma página inteira de registros arrancada. Esses registros descrevem atos de feitiçaria, milagres, intervenções divinas, flutuações no éter.

— A bomba divina.

— Muito bem — diz Ramegos. — Eu estava em Lyrix a negócios para os senhores de Khebesh quando ela explodiu. Quando cheguei a Guerdon, a Crise já tinha acabado. Mastro havia destruído metade da guilda dos alquimistas, incluindo seus laboratórios. A Senhora da Guilda, Rosha, estava morta. A maioria dos registros relacionados à criação das armas também se perdeu... e Carillon havia drenado o poder dos Deuses de Ferro Negro dos sinos intactos.

"Kelkin me pediu para cuidar das armas restantes. Nós recuperamos uma na primeira semana, mas os outros dois sinos se perderam, enterrados nas profundezas da Cidade Refeita. Nós descobrimos onde, mas não conseguimos chegar até eles... não sem irritar os carniçais e causar mais caos em Guerdon.

"Uma bomba não era suficiente. Rosha sabia disso: com apenas alguns sinos de Ferro Negro para transformar em bombas, ela estava procurando maneiras de fazê-los valer. Tudo se perdeu com ela."

— Você parece estar lamentando — diz Eladora, desconfiada.

— Ela era um monstro, é inegável — diz Ramegos. — Mas também era um gênio. — Ela aponta para a Espada Erevesic, com cuidado para não tocá-la. — Os senhores queriam que eu recuperasse uma bomba divina. Não consegui... mas então pensei nos filactérios haithianos. Eles são como os Deuses de Ferro Negro. Ambos são repositórios para almas, ambos estruturas físicas. Mas você precisa da bênção do deus da morte de Haith para fazer um filactério.

— Você fez um acordo com Haith para obter a Espada Erevesic — diz Eladora. A espada estremece. Algo se agita sob o aço da lâmina.

— Qualquer filactério funcionaria. Mas os filactérios e as Grandes Casas de Haith são a mesma coisa, e as Casas controlam o exército: se eles soubessem que a Coroa estava vendendo sua aristocracia para convertê-los em armas, haveria uma guerra civil. Daerinth cuidou disso. — Ramegos limpa as mãos. — Não me orgulho do que aconteceu, criança. É um trabalho sangrento, e eu serei amaldiçoada por ele. Mas é isso ou guerra infinita.

— E o que Daerinth recebeu em troca da espada?

— Uma cópia das anotações de Rosha e o trabalho que fiz com elas. Um relatório completo sobre a Crise. A localização das bombas não forjadas, sob a Cidade Refeita.

— Esses são segredos de Estado — diz Eladora. O roubo de tais segredos é punível com a morte.

— Kelkin sabe.

— O quê?

— Ele aprovou o acordo. Foi o pagamento pelo meu trabalho aqui. Kelkin também. Todo mundo é tão míope e tão insensível. Atropelando uns aos outros, lutando na lama para obter uma vantagem momentânea. Uma ladainha de traições e para quê? Outra Guerra dos Deuses, opondo mortais ao divino? Ela imagina o grimório de Ramegos como uma história deste período. Confusão, contradição, páginas arrancadas e queimadas.

— Terevant Erevesic vai morrer por causa do que você fez. Isso está errado. Você tem que devolver a espada. — A espada estremece novamente.

— Não me desafie, criança. — Ramegos ergue as mãos novamente, com relutância. — Eu não quero fazer isso.

A raiva toma sua mente como um incêndio descontrolado. É dela, mas não só dela. Como se tivesse aberto uma porta e não pudesse fechá-la.

Ramegos percebe o perigo.

— Não...

São Vendaval oferece uma espada a Eladora. Não é a Espada Erevesic, nem a de Aleena, mas de repente está em suas mãos.

— Não! — grita Ramegos, enquanto Eladora atira a maca em cima da mulher mais velha.

Há um lampejo de feitiçaria defensiva, estraçalhando a maca em um clarão de luz arcana. A Espada Erevesic rodopia pela sala, ilesa, deixando em seu rastro faixas de fogo mágico do feitiço quebrado.

Eladora balança sua própria lâmina milagrosa selvagemente. Ramegos tropeça para trás e cai em cima da mesa, jogando seus pertences ao chão. Ela gesticula e um raio salta de suas mãos. O feitiço apressado se estilhaça na armadura divina de Eladora. Ela tenta de novo, e Eladora golpeia com a lâmina, os fogos sagrados interrompendo o feitiço antes mesmo que ele seja lançado. Ramegos se esparrama aos pés dela, indefesa.

Eladora ergue a espada. Chamas ondulam lâmina abaixo. *O fogo os destruirá*, proclama a voz da mãe de Eladora, mas Eladora não sabe dizer se é uma memória ou alguma mensagem espiritual dos deuses.

Nesse momento, está em seu poder a chance de matar Ramegos. A feiticeira khebeshiana está guardada por potentes proteções de vida e feitiços defensivos, mas ela pode queimar todos eles.

Está ao seu alcance arrancar a verdade de Ramegos. O Sagrado Mendicante segura a lanterna da verdade, e ela pode tomá-la tão facilmente quanto pegou a espada de São Vendaval.

Os Deuses Guardados a exaltarão. Irão carregá-la com asas de fogo. Irão queimá-la até que ela seja feita de luz solar e cristal translúcido, um veículo vazio para a pureza perfeita deles, resplandecente como o sol.

Ela reluta. A Mãe é misericordiosa.

Ela pode baixar a espada em vez disso.

— DIGA MEU NOME — diz Eladora, e sua voz é o grito de uma hoste celestial.

Ramegos ergue os olhos, momentaneamente confusa. Então ela entende.

— Eladora Duttin.

O poder se contorce, fraqueja, mas não recua. Duttin era o sobrenome do pai de Eladora. Ele era um homem simples, honesto e gentil. Trabalhou na fazenda até morrer, nunca levantando a cabeça para olhar o horizonte. Nunca olhando para além da roda das estações. Eladora o amava, mas seu sobrenome não tem poder sobre ela.

— NÃO ESTÁ FUNCIONANDO! — Ela tem que manter a lâmina à distância, lutar contra ela... os Deuses Guardados *querem* que ela mate aquela feiticeira, que se associa com demônios e se intromete com coisas de Ferro Negro.

— Eladora Thay — diz Ramegos, hesitante. Então, novamente, com autoridade: — Eladora Thay.

O nome a prende e a define. Os Deuses Guardados recuam, agora incapazes de encontrar espaço em sua alma. Esse fio com o mundo mortal se rompe. Eladora deixa cair a espada, e ela desaparece com sua armadura. Ela cai de joelhos, ao lado da mulher mais velha. Abraça-a, embalando-a. Ramegos também está tremendo, abalada pela presença dos deuses.

— É errado — diz Eladora novamente, em voz baixa.

Flocos de cinzas caem ao redor de ambas. Os restos mortais de Edoric Vanth flutuam, seu corpo já desgastado pela poeira foi desintegrado na luta.

— Está certo — diz Ramegos ao se levantar, seus velhos ossos rangendo. — Onde está o Erevesic?

— No Palácio do Patros. — Eladora enxuga os olhos. — Você cuida disso?

— Bem, não tenho lá muita escolha, tenho? — diz Ramegos rapidamente. — Sem Vanth, seria um inferno tirar a espada da cidade. Ainda mais porque você deve ter agitado o artefato, falando sobre Erevesics e tudo o mais. Eu não posso tocar nessa maldita coisa, e ela desfaz meus feitiços. Não posso movê-la. Vanth teria conseguido carregá-la, mas agora... — Ela limpa as cinzas de Vanth de seu livro.

Eladora estala os dedos.

— Yoras. Um dos guardas mortos-vivos da embaixada. Terevant confia nele. Mande trazer Yoras.

— Farei o que puder, criança... mas os sinais são claros. A Guerra dos Deuses está chegando em Guerdon. Por favor, venha comigo. Talvez a cidade escape da invasão, mas não gosto das probabilidades.

As paredes daquela câmara na Ponta da Rainha são de concreto fresco em três lados, mas a parede na outra extremidade é feita de pedra antiga.

Há um símbolo em uma das pedras, quase invisível sob espessas camadas de cal, mas ainda discernível como o brasão real de Guerdon. O velho forte real, enterrado sob centenas de anos de fortificação. A cidade já foi conquistada, já foi queimada, já foi reconstruída. Guerdon resiste. E entrelaçada com toda aquela história, sua família. Havia Thays na corte real. Thays nos primeiros navios que descobriram a cidade, e eles caminharam pelas ruas desertas se perguntando para onde o povo nativo tinha ido, sem saber que haviam descido ao subterrâneo como carniçais.

A cidade muda. A cidade resiste.

— Eu gosto — diz Eladora em voz baixa. Ela beija Ramegos na testa. — Obrigada por me ensinar feitiçaria. Vá buscar Yoras. Vejo você quando tudo isso acabar.

O comandante Aldras espera por ela no cais. Ele está muito ocupado gritando ordens para sua tripulação para notar seu rosto corado ou os fragmentos de Edoric Vanth que empoeiram suas saias. Mas talvez ele perceba alguma presença divina ainda nela porque não questiona sua chegada tardia.

— Apenas sente ali — diz ele, apontando para um banco que fica fora do caminho da tripulação, que está colocando apressadamente sua carga a bordo.

Bobinas de fio e caixas estampadas com o símbolo da guilda dos alquimistas ocupam parte do espaço a bordo, mas a carga principal é uma caixa enorme que acabou de chegar em uma carroça. Um quarteto de raptequinas a puxou até ali pelas ruas; elas encaram Eladora, os flancos brilhando de suor ensanguentado, mandíbulas babando. Marinheiros e estivadores prendem rapidamente o grande caixote, levantando-o para o barco com um pequeno guindaste. Ele desce a poucos centímetros dos joelhos de Eladora.

Imediatamente, eles partem do cais, o barco balançando quando o motor ganha vida. Eladora está perto o suficiente para ouvir o borbulhar e o roncar da câmara de reação. Marinheiros a rodeiam, protegendo o caixote. O barco se move suavemente ao longo do canal estreito da Ponta da Rainha em direção ao mar aberto. A silhueta montanhosa do *Falco* está à frente deles, cercada por uma flotilha de rebocadores e escoltas.

Quando eles fazem a curva da Ponta da Rainha e entram no porto aberto, Eladora vê toda a parte costeira da cidade logo à sua frente. Multidões animadas se enfileiram nas ruas perto da Ponta da Rainha, descendo até o Arroio.

Do outro lado do porto, fumaça sobe da ferida fumegante no meio da Cidade Refeita.

Os cais brancos da Cidade Refeita não estão tão lotados: Eladora vê um punhado de pessoas no calçadão onde ela encontrou Alic alguns dias antes do festival, pontos pretos contra a pedra branca.

Um dos marinheiros ri de algo atrás dela. Virando-se, ela avista uma figura com um vestido de saia larga pulando e acenando freneticamente na doca mais próxima da Ponta da Rainha, o mais perto que um membro do público pode chegar da enseada sem ser detido ou levar um tiro. A pessoa está acenando com um chapéu de algum tipo, tentando desesperadamente atrair a atenção deles. A multidão zomba. Alguns projéteis acertam o chão ali perto. Então, desesperadamente, a figura pula na água com um tremendo esguicho. A multidão ri, vendo isso como um espetáculo cômico que contrabalança a exibição de poderio militar. Um vestido esfarrapado, vazio e rasgado boia até a superfície.

— Esperem — ordena Eladora.

Ela se levanta, mas o barco balança sob seus pés, e ela meio que cai em cima de um dos caixotes. O marinheiro a xinga. Aldras olha para ela, e Eladora aponta para a água. Ali, a cabeça rompendo a superfície como uma foca, uma forma esguia vem nadando. Carniçais com pés de cascos não são bons nadadores, mas os braços poderosos de Bolsa de Seda a levam pela água em direção ao barco. Aldras desacelera o motor e o barco diminui a velocidade, permitindo que a carniçal os alcance e suba a bordo. Sacudindo a água do cabelo como um cachorro molhado.

— Ela está comigo — diz Eladora aos marinheiros.

Bolsa da Seda se agacha ao lado de Eladora.

— Lorde Ratazana me enviou — diz ela, ofegante. — Disse que eu tinha que ir com você.

Eladora se levanta novamente, com mais cuidado desta vez, e vai encontrar Aldras ao leme.

— Você tem um casaco ou algo assim que minha colega possa pegar emprestado?

— A carniçal? — Carniçais geralmente usam trapos roubados de cadáveres, ou até mesmo nada. Bolsa de Seda é excepcional entre os de sua espécie. — Há uma capa de chuva ali no armário.

Eladora pega o casaco e dá para Bolsa de Seda.

— Obrigada — diz a carniçal. Apesar do calor, ela põe a capa sobre os ombros. — Eu gostaria que estivéssemos indo a qualquer lugar menos Hark.

Ansioso para compensar o tempo perdido, Aldras ordena que o navio siga a toda velocidade. A embarcação trabalha pesado sob o peso de sua carga, mas ainda assim avança às pressas, ultrapassando o *Grande Represália* e seus acompanhantes. O barco deles dispara ao lado do *Represália*, correndo paralelo à montanha de ferro marítima que é seu casco, saltando junto em seu rastro. Em seguida se afasta, para porto aberto.

Guerdon vai desaparecendo lá atrás. A cidade parece tão pequena e frágil que ela poderia segurá-la em uma das mãos. Uma preciosa herança de família.

Eles passam pela Rocha do Sino. À frente, a silhueta comprida e baixa da Ilha Hark.

Os guardas levam Alic para uma sala dois níveis acima, ainda na parte antiga da prisão. Três cadeiras, uma mesa. E ali, contra uma parede, um armário de metal. As ferramentas do ofício do interrogador, ele imagina, ou pelo menos querem que ele pense que o armário está cheio de facas e parafusos de dedo.

Dois interrogadores esperam por ele. Um é um homem de rosto redondo com um bigodão e olhos gentis que poderiam até reluzir em outras circunstâncias. Um avô amoroso, relutantemente forçado a castigar, ansioso para perdoar. O rosto do outro interrogador está escondido atrás de uma máscara de lentes e tubos respiratórios; ele traz uma pistola no cinto. As lentes giram e clicam enquanto o espião cruza a sala para se sentar. Runas de proteção brilham suavemente; a única luz na sala vem do braseiro-gaiola no teto.

— Eu sou Edder — diz o velho. — Alic, não é? Já vi você na Cidade Refeita.

Edder não menciona a figura mascarada à sua direita, nem mesmo reconhece sua presença. Ele pega um maço de papéis e os lê à luz de uma lanterna. Ele os examina em silêncio por alguns minutos.

Cautelosamente, o espião desperta. Sonda a determinação de Alic, oferecendo uma saída. Reconhecendo que a falsa identidade do espião tem, em algum nível, uma reivindicação de existência. *Ouça-me*, o espião sussurra. *Siga minha liderança, e Alic pode viver.*

— Eu quero ver Emlin. Ele é uma criança, não merece estar aqui.

— Não, não merece — concorda Edder. Repassa os papéis novamente.

Lentes clicam. A fumaça do braseiro no teto desce. Quando a luz da lanterna capta os fios de fumaça, eles ficam parecendo fios rasgados de teia de aranha, flutuando.

Negue tudo, negue Emlin, e o espião pode sair dali. O espião tece um argumento em sua mente: *Que tragédia, ser tocado por um deus... ele não é meu filho, sério, ele é adotado, filho de parentes distantes, eu o trouxe comigo por obrigação. Aqui é o melhor lugar para ele. Jaleh não conseguiu amansá--lo, por que você não fica com ele? Ora, que coisa boa que você recebeu uma dica. Quem será que fez isso? Ah, bem, a gentileza de estranhos.*

— Você gostaria de comer ou beber alguma coisa antes de começarmos? — pergunta Edder. — Vou pegar uma xícara de chá para mim, então não é problema.

— Não. Já me deram café da manhã.

Que pesa em seu estômago, tornando-o mais lento do que deveria. É até mesmo mais difícil de se concentrar. Drogas na comida também, talvez.

— Tudo bem. Vamos começar logo, então.

Edder pega uma pequena máscara respiratória de borracha debaixo da mesa, conectada a uma garrafa de latão com algum gás. Ele respira fundo. Ar puro, o espião adivinha, algo que neutraliza o veneno soporífero dos braseiros. É preciso ter a cabeça limpa para um interrogatório.

— Você veio de Mattaur? — pergunta Edder.
— Severast. Passando por Mattaur.
— E você fugiu de Severast após a invasão de Ishmere.
— Sim.
— Depois ou durante? — pergunta Edder.
— Depois.
— Você estava presente na divisão? — pergunta o interrogador mascarado.
— Isso foi antes da invasão. Eles vieram depois.
— Descreva.

Alic não estava lá. O espião, sim.

A terra tremeu. Os altares dos templos racharam. Sacerdotes cegos e enlouquecidos rastejando pelo chão. Santos matando uns aos outros. Krakens no porto afundando na lama, tentáculos envolvidos em um abraço mortal. A Rainha-Leão jogando sua espada no chão e pegando um escudo de ouro. Os sacerdotes nas sombras do templo da Aranha do Destino, facas em suas mãos, encontrando aqueles cujas almas estavam mais próximas dos deuses de Ishmere que dos deuses de Severast e os abatendo. Tanto sangue no chão do templo, e todos aqueles sacrifícios o trouxeram ali. Cabe ao espião fazê-los valer a pena.

O espião faz Alic dar de ombros.

— Uma discussão teológica entre sacerdotes. Ninguém prestou muita atenção até que Ishmere nos considerou uma cidade de hereges e atacou.

— Alic é seu nome verdadeiro?

— Sim — responde Alic. O espião corrige apressadamente: — Agora é. Mas lá eu era Sanhada Baradhin.

As lentes zumbem. Edder faz uma anotação.

— E você chegou a Guerdon com esse nome? — pergunta Edder.

— Nós, eu... Emlin e eu não viemos pelos canais regulares. As coisas estavam caóticas: mal conseguimos sair de Mattaur antes que ela fosse vencida por Ishmere também.

— Entendo — murmura Edder. — Essas coisas acontecem, é claro. Deslizes de supervisão. É um pouco incomum, no entanto. Me diga, você tinha amigos aqui na cidade quando chegou? Ex-colegas, talvez? Ou pessoas sobre as quais ouviu falar em Mattaur?

— Eu era um comerciante. Tinha muitos contatos de negócios. Guerdon é uma cidade comercial.

Outra anotação.

— Era Annah Vierz que você conhecia, ou Tander Vierz?

O quanto eles sabem? Emlin os entregou? Ou Dredger? Não... o traficante de armas está envolvido demais, entre o dinheiro ilegal para as eleições e o fornecimento de armas. Outra pessoa. Jaleh? Bolsa de Seda? Ou alguém com quem o espião nunca falou... o barman da taverna Nariz do Rei?

Ele se força a rir.

— Os dois formam um pacote, não?

— Não mais — diz o interrogador mascarado. A máscara distorce a voz do usuário.

— Qual era a natureza do seu contato com os Vierzes?

*Tander está morto. Ponha a culpa nele.*

— Eu conhecia Tander ligeiramente de seus dias de mercenário. Fornecia para ele quando estava fazendo campanha em Severast. Ele me disse para procurá-lo se estivesse em Guerdon.

— Tander alguma vez falou com você sobre as defesas de Guerdon?

— Pode ter falado. Eu não lembro.

— Vamos falar sobre Emlin. Ele é seu filho?

O espião tenta recitar seu discurso planejado, mas a boca de Alic não colabora. Ele apenas diz:

— Sim.

O espião esconde seu próprio alarme, a raiva que sente da própria estupidez. É a fumaça soporífera, tem que ser, entorpecendo sua mente e perturbando seus pensamentos.

Edder dá outra tragada de ar puro em sua pequena máscara de respirar. Sorri para o espião, como se pudesse detectar a confusão de Alic.

— Ele foi escolhido pela Aranha do Destino?

— Foi uma honra. A Aranha do Destino era adorada de maneira diferente lá, em comparação com Ishmere. Ele tecia o destino adequado para todos que viviam na cidade, e seus sacerdotes escolhidos podiam andar nas teias, adivinhar o futuro.

— Mas Severast caiu, e o Reino Sagrado de Ishmere o conquistou — diz o interrogador mascarado, uma nota metálica de triunfo na voz. — Ele continuou a adorar a Aranha do Destino depois disso?

— Às vezes.

— Ele visitou as Tumbas de Papel? — O templo ishmérico da Aranha.

— Talvez uma ou duas vezes.

— Ele manifestou algum dom sobrenatural? — pergunta Edder. Sua caneta raspando o bloco ao fazer anotações. O interrogador mascarado imóvel, exceto pelo clique das lentes girando, sua mão se contraindo perto da arma no cinto.

— Não.

— Ele alguma vez visitou algum dos santuários consagrados para a Aranha do Destino? — pergunta Edder suavemente. — Algum lugar sagrado?

O espião aproveita a chance. Ele fala rapidamente, mentindo com destreza, antes que Alic possa interferir. Suas palavras são um encantamento, selando o destino do menino, e o destino da cidade.

— Não sei. Nós nos encontramos com Annah. Não Tander, não sei onde ele está. Mas Annah o levou na calada da noite. Para a rua dos Santuários.

— Quando? — O interrogador mascarado.

— Uma semana atrás, talvez.

— Por quê?

— Eu acho que talvez... Acho que talvez ele tenha enviado uma mensagem. Annah, por meio de Emlin. Para Ishmere. Chamando-os.

Edder faz outra anotação. Sua mão treme enquanto ele escreve. Ele olha para seu companheiro mascarado.

— Por favor, nos dê um momento.

Os dois inquisidores saem da sala por alguns minutos, então Edder retorna sozinho.

— O que vai acontecer comigo? — pergunta o espião.

— Você será levado de volta ao continente. Hark é apenas para divinos. A guarda da cidade terá mais perguntas para você, mas não é nosso departamento. Espere aqui até ser chamado.

— E Emlin? — pergunta o espião.

— Receio que ele terá que permanecer aqui — diz Edder.
— Posso vê-lo?
Edder olha para o espião e balança a cabeça.
— Não.
Uma sirene sopra ao longe nas águas, uma buzina industrial berrando um aviso.
— Mas, se tiver alguma mensagem para ele, cuidarei para que ele receba — continua Edder.
*Ele está mentindo*, pensa o espião.
— Não. Nenhuma mensagem.


Os homens que tiram Emlin de sua cela o tratam com gentileza. Estão vestidos com mantos protetores de algum fio prateado, com capuzes e óculos. Ele já viu alquimistas usarem mantos assim. Eles vão na frente, cautelosos, como se o menino fosse algo tóxico, conduzindo-o para fora do círculo de celas, para longe daquela torre espelhada. É difícil se concentrar — sua cabeça parece estar cheia de algodão —, mas ele sabe o que tem que fazer. *Viva seu disfarce,* Alic lhe disse. Ele é filho de Alic, e isso tudo é um grande mal-entendido. Alic está por perto: ele resolverá tudo. Vai explicar as coisas. E levá-lo de volta para casa em Guerdon.

E sob essa concha, essa máscara, está o menino sem nome que foi treinado nas Tumbas de Papel. O santo da Aranha do Destino. Ele sabe que pecou quando abjurou seu deus, mas foi perdoado! Os estigmas em seu rosto são a prova do amor da Aranha do Destino! Ainda há um lugar para ele no Reino Sagrado, e Ishmere está chegando. Guerdon vai ser conquistada como Severast, como Mattaur, como todas as outras terras, e, quando a guerra terminar, ele será exaltado.

O menino não sente medo quando o levam pelo portão principal da prisão. O coração de Emlin salta com a visão do mar: talvez seu pai esteja esperando lá, com um barco! Mas o cais está vazio, e os alquimistas com os mantos o conduzem ao longo da costa pedregosa, sob a sombra das muralhas do velho forte. Eles o estão levando para aquele pequeno promontório na costa de Hark.

Há outras figuras vestidas com mantos lá, trabalhando arduamente. Eles construíram algum tipo de máquina ali, algo que parece um trono com uma gaiola ao redor. É feio, feito de barras e fios, a cadeira feita de aço e oricalco. Existem outros componentes também: tanques borbulhantes com formas escuras nadando neles, ruidosas ventoinhas etéricas, feitiços de proteção pesada. Os acompanhantes de Emlin o ajudam a passar por cima de cabos e tubos etéricos que correm entre a máquina e o forte atrás dele.

— O que é isso? — ele pergunta, mas não respondem.

O ar ali fora é fresco e clareia sua cabeça. Ele consegue sentir os pelos grossos de aranha que cresceram na sua nuca se arrepiarem. Consegue sentir o despertar de outros sentidos. As sombras não são mais escuras para ele. As vestes que os alquimistas usam são mágicas, tecidas para bloquear seus milagres, mas, se ele forçasse, talvez conseguisse romper essa barreira. Sua boca se enche de saliva, e há um leve gosto do Veneno Inegável. Ele está ficando mais forte.

À medida que se aproximam, ele vê que há uma mulher na cadeira. Ele a reconhece: era a mulher com aqueles ícones do Kraken no navio de Dredger. Ela não é uma santa do Kraken, mas tem uma pequena conexão com o deus.

Tinha.

Os alquimistas levantam seu cadáver contorcido da cadeira. Sua cabeça pende, e água do mar ensanguentada jorra de sua boca, de seus pulmões repletos de água, para espirrar nas pedras e na fiação a seus pés. Dois alquimistas em seus mantos passam por Emlin carregando o corpo.

Ela foi deformada pela divindade. Seus dedos, agora tentáculos moles, se arrastam atrás dela. Sua pele estoura onde os alquimistas a seguram, e água pinga das feridas.

Ele endireita os ombros. Alic virá buscá-lo. Ou, se ele morrer ali, a Aranha do Destino vai pegar sua alma. Ele vai viver ou morrer ali, mas, seja como for, sua fé será recompensada.

— Sente-se, por favor — ordena um dos alquimistas.

— E se eu não quiser?

Eles o agarram, quatro ou cinco dos homens, o tecido das luvas áspero contra sua pele, e o forçam a se sentar na cadeira. Travam correntes de metal em seu peito e as puxam com força. A cadeira foi feita para o corpo de um adulto, então eles têm que colocar um manto sobressalente embaixo dele para fazer com que o menino fique mais elevado. Amarram tiras de couro em torno de seus pulsos e tornozelos.

Ele não vai chorar. Não vai gritar. Ele será corajoso.

Um dos alquimistas aperta um botão e, de repente, há uma sensação de *poder* ao redor de Emlin. Isso o *eleva*, como se sua alma tivesse sido arrebatada do corpo para o reino dos deuses. Ele encara o alquimista à sua frente, que está olhando para uma bancada de instrumentos conectada à máquina. Sob as vestes do homem está seu rosto, sob seu rosto, seu crânio, sob seu crânio, seu cérebro, e há uma fina teia de pensamento...

*Diga à torre que estamos prontos aqui, sinalize o continente. Traga o ícone.* Um vislumbre da estátua do Santuário, oito patas em sombras sagradas, oito olhos que a tudo veem...

E então o alquimista aperta o interruptor e a energia some, e o milagre termina.

Os alquimistas recuam pelo promontório, para longe da máquina. Alguns levantam as saias e correm ao longo da costa de volta ao forte; outros olham para o mar como se esperassem um navio. Nenhum deles chega muito perto da água.

Mas Emlin já viu o suficiente. Ou Alic virá atrás dele, ou a Aranha do Destino virá, e ele será salvo.

Não precisa ter medo. Mesmo ali, sozinho naquela de rocha, mãos e pés amarrados a alguma máquina horrível, ele não tem medo. Sabe que é amado. Confia que será salvo.

O morto caminha pelas ruas da cidade, se movendo contra o fluxo da multidão, então tem que se esforçar para chegar à Ponta da Rainha. Os transeuntes murmuram desculpas, praguejam ou não dizem nada ao se chocarem contra ele; Guerdon é notoriamente mal-educada, em comparação com a etiqueta arraigada de Haith. Mas ele não se atreve a pedir desculpas. Os poucos que percebem a máscara estremecem e lhe dão espaço de sobra.

Em sua mão, ele segura a mensagem que chegou à embaixada. Por direito, ele não deveria estar ali: é proibido para o Vigilante deixar a embaixada sem permissão. Mas o embaixador está morto, e lady Erevesic e Terevant estão desaparecidos, e o Primeiro Secretário também se foi, levando a maior parte da guarnição Vigilante com ele. Deixando apenas Yoras e Peralt para patrulhar incessantemente os corredores de mármore, para vigiar escritórios vazios e salas de recepção, para ficar de sentinela nos portões.

Para permanecerem Vigilantes.

Yoras morreu a serviço da Coroa, como parte do Nono Regimento de Fuzileiros.

Como Vigilante da Coroa, Yoras serve ao Estado diretamente. Sua lealdade deveria ser apenas para com a Coroa, não para qualquer uma das Casas ou o Gabinete. Isso não é problema para Yoras: em vida, nunca considerou qualquer uma das Casas digna de seu sacrifício, e nem o Gabinete. Quando estava vivo, os assuntos de Casas e Gabinete eram como nuvens de tempestade colidindo muito acima de sua cabeça. Agora, ele ascendeu a alguma região exaltada e fria do céu, muito além das nuvens, e suas intrigas não podem afetá-lo. Sua morte é apenas para a Coroa.

Mas em vida ele conheceu Terevant, e ele morreu há apenas um ano. A memória da amizade ainda não desbotou de seus ossos.

A mensagem foi escrita às pressas, mas é bastante descritiva. Ele precisa ir até uma porta lateral específica da fortaleza da Ponta do Castelo, logo antes do pôr do sol. Não deve falar com ninguém, nem perguntar nada a ninguém. O bilhete não está assinado.

Os mortos não são conhecidos por sua curiosidade, e Yoras não é exceção. Ele não demonstra nenhuma surpresa quando a porta se abre e uma mulher baixinha de olhos escuros e cabelos grisalhos o chama para dentro com um gesto. Ela deve ser a infame dra. Ramegos.

— Você não está aqui, entendeu? O assunto tem a ver com Terevant Erevesic, e se você não fizer o que eu digo, quem vai pagar o preço é ele. Entende?

**Sim.** Ele não entendeu, mas o que falta ao Vigilante em curiosidade, ele compensa em lealdade obstinada.

A dra. Ramegos murmura um feitiço. Vigilantes são mais resistentes a feitiçaria que os vivos; Yoras viu feiticeiros desabarem com convulsões ou sangrarem pelos olhos tentando forçar um feitiço que pudesse atingir seus ossos animados. Ramegos consegue enfeitiçá-lo, mas ela está respirando pesadamente enquanto caminham pelo corredor. O feitiço dela é de ocultação: as poucas pessoas que eles encontram naqueles túneis abaixo da principal fortaleza de Guerdon não prestam atenção à visão de um soldado haithiano.

À distância, os alarmes começam a soar. Ramegos suspira.

— Ainda não começou — diz ela. — Queria ter tido a chance de ver se a máquina funciona. Paciência.

Então ela diz "por aqui" e abre a porta de um necrotério. O aposento está empoeirado e provavelmente escuro aos olhos humanos — ele morreu há um ano e já se esqueceu muito de como os vivos navegam o mundo. Há uma mortalha no chão, como se tivesse escorregado acidentalmente da mesa. Ela levanta o pano, e por baixo dele está...

**Ah.**

— A maldita coisa está acordada. Não posso tocá-la, e ela desfaz meus feitiços. Você terá que levá-la de volta ao seu lugar.

**Para o Erevesic.**

— Eu suponho que sim. — Ela se ajoelha ao lado da espada, passa os dedos quase ao longo da arma, mas sem tocá-la. Olha para a lâmina arrependida, como se fosse uma joia de ótimo preço. — Ah, pode ser que surja outra chance. A paciência tem poder, e a vida é longa.

**Peço licença para discordar.** Ele pega a lâmina. Uma emoção desconhecida, como sangue bombeando em veias fantasmas, corre em seu braço, mas as almas Consagradas dentro da lâmina do filactério o reconhecem como sendo de Haith. A lâmina não o ataca: mas sem uma alma viva que canalize sua magia, ela também não pode exaltá-lo.

Ramegos se levanta e se limpa. Pega uma bolsa pesada de uma mesa lateral e a joga nas costas com um grunhido.

— Vamos embora.

*

Os guardas do palácio levam Terevant de volta para seu quarto, com vista para os jardins privados do Patros. Terevant pensou que eles o entregariam a Haith imediatamente, mas, em vez disso, eles o fazem esperar.

Os jardins cascateando pelo flanco leste da colina devem ser lindos pela manhã, mas o sol está se pondo do outro lado do Morro Santo, e eles estão cheios de sombras retorcidas no crepúsculo. Serviçais se apressam pelos caminhos sinuosos, acendendo lampiões. Além dos jardins, partes da cidade também estão se iluminando. Lampiões a gás piscam, o clarão forte de luzes etéricas, velas noturnas. As sortes da cidade traçadas em luz. Mais ao longe, mais luzes etéricas, do tipo industrial, marcam o local das novas fábricas semiconstruídas dos alquimistas, substituindo as que ficaram enterradas sob a Cidade Refeita. E lá, fora dos limites de Guerdon, deve ser onde as forças de Haith estão acampadas. Um pequeno exército, enviado para extrair justiça pela morte de Olthic.

A ideia de Olthic morto ainda é absurda. Olthic dominou os ritos básicos de Vigilância em uma idade absurdamente jovem, e era o herdeiro da Espada Erevesic. Mais do que isso, ele era grande demais para morrer, forte e extravagante demais. A morte dele parece mais uma aberração que uma perda. Menos dor que desorientação, como se o mundo fosse um trem que saltou de seus trilhos e agora segue descarrilhado para alguma região desconhecida.

O barulho de cascos fora da janela. Uma carruagem para no pátio abaixo, próxima ao muro do jardim. Puxada não por raptequinas, mas por um quarteto de cavalos negros. Um par de Vigilantes nela. A guarda de honra, ali para buscar o rebelde Erevesic.

Uma chave raspa na fechadura de sua porta. Os mesmos guardas que o escoltaram até o Patros vieram para levá-lo para baixo.

— Por aqui, meu senhor — diz um deles.

Vendo seus ferimentos, o outro pergunta:

— Devo buscar a cadeira de novo, meu senhor?

— Não — diz Terevant. — Eu consigo andar.

# CAPÍTULO TRINTA E NOVE

Q uando a canhoneira se aproxima da Ilha Hark, Aldras chega perto de Eladora e Bolsa de Seda. Ele dá um tapa na lateral do grande caixote.

— Este vai para o outro lado da ilha. Vou levar vocês para o forte primeiro, depois sigo em frente e deixo esta carga. Volto para pegá-la em uma hora. Não se atrase.

O barco seguiu junto ao cais de concreto à sombra do forte. À esquerda deles — *bombordo*, ela se corrige — dois outros barcos se agrupam em torno de um estreito cabo de pedra um pouco mais ao mar. Existe algum tipo de construção em andamento lá. Uma onda repentina pega o barco, balançando-o. O caixote pesado se inclina na direção de Eladora. Bolsa de Seda a puxa para fora do caminho no instante em que a caixa arrebenta as amarras e bate com força na amurada. A madeira da caixa se estilhaça e Eladora vislumbra algo fino e cinza ali dentro. Um *monstro* é seu pensamento inicial, mas a coisa não está se movendo. Algum tipo de estátua, ela imagina, embora seja difícil livrar-se da impressão de que é algo que já esteve vivo e que foi preservado, conservado em algum composto alquímico.

É estranhamente familiar também.

Há tumulto no navio enquanto a tripulação corre para empurrar a caixa de volta ao lugar, e Bolsa de Seda adiciona sua força de carniçal à tarefa. Aldras ajuda Eladora a subir no cais deserto, mais para mantê-la fora do caminho do que por qualquer senso de cavalheirismo. Depois de alguns esforços, a caixa é recentralizada no barco e Bolsa de Seda se junta a Eladora na margem.

A carniçal parece cansada e rosna baixinho para o barco enquanto ele se afasta. Ela fareja o ar, então se agacha e fareja a terra. Olha para a construção na margem oposta. É uma espécie de máquina: ela vê o que parece uma cadeira de metal rodeada por motores etéricos. O barco de Aldras já está a caminho de lá, traçando um grande arco para evitar quaisquer rochas invisíveis perto da costa.

— Não é seguro aqui — murmura Bolsa de Seda. — Nem um pouco.

Os portões do forte se abrem e um par de guardas, armados e mascarados, emerge. Eladora tem a carta de autorização de Kelkin em mãos.

— Eu preciso falar com o seu oficial comandante, em nome do comitê de emergência.

— O capitão está ocupado. A senhora terá que aguardar.

— É urgente. — Eladora se recompõe, assume sua voz mais autoritária. — O ministro Kelkin me enviou. O assunto não pode esperar.

Ela percebe que está soando um pouco como o avô. Parte dela se retrai com o pensamento, mas ela se lembra de como tinha pavor dele, como aquele terror a fazia obedecer aos comandos de Jermas Thay. Muito bem — isso ela pode usar.

Os guardas trocam olhares através das máscaras e assentem. Eles a escoltam pelo forte, contornando os misturadores de produtos químicos e dispositivos de monitoramento no pátio. Os olhos de duas dezenas ou mais santos a observam, letárgicos. *Tudo pela falta de compaixão dos deuses*, ela pensa. Quantos deles escolheram trilhar o caminho da santidade, e quantos foram arrebatados por ela, aprisionados por deuses loucos? Ela examina as celas, procurando por Carillon, procurando por Emlin, não vendo nenhum dos dois. Sinter disse para colocar Cari nas celas profundas, onde quer que fiquem, mas certamente Emlin deveria fazer parte daquela estranha assembleia de santos.

Agora que ela está dentro da estrutura, os diagramas e notas que Terevant lhe mostrou começam a fazer sentido. Aquele arco de celas, cada uma com um santo de um deus diferente. Dispositivos de monitoramento e observadores para vigiar a todos, para calibrar suas conexões com a divindade e detectar quaisquer mudanças. Misticismo mecanizado: se os deuses de Ulbishe, Lyrix ou Ishmere estenderem sua influência sobrenatural até Guerdon, os santos correspondentes na máquina registrarão essa influência. As mudanças podem ser sutis ou grosseiras, mas a proximidade dos deuses sempre provoca algum efeito sobre as pessoas íntimas a eles.

Ela imagina, conforme cruzam o pátio, outro semicírculo de celas do outro lado daquela torre de vigia espelhada. Se a cidade estivesse vigiando os Deuses Guardados, eles trancariam Eladora em uma cela ali? Mostradores e medidores saltando no Festival das Flores, pulando para o vermelho quando Silva lutou com Cari na Cidade Refeita.

Bolsa de Seda vomita sem fazer barulho.

— Não consigo respirar esse negócio — diz ela.

— Você tem outra máscara? — pergunta Eladora.

Ela se pergunta se deve remover a própria máscara e respirar profundamente, reprimir qualquer conexão persistente com os Deuses Guardados, mas precisa ficar atenta.

O guarda balança a cabeça.

— Nenhuma que caiba no focinho dela.

— Vou esperar onde é mais fresco — diz Bolsa de Seda. — Me chame se precisar de mim, e eu vou correndo.

— Fique no cais — adverte o guarda. — Vai levar um tiro se deixar a margem.

Bolsa de Seda corre de quatro de volta para o portão, lançando um olhar para trás em direção a Eladora, e Eladora não tem certeza de quem está olhando pelos olhos da carniçal naquele momento. As palavras de Ratazana ecoam em sua mente.

Ela se sente muito sozinha enquanto atravessa o pátio. Os guardas que a flanqueiam são anônimos por trás das máscaras. Eles a levam para a torre espelhada e por uma escada estreita em espiral que atravessa o coração da estrutura. Enquanto sobem, Eladora avista alquimistas e feiticeiros curvados sobre seus instrumentos, espiando os santos por telescópios, medindo correntes mágicas e deslocamentos no éter. Alguns dos dispositivos ela reconhece do escritório atulhado de curiosidades e engenhocas do professor Ongent, ou do santuário de Ramegos, mas outros são incompreensíveis para ela. Há mais coisas naquela máquina do que mera adivinhação: há o zumbido de enormes motores enterrados profundamente na terra.

Subindo mais uma vez. A torre é mais alta que as muralhas do forte ao redor dela, um pilar brilhante. Eles podem ver os telhados baixos do forte ao redor da prisão, ver o cais e o litoral ao sul da ilha. Três pequenos barcos na costa, perto das máquinas. Outra volta na escada e ela vislumbra o *Grande Represália*, passando por Hark na costa oeste, seguindo a mesma rota que Aldras tomou.

Eles chegam ao nível mais alto da torre. É um deque de observação, com vista para a ilha e a cidade. Um etérgrafo matraqueia, retransmitindo mensagens da Ponta da Rainha e do parlamento, os nervos do Estado se contraindo. Soldados e feiticeiros se aglomeram ao redor das janelas, observando a aproximação pelo sul.

— Srta. Duttin?

O comandante está ao lado do etérgrafo no centro do sala, o eixo em torno do qual tudo gira. Ele se parece uma emanação do forte; o brilho de suor em sua careca cintila como as janelas espelhadas da torre, e ele é sólido o suficiente para resistir a uma barragem de artilharia. Pega a carta de Kelkin da mão de Eladora.

— Quais são os nomes dos prisioneiros que você quer?

— Alic Nemon.

— Ele está esperando por você. Edder vai levá-la.

Um dos outros guardas se move e bate continência.

— O filho dele, Emlin. Eu sei que ele é tocado pelos d-deuses, mas…

O comandante a interrompe.

— Você está louca? Isso é uma piada? Um teste?

— Não, eu… — Eladora engole em seco. — Eu gostaria de vê-lo se ele não puder ser solto.

— Isso não é possível — diz o comandante secamente.

— Além disso... não tenho certeza de com qual nome ela foi admitida, mas... Carillon Thay. Uma mulher, mais ou menos da minha idade, cabelos escuros, rosto marcado. — Como o homem não reage, ela acrescenta: — As celas profundas?

O comandante balança a cabeça.

— O acesso a prisioneiros especiais é proibido. Está na hora de você ir embora. Edder, leve a representante do sr. Kelkin até o Bloco Um e traga o prisioneiro até ela.

Edder arrasta os pés até chegar ao lado de Eladora.

— Sim, senhor. Venha, senhorita. É melhor sair daqui antes que tudo comece.

Mas antes que ela possa se mover, tudo começa. Um clarão se eleva sobre o lado sul do forte, lançado do barco de Aldras. Edder faz uma tentativa tímida de conduzir Eladora escada abaixo, mas não a pressiona muito. Ele quer ficar ali tanto quanto ela.

Um sinalizador correspondente sobe do *Grande Represália*, erguendo-se como um cometa sangrento. Um presságio secular.

Aquilo seria um exercício? Eles estão se preparando para atirar? Mas não há nada à vista. Nenhum navio inimigo na água, nenhum monstro gerado pelos deuses. Apenas a ilha.

— A estação de invocação relata que está de prontidão, senhor — diz um feiticeiro.

— Comece — ordena o comandante. Ele vai até a janela sul, pega um telescópio, focaliza-o naquele pequeno afloramento de pedra.

Um calafrio de feitiçaria percorre a torre. Enormes motores etéricos se ligam, grunhindo. Feitiçaria eletromecânica, seus fios e válvulas imitando a vontade do feiticeiro. Substância alquímica de alma, poder em estado bruto, ferve no meio daquilo tudo, agitando-se nas câmaras de reação. Cabos enterrados faíscam e zumbem. A fortaleza inteira resplandece com isso. Eletricidade estática rasteja ao longo de canos de esgoto, salta entre as barras nas celas. Ao longo da costa, onde os cabos vão das paredes do forte até o cabo rochoso, descargas mágicas brilham e transmutam trechos de areia em vidro. Sob a fortaleza, as sombras se movem.

Os prisioneiros nas celas sentem. Uns gritam. Outros se encolhem. Alguns recebem de bom grado a onda de magia, mesmo que não seja destinada a eles. Eles batem nas barras e tentam roubar uma fração da energia dessa invocação massiva.

O trovão percorre a cidade. Há uma tempestade em algum lugar a nordeste, se expandindo do outro lado do Morro Santo.

Todos os olhos observam o sul. Mesmo aqueles cuja atenção deveria estar fixada em seus instrumentos não podem deixar de lançar olhares furtivos para o sul.

Todos, exceto Eladora. Ela é tomada por um terror repentino e intenso, mas que não vem do sul. É externo a ela, mas está centrado no *Grande Represália*. O navio de guerra está vindo pela costa oeste de Hark, parando nas águas rasas. Tripulantes lutam para colocar o lançador em posição. A bomba divina está pronta para disparar. Aos olhos de Eladora, isso é repugnante, um horror venenoso tão vil que ela não consegue suportar encarar. Tão repulsivo quanto o sol é brilhante.

A torre parece girar em torno dela. Dali, todas as coisas são visíveis.

— Manifestação — diz um dos feiticeiros.

E no mesmo momento, de longe, a voz de sua mãe:

— Fomos traídos! Ele quer nos atacar!

Onde está um deus? Onde está uma coisa sem forma física? Onde está um pensamento vivo, uma prece assim que sai dos lábios, um feitiço antes de ser lançado?

Ali, naquela máquina que se tornou um santuário. Enredada, sibilando de fúria e frustração, uma coisa de sombras se desdobra, forçada a se manifestar no mundo mortal. *Ali*, bem ali, preso em correntes de feitiçaria, está um deus.

E lá, no Morro Santo. Acima e ao redor do Palácio do Patros. Nas Catedrais da Vitória. Na mente dos fiéis que se reúnem para entoar odes ao seu novo rei. Na Casa dos Santos. Em suas gaiolas douradas. Os Deuses Guardados.

Guardados. Aprisionados. Mas não impedidos.

Eladora levanta a mão para proteger os olhos do clarão de relâmpago.

# CAPÍTULO QUARENTA

Os guardas empurram Terevant por uma escada nos fundos. O sacolejo o faz ofegar de dor. Eles se movem bruscamente de corredores ricamente decorados para espaços vazios com pintura descascada; aposentos dos empregados e depósitos. Alguns serviçais olham com curiosidade para Terevant, mas desviam os olhos quando os guardas os encaram.

Um servo, um homem barbudo e de ombros curvados carregando uma trouxa de ferramentas de jardinagem, pás e forquetas e uma bomba de pulverização mecânica, passa por eles. O rosto não é estranho a Terevant, mas ele leva um momento para situá-lo: a última vez que viu aquele homem barbudo foi no trem de Haith, semanas atrás. Ele era o acompanhante daquelas meninas, o homem que dormia sob o jornal.

Lemuel.

Quando os guardas passam sob um arco, eles são emboscados. O homem barbudo esmaga um na nuca com uma pá. Quando o outro guarda vira, a bomba de pulverização é ativada, disparando uma pequena nuvem de poeira em seu rosto... e então o rosto do guarda murcha, colapsando e encolhendo como uma maçã podre enquanto a poeira o corrói. Terevant dá um passo para trás, engasgando, protegendo o nariz e a boca.

O homem puxa a barba falsa do rosto, revelando a cara de escárnio habitual de Lemuel.

— Fique quieto e venha.

Lemuel conduz Terevant por um labirinto de depósitos.

— Cortesia do Gabinete — sibila ele. — Nós vamos esconder você em algum lugar, mantê-lo seguro.

— E Lys?

— Ela está onde precisa estar: tem os ouvidos do rei e do Patros, e todos eles desempenharam seus papéis. A aliança entre Haith e a Igreja se mantém. A Coroa não pode culpar a Igreja por você ter sido sequestrado. E ela vai negar tudo, dizer que você é o filho da puta que matou o marido dela. — Há uma nota de admiração na voz de Lemuel. — Eu disse para você sair da cidade, porra. Você deveria ter me ouvido.

— Você me atacou! No Festival. Você me nocauteou.

Lemuel revira os olhos.

— Foram os empregados de Daerinth, não eu. O clubinho dele.

Lemuel mantém um ritmo rápido, o suficiente para fazer os ferimentos de Terevant incomodarem dolorosamente, e fica claro que ele sabe disso. Olha de soslaio para Terevant, a curiosidade estampada no rosto.

— Você o matou? O embaixador?

— Não.

— Eu teria matado se ela tivesse me pedido. — Ele dá de ombros. — Vamos sair pelos jardins.

Há uma porta pesada, bem trancada, mas Lemuel tem uma chave.

— Rápido — murmura o homem, conduzindo Terevant pelo labirinto dos jardins.

Ele escolhe um caminho que evita os lampiões e as velas, guiando-os por caminhos protegidos por plantas altas e cercas-vivas. O ar está denso com aromas desconhecidos, a doçura de mel das flores misturando-se estranhamente com o fedor de fumaça gordurosa dos poços de cadáveres. A fuga deles é tão rápida, tão repentina, que é quase como um sonho, como se Terevant tivesse deixado alguma parte de sua alma no palácio, e agora seu corpo ferido e oco estivesse cambaleando atrás de Lemuel.

Os muros de pedra do jardim podem ser avistados por entre as árvores, meio perdidas sob a hera. Musgo cresce sobre muros semidestruídos e pedras caídas enquanto o jardim desce pela encosta arborizada.

— Há túneis de carniçais por aqui — diz Lemuel. — Vamos descer.

Eles mergulham em uma parte mais profunda e escura do jardim, onde salgueiros pairam sobre canteiros de flores cobertos. Lemuel desacelera, aliviado por estarem quase fora de vista. Terevant se recosta contra uma árvore por um momento, para recuperar o fôlego. Ele olha para trás, para a silhueta escura do palácio, seus níveis superiores ainda delineados contra o pôr do sol incandescente. Ele procura a janela da sala onde falou com Lys, mas não sabe dizer qual era, ou mesmo se é visível dali. Os últimos raios de sol refletindo sobre o telhado polido conjuram fantasmas no ar. Ele pisca, vendo formas no céu por um momento. De repente, há uma nova energia no ar. Parece com o que aconteceu em Eskalind, enquanto ele subia na direção dos templos. Os Deuses Guardados estão por perto. Tão perto que até mesmo Terevant pode senti-los.

— Ande, idiota — sibila Lemuel. — A entrada do túnel é logo aqui embaixo.

Lemuel dá um safanão em seu braço, puxando-o por outra avenida sombreada forrada com flores.

— Espere — diz Terevant. Ele percebe que há algo errado, há algo de perigoso, mas leva um momento para identificar o quê.

É crepúsculo, mas todas as flores estão abertas. Ele olha para uma, e ela retribui o olhar. Um olho humano brotou no meio de cada flor. O mesmo olho, em todas as milhares de flores.

— Santo — diz ele. Tenta dizer. Então Lemuel quase é engolido por um canteiro de flores.

Mãos — a mesma mão, repetidas vezes — emergem das flores, arrastando-o para baixo. Terevant agarra o homem pelo cinto, se joga para trás no monte de cascalho, arrancando Lemuel da flora assassina.

— De volta para a carruagem! — grita Lemuel.

A carruagem haithiana está do outro lado do muro do jardim. Sua arma dispara, fazendo as flores explodirem em chuvas de pétalas sangrentas. Eles recuam até a carruagem, o resgate abandonado, as distinções entre Gabinete e Casa caindo em face da ira divina.

Os Vigilantes ouvem seus gritos e vêm correndo em seu auxílio, espadas desembainhadas, gritos de batalha de Haith como pesos de chumbo no ar. Os dois guerreiros esqueléticos escalam o muro do jardim com a agilidade fantástica dos mortos. Por um instante, Terevant vê os dois Vigilantes em pé no topo do muro, como sentinelas nas ameias de Velha Haith, examinando a vegetação rasteira.

Relâmpagos — do céu ou do telhado do palácio, Terevant não sabe dizer — e um dos Vigilantes é incinerado em um piscar de olhos. Cacos de osso chovem entre as flores. A outra é arremessada longe pela explosão, pousa pesadamente em meio aos arbustos. Ela tenta correr, mas o martelo do Sagrado Artesão a pega. Golpes invisíveis de martelo derrubam a Vigilante, esmagam seu crânio. Ela tenta se levantar e o martelo invisível a atinge novamente, derrubando-a no cascalho. De novo, de novo e de novo.

Terevant tenta correr em direção ao túnel de carniçais que Lemuel indicou, mas mais assassinos emergem das sombras do jardim. Dois deles encurralam Terevant; eles têm pistolas em punho, mas não disparam. Sabem que ele seria mais perigoso morto do que vivo. Em vez disso, um deles dá um soco forte no seu peito, direto na atadura da ferida, tirando o ar de seus pulmões. Ele tropeça, e os dois o agarram.

Um terceiro agarra Lemuel, dominando-o com facilidade. Ele puxa uma espada, e fortes chamas brancas saltam da lâmina, afastando todas as sombras. Lemuel perde todo o ímpeto de luta: eles não têm condições de enfrentar um santo dos Guardiões, quanto mais dois.

Ou três.

Sinter desce pela trilha, empurrando uma cadeira de rodas. Silva Duttin está sentada nela, enrolada em cobertores, cabeça tombada para o lado. Um fio de baba escorre de um canto da boca; no seu colo, amarrada à cadeira, uma espada.

— Ah, diabos, não me diga que os malditos esqueletos se envolveram — prageja Sinter. Ele cospe na direção da cratera fumegante.

Silva geme, mas não fala. Sinter enxuga a baba de sua boca e joga a saliva em um pequeno frasco de cristal, que embolsa.

— Agora até o mijo da nossa Silva é santo. Você quer isto aqui, Lem? Cura todas as feridas, aposto. — Ele anda com ar arrogante até Lemuel.

— Embora não esta aqui, seu babaca haithiano ímpio.

O santo empunhando a espada enfia a lâmina no peito de Lemuel. Ela entra com uma facilidade horrível, conduzida com tanta força que atravessa osso tão suavemente quanto pele ou músculo. O fogo sagrado queima muito brevemente. Até mesmo seu último grito é interrompido.

Sinter se vira para encarar Terevant.

— Lemuel era um garoto local com *ambições*. Dava pra comprar o merdinha com dois cobres. Daerinth, Lyssada, Vanth... o filho da puta até tentou se vender para mim uma vez. — Sinter acena com a mão de três dedos, afastando o fedor do corpo em chamas. — Não consigo tolerar pessoas sem fé. Elas merecem tudo o que recebem.

Silva faz um barulho que pode ser uma risada.

O fato de Sinter não ter matado Terevant também sugere que o mestre de espionagem pretende mantê-lo vivo. Para entregá-lo a Haith como planejado, selando a aliança entre os Guardiões e Haith.

— E a que você é leal, Sinter?

— À bendita Igreja — diz Sinter. — Os deuses em seus lugares, e eu no meu, e que ninguém foda com isso. Ah, não se preocupe: não vamos tocar em Lyssada Erevesic, embora eu não tenha dúvidas de que ela está por trás dessa escapadela. Ela terá sua aliança... em nossos termos, não com um merda de rei fantoche haithiano. E teremos parlamento. A cidade ficará inteira e santificada. Vamos pôr um fim a todo esse absurdo. E Kelkin também. — Ele chuta os restos em chamas de Lemuel, como se ansioso por ter outro inimigo derrotado e morto a seus pés.

A entrada para os túneis carniçais fica apenas a uma curta distância dali. Uma distância curta e inimaginavelmente longe. Os santos podem se mover muito mais rápido que ele, e suas balas vão mais rápido ainda. Eles podem curá-lo também, ou matá-lo e esperar que ele retorne

Vigilante. Fugir ou não fugir, viver ou morrer, todos os caminhos levam ao mesmo lugar. A desgraça em Haith. Ele será considerado um assassino, um fratricida. O último da linha dos Erevesic, idiota até o fim.

— Terminamos aqui — diz Sinter. — Coloque o Erevesic de volta em seu quarto. Mande um recado ao príncipe Daerinth que vamos levar o prisioneiro nós mesmos, amanhã de manhã.

Os dois homens agarram seus braços. Suas mãos são como algemas.

A santa das flores aparece ao lado de Sinter. Suas mãos estão manchadas, vermelhas de sangue e verdes de seiva das plantas esmagadas.

— Ele... o Patros... está chamando você. Lá em cima, no palácio — diz ela, as palavras se atropelando, apressadas. — Algo está acontecendo. Ele disse... Ele disse que o *Grande Represália* deixou o porto.

— Quem foi avistado? Que deuses? — questiona Sinter, agarrando a garota pelos ombros. Ela estremece ao seu toque. — É Ishmere? Ulbishe? Lyrix?

A garota balança a cabeça, confusa. O Morro Santo está cheio de divindades. As nuvens acima do jardim ondulam e fluem, tornando-se figuras enormes que parecem inclinar-se para baixo, como se estivessem ouvindo.

Sinter se vira e pega um lampião decorativo em um arco coberto de hera, o coloca nas mãos de um dos santos.

— Peça ao Sagrado Mendicante alguma orientação, rápido, porra: quem está lá? Que caralho Kelkin está querendo?

O santo segura o lampião, desajeitado. Nenhuma luz milagrosa de revelação brilha. Seja qual for o milagre iminente, não é o que Sinter deseja. Terevant luta contra as mãos de ferro de seus captores, mas eles são muito fortes para que consiga se libertar. A presença de seus deuses lhes dá poder inumano, e ali, naquela noite, eles estão mais fortes que nunca.

Mais fortes que nunca. Ali, em seus templos.

O que Eladora viu naquelas notas do esconderijo do Beco Gethis? Ele se lembra de como eram feias e como eram funcionais. Como se despir a majestade e o mistério do ato fosse uma parte necessária daquilo...

— "Para garantir a aniquilação completa do tecido etérico, é necessário atingir um máximo local de presença divina" — grita Terevant.

Sinter o encara.

— O quê?

— Um dos documentos de Vanth. É sobre as bombas divinas. Algum projeto militar. O alvo ideal deles... um grande templo, muitos santos. Os deuses próximos.

Sinter fica paralisado.

— Kelkin não faria isso. Porra, ele não faria isso.

As mãos dos santos afrouxam o suficiente para Terevant dar de ombros.

— O Gabinete acha que sim.

— Fomos traídos! — sibila Silva de sua cadeira. — Ele quer nos atacar!

Subitamente inseguros, os santos procuram a orientação de Sinter. O ar no jardim está anormalmente parado, como se os céus prendessem a respiração. Kelkin os trairia? Será que a cidade deles voltaria sua mais terrível arma contra eles?

Sinter fica parado, como um homem que sabe que levou um tiro, mas ainda não sentiu a dor.

Por um momento, Terevant está de volta à costa de Grena. Em sua memória, as gaivotas rodopiam acima daquele vale vazio e sem deus. Há outras figuras lá também: um cavaleiro de armadura com uma espada de fogo, uma mulher coroada de flores. Duas figuras magras procurando por sucata de metal na arrebentação, uma delas segurando um lampião. Os Deuses Guardados estão tão perto que até mesmo Terevant pode tocá-los. As figuras silenciosas se movem pelos buracos de sua memória, sondando a areia da costa.

E então:

— Dispersar! Dispersar, seus merdas do caralho!

Sinter corre em meio a sua coleção de santos recém-cunhados, empurrando-os, blasfemando contra eles. Ele pronuncia os nomes deles freneticamente. Arranca o símbolo dos Guardiões de seu peito e atira-o na lama, pisa nele. Se pudesse, queimaria os templos por inteiro, renegaria o rei, expulsaria as multidões. Tudo para quebrar o *locus* de poder divino sobre o morro. Tudo para tornar os Deuses Guardados um alvo menor para uma bomba divina que se aproxima.

Silva tomba para trás, caindo da cadeira de rodas, mas é apanhada por mãos invisíveis. Levitando, com a cabeça ainda pendendo, o pescoço mole, mas com o braço direito forte como uma torre, ela levanta a espada para os céus.

E os céus respondem.

Um raio cai acima do Morro Santo, cintilando através da cidade.

## CAPÍTULO QUARENTA E UM

O espião espera na sala de interrogatório vazia. O resto da prisão vibra ao seu redor, guardas correndo para um lado e para outro, alquimistas e feiticeiros mexendo em seu maquinário.

Mesmo através das grossas paredes de pedra do antigo forte, o espião consegue sentir forças em movimento. Como se houvesse grandes engrenagens e rodas invisíveis sob a pele do mundo, movendo-se e girando, os dentes das engrenagens se encaixando. Alic imagina Emlin esmagado por essas engrenagens.

O espião extingue esse pensamento. O sacrifício é necessário.

Na porta, um barulho de alguém fungando. Um carniçal, farejando um rastro.

— Alic? — É Bolsa de Seda.

— Estou aqui.

A porta estala. A fechadura se rompe. Bolsa de Seda entra apressada.

— Viemos te buscar — diz ela. — Você, Emlin e... — Sua voz muda, fica mais grossa. — CARILLON. VOCÊ VIU CARILLON?

*A garota na cela da prisão.*

— Andar de baixo.

Bolsa de Seda esfrega as mãos.

— Eu tenho que pegá-la... mas, ah, Emlin! Eu senti o cheiro dele lá fora, nas rochas. Eles o levaram para aquela...

Ela é interrompida por um grande estrondo de trovão, irrompendo bem acima da prisão. A ilha inteira estremece.

Não foi a bomba divina. Foi outra coisa.

— O que foi isso? — O espião só consegue pensar que eles estão sob ataque, que a invasão começou.

— Vamos subir — diz Bolsa de Seda. Eles correm porta afora e sobem por uma escadaria estreita até o telhado da fortaleza.

Ali, logo além da margem, está o *Grande Represália*. Fumaça emana do buraco que foi perfurado na embarcação. Seus propulsores giram em falso, desesperadamente, mas ela está afundando rapidamente nas águas rasas na costa da Ilha Hark. Pequenas figuras rastejam em torno de seu convés em chamas. A bomba divina está lá, em seu suporte. Marinheiros moribundos cambaleiam em direção àquela forma escura, tentando disparar em...

Em.

Oito patas se arqueiam de um horizonte a outro, um arco mais alto que o céu. Oito olhos como luas queimam de loucura e ódio. Mandíbulas estremecem ao saborear os pensamentos secretos de cada alma vivente na cidade, e as presas pingam veneno divino que respinga na muralha sul do forte, derretendo as pedras. O sol não se põe: ele foge do mestre das sombras, o senhor dos sussurros.

Bolsa de Seda se joga no chão enquanto o olhar do deus passa por eles. Mortais não conseguem suportar a atenção direta de um deus por muito tempo. No pátio abaixo, guardas e prisioneiros se lançam ao chão; feiticeiros se amontoam atrás de escudos de explosão com proteção tripla e estremecem com o horror que invocaram.

O espião permanece de pé, observando o destino que fabricou. *Dispare, diabos*, ele pensa, incitando os artilheiros do *Grande Represália* a superar as ondas agitadas, a fumaça, o caos, e soltarem sua arma. *Passem por cima dos moribundos, vocês não podem fazer nada por eles. Eles serão lembrados como mártires. Basta lançar essa coisa maldita!*

Fios de destino prateados se entrelaçam tão densamente em torno do deus manifesto que também se tornam visíveis, um bilhão de destinos ancorados àquele único ponto no tempo. A Aranha do Destino grita de frustração ao tentar um fio da teia, depois outro e outro, mas não consegue se libertar da máquina dos alquimistas. Não pode escapar, não enquanto estiver amarrado a Emlin. A congruência funciona para os dois lados: a máquina transforma a santidade de Emlin em uma armadilha que arrasta o deus para fora do céu, força-o a se manifestar. Se a bomba divina estivesse pronta, a armadilha se fecharia.

Um marinheiro peleja ao longo do convés do *Represália* e encosta uma mão enluvada no mecanismo de disparo. Atrapalha-se com o gatilho, os dedos desajeitados lutando para reparar os danos causados pela explosão. Muito perto.

A armadilha é potente, bem-feita, mas a Aranha do Destino é mais velha que o mundo. Não há armadilha que ela não possa ludibriar, no final das contas. Fiandeiras do destino lançam uma nova teia, novos fios de possibilidade. Um dos fios encontra sustentação no mundo físico. Um novo destino. Uma saída.

Mas há um instante de hesitação antes do milagre. Algum fragmento de Emlin, talvez, apanhado no terrível abraço do deus.

Isso dá ao espião um momento para se esconder enquanto o destino ataca como um chicote.

Os incêndios atingem a reserva de flogisto do *Grande Represália* e o navio irrompe em uma segunda explosão. Essa o rasga ao meio. O marinheiro azarado é morto instantaneamente, seu corpo pulverizado pela explosão.

A proa afunda, levando a bomba divina junto: o espião consegue sentir a forma horrível da arma enquanto ela mergulha por doze metros de água. Explosões ondulam ao longo da popa, fazendo chover lascas de metal em chamas sobre a área. Um grande pedaço — grande o suficiente para empalar um homem — aterrissa a centímetros de onde o espião estava um momento atrás.

Outros estilhaços chovem sobre o pátio, dando início a incêndios. Detritos racham a superfície da torre espelhada, lançando fragmentos de vidro sobre a terra. O telhado do galpão de processamento se acende. As chamas lambem os tanques de gás soporífero.

Há uma terceira explosão, dessa vez na ilha, uma explosão lúgubre de chama verde quando os tanques de gás pegam fogo. As chamas correm pelos tubos de borracha que conectam os tanques a todas as celas. Todas as prisões de santos no arco de celas estão conectadas a esses tanques de gás. Assim como metade dos aposentos no próprio complexo do forte. A torre espelhada resplandece com a luz do fogo, pois reflete uma dezena ou mais de incêndios começando simultaneamente.

Com um gemido, as luzes etéricas se apagam. Uma chuva de faíscas chiam no mar ao sul da ilha quando a maquinaria de invocação divina morre. A manifestação da Aranha do Destino desaparece, o deus-aranha espectral dissolvendo-se de volta nos reinos invisíveis.

Bolsa de Seda agarra o espião e o arrasta escada abaixo. Ela está ganindo, um ruído animalesco de terror e confusão. Eles passam pelo inferno ardente que era a sala de interrogatório. Gotas gordas de borracha fundida pingam do teto quando o jato de gás pega fogo.

— Tenho que sair. Tenho que sair — geme Bolsa de Seda. Ela vai cambaleando até uma das janelas, tenta passar se espremendo, mas é muito estreita. Ela arranha a pedra, aterrorizada.

— Vamos! — Agora é ele quem a está guiando, puxando-a em direção às escadas. A escadaria está cheia de fumaça, mas sem chamas ainda. Eles correm escada abaixo até o térreo. Lá fora, é o caos. Todo o forte está em chamas: talvez toda a ilha. Uma fumaça azul-esverdeada sufoca o crepúsculo.

O som de um rugido é recebido por tiros. Os santos estão soltos. O gás parou e alguns deles tiveram suas preces atendidas.

— Temos que sair da ilha! — diz ele.

— Preciso pegar a srta. Duttin. E Cari.

Bolsa de Seda aperta seus punhos em garras e então dispara na direção da loucura e do fogo no pátio.

O espião avança. O portão da prisão está aberto e desprotegido.

Lá, à sua frente, está o cais. Ele consegue ver as luzes dos barcos se aproximando, os feixes cortando a fumaça que rola sobre a água, vindo para resgatar quaisquer sobreviventes da conflagração. Tudo o que ele tem que fazer é esperar na costa. Todos os outros na prisão podem queimar, mas o espião sobreviverá.

Por um tempo, pelo menos. A manifestação da Aranha do Destino desapareceu, mas Ishmere está chegando. O Kraken nada pelos mares. A Mãe Nuvem faz nascer o horizonte. O Bendito Bol sussurra no tilintar de cada moeda nos mercados de Guerdon. Avançando na frente de todos eles, a Rainha-Leão. E o instrumento de sua vingança encontra-se sob doze metros de água do outro lado da ilha.

Há um ruído estranho e agudo, sem palavras, algo entre um choramingar e um grito. Ele não sabe dizer de onde está vindo, então percebe que quem está fazendo esse ruído é ele.

O espião pode até sobreviver, mas seu plano fracassou.


Eladora assiste horrorizada enquanto o *Grande Represália* explode. A proa afunda sob as ondas, carregando consigo o pilar das defesas de Guerdon. Faíscas e estilhaços da popa em chamas caem por toda parte no forte, começando incêndios. Toda a torre balança quando os tanques de gás estouram.

Por um momento, ela vislumbra duas figuras no telhado do antigo forte. Bolsa de Seda e Alic.

— Por favor, eu preciso ir — diz ela, mas o comandante da torre a agarra, aponta para o espaço sob uma mesa.

— Fique ali e não tire essa máscara de respirar — ordena ele.

O etérgrafo matraqueia, uma dezena de mensagens chegando ao mesmo tempo. O comandante grita ordens. Alguns guardas são enviados para manter a ordem nas celas. Outros são enviados para as muralhas, para sinalizar aos barcos logo além da margem que se aproximem e levem os sobreviventes. Para destruir peças da máquina, antes que ela possa ser mal utilizada por santos fugitivos. De lá de baixo, Eladora ouve gritos, berros, tiros. Ela se agacha embaixo da mesa como ordenado, tentando ficar fora do caminho dos militares enquanto eles montam uma defesa desesperada da prisão. Lá fora, o pátio se tornou um microcosmo da Guerra dos Deuses, enquanto santos loucos de uma dezena de panteões relembram velhos rancores ao mesmo tempo que recuperam poderes divinos.

Nuvens de fumaça enchem o ar fora da torre. É como se estivessem em um barco de vidro navegando em um mar de fogo, desconectados do mundo lá fora. A única ligação com a sanidade é aquele etérgrafo que não para de matraquear. O operador lê as mensagens em um tom duro, mantendo-se fiel ao seu treinamento apesar da carnificina, relatando o naufrágio do *Grande Represália*, respondendo a indagações em pânico vindas da Ponta da Rainha, do parlamento, de uma dezena de outros postos.

O etérgrafo vibra novamente.

— Senhor, a Ponta da Rainha está conosco na mira. Eles vão disparar em vinte minutos. A artilharia completa de berradores.

— Soem a ordem de evacuação — rebate o comandante.

A Ponta da Rainha está toda eriçada de canhões e suas armas de longo alcance podem cobrir a distância até o porto. Eles vão fazer chover berradores e rajadas de flogisto, erradicar a ilha.

— Vamos nos reunir no andar térreo — diz o comandante, apertando a máscara e verificando sua arma. — Vamos direto para os portões. Edder, Valomar, forneçam cobertura daqui da torre. — Ele se vira para Eladora. — Srta. Duttin, você vai conosco. É só manter a cabeça baixa.

— Eu vim aqui na autoridade do ministro Kelkin para recuperar três detentos. Não posso partir sem eles.

— A menos que eles já estejam no barco, srta. Duttin, não há nada que eu possa fazer.

— Effro Kelkin em pessoa…

Ele aponta para o etérgrafo.

— Envie uma mensagem a ele se quiser. Traga-o aqui pessoalmente se quiser. Não importa. Não há tempo.

O espião desce para a praia pedregosa, sem se importar com a fortaleza resplandecente atrás dele, ignorando os sons da carnificina. Ele entra nas águas frias e lava a fuligem do rosto.

Lava qualquer vestígio do gás.

Lava X84, o agente fracassado de Ishmere.

Lava Sanhada Baradhin, deixa o rosto e o nome do homem flutuarem na direção da baía.

Lava uma centena de outros nomes que usou.

O plano falhou. Ele terá forças para começar de novo, em outro lugar? Ele era apenas uma fração de si mesmo quando chegou a Guerdon e perdeu ainda mais de si desde então.

Melhor, talvez, abrir mão de tudo.

Ele começa a se dissolver, a lavar o último nome que restou ao espião, quando Alic ouve Emlin chorando à distância.

O holofote de um dos barcos ilumina Emlin, revelando-o na escuridão. Ele está acorrentado a uma cadeira de ferro em um cabo rochoso, cercado por máquinas etéricas. Círculos de invocação mecânica, girando como rodas de oração. Motores etéricos. Tanques de águas-vivas, cultivadas com almas humanas, criadas para amar e venerar cegamente qualquer divindade que lhes mostrarem. E, atrás dele, a estátua da Aranha do Destino da rua dos Santuários.

O barco vira, a tripulação apressando-se em acionar o canhão do convés.

Alic se vira e vadeia até a praia. Então corre, saltando de rocha em rocha, seguindo a faixa de terra em direção àquele afloramento rochoso. Ele está competindo com a canhoneira, competindo com a cápsula de fragmentação da arma do convés. Gritos do barco quando a tripulação o avista, ordenando que ele volte.

Então, como ele não para, armas menores disparam sobre as rochas ao seu redor. Alic não se importa: ele é um fragmento, uma mentira em forma de homem. Ele quase não existe.

Mas Emlin é real. O resto não importa, o menino é real. Carne e osso, tão mortal, tão frágil. Uma criança inocente entrou nas Tumbas de Papel em Ishmere, foi oferecida aos deuses. Ele pertence à Aranha do Destino desde então.

Alic corre em direção a seu filho. Seu coração bate forte, seus pulmões se enchem de fumaça acre. Ele se sente vivo pela primeira vez.

A cabeça de Emlin pende para o lado. Ele está babando, seus olhos desfocados. O sangue mancha seu rosto, escorrendo de seus ouvidos e nariz. O menino canalizou todo o poder de um deus: será um milagre se ainda estiver são. Alic escala as pedras e as máquinas quebradas até alcançá-lo. O metal do círculo de invocação queima ao toque. Motores etéreos rachados vazam magia bruta para o mundo.

— Emlin?

O menino vê Alic, e é como se estivesse acordando de um pesadelo. Pelos deuses superiores e inferiores, pelos deuses de todas as nações, ele ainda está vivo! Os olhos do menino se iluminam, ele tosse, cospe sangue, chama por Alic.

— Eu quero ir para casa.

Emlin está preso à cadeira de ferro por algemas pesadas, marcadas com runas de amarração. Alic tenta quebrar as algemas, lutando para descobrir como desfazer o mecanismo, mas ele está muito bem selado. Ele puxa as algemas, martela nelas com uma pedra. Tenta arrancá-las até os dedos sangrarem.

— O que está acontecendo? — pergunta Emlin, sem forças. — Eu vi... é a frota? Eles chegaram?

A canhoneira buzina, um último aviso. O canhão do convés está armado e carregado. Eles não vão ceder.

Não há tempo de fugir.

Não há tempo de dizer adeus.

Muitas e estranhas são as bênçãos da Aranha do Destino.

Apenas tempo para a bênção de um pai, antes do estrondo das armas, antes que aquelas rochas sejam aniquiladas por uma chuva de cápsulas.

# CAPÍTULO QUARENTA E DOIS

Terevant corre pelos jardins do Patros o melhor que pode. Tropeçando na escuridão, batendo em cercas-vivas e escorregando na grama molhada. A adrenalina superando a dor no peito. Consegue sentir o calor de seus periaptos, acionados por seus ferimentos, de prontidão para ressuscitá-lo se ele cair, e ele honestamente não tem certeza se está vivo ou morto quando chega à entrada do túnel. Sem hesitar, mergulha na escuridão.

Gritos ecoam pelo túnel atrás dele. Os homens de Sinter o estão perseguindo. Terevant corre, cego na escuridão total daquele submundo. Imagina que a passagem tenha que se conectar com os porões do palácio de alguma forma, então se apressa naquela direção. Tropeçando no chão irregular, tateando o caminho ao longo das paredes escorregadias de umidade. O chão do túnel dá lugar a uma escada tosca, e ele consegue descer sem quebrar o pescoço.

Os gritos ainda ecoam, mas de algum lugar distante. Ele segue caminhando, tropeçando, até que não haja nada além do silêncio gotejante do submundo. Está tão escuro que apenas os mortos podem ver ali. Sua camisa está molhada de sangue novamente: uma de suas feridas se abriu. Talvez mais de uma.

O túnel termina no que parece ser uma pilha de pedras caídas. Ele sonda com as mãos por um caminho e encontra uma passagem estreita mais para o lado. Espremendo-se para passar, ele descobre que ela leva para baixo. Ele para, se perguntando se seria melhor tentar refazer seus passos na escuridão total e procurar a curva que deve levar de volta aos porões, ou seguir em frente. Ele tenta trazer à mente os mapas do Beco Gethis, mas os túneis abaixo da cidade são mais intrincados e entrelaçados que as veias e artérias sob a carne de um cadáver esfolado.

Por um momento, ele tem a impressão de que há mais alguém ali. O som de outra pessoa respirando pesadamente. Cheiro de cinzas e sal. Mas, quando estende a mão, não encontra ninguém. Só um truque da escuridão.

Ele descobre que está no chão. Incapaz de dizer se a umidade na pedra é água escorrendo ou se é seu próprio sangue pegajoso. Incapaz de dizer se desmaiou por um instante, uma hora ou muitas horas. Ou se morreu sem casta, perdido para sempre na escuridão. Imaginando que se reergue como um Vigilante, apenas para vagar pelos labirintos infinitos sob a cidade para sempre, nunca encontrando o caminho de volta. Talvez ele encontre Edoric Vanth algum dia, séculos depois, outro homem morto tropeçando naquele labirinto. Perdido nas mentiras.

Ele está de volta à floresta da mansão Erevesic, e faz muito frio. Existem lobos nesta floresta, Olthic o adverte, fique perto.

Você está morto, ele diz a Olthic, e meu pai está morto. E eu sou o Erevesic. Você tentou me preparar para isso, mas eu não lhe dei ouvidos.

Eu também me perdi nisso, diz Olthic, mas é simples. Pegue sua espada.

Terevant tenta dizer ao irmão que perdeu a Espada Erevesic, que a lâmina da família se foi, mas ele cai na escuridão novamente. Seus dedos estão dormentes demais para segurar uma lâmina, mesmo que tivesse uma.

Mais abaixo no túnel, um som de fungados.

\*

Um grito sobrenatural, e algo atinge a torre com um baque pesado. Por um instante, Eladora vislumbra um rosto através do vidro, a impressão de uma forma aracnídea, mas some antes que ela possa piscar. Os soldados giram, nivelando suas armas com as janelas, mas a coisa lá fora foge antes que consigam disparar. Não há nada visível agora através do vidro manchado de fuligem.

Um guarda se atreve a abrir a porta.

— Está tudo vazio, senhor.

— Formação! — ordena o comandante. Seus homens correm escada abaixo. Ele olha para Eladora. — Vou deixá-la para trás se for preciso, senhorita.

Ela tem que encontrar Carillon e Alic. E pensa que reconheceu aquele rosto na janela, apesar das mudanças.

— Vejo o senhor no barco.

— Quinze minutos. Você não terá mais que isso.

É impossível ler a expressão no rosto do comandante por trás de sua máscara quando ele se vira e desce as escadas em marcha. Eles avançam, armas disparando, as balas abrindo caminho através das divindades distorcidas.

Um minuto se passa. Dois. Eladora se esconde embaixo da mesa novamente, observa a sala. Tudo na torre está muito quieto. Tudo fora da torre é inferno.

O rosto aparece na janela novamente. Patas de aranha sondam o vidro buscando fraquezas, então um punho humano se choca contra uma vidraça quebrada. Eladora suprime um guincho de horror ao ver a monstruosa amálgama. O toque divino da criatura, sua estrutura outrora humana deformada e misturada com a essência da Aranha divina. Patas horrivelmente longas e finas carregam o santo pela sala, seu torso humano curvado contra o teto. Ele se move em direção à mesa do comandante com uma determinação silenciosa.

Então aqueles oito olhos localizam o esconderijo de Eladora. O santo-aranha se volta contra ela, veneno amarelado pingando de dentes humanos.

*Funcionou para Sinter, mas ele já está* muito *mais longe que eu fui*, pensa Eladora.

— Emlin! — ela chama, nomeando o mortal em sua frente, e não o deus que se entrelaçou com ele. — Emlin! — ela torna a gritar. Espera que esse seja o verdadeiro nome dele.

Emlin faz uma pausa. Sua postura muda, sua expressão se suaviza. Os olhos se enchem de lágrimas; ele engole seu veneno.

— A Aranha do Destino me escolheu. Me mostrou o que está vindo. Ele me deu força.

— Emlin! Escute — implora Eladora. — Eles tentaram me tornar uma santa também. Eu ainda sou eu. Você não tem que obedecer.

— Não posso ficar. Este lugar vai queimar. Eu já vi.

Emlin recua, em seguida pega o pesado etérgrafo da mesa, cabos arrastando-se como entranhas. Eladora se encolhe, com medo de que Emlin esteja prestes a arremessar a máquina nela, mas então o santo abaixa a cabeça e morde a máquina, cravando os dentes no metal como se estivesse comendo uma fruta suculenta. O veneno corre de suas presas, descolorindo o metal, misturando-se com os fluidos alquímicos borbulhantes no coração do dispositivo.

Ele levanta a cabeça por um momento.

— Fuja! Está chegando. — E então ele morde o etérgrafo novamente.

Eladora assiste com horror e confusão enquanto Emlin se dissolve, ou encolhe, de alguma forma fluindo para *dentro* da máquina.

O etérgrafo cai no chão quando Emlin desaparece. Os cabos vibram quando algo se move por eles.

Esses cabos se conectam ao continente, a uma teia de estações etergráficas, a máquinas em toda Guerdon, cada uma em lugares de grande importância. O parlamento, a Ponta da Rainha, o salão da guilda dos alquimistas, estações da guarda da cidade... todos os órgãos da cidade, ligados por nervos de fios de oricalco.

Eladora verifica o etérgrafo, perguntando-se se conseguiria enviar um aviso ao continente, mas a máquina está morta.

Cinco minutos se passaram.

Seis, e ela está na porta da torre, as chaves do bloco da prisão na sua mão.

Sete, e ela está no pátio. Uma das torres de metal esqueléticas desabou, bloqueando a torre espelhada do pior do caos. Através da fumaça e das chamas, ela consegue ver o último dos guardas segurando o portão do forte. A terra está encharcada com o sangue dos santos.

Oito, e ela está tropeçando no pátio. A máscara respiratória é tudo o que a impede de sucumbir à fumaça nojenta. O calor forma bolhas em sua pele. Lá está a porta para as celas.

Nove, e ela está no antigo prédio do forte no perímetro da ilha. Os andares superiores estão em chamas; faíscas ardentes caem do teto, e as lacunas entre as vigas no teto brilham em um vermelho-ardente. O prédio range de forma alarmante.

Dez, e ela está lá embaixo. A porta de aço na parte inferior da escada está trancada. Bolsa de Seda está lá, arranhando a porta, rasgando a argamassa em torno do batente da porta enquanto tenta forçá-la a abrir na base da força bruta. Seu focinho está sufocado com sangue e fuligem, tornando sua respiração terrivelmente difícil.

— Cari está aqui dentro!

Eladora passa por ela.

— Saia! Vá para o barco! Faça eles esperarem por nós!

A porta de aço está quente ao toque enquanto ela procura a chave certa. Bolsa de Seda causou tantos danos às dobradiças que Eladora consegue abrir a porta apenas parcialmente, mas a lacuna é grande o suficiente para passar espremida. Lá dentro, não há luz. Ela respira fundo, o ar na máscara fedendo a suor e cinzas, e — *onze minutos* — murmura um encantamento. O feitiço a percorre, repuxando os ossos e músculos, conforme ela reúne a energia e a cospe como uma pequena bola de luz. É quase engraçado como o encantamento é difícil, comparado ao poder que ela foi capaz de exercer brevemente como uma santa.

O feitiço ilumina o corredor de celas. Lá está Carillon, deitada em uma cama na cela mais distante. Inconsciente, mas se remexendo. Eladora corre, procurando a chave correspondente daquela cela.

— Me deixe sair.

A mão de Miren dispara pela lacuna entre as barras, agarrando-a pelo cotovelo direito. Os dedos dele se fecham em seu braço, afundando, prendendo-a. Ele está muito magro, muito pálido, mas é ele mesmo. Houve um tempo — um ano e uma vida atrás — em que ela desejou ardentemente que ele a tocasse de qualquer maneira. Quando interpretava sua neutralidade silenciosa como uma forma de esconder uma profundidade sensível.

Ela nunca viu com os próprios olhos as coisas que Miren é acusado de fazer. Nunca testemunhou nenhum dos assassinatos, nunca soube que ele havia sido criado pelo pai para ser um substituto para Carillon, outro santo dos Deuses de Ferro Negro. Ela leu os relatos que Kelkin e Ramegos compartilharam com ela, sobre como Miren eliminou os inimigos de seu pai, como ele se teletransportou pela cidade em segredo, de assassinatos em salas fechadas e roubos. Sobre como ele matou Mastro, no auge da Crise.

Alguma parte boba dela nunca quis acreditar. Jamais conseguiria reconciliar completamente o monstro daqueles relatórios com o rapaz que conhecia.

Agora ela consegue.

Miren a puxa para a cela, seus membros assustadoramente torcidos, como uma serpente. Um braço se fecha em torno de seu pescoço, pressionando sua traqueia. A outra mão agarra seu braço esquerdo, tentando alcançar o molho de chaves.

Ela deixa cair as chaves, chuta-as para fora de alcance no corredor. Ele sibila de raiva e aumenta a pressão em sua garganta. Eladora rasga o braço dele com as unhas, mas Miren não reage. Ela tenta um feitiço, e ele a levanta do chão, batendo sua cabeça contra uma barra transversal. A dor interrompe seu domínio sobre a feitiçaria.

— Eu pensei que você tinha vindo por mim — sussurra ele em seu ouvido. A mão dele se move por ela, sondando. Encontra a carta que ela forjou e a desdobra. — O que é isso? Você me deixa apodrecendo aqui por meses, mas assim que minha Cari é colocada na prisão, você vem correndo?

— Não sabia. Você. Aqui. — *Doze*, diz outra parte de sua mente, implacável e fria.

— Se eu te soltar, você vai abrir a fechadura? — sussurra ele em seu ouvido.

— Vou — diz ela, sufocada.

Um longo momento se passa enquanto ele considera suas palavras.

— Não. Acho que não acredito em você.

Ele continua apertando e apertando. As celas estão muito longe agora. Ela tenta rezar aos Deuses Guardados — uma fração da força de sua mãe seria o suficiente para arrancar o braço de Miren, ou dobrar as barras da cela de Cari —, mas eles também estão longe e muito acima dela. Eladora se sente caindo em um abismo escuro, habitado apenas por ecos e o som das batidas do próprio coração.

— Meu pai sempre a teve em mais alta conta do que eu. — A voz dele parece estar vindo de dentro dela, um pensamento intruso correndo por seu cérebro. Cacos de escuridão se movem nas profundezas. Há um silêncio terrível ali, como ela imagina que a morte deve soar. Uma ausência que abafa tudo.

O braço de Miren em volta de sua garganta é macio e seco, mas ela se lembra das mãos cheias de vermes de seu avô a sufocando também.

Ela ouve a voz de Carillon, sobreposta, de alguma forma. Ela está bem ali naquele lugar escuro e ecoando de cima.

— Assassino!

A pressão alivia e Eladora cai no chão. Luzes roxas explodem em sua visão enquanto ela ofega por ar. Cari está lá, cambaleando, mas livre, fora da cela. Ela está segurando o molho de chaves, e o sangue pinga de uma chave dentada. Miren segura o antebraço ferido, leva o braço à boca e chupa o sangue.

— Temos os mesmos sonhos — diz ele para Cari. — Você matou a maioria deles, mas ainda existem dois. Quebrados, como nós.

— El, você não tem a merda de uma arma aí? Ou uma faca? Eu vou matar esse desgraçado. — Cari tem que se encostar na parede para ficar de pé, mas não há hesitação em sua voz.

— Nós temos… que ir… — sibila Eladora. — Eles vão… b-bombardear toda a ilha.

— Isso serve — diz Cari. — Ouviu isso, filho da puta? — Ela imita o assovio de um projétil caindo. — Eles vão derrubar este prédio inteiro em cima de você. Igualzinho ao papai.

Miren lambe o resto do sangue, se estica como um gato, fareja o ar. Está cheio de fumaça, mas não há cheiro remanescente de gás.

— Vem comigo, Carillon — diz ele, estendendo a mão através das barras. Educado dessa vez, oferecendo a mão como um cavalheiro ajudando-a a sair de um transporte. — Eu conheço um caminho.

Cari não se move. Miren recolhe a mão.

— Como quiser.

Ele cerra os punhos e desaparece.

É pavoroso. A única vez que Eladora o viu se teletransportar antes, na cripta do Morro do Cemitério, ele simplesmente desapareceu. Em um momento ele estava lá, no seguinte já tinha desaparecido, uma sombra bruxuleante. Agora é diferente. Ele não se move, mas ela percebe que está se esforçando laboriosamente para *atravessar* qualquer dimensão pela qual viaja. Uma dúzia de momentos e a cada um, novas agonias cruzam seu rosto. Ele desaparece, instante a instante, com o som de juntas estalando, de tendões arrebentando e se reformando. E, o pior de tudo, ele deixa um pouco de si mesmo para trás: uma imagem residual fantasmagórica, feita de restos de carne. Uma fatia de osso, mais fina que a melhor porcelana. Uma faixa de carne, como um pergaminho. Um vestígio de tecido. Uma névoa de umidade de seus olhos, algumas gotas de sangue, alguns pequenos fragmentos de linha de seus trapos. Tudo cai no chão ou é soprado pelas correntes de ar quando ele se vai.

— Pelos deuses inferiores — diz Cari, recostando-se de novo na parede.

— Não temos tempo — diz Eladora, agarrando-a.

Perdeu a noção de quanto tempo elas têm antes que o bombardeio comece, mas não podem ser mais que alguns minutos. Elas correm pelo forte em chamas, subindo as escadas de volta ao térreo, procurando uma porta que leve ao pátio perto do portão. Correm por intermináveis aposentos abandonados, as labaredas crepitando sobre suas cabeças, madeira em chamas caindo ao redor delas.

Elas encontram uma janela grande o suficiente para saírem. Do outro lado, uma queda acentuada até as rochas no flanco leste da ilha. Elas meio escalam, meio caem, pousando pesadamente nas rochas duras. Carillon engole ar fresco quando a brisa do mar corta a fumaça. Há uma trilha de cabras que vai de lá até o cais. A luz dos prédios em chamas acima delas é mais brilhante que o sol.

— Estou ficando tonta — diz Cari, escorregando nas pedras.

— Só mais um pouquinho — diz Eladora, mas é interrompida pelo distante estampido de fogo de artilharia.

Ela olha para a cidade no horizonte. Àquela distância, Guerdon é um pequeno semicírculo de luz, com apenas alguns traços discerníveis. A silhueta branca da Cidade Refeita, as torres do Morro Santo.

Fumaça sobre a Ponta da Rainha. Pontinhos de luz, como estrelas em rápido movimento.

# CAPÍTULO QUARENTA E TRÊS

—**N**ade! — Eladora puxa Cari para a água no instante em que os primeiros projéteis caem.

Felizmente, o alvo inicial dos artilheiros é o maquinário de invocação na costa sul, não o forte propriamente dito. Ainda assim, elas estão a apenas algumas centenas de metros de distância da zona de explosão, e metade do mundo explode. A primeira leva é de berradores, projetados para destruir alvos difíceis. Navios de guerra, fortificações, deuses. A segunda onda será idêntica, ela imagina, para destruir o restante do forte, destroçar qualquer abrigo onde um santo fugitivo possa se esconder.

A próxima leva será de flogisto, para limpar a ilha.

De mãos dadas, elas mergulham na água fria, lutando para se manter à tona. Detritos do naufragado *Represália* passam flutuando por elas. Carillon é uma nadadora melhor, mas ainda está fraca por causa da prisão. Eladora pega um pedaço de entulho flutuante grande o suficiente para que sua prima descanse enquanto elas continuam a remar em direção às luzes distantes. Sua máscara de respirar se enche de água salgada; ela a arranca e passa a alça em torno do pulso.

— El — diz Cari, fraca. — Obrigada.

— Sim, bem... — Eladora funga. — Parecia a coisa certa a fazer. Eu não poderia deixar você lá.

— Não por isso. Bom, por isso também, mas por, você sabe, encher sua mãe de porrada. Eu sei como é assustador deixar um deus entrar. Como é difícil permanecer você mesma depois. — Ela tosse, estremece. — Mesmo com Mastro... ele não é um deus, eu acho, mas ainda é difícil lembrar às vezes onde ele termina e eu começo. Às vezes, eu pegava um trem e simplesmente dava o fora da cidade por alguns dias.

— Eles pensaram que você iria embora da cidade.

Eladora repousa sobre os detritos flutuantes também, seu corpo ondulando na água. Ela chuta fora as botas para nadar melhor, os dedos dos pés congelando na água fria. Está exausta, e vai ficando mais difícil bater os pés. Mas as correntes ali vão levá-las de volta a Hark se pararem, conduzindo-as de volta à linha de fogo.

— Ir embora. Sim. Eu pensei nisso, mas... Não sei. Senti que tinha estragado tudo, e então cabia a mim consertar. Eu nunca tinha me sentido assim antes...

— Cari, fique acordada.

— Se eu não conseguir, só... cuide das coisas, está bem? — Cari solta a pegada em sua pequena jangada, começa a escorregar para trás.

Eladora segura o pulso da prima.

— Carillon Thay, fique acordada!

— Tentando. — Cari morde o lábio, endireita os ombros e se iça para cima da jangada.

Atrás delas, mais projéteis caem sobre Hark. Mais berradores. O céu momentaneamente claro, então a escuridão se fecha novamente. Depois que os gritos silenciam e os ecos morrem, acrescenta Eladora:

— Foi o Ratazana quem me mandou buscar você. Ele precisa da sua ajuda, eu acho.

Carillon sorri.

— O filho da puta ainda está lá. — Ela fecha os olhos, como se em oração.

Eladora segura a mão de Carillon, sentindo seu pulso como um sino. A fumaça e as luzes bruxuleantes da ilha arrasada atrás delas torna o céu noturno inconfiável. Formas escuras que podem ser nuvens, salpicadas de cores sobrenaturais. Ela sente algo se mover embaixo dela, nas profundezas das águas. Deuses cercando a cidade como lobos, como tubarões, invisíveis à medida que se aproximam. E a única arma da cidade está lá embaixo também.

De que importa a eleição agora? Será que os deuses invasores se importarão se for Kelkin, ou Sinter, ou outra pessoa no púlpito de ministro no parlamento quando a cidade cair? Todas as decisões e sacrifícios dos últimos dez meses... justificam sequer uma nota de rodapé? Ela não conseguiu nada de duradouro.

Ela se lembra do professor Ongent dando-lhe uma palestra sobre a história de Guerdon. A cidade já foi conquistada antes, mas foram guerras de mortais. Os vencedores instalaram novos reis e representantes, exigiram tributos, habitaram a cidade e passaram a fazer parte de seu tecido. Guerras por território, guerras por ouro. Compromissos podiam ser firmados. Tratados e resgates, tréguas e alianças. Eles podiam mostrar misericórdia.

A Guerra dos Deuses é diferente. Ela a tudo consome. Severast demonstrou isso: os deuses divididos massacraram até mesmo seus adoradores, sem tolerar nenhuma dissidência. A cidade será destruída.

Pensar em Ongent a faz pensar em Miren, entrando na escuridão. Seu pesadelo ganhou vida. Todas aquelas memórias cuidadosamente enterradas, aqueles pensamentos que ela trancou no último ano, começam a vazar, mas ela está muito cansada e com frio para sentir muita coisa. Elas flutuam ali na escuridão de sua mente, como os destroços que as cercam. Consegue pensar de modo desapaixonado, observar as memórias flutuarem e girarem, formando novos padrões.

Ratos semiafogados correm pelos escombros. Esfarrapadas, apavoradas, desesperadas, as criaturas atacam umas às outras enquanto seus pequenos refúgios afundam pelo peso combinado delas.

Uma ideia horrível se apresenta. Uma saída horrível.

— Tem que haver outro jeito — diz ela para si mesma.

— EI — grita Cari. — Olhe.

E, à distância, um barco vem direção a elas. Bolsa de Seda empoleirada na frente como uma figura de proa, acenando.

O comandante Aldras enrola as duas em cobertores e as faz sentar perto da tampa quente do motor. Bolsa de Seda fica empoleirada ao lado delas, como se fosse uma gárgula em uma lápide no Morro do Cemitério, então lembra onde está. Ela também se senta, cruzando as pernas e pegando um dos cobertores emprestado.

— Encontrei Alic — diz ela, a voz falhando. — Ele foi buscar Emlin, mas os dois não sobreviveram.

— Emlin está vivo. — Eladora estremece com a lembrança da coisa que viu na torre. A coisa com a voz do menino, com seus olhos. — Mas ele foi transformado numa gigantesca... coisa-aranha.

Ela encara a cidade do outro lado da água, uma luz piscando na escuridão, de alguma torre no alto da Ponta da Rainha. Acendendo e apagando, acendendo e apagando, pulsando uma mensagem.

— Aranha do Destino — diz Cari. — Divinadores e fuxiqueiros, lá em Severast. Pague a eles um cobre e eles leem seu destino nas teias de aranha, esse tipo de coisa. Inofensivo, eu achava.

— O ramo da igreja em Ishmere é diferente. — Eladora lembra os poucos relatórios aos quais teve acesso.

— Estamos virando — diz Cari de repente. A ilha em chamas atrás delas oferece um ponto de referência fácil, então está claro que ela tem razão. O curso do barco mudou: em vez de retornar a Guerdon, agora ele está voltando, orbitando um ponto na costa noroeste de Hark.

O comandante Aldras desce da casa do leme. Ele olha desconfiado para Carillon e se dirige a Eladora.

— Novas ordens da Ponta da Rainha. Devemos ficar aqui até o amanhecer, protegendo os destroços do *Grande Represália*. Assim que puder, levarei você de volta ao continente. — Ele faz uma pausa. — Não houve menção à sua missão. Posso sinalizar de volta se desejar, mas, dadas as circunstâncias, acho que você deveria apenas se considerar com sorte.

— Foda-se ele — murmura Cari, assim que Aldras se afasta. — Eu preciso voltar para Mastro.

— Você consegue, ahn, contatá-lo daqui? — pergunta Eladora. A Cidade Refeita é quase invisível na escuridão.

Bolsa de Seda parece confusa.

— Mas... Mastro morreu, querida. — Então ela se curva, sua voz muda: — URRH. VOCÊ ESTÁ COM ELA AÍ?

— Ratazana?

— OLÁ, CARILLON — diz o carniçal mais velho.

Espuma jorra da boca de Bolsa de Seda e Eladora a limpa com um canto do cobertor. Os membros de Bolsa de Seda se contraem, mas permanecem travados enquanto o Ratazana assume o controle de sua voz a quilômetros de distância.

— Você tentou me matar, seu merda — diz Cari.

— PRECISEI. OS DEUSES DE FERRO NEGRO PODERIAM TER VOLTADO ATRAVÉS DE VOCÊ. NÃO É UM PERIGO AGORA. MAS HÁ OUTROS ESCAVANDO SOB A CIDADE REFEITA. VOCÊ SABE O QUE ELES PROCURAM. ONDE VOCÊ ESTÁ?

— Na porra de um barco — diz Cari.

— Estamos ao lado dos destroços do *Grande Represália* — sussurra Eladora. — Nos disseram que não voltaremos à cidade até de manhã.

— MUITO TARDE. URRRH.

O corpo de Bolsa de Seda de repente fica mole e ela desmaia no convés. O comandante Aldras se levanta no mesmo momento, mas Ratazana está muito longe para conseguir se apossar da mente do oficial. Aldras olha em volta, confuso, então toma um gole de um cantil e retorna ao trabalho, com sua tripulação soltando outra boia de marcação.

Bolsa de Seda convulsiona novamente.

— Ratazana, você vai machucá-la. Eu vou o mais rápido que puder — diz Cari.

— URRGH. — A luz começa a desaparecer dos olhos de Bolsa de Seda.

— Espere — diz Eladora apressada. — Avise Kelkin: há um santo ishmérico nos etérgrafos. E Miren está à solta.

Ela não tem ideia do que o carniçal mais velho será capaz de fazer sobre qualquer uma das ameaças, mas, contando a ele, pelo menos há uma chance de que a cidade seja avisada.

Quando Ratazana se vai, um sorriso horrível se espalha pelos lábios de Bolsa de Seda. Ele quer matar Miren desde que o conheceu.

— Precisamos voltar para Guerdon — disse Cari. Ela cambaleia até a amurada, encara a Cidade Refeita, uma das mãos segurando o amuleto que usa no pescoço, um talismã dos Deuses de Ferro Negro. Eladora estremece, lembrando como Jermas o colocou no seu próprio pescoço quando tentou convocar os deuses através dela. — Não consigo entrar em contato com Mastro. Está muito longe.

— Você não pode fazer o que Miren faz? — pergunta Eladora.

— Teletransporte? Não. Eu tentei algumas vezes, mas é algo que os Deuses de Ferro Negro deram a ele. — Ela murcha. — Vi feiticeiros fazerem algo semelhante, anos atrás. Em Severast. Hoje em dia você sabe lançar feitiços... não conseguiria nos levar de volta para a costa assim?

— Não sou adepta — diz Eladora, pensando em Ramegos. O teletransporte provavelmente está além das capacidades dela também, embora... Ela pega esse pensamento, deixa-o flutuar com o resto dos escombros.

— Imaginei. Certo. — Cari acena com a cabeça para o comandante Aldras. — Você quer falar com ele, ou falo eu? — Cari estende a mão debaixo do cobertor e pega uma faca.

Eladora abafou um grito.

— Você acabou de sair da prisão! E em seguida a gente já estava no oceano! Como você conseguiu isso?

— Marinheiros têm facas. — Cari dá de ombros.

— Guarde isso.

Eladora se aproxima às pressas de Aldras. Ele levanta a cabeça e a encara, metade de seu rosto iluminado pelas chamas furiosas de flogisto em Hark, o resto na sombra.

— Comandante, é imperativo que retornemos a Guerdon imediatamente. Existem outros barcos aqui para proteger os destroços: certamente eles podem dispensar seu navio para uma viagem de retorno rápida?

— Eu tenho minhas ordens, senhorita. Posso não entendê-las totalmente, mas não vou questioná-las.

Eladora vai até a amurada e olha para as águas escuras. Os reflexos das chamas dançam nas ondas, transformando o mar em fogo. Além dessa faixa ondulante de luz, ela consegue sentir um ponto de repulsa. Os militares não precisam marcar os destroços do *Represália*: qualquer pessoa tocada pelos deuses pode sentir o local preciso onde está aquela coisa horrível.

— Comandante, lá embaixo está uma arma que é a chave para a defesa da cidade. Existem duas outras armas semelhantes, e elas estão prestes a ser tomadas por nossos inimigos. Precisamos detê-los.

Aldras dá um tapa na lateral do holofote do barco.

— Eu posso sinalizar o continente, mas não vamos embora.

O barco dá uma guinada, empurrando Eladora contra a amurada. Aldras a pega, sua outra mão indo para o timão.

Ela olha para o lado e o reflexo das chamas está distorcido. A faixa de fogo está se espalhando em muitas serpentinas menores, fluindo para o mar. O barco ainda está retornando, o motor trabalhando para mantê-lo em posição. As partes superiores do naufrágio ficam repentinamente visíveis através da água.

Cari se junta a eles na casa do leme.

— O que está acontecendo?

— Estamos sendo arrastados — grita Aldras.

— A água está indo embora — diz Eladora, confusa.

— Kraken. — Cari a puxa para longe da amurada. — É um kraken, caralho, roubando o mar!

— KRAKEN! — ruge Aldras.

A tripulação do barco se agita, colocando equipamentos de proteção, preparando armas. Havia quatro outros barcos por ali, circulando os destroços. Quatro formas, delineadas contra as chamas. Quatro luzes na água escura.

Agora, três.

Aldras não hesita. Ele nasceu em Mattaur e, embora tenha partido daquela terra antes de ela ser tomada por Ishmere, já viu santos do

Kraken antes. Ele conhece seus poderes milagrosos. Há muito tempo, os deuses de Ishmere roubaram os mares; ele viu como o milagre do Kraken pode transformar a água a uma substância igual a vidro líquido pela qual nenhum navio consegue navegar, nem qualquer homem nadar. Se seu barco for pego por esse milagre, eles ficarão presos, incapazes de fazer qualquer coisa, exceto sentar e esperar que os tentáculos invisíveis do monstro subam.

Ele vira o barco em direção a Guerdon, aciona o acelerador. Os motores rugem enquanto a canhoneira luta para se libertar da corrente, e então eles estão se movendo rapidamente, mergulhando em direção às luzes distantes da cidade. Eladora cai no chão, desequilibrada pelo movimento do convés. Cari mantém o equilíbrio, faca na mão, esperando o perigo. Dos três, ela é a única que viajou para além de Guerdon; passou metade da vida em navios.

Há três luzes atrás deles, e elas não estão se movendo. O mar ao redor de Hark se transformou em vidro.

Duas luzes, e eles estão correndo para a segurança da cidade, seu porto interno. Borrifos da proa espirram sobre eles. O motor grita.

Eles passam pela Rocha do Sino. Passam pela Ilha do Picanço.

Resta uma luz na popa e eles estão no meio do caminho.

Então ninguém atrás deles, a não ser a linha em chamas de Hark no horizonte. Guerdon cresce à frente: agora conseguem ver o porto claramente, a Cidade Refeita de um lado e a Ponta da Rainha do outro. Aldras pisca freneticamente a luz do sinal, transmitindo um aviso para quem estiver vendo. Sentindo sua presa escapar, o kraken os persegue, cuspindo milagres à frente deles. Manchas vítreas como nódoas de óleo aparecem no caminho, e Aldras se esquiva por entre elas.

— Segurem firme — grita o comandante.

Bolsa de Seda vai cambaleando até Eladora. Os motores alquímicos expelem fumaça e gritam ao serem pressionados além do ponto de resistência. Gases nocivos sibilam de alguma válvula sobrepressurizada.

Um tentáculo sai da água, roçando quase gentilmente o barco. Pinga uma água que se tornou afiada como navalha. Eladora estremece quando uma gota cai em sua coxa, cortando seu vestido e sua pele como uma faca. Bolsa de Seda a protege, deixando suas costas serem esfoladas pela passagem do tentáculo.

Aldras ruge de dor, caindo para trás. Sua máscara o protegeu da maior parte do ataque do santo, mas ele ainda está ferido. Seus braços e costas estão cobertos de vergões. Com uma mão ele segura uma ferida no pescoço, e o sangue jorra entre seus dedos.

Cari avança e agarra o timão, enquanto Eladora se contorce debaixo de Bolsa de Seda e ajuda a tratar os ferimentos de Aldras, desejando naquele momento poder invocar os dons de cura dos Deuses Guardados novamente. Ela não consegue se forçar a rezar, e os deuses não estão tão próximos para que ela possa usar o poder deles sem intervenção divina.

O kraken está bem atrás deles agora: mais tentáculos rasgam a popa do barco, tentando desligar o motor. Por um momento, Eladora vê um olho enorme, injetado de sangue e verde-aguado, encarando-a das águas turbulentas.

Alguns artilheiros navais na costa viram o sinal deles, notaram seu desespero. Os tiros acertam a água perto deles, criando jorros altos ou quebrando pedaços de vidro. O kraken se contorce, depois mergulha, afundando na penumbra do mar por segurança. De seu esconderijo, ele cospe um milagre final e desesperado.

Uma ondulação de magia percorre o mar, e toda a água ao longo da costa se transforma em vidro. Uma espuma de navalhas, de lâminas congeladas. Do cabo da Cidade Refeita à Ponta da Rainha, o limite da cidade é abruptamente circundado com vidro. O vidro líquido quebra como uma onda, envia uma rajada letal sobre os molhes e docas da cidade. Eles não podem mais atracar. A dez metros da costa, uma barreira intransponível de facas.

Carillon reza e a Cidade Refeita estremece. Uma das improváveis torres que se erguem sobre a cidade balança, meio tombando de modo que fique pendurada através do porto. Pedaços de pedra conjurada por milagre caem, e onde elas pousam o vidro volta a ser água.

Carillon aponta o barco para a estreita abertura no vidro e os leva para casa.

# CAPÍTULO QUARENTA E QUATRO

Eles atracam em um cais. A Cidade Refeita se eleva acima deles, um penhasco íngreme de arquitetura improvável. Estão nos limites do Milagre das Sarjetas, nos últimos momentos da breve divindade de Mastro, quando ele gastou prodigamente o poder acumulado dos Deuses de Ferro Negro. Formas fractais congeladas em pedra, grandes praças que terminam em penhascos abruptos, torres iguais aos dedos da mão de um gigante petrificado, todos crescendo a partir da mesma estrutura raiz. Alguns rostos os encaram das varandas e passarelas nos níveis mais altos, mas as ruas estão excepcionalmente vazias. Muitos dos habitantes da Cidade Refeita vieram para Guerdon de terras conquistadas por Ishmere, de Mattaur e Severast. Eles já viram os deuses de Ishmere marcharem para a guerra antes. Sabem o que está por vir, então buscaram refúgio. Apenas tolos e santos resistiriam abertamente aos deuses em sua ira.

Sair do barco é uma luta; o nível da água no porto está anormalmente baixo e eles precisam subir uma escada envolta em ervas daninhas na lateral do cais. A maré baixa expôs paredes descoloridas fervilhantes de crustáceos e resíduos alquímicos. Aves marinhas voam para essa recompensa repentina, grasnando e gritando. Eladora capta fragmentos de uma oração à Mãe Nuvem nos chamados das gaivotas.

Os deuses estão chegando. Nenhum deles está seguro ali.

— Vamos.

Cari conduz Eladora e Bolsa de Seda pelo cais em direção ao paredão marinho. Mesmo depois de meses de estudo, o domínio de Eladora sobre a geografia da Cidade Refeita é nebuloso, então ela leva um momento para perceber que eles atracaram perto da rua das Sete Conchas. A velha casa de Cari fica vários níveis acima, mas apenas a uma rua de distância.

— Espere — grita Aldras, pulando do barco e correndo atrás delas. — Você tem que vir conosco para a Ponta da Rainha. Ainda está sob custódia.

— Claro — diz Cari. — Venha me prender.

Ela toca a pedra do quebra-mar, que se rasga como papel molhado, rolando para trás e se abrindo até formar uma porta. Bolsa de Seda e Eladora a seguem. Eladora dá um aceno de desculpas enquanto o portal se fecha atrás delas.

O túnel que Cari abriu leva a uma escada. Cari olha para os degraus em espiral estreita que sobe na escuridão.

— Foda-se — diz ela. — Vamos falar aqui mesmo.

Ela se senta no degrau inferior, descansando a cabeça contra a parede de pedra.

— Ei — diz ela para a pedra. — Voltei.

Ela já parece mais forte, extraindo vitalidade da Cidade Refeita.

Ao redor delas, Eladora consegue ouvir um som como o de uma onda no mar. Ela não sabe se é o som das ruas da cidade muito acima, ou o mar drenando de túneis profundos, ou um coração enorme de pedra batendo em uma câmara distante.

— O nível da água está baixando. O porto inteiro está sendo drenado. — Cari parece distraída, como se não estivesse prestando total atenção. — Caralho. Caralho. Caralho — murmura ela para si mesma.

— O que está acontecendo lá fora? — Os próprios medos de Eladora evocam uma ladainha de horrores.

— Ai, *caralho*.

\*

As ruas do Arroio parecem desertas nessa noite. Ainda assim, quem quer que esteja observando de buracos nas paredes ou dos níveis superiores dos cortiços que se inclinam sobre a rua deve considerá-los um estranho casal. O morto e a feiticeira se apressam ao longo do caminho, ambos carregando fardos pesados. A Espada Erevesic amarrada às costas de Yoras parece se contorcer e remexer, afundando em sua espinha, em sua caixa torácica.

Ramegos bufa enquanto carrega a bolsa e seu pesado livro-razão de feitiçarias. Yoras se ofereceu para carregar um ou outro, mas ela recusou.

— Vamos nos separar em breve — disse ela. — Assim que chegarmos ao Portão da Viúva, eu vou para oeste e você para norte.

Norte, para o acampamento haithiano. Oeste para... oeste, *longe* da frota de invasão de Ishmere lá no mar conquistado. Longe dos deuses coléricos.

Uma sirene soa tristemente em algum lugar no Morro do Castelo, assinalando o toque de recolher.

Os trens não estão funcionando. Não há uma carruagem disponível na cidade. As ruas estão desertas, em antecipação à tempestade.

O caminho mais fácil para o Portão da Viúva seria continuar através do Arroio até cruzarem a rua da Misericórdia e depois seguir aquele bulevar ao norte sob os viadutos. A rua da Misericórdia e a Praça da Ventura, porém, se tornaram acampamentos armados em antecipação ao ataque, e nem Ramegos nem Yoras pode se dar ao luxo de ser detido e questionado. Portanto, eles dão a volta no sopé do Morro do Castelo. A encosta rochosa foi, ao longo dos séculos, transformada em uma cidade vertical, um bairro de escadas e saliências sob a sombra do prédio do parlamento. É fácil passar despercebido.

Ramegos — a única coisa viva, ao que parece, no Arroio inteiro — murmura instruções para Yoras, ofegante, dizendo a ele o que dizer quando chegar ao acampamento. Está claro para ele que existe uma intrincada teia de intrigas e barganhas envolvida, mas procurar o sentido delas está além de sua capacidade. Ele apenas escuta enquanto ajuda a mulher mais velha a subir os degraus íngremes que vão do Arroio até as alturas rochosas do Morro do Castelo.

— Quando chegar lá, não pare. Não deixe ninguém tirar essa espada de você, até encontrar o herdeiro e colocá-la em suas mãos. O filactério conhecerá os seus. Cuidado com… — Ramegos faz um muxoxo, então balança a cabeça, decidindo não colocar esse pensamento em palavras. — Eu nunca desejei mal a nenhum deles. Nunca deveria ter havido qualquer derramamento de sangue por minha causa. — Ela faz um sinal curioso com a mão, e Yoras suspeita que haja algum tabu feiticeiro envolvido. Sua preocupação com o derramamento de sangue é mais do que simples culpa.

Ele duvida que a pessoa com quem ela conspirou sinta o mesmo. Os mortos não sentem o mesmo que os vivos. Em Haith, a vida é uma aventura breve e selvagem com irracionalidade e paixão. O Império é fundado na obediência fria à tradição e disciplina férrea.

São muitos degraus, e eles estão apenas na metade do caminho para o Morro do Castelo quando Ramegos pede uma pausa. Ela enfia a mão no casaco, puxa sua corrente de deuses, examina-a.

— Bem, então. — Ela se vira e olha para o sul.

Tiroteios ecoam pela cidade. Os sons estão direcionados para longe deles, lá para o mar. Clarões vindos do Morro do Castelo, logo acima. Então uma resposta ao fogo da Ponta da Rainha, nas docas. Uma fuzilaria maciça, de sacudir a terra: e a terra continua sendo sacudida mesmo depois que os canhões de Guerdon silenciam.

Ouve-se um ruído estrondoso e intenso, maior do que o céu. Tão amplo que não pode ser distinguido de seus ecos. Todo o horizonte está gritando.

Yoras pode ver no escuro. Os vivos não podem. Tudo o que eles percebem é aquele barulho terrível.

Ele pode ver as águas sendo drenadas do porto. A linha branca da arrebentação recuando. Os mastros dos navios ancorados tombando de vista atrás da fileira de armazéns, como árvores derrubadas. Cargueiros enormes afundando na lama à medida que o mar recua. Por toda a baía, a água está se esvaindo.

Uma parede escura, terrível e vasta, ergue-se na baía. Um maremoto, mais alto do que as torres.

Há muito tempo, Ishmere conquistou os mares.

Agora, o mar vai à guerra pelo Reino Sagrado.

Conforme a onda rola sobre a Ilha do Picanço, ela não quebra. Em vez disso, se divide e se divide, sem parar. Não uma onda, mas uma dezena, uma dezena de braços d'água, imensos, em forma de Kraken. Um navio de guerra imenso e grotesco cavalga cada um dos doze braços. Coisas deformadas lotadas de santuários e relíquias, embarcações que nunca poderiam navegar em mares mortais. Produzidas por krakens do outro lado do oceano infinito de Ishmere.

O primeiro tentáculo quebra sobre o porto, enviando uma cascata de água afiada para inundar o cais. Mais dois, três, talvez mais, envolvem a Ponta da Rainha. Quando os tentáculos desabam, deixam para trás os navios de guerra que carregavam. Há um navio encalhado no alto da fortaleza, tombado em algum pátio superior.

Outro tentáculo-onda se estende do oceano invasor. Ele passa por cima das docas, por cima do Arroio, fazendo um arco diretamente acima do crânio de Yoras. Ele avista a quilha do navio de guerra de Ishmere cavalgando a onda, ouve os gritos de guerra dos santos e monstros a bordo. O tentáculo consegue se esticar apenas o suficiente para alcançar a borda do platô do Morro do Castelo, e o navio de guerra freia com dificuldade, para descansar empoleirado no topo do precipício.

Água lamacenta cai sobre eles. Yoras arremessa Ramegos para dentro de uma alcova. A água afiada rasga seu uniforme e marca seus ossos com arranhões profundos, mas ele consegue suportar o ataque infinitamente melhor do que a carne mortal dela. As escadas se transformam em uma cachoeira.

Ramegos está gritando algo — um feitiço —, mas, muito embora seu rosto esteja a apenas alguns centímetros de distância do crânio dele, Yoras não consegue ouvi-la. O mundo é estilhaçado por mais seis cataclismos, mais seis ondas quebrando na terra. E onde cada onda bate, deixa para trás um navio de guerra tripulado por monstros tocados pelos deuses e sacerdotes fanáticos.

— Temos que descer — grita Ramegos. — Os túneis! Os túneis!

Uma tempestade estridente sopra com uma velocidade impossível, as nuvens fervendo na noite. Há santos de guerra no céu.

Os fracos deuses de Guerdon só conseguiram reunir um único raio. Os deuses de Ishmere têm a bênção do Grande Umur, e ele comanda o feixe de raios. O céu noturno explode em uma centena de falsos amanheceres enquanto os deuses destroem artilharias e fortificações pela cidade. Um raio atinge a escada e o impacto o joga na beirada.

Ele cai nas águas da enchente e a corrente o pega. As ruas do Arroio se tornaram rios de fluxo rápido, correndo cegamente para baixo em direção ao mar. Yoras não é o único cadáver carregado por aquelas águas. Os mortos estão ao seu redor, dançando com ele enquanto é levado para dentro do redemoinho que era Guerdon.

Carillon pressiona a mão na parede de pedra: mais para apoio do que para qualquer conexão mágica com Mastro, imagina Eladora. A voz da prima treme enquanto ela retransmite o que as visões lhe contam.

— Uma dezena de navios ishméricos. Esses... tentáculos de maremoto os levou bem para dentro, bem além da costa. Eles pousaram em todo o Arroio. No Morro do Castelo também. Santos e... caralho. A guarda se fodeu. Vários deles perto da Ponta da Rainha, e mais outros tantos descendo as docas. O acampamento na Praça da Ventura foi destruído. Parece que há combates perto das igrejas dos Guardiões e na marginal Cintilante.

— Eles estão indo atrás dos templos — diz Eladora, lembrando-se de relatórios do almirante Vermeil.

Em outras terras conquistadas na Guerra dos Deuses, os templos, santuários e santos dos inimigos foram os primeiros alvos para qualquer invasor. Qualquer coisa que negue a capacidade dos deuses de se aglutinar.

Ela se pergunta se o almirante está vivo ou morto. As armas lá no parlamento se calaram. Ela se lembra do monstro-aranha feito de Emlin invadindo a rede do etérgrafo, e havia um etérgrafo no escritório de guerra do parlamento também. A aranha poderia ter contornado as alas abandonadas do parlamento, pulado de Hark para o coração do governo em um piscar de olhos. Até onde Eladora sabe, Kelkin, Vermeil e o resto do comitê de emergência estão todos mortos, e a cidade, sem liderança.

Cari tira sua atenção das visões.

— Você precisa fugir, El. Eu não posso ir embora, mas você pode. Saia da cidade.

Todo mundo fica dizendo para ela fugir. Ramegos, Ratazana e agora Cari. Dizendo a ela para fugir, para desviar o olhar do perigo. Ela rejeitou a própria santidade e não é uma mestra feiticeira. Ela não é uma soldada nem general, nem santa, nem espiã. Que papel restou para ela desempenhar?

Eladora balança a cabeça, sem saber ao certo qual seria a resposta.

— Nós nos escondemos? Lá no fundo? — pergunta Bolsa de Seda, enterrando o rosto nas mãos com o pensamento. — Isso é o que Ratazana está planejando, eu acho. Existem lugares sob a cidade onde nem mesmo os deuses de Ishmere nos encontrarão.

— Nada disso, porra — diz Cari. — Precisamos deter a invasão. Vai ser uma puta de uma carnificina. De novo. Precisamos de armas. Tem aquela a bordo do *Falco*, mas ele afundou. Existem mais duas enterradas com aquelas merdas alquímicas, e agora o Ratazana está reclamando dos soldados de Haith em seus malditos túneis de carniçais.

Eladora quase acrescenta *Ramegos encontrou as bombas e vendeu sua localização para Haith*, mas segura a língua. Carillon não precisa saber disso e pode reagir esfaqueando alguém.

Cari estala os dedos.

— É isso, porra. Haith está atrás das bombas. Eles estão tentando abrir o cofre, mas precisam ter cuidado por causa de todas as coisas alquímicas lá embaixo. Eu só posso moldar a pedra. A gente entra rápido, rouba elas primeiro, usa elas. Bum.

— Não — diz Eladora baixinho.

— Não o quê? — retruca Cari. Ela dá um pulo e se levanta. — Qual é a alternativa? Se quer ficar, você luta, certo? Ou vai correr de volta para o maldito Effro Kelkin? Ficar escrevendo relatórios enquanto a marinha tenta combatê-los? Porque eu sei o que ele vai dizer, El: eles vão erradicar a Cidade Refeita, o Arroio e metade da cidade baixa. Como fizeram antes. Vão defender os ricos e dizer aos outros para aguentar firme. Porra, El, eu sei, está certo? Tenho protegido a Cidade Refeita sozinha há meses!

— Cari, se ac-calme — diz Eladora. — Preciso pensar.

— Não temos tempo. Precisamos pegar as bombas.

— Essas armas estão inacabadas. São apenas sinos quebrados.

— Os alquimistas transformaram o sino da Torre da Lei em uma arma em uma semana! — cospe Cari. Ela anda para cima e para baixo no patamar, a faca roubada em sua mão. Incapaz de ficar parada, consumida pela necessidade de agir.

De fazer uma estupidez.

— Você tem uma fundição alquímica à mão? Projetada de acordo com os segredos mais bem guardados dos alquimistas? Aqueles que foram mortos quando você conjurou a Cidade Refeita em cima deles?

Cari a encara com raiva, mas não tem resposta.

— E mesmo assim, de que adiantaria?

— Mataria os deuses de Ishmere!

— Ramegos projetou toda a máquina na Ilha Hark para alcançar as condições necessárias para matar *um* deus. As armas não são uma solução. T-todo mundo está extrapolando a partir do Vale Grena, mas ele foi escolhido como local de teste porque oferecia as condições ideais.

— Deuses me fodam. Então, o que fazemos?

— Correr por aí não vai ajudar.

— Não, vamos sentar aqui e ler um livro sobre como você é muito mais inteligente do que todo mundo. Isso vai ajudar, porra.

Bolsa de Seda se remexe, desconfortável.

— Os Guardiões estão mais fortes do que eram. Eles têm santos agora. Guerdon não é tão ímpia. Não estou dizendo que quero viver sob o jugo dos Deuses Guardados novamente, mas melhor eles que Ishmere. E agora tem um rei, talvez não seja tão ruim.

— Morro Santo está fodido — declara Cari. — Se eles estão indo atrás das igrejas e templos, os Guardiões vão cair primeiro. — Um sorriso selvagem no rosto. — Bem-vinda à santidade, Silva. Aposto que eles vão fazer uma bela relíquia do seu crânio de merda.

Uma coalizão. Uma aliança, pensa Eladora. Os santos da Igreja, marchando para a guerra ao lado da guarda da cidade e da marinha. Armas alquímicas para impulsioná-los. E Terevant deve um favor a ela: talvez possam convocar as tropas de Haith para ajudá-los. Eles podem revidar, não podem?

Ela cai contra a parede, pressionando as mãos sobre os ouvidos para bloquear os sons de bombardeio. Tudo que ouve é o bombear de seu próprio sangue.

Quanto da frota de invasão já atracou? Doze navios é apenas uma fração da força de Ishmere. E, quando Mattaur caiu, havia avatares lá, deuses manifestos de modo tão completo quanto possível no mundo físico. Apesar de toda a carnificina e destruição lá fora, esse ainda é apenas um ataque de sondagem. Ishmere está se segurando, ou essa é toda a força que eles têm agora? Todos os relatórios de inteligência afirmavam que eles iam atacar Lyrix. Eles mudaram de curso por alguma razão. Um espião, ela imagina, relatando que Guerdon era mais vulnerável do que parecia.

Se isso for verdade, então essa é apenas a primeira onda. Haverá mais navios. Mais santos.

Parece que ela está lendo tudo isso em um livro de história. Alheia e distante, com listas de números de tropas e milagres estimados. *A Queda de Guerdon: uma reavaliação crítica, com ênfase especial na discórdia política e no papel da família Thay.*

Ela não tem ideia de quem venceria um conflito entre essa força ishmérica e qualquer coalizão de guarda da cidade e santos dos Guardiões e tropas de Haith que elas pudessem montar, mas sabe que não seria uma vitória decisiva. Ishmere tem uma vasta frota; Haith tem hospedeiros imortais. O vencedor não teria permissão para governar Guerdon, não enquanto a cidade contivesse prêmios como as obras alquímicas, as bombas divinas escondidas. Haveria uma contrainvasão, e outra, e mais outra.

Repelir a invasão não vai encerrar a guerra.

Pense. Pense.

Pense enquanto santos lançam raios pelo céu. Pense enquanto o ruído de fogo de artilharia é acompanhado pelo estalo de rifles nas docas. Pense enquanto a cidade geme e range sob o peso de uma inundação.

Bolsa da Seda se ajoelha ao seu lado.

— Senhorita, vamos até o lorde Ratazana. Os carniçais estão se reunindo lá embaixo. Ele mandou chamar Carillon. Vocês vêm?

Eladora balança a cabeça novamente. Ela não consegue lembrar como falar.

Cari faz uma pausa.

— El. Eu conheço um bando de contrabandistas. Mastro diz que eles estão partindo esta noite: eles têm um barco escondido na costa. Se você quiser, é a sua melhor chance de chegar a algum lugar seguro.

Haverá mais ondas. Mais deuses.

Ela se levanta. Não tem lenço, então limpa o nariz na manga.

— Eu estou indo até Kelkin — diz baixinho.

Cari parece decepcionada.

— Puta merda, El.

— Eu... Eu tenho uma... o começo de uma ideia. Uma tese.

A carniçal sorri.

— O sr. Kelkin saberá o que fazer.

— O sr. Kelkin não vai gostar da minha ideia — murmura Eladora.

# CAPÍTULO QUARENTA E CINCO

As criaturas invisíveis farejam Terevant e o tocam com suas patas. Línguas longas e ásperas lambem suas mãos, deslizando sob os pulsos de sua camisa para sondar suas cicatrizes dos periaptos. Carniçais, ele pensa, e ferozes. Os comedores de cadáveres foram erradicados em Haith séculos atrás, mas ele se lembra de antigas histórias. Jovens carniçais quase conseguem se passar por humanos, falar como humanos, e os carniçais mais velhos são monstros saídos das lendas, semideuses necrofágicos do submundo. Entre essas duas fases está o período feral, quando os monstros se tornam predadores e caçadores selvagens. Ele está no meio de uma matilha de lobos de duas pernas.

Fique calmo. Sem gestos ameaçadores. Mas não se faça de morto: eles comem cadáveres. *Pela Morte, eles provavelmente estão com fome. A Igreja dos Guardiões deveria alimentá-los, mas fecharam os poços de cadáveres.*

— Não tenho comida — diz ele.

Os carniçais riem e uivam. Um deles puxa sua camisa, garras roçando a cicatriz dolorida. Outro o empurra, jogando-o ao chão. Terevant não consegue manter o equilíbrio na escuridão.

Mais carniçais se juntam à matilha, arrastando algo atrás deles. Terevant não consegue vê-los, mas o túnel está mais lotado, e ele ouve ruídos úmidos, sente o cheiro de sangue. Eles pegaram um cadáver e o estão desmembrando. Rasgando membro por membro, fazendo-o em pedaços. Seu estômago embrulha e ele vomita, fazendo o peito arder de dor outra vez. Grotescamente, um dos carniçais passa um pedaço grande de carne a ele, oferecendo-a como se esperasse que ele compartilhasse de seu banquete terrível. Ele pega a carne e a joga de lado.

Um dos monstros maiores uiva, e Terevant não sabe dizer se é uma instrução, uma pergunta ou um rugido animalesco.

E então eles o levantam, toda a matilha o carregando, o arrastando velozmente pelos túneis. Terevant grita, mas eles estão se movendo tão rápido através da escuridão sem fim que nem sequer consegue ouvir o eco de seus gritos. Ele chuta, mas os carniçais são monstruosamente fortes. Mãos com garras agarram seus tornozelos, seus braços, o prendem. Mãos com garras tampam sua boca, abafando sua voz. Mergulhando nas profundezas da cidade, uma corrida impetuosa como um trem em fuga. A cada curva ele se convence de que vão esmagar sua cabeça contra algum obstáculo invisível, ou que metade dos carniçais irá para um lado e o resto para outro e ele será dilacerado.

Os carniçais descem. Às vezes, sua corrida selvagem pelo submundo da cidade os leva a grandes abismos abertos — esgotos, talvez, ou túneis de trem ou cavernas invisíveis —, e os carniçais saltam sobre eles, o vento frio passando rápido pelo rosto de Terevant, a matilha grunhindo em sincronia enquanto se lança sobre o abismo.

Bruscamente, a matilha faz uma pausa. Terevant ouve alguns deles se afastando, murmurando e rosnando uns para os outros em tons baixos. De repente estão cautelosos. Colocam Terevant no chão — é áspero, metálico, quebrado, como se ele estivesse deitado em um ferro-velho. Um cano quebrado pressiona suas costelas; sua bochecha repousa contra vidro estilhaçado. Ele sente um fedor químico e algo viscoso rastejar sobre sua panturrilha — não um carniçal, muito menor, do tamanho de um gato talvez, mas mole e frio. Para onde o levaram?

O chão treme enquanto algo elefantino caminha em sua direção. Hálito quente e fétido. O uivo dos carniçais se torna mais manso, até mesmo maravilhado. Garras enormes o levantam do chão — e então, o pior de tudo, a criatura assume o controle de sua *voz*. Palavras incham em seu estômago, parecendo frutas podres, e saem pela sua garganta como vômito grosso.

— URH. UMA MOEDA PERDIDA NA SARJETA. UM FILHOTE DE GATO EM UM SACO. HOMEM DE HAITH. PARA QUE VOCÊ SERVE? SUA ALMA ESTÁ PRESA A SEUS OSSOS. DEVEMOS ABRIR A MEDULA PARA ENCONTRÁ-LA?

A criatura o deixa cair, fazendo com que ele desabe no terreno acidentado, mas sua boca continua se movendo. Sua voz ecoando em seus ouvidos.

— SEU SERVIÇAL DUAS-CARAS NÓS PODERÍAMOS COMER. ELE OFERECEU TODOS OS SEUS SEGREDOS. VOCÊ É O SENHOR DESSES SOLDADOS. ELES VÃO OUVIR VOCÊ.

Terevant tenta falar, tenta dizer aos carniçais que ele é um criminoso procurado, que não tem mais autoridade sobre as tropas da Casa Erevesic, mas o monstro ainda agarra sua garganta.

— DIGA A ELES QUE NÃO ENCONTRARÃO TESOURO AQUI.

O monstro o solta. Terevant ofega por ar.

— Por que está fazendo isso?

— ESTÁVAMOS AQUI PRIMEIRO. — O carniçal mais velho se agacha ao seu lado. Em vez de falar através dele, assume o controle de um coral de seus colegas mais jovens, sua voz um coro gutural de latidos e grunhidos que, de alguma maneira, formam palavras desconjuntadas. — SEMPRE, QUANDO CHEGAM OS TEMPOS SOMBRIOS, VAMOS PARA OS LUGARES PROFUNDOS PARA NOS ABRIGARMOS. OS PLANOS DE KELKIN FALHARAM. HAVERÁ MUITA MORTE. DEVEMOS NOS ESCONDER AQUI ATÉ A TEMPESTADE PASSAR, E ENTÃO AS RUAS TERÃO IMENSA RECOMPENSA DE CARNE MORTA PARA NÓS COMERMOS. É ASSIM

QUE AGE UM CARNIÇAL. — O monstro se inclina, tão perto que Terevant consegue ouvir sua língua raspando. — MANDE-OS EMBORA.

— Eles não vão me ouvir.

— SUA FORÇA ESTÁ VINDO, HOMEM DE HAITH. EU SINTO O CHEIRO DELA. E, QUANDO VOCÊ A TIVER, VAI FAZER COM QUE ELES SAIAM. MARCHE DE VOLTA PARA SUA TERRA EMPOEIRADA E NÃO PERTURBE MAIS A MINHA CIDADE. — O carniçal ri. — VOCÊ PODE NOS DEIXAR DAERINTH. NÃO SOBROU MUITA *ALMA* NELE PARA COMER, MAS VOU PALITAR OS MEUS DENTES COM SEUS OSSOS.

Uma luz estranha se aproxima. Seu brilho ilumina a câmara ao redor deles. Ela é vasta, um cisto subterrâneo com centenas de metros de largura. Um ferro-velho sem fim, cheio de pilhas e montes, despedaçado e retorcido como se uma criança gigante tivesse brincado com ele antes de descartar seus brinquedos quebrados. O teto, em contraste, é uma abóbada magnífica que combinaria com a catedral mais adornada do mundo, toda feita de uma pedra branca perolada que...

— Estamos sob a Cidade Refeita.

— De fato. — A pessoa que conjurou a luz emerge de outro túnel. É a dra. Ramegos. Suas vestes estão molhadas e esfarrapadas, e ela está sangrando de muitos pequenos cortes. Atrás dela estão mais carniçais, empurrando-a como os outros carregaram Terevant. — Este costumava ser o antigo Bairro dos Alquimistas, até a Crise. As bombas divinas foram feitas aqui. Mas o senhor acabou com isso, não foi, lorde Ratazana?

Agora que consegue ver o carniçal mais velho, Terevant deseja que ainda estivesse escuro. A criatura está bem ao lado dele, tão perto que pode sentir o hálito fétido dela em seu pescoço. Tem pelo menos o dobro de sua altura, com uma cabeça chifruda que lembra o crânio esfolado de um cachorro. Olhos que o fazem pensar na luz de uma fornalha, como se estivesse queimando almas em sua barriga emaciada.

O carniçal mais velho fala por meio de Terevant mais uma vez. As palavras saindo irresistivelmente de sua garganta.

— CARILLON MATOU OS DEUSES DE FERRO NEGRO. MASTRO ENTERROU O QUE SOBROU. É SÁBIO ESCUTAR QUANDO CARNIÇAIS FALAM DE SEPULTURAS.

Ramegos se senta ao lado de Terevant, de frente para o carniçal.

— Se essa *criatura* tivesse deixado que nós escavássemos o cofre, poderíamos ter recuperado os restos dos dois últimos sinos. Mas ele não nos deixou entrar...

— VOCÊ NÃO SABE O QUE ESTÁ PEDINDO — rosna Ratazana, através de um dos outros carniçais.

Terevant e Ramegos estão cercados agora por uma hoste de necrófagos, enxameando como mariposas em torno da luz. Ramegos nem se retrai e ignora a interrupção do carniçal.

— Ele não nos deixou entrar, e Effro Kelkin não estava disposto a arriscar a aliança com os carniçais. Então fechamos um acordo secreto com sua Coroa. Um filactério em troca da localização do cofre.

— A Espada Erevesic.

*Ela matou Olthic*, pensa Terevant. *A Coroa matou Olthic.*

— ELA PREJUDICOU A NÓS DOIS — diz Ratazana. — VAMOS MATÁ-LA? — Os carniçais riem. — DEVO ACABAR COM VOCÊ, BRUXA VELHA, E COMER DE SUA ALMA?

— Você está ameaçando isso desde que cheguei — zomba Ramegos. Feitiçaria crepita entre suas mãos. — Ele é muito covarde para tentar — diz ela a Terevant. — E, se eu o prejudiquei, ele fez pior. Pergunte a ele quem contou aos Guardiões sobre Edoric Vanth. Vá em frente, Ratazana, admita.

O carniçal mais velho ri de novo, um gorgolejo horrível.

— A CORAGEM NASCE DO MEDO. MEDO É PARA O POVO DA SUPERFÍCIE. — Um carniçal diferente fala dessa vez, mas ainda são palavras do Ratazana. — SUA NEGOCIAÇÃO COM HAITH TERIA TRAZIDO PROBLEMAS PARA NÓS. TROUXE PROBLEMAS.

— Onde está a espada? — questiona Terevant. Ele se sente intrometido no meio de uma longa discussão.

— A jovem Eladora Duttin veio até mim e... me convenceu a devolvê-la a você. Eu tentei, realmente tentei. Eu a entreguei para o seu homem, Yoras.

— Onde ele está?

Ramegos balança a cabeça.

— Eu sinto muito. Ele se foi. Fomos pegos ao ar livre quando Ishmere atacou. A espada está no meio do Arroio. Está um inferno lá em cima. — Como se para sublinhar suas palavras, a caverna treme ligeiramente, abalada por uma explosão distante ou um raio divino muito acima deles.

— SEUS PLANOS FALHARAM — diz Ratazana. — A ARMADA DE ISHMERE CHEGOU. HAVERÁ GUERRA DOS DEUSES NAS RUAS E MUITO SOFRIMENTO.

— Achei que teríamos mais tempo — diz Ramegos. — Que eles iam passar ao largo de Guerdon e conquistar Lyrix ou Haith primeiro. Sem querer ofender. — Ela suspira. — Nós tentamos. Nós realmente tentamos. Quase mudamos o mundo aqui. Se tivéssemos um pouco mais de tempo...

Ratazana a fareja, empurrando o enorme focinho contra ela.

— DEITE E MORRA, ENTÃO, E COMEREMOS DE SUA CARNE.

— Ainda não morri — retruca Ramegos. — Eu vou é embora pelo caminho mais rápido que conseguir encontrar.

— SEM A ESPADA ELE É INÚTIL PARA MIM — rosna Ratazana. — VOCÊS DOIS SÃO *CARNE*.

O carniçal paira sobre eles, garras brilhando na luz sobrenatural.

Terevant se levanta com dificuldade.

— Eu ainda sou o Erevesic! Mesmo sem a espada... essas tropas são minhas. Traga-as a mim. Deixe-me falar com elas!

— COMO QUISER. — O carniçal dá de ombros. — A GUERRA DOS DEUSES JÁ CHEGOU. POUCO IMPORTA COMO VOCÊ GASTA SEUS ÚLTIMOS MINUTOS.

Os carniçais conduzem Terevant e Ramegos pela estranha caverna, através dos destroços. Eles precisam fazer uma rota tortuosa; os carniçais podem ser em grande parte imunes aos reservatórios de toxinas e pilhas de armas alquímicas destruídas, mas Terevant ainda é mortal. Ele imagina que consegue sentir os venenos se infiltrando em sua carne. Seus pulmões queimam, seus olhos lacrimejam, mas ele não consegue desviar o olhar. Atrás dele, Ramegos tosse na própria manga. Ela murmura algo sobre o lugar ser muito instável para feitiços de proteção.

Eles se movem pelas ruínas do antigo Bairro dos Alquimistas. As bombas divinas foram forjadas naquelas máquinas; o equivalente em armas ao resgate de um reino jaz espalhado pela pedra torturada. Passam pelos cadáveres de monstros que Terevant não reconhece: coisas deformadas, como uma dezena de animais costurados uns nos outros. Horrores rastejantes de cera. Poças de gosma de onde brotam olhos que o encaram.

Existem outras criaturas na escuridão. Atraídas pela luz, elas deslizam, pululam e se esgueiram. Coisas que um dia podem ter sido humanas, miseráveis cambaleantes vestindo os restos esfarrapados de trajes de proteção. Criaturas metade cera, parcialmente derretidas. Raptequinas selvagens, magras como cavalos esqueléticos, crinas pálidas sujas de sangue.

À frente, as paredes se curvam. A pedra branca está manchada com remendos de metal esmagado, detritos empilhados sobre mais detritos e esmagados por alguma força inimaginável. Um recipiente de contenção. Terevant imagina um gigante de pedra, batendo freneticamente punhados de metal derretido contra rachaduras na parede, desesperado para selar o que quer que esteja do outro lado. Algo mais tóxico, mais abominável que todos os horrores daquela caverna externa.

Ao pé da parede maciça há um foco de luz. Dezenas de tropas de Vigilantes vestidas com a libré da Casa Erevesic montam guarda ao longo de um contingente menor de tropas da embaixada. Atrás deles está um punhado de almas vivas. Alguns usam as vestes negras de necromantes, outros, os uniformes dos engenheiros reais. Rostos assombrados, pálidos por causa da poeira, manchados de sangue e gosma. Eles estão escavando a parede. Terevant se pergunta por um instante por que simplesmente não a explodem, então se lembra das pilhas de resíduos alquímicos e armas destroçadas atulhando os destroços. Não é à toa que eles não estão usando explosivos.

Quando avistam os carniçais, os Vigilantes reagem como um só, mirando seus rifles na escuridão. Os carniçais se protegem em meio aos detritos, deixando Terevant exposto. Ele avança sozinho, passando sobre os corpos. Carniçais mortos recentemente, alguns Vigilantes quebrados, danificados além de qualquer conserto, e abaixo deles um tapete nojento de abominações chacinadas.

**É o Erevesic**, grita um dos mortos-vivos, espantado.

**O Erevesic!**, ecoam as outras tropas de sua Casa. Eles lutaram por sua família durante séculos. Viveram, morreram e ressuscitaram para lutar novamente ao lado de seus ancestrais, ao lado do portador da Espada Erevesic.

Crânios familiares que ele viu pela última vez em Velha Haith emergem da escuridão. Comandante Rabendath, Iorial, Bryal. Mãos ossudas apoiando-o, levando-o para a luz.

— A cidade está sob ataque — diz Terevant. — Nós deveríamos estar lá em cima. Bryal, sua filha está lá no palácio do Patros, que será o primeiro alvo deles...

**Temos nossas ordens, senhor**, diz Rabendath. **E o senhor não está no comando aqui.**

Daerinth corre em direção a ele, acompanhado por quatro Vigilantes da embaixada.

— Prendam-no! — ele coaxa. — Prendam o assassino do embaixador!

**O Erevesic está sob custódia**, diz Rabendath. Os mortos da Casa Erevesic cerram fileiras ao redor de Terevant. Ele e Daerinth ficam se encarando através de cercas de osso.

— Levem-no para o acampamento! Ponham-no em um trem para Haith, para que ele possa comparecer perante a justiça da Coroa — insiste Daerinth. — Ele não deveria estar aqui.

— Deixem-no passar — ordena Terevant.

O velho passa pelas linhas, agarra o braço de Terevant e sussurra:

— Eu lhe dei uma chance de fugir, seu idiota. Eu tentei evitar isso.

— Você assassinou meu irmão.

— Tentei evitar a necessidade. Se não fosse pela sua intransigência, ele estaria vivo e coroado, mas... Tinha que ser feito. É por Haith que faço tudo isso.

— O que você fez?

— Eu nunca vacilei. A Coroa verá que eu nunca vacilei.

A Coroa, não as Casas ou o Gabinete. Olthic tentou garantir Guerdon pela diplomacia, Lys pela astúcia, e o tempo todo havia um terceiro plano, nascido do desespero e do cálculo frio.

Daerinth empurra Terevant fracamente e levanta a voz.

— Um fratricida não pode segurar a espada da família. As almas dos mortos Consagrados o rejeitariam. A linha dos Erevesics acabou com Olthic. Vocês não devem lealdade a este traidor.

— Eu não o matei. Não sei como você fez isso, mas...

Daerinth bufa.

— Mais mentiras. Você o esfaqueou.

— Todos vocês lutaram ao lado do meu irmão — diz Terevant, levantando a voz. — Vocês conheciam sua destreza como espadachim. Ele era incomparável com uma lâmina comum: acham que eu sozinho poderia tê-lo vencido quando ele segurava a Espada Erevesic?

Um dos soldados da embaixada gira seu crânio para olhar para Daerinth. **Talvez devêssemos todos voltar para o acampamento, vossa graça.**

— Não há tempo para isso. Estamos muito perto. Do outro lado desta parede estão os restos das duas últimas armas que destroem deuses. A Coroa ordenou que eu as obtivesse. A Coroa é quem me ordena.

— Ele sabe que as armas estão lá porque vendeu a Espada Erevesic para encontrar este lugar! — grita Terevant.

— Isso é uma mentira. A Coroa nunca...

— Dra. Ramegos, aproxime-se!

— Ah, diabos.

A luz sobrenatural se acende subitamente. Ramegos avança com cautela, emergindo do esconderijo dos carniçais e escolhendo seu caminho através dos destroços. Daerinth observa horrorizado enquanto ela se aproxima; Ramegos lhe dá um constrangido aceno de saudação.

— É verdade. Houve um acordo. Um filactério pela localização das bombas, o conhecimento para usá-las. Não sei o que aconteceu na embaixada, mas eu estava com a espada.

Ela para no meio da terra de ninguém entre os carniçais e os mortos, a luz pálida conjurada rodeando-a, fazendo-a parecer um espectro acusador.

— De que importa isso!? — Daerinth dá um gritinho esganiçado.

— Haith está em perigo! Depois da queda de Guerdon, nós somos os próximos! A Coroa precisa dessas armas! Derrubem a parede!

As tropas da Coroa pressionam a linha inflexível da Casa Erevesic e são forçadas a recuar. Daerinth tenta alcançar os engenheiros reais posicionados perto da parede, forçando passagem pela hoste dos mortos, mas Rabendath dá um passo à frente e gentilmente restringe o príncipe.

**Devemos voltar para o acampamento, vossa graça...**

E então tudo vira um inferno.

Ratazana vê primeiro... ou sente primeiro. O grande carniçal começa a se mover um instante antes de tudo começar. Subindo acelerado um monte de metal quebrado, seu hálito quente fumegando no frio da caverna, vadeando pelos destroços. Garras estendidas, mandíbula babando. Mas ele está muito longe.

Ramegos olha para trás, alarmada com o avanço do carniçal. O eriçar de rifles das fileiras de Haith.

Por um instante, um fragmento de aço passa no ar ao lado de Terevant. Uma ponta de metal brilhante, deslizando do nada, materializando-se impossivelmente. Então há um homem segurando esse fragmento, vestido em trapos, jovem e pálido, cabelo e barba escuros e emaranhados, a mão suja segurando o cabo da faca. Movendo-se como um dançarino, sempre em movimento, indo de um lugar a outro sem passar pelo espaço intermediário.

De trás da parede divisória, Terevant ouve um ruído distante de algo rangendo, alguma grande massa de metal movendo-se contra a pedra.

A lâmina da faca desaparece como um truque de mágica, reaparece no peito de Ramegos, mergulhando fundo em sua caixa torácica. Um feitiço morre mudo em seus lábios, e ela começa a cair.

O assassino solta o cabo da faca com graça suave e passa rodopiando por Ramegos. Ele se desfaz à medida que se move, dissolvendo-se em uma nuvem giratória de trapos, farrapos e tiras ensanguentadas. Ratazana alcança o assassino um instante depois que ele desaparece, as enormes garras do carniçal se fechando no ar vazio. O nome "MIREN" surge da garganta de Terevant, deixando um gosto amargo de frustração e ódio.

Terevant pega Ramegos antes que ela atinja o solo. Os lábios salpicados de sangue dela murmuram a mesma palavra, a raiva do carniçal mais velho se espalhando através de cada boca viva ao alcance. A feiticeira é leve como um pássaro de ossos ocos. Ele fica chocado com o calor da vida dela que jorra sobre ele. Tenta estancar o sangramento, mas não sabe como. Se um soldado sob seu comando se ferisse tão gravemente assim, ele deixaria o guerreiro morrer, iniciar sua vigília eterna. Abandonar a carne.

Ratazana ruge de raiva. Soldados Erevesic avançam, espadas na mão, formando uma linha defensiva na frente de Terevant. Espadas prontas, ameaçando Ratazana. O carniçal mais velho bufa e rosna; mais carniçais forçam o avanço.

Ramegos o agarra, tentando lhe dizer algo. Ele entende as palavras "Ferro Negro" e o que poderia ser "santo" ou "sacrifício", mas nada inteligível.

Ela está morrendo. Pense. Ela é uma feiticeira. Os periaptos sob sua pele são talismãs necromânticos, abençoados pela Morte para fixar a alma no lugar, ancorá-la ao mundo mortal. Ele não tem ideia se vai funcionar, mas agarra a mão direita dela, os dedos de unhas afiadas, e os aperta em seu pulso. Pressiona-os contra sua pele para que ela possa sentir o caroço de ferro do periapto. O sangue gorgoleja na garganta dela; seu pulmão foi perfurado, mas ela consegue cravar as unhas em seu pulso e a energia arcana flui dela para ele em uma inundação, como milhões de pequenas bolhas correndo por suas veias. O periapto fica extremamente quente sob sua pele: ela está fazendo algo com ele. Usando-o como alguém se afogando se agarraria a destroços.

Ramegos agarra seu rosto com uma das mãos e o empurra. Virando sua cabeça para que ele possa olhar através da caverna em direção à parede divisória.

Lá, além do Vigilante, além de Daerinth: os engenheiros. Os especialistas militares trazidos de Haith. Há um breve lampejo de uma sombra mais profunda lá, o mesmo garoto pálido que apunhalou Ramegos. Ele cruzou a caverna em um piscar de olhos, teletransportado do meio do vasto cômodo até sua ponta.

Um fósforo acende em sua mão. Os engenheiros trouxeram uma carga explosiva.

Esfaquear Ramegos era uma distração, para desviar a atenção daquela parede divisória por um momento, para que ele pudesse...

A parede explode. A pedra-alma branca da Cidade Refeita racha e desaba, cacos perolados caindo como um iceberg se partindo. Uma nuvem alta de poeira faiscante avança, repleta de destroços que chovem por toda a caverna. Ele consegue ouvir gritos, gritos de dor dos engenheiros vivos perto da explosão. Outros estão mortos. Daerinth está todo quebrado e sangrando.

Por um instante, Terevant consegue ver outra caverna além. Está mais lotada que aquele deserto de metal quebrado, a maquinaria ali dentro mais intacta. Um sarcófago para todos os males de Guerdon.

Ele vê, naquele instante, vasos maciços e idênticos de contenção. O ódio ferve neles, uma emoção divina tão intensa que Terevant não consegue evitar compartilhar do sentimento ao olhá-los. As coisas mantidas naqueles vasos são os restos destroçados dos Deuses de Ferro Negro. Por três séculos, os Guardiões os mantiveram presos em sinos como divindades descerebradas, truncadas; agora, eles são bombas divinas inacabadas. Não mais descerebradas, mas incapazes de qualquer pensamento além da destruição. Ele vislumbra outras formas naquele momento também. Tonéis incrustados de cera onde coisas ainda vivas rastejam. Uma máquina maciça em forma de cubo, adornada com um rosto de mulher gravado em aço. Motores etéricos, ainda estalando com estranhas feitiçarias. Coisas que ele não consegue nomear, coisas que rastejam e gritam.

A onda de choque da explosão o atinge, e ele ouve o rugido profano das coisas mantidas atrás daquela parede. A explosão derrubou a parede e libertou monstruosidades. Horrores malformados, deformados e torturados, de alguma forma piorados ainda mais pelo próprio sofrimento.

Ele olha para um inferno alquímico. Todas as piores coisas do mundo, destiladas e transmutadas em metal e vidro.

Mas ele vê isso apenas por um instante.

Impossivelmente, os destroços voando pelo ar param. Revertem seu curso. Os fragmentos caídos da parede se erguem. Pedras novas, imaculadas como alabastro, brilhando com a própria luz divina, fluem para preencher as rachaduras. O sarcófago é selado novamente. Todos aqueles monstros alquímicos e deuses quebrados são trancados outra vez.

Do outro lado da caverna, Miren solta um grito mudo de frustração e desaparece.

Do outro lado da caverna, Carillon Thay, abalada pelo esforço de seu milagre, responde:

— Vai se foder.

# CAPÍTULO QUARENTA E SEIS

Eladora é guiada pelas ruas da Cidade Refeita mais pelo som do que qualquer outra coisa. Contanto que esteja indo na direção do viaduto da Duquesa, está indo praticamente na direção certa, e há peças de artilharia no viaduto. Então, continua caminhando em direção aos tiros. Ela aprende a distinguir o estrondo de um canhão de outro, a distinguir o rugido distante das grandes armas na Ponta da Rainha do trovão em *staccato* de berradores menores ao longo das docas.

A tempestade de granizo alquímico das armas é respondida com ira divina. O Pintor de Fumaça desenha símbolos roxos de névoa brilhante no céu noturno — é olhar para um e enlouquecer. O Grande Umur lança raios. Krakens nas águas rasas uivam e esguicham jatos de água afiada no continente, direcionando o esguicho prateado com tentáculos gesticulantes. As trombas d'água são lanças líquidas, que empalam e cortam.

Pessoas fluem cambaleando do Arroio e da marginal Cintilante e do bairro do mercado, abrigando-se nos porões e túneis de carniçais labirínticos da Cidade Refeita. É um bom plano: a Cidade Refeita é uma bênção em pedra. Seus ossos são divinos e inflexíveis, e há certa santidade persistente sobre ela que protege contra milagres hostis. Não é segura. Nenhum lugar em Guerdon está seguro, agora que os deuses loucos chegaram. Mas é mais seguro do que no Arroio.

Ela consegue ver o parlamento no alto do Morro do Castelo, do outro lado do Arroio. Ontem, uma caminhada tranquila de vinte minutos. Uma jornada incrivelmente perigosa esta noite. Ela estremece, ainda encharcada e descalça.

Um guarda mascarado da cidade gesticula para que ela se junte à multidão que procura abrigo.

Eladora balança a cabeça, pergunta onde fica o posto de vigilância mais próximo. A princípio, ele não consegue ouvi-la por causa do burburinho. Precisa tirar a máscara e deixar que ela grite bem em seu ouvido para entendê-la — por baixo da máscara, ele é terrivelmente jovem, terrivelmente assustado.

— Onde fica posto da guarda mais próximo? — pergunta ela, segurando a carta semiencharcada de Kelkin.

— Praça da Ventura, mas... todos mortos!

— Eu preciso de um etérgrafo!

A estação mais próxima, descobre, fica nas encostas ocidentais do Morro Santo, mas a luta está muito acirrada para ela arriscar. Ela segue o contorno da Cidade Refeita, disparando de beco em beco, de abrigo em abrigo. Passa por mais algumas multidões se abrigando, mas logo as ruas se esvaziam e ela está totalmente sozinha.

Perto dali, tiros, som de pés correndo. O estrondo da detonação de um fantasma-relâmpago. O andar duro e desajeitado de santos de guerra, subindo as encostas. A carnificina está acontecendo por toda parte ao redor, mas de alguma forma ela parece escapar todas as vezes. Eladora dispara por uma avenida em uma quietude assustadora, e então, assim que ela passa, o local se torna um campo de matança quando os fuzileiros abrem fogo. Ela encontra o resultado de conflitos: estátuas de ouro, quentes ao toque, capturadas no momento do grito. Uma dezena de soldados, todos empalados em uma lança arremessada por Urid Cruel, escondido nas ruínas de uma alfaiataria rachando crânios na calçada como um tordo quebrando caracóis.

Eladora não sabe se é sortuda ou abençoada, mas cruza a Cidade Refeita ilesa. Ela suspeita que seja abençoada e murmura um agradecimento à pedra ao passar.

Chega a ruas mais ou menos familiares. Marginal Cintilante, onde passou seus dias de estudante, agora entrelaçada e filigranada com a Cidade Refeita. Degraus íngremes a levam até o flanco norte do Morro Santo, até a orla do Bairro Universitário.

Eles estão montando uma posição de artilharia no pátio gramado. Um observador empoleirado no telhado da biblioteca grita com ela para se proteger, e a visão de sua amada faculdade transformada em uma fortaleza é de algum modo mais alarmante que todo o resto. Coisas terríveis podem acontecer no Arroio, ou em Cinco Facas, ou na Cidade Refeita; eles podem falar de guerra no parlamento e na Ponta da Rainha, mas a universidade supostamente deveria ser inviolável e imutável. É sua casa.

Ela se lembra do posto da guarda da cidade perto do campus como um lugar onde seus colegas de classe roubavam capacetes como uma brincadeira inofensiva, onde estudantes bêbados que cometiam o erro de cruzar a linha invisível entre a marginal Cintilante e o Morro Santo eram trazidos para curar a ressaca. Agora, a estação é um abrigo fortificado e um bando de mercenários de aspecto rude montam guarda do lado de fora, esperando receber máscaras respiratórias protetoras.

No fundo de sua mente, uma vozinha diz a ela que isso implica o uso de gás pesado. Outra vozinha está gritando.

Um dos guardas a detém, e ela ergue seu documento esfarrapado.

— Eu preciso usar o seu etérgrafo.

Ele tira o papel da mão dela e o estuda.

— Isto aqui fala sobre levar uma lancha para a Ilha Hark para pegar prisioneiros. Não tem nada aqui sobre o uso de um etérgrafo.

Eladora o encara friamente.

— Eu sou representante do sr. Kelkin e a cidade está sob ataque. Preciso usar sua máquina.

Ele cede.

— Se quer arriscar, vá em frente. Essa coisa maldita enlouqueceu ontem à noite, e não temos uma só mensagem legível desde então. Tive que usar mensageiros.

Ele a leva até uma saleta nos fundos da estação, onde o etérgrafo fica sobre uma grande escrivaninha emprestada de algum escritório universitário. O cômodo foi recentemente reformado: ela percebe com um choque que está vivendo no que um dia será outro período histórico. *Arquitetura sagrada e secular no período cinzento* será colocado na mesma prateleira de... o quê? *Invocações e inovações na era pós-Crise*? Ou *Uma loucura precipitada e cara: o conselho de emergência de Guerdon*?

Ela reza para que ainda haja alguém são o suficiente para escrever histórias quando tudo isso acabar.

Esse etérgrafo foi usado poucas vezes. As teclas estão rígidas quando ela as toca, mas a engenhoca estala ganhando vida quando Eladora acende a centelha etérica. Uma lista colada na parede próxima dá a ela a sequência para a máquina do parlamento.

Laboriosamente, ela tecla sua mensagem, mas isso é apenas a metade do processo. A máquina precisa de um operador vivo em cada extremidade da linha. Os alquimistas, em sua engenhosidade, conseguiram reificar um encantamento, substituindo construções mentais por latão e cobre, substituindo encantamentos arcanos por teclas com glifos, uma jarra de gosma alquímica por uma alma, mas ainda precisa de intenção. Ela leu que operadores de etérgrafo experientes compartilham os sonhos uns dos outros e que existem preocupações sobre vazamento psíquico.

Kelkin se ofereceu para mandar instalar uma das máquinas no apartamento dela — apenas para assuntos parlamentares —, mas ela recusou sem saber por quê. Agora, ela entende por que as máquinas a perturbavam: sua alma é uma ferida aberta, como disse o Ratazana. Seu avô despedaçou o espírito dela em seu ritual, tentando torná-la uma substituta improvisada para Carillon, e o dano não se cura. Uma parte maior dela poderia ser destruída por aquela máquina.

*Idiota*, ela se repreende. A cidade está sob ataque divino, há soldados marchando para lutar contra deuses e santos, e ela preocupada com uma pequena cicatriz psíquica?

*De qualquer forma, se você vai se preocupar com alguma coisa, preocupe-se com o monstro-aranha que pode estar escondido aí*, ela diz a si mesma, e pressiona a tecla de ativação.

VOLTEI DE HARK. PRECISO DISCUTIR OPÇÕES. ELADORA DUTTIN.

Não é tão ruim quanto ela temia: uma onda de náusea, mas não mais desgastante que um dos exercícios de feitiçaria de Ramegos. Há um gosto residual de pânico, no entanto, uma reação psíquica de quem quer que tenha recebido a mensagem.

A primeira resposta sai da máquina quase instantaneamente, as teclas movendo-se sob seus dedos, soletrando palavras. L- I- N- H-...

LINHAS DE ETÉRGRAFO COMPROMETIDAS. USE SOMENTE O LIVRO-CÓDIGO.

Ela não tem ideia do que esse livro-código possa ser; algum protocolo militar que ela não conhece.

SEM LIVRO-CÓDIGO, ela responde.

A segunda resposta vem alguns momentos depois. Pode ser sua imaginação, mas ela pode sentir o queixo barbado de Kelkin junto ao seu rosto, sentir o cheiro de seu cachimbo. Ouvir sua irritação frenética.

ESTÁ COM THAY?

Ela leva um momento para entender a quem ele se refere. Carillon — o pai dela era Aridon Thay. Ela é a única na cidade que pode ainda reivindicar legitimamente aquele nome histórico e terrível.

SIM.

A resposta vem rapidamente, uma torrente, teclada tão veloz que a máquina estala sob a carga.

SOCORRO NAVAL CHEGANDO DE MAREDON. SOLICITE AJUDA DE THAY PARA SALVAR REPRESÁLIA.

A marinha de Guerdon é bem equipada, mas em número insuficiente para levantar o cerco. Mesmo que Cari de alguma forma trouxesse o *Grande Represália* de volta à superfície usando os milagres de Mastro, eles teriam uma bomba contra um panteão furioso, e nenhuma maneira de *restringir* o deus alvo. Não sem o maquinário da Ilha Hark.

Pensamentos sobre a máquina levam a pensamentos sobre Alic. Bolsa de Seda descreveu como ele morreu tentando libertar Emlin daquela máquina. Não há tempo para lágrimas agora, nem pelo homem nem pelo que ele representa.

Com Alic, e os outros candidatos que recrutou, com o trabalho que realizou, ela esperava moldar a cidade. Repará-la, consertar o dano feito na Crise, garantindo que o próximo capítulo de sua história fosse se desdobrar em segurança e prosperidade. Tirar a preocupação esmagadora de sua alma, o fardo da culpa, da vergonha e da responsabilidade que veio com os feitos de seu avô.

Não haverá comício inspirador na eleição, nem um grito pleno de liberdade. Sem expiação nesse caminho. Apenas o cálculo amargo da sobrevivência, de ver que lado pode lançar mais corpos e almas nas mandíbulas da Guerra dos Deuses.

Outro barulho de teclas. Outra mensagem de Kelkin.

AUTORIZADA A NEGOCIAR COM VIÚVA DE HAITH, ASSEGURAR REFORÇOS TERRESTRES.

A Viúva: Eladora leva um momento para perceber que ele está falando de Lyssada Erevesic. Kelkin desprezou a oferta de aliança de Haith uma vez, mas isso foi antes da invasão. Kelkin é um homem que estabelece um preço alto para seus princípios, mas ainda está disposto a negociá-los se necessário.

Antes que ela possa responder, as teclas começam a se mover novamente por vontade própria.

PARLAMENTO SOB ATAQUE. AGUARDE MAIS…

A mensagem termina abruptamente.

Um momento depois, a onda psíquica a atinge. Oito olhos brilhando na escuridão, a sensação de mil patas rastejando sobre sua pele. *Ali* está ele, movendo-se invisível pelo éter. Deslizando pela teia de fios e feitiçaria que corre através da cidade.

Lá fora, um guarda esmurra a porta, dizendo que ela tem que ir embora. Os monstros de Ishmere estão rondando o terreno da universidade. Eles têm que recuar.

Através da máquina vem uma torrente de sussurros quase inaudíveis, a impressão de uma tempestade se formando. A força total de Ishmere ainda não atacou a cidade. A carnificina lá fora é apenas a vanguarda da onda.

DEUSA PESH Rainha-Leão DEUSA DA GUERRA A GUERRA É SANTA A GUERRA É DIVINA PESH ESTÁ CHEGANDO EM TODO SEU PODER E MAJESTADE

Ela não sabe se isso é ameaça ou aviso. Diz a ela o que precisava, mas não queria saber.

Uma memória: o professor Ongent falando sobre tradições de nomes em Guerdon. Como as famílias aristocráticas adotaram sobrenomes como Thay ou Voller, nomes de casas antigas, imitando Haith. Mas algumas pessoas do Arroio mantiveram as antigas tradições varinthianas, nomeando filhos em homenagem aos pais. Taphson, Idgeson...

Ela tecla.

EMLIN ALICSON. EU SINTO MUITO.

Dando nome ao menino. Vinculando-o.

Em seguida, ela rasga o cabo de oricalco do etérgrafo, desconectando-o.

Carniçais são comedores de carniça. Especialistas em carne morta. Terevant supõe, portanto, que seja um bom sinal que o grande carniçal fareje Ramegos e depois a ignore em favor da recém-chegada. O Ratazana anda sorrateiro pela caverna na direção de Carillon Thay.

Terevant se vira para caminhar até as tropas de Haith enquanto elas se recompõem após a explosão, mas o carniçal olha de relance para ele, que se vê de repente correndo para alcançá-lo. Parece que o carniçal ancião deseja usá-lo como porta-voz.

— CARI. — O nome surge espontaneamente de sua garganta, tingido com mais afeto do que Terevant esperava. Mais do que Cari esperava também, ao que parece, a julgar pela expressão dela.

— Ratazana, seu filho da puta — diz ela. — Estamos em paz?

— VOCÊ JÁ NÃO É O ARAUTO DOS DEUSES DE FERRO NEGRO — fala Ratazana por meio de Terevant. — VOCÊ NÃO É MAIS UMA AMEAÇA PARA OS CARNIÇAIS. — Ele se agacha ao lado dela, inclina sua enorme cabeça para a frente. — ENVIEI ELADORA PARA BUSCAR VOCÊ EM HARK. DE QUE OUTRAS PROVAS VOCÊ PRECISA?

— A porra de um pedido de desculpas seria bom.

Ratazana dá sua horrível gargalhada gorgolejante.

— NÃO.

— Carniçais malditos — diz Carillon. — Certo. Que se foda. O que a gente vai fazer com Miren?

— ALGO CRUEL E DEMORADO — diz o carniçal. — MAS ELE SE FOI, E NÃO CONSIGO RASTREÁ-LO. ESTA CAVERNA FEDE A ELE. — Terevant retoma o controle da própria voz. — Com licença, mas eu preciso... O QUE VOCÊ QUER, HOMEM DE HAITH?

Os olhos do carniçal brilham, achando graça.

— Eu preciso — começa Terevant novamente, e é outra vez interrompido pela própria língua. — LEVAR SEU EXÉRCITO MORTO DE VOLTA À SUA TERRA MORTA? Não, eu preciso que... SEU PRÍNCIPE ESTÁ MORTO, Ó HOMEM DE HAITH, pare... E VOCÊ PODE LEVÁ-LO, que inferno, pare... DIGA-ME, CARILLON, VOCÊ VIU ALGUM DOS RAPAZES DE CAFSTAN? OU ALGUÉM DO ANTIGO TIME DA IRMANDADE?

Terevant ofega por ar.

Cari bufa, em seguida bate na perna do Ratazana.

— Tudo bem, deixe ele em paz. Ele é de berço, sabia?

— RICOS OU POBRES, TODOS ELES SÃO APENAS CARNE NO FIM.

Terevant se endireita com toda a dignidade que consegue reunir.

— Não em Haith. O Império é imorredouro. Agora, se você por gentileza me der licença... HOMEM DE HAITH, AINDA NÃO ACABEI MEU ASSUNTO COM VOCÊ.

— Espere um pouco — diz Cari. — Precisamos de um plano. O que vamos fazer sobre Ishmere?

— A GUERRA DOS DEUSES CHEGOU. A CIDADE ESTÁ PERDIDA. NÓS NOS ESCONDEMOS AQUI EMBAIXO.

— "A cidade" inclui Mastro. Eu não vou abandoná-lo. Não de novo.

— Eu preciso... — começa Terevant, mas quem responde é Ratazana. — GUERDON ESTÁ ABAIXO. OS TÚNEIS CORREM FUNDO. O QUE RESTA DELE RESISTIRÁ.

— Ele ia querer que salvássemos as pessoas também. Mesmo que a gente não possa deter os deuses, podemos levar as pessoas para os túneis. Combater uma ação de retardamento. Ratazana, você não viveu com ele na sua cabeça por um ano. É como ter uma consciência pesada o tempo todo.

— Eu preciso... TRAZÊ-LOS PARA A SEGURANÇA ENQUANTO VIVEM. UMA DESPENSA PARA OS CARNIÇAIS SE ELES... AI!

Terevant dá um soco no focinho do carniçal. Ratazana solta um grito agudo.

— *Como eu estava dizendo*, preciso recuperar a espada da minha família. — Ele acena para Cari. — Você é uma vidente: me ajude a encontrar a lâmina e eu ordenarei que minhas tropas larguem esses cofres.

Cari estende uma mão suja.

— Combinado.

Alguns dos engenheiros haithianos apanhados na explosão tinham periaptos; dois talvez fossem capazes de obter a Vigília. Terevant ordena que eles sejam levados de volta ao acampamento fora da cidade, onde os necromantes da Casa poderão ajudá-los nisso.

O príncipe Daerinth, porém, morreu sem casta. Terevant encara o homem que matou seu irmão, que tentou culpá-lo pelo crime. Que trocou a Espada Erevesic pelos restos de uma bomba.

— Peguem seus restos mortais e trate-o com a honra devida a um príncipe de Haith — ordena ele. — Levem-no de volta para a Coroa.

Enquanto eles envolvem o corpo, Terevant se pergunta que segredos morreram com o príncipe. Será que a Coroa ordenou que ele traísse a Casa Erevesic, ou Daerinth estava tramando por conta própria, tentando voltar às boas graças?

Lys talvez saiba, mas Terevant percebe que nunca terá uma resposta dela. Tudo será distorcido ou desfocado pelas lentes tortas do Gabinete. Se ele aprendeu alguma coisa nos últimos dias, foi que eles nunca vão voltar para aquele gramado brilhante do qual se lembra.

— Capitão Bryal. — O pai morto de Lys assume posição de sentido. — Escolte as vítimas para o acampamento principal. Em seguida, vá para o Palácio do Patros. Lady Erevesic está lá; proteja-a e dê-lhe qualquer ajuda de que ela precise.

**E quanto às tropas vivas no acampamento?**

— Guerdon não é lugar para os vivos. Diga-lhes que protejam o acampamento e a ferrovia, para manter abertas nossas linhas de retirada. — Terevant pega uma espada que pertenceu a um dos soldados caídos. É uma espada normal, sem marcas ou símbolos. Não é a Espada Erevesic, mas vai servir. — Coronel Rabendath, a nossa missão é de resgate. A Espada Erevesic está no campo de batalha. Carillon pode nos ajudar a encontrá-la. Assim que a pegarmos, vamos recuar de modo ordenado.

Rabendath tem sido o braço direito do Erevesic há quatro séculos; Terevant se lembra de seu pai e avô em conversas sérias com o Vigilante. O antigo guerreiro escuta as ordens de Terevant, e... há um momento de hesitação antes que ele bata continência e diga: **Será feito de acordo com suas ordens, meu senhor.**

**E a feiticeira?**, pergunta Bryal.

— Me deixe aqui — geme Ramegos do chão. — Os carniçais nunca me deixaram chegar tão perto das fundições antes. Tenho trabalho a fazer.

— Eu vou ficar com ela — diz uma das carniçais vestindo um casaco impermeável esfarrapado. A criatura resgatou um kit médico de algum lugar e tratou o ferimento de punhalada de Ramegos da melhor maneira que pôde, sem conseguir se conter de lamber os lábios.

— E se aquele... santo assassino retornar?

— Ah — diz a carniçal, mostrando os dentes —, eu vou dar uma palavrinha com mestre Miren, você vai ver.

# CAPÍTULO QUARENTA E SETE

Eladora não é a única pessoa a buscar abrigo na igreja. O grande pátio em frente às Catedrais da Vitória se agita com multidões. A maioria veio para ter um vislumbre do novo rei; outros fugiram da carnificina na cidade abaixo. Agora eles estão presos ali. Uma linha fina de guardas dos Guardiões defende a entrada do pátio, lanças posicionadas contra a escuridão e quaisquer monstros que possam surgir subindo a colina.

*Onde estão os santos deles?*, se pergunta Eladora. Onde está a mãe dela? Se é para a cidade ser perturbada por um ressurgimento de santos dos Guardiões, então certamente agora é o melhor momento para isso! Ali há certa proteção, assim como na Cidade Refeita. As Catedrais da Vitória foram construídas por mãos humanas, não conjuradas por intervenção divina, mas são santificadas mesmo assim. Os raios e maldições que os deuses invasores lançam no Arroio, ou no parlamento, ou na Ponta da Rainha, ainda não tocaram o Morro Santo.

*Ainda*, ela pensa.

Ela atravessa a multidão da melhor forma que pode, passando por crianças que se agarram a mães que choram. Velhas murmurando orações para a Mãe das Misericórdias. Rapazes vagando pela praça, discutindo o que fazer, sem fazer nada. As portas das três catedrais estão todas fechadas e barradas; as portas do Palácio do Patros também. Lá existem mais guardas, lanças prontas para afastar a multidão. Os gritos das pessoas ecoam nas janelas fechadas.

Eladora se aproxima de um dos guardas, e ele aponta a lança para ela, gritando algo incompreensível enquanto a força a recuar. A multidão grita, avança, atira pedras, mas não está disposta a atacar as lanças.

*Ainda*, ela pensa.

Ela é empurrada pela multidão, de um lado para outro. Alguém rasga seu casaco impermeável; outra pessoa grita com ela, gesticulando em direção aos símbolos roxos no céu. Ela tropeça na perna de uma menina, que está sentada tremendo nos paralelepípedos escorregadios de chuva. Eladora deixa seu casaco com a criança e encontra o caminho até a beira da praça, onde a multidão diminui. Edifícios administrativos, aposentos dos serviçais. Ali ela encontra santos dourados com espadas e escudos de bronze olhando para além da praça.

À sombra da colunata: Sinter. O sacerdote está andando de um lado para outro na frente de uma portinha lateral, ombros curvados. Sua careca coberta de suor ou gotas de chuva. Ele a vê e rosna. Avança e a puxa para as sombras.

— O que está acontecendo? Kelkin enviou você? Existe um plano?

— E-eu não vejo Kelkin desde ontem. Desde antes...

— Existe um plano? O que ele está fazendo?

Sinter agarra o braço dela como se preferisse agarrá-la pela garganta. Sua própria voz é estrangulada enquanto ele tenta não gritar com ela.

— Kelkin tinha um plano. — Eladora dá um safanão no braço de Sinter, mas ele não solta. — Seus deuses arruinaram tudo.

— Eles se voltaram contra mim — diz Sinter. — Eu não posso voltar. Não posso.

Trovões estouram acima da praça, e ele corre de volta para o abrigo da porta. Está se mantendo na cobertura dos pilares, ela percebe, fora da linha de visão daquelas estátuas douradas.

Todos os outros na praça estão ali para se proteger dos deuses de Ishmere, mas Sinter agora vive com medo da ira de seus próprios deuses.

— Eu preciso falar com o Patros.

Com o parlamento invadido, com a Ponta da Rainha sob cerco, o Patros é talvez a autoridade máxima na cidade. Ou o chefe da guilda dos alquimistas, o chefe da guarda. O rei. Os deuses. Carillon.

*Qualquer um menos eu. Qualquer um menos isso.*

— Sim, sim! — diz Sinter. — Você, filha de Silva... eles vão deixar você entrar. Ouça, ouça. Dê isto a ele. — Ele pega uma folha amassada de papel, rasgada de um livro de orações. No verso, nas margens, ele rabiscou uma nota. Um plano. — Direto na mão do Patros, entendeu? Não deixe ninguém tirar isso de você. — Ele procura uma chave em suas vestes. — Eu te disse, não disse? Disse que tudo isso estava saindo do controle. Agora fodeu, está tudo fodido. Dê isso a ele. Diga a ele que é o único caminho. Diga a ele que temos que agir agora.

Ele destranca a portinha lateral. Logo na entrada, uma estátua da Mãe, com guirlandas de flores frescas. Sinter se abaixa para que o olhar cego de mármore da estátua não recaia sobre ele. Ele fecha a porta atrás de Eladora.

— Diga a ele — grita Sinter do outro lado.

As flores, ela observa desapaixonadamente, estão crescendo da pedra. Um pequeno milagre.

Ela desdobra a nota. Lê. *Sacrifício em massa... a multidão na praça... uma grande oferta, um jubileu de almas, como Safid escreveu...* Uma proposta para comprar seu caminho de volta ao favor dos deuses com as almas de todos no pátio lá fora. *Os fogos de Safid levarão as almas... cartuchos de flogisto explodindo no ar... gás pesado...*

Um plano monstruosamente cruel. Confundindo brutalidade com determinação, crueldade com coragem.

Eladora rasga o bilhete.

— A propósito — diz ela para a porta fechada, sabendo que ele ainda está ouvindo. — Minha prima ainda está viva. Terevant Erevesic terá sua espada de volta. Que você e seus esquemas vão para o inferno. Eu tenho um plano melhor.

Dentro do palácio, ela é ignorada pelos cortesãos e sacerdotes circulando. Eles estão presos ali, sem querer enfrentar a cidade do lado de fora. O palácio se tornou uma arca, à deriva em um mar tempestuoso. Pequenos grupos de clérigos conspiram em duplas ou trios; serviçais ou se ocupam com tarefas inúteis ou ficam de olho nas saídas. Eladora se lembra da descrição de Terevant do vale do rio Grena, depois da bomba divina. Os Deuses Guardados ainda estão ali — consegue senti-los distantemente em algum canto de sua alma, só que a pressão da santidade incipiente se foi —, porém há alguma ausência no coração da igreja. Sinter está se escondendo, e ninguém mais assumiu o comando ainda.

Ela entra na corte dourada do Patros. Eles tentaram torná-la uma sala do trono para o novo rei de Guerdon, também, mas parece ter havido alguma disputa sobre qual governante tem precedência ali. O assento dos Patros tem um lugar de destaque, bem na frente do altar elevado, mas o rei tem um trono maior e mais elevado na lateral da câmara. Nem o Patros nem o rei estão presentes na sala, mas com o palácio selado, os novos cortesãos não têm nenhum outro lugar para ir. Quando Eladora chega, algum velho bispo está tentando se fazer ouvir acima do barulho da multidão e da tempestade lá fora.

— A força da igreja sempre esteve nos campos e nas fazendas. Nas aldeias humildes. Nas igrejinhas. É para elas... é nelas... que devemos buscar a renovação — ele grita.

Mhari Voller se afasta de um grupo de cortesãos atrás do trono do rei e se aproxima de Eladora. Voller está vestindo um casaco com o brasão do rei. O festival onde os Deuses Guardados "descobriram" o rei foi há uma semana: Eladora se pergunta se Voller mandou bordar o casaco em segredo antes, ou se sua família o manteve em algum sótão por três séculos até que se tornasse politicamente conveniente voltar a usá-lo.

— Eladora! O que você está *vestindo*? Foi apanhada sem guarda-chuva? — O hálito de Voller cheira a álcool. — Isso tudo é simplesmente pavoroso. Sinter causou tanta confusão... não sei bem o que aconteceu, mas Silva não está bem. E este problema, agora... estamos discutindo para onde fugir. Eu sugeri Maredon, mas o consenso parece ser algum buraco horroroso como Wheldacre... ah, tenho certeza de que é deliciosamente rústico, é claro, mas dificilmente...

— Este problema? — diz Eladora, incrédula.

— O que está acontecendo no porto... ouvimos tiros mais cedo. Piratas de Lyrix, alguém disse.

— É a Guerra dos Deuses. É Ishmere.

— A Guerra dos Deuses está muito distante — diz Voller, com uma confiança equivocada. — Effro está com você? Ele reconheceu a solicitação do rei Berrick mais cedo, quando endossou a decisão sobre o assassino do embaixador Olthic: esse é o primeiro passo para ele ver a luz da razão, sabe. Eu disse que ele mudaria de ideia.

Eladora a encara por um momento, depois diz:

— Eu preciso ver o Patros. Ou o rei. Os dois. Quem estiver no comando.

— Bem, isso é uma questão de debate. Tempos interessantes, mas...

— Onde está minha mãe?

Silva está numa antecâmara fora da corte. Está sentada em uma cadeira de banho, olhando a janela fechada. Bandagens em suas mãos queimadas, uma espada desembainhada em seu colo.

Ela não reage quando Eladora entra. Não reage quando Eladora se ajoelha ao lado dela. Quanto resta de sua alma? Quanto foi arrancado por deuses inconstantes quando eles se retiraram dela? Ela se abriu para forças maiores e pagou o preço.

Eladora tenta mesmo assim.

— Silva, é Eladora. Você consegue me ouvir?

Nada.

Há uma guirlanda de flores na mesa. Um talismã da Mãe. E a espada nos joelhos de Silva. Tudo símbolos, mas Eladora não ousa tocar em nenhum deles. Ela precisa permanecer espiritualmente intacta. Restabelecer sua conexão com os Deuses Guardados, ali, naquele lugar, arruinaria seu plano. Poderia arruinar a ela própria, deixá-la uma concha vazia como a mulher em sua frente.

Ela tenta novamente.

— Mãe. A Guerra dos Deuses chegou. Eu preciso... Quero dizer, a cidade precisa... — Ela para, tomada pela dúvida. — T-talvez você devesse...

Quando Santa Aleena falava, sua voz era como uma fanfarra de trombetas, um trovão triunfal, o amanhecer irrompendo por entre as muralhas da noite. Suas palavras eram tocadas por luz e poder; elas incendiavam a alma de qualquer um que as ouvisse.

A voz que sai dos lábios frouxos de sua mãe é o chiado de um fole quebrado, o estalar e crepitar de brasas em uma fogueira agonizante. A lenta queda das cinzas.

— Por que você nunca *abraçou* os deuses, criança? Eu levei você à capela nas colinas. Eu lhe ensinei todas as ladainhas. Por que você se conteve?

— Eu-eu... não sei.

— Criança traiçoeira — diz Silva, e Eladora consegue de alguma forma perceber que a raiva nessas palavras vem de sua mãe, não de qualquer força que esteja falando através dela... ou com ela. Mas ela não sabe dizer o quanto da entidade em sua frente é Silva e o quanto são os Deuses Guardados. — Três vezes você chamou os deuses. Três vezes você foi atendida. Três vezes você os rejeitou.

*Três vezes: no Morro do Cemitério, quando Jermas tentou me usar como substituta de Cari no ritual de invocação dos Deuses de Ferro Negro. Na Cidade Refeita, quando lutei com você. E na Ponta da Rainha, contra Ramegos.*

— Eu não chamei. Quero dizer... foi o vovô quem... ele corrompeu minha alma, mãe. Foi o que a dra. Ramegos disse. Uma ferida espiritual. E aí Sinter me usou para contra-atacar você. Ele me vestiu de santa para enganar os deuses, para fazê-los acreditar que eu era você. Não havia nada a rejeitar, não fui eu quem escolheu isso.

Do nada, aquela mesma sensação de *pressão* terrível que sentiu no campo do Festival, a terrível proximidade do divino. Seu crânio é uma porta, e eles estão pressionando, tentando entrar. Cortando-a com espadas de fogo.

A cabeça de Silva se levanta para encarar Eladora. Seus olhos estão cegos, desfocados, mas não é ela quem está olhando através deles.

— Quem é você para questionar a vontade dos deuses? Este mundo está quebrado: o caminho para o céu deve ser feito de pedras quebradas e afiadas. Ainda foi você quem escolheu não andar por ele.

— Quebradas e afiadas... você está dizendo que os Deuses Guardados *queriam* que Jermas Thay me torturasse? Que Sinter estava cumprindo as ordens *deles* quando me usou para machucar *você*? Isso não faz sentido. — Eladora se levanta. — Esses tais deuses são constructos mágicos que se autoperpetuam e atraem poder através das ações rituais e dos resíduos de seus adoradores. Eles são... vórtices etéricos, feitiços parasitários. Não mais do que... tênias espirituais! — É uma discussão que Eladora imaginou ter com sua mãe um milhão de vezes, desde que foi para a universidade e estudou com o professor Ongent. Agora, cospe as palavras nela. — Eu não vou me entregar a essas coisas. Não vou me prostrar diante delas, nem ceder aos seus... seus delírios rituais!

— Quanta arrogância. Você acha que pode ficar indiferente? Você acha que os deuses não estão em seu sangue e em seus ossos? Na terra sobre a qual você anda e no ar? Você quer ser dona de seu próprio destino... mas será traída, sempre e sempre. — Silva se ergue da cadeira, mantida de pé por mãos invisíveis... e então algo estala, e ela cai para trás. Ela se remexe, tenta pegar a mão de Eladora.

Eladora afasta o braço e dá um passo para trás.

— Eu não serei seu foco. Não vou servir a você. Não assim.

Ela consegue sentir, vagamente, forças girando em torno do palácio, em torno do Morro Santo. Os Deuses Guardados estão dispersos, desorganizados. Eles precisam de um ponto de encontro, algo para afirmar sua forma e propósito.

Não será ela. Não pode ser ela.

O rangido de uma porta, o farfalhar de saias. Outra mulher entra no quartinho. Esguia e elegante, vestida com o preto do luto. Ela fecha a porta atrás de si e remove o véu, sacudindo os cabelos.

— Eladora Duttin. Ouvi muito a seu respeito.

Silva cai novamente. Eladora ajeita delicadamente os braços da mãe na cadeira de banho, move a cabeça para que ela repouse em um travesseiro, e então se vira para cumprimentar a recém-chegada.

— Lady Erevesic.

Lys vai até a janela com venezianas e abre uma fresta.

— Está muito abafado aqui. O que você esperava fazer com os santos da igreja?

Eladora engole em seco.

— Lutar contra a invasão.

— Você não pode vencer o Reino Sagrado, não sem a bomba divina. Guerdon está perdida. — Lys dá um sorrisinho de simpatia.

— Essa é a visão do rei de Guerdon ou da Coroa de Haith?

Lys sorri.

— O Patros e sua corte querem fugir. Minhas instruções de Haith são para ir para a embaixada e aguardar o resgate.

— E o rei?

— Tenho certeza de que o rei não quer perder seu reino antes mesmo de ser coroado. E, se ele tiver que perder seu reino, então está determinado a fazer Ishmere pagar o preço mais alto possível. — Gavinhas de nuvens descem do céu sobre Cinco Facas, quebrando telhados. Os santos da Mãe Nuvem, atacando pela cidade adentro. Lys fecha a janela, volta-se para Eladora. — Kelkin mandou você buscar os santos dos Guardiões?

— O ministro Kelkin não me enviou — admite Eladora. — Eu vim procurar você também.

# CAPÍTULO QUARENTA E OITO

Terevant não sabe por quanto tempo eles marcharam. Apenas segue cambaleante atrás de Carillon enquanto ela lidera a hoste mista de carniçais e homens mortos através de um labirinto interminável de escadas e túneis em aclive acentuado. Terevant é o único da companhia que é totalmente humano: até Carillon parece possuir uma vitalidade sobrenatural. Ela fica mais forte à medida que eles sobem em direção à Cidade Refeita, ao passo que ele fica para trás. Seu peito dói onde foi baleado.

Rabendath dá um passo para o lado e deixa a coluna passar por ele, antes de chegar até Terevant na retaguarda.

**Meu senhor, as linhas de frente da Guerra dos Deuses não são lugar para os vivos.**

— Eu lutei na linha de frente em Eskalind — ofega Terevant.

**Você perdeu em Eskalind.** Rabendath saca um rifle e uma máscara de respirar. **Vai ser combate de rua, trabalho sujo. A santa de Guerdon... o senhor viu os poderes dela em ação, eu acredito.**

Terevant assente, lembrando-se da pedra viva da Cidade Refeita mudando milagrosamente ao comando dela.

**Isso pode nos dar uma vantagem, mas precisaremos de fogo de cobertura.** Ele entrega o rifle a Terevant. **É de meu entendimento que os fuzileiros do Nono Regimento são bons atiradores.**

Uma hora depois, ele está agachado em um telhado nos limites da Cidade Refeita, com vista para o labirinto de ruas sinuosas que desabam nas docas. Uma das embarcações ishméricas parou na costa ali; as águas do porto se agitam enquanto santos do Kraken deslizam sob as ondas iluminadas pela lua. Há um brilho laranja-avermelhado nas nuvens sobre a cidade, mas não é a chegada do amanhecer: ele está voltado para o oeste, em direção à Ponta da Rainha. A fortaleza deve estar pegando fogo.

Carillon se aproxima sorrateiramente.

— Lá — diz ela, apontando para a boca de um beco. — Espere pelo quinto.

Ele apoia o rifle de precisão em uma saliência e estreita os olhos para enxergar pela mira. A primeira coisa a fugir do beco é um dos animais sagrados do Grande Umur, um *umurshix*, uma criatura com o corpo de um escorpião e a cabeça de um touro. Ele não atira quando a criatura passa. Três soldados ishméricos a seguem, seus corpos envoltos em armaduras de fumaça-férrea que fluem ao redor deles. Carregam raios nas mãos. O quinto — quinto, por um instante, é um sacerdote do Pintor de Fumaça. De membros longos, vestido de roxo, duas vezes mais alto que um homem, dedos alongados manchando a realidade com um toque.

Ele aperta o gatilho. O clarão quente do flogisto se acende e o sacerdote tomba. Sem sangue, apenas fumaça arroxeada sibilante, esvaziando em vez de sangrar. A armadura de fumaça-férrea que protege os ishmerianos se dissipa... e a armadilha se fecha. Vigilantes atacam da cobertura de edifícios próximos, derrubando os guerreiros subitamente vulneráveis. O *umurshix*, preso na rua repentinamente estreita, não consegue se virar para atacar com suas garras e dentes, e sua picada venenosa não causa terror para os que já morreram. Os Vigilantes apunhalam os quartos traseiros do monstro, suas espadas procurando as brechas entre as placas de armadura. Ferida, a besta urra e se esgueira pelo beco. Terevant recarrega, a ação tão familiar para ele quanto respirar. Seis meses desde Eskalind, e ele não perdeu o jeito.

Carillon agarra Terevant.

— Saia do telhado — ela grita.

Ela não espera por ele: salta para um telhado vizinho, pousando infalivelmente, desaparecendo por uma porta.

Um banco de nuvens desce do céu agitado em direção a ele. Terevant consegue distinguir vagamente uma figura em seu núcleo e atira nela. Erra terrivelmente. A nuvem estende tentáculos de névoa, desdobrando-se como uma exótica anêmona aérea. Eles parecem frágeis como teia, mas Terevant os viu rasgar pessoas em pedaços ou arrebatá-las para o céu. Ele segue Carillon em sua fuga precipitada, pousando desajeitado no telhado distante e mergulhando na porta atrás dela. Ele se vira para bater a porta atrás de si e descobre que ela já desapareceu e há apenas pedra branca lá agora.

— Isso é divertido — murmura Carillon. Ele não tem certeza se ela está falando com ele ou com a cidade ao seu redor.

— Algum sinal da minha espada? — Ele recarrega na escuridão, tateando pelo cartucho de vidro e madeira lisa riscados com runas.

— Está lá embaixo, no Arroio. Não consigo ver com clareza, mas está lá. — Ela engole em seco. — Eles também sabem disso.

As forças de Ishmere podem não ser capazes de *tocar* a espada, mas conhecem seu valor. Estão usando-a como isca, tentando atrair o exército de Haith para fazer um ataque condenado colina abaixo. É uma óbvia armadilha, mas cada segundo que passa a torna mais tentadora. A espada é mais do que um símbolo: ela poderia dar a Terevant a força de que ele precisa para levar sua Casa à vitória.

Algo arranha a parede externa do prédio. O escorpião-touro? Os tentáculos da nuvem? Outra conjuração dos deuses beligerantes de Ishmere? O rifle não será útil assim tão de perto se algo invadir. Ele puxa sua espada.

Outro arranhão, vindo de baixo. Um rugido frustrado.

— Os desgraçados estão procurando por nós — diz Carillon. Os olhos dela bem fechados, a mão pressionada contra a parede de pedra cintilante. — Fique parado. Tem mais dos seus rapazes mortos descendo do Morro Santo.

*Bryal e as tropas do acampamento*. Com a força adicional deles, há uma chance de que consigam passar pelos ishmerianos, pegar a Espada Erevesic e recuar ilesos. Em Eskalind, ele foi derrotado porque perdeu a mão, porque forçou o Nono Regimento a avançar demais pelo território inimigo. Será que está cometendo o mesmo erro ali? O que Olthic teria feito?

— Você está bem? — pergunta Carillon. — Parece que vai vomitar.

Seu coração está batendo forte, é verdade. Ele balança a cabeça.

— Estou bem. — Então, para se distrair: — Você não está nos arquivos do Gabinete. Vanth escreveu muito sobre os Thay, e sua prima Eladora, mas não sobre você.

Cari dá de ombros.

— Voltei para Guerdon um pouco antes da Crise. Eu estava doente e passando fome nas ruas, não andando com espiões ou diplomatas. — Ela faz uma pausa e responde a um comentário inaudível. — Sim, você está sendo diplomático pra caralho, tudo bem — diz ela para a parede.

*Para Mastro*. Terevant roça a parede com os dedos. Parece pedra. Ele não consegue sentir nada lá.

— É como um filactério, suponho.

— Não sei. Pode ser. Pergunte a Eladora ou a alguém.

— Onde você estava antes de voltar para cá?

— No mar, principalmente. Severast. Ulbishe. Paravos.

— Eu morei em Paravos por alguns meses.

— Parte da guarnição de Haith?

— Não. Lá nos Jardins Fluidos.

Um antro de poetas e ladrões, viciados e místicos.

— Eu amava aquele lugar. Lá no alto, perto das fontes sagradas, de dia, e depois descendo para o cais e o templo do Dançarino. — O rosto de Cari se abre em um sorriso.

Um som farfalhante vindo do outro lado da parede. O *umurshix* ainda está lá fora, a centímetros deles, tentando encontrar uma maneira de entrar. Há uma série de *tap-tap-taps* rítmicos, horríveis, enquanto ele testa a pedra com seus cascos dianteiros, em busca de uma fraqueza.

— Você não consegue, sei lá, aprisioná-lo ou jogá-lo no esgoto? — pergunta Terevant.

Carillon faz uma carranca.

— A gente espera. Assim que seus soldados chegarem, vou abrir outra porta e podemos levar o desgraçado direto a eles, para abrirem fogo. Ele não vai conseguir...

O escorpião-touro joga todo o seu peso contra a porta lacrada, mas a pedra aguenta. Ele ruge novamente. Terevant consegue ouvir palavras no berro do monstro; uma ladainha de oração, ou uma invocação. Atraindo a atenção dos deuses para o esconderijo deles.

— ...entrar. Talvez. Merda.

Eles descem as escadas, passando por aposentos recém-abandonados. Se os habitantes tiveram sorte, encontraram abrigo mais ao fundo da Cidade Refeita. Carillon também selou a saída ao nível do solo. Ela se concentra e a pedra começa a chorar, gotas claras de líquido avermelhado aparecendo em sua superfície e fluindo para a poça no chão.

— É mais difícil fazer isso funcionar aqui embaixo — murmura ela. — As fundações são mais sólidas. Me dê um momento.

— Por que você ficou? — pergunta Terevant de repente.

— Quando?

— Depois que você voltou para Guerdon. O que você disse pareceu horrível.

— Tinha um amigo que era uma pessoa melhor que eu — diz Cari. Ela toca a parede, e a pedra sob seus dedos derrete lentamente, dobrando-se como se estivesse viva. Lentamente, dolorosamente, ela se abre em um buraco. — Vamos! — grita ela, deslizando pela passagem.

Terevant é maior que ela, mais lento, e ainda tem que pelejar com o rifle volumoso atrás de si. Avança apenas alguns segundos mais devagar, mas parecem minutos. Ela já está subindo a metade da rua sinuosa na hora em que ele passa, e o escorpião está bem ali, bem em cima dele, tão perto que Terevant pode sentir o cheiro dos sucos digestivos pingando de suas presas, ler as escrituras sagradas gravadas nos cascos da criatura. Os olhos do *umurshix* são humanos — teria sido ele um santo ou adorador do Grande Umur?

Ele sobe correndo a rua íngreme atrás de Carillon, o monstro nos seus calcanhares. Acima, o céu se contorce com tentáculos de névoa sólida.

O escorpião-touro o derruba com um golpe de seu casco maciço, deixando-o estatelado. A criatura passa por ele, por cima dele, ignorando-o: Carillon é uma santa, emissária de um deus rival. À vista sem olhos de Ishmere, Terevant é apenas mais um mortal. A ameaça é a santa. O ferrão do *umurshix* o ataca — reconsiderando e tentando matá-lo —, mas ele rola para o lado a tempo. O escorpião-touro corre atrás de Carillon.

Terevant saca seu rifle e atira. Ele não sabe se atingiu o monstro, mas o *umurshix* para, surpreso, e se vira para encará-lo novamente, rugindo e chocalhando. Ele não tem para onde correr. Nenhum lugar para onde recuar. À sua esquerda, há um muro alto de pedra perolada; à sua direita, entulho fumegante que costumava ser uma torre. Ele vai pegar outro cartucho, mas a munição escorrega de seus dedos e se espatifa no chão. O monstro é à prova de balas, de qualquer maneira.

E então a parede racha e uma grande laje desaba bem em cima do *umurshix*. O impacto estilhaça a carapaça do monstro, e há um tremendo respingo úmido quando o peso da pedra esmaga os órgãos da coisa.

Cari emerge da poeira e ajuda Terevant a se levantar. Ela chuta um fragmento de pedra, que cai na poça de icor que goteja do cadáver titânico.

— Você vai se matar! — murmura ela, amargamente. Então, para Terevant: — Vamos. Continue abaixado.

Eles escalam os escombros, esgueiram-se por entre becos sinuosos. As nuvens baixas lhes negam os telhados. A Cidade Refeita é um labirinto, mas Carillon o conduz infalivelmente pelas ruas até fazerem contato com os reforços de Haith.

Mãos ossudas batem nas costas de Terevant e o saúdam enquanto ele abre caminho através da formação. Há soldados vivos ali também; o rosto deles têm uma expressão que o faz se lembrar de Eskalind: a Guerra dos Deuses explodindo em torno deles, o choque da súbita cólera divina e dos monstros enfurecidos, mas além disso, sob tudo isso, o horror incontrolável de saber que os deuses enlouqueceram. A descoberta sorrateira e inegável de que o céu é uma tempestade no mar e que as vigas que sustentam o mundo estão se quebrando.

Ainda assim, há menos de um quarto dos soldados que ele esperava. Mesmo que alguns tenham ficado para guardar o acampamento perto das fábricas dos alquimistas no pátio ferroviário, deveria haver mais tropas de Haith ali. Ele se lembra de Eskalind, de olhar para trás na soleira do templo e ver apenas um punhado de fuzileiros ainda de pé. Terevant lidera Carillon através das fileiras, em direção ao estandarte da companhia, onde Bryal espera. Ele está conversando com uma mulher que usa uniforme da guarda da cidade, seu rosto oculto por uma máscara respiratória. Por um momento, o coração de Terevant salta ao pensar que pode ser Lys, mas não é ela. É alguma outra mulher.

Bryal o tranquiliza. **Protegemos o Palácio do Patros. O rei ordenou que abríssemos as portas das catedrais, para que os fiéis no pátio pudessem se refugiar ali. Deixei duas companhias lá para proteger nossos aliados.**

— O rei ordenou... ou lady Erevesic?

— Eu ordenei. — Eladora tira sua máscara, fareja o ar, coloca-a de volta.

— Duttin! — ofega Terevant. — O que aconteceu? Como você... Quero dizer, essas são minhas tropas, então...

A última vez em que ele a viu, ela estava tão arrasada quanto ele, despedaçada pela revelação de que Sinter a usou, assim como Lys o havia usado. Ambos foram manipulados e usados por outros. Perdidos em uma névoa de mentiras.

Claramente, Eladora passou por muitas provações desde então, mas algo mudou nela. Ela parece fora da névoa agora. Terevant a inveja, inveja aquela fonte de certeza que ela encontrou.

— Temos pouco tempo e muito a fazer — diz Eladora.

— Obrigado por... — começa Terevant, então para. *Me curar quando fui baleado? Descobrir quem roubou minha espada?*

— Podemos acertar todas as contas se sobrevivermos, lorde Erevesic. — Eladora olha de relance para o leste, colina acima, na direção do Morro Santo. O sol nascendo atrás das catedrais delineia suas torres em um fogo rosado. — O rei Berrick e o Patros estão conduzindo uma cerimônia, orando pela vitória sobre os inimigos da cidade. Eu enviei... aliados... para a Casa dos Santos, para buscar todas as relíquias sagradas que puderem reunir. Isso vai, a-a... *acho* eu, reorientar a concentração dos Deuses Guardados, impulsionar a força dos santos. Os Deuses Guardados vão defender a cidade.

O jeito que ela fala lembra Terevant de quando a conheceu, semanas atrás, na sala de espera do escritório de Ramegos. Lá, ela pareceu mais confiante ao recitar um livro de história.

Agora, parece que está antecipando o que escreverão sobre ela. Enfrentando o julgamento da história sem vacilar, impaciente para que os eventos ao seu redor aconteçam.

— Guerra dos Deuses com força máxima, El? — diz Carillon baixinho.

— Os Deuses Guardados ainda estão fracos. O novo poder deles é frágil: a presença do rei lhes deu um foco, e a fé que ele inspira lhes dá uma onda de poder... como um aprendiz de feiticeiro que acabou de dominar um feitiço pela primeira vez. Mas não vai durar. Eles ainda não são páreo para o panteão de Ishmere. — Ela respira fundo. — Mas vão ajudar vocês a manter a linha.

— Como assim? — pergunta Terevant. Cari não diz nada, mas seus olhos escuros observam a prima atentamente.

Eladora respira fundo mais uma vez e pausa por um momento. Então:

— Eu preciso de três dias.

# CAPÍTULO QUARENTA E NOVE

Eladora caminha na escuridão, segurando a mão de Carillon. Tem uma lanterna alquímica no bolso, mas não a acende. Ela sabe que Cari pode sentir cada passo, cada imperfeição, através da pedra dos túneis ao redor deles. Eladora segue a prima em silêncio, confiando em Cari para guiá-la até o cofre dos horrores abaixo da Cidade Refeita.

Os sons da guerra vão diminuindo conforme elas descem. Logo, é só a respiração de Eladora na máscara, a faca de Cari batendo nervosamente nas paredes.

— Está muito longe? — pergunta Eladora. Parte dela quer que essas escadas se estiquem, quer adiar o máximo possível.

— Mastro os enterrou bem fundo — responde Carillon —, mas estamos quase lá. Aqui, sinta isto.

Ela guia a mão de Eladora para que ela possa sentir a lasca de metal de um tanque alquímico quebrado que está embutido na parede do túnel. Há algum resíduo de cera no tanque que se contorce sob seus dedos. Ela fica parada por um momento, vendo como a coisa é flexível, o quanto pode ser pressionada antes de quebrar.

Elas emergem na antecaverna. A nova cicatriz de pedra da parede divisória emite uma luminescência fraca, mas a principal fonte de iluminação é a luz sobrenatural de Ramegos, já se esvaindo. A feiticeira está deitada com a cabeça apoiada em um casaco dobrado, recuperado dos restos da escavação de Haith. Bolsa de Seda está sentada ao lado dela, mastigando um pedaço de carne que Eladora suspeita também ter sido resgatado dos restos de Haith.

— Srta. Duttin! — grita Bolsa de Seda, correndo para cumprimentá-la. — Lorde Ratazana mandou lhe dizer que eles evacuaram o parlamento pelos túneis. O exército está cavando no Morro do Cemitério, para mantê-los presos na cidade baixa.

O Morro do Castelo, a Ponta da Rainha e o Morro Santo formam mais ou menos três pontas de um triângulo em torno do porto e do Arroio, com a Cidade Refeita ao lado.

— A mesma coisa que eles fizeram na Crise — murmura Cari. — Manter a luta onde vivem os pobres. Não se pode deixar a elite de Bryn Avane sofrer.

— É uma questão de geografia — diz Eladora, na defensiva. — Terrenos altos podem ser defendidos, e as únicas lacunas entre eles são fortificadas. Há artilharia no viaduto da Duquesa.

— Que bom que deuses não podem voar — diz Ramegos debilmente, do chão. — Nem lançar raios do céu. Ou... — Ela para em um acesso de tosse. Bolsa de Seda corre para junto dela, levanta-a para que possa respirar. — Tudo acabou quando o interceptor afundou.

*Eu esperava que você fosse como Jermas era nos velhos tempos*, disse Kelkin. *Ele tinha uma postura de aço, porra.*

— Tenho uma proposta — diz Eladora. Ela se abaixa e pega do chão um pedaço de pedra cintilante da Cidade Refeita. — Carillon, você pode invocar Mastro. A cidade está viva. Você pode remodelar a pedra dela: até fez isso no porto. Você pode entrar em contato com Hark, levantar o *Falco*.

— O quê? Porra, não. É muito longe para ele, El... A alma dele já está espalhada por toda a Cidade Refeita, merda. Você não pode usá-lo para isso. Isso o quebraria, o mataria.

Eladora levanta a voz, dirigindo-se às paredes de pedra que os cercam:

— Mastro Idgeson, por favor: você pode fazer isso?

Cari enfia a mão dentro da camisa, encontra seu amuleto e o segura por um momento de comunhão silenciosa. O amuleto foi feito por Jermas Thay. Uma relíquia dos Deuses de Ferro Negro para sua santa escolhida. A Crise deveria tê-lo deixado magicamente impotente, mas ainda parece ajudar Cari a se concentrar.

— Vai se foder — diz Cari um minuto depois. Ela encara o chão, relutante em encontrar o olhar de Eladora.

— Obrigada. — Eladora se vira para Ramegos. — A bomba divina... Ela requer alguma preparação especial para disparar?

— Não. Mas... — Ramegos se endireita. Ela estremece com a dor da ferida em seu flanco. — Pense com clareza. Os deuses de Ishmere não estão *restringidos*: a bomba pode feri-los, mas não vai matá-los. Você *pode* dar sorte e eliminar um deles, mas não um panteão inteiro.

— Rendimento de um panteão — repete Cari de modo vazio. — Rosha me disse isso uma vez.

— O alvo será óbvio, eu acho — diz Eladora, seca. — Eu conversei com refugiados suficientes de Severast e Mattaur para saber o que esperar. A Rainha-Leão é sua Deusa da Guerra: tenho certeza de que ela chegará para presidir sobre a vitória.

— Mesmo que a gente consiga... *abalar*... Pesh, eles não vão parar. Não é como o Vale Grena — diz Ramegos.

— Eu acho que será. — Eladora baixa os olhos para Ramegos. — Eu tenho... eu conheço os Deuses Guardados. Compartilhei dos pensamentos deles. Pude sentir o medo que eles tinham da bomba. É mais que destruição: é aniquilação. Você mesma escreveu isso. Mas matar um deus não é suficiente. É o que vem depois.

*Postura de aço*, ela diz a si mesma.

— Preciso entrar lá — diz Eladora, apontando para a parede divisória.

*

Ela pode sentir os Deuses de Ferro Negro agora, ouvi-los. É diferente da pressão celestial dos Deuses Guardados, que parece uma frente de tempestade, forçando-a cegamente para que abra sua alma e os aceite. É mais insidioso. Uma demanda constante e torturante, uma fome de abandono. Os Deuses de Ferro Negro querem desfiá-la, devorá-la pedaço por pedaço, célula por célula, até que nada reste além deles, aqueles arcontes do vazio faminto.

— Eu não entendo, caralho — diz Cari com raiva. — Você quer mandar Mastro e eu irmos lá pegar a bomba divina e salvar o dia? Tudo bem. A gente pode tentar. Mas por que você…

— Vocês podem salvar o dia — interrompe Eladora. — Mas e o dia seguinte? Ou o dia depois desse? — Ela olha para o teto conjurado acima de suas cabeças, os arcos da improvável criação nascida de Mastro e de magia roubada. — É isso que me preocupa. O futuro. O futuro da cidade. — Ela pensa por um momento. — Me empresta uma faca?

Cari bufa.

— Claro.

— E… e o amuleto.

— Não deveria ser eu a entrar? — pergunta Cari. Subitamente mais desanimada ao pensar sobre o que espera Eladora do outro lado daquela parede.

— Não. Você tem Mastro. Tem que ser eu. — Eladora pega o amuleto, ajeita-o em volta do pescoço. A memória dos dedos de verme de seu avô roçando sua pele. — Estou pronta.

— Espere! — grunhe Ramegos. Com a ajuda de Bolsa de Seda, ela vai andando trôpega até as duas mulheres mais jovens. — Eu vou com você.

— Eu não vou voltar por esse caminho — diz Eladora.

— Sim, eu imaginei isso quando você pediu o amuleto. Você é minha aprendiz — diz Ramegos. — Não posso terminar suas aulas sem ver alguns feitiços *adequados*.

Ela solta o braço de Bolsa de Seda e se agarra a Eladora. Uma das mãos segura seu pulso dolorosamente; a outra traça símbolos misteriosos no ar, que resplandece com poder.

— Vamos ao trabalho.

Carillon reza, e a parede se abre.

A caverna interna está quente como uma fornalha, como se os tonéis de sebo e caldeirões alquímicos quebrados ainda estivessem funcionando. A maquinaria ali dentro está mais intacta do que a do lado de fora. A luz sobrenatural de Ramegos dardeja ao redor dela, iluminando os restos meio derretidos de Homens de Sebo. As ruínas da velha capela dos alquimistas, uma fortuna em gemas e ouro espalhada pelo chão. Um cemitério industrial, onde os barris de peças de artilharia titânica se erguem como pilares improváveis para apoiar o teto recortado.

A parede se fecha atrás delas, a pedra se costurando novamente. Isso acontece de modo mais lento que da última vez. Carillon avisou que Mastro estava se esforçando demais. Ele também precisa resistir.

Ramegos grunhe e depois diz:

— Para a esquerda, por favor.

Eladora apoia Ramegos enquanto elas lentamente cruzam as ruínas, seguindo a luz sobrenatural até os destroços de uma enorme máquina. Uma prensa de algum tipo, pensa Eladora — há um molde lá no meio, tanques e tubos como órgãos e vísceras, mas também espelhos estilhaçados, motores etéricos —, e encimando a estrutura blindada, está a efígie de aço do rosto de uma mulher, com três metros de altura. Foi o escultor ou o alquimista que capturou o escárnio de Rosha, ou a determinação em seu olhar? A mulher que criou as bombas divinas encara cegamente a parede de sua prisão.

— Filactério — diz Ramegos. — Mas como ela o criou sem a bênção do deus da morte de Haith, eu não sei. A alma dela estava ali dentro: o molde era para fazer novos corpos de cera para ela sempre que quisesse. — Ramegos murmura um feitiço e símbolos começam a reluzir ao longo da estrutura. — Ainda tem alguma coisa aí.

Eladora se demora um momento e então assente.

— Vamos continuar.

Existem outras coisas vivas, ou pelo menos se movendo, na caverna. O que quer que seja recua diante da luz sobrenatural, lançando sua silhueta monstruosa nas sombras antes que Eladora possa dar uma boa olhada. Penas oleosas, garras de tamanhos diferentes e uma dúzia de olhos brilham para ela. Apesar de todo o tamanho, a criatura é rápida. Os olhos parecem humanos, embutidos em uma monstruosa prisão de carne.

Raios crepitam em torno da mão de Ramegos.

— Eu ainda dou conta de um bom feitiço.

Eladora pode sentir os Deuses de Ferro Negro antes de vê-los. As duas divindades restantes estão no centro da caverna, em uma gaiola de metal retorcido que costumava ser o Grande Atanor dos alquimistas. Um deles costumava ser o sino da Igreja do Sagrado Mendicante, no Arroio; o outro soava no farol da Rocha do Sino. Nenhum deles é mais um sino, mas também não são os ídolos ctônicos de outrora. Para Eladora, eles parecem algo sobrenatural; ovoides alienígenas de metal que caíram de algum céu terrível.

Eles estão cientes dela. Eladora sente a consciência deles tateando em sua direção. Confusos com sua presença, confusos com sua existência. Eles já a confundiram com Carillon antes.

Ela decide que o da esquerda é o da Rocha do Sino. Cari tocou o sino do Sagrado Mendicante uma vez e depois disse que ele passou a conhecê-la.

Talvez ela possa enganar o da esquerda.

— Pronta? — pergunta a Ramegos.

— Me deixe aqui e me dê um momento — responde Ramegos.

Eladora abaixa sua mentora ao chão de metal quebrado. Ramegos pega seu pesado livro-razão e rabisca apressadamente mais alguns glifos.

— Os primeiros momentos de santidade são especialmente potentes — diz Ramegos enquanto escreve, sem olhar para Eladora. — Quando a alma se alinha com o deus pela primeira vez, quando o canal é estabelecido. Você é um caso especial: já foi, ah, reivindicada, mas foi por meio da força.

— Eu dou conta — diz Eladora. — Vou conseguir.

Ramegos termina de escrever. As páginas estão manchadas com seu próprio sangue, mas os glifos são legíveis. Ela fecha o livro, entrega para Eladora com esforço.

— Eles me enviaram de Khebesh para estudar essas bombas. Isso é o mais perto que chegarei da fórmula de Rosha. Cuide para que... bem, você sabe o que tudo isso significa. Ou a Guerra dos Deuses acaba, ou o mundo acaba. Cuide para que isso seja bem utilizado.

— Vou cuidar.

— Gostaria de ter lhe mostrado Khebesh. Mas fica longe demais. Nunca há tempo suficiente, não é? Nunca é o suficiente. — Ramegos estremece. — É melhor você ir.

Uma das monstruosidades alquímicas, uma coisa amorfa gerada a partir da mistura de uma dezena de tonéis quebrados, avança a galope na direção de Eladora, babando de todas as suas quatro bocas. Ramegos lança um feitiço explosivo sobre a criatura, que a atordoa. Outra criatura emerge das sombras, e outra, e outra, e a escuridão da caverna é iluminada por feitiçaria ardente.

Eladora caminha em direção ao deus, entoando um feitiço, que se torna uma oração, que se torna um apelo.

*Deixe-me passar pelas frestas. Deixe-me cruzar o céu. Não me reconhece? Eu sou o Arauto.*

*Me deixe entrar.*

Ela desaparece.

Caindo em trevas.

Ouvindo o silêncio entre as badaladas do sino.

No momento após a faca entrar.

*Como você chegou aqui?*, pergunta uma coisa que usa o rosto de Miren.

Eladora lembra que, quando Carillon se teletransportou com Miren, os dois experimentaram uma atração sexual avassaladora, um desejo de recuperar aquele momento de união espiritual. Ela se lembra da pontada de ciúmes.

Não sente mais nada além de repulsa e uma compaixão distante.

*Eu não estou aqui*, ela insiste, sem demonstrar nada. *Eu estou lá. Estou do outro lado do mar. Onde há dragões nos céus e outros deuses nas florestas.*

De alguma forma, embora ambos sejam incorpóreos, atemporais, pequenas fagulhas de alma erguidas no furacão de Ferro Negro, ele faz uma cara feia.

*Eles são meus. Este é o meu lugar. Meu pai me criou para isso.*

Ela se recompõe. *Não, é meu. Eu sou filha da família Thay. Meu avô acordou os Deuses de Ferro Negro. Ele escreveu os feitiços para invocá-los. Criou o Arauto deles. Você... você é um ladrão. Um usurpador. Você não é nada para mim.*

Ela olha para além do rosto de Miren, para os Deuses de Ferro Negro. *Eu sou Eladora Thay. Solicito passagem para Lyrix. Diga seu preço.*

O toque dos sinos ecoa pela caverna, três vezes, e então ela some.

# CAPÍTULO CINQUENTA

O espião rasteja para fora da água, para uma praia coberta de cinzas quentes. Em alguns lugares, a areia se fundiu em vidro que reluz sob o sol da manhã. O fedor queima seus pulmões. Ele tropeça nas ruínas da prisão de Hark. Chamas e trechos de flogisto ardem em meio aos detritos. As jaulas estão arruinadas; os prisioneiros divinos de uma dezena de panteões todos unidos na incineração ecumênica. A torre espelhada desabou, e seus lados estão enegrecidos e opacos.

Tiros remotos ecoam pelo porto. O céu acima da cidade distante troveja com milagres.

Houve tiros em Severast, também, e muitos milagres, e a cidade caiu mesmo assim.

O espião cruza apressadamente a Ilha Hark, na direção da costa norte. Consegue ver as águas turbulentas onde o *Grande Represália* afundou. Tentáculos de kraken fervilham abaixo da superfície, um predador guardando a carcaça de sua presa morta de caçadores. *Pobre Dredger*, pensa o espião. *O maior resgate de armas alquímicas em todo o mundo está bem na sua porta, e você não pode pegá-lo.* Ele encontra um esconderijo no alto, entre as rochas, para o caso de os olhos enormes do kraken o localizarem. Ele se pergunta se a criatura na água é Ory, ou algum outro santo de guerra, um batedor nadando à frente da frota de invasão principal.

Ele pega uma luneta e a posiciona no horizonte. Há combates na cidade. As ruas do Arroio reluzem ao sol de verão, tornando os cortiços tão belos e mágicos quanto a Cidade Refeita. Eles foram inundados, percebe, pela onda Kraken. A frota principal ainda não chegou: não que isso faça muita diferença para o espião. Os meios de sua vingança estão logo ali, sob as ondas, mas poderiam muito bem estar na lua.

Sem esse propósito, esse *foco*, ele se vê perdendo. O sol de verão é quente e seu poleiro nas rochas é bastante confortável. Pequenos fragmentos de seu ser fogem para encontrar fendas nas rochas, lugares escuros para se esconder da luz. Ele poderia dormir. Deixar-se levar.

Tornar-se um fantasma. Assombrar aquela ilha vazia. Ele fecha os olhos, deixa que a escuridão o envolva. Como uma onda subindo, apagando a luz.

Ele não tem certeza de quanto tempo fica ali descansando. O sol e a lua percorrem o céu acima dele. O céu está destruído por tempestades. Faixas de nuvens marcham como batalhões em direção à costa.

Ao longe, consegue ouvir a luta na cidade. Os defensores têm segurado a linha por ora: a invasão de Ishmere estagnou na cidade baixa. A Ponta da Rainha está pegando fogo, o parlamento está pegando fogo, e o Arroio é um pântano de cadáveres flutuantes, mas eles não conseguiram passar pelos defensores nas encostas. Da ilha, Guerdon é apena uma mancha no horizonte, ampliada pela nuvem de fumaça e nuvens acima dela, e o sucesso dos defensores é tão significativo quanto. Em Severast, eles detiveram o Reino Sagrado por dez dias, e a cidade caiu assim mesmo.

Ele lembra que os dançarinos do templo deram à luz monstros, suas barrigas inchando bem na frente dos sacerdotes aterrorizados. Crianças concebidas na dança são sagradas, pertencem à Deusa. Ela os reivindicou como suas armas. Outros dançarinos dançaram para o fogo, e o fogo respondeu. Ele se lembra dos sacerdotes de Pesh sacrificando os leões sagrados e espalhando o sangue dos incensários ao longo da costa, e de cada gota de sangue saltava um espírito-leão. Ele se lembra de castelos de fumaça e nuvem no céu.

Guerdon só consegue reunir uns poucos milagres. A Crise acabou com os alquimistas; os Deuses Guardados podem ter recuperado um pouco de sua antiga força, mas não têm disposição. Um punhado de soldados de Haith não vai desequilibrar a balança. Guerdon apostou em sua bomba divina, do mesmo jeito que ele.

O espião ergue uma mão fraca e saúda a cidade. *Nós dois perdemos*, ele pensa.

Dizem a Terevant que já se passaram três dias desde o início do ataque. Ele aceita a palavra dos mortos. Nem mesmo o sol de verão consegue penetrar a fumaça, a névoa gerada pela enchente, as nuvens carnívoras que pairam sobre Guerdon, e ele não consegue se lembrar de quando dormiu pela última vez.

Dizem a ele que a linha se manteve. Disso, ele tem muito menos certeza. Lá na academia militar, eles desenhavam linhas nítidas em mapas, com grupos de quadrados representando formações de soldados classificados por patente, encostas delineadas com linhas muito bem traçadas. Nada disso tem qualquer semelhança com as lutas de rua dos últimos três dias. A luta contra as criaturas divinas e os santos enlouquecidos pela guerra ishméricos. Peshitas furiosos, ficando mais fortes a cada morte. Aranhas monstruosas, espreitando. Ele precisa usar uma máscara respiratória, mesmo no alto do Morro Santo, para filtrar o cheiro de queimado dos fogos sacrificiais. Os mortos de Guerdon são queimados de acordo com os ritos antigos, para levar suas almas até os Deuses Guardados, e essa energia desce de volta para os santos. Também houve milagres, intervenção direta. Canhões danificados refeitos por mãos invisíveis, uma bênção do Artesão. Luzes penetrando nas nuvens de fumaça, guiando os soldados perdidos para a segurança, se eles tiverem fé no Sagrado Mendicante. Deuses do lado deles.

Mas os ishmerianos também têm deuses do seu lado, e os deles são muito mais fortes.

O viaduto da Duquesa caiu durante a noite. Terevant não sabe ao certo o que o atingiu. Um milagre do Pintor de Fumaça, talvez: a ponte ainda é *visível*, mas não está mais lá. É uma estrutura-fantasma, e os soldados nela agora são fantasmas também. Transparentes, assustadoramente silenciosos, incapazes de tocar em nada ou de sair do viaduto. Pressionando-se contra a barreira invisível, implorando silenciosamente por resgate. Felizmente, o viaduto está sumindo de vista agora, mas o coronel Rabendath já apagou a linha nítida da ponte de seus mapas perfeitos.

O viaduto era um pilar da defesa. Quatro linhas de trem se cruzavam ali, e eles estacionaram trens blindados com armas de longo alcance em todas elas. Tudo se foi agora. E o vale abaixo está cheio de krakens, o que significava que a ponte era a única maneira segura de cruzar para o Morro do Castelo sem descer. Agora eles estão efetivamente isolados da parte oeste da cidade. O Morro Santo e a Cidade Refeita — o bairro milagroso, é como os mercenários chamam — estão sozinhos, aliados improváveis, abandonados em um crescente mar de inimigos.

Eles montaram um quartel-general na periferia da universidade, no antigo seminário. Terevant segue Rabendath pelos corredores, imaginando se deveria assumir a liderança.

Lustres de cristal pendem do teto do salão de jantar da universidade, mas o impacto de explosões distantes estilhaçou alguns deles. Alguns dos rostos à mesa são familiares, outros, não, mas estão todos abatidos, sujos de fuligem, olhos vermelhos. Bem, quase todos: a figura maciça de olhos amarelos de lorde Ratazana está agachada em um canto. Carillon Thay anda ao lado dele, murmurando para si mesma, pisando em lascas de vidro quebrado dos lustres, que estalam sob seus pés. Só os mortos conseguem ficar quietos e manter o decoro.

Mais aliados improváveis chegam. Comandantes mercenários, milícias da Cidade Refeita — santos vira-casaca, alguns deles — e depois um grupo de Guardiões. E no meio deles está Lys.

Além disso: o sacerdote, Sinter. Aparentemente, ele e Carillon têm um passado, pois ela saca uma faca e grita com ele assim que o vê. Ratazana a detém, e Terevant aproveita a distração para contornar a mesa discretamente e se sentar ao lado de Lys. Ela aperta a mão dele.

— Ainda vivo? — pergunta ela.

— Acho que sim. Você já deveria ter ido embora — diz ele. — Para um local seguro.

— Se eu for, Berrick também vai — sussurra ela. — Se Berrick for, o Patros irá. Se Patros for, os Guardiões irão. — Lys dá de ombros. — Enquanto houver uma chance, eu tenho que ficar. Ainda não perdi Guerdon.

É Ratazana quem convoca ordem na reunião, a mesma chamada tenebrosa de SILÊNCIO saindo de meia dúzia de bocas de uma só vez. O coronel Rabendath assente em agradecimento e desenrola um mapa sobre a mesa.

**A perda do viaduto significa que há uma lacuna nas defesas. O inimigo está agrupando forças aqui, na parte superior do Arroio, com a intenção de invadir o da cidade. *Vocês* devem defender a brecha.**

— Sim, isso é fácil de ver — murmura um dos mercenários. — Mas vamos precisar de tudo o que temos para segurá-los lá.

— Fica muito longe da Cidade Refeita para mim — diz Carillon. — E eu tenho coisas para fazer.

— Os Deuses Guardados manterão a cidade segura — entoa Sinter, e Terevant tem que suprimir uma risadinha histérica. Ele abre a boca para falar, mas antes que consiga encontrar as palavras, uma oficial da guarda da cidade se levanta.

— Antes que os etérgrafos parassem, recebemos notícias da base naval de Maredon. Eles estão enviando reforços. Se nós contivermos Ishmere no Arroio, então…

— Então vão poder bombardear o Arroio e matar todos. — Carillon ainda não guardou a faca. — Vão se foder.

— Não sabemos quantos ainda estão vivos lá embaixo.

— Eu sei — diz Carillon. — Ainda consigo *ver* lá embaixo.

Terevant levanta a mão para falar, mas Rabendath não percebe.

**Isso levanta outro assunto. Nós recebemos informações…**

— Eu te contei — interrompe Cari, amargamente.

Rabendath continua:

**Com relação à localização da Espada Erevesic. Ela está no baixo Arroio.**

Ele indica cortiços ao redor da Praça da Água de Fossa.

— É uma armadilha. — Sinter parece incrédulo por eles sequer considerarem a possibilidade. — Ishmere sabe que vocês querem recuperar a espada. Eles querem dividir nossas forças. Sem dúvida, têm algum monstro esperando vocês morderem a isca.

**Não é *isca*. É a Espada Erevesic. E esta não é nossa cidade. Minhas ordens são para recuperar a espada e todo o pessoal de Haith e depois recuar.**

— Nem fodendo que a gente vai segurar o viaduto sem os mortos — diz o mercenário. — De jeito nenhum vamos fazer isso. Estamos fora.

— Eladora disse que precisava de três dias — grita Cari. — Vocês não precisam resistir por muito tempo.

— E onde caralhos está Eladora Duttin? — questiona Sinter.

— Não sei!

— Você e ela estragam tudo — diz Sinter. — Se eu tivesse apenas um desejo, seria que você tivesse morrido com o resto de sua família amaldiçoada.

**O tempo está se esgotando. Se vocês não fortificarem a linha do viaduto logo, o inimigo vai rompê-la. Minhas tropas vão coordenar nosso avanço com a sua implantação, atrair parte das forças inimigas.** Rabendath volta sua atenção para Terevant pela primeira vez. **O Erevesic deve ter sua espada.**

Lys aperta a mão de Ter novamente. Ele afasta a mão e se levanta.

— Obrigado, coronel, mas... o Erevesic pode esperar. Junte nossas tropas às de Guerdon na defesa da brecha do viaduto.

O crânio de Rabendath gira para encará-lo.

**Meu senhor, se não recuperarmos a espada agora, ela provavelmente será perdida para sempre. As almas de seus ancestrais estão nela. É a Espada Erevesic.**

Manter a linha, manter a cidade. Dar a Eladora seus três dias inteiros. Talvez salvar o resto da cidade. Talvez selar uma aliança entre Haith e Guerdon.

Ou liderar suas tropas na batalha contra Ishmere. Talvez recuperar a espada. A guerra de um poeta, escolhendo o gesto dramático, a busca pela glória. Todas as suas falhas esquecidas no momento em que ele salvar a Espada e Casa Erevesic ao mesmo tempo. Um grande momento em que o mundo se transforma.

A pessoa mais fácil de enganar é a si mesmo.

— O inimigo sabe o quanto a espada é valiosa para nós. Eles sabem o que ela significa para mim. Sinter está certo: é uma armadilha, um esquema para dividir nossas forças. — Terevant mantém o rosto impassível e a voz firme. — Mantenha a linha, Coronel — ordena ele.

**Por quatrocentos anos lutei sob o estandarte de sua família. Em todo esse tempo, nunca conheci uma derrota quando liderado pelo Erevesic.**

*Mas não é Olthic ou qualquer outra pessoa. Sou eu.*

— Você tem suas ordens, coronel.

# CAPÍTULO CINQUENTA E UM

A morte lenta do espião é interrompida por um confronto naval, bem perto dali. A pequena frota de encouraçados de Guerdon chegou de Maredon. Os krakens estão esperando por eles: tentáculos explodem da água, tentando arrancar os soldados do convés ou arrastar os navios para o abismo. Canhões urram em resposta, queimando os monstros com nuvens amargas de poeira de ressecar ou rajadas flamejantes de flogisto. É um impasse: as armas são suficientes para manter o kraken à distância, mas sem milagres que contenham o roubo dos mares, os navios de guerra não se atrevem a avançar para o porto.

Eles mantêm posição além de Hark, assediando os sitiantes, lançando foguetes e projéteis sobre a ilha. O espião não sabe dizer se estão mantendo a posição, esperando por algum sinal, ou se preparando para entrar em combate com a frota principal quando ela chegar.

Isso seria um esforço valente.

Os mortais são tão bons em esforços valentes.

Até que um deus desce dos céus e os elimina.

Colunas de tropas marcham descendo do Morro Santo na direção da brecha do viaduto. Elas passam pelo Bairro Universitário, descendo a rua dos Filósofos, passando pela rua Desiderata. Os Vigilantes em perfeita formação, em seguida a desajeitada guarda da cidade, grupos fechados de mercenários e voluntários irregulares. Aqui e ali uma espada flamejante, um dom divino.

Lys se apressa para caminhar ao lado de Terevant. Um de seus guarda-costas solicita que ela volte, que retorne à segurança comparativa do Morro Santo, mas ela o afasta. Puxa Terevant para o lado.

— Você fez a coisa certa, Ter. Sem a espada, os exércitos e as terras Erevesic serão tomados pela Coroa. Mas, se nós salvarmos Guerdon, controlarmos as bombas divinas restantes, *eu* serei a Coroa. — Seus olhos brilham, e suas unhas se enterram fundo no braço dele. — Olthic entenderia. Assegure a cidade, e nós ganhamos tudo.

Ela dá um passo para trás e permite que os guardas a levem embora.

Ela não entende. Está vendo conspirações e estratagemas, a mesma dança de ambição e intriga de que Olthic tentou participar.

Não foi esse o motivo da decisão dele, não mesmo.


Um dos soldados Erevesic — Iorial, ele pensa, mas é difícil distinguir com a fumaça e o vapor que sobem da cidade inundada — encontra Terevant na coluna. Ele lhe entrega uma bolsa de munição de rifle. **O coronel aconselha que o senhor encontre uma posição no alto, bem longe da brecha do viaduto. Para sua própria segurança.**

— Eu sou o Erevesic. Eu não deveria estar à frente de nossas tropas?

**Como disse o coronel, as linhas de frente não são lugar para os vivos.** Normalmente é difícil ler o subtexto nas vozes sepulcrais dos mortos, mas o tom tumular de Iorial é perfeito para transmitir a mensagem nesse caso. A maioria daqueles que lutarão na brecha do viaduto são vivos, não Vigilantes, mas os mercenários de Guerdon e a guarda da cidade estão mais bem equipados para a batalha corpo a corpo da Guerra dos Deuses do que tropas regulares de Haith. Não vale a pena discutir.

Perversamente, Terevant vira à esquerda, seguindo uma rua estreita que desce para o Arroio, para território ocupado. Lá existem armazéns ao longo do Beco do Gancho que têm uma visão superior das abordagens vindas do Arroio; ele pode se posicionar lá. Carrega seu rifle, verifica sua máscara respiratória.

Houve combates nessas ruas mais cedo. Buracos de bala nas paredes, manchas nos paralelepípedos. Mas relativamente poucos corpos. Guardiões e carniçais levam os humanos mortos, e coletores alquimistas pegam os monstros tocados pelos deuses. Todos reduzidos às suas essências. Em algum lugar lá embaixo, atrás das linhas inimigas, está a essência de seu irmão. A essência de sua Casa. Mas ele não pode apostar a cidade. Não tem a coragem de apostar o destino de tantos outros em suas próprias habilidades.

Ele foi longe demais, na névoa. Passou dos armazéns. A rua à frente está semi-inundada, a água batendo nas janelas do piso térreo, grandes cardumes de detritos balançando ao longo do rio inchado de krakens.

Uma forma bizarra emerge da escuridão. Uma criatura de espinhos e garras, protuberante e irregular, impulsionada por uma pequena cauda que se debate... e então ele vê com mais clareza. Mercenários agachados em uma jangada em ruínas, armada com rifles e espadas, vigiando a costa. Alguma criatura nadadora na parte traseira, empurrando a jangada através da água da inundação.

Ele levanta seu rifle, no caso de serem de Ishmere, mas a mulher na frente da jangada acena para ele em saudação.

— Ei, é o rapaz do Festival — grita ela.

A soldada remove sua máscara respiratória. É Naola, a mercenária.

Terevant anda trôpego até a beira da água, retira sua própria máscara.

— Você estava indo para Lyrix.

— A guerra veio para cá — responde Naola. — E Guerdon nos pagou mais. — Naola pula em terra e para na frente dele. — Para onde você fugiu na noite do Festival?

Ele não pode deixar de rir.

— Você não acreditaria em mim.

— Talvez acreditasse. Nós vimos coisas muito estranhas. Lutamos no Arroio, nos últimos dois dias. — Pelo aspecto da carga na jangada, entretanto, eles têm participado tanto de saques quanto de lutas.

— Como?

O Arroio é um território ocupado. Deuses e monstros ishméricos por toda parte.

— Encontramos um bando de refugiados na Cidade Refeita. Alguns eram próximos dos deuses em Severast, vieram para cá amansados. Agora que os deuses estão aqui, eles voltaram a ter poder. — Naola gesticula de volta em direção à criatura que empurrava a jangada. — Nós temos nosso próprio *kraken* — diz ela alegremente.

Ele para e agarra Naola pelos ombros.

— Eu sou Terevant da Casa Erevesic. Sou absurdamente rico. Te pago uma fortuna se você puder me levar escondido para o Arroio.

Um vento quente sopra em Hark, acordando o espião. Ele olha para um céu vermelho sobre sua cabeça, e não sabe dizer se é noite ou dia, ou se toda a ordem natural das coisas foi mais uma vítima da guerra. Uma ferida se abre no firmamento carmesim, um rasgão de ouro, e dela desce uma escada de fogo rodopiante.

A escada gira e dança pelas ruínas da prisão, um redemoinho resplandecente. Uma língua de fogo toca o espião, e a escada se ancora ao chão onde ele está. Ele está vazio demais para reagir; muito cansado até mesmo para piscar.

Figuras descem as escadas do céu. Soldados ishméricos. Sacerdotes de Pesh, suas mãos sujas de sangue, alguns carregando trombetas, outros, facas sacrificiais. Eles caminham à frente da capitã Isigi, que desce as escadas carregando uma tigela de corações recém-colhidos. O rosto outrora bonito da capitã está deformado, seu crânio refeito vezes demais. Ela olha para o espião. *Você sabe quem eu sou?*, ele pensa, mas ela o ignora, passando por cima dele para olhar a cidade envolta em fumaça mais além.

Seus olhos são muito, muito loucos.

Atrás de Isigi, segue uma mulher trajando os mantos de seda de uma sacerdotisa da Aranha do Destino, uma mulher que se ajoelha ao lado do espião e joga água de um frasco em sua boca, então se senta e acende um cigarro.

— X84 — diz Annah. — Como caralhos você ainda está vivo?

— Tive sorte — murmura ele.

— Sorte — ela repete, olhando para os destroços do *Grande Represália*. — Todos nós tivemos sorte. Você mentiu para nós sobre a bomba. Faz alguma ideia do que eles vão fazer com você?

— Nada que já não tenha sido feito. — A garganta dele está tão seca que só consegue sussurrar, uma brisa agitando cinzas frias.

Annah balança a cabeça lentamente.

— Idiota. Quando a guerra acabar, os deuses vão se divertir inventando novas maneiras de punir apóstatas e traidores. Mas não vamos esperar tanto por você.

— Quando a guerra acabar? — diz Isigi. — A guerra é sagrada. A guerra é eterna. — Ela olha para Guerdon e ri. — Mas aqui eu vou dançar nas ruínas.

Isigi atravessa as rochas e desce até a costa. Ela vadeia no mar, com cuidado para evitar a espuma das sementes ácidas. Ela vadeia até que a água lhe chega ao peito, e continua avançando, seu crânio rachando e se remodelando enquanto ela veste a forma de guerra de Pesh. Seu corpo aumenta, as ondas quebrando contra os músculos de suas costas enquanto ela cresce. A espuma em seu rastro está rosada de sangue.

Mais alta do que as torres, agora, uma deusa vadeando pelas profundezas escuras do porto. Ela afasta bancos de areia, quebra a ilha da Rocha do Sino. Seus passos enviam ondas menores que cruzam a baía, inundando Picanço. Na Ilha das Estátuas, Homens de Pedra aterrorizados se jogam no chão e pressionam o rosto na terra, em vez de encarar o semblante terrível dela. Alguns nunca mais se levantarão.

Ela exala, e espíritos-leões de vapor e ódio correm à frente de Pesh, anunciando a chegada da deusa.

Conforme ela se aproxima da cidade, algumas das armas restantes abrem fogo sobre ela. Canhões no alto do Morro Santo, armas trazidas dos armazéns dos alquimistas e colocadas rapidamente em campo. Mas Pesh é a encarnação da guerra, e a fúria deles é a fúria dela. As armas não podem machucá-la.

Ela solta o rugido triunfante de um leão, e o mundo estremece. Ela desembainha suas garras com um toque de trombeta dos sacerdotes na costa. Com um golpe tremendo de sua pata divina, ela destrói o bastião costeiro na Ponta da Rainha.

A Guerra dos Deuses chegou à cidade.


Annah observa a deusa em sua ira.

— Bem, então é isso. Nem um pouco sutil, porra, mas é isso. — Ela conta um punhado de moedas de ouro, deixa-as na rocha ao lado do espião. — Todas as contas são acertadas no fim.

Ela termina o cigarro.

— Em outras circunstâncias, nós levaríamos você até as Tumbas de Papel, e meu deus o desfaria. Como Tammur. Mas a Aranha do Destino fugiu deste lugar por causa de suas ações, então temos que recorrer a meios seculares.

Ela tira uma pequena arma do manto, uma arma de repetição cara. Aponta-a para o rosto do espião.

— Nós apoiamos você, Baradhin. Você não era ninguém: um contrabandista mesquinho. Nenhuma fé. Nenhuma família sobrevivente. Nenhuma lealdade. Nós fomos *meticulosos*.

*É verdade*, pensa o espião. Sanhada Baradhin era um recruta ideal para o Serviço de Inteligência Ishmeriano. É por isso que foi escolhido.

— Você não nos vendeu para Guerdon. Foi para Haith? Para Lyrix? Quem te comprou, Baradhin? Dê-me algo, e talvez eu tenha misericórdia. Mortais podem ser misericordiosos. Deuses, não.

*Ela tem razão*. Ele murmura algo baixinho.

— O que você disse? — Annah se abaixa, a arma apontada agora para a barriga dele. Os sacerdotes de Pesh olham para eles, facas nas mãos, prontos para agir.

— Annah — sussurra o espião. E ele fala outra palavra, uma palavra secreta, conhecida apenas por aqueles que adoraram nos templos, que desceram às Tumbas de Papel.

Ela se endireita.

— Meu deus — diz Annah baixinho.

A arma dispara uma, duas, três vezes, quatro. Os quatro sacerdotes tombam. Um sacrifício secular.

Annah coloca a arma na própria boca e puxa o gatilho. Cinco.

Aranhas pálidas emergem de rachaduras nas rochas.

O espião desce para a praia enquanto as aranhas envolvem os cadáveres em teias.

# CAPÍTULO CINQUENTA E DOIS

Três dias, disse Eladora.
Paciência nunca foi um dos dons de Carillon.
Nos últimos três dias, ela ensinou os ishmerianos a temerem a Santa das Facas. Cada janela é um olho seu. As ruas da Cidade Refeita são um labirinto de armadilhas e emboscadas; seus soldados uma multidão de ladrões e patifes santificados, que assaltam qualquer deus que transgrida seus becos sagrados. Ela ronda telhados e sarjetas, observando os monstros chegarem mais perto.

À noite, os carniçais saíam. A legião de Ratazana vinda dos túneis para rasgar e estrangular qualquer invasor apanhado depois de escurecer. Os ishmerianos transformaram o que costumava ser a rua da Misericórdia em um rio fervilhante de água que não é água, uma barreira entre a zona ocupada e o domínio de Carillon. Alguns dos habitantes do Arroio conseguiram sair antes que as águas subissem, e agora os túneis e abóbadas sob a Cidade Refeita estão lotados. Ela os protegia da melhor maneira possível.

Mastro os protegia melhor, isolando-os de milagres, selando túneis antes que os monstros pudessem alcançá-los.

Agora, a luta foi para outras partes de Guerdon, subindo a rua da Misericórdia até a marginal Cintilante, o Morro Santo, o viaduto. É uma espécie de vitória, imagina Carillon, mas isso a deixa frustrada.

Ao amanhecer, ela visita as ruínas incendiadas de sua casa na rua das Sete Conchas. De lá, consegue ver através do porto cintilante. Além do horizonte está a Ilha Hark e os destroços do *Grande Represália*.

— Se querem que levantemos essa merda, por que esperar? — murmura ela.

*Eladora pediu*, vem a resposta. As respostas de Mastro na sua cabeça começaram a soar menos como ele, mais como sua própria voz.

— Ela provavelmente está morta, sabe? Se não se distraiu com algum "exemplo particularmente bom de arquitetura cloacal pré-Crise", ou começou a falar baboseiras. — Cari tamborila as unhas na pedra. — Se é para irmos, é melhor a gente ir.

*Devíamos esperar a hora certa.*

— A cidade está sob ataque!

*Sim, eu percebi.* Ela consegue sentir Mastro reunindo as forças, sua consciência escorrendo por canais invisíveis na pedra. *Eu sinto tudo, Cari. Eu compartilho de cada morte. Sou atingido por cada tiro. Mas esta guerra está acontecendo há mais tempo do que qualquer um de nós está vivo. Esperar três dias é insignificante quando a gente para e pensa quanto tempo a Guerra dos Deuses já durou.*

— É fácil para você falar quando não é você levando tiro. Diga a todos que morrem hoje que lamentamos, mas agora não é a hora certa, e bem feito por serem assassinados de acordo com o cronograma.

*Não foi isso o que eu disse.*

— É uma perspectiva bastante distanciada, só isso.

*Eu sei. O que mais você quer que eu faça?*

Não é ele que deveria fazer mais. Mastro já deu sua vida. Ela quer fazer mais. Fazer alguma coisa. Agir, não esperar.

Cari ouve o som distante de tiros no mar. O som ecoa vindo do outro lado do paredão marinho atrás dela, como se todo o céu estivesse caindo.

*Ratazana chegou.* O carniçal desce pela lateral de um prédio, vai de mansinho até onde Cari está sentada. Ele inclina seu corpo maciço, curvando a cabeça chifruda para baixo até quase chegar ao nível de Carillon.

— DIGA A MASTRO... — Ratazana tenta falar através dela, mas Cari reluta e o expulsa. — Vá se foder. Você pode falar por si mesmo. Eu já estou dando conta de dois terços da conversa. Não vou ficar sentada aqui e deixar vocês discutirem através de mim.

Ratazana estende a mão e balança sua mandíbula de lobo. Ele tenta falar por entre suas presas.

— Não é *confortável* falar assim. — Suas palavras soam como se tivessem sido exumadas, profundas e tristes, e sua respiração é um fedor de cemitério.

— Ah, coitadinho. — Ela pausa por um momento. — Você ouviu que os Guardiões mataram Urid Cruel?

— Um semideus — zomba Ratazana. — E ele vai voltar. Foi diminuído, sim, mas não destruído. Não sem a bomba divina. — Irritado, ele acrescenta: — E eles queimaram o corpo.

— Como estão indo seus carniçais em tudo isso?

— Já vimos a cidade cair antes. Já passamos por guerra e invasões, pragas e muita morte. Esses tempos são banquetes para nossa espécie. Isto aqui é diferente: todos os deuses são deuses da carniça, hoje em dia, tão desesperados por almas que chegam a ponto de reivindicar o cadáver mais mesquinho. Os dias que virão serão magros para minha espécie... mas nós sobreviveremos. Vamos cavar fundo. Guerdon é mais velha que os deuses.

— Vocês dois não prestam para merda nenhuma na hora de oferecer consolo — diz Carillon.

*Desculpe.*

— Você trabalhou com Eladora no governo de Kelkin, certo? Como ela é lá?

Ratazana analisa a questão.

— Eu a considerava apenas mais um dos acólitos de Kelkin, mas ela tem... raízes profundas. Quando morrer, acho que a alma dela será uma daquelas que se agarra à terra e aos tijolos, e é... indigesta para carniçais.

— Ele ri lentamente. — Às vezes, na verdade, ela me lembra de você, Mastro. Outros tempos... — Ele bufa.

*As tropas de Haith estão entrando em formação na brecha do viaduto*, Mastro sinaliza. O pensamento é acompanhado pela sensação de vibração, de milhares de pés ossudos marchando em sincronia.

— Eles vão perder, não vão?

*Provavelmente.*

Os olhos amarelos de Ratazana olham para o mar. Ele aponta.

— Carillon.

Cari se vira. Caminhando pelo porto, com centenas de metros de altura, seu rosto mais radiante que o sol. Um rastro de sangue atrás dela.

— Deusa — diz Carillon, e a palavra tem gosto de cinza e ferro.

*Acho que o momento chegou.*

O kraken de Naola é uma coisinha infeliz. Ao contrário dos monstros de tentáculos enormes na baía, ela ainda tem vestígios de humanidade. As pernas se fundiram em uma cauda de sereia, seus braços cresceram, longos e ramificados, tentáculos pálidos terminando em mãos humanas vestigiais. Seu torso, porém, ainda é majoritariamente humano, e há marcas recentes de balas nas costas. Seu rosto ainda é humano também, mas sua voz se perdeu.

Ela empurra uma jangada pelas ruas inundadas. Ao seu redor, invoca o milagre do Kraken, transmutando as enchentes de volta em água para que sua embarcação possa navegar e em seguida roubando a água novamente quando passam, substituindo-a por vidro derretido. O Kraken roubou os mares, mas a santa de Naola consegue pegá-los emprestados de volta. Água prateada escorre de suas mãos-tentáculos enquanto ela opera seu milagre.

Eles navegam por desfiladeiros que antes eram ruas. Recifes de destroços carregados de casas, tavernas e fábricas. Tudo abandonado: as ruas estão vazias de cadáveres. No início, Terevant se pergunta se a evacuação foi excepcionalmente eficaz, mas logo percebe que os corpos foram todos levados por um deus ou outro. Sequestrados para receberem ritos funerários, para que os deuses possam reclamar os vestígios da alma deixados nos restos mortais.

Eles passam pelas ruínas da Igreja do Sagrado Mendicante, uma das igrejas mais antigas da cidade. Os vitrais foram quebrados, a torre do sino tombou. O altar dos Deuses Guardados foi derrubado, e agora uma criatura do Pintor de Fumaça está sentada na nave, rodeada por incensários e formas dançantes feitas de vidro quebrado. A presença dos deuses distorceu essa parte antiga da cidade. Os templos criaram raízes. Uma torre de cortiço torna-se fumaça à medida que sobe, os sólidos pisos inferiores dando lugar a uma mancha de névoa marrom-acinzentada no formato de um edifício. O Bendito Bol reivindicou o velho Mercado Marinho, e agora peixes de ouro maciço se contorcem através da água que não é água.

O inimigo está ao redor deles. *Umurshixes* empoleirados em telhados. Eles passam sob um banco espesso de nuvens baixas, e o clarão de uma explosão ilumina as formas embrionárias se contorcendo dentro da barriga da Mãe Nuvem. Coisas estranhas nascidas da loucura dos deuses esperam nos becos. Fuzileiros navais ishméricos, entrincheirados em meio ao caos, mantidos na reserva até que os deuses precisem de outro santo, outra alma para ser santificada e consumida em igual medida. As águas da enchente ondulam e os prédios estremecem enquanto monstros gerados por deuses se agitam trôpegos pela cidade ocupada. Todos à espera de um contra-ataque de Haith, prontos para uma legião de soldados mortos descerem marchando do Morro Santo à procurada da espada.

Eles estão à espera dos mortos, não dos vivos. Terevant e os mercenários estão em uma jangada, impulsionados por um kraken. No nevoeiro e na fumaça da cidade torturada, é fácil ignorá-los. Ninguém os desafia à medida que avançam para o coração do Arroio.

Os mercenários de Naola são veteranos da Guerra dos Deuses. Eles se agrupam, armas prontas. Suas armaduras estão cravejadas de encantamentos de aterramento e proteções. Eles murmuram orações em um padrão de interferência. Vigiam uns aos outros em busca de sinais de êxtase religioso ou revelação divina. Naola se senta com Terevant no meio da jangada.

— Você é o dinheiro — sussurra ela, como se fosse um juramento.

Eles passam pelas ruínas de um salão que Naola sussurra que já foi o quartel-general da Irmandade, a antiga guilda de ladrões da cidade. Aranhas negras imensas entram e saem de janelas quebradas, tecendo um casulo cinzento em torno do edifício. As janelas quebradas lembram a Terevant olhos multifacetados de insetos, observando a cidade.

A mulher kraken não tem voz, mas sua exaustão é evidente. Ela se esforça para empurrar a jangada. Eles estão se aproximando da Praça da Água de Fossa.

A espada pode estar por perto.

Terevant fecha os olhos. Estende a mão. Ele conseguia sentir a espada da família sem tocá-la quando estava em sua mochila, lá no trem. Podia sentir a presença de seus ancestrais. Devia haver uma conexão.

Respirar. Concentrar-se.

Ele se imagina de volta à propriedade Erevesic, brincando no bosque com Olthic e Lys. Olthic sempre conseguia subir mais alto que ele. Em sua mente, ele olha para a copa das árvores, imaginando seu irmão preso na curva de algum galho bifurcado.

Sua imagem mental da floresta estremece. Um hálito de furacão sopra por ele, dobrando as árvores. Ele ouve um rugido. Mais perto agora.

Está rezando. Todos na jangada estão rezando em uma língua que ele não conhece. Sua língua, seus lábios, sua garganta não estão mais sob seu controle.

Ele abre os olhos e vê a deusa.

Pesh, Rainha-Leão, Deusa da Guerra, passa por cima da jangada. Ela anda a passos largos na direção do viaduto da Duquesa e da queda da cidade. Rondando pelas ruas atrás dela vêm espíritos-leões. Andando pelas águas, criados pela sua ira, eles farejam a presença de Terevant e dos mercenários.

Eles foram longe demais. Estão presos.

A última parte da Cidade Refeita a ser conjurada na apoteose de Mastro foi uma enseada abrigada e um pequeno cais, tudo feito da mesma pedra miraculosa que o resto. Era um convite para partir. O último pensamento de Mastro foi de que Carillon deveria fugir de Guerdon, fugir da sombra do nome de sua família e dos Deuses de Ferro Negro. Ela não quis.

Agora, ela o refaz.

A parede de pedra do cais convulsiona e estremece — e então explode em um novo milagre. Cari pega essa criação bruta e a molda em sua mente, com base nas memórias de metade de uma vida no mar. Um navio de pedra, casco fino como uma casca de ovo, mastros como colunas. Ele brilha ao encontrar seu equilíbrio nas águas turbulentas. Velas de luar congelado se desfraldam. É uma impossibilidade divina, um navio de sonhos. Quando Carillon escapuliu da casa de Silva, em Wheldacre, e fugiu para o mar, aquele era o navio que ela rezou que estivesse esperando por ela.

A tripulação de carniçais sorridentes não fazia parte da imaginação de sua infância, mas ela está feliz por tê-los agora.

Ela sobe a bordo, toca o corrimão de pedra. Pode sentir a vida de Mastro percorrendo o navio, mas ele é muito pequeno para conter mais que um fragmento de sua mente. Ele pode carregar apenas uma bênção, não uma despedida.

— Tudo bem! — grita ela. — Para Hark!

Ratazana sorri e uiva uma ordem na língua dos carniçais, e eles partem.

Nenhum vento terrestre impulsiona o navio, mas ele também não navega em um mar terrestre. As águas do porto foram roubadas pelo Kraken; Mastro luta pelo controle do mar, transformando-o em um líquido leitoso. O casco range quando os primeiros milagres o atingem: maldições do Kraken de azar e naufrágio. Os verdadeiros ataques virão mais tarde, imagina Cari: a atenção das divindades de Ishmere está voltada para a cidade.

Eles ainda têm santos com os quais lutar. Tentáculos saem da água que não é água, sondando por membros da tripulação para agarrar e afogar... mas os carniçais são mais fortes que os humanos e têm dentes e garras. Quando um tentáculo tenta agarrar Ratazana, ele afunda as unhas na carne polpuda e puxa o santo Kraken para fora do oceano, bate-o contra o convés até ele morrer. Os carniçais se fartam.

Eles saltam sobre as ondas, mais rápido do que qualquer embarcação mortal. Cari ri da graça improvável de sua criação. O navio deles é o navio de um ladrão, o sonho de um contrabandista. Sua alegria a permite ignorar o quanto o esforço do milagre suga a alma. Mastro não é um deus; ele não tem adoradores e não reivindica nenhum resíduo por meio de ritos secretos. Ele não pode reabastecer seu poder: e eles o estão gastando loucamente naquele roubo.

Eles se aproximam da ilha. Os mares ao redor de Hark reverteram para água comum — o Kraken retirou sua bênção cruel —, mas há um círculo de vapor ao redor dos destroços do *Grande Represália*.

— Sementes ácidas — sussurra um carniçal.

As armas se dissolvem lentamente em água do mar, liberando um composto alquímico que corrói os cascos de navios que tentam cruzar o bloqueio.

— Cubram os olhos — grita Cari.

Ela puxa uma máscara respiratória sobre o próprio rosto e passa os últimos segundos desejando ter se preparado melhor antes que seu navio mergulhasse na nuvem de vapor.

É um breve inferno. Ela se enrola em uma bola enquanto a névoa passa sobre ela, tentando proteger a pele exposta. A névoa é insidiosa, misturando-se ao seu suor para criar riachos de agonia. Sua pele se enche de bolhas. Os filtros da máscara não conseguem dar conta; ela não consegue respirar.

Ela prende a respiração, fecha os olhos com força e olha através dos olhos do navio. Eles estão perdidos em uma névoa cáustica. Os carniçais são mais resistentes que Cari, mas ainda assim se queimam. Eles se encolhem no convés, ganindo e grunhindo de dor. Só Ratazana é capaz de suportar a nuvem sem se encolher. Ele vai para a parte de trás, coloca uma enorme garra no leme. A outra ele coloca sobre a cabeça de Cari, protegendo sua nuca.

Há uma série horrível de rangidos e rachaduras no casco. Pedaços da pedra descascam, apodrecendo por causa do ácido. Seu navio antes cintilante agora se assemelha a uma vítima da Praga de Pedra, marcada com escamas e rachaduras vazantes. Mas eles passaram, estão livres, no núcleo.

— VAMOS LÁ — ruge Ratazana. — SUBA COM ELE!

Cari se concentra. Mastro está muito longe: cabe a ela moldar a pedra. Sua embarcação estremece quando ela envia pontas de pedra para descerem até o naufrágio. *É igual à Cidade Refeita*, ela diz a si mesma. Nas margens, Mastro entrelaçou velho e novo, mortal e divino. *É o Beco Gethis*, onde o céu roçou os becos sujos do Arroio. As pontas de pedra se dividem, tornando-se arpões, tornando-se garras, rasgando os destroços, puxando-os em direção à superfície.

Agora ela consegue sentir a bomba divina. Está muito perto. Está gritando com ela.

O navio balança. A água corre pelos pés de Cari. Está remotamente consciente de que o navio está fazendo água, que ela teve que usar muito da substância de sua embarcação para conjurar aquela garra improvável. O *Represália* é dez vezes maior, e ela não tem a menor ideia do que está fazendo. Pensou que seria como arrombar uma fechadura, mas é mais como tentar resgatar um homem que está se afogando.

Ela está sendo puxada para baixo com o *Represália*. Todos eles estão.

*Feche a brecha no casco*, ela pensa, mas o casco ficou sólido. A divindade na pedra se calcificou, corroeu.

Afundando como uma pedra.

---

Terevant se agarra à pequena jangada enquanto Naola dá um tiro com sua pistola no espírito-leão mais próximo. A bala passa direto pela criatura.

— Imaginei — murmura ela. — Vai ser difícil. Eles só ficam sólidos quando matam.

Os outros mercenários preparam suas armas, observando as leoas circulando. Quando um do Círculo dos Oito morrer, o resto pode atacar. Não há dúvida de que alguns deles vão morrer.

— Fique na jangada — murmura Naola enquanto recarrega. O rifle do próprio Terevant é igualmente inútil contra os espíritos. Ele é bagagem. O dinheiro.

Duzentos soldados haithianos desembarcaram naquela praia de Eskalind. Apenas setenta e dois partiram. Apenas uma dezena ou mais daqueles ainda está viva, mas todos — vivos e mortos — estão assombrados pela guerra. A Guerra dos Deuses o seguiu até Haith, agarrando-se a ele, não como um fedor ou uma mancha, mas como um pensamento perverso do qual jamais conseguia afastar a mente. Sua mente é um terreno ocupado. O mundo todo foi apanhado pela Guerra dos Deuses. O mundo inteiro é um campo de batalha, até lugares como Guerdon, onde a luta acaba de se tornar física. Foi uma guerra espiritual por muito tempo antes disso.

Um impulso louco o domina. Ele tira o anel de sinete de seu dedo, o enfia no bolso de Naola — se eles conseguirem escapar, merecem pagamento — e salta da balsa, afundando na água com profundidade até os joelhos. Naola grita com ele, mas Terevant já está correndo, vadeando pela lama. As leoas rugem e correm atrás dele. Talvez os mercenários consigam fugir.

Ele corre pelas ruas inundadas. O chão treme com os passos da deusa, e o rugido dos espíritos enquanto o perseguem é um hino à guerra. Ele corre morro acima, em direção à base da escadaria. Morrerá com as costas na parede do Morro do Castelo, decide.

As leoas o acompanham no mesmo ritmo. Brincando com ele. Pastoreando-o. Ele se esquiva através de um edifício em ruínas que já foi um templo do Culto dos Últimos Dias. O cômodo fede a vinho derramado e vômito — os cultistas apocalípticos celebraram a invasão, dançaram e beberam até morrer quando as ondas Kraken desabaram sobre eles.

A guerra o cerca por toda parte. Tiroteios e o choque de espadas no Morro do Castelo. Corpos caem de combates nas falésias acima dele. Canhões navais disparam no porto. Deuses lutando no céu acima do Morro Santo. Rabendath disse a ele que havia mais tropas chegando de Haith pela ferrovia, que mais três legiões das Casas tinham cruzado a fronteira.

Um espírito-leão aparece ao lado dele e o ataca com uma patada. Terevant se esquiva para dentro de uma porta. O andar térreo está abandonado, fragmentos de móveis e outros detritos flutuando na água. Rostos temerosos nas escadas. Crianças, amontoadas, observando-o do patamar de um andar superior. Ele vai espadanando na água, sobe as escadas quebradas. Elas não falam.

— Escondam-se! — manda ele, empurrando-as de volta para a porta mais próxima.

Dali ele vê algumas pilhas de roupas de cama, algumas formas no chão, e contra a parede oposta um pequeno santuário doméstico, decorado com velas. Um leão esculpido de maneira grosseira e os símbolos de Pesh gravados na parede. Uma tigela com o que devia ter sido alguma fruta vermelha.

Ele sobe a escada correndo. Os espíritos-leões acompanham seu ritmo, pulando de andar em andar, atravessando as paredes. Havia corpos naquele santuário tosco, ele percebe; aquelas formas no chão. Sacrifícios para Pesh? A proximidade da deusa inspirando aqueles que nunca tinham sequer ouvido o nome Dela? Ele não consegue pensar enquanto sobe. Os horrores se agitam em seu cérebro. Ele passa por mais cômodos cheios de mortos empilhados.

A guerra reivindicou Olthic também. E Vanth. Seus assassinatos são como as pequenas ondas, quebrando na costa antes da tempestade crescente. Os deuses invadiram Guerdon com seus agentes mortais primeiro, antes da guerra de milagres começar, mas é tudo a mesma guerra.

Ele emerge no telhado por um alçapão. Consegue ver os vestígios do viaduto da Duquesa à distância. As forças de Haith dispostas na brecha abaixo, entre o Morro do Castelo e o Morro Santo, armaduras polidas, ossos polidos. Na direção deles, com dezenas de metros de altura, invencível e gloriosa, avança Pesh.

Terevant cai de joelhos.

Os atiradores de elite de Haith disparam contra a deusa que se aproxima. Suas balas tornam-se preces.

Espadachins de Haith investem contra ela, apunhalando seus pés, cortando suas patas enormes. Pesh ri enquanto eles tiram sangue. Ela desfere um golpe, cortando profundamente a rocha do Morro do Castelo. Uma avalanche enterra metade das tropas de Haith, sufocando o rio, esmagando as cervejarias e armazéns ao longo da margem.

Um dos leões se materializa no telhado próximo, as telhas de ardósia rachando à medida que o espírito vai assumindo forma física. Ele vem em sua direção, os olhos brilhando. Terevant levanta seu rifle... e o joga pela beirada do telhado. A arma rodopia no ar, caindo na água abaixo com um espadanar.

— Não.

— Blasfêmia — diz a deusa. Ela fala através do leão na frente dele, mas é Pesh. Todas as coisas de guerra são Pesh. — A guerra é sagrada.

— Não — diz Terevant novamente. Ele fecha os olhos, imagina que está de volta às florestas que cercam a mansão. Espera que as mandíbulas do leão se fechem.

Mas a deusa também está lá, na floresta.

— Antes de você pegar na sua primeira espada, eu o conhecia. Como poderia não conhecer você, filho de Haith, herdeiro de conquistadores? Grande é o meu amor por vocês. Por mil gerações, vocês fizeram oferendas a mim com espada e fogo.

— Eu nunca adorei você!

A garra de Pesh acaricia sua bochecha, sua mandíbula.

— Todas as guerras são minhas. Toda guerra é sagrada. Meus rivais serão desmembrados e eu comerei seus corações e erguerei meu estandarte nas ruínas de seus templos. Você ainda anda na minha presença em Eskalind, meu para sempre. Eu não te puxei de volta das teias do meu irmão quando você blasfemou, desencaminhado por mentiras? Você não busca vingança?

A floresta se dissolve. Ele está de volta ao telhado, mas, em vez de Guerdon, está olhando para Velha Haith. A cidade está pegando fogo. Metade das fortalezas de todas as Casas exibe a bandeira Erevesic. O palácio da Coroa está sob cerco, a pirâmide do Gabinete quebrada, todos os seus arquivos queimando. Ele vê a cabeça de Daerinth na lança de um traidor, vê as Casas correrem para seu lado quando ele acusa a Coroa de trair o antigo compacto.

— Não — diz ele pela terceira vez.

**Com licença, senhor.** Yoras rasteja da porta do sótão atrás de Terevant. Por entre os farrapos de seu uniforme, Terevant consegue ver que o soldado Vigilante está terrivelmente quebrado. Seu corpo termina em sua caixa torácica. Seu braço esquerdo se foi. Seu crânio está rachado. Ele empurra a Espada Erevesic com a mão que sobrou.

— É um milagre — diz Terevant, com a voz embargada de histeria.

Não há coincidências na Guerra dos Deuses, apenas destinos conflitantes decretados por deuses loucos.

**Isto é seu.**

Terevant pega a espada.

E Pesh ri de novo.

# CAPÍTULO CINQUENTA E TRÊS

Carillon luta para manter o navio de pedra flutuando.

Por um instante, uma rajada de vento força uma brecha no vapor, revelando a costa próxima de Hark. Um homem está parado na praia, observando-os. Ela o reconhece como aquele político Lib Ind que foi para a Cidade Refeita com Eladora e Bolsa de Seda — mas não pode ser ele. Ele morreu, baleado pelos homens de Sinter.

O espião levanta a mão em um gesto de bênção.

Cari sente uma onda de força. A sensação é nauseantemente familiar — durante a Crise, quando os servos dos Deuses de Ferro Negro sacrificaram suas vítimas por ela... é o mesmo fluxo repentino de mercúrio em suas veias, a mesma emoção. Ratazana também sente o cheiro.

Naquele exato momento, ela não vai questionar o presente. Ela pega o poder, canaliza-o para a pedra. Há um sacolejo violento quando parte do *Grande Represália* se liberta.

Trabalhando rapidamente agora, suas mãos se movendo como uma tecelã, lançando fios da carne milagrosamente transmutada de Mastro de um lado para outro. A proa do *Represália* é como um dos edifícios do Arroio que foi apanhado no Milagre das Sarjetas, metal oleoso misturado com pedra cintilante. O mecanismo do lançador segurando a última bomba divina se ergue de dentro do mar, a água caindo em cascata de sua estrutura, e assenta na proa do navio de pedra.

As últimas brechas no casco são vedadas novamente. Um vento invisível torna a inflar as velas e o navio faz uma curva fechada. Eles passam de volta pelo ácido fervente. Ratazana embala o corpo exausto dela, protegendo-a dos respingos ardentes.

O navio de pedra parece tão esfarrapado e quebrado quanto ela se sente. Eles correm para o norte novamente com a maré alta, passando pela Rocha do Sino, passando pela Ilha do Picanço, perseguindo o rastro sangrento de Pesh. A cidade flui do horizonte, os promontórios circundantes envolvendo-os em ambos os lados quando cruzam o porto.

Ratazana a carrega em direção ao lançador. Um par de carniçais trabalha no conserto da maquinaria. Eles têm um saco de peças sobressalentes, saqueado de alguma fundição dos alquimistas. O mecanismo de lançamento é comparativamente simples, e eles não precisam apontar a arma com precisão, de qualquer maneira. É apenas uma carga de flogisto diluída, grande o suficiente para cuspir a feia ogiva no ar.

Ali, no trilho, está a bomba divina. Sua superfície está marcada e esburacada, cruzada com vergões hediondos onde os alquimistas soldaram os fragmentos da bomba. Essa arma foi feita dos destroços do sino da Casa da Lei.

Aquele sino. Foi o que a encontrou, que a reconheceu e a iniciou. Que a quebrou e a refez.

Quando ela pressiona a palma contra o metal úmido e áspero, consegue ouvir o deus gritando. Um grito sem palavras, um ciclo infinito de desprezo e ódio universal. A insaciável fome de alma do deus carniceiro enquanto se consome. O deus dentro da bomba se devora inteiro repetidamente, oscilando um bilhão de vezes a cada segundo. Mas deuses não podem morrer.

*Sofra*, pensa Cari. O filho da puta merece.

Ela quase lamenta que eles vão acabar com o tormento do deus.

*O Erevesic.*

*Terevant reivindica a espada. No telhado do Arroio, sua mão se fecha em torno do punho.*

*Nas propriedades Erevesic, ele caminha até chegar à mansão. A casa de seus ancestrais está lotada com os mortos honoráveis. A avó dele está parada no limiar, acena para que ele avance. Olthic está esperando lá.*

No telhado, Terevant se ergue. O poder da espada o percorre como um raio. Força e graça além de tudo que ele já conheceu. Mil Erevesics consideram o campo de batalha através de seus olhos, julgando o momento de atacar. Mil Erevesics emprestam-lhe sua habilidade com a lâmina, fortificam sua alma com a deles. Ele salta, pulando sobre a cidade como uma pulga, a espada em sua mão um tição em chamas.

— Preciso saber: o que aconteceu? — pergunta Terevant ao irmão.

*Quando ele pergunta, as memórias de Olthic se tornam suas. O gosto de uísque na garganta. Ele está no escritório da embaixada de Haith, vestindo seu antigo traje de combate, com um orgulho bêbado de que ainda caiba. Comemorando sua derrota. Os aplausos do exército quando Olthic capturou a nau capitânia de Ishmere em Eskalind se misturando com os aplausos da multidão do Festival. Ele coloca a espada na mesa para puxar sua cota de malha.*

*E aí eles o emboscam. Funcionários anônimos da embaixada, homenzinhos de cara cinzenta nos quais ele não tinha prestado atenção antes. Homens de Daerinth, facas nas mãos. E do pátio, o crânio brilhando ao luar, vem Edoric Vanth. Fiel além da morte, ali para coletar a metade da barganha secreta de Daerinth devida a Haith.*

*Olthic luta com eles. Domina meia dúzia de homens, desvia-se mais rápido que o morto. Se conseguir pegar a espada na mesa, terá todos os poderes do Erevesic, será capaz de derrotá-los com facilidade. Ele se joga pela sala, esticando bem os dedos na direção do punho.*

*Quase tocando.*

*Mas não chega lá. Ele não vê quem o mata, não sabe qual dos muitos agressores teve a sorte e pode reivindicar a glória.*

— Eu perdi — diz Olthic, incapaz de esconder o tom de admiração em sua voz. — Eu nunca tinha perdido. Tudo que decidi realizar, eu fiz. Cada batalha em que lutei, eu venci. Até vir para Guerdon.

*A visão muda. Os agressores desaparecem, e agora são apenas Terevant e Olthic no estúdio. Olthic está sentado em uma cadeira perto do fogo.*

— Sabe, eu estudei a história de Guerdon quando vim para cá. A história militar, o único tipo para o qual eu tinha paciência. É curioso: Guerdon já foi conquistada antes, muitas vezes, mas os conquistadores nunca prosperam aqui. Um prêmio infeliz, esta cidade.

*Ele dá de ombros, estende a mão e segura a de Terevant.*

— Devo assumir daqui, irmão?

O Erevesic rodopia no céu. Seu salto o levaria para a extensão do viaduto se ele ainda existisse. Em vez disso, pousa no telhado de uma torre da guarda da cidade. A santa de guerra de Pesh assoma sobre ele, trinta metros de altura. Ela está marchando em direção à hoste de defensores que bloqueia seu caminho. Santos dos Guardiões, fuzileiros com armas alquímicas, uma gangue mista de bandidos... e uma linha fina de ossos. Os soldados da Casa Erevesic não pestanejam quando Pesh ruge para eles. Não quebram quando ela os golpeia com suas garras, rasgando a encosta e abatendo dezenas a cada golpe.

Terevant se joga nas costas dela, golpeando com a espada. Ela o sente, gira, movendo-se com velocidade e graça felinas, apesar de seu tamanho gigantesco. Uma pata enorme o ataca, e ele a agarra exatamente como Olthic teria feito, sua mão esquerda apanhando um tufo de pelo emaranhado de sangue, balançando-se para cair em cima do antebraço dela, e enfia a espada profundamente no pulso da deusa.

O icor divino se espalha pelos telhados de Guerdon. O olhar divino dela, o calor de cada cidade saqueada e em chamas, o atinge, mas Terevant se defende com a espada. Salta novamente, pousando no seio nu dela, cortando sua clavícula, sua garganta. Pesh cambaleia para trás, seus pés emaranhados em escombros. Ela quase tomba, mas se endireita, pousando de quatro como um gato.

As forças restantes de Haith atacam. Seu capitão está no meio da refrega, e os mortos respondem. Os Vigilantes se movem em sincronia, perfeitamente disciplinados, imunes ao medo ou à dúvida. Fuzileiros disparam através das fileiras; seus camaradas não vacilam, pois lutam lado a lado há décadas e conhecem cada pensamento uns dos outros. Os homens mortos atacam a deusa, cortando seu antebraço ferido, seu rosto que rosna.

Do Morro Santo vêm os Guardiões. As flores desabrocham nos escombros, e conforme se abrem, uma mão emerge de cada flor, e em cada mão há uma granada. Santos atiram lanças de luz do sol e de relâmpagos. Pesh ruge de dor enquanto seus flancos malhados são espicaçados com fogo sagrado.

Da Cidade Refeita vem um bando misto de santos, monstros, mercenários e salteadores. Homens de Pedra vadeiam as águas da enchente para lançar pedaços de entulho. Espadachins de aluguel, veteranos da Guerra dos Deuses em outras terras, se esgueiram pela cidade em ruínas, emboscando os monstros divinos. Santos refugiados, fugidos de Hark, captam o poder de panteões distantes uma última vez para defender seu lar adotivo.

A batalha começou e Pesh lhe dá boas-vindas. Isso é guerra, e a guerra é sagrada.

A deusa se aproxima mais de sua santa. Mais de seu poder flui para aquele foco mortal, aquela arma viva.

Terevant pula e a ataca novamente, afastando Pesh. Uma chuva de golpes da Espada Erevesic, empurrando-a rua da Misericórdia abaixo.

As feridas dela cicatrizam. Ela está ampliada.

Guerra, ela ruge, e os santos dos Guardiões lembram que Haith há muito tempo é inimiga de Guerdon. Guerra, ela ruge, e a guarda da cidade se volta contra os criminosos e santos ilegais. Eles se voltam uns contra os outros, todos contra todos.

Guerra, ela ruge, e seu olhar é uma barragem de artilharia.

Guerra, ela ruge, e o sol se torna um coração sangrento. Ela estende a mão para o alto e o arranca do céu, mergulhando a cidade na escuridão, iluminada apenas pelos clarões de armas e pelas chamas saltitantes.

Guerra, ela ruge, eterna e sagrada.

Carillon faz mira com o navio de pedra. Ratazana uiva e acende o pavio.

O choque do lançamento racha a quilha do navio de pedra, e o improvável veículo deles entorta, quebra. Dissolve. Eles caem na água, mas Carillon nada bem. Quando vem à tona, cercada de carniçais molhados nadando estilo cachorrinho, ela percebe que a pressão psíquica constante de sua conexão com os Deuses de Ferro Negro acabou. Aquele chamado, aquela presença indizível que a assombrou por toda a sua vida, que a forçou a deixar a casa de sua tia em Wheldacre e fugir mar adentro... acabou. Ainda pode haver dois Deuses de Ferro Negro, mas eles estão trancados em sua prisão sob a Cidade Refeita, muito longe, além de paredes de pedra e da presença protetora de Mastro, e não podem alcançá-la.

Ela está livre.

O foguete com a bomba divina faz um arco sobre a cidade. Sua trajetória o leva por sobre a cúpula do Mercado Marinho, sobre a Praça da Ventura, para o coração de Guerdon. Carillon mirou ao longo da rua da Misericórdia, e o foguete segue o alvo.

Não há explosão. Nenhuma explosão. Nenhum clarão de luz nem resposta trovejante.

Simplesmente nada.

Aniquilação.

# CAPÍTULO CINQUENTA E QUATRO

Com o tempo, historiadores reconstruiriam os eventos daquele dia. Os sobreviventes falam de uma paz nauseante e sobrenatural: eles não tinham nenhum desejo de largar suas armas ou parar de lutar, mas a alternativa era, literalmente, impensável. A guerra foi uma coisa desconhecida em Guerdon naquele dia. Aqueles que tentaram continuar a batalha encontraram-se bloqueados, paralisados, como velhos, velhos que esqueceram todos os passos de alguma performance intrincada. Mesmo que conseguissem se lembrar da música, não conseguiam dançar.

Quando a deusa da fertilidade do vale de Grena foi destruída, o vale perdeu toda a sua vitalidade, todo o seu espírito. Lentamente, animais e plantas de fora do vale — criaturas que não eram sagradas para nenhum deus — foram se infiltrando, colonizando as margens.

A guerra em Guerdon é assim. Aqueles no epicentro da explosão não podem nem sequer conceber um conflito. Os feridos morrem pacificamente, sem querer lutar pela vida. Soldados que lutaram a vida inteira se tornam mansos como cordeiros recém-nascidos. Mais adiante, os efeitos são atenuados. Ainda há escaramuças desanimadas entre a marinha de Guerdon e os krakens restantes e embora os ladrões da Cidade Refeita possam hesitar por um momento, eles ainda cortam uma garganta ou outra quando têm a chance. Ainda assim, muitos perdem a cabeça: a ausência é como um membro fantasma, uma ferida em suas almas.

Invasores externos carregam consigo sua ideia de guerra, preenchendo o vazio conceitual. Os reforços de Haith trazem a guerra de Haith, disciplina e tradição nos ossos. Em Maredon, a guarda ainda se lembra de como proteger as fronteiras de Guerdon e seus mares recuperados.

Na frota ishmérica que se aproxima, os sacerdotes de Pesh oferecem freneticamente sacrifícios para sua deusa despedaçada, tentando persuadi-la a voltar a existir. Talvez, com o tempo, eles pudessem refazê-la: ou talvez alguma outra divindade ishmérica guerreira venha a nascer. Talvez o Grande Umur copule com Mãe Nuvem, e eles gerem um deus de ira celestial.

Incapazes de matar uns aos outros nesse bizarro cessar-fogo, os sobreviventes disputam posições. Colunas de soldados de Haith marcham para os subúrbios do norte de Guerdon, avançam em direção ao alto do Morro Santo. Mais ondas de Kraken batem contra a costa, trazendo reforços da frota para dentro do Arroio.

Mas antes que a luta recomece, antes que os combatentes se lembrem de como lutar uma guerra, o céu se enche de dragões.

— Pouse lá — diz Eladora, apontando para o pátio em frente ao parlamento.

Ela tem que gritar para se fazer entender sobre o vento forte, mas o pirata ghierdana vê seu gesto e transmite a instrução para o dragão. Eles circulam sobre as ruínas do Arroio, enquanto outros dragões se empoleiram nas torres do Morro Santo ou voam baixo sobre as docas. Eles se posicionam entre as linhas, entre Haith e Ishmere.

As chamas trovoam em suas gargantas, mas eles contêm o sopro. Eladora desmonta cambaleante, com as pernas rígidas e doloridas pelo longo voo cruzando o oceano entre Lyrix e Guerdon. Ela tenta falar, mas está rouca de tanto gritar.

— Diga a eles — pede ela com a voz fraca.

O dragão sorri como um crocodilo e avança para o parlamento para dizer à cidade o preço da salvação.

É praticamente um milagre cívico que a eleição para o parlamento seja realizada conforme o programado, dadas as circunstâncias. Mesmo a luta ficando na maior parte restrita às áreas da cidade mais próximas do porto, ainda é um sinal e tanto da resiliência sangrenta de Guerdon que os cidadãos saiam de seus abrigos e façam fila em meio aos escombros para lançar seus votos. As forças de ocupação assistem com perplexidade ao exercício desse direito. Os mortos de Haith estão impassíveis; os ishmerianos declaram isso uma impiedade; os lyrixianos fazem apostas a respeito do resultado.

Os apostadores se decepcionam. É um parlamento equilibrado; nenhum dos partidos ganha a maioria. A votação é dividida quase perfeitamente em três entre Kelkin, os alquimistas e a igreja.

Ainda assim, algo deve ser feito. Os primeiros votos nesse novo parlamento estão entre os mais importantes da longa história da cidade. Eles precisam votar sobre o reconhecimento do rei, sobre os auxílios para aqueles que perderam tudo na guerra e — o mais urgente — sobre o Armistício de Hark.

Em cafeterias e tavernas, em salas dos fundos enfumaçadas e nos salões de Bryn Avane, na sala de estar de Kelkin e no Palácio do Patros e nos salões das guildas, a politicagem recomeça. Devagar, a princípio, depois com rapidez febril, facções correndo para tirar vantagem da nova ordem. A cidade se transformou mais uma vez, mas ainda é Guerdon.

Ainda ansiosa para lhe vender seus sonhos enquanto bate sua carteira.

Eladora não faz parte dessa troca. Ela não é bem-vinda nas casas de apuração quando os votos são contados; ela não vai à festa no Vulcano após os resultados serem anunciados. Ela raramente é vista nas ruas; ninguém sabe ao certo onde está. Ela não dá entrevistas para os jornais, não dá declarações.

Ela é vista com mais frequência no Bairro Universitário, ajudando a consertar os estragos na biblioteca, mas desaparece por dias a fio. Em alguns círculos, rumores circulam de que ela está em negociações secretas com Lyrix, ou com Haith, ou que ela se reconciliou com sua mãe e ficou noiva do rei Berrick, ou que foi presa por sabotar a máquina em Hark e em breve será executada por traição.

Em uma noite chuvosa, três semanas após a eleição, a leitura de Eladora é interrompida por uma batida na porta de seu quarto de hotel. Ela fecha *O escudo de ossos* — está quase no fim, faltam apenas alguns capítulos curtos — e anda descalça pela sala espartana. O hotel fica na marginal Cintilante, em uma área neutra entre o território ocupado por Haith no Morro Santo e a região ishmérica no que costumava ser o Arroio, mas que as pessoas agora estão chamando de Distrito do Templo. Um território neutro tão perto das zonas ocupadas nem sempre é seguro.

Ela enfia uma arma no bolso de seu roupão antes de ir até a porta. Olha pelo olho mágico.

Um esqueleto sorri de volta para ela.

**É, ah, Terevant Erevesic**, diz o morto.

# CAPÍTULO CINQUENTA E CINCO

**E**u queria ver você antes de ir embora, ele explica.

— Imagino que esteja voltando para Haith. — Eladora examina o esqueleto que se senta desajeitado na poltrona em frente, cruzando as pernas ossudas enquanto brinca com uma xícara de chá. Ele se serviu de uma xícara sem pensar e agora claramente não tem ideia do que fazer com ela.

**Na verdade, não. Eu... Eu entrei para uma companhia de mercenários. A Companhia dos Oito. Estou embarcando esta noite.**

— Depois do que viu, você vai *voltar* para a Guerra dos Deuses? — pergunta ela, incrédula.

**Eu matei uma deusa, sabe. Mais ou menos. Espero que minha reputação me preceda. Me dá uma vantagem ao lutar contra outras divindades.** Terevant ri. **Não, seria estranho voltar para Haith. Existem, ah... preocupações políticas.**

— Foi o que ouvi dizer.

Na verdade, ela só leu pistas nos jornais, pois está desligada de Kelkin e do fluxo de informações. Há relatos, porém, de que o atual portador da Coroa tomou cicuta e que em breve um novo portador será escolhido. Diversas das colônias remanescentes do Império também estão em revolta, e as Casas convocaram suas tropas para proteger Velha Haith. O novo portador da coroa governará um reino muito reduzido, mas — potencialmente — um reino que pode suportar melhor a Guerra dos Deuses.

O nome de Lyssada foi mencionado em reportagens de jornais de Velha Haith.

**Dizem em Haith que os mortos não amam da mesma maneira que os vivos. Não tenho certeza se concordo. Não acho que os vivos amem da mesma maneira duas vezes também. Eu voltarei para lá um dia, talvez... com olhos novos.** Ele toca sua órbita ocular vazia. **Por assim dizer.**

— Se não for uma pergunta muito pessoal...

**De jeito nenhum.**

— Você tinha a Espada Erevesic. Podia ter morrido Consagrado, não podia?

**Fiel até o fim**, murmura Terevant para si mesmo. **Sim, eu tinha a espada, graças a você. Eu fui o Erevesic, e foi... glorioso. Mas eu vi o foguete chegando e... eu não sabia como a bomba divina afetaria o filactério. Então, eu reprimi a lâmina. Fechei a conexão com o mundo mortal, da melhor maneira que pude, para proteger as almas lá dentro.**

Ele levanta sua mochila e ela vê o punho da arma antiga despontando lá de dentro.

— Ela está... magicamente inerte? — Ela estremece, de repente com frio. Não viu Carillon desde que voltou.

**Não. As almas dos meus ancestrais ainda estão lá, mas precisam de um anfitrião vivo para contatá-los. Era a única maneira de protegê-los da explosão.**

— Você é o último Erevesic.

**Talvez.**

Ele coloca a xícara de chá em uma mesa, cutuca-a com um dedo ossudo, observa as ondulações.

**Minha mãe e minhas irmãs mais novas... elas se perderam quando seu navio foi atacado por um kraken. Provavelmente estão mortas, mas... bem, uma virtude desse Armistício é que se consegue de fato *falar* com os ishmerianos. E suborná-los. Eles fizeram prisioneiros naquele navio, aparentemente. Talvez...**

— Eu lhe desejo sorte.

**Obrigado. Eu queria agradecer novamente. E lhe dar isto.** Ele enfia a mão na mochila e entrega a ela um pedaço de papel com algo escrito em letra ornamentada. Um cheque bancário. **Não é exatamente uma fortuna, mas o suficiente para mantê-la por um tempo. Me disseram que você não trabalha mais para o partido Liberal Industrial. O que tem feito do seu tempo, desde então?**

Eladora olha para a pilha de papéis e anotações sobre a escrivaninha. Ela fecha *O escudo de ossos* e o devolve ao esqueleto.

— Tenho lido e pensado. — Ela se levanta. — Fiquei confinada aqui por dias. Vou acompanhar você até o seu navio e vê-lo partir.

O segundo visitante chega arranhando sua porta uma noite, como um cachorro vadio. Um sacerdote destituído, em desgraça com o Patros, sem aliados, sem truques. Ele tenta ameaçá-la, extorquir dinheiro dela; Eladora responde com uma oferta de emprego.

Tem utilidade para ele, por mais sujo que ele seja.

Outro visitante, dessa vez na calada da noite. Carillon. Ela não bate: Eladora acorda de um pesadelo para ver uma figura sentada na ponta de sua cama.

— Não tenha medo — diz Cari. — Sou eu.

Eladora não tem medo. Ela não teme mais as facas de Miren, não teme mais a vingança dos Deuses de Ferro Negro, pelo menos por enquanto.

Ela afasta a memória da barganha que fez com eles, tranca-a em um cofre de ferro vazio que enterra nos recessos mais escuros de sua mente.

— Imagino que você esteja aqui para reclamar que eu convidei os sindicatos dos ghierdanas de volta à cidade. — Eladora pega uma pilha de jornais da mesa de cabeceira, acena com eles para Carillon. — Na realidade, ser esfaqueada seria uma boa mudança em relação às alfinetadas da imprensa, então vá em frente.

— Não é isso. Bem, é isso, mas... Merda. El, é o Mastro.

— O que tem ele?

— Ele se esforçou demais. Desde que levantamos a bomba divina, ele tem estado muito... quieto. Fraco. Mais que antes. Eu não consigo mais moldar a pedra, não consigo transferir golpes. El, eu não consigo *ouvi-lo* a maior parte do tempo... ou, pior, ele não está *falando* muito.

Eladora sai da cama e conjura uma luz sobrenatural. Cari estremece com a iluminação. Eladora observa que sua prima está coberta de hematomas e arranhões. Um curativo no pescoço, manchado de marrom.

— O que você acha que eu posso fazer? — Eladora leva Cari para outro cômodo da suíte, pega seu kit médico e começa a retirar o curativo.

— Não sei. É... coisa mágica. Coisa divina. Coisa de Ongent.

Eladora empalidece com a ferida infeccionada.

— Pelos deuses inferiores, o que aconteceu com você?

— Lembra como eu chutei a porra dos ghierdanas para fora da cidade, e você se teletransportou para Lyrix e pediu educadamente que eles voltassem? Foi isso.

Eladora passa pomada na ferida, aplica um curativo novo.

— Há alguns estudiosos aqui na cidade. O departamento de arqueoteologia da universidade, a guilda dos alquimistas. Mas não sobrou nenhum *especialista* de verdade. — Não é totalmente mentira. — Mas existem outras cidades.

Eladora atravessa o quarto até um guarda-roupa, desarma o feitiço que o protege.

— Os sábios de Khebesh são considerados as maiores autoridades em "coisas mágicas" do mundo inteiro. E, pelo jeito, seria melhor para você também deixar Guerdon por um tempo.

Isso também não é inteiramente mentira. Há trabalho a ser feito ali na cidade que ficará mais fácil sem a presença de Cari.

— Já ouvi histórias sobre Khebesh — resmunga Cari. — Eles nunca deixam estranhos entrar.

Eladora abre o guarda-roupa e tira um códice pesado com capa de couro. O diário de feitiçaria da dra. Ramegos, incluindo suas notas sobre a construção das bombas divinas e da máquina em Hark. Eladora entrega o livro a Carillon.

— Leve isso para eles. Troque pelo que você precisar. Não sei se eles conseguem ajudar o sr. Idgeson, mas espero que seja possível.

Carillon pega o livro, segura-o como se ele estivesse com alguma doença.

— Eles poderiam fazer mais bombas divinas com isso?

— A grande sacada de Rosha foi que os Deuses de Ferro Negro, em sua forma aprisionada, eram imensamente poderosos, mas *estáticos*. Isso podia ser usado para interromper o padrão sempre recorrente de outro deus. Mas só funcionou porque a fome deles os aproximou demais do mundo mortal. Tal... proximidade é rara. A dra. Ramegos acreditava que os filactérios de Haith poderiam ser substitutos de baixo grau, mas, mesmo depois de cem ou mais gerações de almas acumuladas, poucos dos filactérios teriam força espiritual suficiente para perturbar uma verdadeira divindade. — Eladora funga. — Então, não. Não sem matérias-primas.

— Tudo bem. Obrigada.

— Deixe-me pegar uma bolsa para você.

Eladora se ocupa no guarda-roupa novamente. Pega uma bolsa, coloca algum dinheiro nela, e mais um pouco de pomada medicinal. Retira o amuleto de Cari do próprio pescoço e o coloca lá dentro também.

Quanto mais longe o amuleto estiver de Guerdon, mais seguro para ambas.

— Ei — diz Cari, olhando por cima do ombro de Eladora. — Para que esse etérgrafo? Achei que tivessem fechado todos.

O etérgrafo está no chão do guarda-roupa, os cabos prateados enrolados ao redor dele em um loop infinito.

— Está desconectado — diz Eladora. — É um projeto de pesquisa.

Ela estende a mão e acaricia o invólucro de metal, dando-lhe um tapinha reconfortante. *Vou trabalhar para salvar você*, ela pensa. *Mas ainda não. Não até eu ter certeza*. Ela fecha a porta, reativa os feitiços de proteção.

— El — diz Carillon. — Antes de eu ir... o que você fez, lá embaixo no cofre? Com os Deuses de Ferro Negro? Esses filhos da puta entraram na minha cabeça quando fui o Arauto deles, me fizeram ver coisas, sentir coisas. Não deixe que eles usem você.

— Ano passado, quando visitei você na rua das Sete Conchas, logo depois da Crise... eu disse que você não devia se culpar pelo que aconteceu. — Eladora reflete por um momento, e em seguida entrega a bolsa a Carillon. — Eu mantenho o que disse antes. Não dê ouvidos aos seus próprios medos, nem aos ciúmes de homens e deuses medíocres.

— A história é o único julgamento que conta.

Alguns dias depois, Eladora sobe a rua da Misericórdia, atravessando cuidadosamente o caminho no meio dos escombros. Eles abriram uma lacuna no meio da rua, mas ela está congestionada com carruagens indo à abertura do parlamento. A rua da Misericórdia corre ao longo do perímetro da Zona Ishmérica; uma névoa permanente paira sobre as fronteiras, e aqueles que cruzam sem a bênção certa são arrebatados pela Mãe Nuvem. A multidão toma cuidado para não ultrapassar a linha, o que torna seu progresso ainda mais lento.

Ela percebe, enquanto abre caminho pela multidão, que está sendo seguida. Absalom Spyke começa a andar ao seu lado, combinando o ritmo de suas passadas largas com as dela, mais curtas.

— O chefe quer ver você antes de tudo começar — sussurra ele no ouvido dela.

— Eu sei. Ratazana me contou. — Fez isso falando através dela mesma, perturbando-a em seus estudos.

— O chefe também quer garantir que você chegue lá *viva* — sibila Spyke. — Muitas pessoas não se importariam de ver você morta, ouvi dizer. Matar a vadia que nos forçou a nos rendermos. — Ele faz um grunhido que sugere que faz parte desse time, fora do horário de trabalho, mas naquele instante ele está trabalhando para Kelkin.

— Eles têm o direito de ter essas opiniões — diz Eladora. — É um dos benefícios de estar vivo.

Spyke grunhe. O Armistício pôs um fim à luta, mas ao custo da ocupação contínua. Ele cede partes da cidade para Ishmere, Haith e Lyrix. Se qualquer um dos três poderes quebrar a trégua, os outros dois, mais as forças de Guerdon, se aliarão contra ele. A neutralidade de Guerdon na Guerra dos Deuses está mantida: só que agora, em vez de estar à margem do conflito, a linha de frente está nas ruas da cidade.

À medida que se aproximam do parlamento, Spyke relaxa.

— Seus novos amigos vão cuidar de você daqui em diante.

Ele sai de mansinho. Ela o avista alguns minutos depois, seu braço em volta de uma jovem. Ela seria muito bonita em outras circunstâncias, mas está apavorada, presa pelo braço longo de Spyke. A jovem lança um olhar suplicante para Eladora antes que Spyke a arraste para uma entrada lateral que leva à galeria dos espectadores.

Ela também avista Mhari Voller. Voller está usando um vestido de estilo ghierdaniano, e uma peça elaborada de joalheria — um dragão dourado — se enrosca em seu braço esquerdo. Ela também vê Eladora, e acena. Murmura algo sobre bebidas. Em um restaurante lyrixiano, sem dúvida. Se a bomba divina não tivesse funcionado, então Voller estaria cortando corações e queimando-os em um braseiro como oferenda a Pesh.

Apesar de todas as suas falhas, esse arranjo, esse Armistício, é um destino melhor. Para Voller e para a cidade.

Eladora atravessa o pátio em frente ao parlamento. Está lotado, mas há um espaço aberto perto do dragão. A enorme criatura está deitada por sobre os escombros de uma parede quebrada, tomando sol como um gato cochilando. Um jovem ghierdaniano está sentado em uma rocha perto da cabeça do dragão. Ele reconhece Eladora e se levanta para cumprimentá-la.

— Srta. Eladora — diz Rasce com um forte sotaque lyrixiano. — Quase não a temos visto desde que chegamos. A senhorita está curada, sim? Quando chegou, a senhorita parecia que estava prestes a morrer!

*Cheguei*, ela pensa. *Quando barganhei com os Deuses de Ferro Negro? Quando eles abriram um buraco no mundo, e em mim, para que eu pudesse cruzar o oceano em um instante?* Ela mascara sua carranca com um sorriso.

— Muito melhor, obrigada.

— Meu tio-avô deseja lhe falar, por favor. Por aqui.

Ele a leva até a cabeça do dragão. O monstro abre os olhos.

— Vá embora, Rasce. Veja se seu primo encontrou alguma cabra para mim nesta cidade árida.

Para Eladora, o dragão diz:

— Vocês fizeram uma coisa nova, aqui. Estão sempre fazendo coisas novas em Guerdon. Primeiro guardando os deuses, do jeito que meu sobrinho guarda suas cabras. Depois os matando. E agora isto. O que acha que é isto?

— Paz, espero.

— Três homens segurando espadas na garganta um do outro, isto é paz?

— Por enquanto.

— Vocês fazem edifícios pequenos aqui, e não tenho como caber em seu parlamento. Mas tenho ouvidos aguçados, e ouço muitos que não gostam desta coisa que vocês fizeram. Diga-me, eles aceitarão a sua barganha?

— Aceitarão — diz ela sem hesitar. Não pode se dar ao luxo de duvidar.

— Não há guerra hoje — diz o dragão, esticando a cabeça para olhar para a cidade.

— Não, hoje não.

Um sino toca dentro do parlamento.

— Preciso ir.

*Você não pode suportar o peso de uma espada para sempre. Mais cedo ou mais tarde, terá de largá-la.*

*

Kelkin espera por ela em um pequeno escritório. Na sala anexa, Ogilvy e alguns outros Lib Inds discutem sobre o ato de auxílio. Eladora fica surpresa que Kelkin não esteja junto com eles. Normalmente, ele está no meio dessas discussões, ansioso para garantir que nenhum centavo do dinheiro da cidade seja desperdiçado, nem um ínfimo crédito dado a qualquer outra pessoa.

Ela o encontra usando as vestes de arminho do Estado. Vestidas, ela lembra inadvertidamente, pelo ministro do rei nos dias da monarquia. Agora esses dias voltaram. Kelkin é um homem pequeno e mal parece capaz de sustentar as peles pesadas.

— Duttin. Você finalmente veio em pessoa. Eu não tenho a vista para ler essa correspondência interminável.

Ele acena uma de suas cartas para ela, uma carta que Eladora enviou no dia seguinte ao cessar-fogo. Ela mandou Bolsa de Seda entregá-la.

— Eu precisava me ausentar. E descansar. A travessia para Lyrix exigiu muito da minha força.

— E quem te pediu para fazer isso, hein? Eu falei pra você barganhar com Haith, conseguir reforços com eles! Com os malditos mortos deles, e a bomba, poderíamos ter lutado contra os ishmerianos...

— Talvez a primeira onda. Mas não a força total do Império Sagrado. Não os deuses, Effro. — Eladora olha de relance para a sala anexa, para ver quem está com Ogilvy. Marcando rostos, nomes. — E digamos que você vencesse por algum a-aa-az... azar... você estaria sob ocupação de Haith em vez de Ishmere, e Ishmere teria atacado novamente. Na melhor das hipóteses, seríamos uma... satrapia sob o rei deles.

— Ah, poderíamos ter acabado com isso — retruca Kelkin.

*Ele está blefando*, pensa Eladora. *Tentando se convencer.*

— Spyke encontrou uma garota que estava dormindo com um espião haithiano *e* conheceu o bom rei Berrick no trem de Haith. Um pouco de incentivo, e ela testemunharia que Berrick também era um espião. Nós poderíamos derrubá-lo... e aos Guardiões também, se ficassem do lado dele. Mas você arruinou tudo isso, não foi? — Kelkin está furioso, mas ele é apenas um homenzinho mortal. Eladora encarou os Deuses de Ferro Negro. — Spyke está desfilando a garota na galeria. Deixei os Guardiões saberem que temos um trunfo sobre o maldito rei deles, que temos vantagem... mas, por sua causa, tenho que gastar isso para fazer com que eles apoiem seu maldito Armistício! E eu vou ter que me ajoelhar diante daquele negociante de vinho molenga e chamá-lo de majestade. — Ele cospe e o gesto se transforma em uma tosse seca.

— Paz, Effro. A paz vale a barganha.

— Paz — repete ele, zombeteiro. — Ramegos me prometeu que a maldita máquina dela ia conter a Guerra dos Deuses, e agora a coisa está na minha garganta! De que vale a sua garantia? Malditos sejam. Malditos sejam. — Ele geme. — Quando você volta ao trabalho? — murmura Kelkin. — Preciso de você.

Comoção na sala anexa. Ogilvy entra apressado.

— Não temos os votos.

— O parlamento ainda não abriu, porra — grita Kelkin.

— Acabei de receber notícias. Vinte e cinco dos nossos e metade dos Guardiões vão votar contra o Armistício. Os vira-casacas são todos dela — diz Ogilvy, olhando feio para Eladora. — Estão dizendo que não podem fazer uma barganha com deuses malignos. Que vieram aqui para escapar de Ishmere e que os estamos vendendo.

— Quem? Dê-me nomes — pede Eladora.

Ogilvy cita alguns. Eles são todos da Cidade Refeita, todos da lista que Mastro deu a ela. Mas falta um nome.

— Deixe isso comigo — diz Eladora.

# CAPÍTULO CINQUENTA E SEIS

O carniçal conduz o espião pelos túneis sob o parlamento. Rocha do Castelo está repleta de passagens, como o resto de Guerdon, e os recém-chegados à cidade ainda não compreenderam o labirinto embaixo de seus pés. Aquela rota é a maneira mais rápida de atravessar o Distrito do Templo até a Ponta da Rainha.

O espião precisa ser rápido. Sob o nome de Alic, ele foi empossado como membro do parlamento há menos de uma hora, e dali a pouco tempo vão votar sobre o Armistício. É seu dever estar de volta para esse voto crucial.

Claro, se a votação fracassar e a trégua acabar, então talvez ficar o mais longe possível do coração da cidade seja uma boa ideia.

— Está muito longe? — pergunta ao carniçal.

Gostaria que eles tivessem enviado Bolsa da Seda para buscá-lo, não essa criatura mais jovem, de sorriso sardônico e dentes muito afiados.

— Está cansado, paizinho? Deite-se e durma se quiser. Há carne em seus ossos, e pouca coisa boa de se comer no Arroio hoje em dia, agora que os deuses ishméricos estão colhendo os mortos também.

— Estou com pressa, só isso.

— Vamos nos apressar, então. Não está longe.

A pedra verde do túnel carniçal dá lugar a um ralo de concreto que se inclina abruptamente para cima. No final há um pesado portão de ferro, aberto o suficiente para ele passar. Está sendo esperado.

— Lá embaixo, terceira porta — diz o carniçal, e desaparece de volta na escuridão.

O espião caminha cautelosamente pelo corredor, tentando descobrir onde foi parar. O corredor é de concreto caiado, iluminado por luzes etéricas. O chão está coberto de fuligem e pegadas sujas trilhando um caminho da superfície. Há uma pressão estranha no ar, e o som de motores distantes.

Ele ri. Ponta da Rainha. Está sob as ruínas.

*Annah, Tander, se vocês me vissem agora*, pensa o espião. Então ele é Alic novamente: um segundo rascunho de Alic. Um Alic mais flexível e tratável. Uma máscara melhor.

Ele bate na terceira porta. É um pequeno escritório de paredes nuas.

— Entre — diz Eladora.


— Onde estamos? — pergunta Alic.

— No escritório de um amigo meu. Ninguém mais vem aqui embaixo. Aqui é tão... discreto quanto qualquer lugar da cidade — diz Eladora. — Me desculpe por afastar você do parlamento, mas esse assunto não pode esperar.

— Soa perigoso.

— Eu... é sobre a votação do Armistício. Alguns de nossos novos membros vão votar contra. Todos são pessoas que você ajudou a eleger. Todos eles ouvem você. Absalom Spyke até me disse que há rumores de desafio à liderança quando Kelkin se for. — Eladora respira fundo. — Você disse a eles para votarem contra o Armistício?

— Eu vim de Mattaur. Eu vi a Guerra dos Deuses — começa Alic, mas ela o interrompe.

— Ah, não me venha com essa — rebate Eladora. — *Todos nós* vimos a Guerra dos Deuses agora. Sim, é insuportavelmente horrível. Por que minar a minha paz?

— Eles fugiram do Reino Sagrado. Temem que o seu Armistício vá dar tempo a Ishmere para recuperar as forças — explica Alic. Os olhos dele se dirigem para o único ornamento no escritório; um relógio fazendo tique-taque.

— É por isso que *eles* estão votando contra, não você.

— Você não pode ter certeza de que Pesh foi totalmente destruída, sabe disso. Para ter certeza, queime seus templos, mate seus sacerdotes, derrube seus santuários, e aí talvez…

— Reiniciar a guerra talvez matasse Pesh. Definitivamente mataria todos nós. — Eladora morde o lábio. Pela primeira vez em semanas, deseja ter o punho da espada de Aleena consigo. Ela se lembra de Aleena entrando na cripta de seu avô, afastando o mal com uma lança flamejante de luz solar. — Terevant Erevesic é um mercenário agora.

O espião dá de ombros.

— Ele morreu como herói. Matador de deuses, é como os jornais o chamam. Ouvi dizer que estão escrevendo poemas sobre ele.

— Eu o acompanhei até seu navio. Não fui a única pessoa lá vendo os mercenários partirem. Havia outra mulher. A pobre criatura foi tocada pelos deuses, deformada em uma espécie de meio-kraken. Ela não tinha mais boca, então não pudemos conversar, mas você me conhece. Sempre tenho papel e caneta. O nome dela é Oona.

Eladora tira a pistola do bolso. Aponta para o espião.

— Ela descreveu como você a recrutou para espionagem contra Guerdon. Como você invadiu esta fortaleza. Você estava procurando a bomba divina.

*Tander está morto. Annah está morta. Emlin está morto. Ninguém conhece a verdadeira história. E as melhores mentiras têm um pouco de verdade.* O espião deixa os ombros de Alic caírem.

— Suponho que isso não importe agora. Eu... eu era espião de Ishmere. Eles pagavam bem, Eladora. E me permitiram sair de Severast quando todo aquele lugar era um campo de prisioneiros. Eu não tive escolha. Mas tudo o que fizemos foi bisbilhotar a Ponta da Rainha. Eu sei que deveria ter te contado, mas... quando Emlin morreu, eu fiquei destruído... e então a eleição e tudo o mais. — Ele se permite soluçar. — Era a minha antiga vida. Não é o homem que sou agora. Por favor, acredite em mim.

— Eu acredito — diz Eladora.

— Ishmere atacou de qualquer maneira. Os deuses estão loucos, você sabe disso. Todos eles. Foram os Deuses Guardados que afundaram o *Grande Represália*. Tudo o que aconteceu foi culpa dos deuses.

— Os Safidistas acreditam que é obrigação dos mortais servir aos deuses. Alinhar-se completamente com a vontade deles. Aniquilar-se para se tornar um veículo melhor. Para ser agente deles. — As unhas de Eladora se cravam em sua coxa, mas a mão que segura a arma não vacila. — Mas... mas eu nunca conseguiria me subornar desse jeito. Queria ser livre para moldar meu destino, em vez de deixar alguém ou alguma coisa fazer isso por mim. Eu não sei se é possível: nenhum de nós está sozinho. Tudo está conectado. A causa-raiz de uma ação é difícil de determinar ou existem muitas causas. A história nunca é tão simples quanto as histórias a contam. Você tem que procurar muito por conexões. Quem disse à guarda da cidade que havia um santo da Aranha do Destino na casa de Jaleh?

— Não sei! — O espião deixa Alic mostrar um pouco de raiva. O menino era filho dele.

— Foi você — diz Eladora. — Você atraiu Ishmere para atacar a cidade. Você *queria* que os deuses atacassem para que eles fossem destruídos junto com Guerdon.

— Eles são monstros.

— A história também nos ensina a procurar inconsistências. Impossibilidades. Cari viu você morrer na Cidade Refeita. Bolsa de Seda viu você morrer na barragem de artilharia. Uma escapada improvável é possível. Duas... é milagroso.

Ela ergue a pistola.

— Diga-me seu nome verdadeiro.

O espião olha para a pequena arma.

— Isso não pode me matar, Eladora.

Ela o mata com um tiro.

O corpo dele amolece na cadeira.

— Não — admite Eladora. — Não pode.

O barulho da máquina fica ensurdecedor. Então ela se levanta, alisa as saias e atravessa o corredor até uma sala próxima.

O espião está momentaneamente sem corpo, separado do mundo mortal. Um novo corpo deve ser tecido, e essa ameaça enfrentada. Ele vai voltar ali perto. Aquela rota de esgoto é a única maneira de entrar ou sair; Eladora deve estar trabalhando com os carniçais. Ele vai se reformar lá, antes que ela vá embora. Matá-la: o pensamento lhe traz um desconforto mais do que razoável, mas tem que ser feito. Os carniçais são um problema maior, especialmente Ratazana. Eles guardam as duas bombas divinas restantes.

Ele tateia ao longo dos fios do destino. Existe uma possibilidade: Alic ascende no parlamento, torna-se ministro da Segurança. Faz pressão sobre a guarda da cidade. Guerdon precisa de uma bomba divina substituta, então devemos eliminar os carniçais e pegar os componentes necessários antes que Haith ou Lyrix os tomem. Reconstruir a máquina em Hark. Um processo lento, mas existem maneiras de acelerá-lo, e ele não vai começar do zero. Esse caminho é uma rota de volta para...

Alic ouve a voz de Emlin chamando por ele. Tenta afastá-la como uma memória da Ilha Hark, nada mais, mas não: o menino está vivo! Está por perto! Ele está chamando por Alic, implorando por ajuda.

... Uma força agarra Alic e o arrasta de volta para o mundo mortal. Motores etéricos, tanques de criaturas alquímicas se contorcendo. Círculos de invocação. Ele já viu isso tudo antes, em algum lugar. Tem que lutar com sua memória, lutar para manter os pensamentos coesos. Em Hark. Ele viu isso em Hark.

No centro do círculo de invocação, há uma máquina de etérgrafo. Uma volta de cabo de oricalco sai do círculo: o conjunto do etérgrafo está ativo, mas falando apenas com ele. Emlin, dentro do etérgrafo, chamando-o. O espião luta para se desvencilhar de Alic, mas ele está preso na teia dos pensamentos do homem.

E então é pego na carne. Ele se materializa no círculo.

Um sacerdote está perto, arma na mão. Ele observa o espião vorazmente. É Sinter.

Alic dá um passo em direção ao etérgrafo, mas o sacerdote faz um muxoxo e um gesto com a arma. O espião para de se mover. O etérgrafo estala e matraca, mas, antes que possa falar, Sinter estende a mão e desliga a máquina.

Eladora aparece na entrada da sala. Os olhos dela estão arregalados e com medo.

— É você. Você é... um deus. Eu pensei que... deuses não pudessem pensar. Você é composto de feitiços vivos. Redemoinhos de autoperpetuação de energia psíquica no campo etérico. Você não é... assim.

O espião estende as mãos.

— Eis o sacrifício de meus sacerdotes em Severast. Eles caminharam *em frente*, para o futuro, e deixaram para trás um fio de ser para que eu me agarrasse. Eles foram muito longe... e enquanto esse fio do destino durar, eu não posso morrer. — Ele olha para o maquinário que o cerca, estalando e rugindo. — O que é esta prisão?

— O p-p-protótipo da dra. Ramegos. Um modelo em escala da máquina de Hark. Eu estava tentando perturbar a coisa... reencarnando você. Mas é *você*. — Ela olha uma fileira de medidores na parede. — Não é forte o suficiente para prender uma divindade como a Aranha do Destino, mas pode conter... o que quer que você seja.

— Eu sou a Aranha do Destino — diz o espião. — Eu sou adorado em Ishmere e Severast. Mas, quando Ishmere atacou Severast, fui dividido. Quando minha contraparte, meu eu de sombra for destruído, serei a Aranha do Destino por completo novamente. — Ele dá de ombros. — Se isso não acontecer, terei minha vingança. Travarei uma Guerra dos Deuses *secreta* com eles. Derrubarei seus santuários e queimarei seus templos, mesmo que precise fazer isso por trás desta máscara de carne.

— Ele abre bem os braços. — Vocês me conhecem agora. Me adorem e sejam os primeiros dos meus novos santos, meus novos sacerdotes.

Eladora balança a cabeça.

— Foi isso o que você disse a Emlin?

Sinter atira nele e o mata. A máquina ruge novamente.

Ao voltar dessa vez, ele se sente fraco, recém-nascido. Como um molusco no mar, correndo de concha em concha, vulnerável em sua maciez.

— Você não pode me matar sem uma bomba divina.

— Enquanto esta máquina estiver funcionando, você está preso aqui — rosna Sinter.

Ele sorri. O círculo de invocação já está acabando. Os motores etéreos ficarão sem energia; os cérebros vivos nos tanques não conseguem recitar as orações secretas para prendê-lo por muito mais tempo. O etérgrafo é frágil. Ele vai matar Alic, remover essa ligação problemática com Emlin, escapar dessa forma. Tem muitas opções se tiver tempo.

— Você não pode me conter.

Sinter atira nele e o mata novamente. Ele volta a se formar e esquece quantas pernas os humanos deveriam ter. Desaba no chão, seus dedos se movendo como aranhas pelo assoalho, tentando arrastar o peso morto de seu corpo.

Eladora suspira. Ela gesticula e Sinter atira de novo.

— Eu sei o que acontece com os deuses que são destruídos muitas vezes.

E de novo.

— Desgasta você, não é? A cada vez, você fica... menor.

E de novo.

— E você já era apenas um pequeno deus, para começo de conversa.

Sinter atira nele novamente.

Quando ele se reforma desta vez — lenta, dolorosamente, puxando sua essência do éter como teias de aranha, seus pensamentos lentos e podres —, Sinter pressiona a arma contra sua testa. O cano está quente contra sua pele mortal.

— Agora você trabalha para ela — rosna o padre, apontando para Eladora. — Entendeu?

O espião não sabe se consegue morrer novamente. Ele cede.

— Isso não me dá prazer — diz Eladora. — Estou apenas tentando fazer o que é melhor para minha cidade. Já negociei com deuses piores que você.

# EPÍLOGO

O Armistício se mantém.
Três beligerantes da Guerra dos Deuses concordam que Guerdon é território neutro compartilhado. Do outro lado dos mares, deuses, dragões e legiões dos mortos podem lutar, mas não na cidade. Acontecem violações da trégua, traições, incidentes questionáveis, mas a paz se mantém. As autoridades da cidade são milagrosamente bem informadas sobre ameaças em potencial; tramas para reiniciar as hostilidades são frustradas com um mínimo de derramamento de sangue.

Guerdon se adapta a esse novo regime. É da natureza da cidade se refazer, construir sobre os escombros. No outono, as docas são reabertas, mais atarefadas do que nunca agora que navios de guerra de três nações disputam espaço nos cais neutros. O parlamento se muda temporariamente para o Palácio do Patros enquanto a fortaleza no Morro do Castelo é reconstruída; a guarda da cidade ocupa antigas tumbas e catacumbas no Morro do Cemitério. Também há milagres, agora que a cidade não é mais ímpia. Sacerdotes cambistas do Bendito Bol lotam os mercados e os cafés, abençoando o comércio da cidade. Místicos cegos do Pintor de Fumaça vendem fantasias na marginal Cintilante. Uma ponte temporária substitui o viaduto da Duquesa, pendendo de ganchos aéreos ancorados nas nuvens. A Cidade Refeita não está mais deslocada; existem milagres em toda parte agora.

No dia do solstício de inverno, Eladora Duttin é informada de que sua mãe morreu.

A carruagem fica presa na lama meio congelada da estrada rural. Bolsa de Seda desce e coloca sua força de carniçal em uso, empurrando e liberando a roda traseira. Ela sobe de volta a bordo, sua respiração fumegando no ar frio. Eladora entrega a ela um pano para que possa limpar suas garras e não sujar o novo vestido de luto, feito em veludo.

— Obrigada, senhorita — diz a carniçal. Ela se acomoda em seu assento. — O que são aquelas coisas no campo?

Eladora dá uma olhada.

— Cavalos.

— Ah. Eles são iguais às esculturas nas igrejas dos Guardiões! São mais bonitos que raptequinas. Qual será o gosto deles? — Uma carniçal da cidade, por completo. — Que pena que Carillon não está aqui.

— Melhor assim — diz Eladora. — Ela nunca foi feliz aqui.

*E eu fui?*

Ela olha para os intermináveis campos e florestas cobertos de neve, os pequenos chalés e celeiros. Céu cinza sobre uma terra cinza.

Ela vê movimento nas nuvens, e um dragão fura a mortalha e voa em círculos sobre a terra, procurando por presas. Eladora faz uma nota mental para dar uma palavra com o embaixador lyrixiano. Os dragões estão se afastando muito de seus campos de caça designados perto da cidade; é uma pequena violação do acordo de Armistício, mas nada que envolva monstros divinos pode ser descartado como trivial. Ela vai se consultar com Alic, ver que informações têm sobre o embaixador para incentivá-lo a cuidar do assunto com discrição, em vez de arriscar insultar o clã ghierdaniano confrontando o dragão diretamente.

O dragão, não impressionado com a paisagem árida, desaparece de volta nas nuvens.

À distância, um fazendeiro trajando preto caminha por um campo congelado, cabeça baixa, sem nunca perceber a besta no céu.

O funeral é mais cheio do que Eladora esperava. Uma parte cínica de sua mente se pergunta se eles foram apenas para se aquecer. Como uma Safidista, Silva pediu para ser cremada em uma pira de madeira sagrada, em vez de ter o corpo colocado nos poços de cadáveres. Eles ergueram a pira na pracinha da vila, no meio de Wheldacre.

A maioria dos enlutados são pessoas da vila, a maior parte parentes do lado Duttin da família. Alguns dignitários menores de Guerdon; um ou dois bispos dos Guardiões. Mhari Voller está ausente, embora tenha enviado um buquê espalhafatoso de flores conjuradas por milagre, de acordo com um bilhete que alguém entrega a Eladora. Eles a empurram para um lugar na frente da igreja, o banco mais próximo do altar, mais próximo do corpo de Silva. Eles passam lentamente por ela, oferecendo condolências rituais.

Bolsa de Seda se senta na fileira atrás de Eladora, descansando uma garra reconfortante em seu ombro. *É tudo um incômodo tão grande*, pensa Eladora. *Um ritual vazio*. Essas orações são mais vazias do que os cantos de amansamento da casa de Jaleh; nenhum deus distante poderia ser levado à ação por esses apelos de misericórdia.

Ela se lembra de um festival de Coroa de Flores ali. Lembra que a fizeram ficar em pé por horas, no calor sufocante, mantendo as mãos sobre velas acesas. Rezando para que a chama da vela se tornasse uma espada em chamas, rezando pelo dom da santidade.

*Queime*, pensa Eladora. Ir até ali foi um erro. Esfaquear Silva com uma espada mágica deveria ter sido um ajuste de contas suficiente. Mas formalidades precisam ser cumpridas. Ela fica sentada durante o longo serviço até as nádegas doerem no assento duro, até sua máscara de tristeza cuidadosamente formulada se tornar uma carranca honesta de irritação.

O sacerdote da vila faz uma última oração pelos mortos, e eles carregam Silva até a pira que a espera. O corpo é leve, como se já estivesse quase todo queimado por dentro, e eles estivessem apenas terminando o trabalho. Eladora segue, por via das dúvidas. Ela já viu tanta gente voltando dos mortos no último ano que quer se certificar completamente.

Alguns retardatários vêm prestar suas condolências a ela enquanto o corpo é colocado na pira. Um deles, um homem pequeno de nariz grande, permanece por um momento para falar com o sacerdote da vila antes de se aproximar de Eladora. Ela o viu antes, mas por um instante não consegue se lembrar de onde. Então lembra e se força a não reagir.

— Eu só queria dizer o quanto lamento — diz o rei Berrick. — Conheci sua mãe nos últimos meses, enquanto éramos ambos convidados do Patros no palácio. Conversamos, às vezes, quando ela conseguia. Ela sempre falava de você. Às vezes até com carinho. — Ele olha ao redor da praça. — Ela me ensinou a amar Guerdon, mesmo de longe.

*A parte Thay dela.*

— Obrigada, vossa graça. E obrigada por ter vindo.

— Eu tenho uma missão a cumprir. Fale com o sacerdote antes de ir embora.

O rei aproveita a distração fornecida pelo salto repentino das chamas para partir sem ser visto.

Eladora fica parada no frio e observa o corpo de sua mãe queimar até que haja apenas cinzas.

---

A grande casa de campo em Wheldacre agora é de Eladora. Está muito tarde para retornar a Guerdon antes de escurecer, então ela e Bolsa de Seda vão passar a noite ali.

Ela vira a chave e abre a porta dos fundos. A casa de campo mudou pouco desde que Eladora partiu para a universidade. Livros mofados, santuários para os Deuses Guardados. Cera de vela derramada sobre os aparadores.

Ela coloca a caixa em cima da mesa.

— O que é isso? — pergunta Bolsa de Seda. — Eu vi o sacerdote entregar isso a você depois do funeral.

— Minha mãe confiou isso a ele há muito tempo — responde Eladora. — Isso... foi enviado a ela por meu avô, na mesma época em que ele enviou Carillon para morar conosco.

A caixa é feita de madeira escura, com dobradiças de ferro. O fecho é selado com cera e marcado com o símbolo da família Thay. Ao tocá-lo, ela sente um arrepio de feitiçaria. A caixa possui um feitiço de proteção.

— O que tem dentro? — Bolsa de Seda fareja a caixa.

— Os diários do meu avô, disse o sacerdote. Minha mãe... queria que eu ficasse com eles.

— Por quê?

Um aviso. Uma herança. Uma armadilha. Ela não sabe.

Sua mãe era um monstro. Sua mãe era uma santa. Ela transformou os Guardiões, restaurou o rei. O rei deve tudo a ela.

Seu avô era um monstro. Seu avô construiu a cidade moderna. Kelkin deve tudo a ele.

Eladora corta o polegar e abre o lacre.

# AGRADECIMENTOS

Escrever um livro é como pular de um penhasco. Você dá um passo além da borda, tudo fica quieto por um instante e de repente as coisas estão acontecendo muito rapidamente ao seu redor e há muitos gritos.

Escrever um segundo livro é como tentar dar um segundo passo em pleno ar. É definitivamente uma experiência e tanto.

Muito obrigado à minha editora no Reino Unido, Emily Byron, que transformou meu manuscrito original em algo muito melhor, a Bradley e Joanna, a Nazia e a todos os outros na Orbit (especialmente os revisores que sofreram por muito tempo e aguentaram notas como "existe o Kraken, e existe krakens, e há coisas-kraken que podem ser krakens também"). Agradeço também ao meu agente, John Jarrold.

Mais uma vez, fui abençoado com uma capa de Richard Anderson.

O poema da pág. 359 é adaptado dos versos de "Midnight", de Hugh MacDiarmid, e aparece como cortesia da Carcanet Press. O poema original é (a) adorável e (b) tira muita onda em relação ao resto da Escócia.

Muito obrigado àqueles pertencentes a qualquer um dos seguintes grupos: pessoas que compraram *A oração dos miseráveis*, pessoas que leram *A oração dos miseráveis*, pessoas que resenharam *A oração dos miseráveis*. Se você estiver na interseção de qualquer desses grupos, te devo muito mais do que o dobro ou o triplo de agradecimentos: continuamos imensamente gratos a essas críticas e aos leitores que deram ao primeiro livro do Legado de Ferro Negro um impulso inicial tão grande.

Eu continuo em dívida também com meus amigos, principalmente com o Neil por continuar a ser um leitor alfa exemplar, a antiga coconspiradora Cat e o resto de Pelgrane, e todos aqueles que garantiram que eu não desenvolvesse nem um pingo de um ego.

Agradecer a Edel é como agradecer ao oxigênio.

Finalmente, devo agradecer as contribuições de Tristan, Elyan e Nimuë. As contribuições incluíram "nascer alguns dias antes de chegarem as edições finais", mas também ajudar com os autógrafos e ser interminavelmente — bem, de certa forma — pacientes quando lhes diziam "Papai está trabalhando".